U0910093

Staread
星文文化

庆熹纪事

完结典藏版

下

QINGXI JISHI

红猪侠 著

浙江出版联合集团
浙江文艺出版社

四十七

游云谣

北方天际的尽头已乌云翻滚，天瞬间凉了下来，只怕冷雨就要侵袭而来。

萧博在迎面的冷风中蹙眉，身体肥胖沉重的咒咒的抱怨声已搅得他有些心烦了。这绝非他熟悉的差事，看这场面便知道他们的处境是有多么尴尬。一行数百人，在外围成密集的方阵，而正中的中原少年，正被铁链缠住身体端坐马上，方圆数丈之内未曾有一人靠近，四根铁链的另一头，正握在他们四大武士的手中。他们虽非均成身边最尊贵的武士，却仍然是屈指可数的高手，竟不料在此屈身成狱卒。他虽着急转王帐，奈何那曾屠戮了百多屈射勇士的少年却突然弱不禁风起来，经不起战马飞奔，只能将数十里路程缓行成祭祀的仪仗一般。

“老大，雨眼看就要下来了。”咒咒大声嚷道，“我们都是风里来雨里去惯的，可小王爷禁不起大雨淋上一次啊。”

萧博知道咒咒好逸恶劳，多半也是嫌秋雨阴冷，急着宿营避雨，然而他说的未尝没有道理——他们拱卫在正中的颜家小王爷，现今虽一脸淡然闭着眼睛，似乎在享受畅游，但确实如咒咒所说，只一场雨便可以将他浇化了。

“宿营。”萧博道。

“啪。”第一滴冷雨打在脸上，被困的死神抬起眼睛来，轻轻叹了口气：“几位大可不以我为意。早些回到王帐，这些链子再不必捆在身上，也可以早些图个安逸。”

库伦道：“小王爷莫急，哪怕是回到王帐，必也是同现在一般，由我四人小心服侍，链子一节都不会少。”

辟邪笑道：“如此善待，费心了。”

数百人已齐齐下马，择高地落了营，留着一片最干燥的地方为辟邪搭了帐篷，将他身上的铁链解开，见他身上已被铁链磨得血肉模糊，都是恭恭敬敬地道歉，麻麻利利地又用铁链锁住他的四肢，用铁栓牢牢钉在地上。

萧博等人各支营帐，把住四角，待仆役烘热了干粮，奉到辟邪帐前时，见他早已没有适才淡然浅笑的气度，正疲惫不堪地蹙眉沉睡。

“这般受罪做什么？”库伦坐在自己帐里，却将长刀举在冷雨中，慢慢地用羊皮沾了水打磨刀背，高声说着风凉话，“要是想早些图个安逸，我现在就能成全他。”

饶是如此大声，辟邪睡得沉重，仍是未闻。他倒是夜里醒来一次，其时似乎有雨滴打在脸上，却非北方的冷雨，反而有些温热。辟邪睁开眼睛，只见一双晶亮的眼睛俯视自己，眼眶中滚滚涌出泪水来，正向自己的面庞滴落。

“驱恶？”辟邪问。

那人却伸手一把捂住了他的嘴。偌大手掌正将他捂得窒息，令他瞬间又昏睡过去。

这场雨连绵了一夜，就算此处是高地也渐渐被雨水侵袭。叶菲莫为一早带人出去向前方探视动静，回来忧心忡忡地道：“今日若再不向前走，洪水就漫了白原河了。”

若白原河一时泛滥，眼前这条路就算骑马也不能渡了。或是绕行，或是等水位下降，都要两三天的工夫。萧博跳将起来，招呼众人启程。而此去河边还有不少路程，若按原先那样的走法，必是赶不及的。

“和我共乘一匹马吧。”库伦将长刀背到身后，披上了斗篷，“捆结实了应是无妨。”

萧博等三人均回首，见辟邪在雨中惨白到刺目的面庞——虽早就听说他的手段，毕竟这四人也只是见他在对手毫无防备之下杀了赤胡。

咒咒上前试了试辟邪手腕和身上捆着的绳索，确定绑得严实了之后，将他一把托起来，举到库伦鞍前。

“那么轻……说是武功高到骇人听闻的地步，大概也是以讹传讹罢了。”咒咒抱怨道。

“万不可小视。”萧博低声对咒咒道，“库伦兄弟的本事亦不在你之下，效力左屠耆王日久，结果在他面前未走得下一个回合，即被当作一般的士卒击杀。若非他当真真气走岔了，这次也就被他跑了，哪里逮得住他。你胆敢小瞧他，我倒替你捏把汗。”

一时又有人上前，用铁链将辟邪与库伦两人缠在一处锁了。

“这铁链沉重得很啊。”库伦咋舌，对身前的辟邪道，“小王爷，你要知道，我恨你入骨，是因我兄弟死在你手里。你为人硬气，和我们大王一般重情重义，我却是佩服的。今日你若能安稳老实地在我马上坐着，回去之后，我也必不折磨你，如何？”

辟邪笑道：“你我现在都捆得粽子一般，如何能不安稳？”

“什么是粽子？”库伦问。

辟邪一怔，继而大笑，瞬间傲然辉光四射：“若屈射人真有本事，你还有吃上的那一天，现今看来只得我细细讲给你听。”

库伦冷笑道：“不必啦。回去自然有人让你把知道的忙不迭地都讲出来。”

此时雨势稍住，天色在北方渐渐清朗，疾驰之际打在脸上的雨滴亦不是那么密集疼痛。这般轻装疾奔，也用了小半日才赶到白原河畔。天色已晚，众人点了火把向白花花的水中看，见尚未没过立碑，都是大喜。

萧博四人聚拢商议，都觉得还是今夜渡了河方能安心。说话间之见库伦瑟瑟发抖，不免奇怪。

“他身上实在冷得紧，一会儿就像被扔在了冰窟窿里。”库伦牙齿都在打架。

人们都是惊诧，向辟邪打量，却见他蜷缩在裘衣中，在颠簸中早已昏睡，并无什么异样。

“我来吧。”叶菲莫为对库伦道，“你这样再浸透了水，怕是要病的。”萧博与兕兕都点头称是，两人便交换了马匹。

前哨此时大声招呼平安，看来白原河南北并无人迹，再无遭人偷袭之忧。

“你忍耐片刻。”萧博将铁链又缠在叶菲莫为与辟邪身上，拍拍叶菲莫为的肩膀，“过河。”

随他一声令下，先有百骑涉水过河，那河水已能没过骑士的胸，马匹只能是昂头勉强在水面上呼吸。水流湍急，当真过河之后业已被河水向下游冲了里许，他们分散在北岸警戒，向萧博等人晃动火把。

萧博当先催马踏入河中，待他渐行至最深处时，叶菲莫为也随后在两边侍卫环护中跃入。河水渐渐淹过双膝，辟邪打着战，向叶菲莫为怀中靠拢，叶菲莫为只觉身上的暖气转瞬被抽走，更觉难熬，听辟邪唇中不住透出紊乱的喘息，不免道：“小王爷，得罪了。待过了河，我们就生火宿营。”

勉强只剩肩膀还露在水面上时，突觉身下马匹脱力，只挣扎着嘶鸣一声，便侧身倒了下去。他二人身上尚有铁链环绕，十分沉重，也随之拍入水中，顿时淹没，不见人影。萧博与身周侍卫都是大惊，又怕马足乱踩伤到这二人，更是束手无策。

好在有水性不错的勇士十来人，跃入水中摸索，良久仍不见二人踪影。

“菲！菲！”兕兕先忍不住大声叫唤起来，他水性不佳，只得策马在南岸来回狂奔。

“在此处！”见下游半里处两三个勇士协力从水面下托起叶菲莫为的头来，向岸边游去。萧博、库伦等人旋即聚拢，只见叶菲莫为已然溺毙，身上依旧铁链缠绕，却不见了辟邪。

萧博等人心凉如水，知道折了叶菲莫为不说，更是闯了大祸，令小颜王逃脱，一时浑身冷汗，望着河水发怔。

忽听有人高叫：“有人往南折回去了。”

这群人方寸已失，听得这句话，立时拨转马首，向南方追下去。

听得他们马蹄声远去，辟邪终能大胆浮出水面，脱了沉重的裘衣，放松了四肢，仰面浮于水上，任河水将他向下游带去。

适才在水中急运真力切断了马匹颈骨，掉入水中时死死压制住叶菲莫为，待从铁链中逃脱时，几乎已精疲力竭。在水面上透得一口气后，还要潜回水中，用叶菲莫为腰间的长刀割断手腕上的绳索。若非叶菲莫为水性一般，而自己因为肺经常年旧疾，专门从陈襄修习过呼吸运行之法，一呼一吸间较常人绵长许多，恐这次也是不能幸免。

他漂去两里路程，正在烦恼如何能从这片草原脱身，却见南岸边孤单单一人一骑焦躁地在河中浅滩处涉水逡巡，往水面上不住搜寻。

辟邪隐入水中，悄悄游近岸边，待靠近那骑马腹便从水中一跃而起，指尖已蓄真力，向那人眉心指去。

“我是李师。”那人却抢先大叫起来。

辟邪硬生生止住攻势，顿觉真力翻滚，气血倒流，身子在半空已无力可傍，去势虽猛，却像被射落的鸟儿，一头撞向李师。

李师张开长臂，将他一把抄住，放在鞍前，拨转马头，向南奔去。

“不可。”辟邪急道，“屈射人正在南去，我们一样的走法，终要遭遇。”

“就你的伤势而言，早回大营一刻也是好的。哪里经得起曲曲折折再多走路。”

辟邪心中烦厌，想到还要与他多费口舌，更是恼怒，一把夺过缰绳，转而向东。“你什么时候才能听我的话。”他道，“我……”他说到此处，前几日里的折磨焦虑和苦痛突然被抽离了身体，眼前一片空白，手足俱废般倒在李师胸膛上。

“辟邪！辟邪！”李师唤了几声，见他没有回应，咬牙狠抽了一鞭，夹紧了马腹，向东疾行。

走到中夜，雨已经完全停了，北方的天空星辰已现，周遭寂静，只有这一骑孑然行走在星空之下。李师松了口气，推了推辟邪，却因为始终不见他有半点回应的声息，开始惶然不安起来。

他寻了个缓坡之后的地界，将辟邪抱下马平放于地，伸手试他脉象，果然真气乱流般紊乱，想到辟邪往日雪峰般高绝的武功，此刻却是虚弱不堪，心痛着急，热泪迸出，心下一横，手掌按于辟邪丹田之上，调动自己功力，要渡他真气。

辟邪本在辛苦调息，这一路内力涌入果然是大有裨益，与黎灿、谢伦零所渡真气不同，不消片刻便应和自己呼吸调息，徐徐向肺经疏导，到达郁结之处，亦不似那二人的内力一般横冲直撞，反令五脏六腑都暖洋洋舒适。辟邪因此催动得更急，不消片刻，已有余力睁目，却见李师面色苍白，嘴唇转瞬亦变得紫青，忙将他的真力发散，终有力气伸出手来，握住李师的手腕。

“先这点就够了。”辟邪道。

李师大喜，扶他坐起身来，笑道：“如何，可好些了？”

“算是救了我的性命。你刚才的内功心法，是师傅所授？”辟邪问道。

“正是的。”

辟邪长叹一声——此法并非“安隅六篇”，但各经络运行之理却有八九分相似。七宝太监远赴塞外，万般辛苦中仍找到一个人先授他至阳的内功底子，又教他按此运行之法不断修习，并不远万里地打发到离都，难道就是为了要紧的时候为自己续命？七宝太监待自己师恩如山，从来都是密密维护，即便远在塞外，仍不住筹谋。难怪招福、进宝怨怼师傅厚此薄彼，竟不是没有道理。

“你穿上些暖和衣裳。”李师从马背上取下包裹，从里面抖出一件密密实实的黑绒斗篷，“我临行之前，小顺子叫我带上的。”

辟邪心中称意，将衣物举在手中，不禁微笑：“他越来越喜欢这些溜须功夫了，如何是好？”

李师道：“小顺子还要我告诉你这领斗篷是明珠姑娘在京城里想着这边就要入秋，怕是还要过冬，特地准备出来送到大营的。”

辟邪转脸问他：“你怎知我在此？”

“我是撞上了大运才找到的。”李师道，“原是黎灿前几日奔回大营，匆匆找了姜放一同去见了皇帝。说起你被困屈射王帐，不知是否走脱，一下子可好，皇帝便要派人直接去王帐救人，却被姜放喝止，说整个大营里都不曾有其他人知道你已出门日久，此番出使，事关北伐大局，极为机密，怎么可以说去救人就去救人，弄得满营皆知——姜放那家伙平日里看起来和你交情不错，真到这个节骨眼上，却又不着急了。倒是京城来的陈太医，详详细细问了黎灿一遍你的病症模样，十分忧虑，说再不寻你回来调养，只怕也无须屈射人对你动手了。我说，陈先生口中说的反噬、反噬的，究竟是什么，怎就如此凶险。姜放一听便急疯了，想起我不是京营的人，大可以直接奔屈射王帐探听消息。黎灿说也要去——王八蛋！最后那日出发的时候，却迟迟不见他的踪影，我才一个人出来的。说实在的也不知道屈射王帐在哪里，正在草原上晃着，前日夜半，向东南方向望去，见红光冲天，我就直奔那处去，虽然没有见到你，但终归知道有支人马在活动，便跟了下去。”

“是吗？”辟邪睨着他问。

李师道：“如何不是呢！可惜待我赶到，看起来是凉州的那支人马却已败走。我只得远远跟着，才见一个人被捆得像只小鸡似的，押了出来向北走。我以为他们能带我往屈射王帐方向，却不料正中的就是你。哈哈。”

辟邪笑道：“果然是碰运气找到了我。昨夜可是你到我帐里来张望吗？”

李师道：“我倒是想潜入，实在是他们重重围着，不能入内。”

那滴热泪太过真实，连眼神都是熟悉的认真——辟邪怅然怔着。

“虽然是应了你向东走，但这般闲坐在此，很是不妥。”

李师站起身来，一把拽住辟邪的左臂，想拉他起身。辟邪被碰到断臂，当时痛得眼前一黑，不禁咬牙笑道：“罢了，你是师傅找来对付我的克星。”

李师这才发现他左臂依旧上着夹板，浑身青紫，倒抽了口冷气，道：“还不仅仅是内伤，这般满身是伤，如何是好？”

“这些都是小事。”辟邪道，“现今左屠耆王领兵要与苟丽忽的人马会合偷袭行銮，我须前往调动赤胡的兵马冲击苟丽忽留在努西阿河以北的大营。”

“哪里是小事！”李师大叫了一声，“救得了行銮，救不了你自己。你快快和我回大营去。”

“噤声、噤声。”辟邪忙道，一边将身上依旧潮湿的衣裳结束整齐，披上斗篷御寒，一边叹气，“这里是不能久留了。这草原上的豺狼都要被你招来了。”

李师置若罔闻，喋喋不休道：“若是有人偷袭行銮，岂不是直接回大营报信的好？”

“若大营格局不变，哪里能轻易得手？所以不妨趁他们胡乱用兵，反直透没有主心骨的苟丽忽大营。你怎么了……”

李师抓耳挠腮道：“不知道你说的大营格局是什么。皇帝率京营换个地方住，可算是大营格局吗？”

“什么？”辟邪的声音有些发颤，“正在移动行銮？我出门前大师哥就在物色地方，这个时候还没有搬动？”

李师道：“已经搬过一次的。你出来快一个月了，哪里知道皇帝行銮里死了多少人。京城里的陈太医也因此赶到大营，烧了不少了营帐和死尸，仍是不见人死得少些，所以要再搬得远些，重新扎营。”

“如此定被阿纳成了事了。”辟邪苦笑——难怪阿纳如此确定中原大位即将空悬，原来已定计直截了当地奔着皇帝去。当真是阿纳的脾气——他轻轻扶着马鞍，闭目沉吟。

“辟邪？”李师试探，“我们向哪里去？”

“这就走。”辟邪抬起眼睛望着他，指着他马上的鞍囊毡毯，“搬下来。”

“好。”李师道。他要减轻马匹负重，倒是干干脆脆地答应了。

“你可有火石？”

“要那东西做什么？”

“我觉得身上寒冷，需要点团火取暖。”

李师摇着手道：“那怎么行，夜半这里一点火星，就招来了匈奴人。”

辟邪笑道：“要的就是这个。”

饶是李师万般不乐意，依旧被辟邪冰冷的眼神盯着，咕哝着点着了火。这堆火苗还是甚小，辟邪脱下身上的斗篷，想了想又交在了李师的手里，从身上脱下袍子，掷到火中。

两人牵马藏身高处，远眺那堆火燃尽。辟邪裹紧了斗篷问李师道：“刚才耗你内力，现下你觉得肺腑中可有不适？”

“那时觉得冰扎的难受，但现在却好了很多。”

辟邪道：“那敢情好。”他笑了笑，“我需再用些你的真气。”

他解开衣襟，授了几句要紧的口诀，命李师自膻中呼应自己调息，未消片刻，果觉肺经中真气充盈，只是旧伤之处依旧行气艰涩，难以疏通。片刻之后，那些真力已令辟邪觉得胸臆鼓胀，洪水般冲击得他身心欲裂。他拼力疏导，却架不住李师是应了他的口诀输导真气与他，自身的损伤既小，真力涌入得更加迅猛。他不及哀求李师收手，只觉得胸口滚烫，一口鲜血先喷了出来。

李师立时骇然抽回手来，却见他神色固然辛苦，却没有太多苦痛之色，想要唤他，却听他呼吸悠长规律，正是真力运行的要紧时刻，实不敢惊扰。而不远处已然传来奔马之声，当有轻骑三乘疾驰而来。

这是亦喜亦忧的事——李师庆幸竟不是大队人马赶来，原本速战速决，依辟邪之计夺了马匹即可；但不料这三人来得如此之早，而辟邪还正在运功的要紧关头，以一己之力能不能战下这三人也未可知。

两难之下，他只得守在辟邪身边，细看来敌情形再做计较。

那三人行动甚为谨慎，距那堆灰烬甚远就勒住了马，其中一个身量肥胖的跳下来，走到灰烬边上，用马鞭拨弄未及烧完的衣物，大声道：“这是他身上穿的袍子。火堆还是热的。”

那二人即刻掣出长刀，催马向四处探寻。

“果然如你所说，定是个调虎离山之际，往东搜就对了。”

“竟能走到这里，一定是有同伙的。”另一人道，“要小心了。”

李师听这两人讲话，中气十足，马上身形甚是矫健稳当，知道武功不弱，因此更不敢妄动。奈何那率先下马的胖子攀上马背，他为人懒惰，不爱四处奔驰，见附近有块高坡可

以俯瞰，拨转马头，向李师与辟邪藏身处径直行来。

李师低头再看辟邪，见他仍是紧闭双目，不曾有过其他动静，知道不能挪动，当即抽出佩剑，抢在他身前。

那肥胖的骑士转瞬已驰至坡上，迎面便见李师的长剑蛟龙般刺来，大吃了一惊。他毕竟是身经百战的勇士，当下掣刀在手，不退反进，催马向李师直撞去。辟邪在此设伏，要的就是来人的马匹。李师若非不得已，也不愿意伤这骏骑。只是身后就是辟邪，哪堪马踏？李师忙稳住下盘，侧过剑锋，以剑脊猛抽马颈。马匹猛嘶一声，扭身让过李师，而那胖骑士的刀锋趁马势跟着劈到。李师剑锋回转，堪堪挡在身前——刀剑相交，李师被震开数步，一时气血翻涌得难受。他心下惊疑，以这骑士的马速刀势，不足以有此异常威势，令自己挡得这一刀便觉吃力——他扭头再看辟邪，正是内力催到最急处，身周白汽缥缈，只怕是冷气凝结所致，适才助他，应是耗了太多内力，心中唯愿他能渡过难关，共同御敌。

而那胖骑士已拨转马头，一边冲杀回来，一边高呼："在这里。"

李师知道一旦另两人也围攻过来，自己恐怕难以抵挡，只有逐个击破才有胜机。当下举剑齐眉，踊身而上，飞刺那骑士的肩头。那骑士如法炮制，再以沉重刀势劈砍，被李师闪身让过。人马交错之间，李师尚未落地，身子突然向后仰去，手掌一翻，长剑从自己鼻尖上掠过，陡然刺中那骑士后肩。

那胖骑士顿时大叫一声，俯身在鞍上忍痛。李师已转身奔来，跳上去将他扑下马来。两人摔得都弃了刀剑，空手抱在一处。

李师本性虽然憨厚质朴，但骨子里的骄傲未必比世家子弟少些，原十分不齿这等扭打肉搏，无奈两招之后，更觉丹田空虚，心中愈发没了底，且不管好看无赖，先制服敌手为上。

那胖骑士摔跤的本事也是不弱，和李师扭打了几下，竟能抄住李师的肩膀，一举翻身而上，将李师压在身下。

"辟邪！"李师余光瞄到自己的剑正落在辟邪身前几步之遥，不禁叫他援手。

辟邪恍若未闻，更是轻蹙白霜凝结的眉峰，神色愈发地凝重起来。

李师因此不敢再叫他，伸出手指直接扣住适才对手中剑的伤口，用力撕扯。

"啊！"胖骑士一声惨叫，挣脱了李师的双臂。

李师在地上滚了一滚，摸到了自己的长剑，刚跃身而起，那骑士的刀光也跟着杀到。两人分合之间，金石声乱耳，火星四溅，刀声剑光就在辟邪头顶，几乎擦身而过，他都浑然不觉。

坡下已有人高叫："咒咒！"

“在这里！”咒咒内力原不如李师，几个回合之后已要拼力抵挡他的长剑，此刻只有暇咬牙挤出呼声。

李师闻言不禁急躁，大喝一声，不顾咒咒的刀尖就在眼前，行险不予格挡，将内力急催在剑锋，踊身直入。此举豁出性命去，大出咒咒意料。咒咒应变不及，刀尖只是掠过李师面颊，削下一片耳郭，而李师剑锋却长驱直入，在他左肋之上划破半尺长的伤口。

咒咒顿时血流如注，倒退数步，大叫道：“库伦，你再不到我就死了。”

“给我等着！”只见库伦应声掠上坡来，催马就向辟邪头顶踏去。

李师见状不妙，弃了咒咒，转身挡在辟邪身前。

那骏马却突然哀鸣一声，生生顿住了去势。只见辟邪长身而起，一掌抵住马首，目光似冬月下的深渊，比库伦初识时更是深沉。

辟邪升腾半空之际，仍能清晰地感到最后一丝紊乱的真气从通透的肺经中奔涌而过，周行肺腑丹田，是久违的舒畅豁达，身无沉疴，百骸俱轻，连手足都是酥麻温暖。他朗声大笑，衣袖轻拂间震开李师，指尖轻拈，“叮”地如金石相交之声，将库伦闪出的刀锋夹在指间，内力轻催，刀光便粉碎如雪花，断刃片片纷乱散落。

库伦大惊，他多年御敌，心念转得飞快，立时俯身弃马，顿足向后掠出一丈开外。辟邪来势却比他更快，冰色身姿裹在漆黑的斗篷中，如永夜中的闪电无声一击而至，在他眼前展袖，雪白的手指已扼住他咽喉，将他摔在地上。

这等不可思议的武功库伦从所未见，他骇然无语，自己的性命在辟邪指间不过草芥，见辟邪身后咒咒举刀逼近，眼中竟不禁流露哀求祈盼之意。

辟邪冷笑一声，抬起左臂向后虚指，咒咒被他内力直透脑颅，顿时倒地。

“你兄弟却非枉死的。”辟邪俯下眼睛，冷笑道，“他只是死得如同蝼蚁。”他手指内力稍催，瞬间将库伦斩毙。

他弃了库伦尸身，抓过他的马匹，翻身而上。毕竟是久病初愈就连杀两位高手，身负重伤之际，不免觉得体虚，他扼住刚刚用力后剧痛的左臂，蹙眉俯下眼睛，正看到李师目瞪口呆地望着他。

“怎么？”辟邪问。

李师张开嘴，半晌才道：“你的武功是不是比原来更厉害了些？”

辟邪冷笑道：“就你这点真气岂能助我功力更上一层楼？”他拨马登上最高处，向四野眺望。

不远处萧博驻马望来——果然是施发号令多年的大将，瞬间审时度势，自知不是对

手，立即掉转马头，向西方回奔。

“你现在骑上快马，赶紧回姜放处，告诉他皇帝行銮此刻决不能动。苟丽忽本是诈降，若没有动静，也勿惊动他，留着他迟早会有用。”

“你去哪里？”

“我先收拾了那个骑士，然后调支人马，依原计冲击苟丽忽在河北的大营。你再请姜放命陆过带支人马速速潜行至右屠耆王大营之后，与我会合。”

“辟邪！”李师见他已然要走，忙唤道，“你的伤势可经不起再折腾。那骑士放过了就放过了吧。”

辟邪笑道：“你懂什么？这四个人都死光了，放任中原要囚脱逃这种罪过才能扣在那人头上。”

“那人是什么人？”李师奇道。

辟邪再不理他，催马向西追了下去。

李师顿足，恼了一阵，用袖子拭去脸上的血迹，跳上马向中原连营方向赶去。

八月十六日日出不久，陆过已率轻骑三千自三里湾悄悄泅渡努西阿河，来到北岸。这里水深滩险，甚难交战，两国巡哨稀少。饶是如此，陆过亦是损了一成人马，才在一个时辰内渡过急滩。再向东去三十里，便是凤尾滩，南北分别是王骄十与苟丽忽留在屈射的大营。陆过命全军休整片刻，便招呼上马，在右屠耆王大营以西潜行疾驰。还未绕到右屠耆王大营之后，便听渡口方向隐约已传来轰然雷鸣，仿佛地狱在人们不知不觉间忽然降临在不远处。

“将军？”部将并骑而来，询问陆过示下。

“既然已生变化，等不及会合了。”陆过当机立断，拨马领军直奔右屠耆王大营，“杀！”

全军振奋疾驰十里，眼前便是右屠耆王雪山般静谧的连绵营帐，一眼望不到头。

部将等抽了口冷气，却见陆过持剑在手，高叫：“冲锋！冲锋！”

全军变作楔形，持盾在手，刀枪出鞘，三千孤军从侧翼向这四五万人的大营飞蛾扑火般杀入。

眼看营帐就在一箭之地，屈射人的箭阵排开，蝗箭如雨向震北军当头笼罩而来。陆过在前锋，知道此刻只有一鼓作气，将马匹催得更疾，当先杀入箭阵之中。

屈射人不料这区区两三千人竟敢白昼偷袭，便生轻侮之意，他们历来以骑兵为重，突遭偷袭时见敌骑先锋已然踏阵，营中轻骑不及披重甲，俱上马踊出来战，反让震北军逃出箭阵截杀。震北军全力奔袭，去势凌厉，瞬间冲入屈射人守军之中，透入营帐里许，方与屈射人绞杀一处。

“一刀一敌，箭尽方死！”陆过高声大喝。

震北军见主将已存心死战，顿时热血沸腾，咆哮应和，眼见屈射人重重围来，却无一怯战，结成团阵，随陆过向大营深处杀入。

他们才陷苦战，便听北方营外号角大作，右屠耆王大营崩动，顷刻之间，便又有一支人马透入战团。陆过在马上长身眺望，见这支人马服色杂乱，人数总在七八千人。当先的却是凉州人的黑甲精锐，见者披靡，渐向此处会合。当先一骑斩敌无数，身披血光而来，转瞬便至陆过军前。

“是内廷将军。”

震北军见者都是大喜，将他放入阵中。

辟邪裹着黑色的斗篷，驰至陆过近前，惨白的脸上终露笑容，道：“将军。”

“六爷。”陆过听李师形容，知道辟邪伤势甚重，此刻乱军中来不及问候，只得暇相互点了点头。

辟邪道：“未曾会合，将军便已抢攻，可是因为努西阿河已有战况？”

陆过道：“详情不甚清楚，只知道河畔已有交战之声。”

“行銮难道还是移动了吗？”辟邪蹙眉道，“怎么没有拦住？”

陆过道：“李师是今晨才赶回中军的。行銮与京营挪动是几日前定下的日子，也就是今天凌晨。末将出发之际，大将军已起兵追去了。”

辟邪道：“若是左屠耆王骑兵精锐来冲阵，震北军骑兵并没有什么胜算，倒不如即刻发乐州枪阵环护。”

“这也是安排了，但毕竟是步兵，尚不知道能否及时赶到。”

他二人并骑前行，一轮砍杀，接应到了凉州兵马。辟邪对陆过道：“奴婢是京营主将，必须赶回，于御前效命。这里万人，都交给将军了。右屠耆王苟丽忽带领族中贵胄渡河降了中原，这里留下的人，虽有四万众之多，但群龙无首。将军必以此奇兵摧之毁之，以动苟丽忽军心。另外，大单于次子厉旭现在右屠耆王营中。厉旭今年不过十七岁上下的年纪，将军请务必留意。”

陆过忙道：“不知面貌如何，末将可命人寻找。”

辟邪笑道：“奴婢不曾见过，但想是大单于之子，必有一双湛蓝的眼睛吧。”

他说罢欲行，陆过又急着问：“这支凉州人马是哪位统率？末将据此好发施令。”

辟邪神色一黯，道：“原是赤胡统领，现在嘛……”他冲着赶来会合的凉州诸将点了点头，再无一语，拨马杀出战团，如驾红云，踏着烟尘而去。

皇帝行銮一直都在三里湾以南驻扎，一则是因为三里湾水深滩险，不易受到匈奴人正面突袭，二则是因此地为姜放、王骄十两人领震北军环护京营，再向东西，分别是凉州、洪州兵马，是中原大军的中心。

行銮中风寒肆虐，自皇帝始，侍卫、内臣多有感染者，只是到七月末，这病越发地厉害了。先前染上的还多有治愈，之后的十之四五都有性命之虞。吉祥与军中太医商量过后，先将皇帝行銮挪至上游水源处，将染病的内臣、侍卫都分开看管照料，但仍是死者不绝。到八月头上，终于盼来了陈襄。定夺下来，还是远远挪动行銮为上策。

阿纳从夕桑雪山突袭得手后，中原便失了浊节滩渡口，匈奴人渡河四十里，由乐州枪阵、箭楼并火炮弹压，持续胶着。陆过与吉祥等，亦不希望皇帝的大驾距浊节滩过近。因此行銮移动的方向，便只能向东南中原大军腹地去。

八月十五日，京营按议定的启程日期，由半数人马押运辎重先行，掘壕沟筑营。大驾便于八月十六日凌晨拔营，由京营骑兵及铁枪营扈随，启程向新营盘缓缓行去。日头上到辰时，这段四十里路程，才走了一半。

皇帝已不耐地对侍卫统领郑璧德道："这样走下去，譬如去大祭了。要磨到什么时候才能到？"

郑璧德赔笑道："回皇上的话，不用一个时辰，必到了。"

这几日因得了辟邪失陷均成王帐的消息，皇帝的忧急暴躁已然令身边的人都战战兢兢，唯吉祥还敢据实劝解道："皇上，策马不过顷刻，但图一时之快，有个闪失，群臣诸将都是万死的罪，还望皇上体谅他们的小心。"

皇帝嗔道："这已是中原大营的深处了，能有什么闪失？现在诸多大事未决，竟花这些时辰在路上！"

话音刚落，便见一骑飞奔而至，持震北军姜放旗号，驱开京营的骑兵，闯至侍卫营外。

"有要事禀皇上。"那传信官高叫。

京营骑兵副将钱玉得人禀告，这时也飞驰过来，向侍卫营副统领游云谣一同报名。

见游云谣与他们只说了几句话，便立即带着两人策马直入御前。

"禀皇上，这是姜大将军帐下令官。"游云谣道。

皇帝知道这是有重大的事："讲。"

那令官趋近了，低声道："大将军得知，苟丽忽与阿纳里应外合，将趁京营移动之际，冲击御驾。这时大将军已带骑兵万人前来护卫，并有快马报与王骄十营中知道。请皇上现在早做准备，防着匈奴人冲阵。”

说到此处，隐约便听凤尾滩方向奔雷涌动。众人面面相觑之际，四周侍卫营与京营都已哗然。

“那还是要护着皇上飞马先入大营要紧。”郑璧德脸色大变，已然叫嚷了起来。

游云谣道：“不可。一则骑兵飞驰，难耐匈奴人骑兵冲阵；二则大营此刻究竟是什么情形也未可知；再有，”他望了一眼皇帝，接着道，“皇上离了京营，这里军心涣散，必败。”

郑璧德道：“这是要罔顾皇上的安危，令皇上身陷战场吗？”

游云谣道：“倘若京营精锐这里崩动，根本就指望不上皇上在行銮平安。更会波及两翼震北军。”

郑璧德尚要呵斥游云谣，皇帝已问钱玉道：“你以为如何？”

“臣以为皇上万不可行险独走。”钱玉道，“监军操演铁枪阵应对敌军冲阵日久，臣必以枪阵抵挡匈奴骑兵。坚守至两翼震北军会合，依旧是有把握。”

皇帝道：“如此，朕的安危，便交在京营将士手中。”

“遵旨。”

钱玉领命，立时传令铁枪阵悉数向北集结，以应匈奴人踏阵，全军戒备，亦不敢在此久留，仍缓缓向大营挪去。

而不过片刻，便听东方杀声大作。

“这是什么情形？”皇帝问。

游云谣上前道：“臣以为东翼之战，必因苟丽忽。臣这就派探马两边打探。”他呼啸一声，便有侍卫营两骑领命驰去。

全军正在惊惶不定之际，探马回来报道：“东翼姜放援军被苟丽忽阻挡，于东面二十里处接战，正陷于胶着。暂不能驰援京营。而西翼有右骨都侯大军正猛攻凤尾滩，王骄十举军相抗，尚无失陷渡口的迹象。”

“现行銮向西移动，还无被袭之虞。”郑璧德忙道，“此刻若能回銮壕营，严阵以待，才能保皇上平安。”

游云谣仍在蹙眉，皇帝见了问他道：“卿觉得不妥吗？”

游云谣道：“并非不妥。能及时回銮壕营，总是上上之策。不过，苟丽忽区区五六千兵力，不惜右屠耆王的贵重，甘愿身陷重围，拼死来战姜大将军，定只为一击而动中原根本。臣只怕匈奴人仍有后手。此刻切不可掉以轻心疾走，反助了匈奴人偷袭得手。恕臣直言，若以京营骑兵火速驰援姜大将军，夹击苟丽忽……”

“南方！”右翼有人大呼，层层传进阵心。

不远处已有烟尘冲天，此刻再调集铁枪阵护卫右翼，已是不及。

京营骑兵阵立时架起长枪，持盾集结于前。

“旗号不明。”前方令官回传消息。

吉祥道：“难不成是姜大将军的援军？”

游云谣已持剑在手，道：“震北军必打起旗号证明，这定是敌军。此刻不可贻误战机。”

钱玉亦飞传将令，右翼京营骑兵阵执枪迎击而去。

此处右翼空虚，而军中当以郑璧德为首，人们都望着他待他号令，而郑璧德双股战栗不止，已不能言。

皇帝对郑璧德怒目而视，道：“这人是不中用了。大敌当前，游云谣速督侍卫营迎战。”

“是。”游云谣领命，“无论如何，皇上都当处于铁枪阵中，请向北移驾。”

京营枪阵刚将侍卫营放入阵心，南方便杀声冲天，两支骑兵于数里外绞杀在一处，不辨胜负。

顷刻，北方铁枪阵外警号大作。听得号令层层透入阵心。快马又来回报，已见匈奴人重甲过河。

“怎么会过河的？”皇帝不免也吃了一惊，“难道凤尾滩失守？”

游云谣道：“凤尾滩驻有重兵，王大将军常年驻守，不可能在这一时就被攻破，现在能过得河来的，必只是小股人马。这时万慌不得。”

“知道了。”皇帝点头。

这里万人拱卫圣驾，却如血海上的孤舟，举目四顾，都是杀机四伏，连对方兵马几何都不知晓，唯有杀声如潮，迭迭拍打着阵心中每个人的胆魄。

不久便能看见远处匈奴人的刀光翻腾在黑色草原般的京营枪锋之上，尚未到万军崩动的关头，但匈奴人重甲冲阵之声滚滚，烟尘挟着血肉的气息扑面而来，战马战栗不安，喷着沉重的鼻息，焦躁地踏步。

游云谣战马趋前，命胡动月道：“此时不明各处兵力战况，侍卫营部署甚难，你向左翼前锋查明战况，速报我知。”

“是。”胡动月对他素来敬服，毫不犹疑，拨马飞驰而去，不久回来禀报：“匈奴的重甲骑兵现在眼下的，有四五千人，层层踏阵，并向东南方向包抄，前锋恐他与右翼敌骑会合，便成合围之势。现京营副将钱玉命铁枪阵做雁行阵，诱匈奴人入围，但因此中军薄弱，进深不过里许，弓弩对重甲一时杀伤不大，只得胶着在数丈内。”

“侍卫营均上枪。”游云谣传令道。

吉祥忙问：“这是怎么了？”

游云谣道：“纵深里许，若有重甲突入，只是顷刻便到了御驾前。况万不得已须突围而去，侍卫营也当铁枪破阵。”

猛然一声惨叫，皇帝左近的内臣捧着中箭的肚子跌下马去，滚在地上。

“盾！”吉祥大呼。

皇帝最心腹的侍卫聚拢过来，持长盾列阵在周围，护住天子。

皇帝有些茫然，万人山呼海啸中，自己的性命如此孑然地围困在一堆单薄的血肉之后。

征发数十万将士，自己亲征在努西阿河畔，祖宗交在自己手里的社稷江山，驱除藩镇的志愿，就维系在盾牌阻隔开的狭小一隅中。扑簌簌箭镞击打盾牌，吉祥在一边紧紧地抿着嘴唇，皇帝似乎经过了许久，才觉着自己喉咙发紧，仿佛沉沦在血腥的酷热深渊中，拼力浮出水面般透了口气。

“呵……”

连透气的声音都是不体面的颤抖，皇帝用麻木的手指握紧了缰绳，寄望于手甲坚硬的刺痛能令怯懦的战抖停歇下来。

——这便是战场了吗？

皇帝在肝胆俱裂的恐惧中嗤笑自己的无知。

“皇上，奴婢虽不是什么良将之才，但无论如何，豁出性命去，终能保得皇上脱险。”吉祥掣剑在手，在皇帝耳边道。

身边都是刀剑锵然出鞘的声音，自吉祥以下，小合子、小顺子等，都持刃在手，严阵以待。

游云谣点出侍卫营二百人驱前，迎击突入的匈奴重骑。此刻敌我在一箭之内，侍卫营骑兵弓法更在步兵之上，长身施射迎击，瞬间压制住匈奴人，不令其更进一步。敌骑稍有迟滞，便被京营铁枪阵卷入阵中，逐一击破。

只是往复马踏箭驰，匈奴人迫得京营前锋的阵型渐渐收紧。饶是京营骑兵从步兵罅隙中冲杀而出，仍不能稍缓匈奴人攻势。

钱玉在前锋不住大声督战，面色愈发凝重。听得匈奴人阵中号角高鸣，这波冲锋却是挟万钧之势而来。大概是匈奴人亦失了耐心，恐失陷在敌地，不免要用重兵一击而破。

铁枪阵最前阵却不耐这波匈奴人手弩施射，立时折损大半，被匈奴人抢过先机，重甲轰然如雷，踏过前阵的尸首，如楔钉入中原阵中。纵有令官伍长全力督战，仍有士卒开始向后退却。

“前阵随时都有崩动之虞，侍卫营要早做突围的打算。”京营的忧虑立时传入阵心。

游云谣面沉似水，对吉祥道：“侍卫营必不辱命，要护得皇上脱险的。万军之中，公公武艺高绝，还须时时贴身护驾。”

吉祥点点头，问道：“突围之后，去向何处？”

游云谣道：“若敌骑破阵，侍卫营便顺其势向南脱出战团，而唯今之计，是会合姜大将军为上。”

侍卫营已做好逃脱的准备，只静待匈奴人破阵，然而一时听到的，却是匈奴骑兵哗然之声。

只见匈奴重甲阵后忽然大乱，一骑裹在烟尘之中，自匈奴人后军突袭，直奔中原京营，他弯刀一路砍杀，如巨鲨破浪掠食，其左右匈奴骑兵，无不披靡。匈奴人呼啸不绝，数十骑转而围攻，短兵相接之下，箭矢乱飞，那人马匹哀嘶，伏倒于地，他却毫不迟疑弃了马，避开横飞的黑翎贴地而行，身法犹如鬼魅，自重围中杀伤十数人，闯入两军相持的前锋，腾飞于匈奴人冲阵的浪巅，一刀便刃一人，匈奴人面色骇然惊悚间，已被他瞬间杀尽最前的重甲前锋。

将士们放声欢叫，那条人影踏着枪尖的寒锋，直掠入枪阵之中，夺了马匹飞身而上，高呼道：“向前。”

中原京营的长盾铁甲如同黑色潮汐，攀过适才那苦苦争夺的一丈之地。

那人拨马直奔阵心，他虽单薄消瘦，身无寸甲，连弯刀也收了，却如裹在乌云中的杀神，满身凛凛戾气。沿途将士无不注目欢呼，人群乍分，他的马蹄似踏在信众托举之上，降世而来。他径直飞驰到皇帝驾前拉住马，马匹前蹄腾跃，由他在鞍上绽开笑容，满心喜悦地呼道：“皇上！皇上安好？”

“辟邪！”皇帝这瞬重逢的喜悦被安心释然的欢喜淹没得不见，“天不负我！”皇帝大笑。

“果然是老天派来救驾的，真是来得正好！”身边的内臣、侍卫都是大喜，举臂高呼道。

“皇上此刻身处低势，全军被匈奴人冲击得甚为辛苦，须向高处缓缓移动大驾。而且，”辟邪望着皇帝身着的明黄色罩甲，“此番左屠耆王来袭，就是妄想袭击圣驾。皇上的服色太过显眼了。”

他伸手解开身上黑色的斗篷，催马过来，想双手呈上，却面露难色。

人们见他斗篷下只穿了件白色单衣，上面斑斑驳驳，到处都从内透染的血迹，竟不知道他衣下是如何的伤痕累累，血肉模糊，都是大惊。

“奴婢的左臂不甚方便，请皇上披上斗篷避一避匈奴人的耳目。”

吉祥接过斗篷，披在皇帝身上。辟邪见了，方放下心来。

此时钱玉也已驰到，辟邪对皇帝道：“奴婢看过，南方绕来的，毕竟是诱敌之兵，不足为惧。而渡河的重甲五六千上下，都是左屠耆王精锐。一则，他们若不能一击得手，必不愿失陷在此。二则，我军在此相抗时长，定受其害。若要他们速速退兵，以会合姜放震北军救援为上。苟丽忽一部拦在我两军正中，必要大破。奴婢就遣钱玉领京营骑兵疾行自苟丽忽身后包抄。”他又对钱玉道：“你命众人于苟丽忽后军大呼‘厉旭已死’，定能乱他阵脚。”

郑璧德忍不住道：“那留在此处的岂非只有铁枪营？就算王骄十处不能驰援，待洪州军来援，亦无不可。”

“现在指望不上洪州军，自然是有其他的道理。最不济还有侍卫营骑兵。”辟邪道，“两千人足矣应付一时。”

“是。”钱玉与游云谣都大声应命。

“皇上的安危呢？”郑璧德想到自己亦有冲锋陷阵的职责，更是瑟瑟发抖。

辟邪望着皇帝道：“皇上，这里人人泯不畏死，都为了一个缘故，只要皇上在，天下便在。”

皇帝豁然振奋，慨然大声道：“朕信得过你们。”

“如此，奴婢阵前去，告退。”

皇帝忙道：“辟邪，着了甲再去。”

辟邪见众人依旧盯着他的伤痕看，不禁面露惭色，道：“奴婢伤重体弱，此刻负不得甲。皇上保重。”

他拨马掉头就走，奔回阵中大声喝令：“令官！”

“主将！”立时有令官六人出阵听命，自他回来的一瞬，便有了主心骨一般，众人令行禁止，干脆了许多。

“守住这片刻，就有救兵。”辟邪大声道，“京营子弟，可信我？”

“信！”

——天使的战神，辉光无限，人们向他羸弱的身子伸出手臂，似乎要碰触他的身光，甘愿化身成百万亿恒河沙的一粒，于他辉然普照下成功成圣。

“听我号令！”他大笑，锵然掣出弯刀。

“遵命。”

万众应命声中，皇帝亦掣剑在手，身周内臣、文官凡佩刀者，皆随之持刃备战，瞬间热血上涌，颓败气势一扫而光，只想奋身杀伐。

皇帝环顾四周，知道这刻京营是属于辟邪的，战场是属于辟邪的，连自己也是属于他的。他甚至知道自己的脸上如同身边所有卑贱的奴婢和高贵的武士一般，带着虔诚的微笑，正仰视着那白衣少年。无人此生见过这等超凡的人物，甘愿在他足下轻如微尘。

皇帝这时才觉惊悚，那份心甘情愿让冷汗从他背上涔涔而出。那少年愈是洁白光明，愈是将他心中照得黑沉。

一时侍卫营千骑齐发，“隆隆”而去，持枪迎面向匈奴人冲击。

侍卫营将士固然都是武艺高强、弓马娴熟的精锐，却因总于京畿侍奉皇帝，不免是朝中最养尊处优的一支人马，极少于敌地接战，见匈奴铁骑扑面而来，不免多有犹疑者。

这番冲击，要的便是迅疾犹如雷霆，如此彷徨不决必遭大害。游云谣深知其中利害，催马抢至全军最前，高举长枪厉声叫道：“勇者得生，随我决一死战！”

他当先疾驰，如利箭直透敌阵。有奋勇者紧追不舍，随之持枪冲入匈奴人前锋。游云谣举枪先破两骑，旋即突入敌阵纵深，一臂挟枪，一手持剑往复杀了多人。身后将士也及时赶到，与匈奴人战成一团。侍卫营诸将见他如此孤勇，无不振奋，一并狂冲杀入战团。千骑如索，一举将匈奴人这拨冲阵困在原地。

铁枪阵因此得了喘息的机会，行止有度，环护皇帝向高处缓缓移动。行至半坡，已有匈奴骑兵于侧翼迂回，被京营枪阵收缩前锋，放入合围砍杀。中原大阵去了五成骑兵，更是薄弱，一箭地内，处处都是刀光长枪翻滚，无论匈奴中原，将士死伤无数。

吉祥见匈奴人的弩箭已能平射至皇帝身前的长盾，催马前行，道：“奴婢前去挡上一挡。”他威势如山，驰马战退多骑，侍卫营骑兵立时赶来援护，凭百骑之力拓开十数丈纵深，令铁枪阵在身后再次集结。匈奴人见一时不能战下，阵中号角又响。

“执盾。”辟邪一边在中军高叫，一边夺过长盾，掠至皇帝身侧，将盾掩住皇帝身子。只听“哆哆”箭雨扑打，皇帝肩上一痛，奈何形势危急，也不顾验看伤势，只觉辟邪身上疲惫的颤抖传来，知道万不可动摇他的心神，喝道：“你是京营主将，当号令大军去。这里有他们。”

辟邪看了看小合子、小顺子肃然无畏的神色，点头道：“皇上说的是。”

他舍了皇帝，在京营中飞传号令，命弓箭手强弓还击，将匈奴人的势头又缓了一缓。

但见一股重甲自高处借势俯冲而来，为首者身形巨大，状若金刚神将，似挟雷霆，无人抗得。

游云谣见状，领精锐直面迎上，当先一骑，为那匈奴首领一刀斩于马下。游云谣便催马持枪抢在众人之前，与之交锋。两骑交错之际，沉重长枪竟被那首领一刀劈开，更加反手一刀，将游云谣马匹头颅斩裂。游云谣随马尸轰然倒下，急忙挣扎着抽出腿来，掣出长剑，反身追上那首领，展开身法掠至他马前，只手抓住马辔，一跃而起，只见他剑下银光闪动，直取敌首的面门。那首领只当是平平一剑，不以为意，仍用势大力沉的长刀格挡，想荡开游云谣长剑。不料眼前的剑锋突变银蛇，竟从他刀下游弋开去，长驱直入。

那首领忙侧首闪避，仍被游云谣一剑撩中面颊，再剑锋微侧，将他的左耳削去。

“啊！”那敌首竟无半分惊色，只是怒吼了一声，不退反进，一把抓住游云谣持剑的手腕，将他整个人轻而易举地举在空中，往地上狠狠一丢。

游云谣后背着地，摔得蒙了一瞬，才支撑起身子，却被那敌首身后的重甲冲来再次撞倒。那些匈奴骑士眼见首领被他刺伤，无不大怒，竟有十数骑围着他不住蹂践，游云谣长剑未失，拼死刺杀两骑，却不耐无数铁蹄践踏，终倒于烟尘之中，只能听到他惨呼了一声，不知生死。侍卫营救援不得，反失了主将调度，一时混乱，被这股人马冲得零散。

“吉祥！”辟邪远望游云谣战马倒地，已知不妙，唤道，“那是阿纳大将库勒莫，那处无人可挡，你速领兵截住。不然必被他破阵。”

吉祥点头领命，策马而去，正遇库勒莫摆脱了游云谣，借地势杀下，见吉祥正面而来，不由分说就是举刀力劈。身后即是皇帝所处的阵心，不容吉祥犹疑半分，此刻已无关剑法后招，只凭通身浑厚内力，将重剑高举于顶，向库勒莫斩下。

饶是库勒莫占地势快马之利，仍被吉祥一招震得几乎跌下马去，他抓紧缰绳，将马匹勒得前蹄腾空，方在鞍上稳住身子，终于变色。

他在左屠耆王座下身经百战，从一介奴隶累功至斯，绝非莽夫，知道自己绝非吉祥对手，当即呼啸一声，招来十数骑亲随，共战吉祥。侍卫营骑兵见状，亦策马来救，两军僵持不下。

“救兵！”小顺子忽而指着东方高叫起来。

混战之际有这声高呼，铁枪阵不禁纵声欢呼。

辟邪见东方依旧烟尘不绝，仍有争战之状，命道：“先头亦可能是苟丽忽残兵，万不可掉以轻心。”

果见京营与姜放旗号与匈奴人绞杀一处，前头人马不分彼此。这边铁枪阵投鼠忌器，亦不敢开弓射击。眼睁睁看着乱阵杀至面前，五路人马旋涡般飞卷一处，辟邪驰入铁枪阵中，严命全军紧紧收缩成圆阵，不可贸然出击。奈何此时不分彼此，而苟丽忽一部似乎深知功亏一篑，只是忘死向皇帝阵心不住冲击，先头死士百人，不顾铁枪攒心之痛，拽开强弓向阵心施射。

辟邪望见，不禁大惊，扭头望去，见随驾的内臣多有死伤，幸有吉祥紧紧贴着皇帝护卫，不致伤及皇帝。而郑璧德等怯战者，却已走避不迭，致阵心移动，皇帝左翼阵型反被自己挤压，被匈奴重甲又趁机突入纵深，在这就将大捷的时刻，竟有崩乱之相。

皇帝当机立断，拔剑斩毙了一名正在惶然奔走的近侍，怒道："不从号令者，必斩。"

如此固然煞住乱象，然而库勒莫一部却得机逼近御驾，小合子与小顺子立即策马而出，挺剑便欲迎敌。先头匈奴人的眉目已能看得清楚，那骑士瞠目咆哮，状若癫狂。小合子未历战场，不免怔了怔，小顺子已大吼了一声，长剑趋前，就要接仗。却突见一支黑翎飘到，钉入那骑士狰狞面庞。他轰然倒地之际，小合子与小顺子忙回头相望，只见皇帝持弓，数箭连发，已击伤数名匈奴骑士。

"杀！杀！"皇帝身边的霍炎亦掣出佩剑，驱马杀入战团。他本是文人，却仗着年轻热血，随着小合子、小顺子胡乱大砍一气。

他们三人只凭一时蛮勇，岂是匈奴精锐的敌手，被斩杀也不过是顷刻的事。小顺子热泪上涌，眼前已是一片迷蒙，只是觉得身周匈奴人长刀的光芒突黯淡了下去，有人接住他的剑势，笑道："好啦，别杀红了眼。"

那人满面满身披血，撇下小顺子径直策马奔向御前，待走得近了，才愕然怔了怔，抹了抹溅在脸上的鲜血，看清了皇帝的面庞，又看了看皇帝身上披着的斗篷，最后突然笑道："哎呀，我认错了人。不过，你箭法好得很哪。"

小顺子大骇，忙奔回拉住他，对皇帝道："皇上，这是草莽人物，不知礼节，皇上恕罪。"

皇帝点了点头："何罪之有？若非这里有他，匈奴人已到眼前了。"

李师怔了怔，道："这原来是……"

"呜——"草原上忽传匈奴人悠长的号鸣。

库勒莫见最后的机会依然不能得手，传令退兵。

自匈奴人踏阵，不过一个时辰，便旋风般掠去。中原兵马循着匈奴人的退势向北掩杀。留在缓坡之上的，遍地都是京营士卒的残躯。

无人欢呼雀跃，身周只是突来的疲惫的寂静。

辟邪向令官点了点头，便见猩红令旗招展，京营骑兵收了阵型，向皇帝所在的铁枪阵缓缓驰回。虽然受伤的士卒呼号仍在耳边，却无滚滚怒马蹄声，辟邪心中稍生安宁，便觉浑身伤痛却如巨浪突来，当头淹没所有的神志。他眼前一黑，几乎径直摔下马去，只得伏在鞍上等待这波晕眩的浪潮缓缓退去。

一时忽不闻身边诸将忧虑的呼唤，却觉一只手掌轻轻按在肩上。

“皇上。”辟邪仰起面庞，看到皇帝的手掌手腕沾满的都是袖中淋漓的鲜血。

“奴婢有罪。”他在皇帝的掌下的身子不住战抖，竟无气力下马行礼，“京营拱卫圣驾部署之际，奴婢竟不在军中，致皇上……”他此时才觉得后怕——纵然是纵贯屈射亲王连营，力挫阿纳偷袭，然而这些比之皇帝肩上的箭伤，却不名一文——“若皇上……”他不知用什么言语更好，垂首无语。

“你从病中过来，能领京营于危难之际力挽狂澜，何以有罪？”皇帝从吉祥手中拿过自己惯常穿的斗篷，覆在辟邪瘦削狭窄的后背上，“今日，你我已有同袍之义，朕与京营将士都有同袍之义，如此情同手足，何以言罪？”

辟邪无言半晌，最后挣扎跳下马来，匍匐于地道：“皇上体恤，奴婢愧不能言。皇上万岁万岁万万岁。”

“万岁万岁万万岁。”举营轰然随之下马跪地同赞，为这君臣投契之刻山呼万岁。

“起来。”皇帝跃下马来，伸手扶起辟邪，想挽起他的手时，却见他指尖血肉模糊，更不知他身上层层叠叠多少伤，怔了怔，又大声道：“着你回京营统领兵马，领总督职。待伤好些，就在御前听调。”

“是。遵旨。”辟邪领命。

皇帝望着虚弱却真实地站在面前的辟邪——心力交瘁之下，他的声音显得过于平静和没有生气，因而显得有些陌生的疏离，让人觉得他有一丝魂儿就留在了草原的深处，再也带不回来了。

四十八

阿纳

皇帝行銮安顿下来已是入夜时分。姜放等震北军诸将仍在前锋，不及来问安。只有中原左右两翼的凉、洪两藩赶来，见皇帝身负一箭，透甲击中后肩，都是大惊。知道此役惨烈，若当真被阿纳得了手，亦非他侥幸。

一时内臣来回，京营已全部驻扎完毕，此役折损四千多人，都在各自安顿。

洪定国道："京营虽护得皇上脱险，但终归部署失当。京营主将若身弱不能胜任，当另择能者统之。"

皇帝"唔"了一声，未曾理会他言中不善之意。

必隆道："辟邪自夕桑一战以来，智勇之誉遍传全军，是靠得住的人。皇上以总督之职授之，可谓才尽其用，皇上圣明。"

洪定国冷笑道："以臣之见，他依旧是宫中出身，虽有智勇，却也目光短浅得很。"

"哦？这怎么讲？"必隆问。

洪定国道："其时皇上被围，辟邪赶往救驾，固然是臣子奴才的忠义；而臣的大营却非遥不可及，与其领全军死战，何以不曾有半个人遣来臣的营中求援。若有臣的洪州军夹击驰援，不但能解皇上危难，也必能一举大破匈奴精锐。因此以臣看来，京营主将勇虽勇者，不过愚钝狭隘了。"

皇帝笑了笑："世子说的正是在理，他一介奴婢，确实想不到这么周详。若有能者，倒是当另择而委以重任。"

大帐中一瞬间又是沉默。洪定国望着皇帝的神色，知道即便没有触痛皇帝的心事，至少也令皇帝心生一丝疑惑，因此也不觉得难堪，又与必隆赞了一番皇帝英武果决，更请皇帝安心休养，方告退出了皇帝大帐。

必隆道："臣闻昨日有一支人马直入右屠耆王连营，致苟丽忽首尾难以兼顾而大乱阵脚，那支人马据传从草原上来，当是臣辖下将军赤胡奉命衔领的凉州军三千和降军一万。现未见赤胡复命，臣心中诸多不安，求皇上能允臣在此稍候前锋消息再回。"

皇帝自然是应允的。必隆便于行銮值房中假寐，待到天光微亮，听得帐外人群低低的嘈杂，有人道："皇上却是没有怎么睡，等着消息，大将军要请见，待到了，即可直入御前。"

“是。奴婢便等着大将军一同内进。”

这个声音却是宛若少年般的清澈。

必隆忙站起身，踱出帐外。

晨曦里的青衣宦官一如之前所见，洁白憔悴，抬起眼睛看见身着杏黄罩甲的必隆，竟像是见到了什么麻烦事，一边轻叹了口气，一边放肆地蹙起了眉。

“奴婢辟邪，未见过凉州王爷，给王爷请安。”

他唇间坦白自若地吐出“奴婢”二字时，必隆已一把拦住了他，只容他单膝点了点地。

必隆指着他缠在身上的左臂，道：“将军伤重，免礼吧。”

“是。”辟邪微笑道，“幸得王爷体恤。”

必隆一边仔仔细细打量着辟邪的眉目身量，一边道：“听闻昨日大战，将军赶至军前时，浑身披血，现在看将军仍行走自若，便是伤重，也不当是刀剑之伤。若是草原上常见的马踏滚跌，小王营中倒一直有医师擅治，可差遣过来诊治。”

辟邪迎着他的目光笑道：“劳王爷费心垂问，奴婢惶恐得很。那些多半是敌将鲜血所溅，奴婢并无大碍，只是奔波日长，心神疲惫，现休整一夜，已大好了。”

“说起奔波，可是将军调了赤胡一部人马劫了苟丽忽在河北的大营？现未见赤胡复命，不知京营主将纵横战场之际可曾见他？”

辟邪叹道：“奴婢竟未见他。此番是陆过会同赤胡将军一部冲击敌营，陆过倒是与奴婢乱军中匆匆见了一面，却未听他提起赤胡将军，只是战场上不及细问，奴婢心中亦十分不安。”

必隆见他如此语焉不详地应付，不禁微微切齿地笑了：“这只怕要着陆过来问了。”

辟邪赞道：“军中朝中都赞王爷贤明。正是的。待陆过回转，奴婢见着了，必传王爷之命，令他前往凉州军中待王爷垂问。”

必隆盯着他的眼睛道：“将军才是智勇兼备，今日一见，当真领教了。”

“叫辟邪。”吉祥想是在一边看了一会儿了，这时不失时机地宣道。他笑嘻嘻又向必隆请安问乏，寒暄几句了之后，接着又埋怨辟邪道：“怎么就不知道让人省心？这样的身子冰凉的地上站着。刚陈太医正还在万岁爷跟前告状，你仔细万岁爷问你呢。”

辟邪叹了口气，与吉祥一同向必隆告退，拖拖拉拉走进皇帝大帐，早有小监打起帘子，只听陈襄在御前道：“手指、脚趾十之有七都被拔去了指甲，肋骨也断了三四根，箭伤两处，刀伤更多。左臂为钝器直接砸断，虽接得用心，但若再不固定，多使蛮力，只怕这辈子左臂不保了。”

皇帝看来刚由陈襄检视过伤处，此时正由小合子服侍着穿衣，漫不经心听到此处忽抬起头来，倒抽了口冷气。他尚来不及细思那些伤势是何等的惨状，只见陈襄已瞥见入内叩首的辟邪，瞪了辟邪一眼冷笑道："这等不爱惜自己的奴才，皇上还是打发回京的好。在这里熬着，使臣为其续命，不啻死骨更肉，倒真是为难臣了。"

这三朝老臣，人称"在世华佗"的御医这般大怒，当真难得一见。皇帝由他问诊多年，从未见他如此气急，只得先安抚他道："先生不要说气话，他若不珍重自己的性命，也是他咎由自取，断不会责在先生头上。朕自然会时时申饬他，但要他回京，这个时节，是断断不能的。"

辟邪笑道："奴婢只是外伤，在此在京都是一样的治法，多亏得皇上圣明，让奴婢少了一趟奔波之苦。"

皇帝向陈襄点了点头，命其告退，又屏退了闲杂人等，才将辟邪招至座前："指甲是怎么回事？"皇帝挽住他的手细看，却见伤处已被敷药裹了起来，不知其下是何等的血肉模糊。

辟邪抽回手，笑道："两三个月就又长回来的。是奴婢不小心，落在匈奴人手里，他们逼问我前去寻的是谁，奴婢未曾吐露，难免受折磨。"

"那么左臂呢？"

"亦是如此。左臂血肉被断骨刺穿，今后只怕要留个大伤疤了。"辟邪苦笑道。

"何以要下这般的狠手？"皇帝开始只是不解，瞬间便满面震怒，"他们竟施了多少酷刑？"

"皇上！"辟邪回想当晚库勒莫的折磨，只怕是自己因内伤更重，当时竟不觉得受刑太苦，而今却是心生寒意，不由得微微一个冷战，哀求道，"奴婢已想不起来了。"

皇帝与吉祥见他神色有异，都不忍再问，连想询他如何脱险出来，都不免一并按捺住。

"坐吧。"皇帝心生怜惜，道，"怎么天不亮就这里来？"

辟邪却执意跪在皇帝足下，道："一则是姜大将军正自前锋疾驰回来，有要事面奏，奴婢以为多半生了大变故。二则……"他垂首，"奴婢前来请罪。"

皇帝笑道："好端端的，你又有什么罪？"

"奴婢的罪过，在知情不报上。"辟邪顿首，"皇上被围三里湾，奴婢自匈奴阵中得了消息，赶回求援。其时王骄十一部正在凤尾滩抵挡匈奴人佯攻，而洪州一部虽远，若早得消息，却也能前来解救。奴婢始终不曾向洪州军求援，皇上圣明，必心生疑问。"

"你在军中言及，其中另有缘故，倒是想待你缓过这阵来好好问呢。"皇帝垂目在辟邪的脸上，微笑道，"你却先来回了。"

“是。”辟邪道，“阿纳偷袭行銮，处处算得精准。第一固然有苟丽忽在河南作为内应；第二更因对皇上行銮中瘟疫肆虐，必要移动这件事了如指掌，恐怕在皇上御前，有人时时向匈奴人通报消息。连皇上何时起驾、守备兵力都一概清楚，这些细作，定是皇上行銮中的近臣。”

皇帝变色道：“是谁？”

“奴婢不清楚。”辟邪道，“军中都是汉人汉臣，不惜自毁长城而得利的，其主恐怕在南边。”

“东王的人？”皇帝脱口而出。

辟邪道：“行銮中人口庞杂，现在一一质询，譬若大海捞针了。奴婢以为尚不到彻查的时机。”

“这也算不上你的罪过。”皇帝道。

“奴婢不当之处，却另有其他。”辟邪道，“纵然内应时机具备，阿纳要得手，却又有一样要紧的关节，便是凤尾滩以东的洪州军。此次阿纳用于偷袭的精锐，是自震北军与洪州军之间的罅隙中突入的。他敢于无视被洪州军夹击之险，孤军深入，其实对洪州的异心了然于胸。洪定国其人，自命不凡刚愎自用，大节上却行事不决。得知阿纳偷袭皇上行銮，必生犹豫，援与不援思量之间，只怕阿纳已然得手。只是，奴婢却觉得，洪定国是绝不会援兵救驾的。”

皇帝摇摇头，道：“正如你说，朕是万军之主，有闪失，必殃及全军。凉州一破，洪州首当其冲。行銮被袭，于洪州没有半点好处。”

辟邪喟道：“这本是挟持洪定国北上的缘由。然而……”他望着皇帝道，“奴婢以为，洪王本人就在努西阿河。”

皇帝背上猛然沁出冷汗。

就在自己被袭之际，洪州军正在一侧默然伺机，若阿纳当真得手，此刻在努西阿河畔的洪王便是全军至高无上、毋庸置疑的统帅。生死一线间，这大军、这天下几乎被人轻而易举地夺了。

皇帝森然盯着辟邪的面庞，狰狞如狂，压抑着咆哮的声音，怒道：“你是什么时候知道的？竟敢瞒着朕？”

辟邪匍匐在地，战栗道：“奴婢罪该万死。奴婢揣测许久，一直不敢确定。只是看洪定国自到了北方，行事素有主张，又听闻皇上遇袭之日，洪州军中一派整肃，没有半分惊惶，终于敢有个八九分的把握。昨日不敢向洪州军求援，亦是担心洪州人趁乱对皇上不利，倒不如京营死战，待震北军来援。”

他浑身瑟瑟发抖，两臂上的青衣正渐渐渗出暗红的血渍。

皇帝按住额头，让惊怒慢慢平息。“你起来。”他最后长吁了一口气，“朕怒的却未必是你。只是想到被洪州如此算计小觑，朕怒的是自己的无知可笑。”

“奴婢不敢。是奴婢失察，亦是奴婢犹豫不决，不曾禀报。经此一战，细想之下实在是冷汗涔涔。只求皇上开恩，容奴婢在皇上身边服侍报效，待凯旋之后再做处置。”

“处置什么？”皇帝叹息道，“舅父威名远播南北之际，朕还未出生呢。只是这个跟头，可不能栽在这里不起来了。”

“皇上圣明。”辟邪叩首道，“这两件大事上，绝不可吃亏。”

“大将军回来了。”小合子在外禀道。

皇帝忙一迭声叫。

姜放大步走了进来，先望了一眼仍在地上跪着的辟邪，向正座的皇帝叩首道：“皇上无恙，臣方有寸土自容。”

“多亏你了。”皇帝道，“震北军到得及时。”

“仍是臣失察，让苟丽忽在眼皮底下做这等动作。好在有奇兵突袭苟丽忽河北大营，匈奴人未成大事，不然臣的罪过万死难赎。”

“你却不必自谦。”皇帝笑道，“这一两日朕听到的都是你们这些言不由衷的谦辞。京营也好，震北军也好，此次能抗住阿纳的偷袭，都是大功劳。都快起来说话。”

他俯身，更亲自搀起了辟邪，见两人都安稳坐下，方接着问：“你疾驰回来密奏，定是有极要紧的事？”

姜放道：“是。臣在三里湾以西与苟丽忽接仗，右屠耆王精锐果然了得。鏖战之际，臣在乱军中亲见了苟丽忽。臣有把握说苟丽忽在此一役中已受重创，这个时候，大概已伤重死了。”

皇帝与辟邪都微吃了一惊。

“你见到苟丽忽的时候，是什么情形？”皇帝急问。

“其时苟丽忽中军遭震北军冲击，落于强矢彀中，三轮箭放过，臣亲眼看见苟丽忽落马，只是未曾擒得他，眼看着他为亲随抢去，伏鞍溃退。臣率部渡河纠缠拖住，足有两个多时辰，不令其有喘息之机。直到后来俘获的苟丽忽族中亲贵多言他血流不止而死，臣方收兵回转。”

“这是意外之喜了。”皇帝惊喜之下，神色明亮了许多。

辟邪问道：“陆过处的战果如何？”

姜放道："苟丽忽的大营毕竟势众，要他全歼还是勉为其难。但其大营溃散，死伤者有万众以上。以三千震北军加上草原上的散兵游勇，得此战果，实属不易。"

辟邪向皇帝道："正是皇上所说的意外之喜。这里破了阿纳偷袭，又损了右屠耆王的精锐，本已是上佳的结局。但若苟丽忽战死，却动了屈射人的根本，屈射贵胄岂能无怨怼之意？只怕均成王帐中要生大乱。果然是大将军，知道其中绝大的干系。"

皇帝道："如此说来，贺里伦一事的胜算当是更大了。你们看遣谁为佳？"

辟邪道："原当奴婢走一趟。只是决战一触即发，奴婢着实还望留在皇上身边效命。"

他的语声清澈坚定，令皇帝想起遥远的初见。其时玲珑剔透的少年，到而今已变作令人万般安心崇仰的神灵——皇帝迎着辟邪坦然安然的目光，一时有些出神。

"那便是陆过吧。"姜放道。

"陆过很好。"皇帝站起身来。

姜放与辟邪忙跪倒告退。皇帝的手掌落在辟邪的肩上："决战之际，有你在朕身边……"他轻轻拍了拍辟邪瘦削的后背。

"回皇上的话，李师到了。"小合子进来回道。

皇帝向辟邪点了点头，便见健壮的青年一脸迷茫地趋近，经过恭谨退出的辟邪身边，青年的面庞上陡然多了几分诧异。

"草民李师……"

李师显然忘了礼数，说完这句之后，爽性先叩了三个头。

皇帝笑道："你的武功很高，匈奴踏阵御前，若非是你，只怕已经得手了。"

"是。不过那时却不知道是皇上在。"李师坦荡荡地回道。

皇帝此生少见这样的人物，不禁失笑，又问："说你是草莽人物，家在哪里？在京营中可落了籍？"

"草民是白羊人，不是正经京营的士卒，因奉师命寻找同门师兄弟，才落脚在京营里。"

"你同门师兄弟又是谁？"

"就是刚才出去的辟邪。"

皇帝奇道："你是七宝太监的弟子？原来他还收宫外的弟子？"

李师却不很在意皇帝的好奇心，干巴巴地道："是啊。只是辟邪说我学的和他们都不一样。"

一旁的吉祥听他一个"我"字出口，已是胆裂，忙不住干咳。

皇帝回首笑道："他说的，你都知道吗？"

"奴婢竟无一点知情。"

"你别忙着撇清干系。"皇帝笑着，又问李师道，"朕侍卫营中缺你这样骁勇的人，今日便召你入侍卫营，有个名正言顺的身份可好？"

"这可不行。"李师抬起头来，干脆地道，"我答应过师傅，一定要跟着辟邪，护着他不叫人欺负了去。"

皇帝哑然失笑："谁能欺负他？"

"他是个最良善心软的人，巴不得对谁都好，一会儿火里，一会儿水里，总要有个帮手。更何况，草民是个粗人笨人，真在侍卫营里，就是个砍砍杀杀。那会儿听说皇上京营移动，辟邪急得眼珠都红了，仍能想得起叫我回来报信。草民这样的人，还是听他指东往东，指西往西，大概还能多派点用场。"

"朕一样可以叫你往东往西。"皇帝道。

"皇上和他不一样。"李师放肆地抬起眼睛，竟上下打量起皇帝来，"皇上的心，比他安静，是他的主心骨儿。"

两日间波涛万丈的心绪，顷刻抚平。皇帝因为羞愧，微微涨红了脸，沉默了半晌，方对吉祥道："如此，着李师领着京营的差事，奉辟邪差遣。"

"是。"心惊胆战已令吉祥无力赔笑，实碍于在御驾前，才忍住没有恶狠狠瞪上李师几眼。

这只是阿纳三里湾偷袭的次日凌晨。辟邪站在帐外，仍觉得足下飘忽。小顺子忙上前扶住，在他耳边低声道："李师被皇上叫进去了。"

"我知道。"

"还以为皇上已经忘了这个人，真是后悔没有事先提点他几句。"

辟邪笑道："以他的心智，还是随他心里怎么想，便怎么说吧。编给他的话，我不信他能说得圆，反令人无中生有地妄生揣测。"

"师傅是说一眼看去就是个傻子，便无人信他能整出什么花样来？"

"你的嘴啊。"辟邪笑着叹了口气，"你只说正经事吧，那里，看好了？"

小顺子道："看好了。周围再没有别人了。"

"马？"

"备好了。"

"腰牌的来路可干净？"

"京营骑兵营的。从死尸上摘得。"

辟邪伸手要过腰牌，小顺子已犹豫地道："师傅的身子……非要自己去吗？李师不一样？"

"能囚得住那人的，满营中就是大师哥处。李师去，不是送死吗？"

京营与行銮的布防都是他自己了然的，一路并无阻碍，容他长驱直入行銮。这是清晨早膳的时刻，吉祥当值还有三个时辰。皇帝中军大帐之后，一溜二十多帐，都分拨给御前内臣。辟邪数清了其中的第六座，正是小顺子探来的地方。

他在外倾听片刻，脑中"嗡嗡"作响声之外，便再无人声——吉祥果然行事机密，竟没有派人看守。他掀起帘子，闪身进去。帐中太过昏暗，只能隐约见一人横卧于地，没有半分声息。辟邪走近，俯身轻轻推动那人的身子，在他耳边轻呼："黎灿、黎灿。"

"唔？"黎灿含混地呼出一口气来，立时又被辟邪捂住了嘴。

辟邪在黎灿身上缓缓摸索，并无绳索捆缚，他知吉祥手段高明，立即以真气透入黎灿周身诸穴，片刻后，黎灿便沉沉哼了一声，睁开眼睛看清了辟邪的面庞。

"你的内伤痊愈了？"黎灿语声诧异，"怎么会？"

辟邪低声笑道："承蒙你费心了。想到你时时都在惦记我的身子，更似芒刺在背。"

他又解开余下被封的穴位，将黎灿扶起，道："跟我走。"

黎灿吃力地爬起身来，又晕眩不能自持，单膝跪于地上勉力聚气。辟邪上来想扶，却被他一把拉住左臂，顿时抽了口冷气。

黎灿仰起脸来，仔细打量了他一番，不禁无声地笑了："你这副德行还来救人？"

他挣扎起身，低头紧随辟邪向行銮外走去。这两人都是伤重体弱，一路提心吊胆，直到京营地界，才松了口气。不久便见小顺子在帐外招手，撩起帘子等两人入内，指着备下的衣物对黎灿道："只说有军务去凤尾滩询王骄十便可。马就在东北角厩中。"

黎灿换上京营校尉服色，喝了口小顺子递来的水，便凝目望着辟邪。

小顺子看了看两人神色，识趣地退出。

辟邪忙抬手止住黎灿的语声，先摇了摇头道："事已至此，你何必多问？"

黎灿冷笑道："毕竟是朝中最不祥的大杀器。遗失破城锥，令我深陷囹圄，被人严刑逼供，总要问你一句。"

"那处万丈深渊，想寻回是不可能的了。"辟邪道，"以免后患，皇帝拿你灭口，也是最寻常的办法。"

"那种东西轻易携出，可不似你的谨慎。"

"能渡天堑换得盟约，也是值得的。"辟邪迤迤然道，"倒是私放了你北去，全然不似我的谨慎。"

“哦？”黎灿冷笑，“倘若是你谨慎从事呢？”

“也不妨。”辟邪道，“你虽桀骜不驯，自由自在，然而你我皆知，你是无论如何都不会做出于那人不利的事的……”

他语声未落，黎灿已抢身上前，握住辟邪双肩，怒气勃发之际，竟将辟邪掀倒在地，扬拳向辟邪脸上揍去，却被辟邪握在手里。

“你这样，我更是确信，放了你去，必无后顾之忧的。”他忍着满身的伤痛，语声微有些发抖，却依旧狡慧地笑了。

黎灿失了锐气，望着他悻然苦笑，怔了半晌才松开手掌：“我从草原上被你们夺来，又被你们赶回草原上去。你说的桀骜不驯、自由自在，何时有一刻降临在我的头上呢？”他体会着辟邪这瞬的失神，长叹道：“辟邪，你我二人，可不可以不要再见了呢？”

“那岂不憾然？”辟邪粲然一笑，任由黎灿拽住他的右臂，将他拉起身来。

“保重。”

两个劫数注定在北方的人交缠着右臂，行胡人抱臂之礼，不约而同地在对方耳边低声祝福。

陆过随姜放至行銮复命，不曾有机会陛见，却被直接请去了京营总督大帐。

原先京营拱卫在行銮之北，经这个阵仗，变作京营环卫行銮。京营总督的大帐就毗邻皇帝寝帐，宽敞豁亮，比之姜放的大帐毫不逊色。

他尚未报名，便见小顺子迎了出来，躬身打揖道：“状元爷万不要客气，快快里面请。”

“这可使得？”陆过道，“现今将军正式领了总督职，末将……”

“这是什么话？”小顺子笑道，“就像师傅所，军中人客气，都是看在皇上恩宠上，这京营也是战时不得已冠个虚名，回京前，必要交给正经的主儿的。”

“陆兄快请。”里面是辟邪的声音在唤。

陆过忙疾步入内，转过一道屏风，才见辟邪未着外袍，只穿着单薄的中衣倚在榻上。还不是寒冷的时节，帐中却燃着火盆供他取暖。一旁的陈襄不免嫌热，打着扇子。两人只差一盘棋，便犹如在京中悠闲消夏。

“状元爷，奴婢着实无礼了，陆兄万勿见笑。”辟邪靠在枕上，苦笑道，“快请坐。”

小顺子忙着请陆过落座，只这一会儿，便隐约可见辟邪肩膀处渐渐渗出血来。

“怎么还渗血不止？”

陆过骇然之际，辟邪无奈地笑了笑。

“不碍事。就是身上被锁链磨破了皮肤，穿不得整齐的衣服。稍过一两天就好的。”

陈襄也道：“这是他身上最轻的外伤啦，比之那些被人殴断的骨头，真不是什么大碍。要说真的棘手的，是内伤呢。”

辟邪笑道：“先生也不必着恼，这两日我周行内力，都不见丝毫凝滞，可见机缘巧合，能痊愈于此，也算是件意外之喜。”

“胡说什么意外之喜？”陈襄嗔道，“李师渡你的那些也就罢了。可曾想过你这般内力持续反噬肺经，是否经得起雪山一行？荒唐的是，竟自己下手用针逼退反噬的内力，你在针法上的修为比之‘金针素手’是天壤之别，怎么可以拿自己的身子玩笑？”

辟邪刚展开嘴唇想要说话，陈襄已勃然大怒：“怎么，我说的你还要反驳不成？”

“晚辈不敢。”辟邪忙正色道。

“就你这种身体，还要强行负重登山。你看黎灿如何？好好的孩子不比你身体健壮多了，在山上一样恍惚起来。太不知轻重了，也难怪在匈奴人营中危急至斯。拿来！”他转脸对小顺子道。

“什么啊，先生？”小顺子茫然问。

“他偷吃的药丸。”陈襄道，“既然不在他身上，自然就是由你管着。”

“先生明察秋毫。”小顺子笑道，“师傅确实交给我三粒丸药保管。”他从怀中摸出一只鹿角小盒，呈于陈襄手中。

陈襄捏开其中一颗，挑了米粒大小放在口中，不过顷刻，大惊失色，叫小顺子拿水漱了口，道：“这等药你也敢混吃的？总共吃了多少？”

“危急之际吃了两粒。”辟邪道，“之后为了有余力逃脱出来，又吃了一粒。这药的来历不便于先生讲明。那人交给我时，也说是饮鸩止渴，不可多用。其中什么危害却未说明。请先生赐教。”

“这药丸中的一味参材当真霸道得紧。再加鹿血鹿茸，确为续命用的良药。只是这种东西，与体虚血亏者固有裨益，一旦服用，顿时就有内力补足充盈之效。但剂量着实过大，对内力充沛却凝滞抑郁者，倒不如说是毒药。如能得法发散，必减郁结之痛，从这上来看，真正是你内力反噬的克制发散的良药。然而若周行功法不擅者，便恐聚集的内力横冲直撞，立时就有气血岔行之虞。好在你师傅为你打的底子好，又由李师为你助力，将其最终化解，才没出大事。但这药中雷公藤和乌头两味，原是至猛至烈的毒药，自不必说了，而麻黄一味要的就是在生死一线时催动脉搏，续命之用。只是他的提炼之法竟能令这点剂量中的药性比别人的强过数十倍不止，实叫人叹为观止。还有更多现分辨不出的毒物，多加服用，攒下毒性不散，淤积在经络之中，只怕不等你内力反噬发作，这毒性先发作出来，届时就不是这般侥幸了。”

他将药丸交还给小顺子，又道：“你将药丸分两粒与我，我这便拿回去想想如何去除毒性，若能炼得助你克制反噬的良药来，岂不大好？”

辟邪一笑：“这世上的事物一体皆分阴阳，一心共存善恶，这药也是一般地有益有损。先生也莫太过执着于祛除毒性又保有疗效的事，少伤神思，多多延年益寿要紧。”

陈襄笑道：“我若再年轻十岁，必怒你瞧不起我的医术。如今只会赞你年纪轻轻就有这般见识。剩下的那粒药丸好生收着，若非最危急无计可施的时刻，断不可胡乱再用。这次觉得似乎内力上又精进了一层，只不过是假象，稍有不慎，诱其发作，才是了不得的大事。”

“是。我自会小心。”辟邪道。

陈襄道：“药的事，自交给我，你好生养好外伤是正经。要你不动干戈，也是我白费口舌。”他叹道，“老了老了，你们这些孩子定要嫌弃我啰唆。”

辟邪和小顺子都绷着脸不敢笑，待陈襄去了，方相顾莞尔。

“陈先生当真比原先话多了许多。”小顺子道，“从前就一句话，‘不许打架，再打架就不给药’。”

陆过不禁笑了。

“陆兄久等了，听得这些琐事。”辟邪转过脸来歉然对陆过道。

“原来总督大人……”

辟邪摆了摆手：“陆兄万不要随外人一般称呼，奴婢虽然领了这个差事，但身份依旧就是宫中贱役，带大捷还朝，定要将京营交还皇上安置。古来宦官监军京营的，也须是司礼监提督太监。奴婢现在白身一名，已是极大的僭越，这‘总督’二字担着，是太大的罪过。陆兄此番大功劳，今后是了不得的前程，万不可在此纡尊降贵，还是放过奴婢吧。”

陆过见他最后苦笑连连，只得应道：“如此，公公。原来公公之前一月间不见踪影，竟是去了匈奴人大营密下国书吗？”

“此事也只有皇上与大将军知晓。”辟邪目光灼灼望着陆过，“黎灿此次随我同去，带着要紧的信物回来，他与你自来交好，你自那时可曾见过他？”

“不曾。”陆过蹙眉，“末将公务在身，甚少在京营走动，只是前几日听李师提了一句，照他说法，黎兄应是回到了京营中。”

“那也罢了。”辟邪笑了笑，“以他的性子，不知在何处躲懒，然则赤胡一部……”他想了想，叹道，“凉王甚是忧虑，此时仍不见踪影，只怕凶多吉少，不知是否在此役中殒难。”

“公公命在下前往接应时，已找到了赤胡将军的人马，那时可见到了赤胡将军吗？”

辟邪摇了摇头道：“我身陷阿纳营中，多亏他的人马与之狭路相逢，我才有机会趁乱逃脱。可惜后来遇到的，却是他的残军，赤胡不在阵中。好在其中尚有凉州将领认得我，得以调动那些人马。事出紧急，我亦无暇询问他们之前的战况，因此好多事一无所知。这部人马，奴婢与大将军商议下来，交由陆兄统领，并有要紧的部署，望陆兄近日就出发。还请陆兄细细查问赤胡将军下落。”

“是。”陆过道，“末将趁人马整备之际，也询过凉州部将，都说那日赤胡将军确是领兵突袭阿纳精锐，但将军自己的中军人马损失惨重，未有什么人生还。”

“赤胡将军有勇有谋，非那等寻常鲁莽之辈，这种以卵击石的事，何以强行？其中更有蹊跷。”

“正是的。”陆过直面辟邪冰色的目光，“末将甚觉不妥，奈何中军几无人生还，要查问也多费周折。”

辟邪白色中衣上的那片血红又晕染得大了一圈，额头上也微微沁出了冷汗。小顺子忙过来问：“师傅觉得如何？可头晕吗？”

“不用大惊小怪。快把那件要紧东西呈给状元爷。”

“是。”

玉匣之中是一截断指，其上犹戴了一只玛瑙戒指，放在木灰之中。辟邪看过，命小顺子交给陆过。

“这是要紧的信物。请将军统领赤胡残部精锐，以此为信，会合贺里伦大军，同向夕桑密林深处找到中原秘密筑炮的人马，他们头领姓白，持半面虎符，另半面就在贺里伦人手里，勘合虎符之后，由贺里伦人相助，将火炮运出森林沼泽，在均成王帐东北埋伏，中原大军渡河决战之日，务必在匈奴右翼夹击发火，助大军破敌。”

“遵命。”陆过接过玉匣——这就是辟邪辞去匈奴大营的目的了。他遍体鳞伤换来的信物盟约，果然是此役破敌之要。赤胡的性命，乃至辟邪自己的性命，恐怕在他心中与之相比，都是微尘般的小事——陆过心中感佩，那些从赤胡部下口中所听得的谣言，亦应如浮尘，从自己的心里掸去。他细思片刻，不禁喜道：“中原五路大军齐聚河畔，原就可与匈奴决一死战。而今竟另有如此妥当安排，必能大破匈奴。”

辟邪道：“事关中原气数，第一就是机密。而苟丽忽既死，均成王帐中不睦生变是可以想见的事。日短，则屈射贵胄尚不能串通勾结；日长，则以均成、阿纳的手段，多半能弹压。因此第二就是合力发兵的时机，都要仰仗将军审时度势。奴婢看渡河决战也就是十天半月之间的事。”他紧紧握住陆过的手掌，“兹事体大，只有陆兄可以依靠。”

“是。必不负众望。”陆过站起身来，“如此末将不宜在京营久留，这便告辞。”

他止住辟邪，不叫他起身相送，便转身欲行。

而辟邪忽道：“陆兄，奴婢竟忘了。凉王还等着陆兄前去，要询问赤胡将军的下落呢。”

“是。”陆过道。

必隆是何等人物，当时刘思亥战死，他顾全大局竟忍隐不发；而今对赤胡之死却耿耿于怀，定要问个水落石出，想必其中有大干系。赤胡起兵之前确实见过黎灿的，起兵相救的，也应只是辟邪一人，然则“九殿下”这个称谓着实令人摸不着头脑。他知道辟邪此刻的目光正盯在自己背上。一个人若甘愿受如此折磨就为谋得一纸盟约，其心当自有大是大非。

陆过扭头，望着病榻上惨白的少年，笑道：“若末将有暇，必前往复命。”

小顺子见陆过出了帐，方松了口气笑道：“好歹是陈先生来时，状元爷碰巧也到了，折腾一次就罢了。师傅这般起身会客，耗心费力的，伤哪里能好得快？这会儿可好，落个片刻清净。”

“哪里有这么便宜的事？”辟邪笑道。

话音未落，便听小太监在帐门前禀道：“凉王伴当陪着凉州名医一同来看，问是否方便见呢。”

辟邪忙道：“快请。”同时向小顺子使了个眼色。

小顺子会意，一溜烟地跑出去请入凉州名医，两人见辟邪依旧要起身相迎时，忙将他按住不动，道：“小人们来得鲁莽了。”话虽如此，仍执意看了辟邪身上的伤势，都是蹙眉。

“这等瘀伤少见，总督大人战场之上可曾受钝器重击？”

“其时刀剑无眼，当真不记得了。”

两人又大赞辟邪神勇，奉上不少凉州秘传的化瘀止痛药膏。却听有人打着哈哈走进来，道：“万岁爷叫我来申饬你不知保重呢！”只见吉祥手持拂尘笑嘻嘻地入内。

凉州伴当知道这是皇帝最贴心的近侍，忙起身行礼。

吉祥叹道：“这可如何是好？万岁爷命奴婢看住了他，不叫他会客理事白操心。王爷错爱，奴婢们都领了，请代向王爷问安。”

“是、是。”凉王伴当诺诺告退。

辟邪道：“身上这些伤痕叫人看去，起疑的可不止凉王。大师哥千万替我挡去这些人。”

吉祥笑道：“我省得。你想叫人猜不透，自然会有你的办法，若是一味偷懒不想见人，直说就是。”

辟邪跟着笑起来，牵动伤口断骨，又只得皱眉。

吉祥道：“我看你战场上并无一丝呼痛的意思，这时候龇牙咧嘴，我是不信的。”

辟邪望着他，忽问：“大师哥今日兴致不错，什么高兴的事？”

吉祥笑道：“果然最聪明的还是你。适才京里内务府奏皇后娘娘遇喜之事。之前一直是陈先生在京诊问，这会儿陈先生北上，皇后娘娘依旧来信喜脉平静，好日子将近，可盼着皇子降生呢。”

“怎么才知道？”辟邪大吃一惊。以他在宫中耳目遍布，加之明珠就在太后身边侍奉，竟然未曾有一点消息透露。

“可不是呢。”吉祥在他榻边坐了，“若非是陈先生来御前当面禀奏，军前朝中竟无一人知道。皇上也是惊喜交加，立时询太后娘娘并内务府，今日得了确实的消息，当真是大喜。这要是位皇子，可正经是嫡出的太子爷，尊贵无比的。”

辟邪想了想，微笑道：“皇后竟不似他们王家的人，如此剔透。皇后现在身边是谁呢？”

“当是进宝一直贴身服侍着。”

“这话怎么讲？难道不是吗？”

吉祥收了笑容，道：“内务府道，因盼着皇子平安诞生，皇后近日一直遣宫中首领太监在京中京郊各处庙观上香祈福呢。”

“这种时候到处乱跑？”辟邪“呵”了一声，靠在枕上，闭着眼睛沉思片刻，道，“难道坤宁宫体弱，便惦记起那个手段？若三师哥还在，是无妨的。四师哥的话，这么着急从头来过，这是要损多少阴德？”

吉祥点头道：“坤宁宫内内外外，多少凶险。明珠、康健固然奉懿旨守护不错，但若招福还在，抑或如意在京，我都放心些。”

师兄弟二人同时叹了口气。吉祥道：“此刻恨不得有盏酒，能让我晕乎乎也少操心。可恨不知哪个小子偷了我的状元红，竟吃得精光呢。”

“好歹我也是领兵的人，军中禁酒，师哥可不要在此混说。”辟邪吃力地拽过轻衾，遮在头上，笑道，“我睡了。”

吉祥“呵呵”一笑，道：“我倒不在意有人偷了酒去，只是我最要紧的私帐却也有人敢随便进，这行銮的戍防也是一日差得一日了。”

辟邪依旧背着身，懒洋洋道：“师哥的好东西都在离都家里，这种地方，有什么要紧东西？说给我听，我替师哥看着。”

“听说是丢了的。”吉祥亦若心不在焉地道。

辟邪终于掀开被子，露出脸笑道：“师哥，丢了的东西，可是看不住的。要紧的事物，若能失而复得，兄弟我一定看得比师哥还严实。倘如师哥所说，竟令其随意进出的，必是无关紧要。”

“哎呀，怎么说着就急了。”

吉祥替辟邪慢慢掖上被子。辟邪伸出右臂来，握住吉祥的手腕，道：“有些热了。”

同门师兄弟彼此凝视，默然感受着对方身上流动的真气。辟邪看清了吉祥目中一瞬的诧异神色，松开了手指，道：“师哥可是说京中来信了？”

吉祥抽回手，目光在辟邪身上游弋不住，微微冷笑着道：“京里来的信也没说别的，依旧是挂念皇上的安危，觉得努西阿河畔五军屯驻，不免各有各的心思，要我这个皇上身边的人，多看着，别让人耍心眼儿。我原觉得京中这些揣测未免有些杞人忧天，而今看来却不无道理。有人胆子是越来越大了，瞒着洪王在此的消息这么久，回来第一天又放跑了知道破城锥下落的人。啧啧，想我们这门，只对皇上尽忠，若有人生了坏心，小六，你说怎么办？”

辟邪目光一敛，收起了笑容，正色道：“有些人心中自有担当，却非起了大逆不道的心。师哥明眼人看得清楚，叫他为皇上死，他也是不眨眼甘愿粉身碎骨的。师哥是最聪慧的人，只要师哥觉得他生了坏心，兄弟我知道都无错的，只管一掌劈死，不必求证。”

“若是如此，师哥也劝你一句，我们这个行当，身边就不当有死心塌地的人。早年明珠是一个，现又多出个李师来。刚皇上传了李师，叙他的功劳，要抬举他入侍卫营，却被他一语回绝，说是一定要跟着你。一个两个，长此以往，就算是我，也分不出忠奸啦。”

“师哥教训得是。”

辟邪要起身听训示，被吉祥一把按住：“算啦。我走了。”他提高了声音，摇着拂尘起身。

小顺子忙在外打起帘子，恭恭敬敬送走了吉祥，折回来问：“师傅要歇息会儿不？我把门前净一净。”

“小顺子。”辟邪却将他叫到身边，“你也许久没有明珠的消息了吧？”

“师傅临行时说明，不得泄露师傅去向，想明珠姐姐是何等的聪明，我书信里多一句少一句，都怕她看出端倪，结果都没敢写信。明珠姐姐自然也没有回音。”

“那现在写吧。”辟邪道。

“好啊！师傅有什么特别的话要说？”小顺子摩拳擦掌。

辟邪坐起身，细想了想，方道：“你告诉明珠，皇上中军遭匈奴人偷袭，好在援军来得快，大伙儿都无大碍。”

“是。”

“皇上这两日兴致很高，夸奖洪州军镇定，匈奴人渡河之际，能坚守营盘不失，未乱戍防，想来除了洪州世子勇武，洪州军中必有大人才，能谋略周详。决战就是眼前的事了，行銮中公务甚忙，实在难以多向明珠问好，但要知都是为了皇上朝廷，岂能偷懒呢？到大捷回京时，为了銮驾一路平安，更不敢私授书信，望她包涵。要打要骂要埋怨，务必等着你回京，届时在明珠脚前磕头，望她消气。”

“师傅这是写给明珠姐姐看的？”小顺子皱起眉来，“明珠姐姐可不爱和人计较这些礼数的。”

辟邪笑道：“正经看信的人，也不计较这些礼数。只是要知道为臣为奴的，都对皇上真心实意地忠心。”

“要说真心实意，师傅断了几根肋骨，折了一条手臂，挨了数箭，怎么不明白地说？”小顺子看到辟邪一时语塞，吐了吐舌头，笑道，“我看师傅还是怕明珠姐姐担心吧。”

“混账东西。”辟邪怒道。

小顺子忙跪在辟邪榻前，攀住辟邪的腿道：“师傅息怒、息怒。气不过，我便自己掌嘴。不过，那几句话，我到底是写还是不写呢？”

辟邪终于被他气得笑了：“写。你给我哀哀地写。”

自八月十八日陆过出发这日起，皇帝便开始细数日子。按陆过这支骑兵的行程，八月二十二日上下便当会合了贺里伦人，再向夕桑密林去，运出火炮，须在八月二十七日前后。这十日里，必须将全盘推演清楚。

姜放携心腹大将，会同京营主将、乐州兵马提督等，日日于行銮闭门推算兵力行军路程。然而到八月二十四日，便有前锋哨卡飞传匈奴人整兵南下的军报。

“太早了。”姜放站起身来，“确是屈射王帐中生了变故。臣这便告退。”

满帐英武的上将忽然旋风般地离去，皇帝面前只有辟邪孤零零立在帐中。

“太早了。”辟邪仍在蹙眉，一样自语道，“右屠耆王战死的消息只怕还未遍传屈射，恐怕是均成、阿纳为避免屈射贵胄生变，先发制人了……”

“轰！”

两人被号炮声震得微微发抖。

辟邪回过神来，见皇帝已然走至面前。

“就是今日了。”皇帝握着拳，眸中晶亮的光芒闪烁，不见半点犹疑惶惑。

神情似曾相识，令辟邪想到另一个努西阿河流血的前夜。

“天佑皇上。”辟邪展颜微笑，“皇上凯旋就在眼前了。”

浊节滩是匈奴人最早冲击的渡口。此处驻扎的，是屈射贵胄右渐将王。两军一河两岸，互有犬齿交错的阵仗，自二十四日匈奴人全军压境始，反复交锋，互有胜负。而希莜滩由姜放亲自领兵驻守，增援两翼。亦是直面匈奴王帐进攻的方向。必隆的凉州骑兵在此为先锋，进则渡河骑兵弓矢决战，退则有乐州人马结阵驻扎，与左屠耆王的精锐激战不止。而凤尾滩及以东，是原右屠耆王的大营，现由均成次子厉旭都统，虽然精锐折损不少，却因诈降的苟丽忽一部中残兵归营，进止有度许多，与王骄十相持不下。而左屠耆王另一精锐右骨都侯善诺则牵制洪州兵马。最安静的是三里湾急滩，皇帝行銮所在，由京营戍备，时时提防匈奴人行险偷袭。

大将军死守严命之下，四日激战，死尸塞川。

至二十九日，希莜滩凉州骑兵死伤大半，已不耐左屠耆王冲击。而凤尾滩王骄十一部终于击退厉旭，渡河侧翼驰援凉州及姜放中军，却被阿纳设伏击溃先锋。中原战线，大有溃退之状。

而陆过一部一直声息皆无。

陆过领兵开拔，前两日均无大事。赤胡一部虽是残军，还有不少鱼龙混杂的各部人马，但都是各族中最坚韧的亡命之徒，更为赤胡统领之际操演约束得当，现每日只歇不过一个时辰，亦无人口出怨言。

第三日正午白昼，全军下马休息，副将却上前道：“将军，末将有件事请将军允了。自此向西不过二十里，大军能否绕道前去查探？”

如此持续北征，最要紧的关节便在绕过王帐地界，大军须行得机密，绝不可多生枝节。这等无谓的绕行，陆过本当斩钉截铁地拒了，心中却有个念头也是挥之不去，先问了一句：“为何？”

副将道：“那里当是赤胡将军殒命之处，末将当时应命在外接应，未见赤胡将军如何身死，当是敌众我寡，只得领兵溃退。如今故地就在左近，还望将军怜悯，容末将一看，若能寻得赤胡将军尸身，必掩埋妥当，求得一两件信物，也好转交他家人。”

陆过望了望身边的兵马，叹道：“若我不是负了严命，又知道此行的利害，必也要随你同去。这里还要再歇一个时辰，你便领小股人马前去。只消时辰到了，我自依策开拔。望你速速赶上。”

副将噙泪道：“末将甚承将军的情。”

陆过又命副将：若寻得赤胡遗骨，务必携回。果至入夜时分，副将才追赶上大军。陆过跳下马来，见月色尚好，命不得举火，打开裹尸的毛毡，见赤胡的双臂、头颅已被野狼啃噬见骨，躯干因负铁甲，未见毁损，忙命人解开细看。只见一刀通贯胸膛，他细看伤口方向，不禁咋舌。

副将道："将军见了什么异状不曾？"

这道伤口自上而下，却又非矛戈长枪的形状，竟有人持刀腾跃，半空凌来，一击之下，破了铁甲，仍有余威贯穿赤胡身躯，可见武功之高，令人叹为观止。

"倒是没有什么。"他心中万般疑虑，却只是缄口摇头，叹了口气又问，"你曾说过，赤胡将军所带一股人马上百，冲入阵心，可有人生还？"

副将垂泪道："就在方圆百步之内俱死。"

陆过道："那是深陷重围，本无命生还。"他这句话似在安慰自己，站起身来，被夜风抚过身躯，才觉背后冷汗涔涔。

他命人将赤胡尸体深埋，合十祝祷多时，才又上马，向前赶去。此刻的北风却比之前更是低沉若泣，前方大军已知赤胡身死，正传来低低的呜咽之声。

哀军继行两日，终与贺里伦人会合。此地的贺里伦族人几乎俱是少年，统兵的将军却又是极老，济济千人之内，还有一两百凶悍女子。为首的女巫接过陆过所携的断指，捧至神龛之内，击鼓作法，祷告不止，连陆过也失了耐性时，方请得天命启程。

贺里伦大将并不会汉话，将虎符交与陆过，说了一通，却不知所云。陆过随行人中有贺里伦传译，道："将军致陆将军安好。要陆将军将心放下，贺里伦之前一战，青壮俱死殉国，如今虽只留下少年，却个个精骑擅射。若不信，大可比比。"

陆过一笑，道："必要领教。"

他们辗转再向东潜行两日，眼前是夕桑雪山高耸，雪峰接着白云，其下密林叠叠，不知幽深几许。早在谋划北征之初，中原就认定此处雪山不可攀越，对匈奴人来说，也是不设防的一处险峻。

他们将近日暮才至密林之边。陆过早早便命全军缓行，却依旧惊起林中无数栖鸟，"扑棱棱"如同乌云升腾，盘旋半晌，又落回林子里。

雪山已将夕阳阻挡在后，眼前的密林黑得张牙舞爪，等着不自量力的人们自投罗网。两峰之间的山坳依旧被照得金红，一乘白马停驻在最后的阳光里，银盔银甲被照得流光溢彩，望之目眩。那人斜坐鞍上，一边拿马鞭敲着靴底，一边望着陆过的副将当先行来。

"扑哧。"他先笑出了声，扬声道，"喂！来的不是陆过，我可就先走了。"

副将勒住马，为难地转头望着陆过。陆过便催马过来，上前抱拳。

那人笑道："陆将军，在下姓白。"

陆过忙道："白大哥。"

白大拊掌道："可不就是白大吗。"他抬腿跨坐回马上，向陆过伸出手去。

陆过知道他要的是虎符，从怀中取出。两马相交，白大对验过，咧嘴一笑，向山中努了努嘴："就在里头，就请贺里伦人跟着我，凉州人的弓箭好，有个二三百人护着便可。"

陆过见他毫不客气地指挥若定，只得向着副将点了点头。白大便领着大概一千人马蜿蜒上山。越往前行，树木愈发浓密，到最后更是只容匹马通行。陆过拦住白大问："难道火炮运下山去，只有这一条路可以走吗？"

白大点头道："陆将军是明白人。要行事机密，只得往林子深处走。再向前四十里路程，才有一片水泽缓坡，我的人都在那处。他们多是中原工匠，真正会骑马的都没有几个。"

陆过道："我之前还在迷惑为何要贺里伦人前来相助，现在看来，才知是总督大人所虑周详。就算以凉州兵马擅骑，也只是平原易地罢了。这等山势险道能运出火炮来，确非我所能。"

白大笑道："将军真是慧眼。贺里伦人长年密林雪地中放牧，都是辎重同行，有这个本事；更要紧的是，他们的马匹与众不同，虽不迅速，也未必更耐长途奔袭，却偏偏极能负重。所以才必是要他们助阵。"

他们无月的黑夜里行得极缓，到山半腰，几乎连马也过不去了。副将见行程曲折艰险，不免忧虑后方人马迷路摔伤的。白大道："将军，这条路我每日走上一个来回，已择了最平坦通畅的道路，若连这样一个挨一个地行军也要迷路的话，真不知还能指望凉州兵马做什么大事。"

副将大怒，刚要出口反驳，白大又已接着道："你去后面问问，这路上可有一匹马崴了蹄子？那都是老子我每日一刀刀清出的坦途，你们凉州人还要得了便宜卖乖不成？"他又向前几步，指着两棵大树道，"凉州人倒有件事情可做。应当留几个人看着这两棵树，待上面东西运出来快接近时，就提前砍了这两棵挡路的树木。切记。"

副将见他压根未将自己和陆过放在眼中，怒气勃发，早被陆过一把拉住。

白大却话锋一转，道："这等令行禁止的事，毕竟还是依靠凉州军。无论交给贺里伦人还是我自己人，都不觉可靠呢。"

副将经他这么一吹捧，又觉受用得很，被他三两句话弄得心中忽上忽下，陆过看在眼中，也是无可奈何苦笑。

白大自此便一路指点出六十多棵树来，副将命人分别留守，见机行事，下半夜终于明月东升，将林子照亮，才见每一棵白大指出的树上都是以三道刀痕为记，每道刀痕都深达数寸，无论如何都是不会弄错的。

陆过见他虽是一身匪气，却行事周密至斯，在渡过努西阿河畔的全军之中，未必能见如此人物，心中称奇，路上探他口风，问他出身，都被白大一笑了之，没有半点理会。

这四十里路走了一夜，到天明时眼前才有一带开阔水域，白大吹了个响亮的口哨，才见河水对面的林中有人步出，向白大挥了挥手。

“启程。”白大径直吩咐道。

贺里伦少年人数夜不眠，到此连马都未下，便又要负重折返，却无一人埋怨。陆过率军催马过河，见林中一条条火炮早已捆绑好，铁、石飞弹也已收拾在箱内。还有一桶桶火药却分别贮藏在不同的林中。此处百名工匠炮手都似等了多日，个个结束整齐，没有半分惶惶之态。

白大各处巡视，见贺里伦人或三骑或四骑共运一门火炮，又将各处辎重搬至马上，不住提点道：“火药最是要小心，此刻开始绝不能再见明火。”他正谆谆嘱咐，却听远处的贺里伦少年突然大哗。

原来此处除了铸炮之外，还鞣制了精弓千张，利矢无数。贺里伦人见弓箭强劲，无不跃跃欲试。白大道：“本来就是为贺里伦人准备的。不如就此让他们瓜分了吧。”

陆过蹙眉道：“这些少年人得此利器，只怕还未下山就要试射，恐多生枝节。”

白大摊手道：“再没有马匹能载这许多弓箭，也只有陆将军约束全军了。”

回程一路本就艰难，白大原计一昼夜行军，结果不料八月二十七日，仍在山腰之上。这汉子嬉笑怒骂行事自由，此刻却是神情凝重，沉下脸来不住敦促。山下前来会合的凉州兵马带来的消息更是雪上加霜，原来二十五日，屈射人便开始强渡努西阿河，这刻东南方向正鏖战不止。

“前面怎么不走了？什么事喧哗？”陆过听完战况，仍是镇静，往前方看了看，忽问。

“是贺里伦的少年听闻河畔开战，有数名少年便欲脱身前往前锋，被凉州军拦下，正在争执，有少年执弓出来，还射伤了凉州军士一人。”

白大静静掣出佩刀，咧开嘴森然笑了：“老子正愁没处撒气，竟有人如此体贴送上门来。”

陆过一把按住他的手道：“约束全军，本是在下职责所在。白大哥交与在下来办。”

他拨马越过队伍，走至喧哗之处，见一少年仍持弓叫嚣。

“他在胡说什么？”陆过问传译。

“他道贺里伦人只不过弓箭不利，因此才吃了屈射人的亏。但现在弓箭在手，自可以

杀敌，在这里枉耗时日有什么意趣。”

陆过摇头道：“当真不知天高地厚。”他从鞍边取下仁义弓，朗声道，“你不妨来试试什么叫作好弓箭。”

贺里伦大将忙道：“此子箭法好得很……”

陆过已大笑道：“怎么，不敢比试吗？”

传译将话嚷嚷下去，那少年目中怒火一盛，从箭壶中取箭搭弓。不料陆过的箭来得更快，众人耳中金风尖啸，势大力沉的一箭已击中那少年手臂，透过他臂膀，直钉入他身后的树干中去。

陆过放马过来，道：“以你的箭法出众，能奈我何？而以我的箭法出众，又能奈屈射多少英雄？贺里伦女王陛下断指盟誓，望草原上各部同心协力，将这些利器运出林子，杀得屈射人抬不起头来。你们如此死勇而去，又能杀几个屈射人，能将屈射人从你们的草场放牧之处逐出吗？能杀入贵胄帐中将你们姐妹解救出来吗？若连我也战不下，谈什么孤身杀敌？今用人之际，饶你性命，再有闹事的一个人，便连坐你一同处斩。”

传译一句句原原本本地照样嚷去，那些少年艳羡陆过箭法超绝，心生敬意，无不正色聆听。

白大拍起掌来，笑道：“如此再没有三心二意的。低下头赶路最是要紧。”他行至陆过身边，低声道，“陆将军，若再有人不服，可要恕我下手杀伐了。河边已战数日，若火炮再不能至，你我死无葬身之地。”

皇帝数夜未眠，按剑佩甲督战，眼看面前的沙盘上来往兵马纵横交错，两军交锋，并无进展，不禁焦躁。

辟邪指着阿纳精锐骑兵，道：“要解希莜滩之困，要么是陆过如期而至，火炮逼退右渐将王一部；若他不能在这一日间赶到，只有一举全歼右屠耆王大营，打开前往希莜滩北岸的通路。自今日清晨，右屠耆王一部的攻势渐渐减了，奴婢以为，此刻若能一举克下苟丽忽残兵，必令此战有所转机。”

“兵力呢？”皇帝问。

辟邪道：“只有京营骑兵了。”

“战机稍纵即逝，若此时不加入战团，便是等着匈奴人冲到眼前。”皇帝道，“即刻便可启程。”

辟邪道：“请皇上移驾姜放中军为上。奴婢虽有小智，却绝非耐战之将。结万全大阵以待，仍是大将军处最为稳妥。此番奇袭，皇上若在军中，诸将瞻前顾后，倒不如不去。”

“朕自然知道其中的干系。朕便与侍卫营，并同王骄十与你们殿后。”

“奴婢是劝不动皇上的。”辟邪苦笑。

他命王骄十火炮箭矢对凤尾滩一通乱射，将渡河的匈奴人层层击退，再趁间隙率军疾驰突入凤尾滩，向右屠耆王大营疾冲。

不过接仗片刻，便见右屠耆王人马无心恋战，缓缓向北撤去。辟邪心中生疑，命前锋擒得匈奴人俘虏来问。

被缚的百长却是傲然不屈，待被问及何以溃退，不由得对着辟邪冷笑：“溃退？我屈射人百战不败，岂会溃退？只是右屠耆王已死。这南方，我们屈射人要来何用？”这屈射王一脉中最亲贵的战士黯然落泪。

原来苟丽忽战死的消息终于在这几日间已传至屈射人耳中。辟邪长吁了一口气，更是惦念深陷王帐的谢家父子。

“再深入，便成孤军。总督大人，可要西进？”钱玉上前问策。

“必是要再西进的。”辟邪点头，“若不能撼动阿纳侧翼，以他的铁骑，擅战如凉州者也未必能当。”

身后一时并无后顾之忧。京营骑兵急寻阿纳兵马，又驰十数里，见王骄十一部的残兵尚在缠斗，便猛然掠入战团，将中原兵马接应出来。两军相会，自阿纳左翼纵贯，奔袭过三里湾北岸，方从希莜滩的匈奴人身后杀出。

阿纳前锋被搅散，只得暂退了如潮的攻势，这才算稍解了希莜滩之困。

京营人马亮出旗号，由震北军放入，欢呼声中涉浅滩过河，正欲转回三里湾之际，忽听东方“隆隆”雷霆，乾坤惊怖，天色也似随之暗了下来。

匈奴右翼身后突来的奇兵以马车拖出上百门铁炮，对右渐将王一侧无情狂轰。

虽然全军服色混杂，面容来看更是有胡有汉，却是各司其职，无有半分混乱失度。一阵火炮攻罢，衣衫褴褛面貌深邃的少年便手持精弓杀出。他们似今生从未用过如此强劲的弓矢，一轮弓箭之后便是兴奋地大呼大叫。

右渐将王无可御之法，后军不住向南挤迫。

此刻中原乐州兵马号炮大作，铁枪阵如黑色冰川侵蚀草原，挟数十高大箭楼缓缓向努西阿河畔结阵反击。

右渐将王的数万大军一时便有被围之虞，无奈之下令河南的重兵徐徐退却，以增援后军突围。

自六月夕桑雪山一役，中原努西阿河的四十里浅滩失地，就在这地狱狂啸的炮声中一举复得。

“渡河！渡河！”中原全军飞传大将军钧命。中原骑兵结阵持枪，自浊节滩与凤尾滩两翼，向努西阿河阳反攻。

“总督大人！”只见轻骑一乘，姜放帐下小校急追来呼道，“大将军命全军渡河决战，虑南岸必然空虚。请京营护驾，视战局渡河督战。”

辟邪点头道：“正有此意。圣驾在南岸孤营，不如随大军阵形徐徐北渡。现希莜滩可克复了吗？”

那小校便将战况述于辟邪等京营大将知道，又道：“匈奴人已被悉数逐往北岸。只是那右渐将王确实了得，死伤惨重之际，仍退得得法，不曾溃败。”

钱玉道：“不知哪里来的一支奇兵，竟有那许多火炮……”他见辟邪依旧蹙眉，又问，“大人还在忧心什么？”

辟邪道：“右渐将王亦是屈射中的大贵胄，这部人马至今未曾大败，匈奴人只怕不是一时可灭。京营护卫皇上北进，时日一长，没有三里湾这样的天险为障，细思之下，甚是不安。”

钱玉亦深以为然。两人领兵回到三里湾，向皇帝禀告战况。正要请命令京营侍卫营拔营，王骄十亦遣人来报凤尾滩震北军已领命悉数开拔，循右屠耆王一部北进。

而右骨都侯与洪州兵马交战正烈，为王骄十在侧翼突入，只得徐徐向东收缩，只是仍然不肯放弃渡口的争夺，但看战局，要溃败右骨都侯一部也是迟早的事。

皇帝大喜，深深望了辟邪一眼，按剑道：“那支奇兵，是天大的功劳。朕必不负他。”

辟邪微笑道：“陆过毕竟晚了两日。皇上也莫太过恩宠。”

京营便依姜放之命，拔营待命。只是希莜滩与浊节滩依旧战事胶着，又过了两日，这两处匈奴人马仍无半点退让。

“这是阿纳亲领的兵马，连均成的王帐也已南下，现在虽成守势，却绝无败象。”

辟邪听着军报，在沙盘前冷然笑了：“若非如此，那又怎么称作‘左屠耆王’呢？”

直到九月初一日，忽传死伤惨重的右渐将王全军弃战，已夺了前往白原河的道路，向西北溃退。

希莜滩与浊节滩的阿纳也奉命回撤五十里，守护均成王帐去了。

中原人马簇拥中，自凤尾滩渡河的皇帝第一次踏上了努西阿北岸。

匈奴人五十里兵败，留下旷野无垠。只有冷风带着北方战场的呜咽盘旋在京营猩红大旗之上。

辟邪倾听着风中不祥的呼号，握剑的手掌微微沁出冷汗，抬手止住全军。

“怎么了？”皇帝见大军停驻，径直策马而来，见他面色凝重，不禁问道。

“回皇上，太过安静。”辟邪道，“按理说王骄十当派一支人马前来接应。这个时候，应听得到他们行军的声音。”

“瞧。”小顺子忽指着天空悠然掠过的苍鹰，道，“可不止一只鹰儿往北飞了。”

“正是的。”吉祥也道，“有数只聚拢盘旋，只怕是战事刚过。”

辟邪道：“前面的斥候呢？”

钱玉道：“未曾回转。”

“如此我们已露了行迹。”辟邪道，“全军戒备，时刻准备接仗。另派人速去王骄十处求援。”

北风吹得更急，渐渐带来骑兵行军的轰鸣。

“听方向，是往东南去。”钱玉的嗓子干涩，压低了声音道。

对方似乎并不希望短兵相接的局面，远隔数里，谨慎而行。

辟邪道：“那个方向，却是右骨都侯仍在苦战之处，这般轻易放过，让我着实在意他将善诺接应出来。这些匈奴人若不能分而全歼，待讨回草原深处蛰伏，不可不谓今后的大患。”

“总督大人有什么打算？”

“我亲自去一趟。”辟邪道，“看清虚实再说。”

他亲点了阵中最快的轻骑四人，离阵向东北索敌。奔不多久，便见黑压压约有五六千人。去势不快，却凝重如有万钧，因刚刚平息的杀戮，依旧是冲天的戾气。

“呵……”辟邪长叹了一声，“那是左屠耆王的人马。”他扭头对一名小校道，“速回阵中，禀告副将。”

那边匈奴人也察觉到这五人，有探子飞驰逼近，仔细看清了辟邪的相貌，拨马转去报信。

“你们在此不要擅动。”辟邪挥手命道，迎着匈奴人阵中缓缓驰出的一骑武士，放马徜徉而去。

“左屠耆王。”辟邪在马上点头致意。

阿纳勒住马，打量辟邪青色的罩甲。阴霾的天空突然裂开了不祥的罅隙，阳光在北风中冰冷地落在他的脸上。

“小王爷。”

“大单于安好？”

“甚好。”阿纳笑道，“中原皇帝又如何？”

“极好。”

阿纳向辟邪身后的远方眺了一眼，道：“听说小王爷领了京营，现尊驾在此，身后必是京营行军了？中原皇帝陛下近在咫尺，不由我不想前去相会。”

“左屠耆王如此谨慎行军，必是另有所图，在此羁留，不误了左屠耆王的大事？”

阿纳驱马走得更近了些，道：“小九。天下如此之大，草原如此深广，两军数十万众，却在这刻容我们在此相见独处，难道不是天命吗？我这就向东南方向与善诺会合，自凤尾滩以东向南突袭去了。而你，阻我，身后是皇帝的御驾，不阻我，我今日必能踏上努西阿南岸。你当如何？”

辟邪笑道：“你看我适才在此踌躇，正是苦思不得其解。”

阿纳大笑，仰面望着层层乌云：

屈射！百万贵胄居安乐，居百万里，未见山峨。

屈射！千万牛羊饮敕勒，饮千万日，未有干涸。

他俯下眼睛，对辟邪道：“这歌，小时我便唱与你听过，你还记得吗？”

“记得。”

“这便是阙悲大王、夺琦大王心中的屈射，是他们一生所求。而南方，离都、寒江，碧水、宫阙，才是父亲想要的天下，也是我想要的天下。只是……”阿纳的哀伤却也平静，“大单于许是爱那死去的阙悲大王、夺琦大王更多些吧。”

“大单于要退兵？”辟邪吃了一惊。

“是啊。”阿纳轻轻叹息，“大单于说的不错，我带走的中原细作走失，致荀丽忽为震北军从身后掩杀，不敌战死。屈射里最高贵的人不啻因我而死。只这一件，屈射人都会诅咒我藐视他们的人命——那些超然在草原所有人之上的屈射人命，太过珍贵。”他嘴角浮起一个嘲讽的微笑，“人心已失，何以统得全军？右渐将王与右屠耆王一部死伤惨重，退意已决，以我之力，已难阻止。”

辟邪道：“阿纳，想必你早有自觉：任你与夺琦如何亲密，任你如何想变成真正的阿纳，屈射却永不是你的。”

“不错。我生而不是那个叫作‘太阳神’的王子。若能换来他的性命，大单于想必已亲手杀了我一万次。但大单于日日夜夜畅想着南方的山、水、城池也只有我懂得。我是困在阿纳躯壳中的知牙师，却不知道是谁，正困在屈射王的躯壳中。他那具屈射王的躯壳，不免要他带着屈射人回到安乐无垠的草原去。”阿纳道，“现下，只有我，才能把他的心带去中原了。你看。”他展开双臂，将最后一抹稀薄的阳光遮去，“我已不再是屈射的太阳王子，只是与父王有着一样美梦的知牙师，去那没有见过的远方。你呢？皇帝、中原和你自己，你待如何？什么时候能自由自在，为自己一战？”

辟邪望着阿纳飞扬的神采，身上厚重的甲胄和青色齐整端正的罩甲正桎梏得他透不过气来：“我变作这具残躯太久，早不记得自己是什么模样了。”

阿纳兜转马首，憾然：“这里自始至终便只事关你我。你此刻若不阻我，便再没有机会一决高下了。”

辟邪转过头去，身后就是行銮，眼前是善战的阿纳与令人闻风丧胆的左屠耆王精锐。他的心勃勃乱跳，滚烫的血液在他身周怒啸奔流。

阿纳望着他忍隐已极的冰色面容，叹了口气。

两人都觉言尽，默然点了点头。

西方，是不容有失的天子；东方，是亲信的旧部和中原大地——两人策马，各分异途。

零星的雨点刺痛辟邪的面颊，令他睁不开眼睛，他狠狠抽了马匹一鞭，更是狂奔得快了。只是北风依旧如同抽打驱策他不止的命运，凉透他的肉身与心扉，却愈发觉得血液烧得自己难熬。

“那是哪路人马？”皇帝自阵中策马迎来。

辟邪嗓子如同正在燃烧，让说出的语声嘶哑破碎：“正是左屠耆王往东南过境。他骁勇无俦，奴婢以为不可与他正面接仗。”

皇帝厉声道：“因朕在此，你就失了勇气吗？在此遭遇，本是天命，朕已无顾虑，你怕什么？”

“是。天命。”心中那叫作“颜久”的利剑，撕裂辟邪的胸膛，放声咆哮，“全军持枪！”他奔至阵前，铮然掣出剑来，“前面就是左屠耆王阿纳，京营与我一同死战！”

他拉转马首，剑指阴云，当先疾驰。

京营诸将为他马首是瞻，无一面露犹疑，大声呼啸，骑兵结阵紧随。

只不过行出一里，便见东方乌云压地，寰宇剧震，乾坤崩动。

“呵呵！”辟邪展颜大笑。

那叹息着远走的阿纳，竟也提孤兵正面决战。

“杀！杀！”辟邪乘着中原如云的飞矢一骑绝尘，杀入左屠耆王骑兵重甲之中。周遭敌我交缠，他砍杀袭来的数个屈射骑士，目光扫过战场，搜寻阿纳中军。

那红马实在太过显眼，高大的左屠耆王如踞礁石之上，近在咫尺，却与自己隔着血肉怒涛。而阿纳的目光却未向自己投来，辟邪眼见他从箭壶中抽出一支黑翎，顺着他的视线，看到的却是皇帝的明亮的罩甲。他拨马飞去，已不及用剑阻挡，毫不犹豫地展开双臂——心窝上刺痛，那支黑翎竟透了三重厚甲，攒进血肉之中。

他一瞬只觉天地俱暗，俯身在马背之上，迅速地透了口气，将箭矢拔出。

“退下。”他将阿纳的黑翎掷于地上，回首怒视皇帝，“你这是在阻我。”

他转身向着阿纳的眼睛高举长剑，而阿纳正报以狰狞的狂笑。

“呵呵。”辟邪切齿冷笑。

他向他飞驰而去，他的黑翎向他飘摇而来——没有留情留手，决绝如斯，这番逆流而上，死亡，像瀑布般鞭挞着自己每一寸皮肤骨骼，似自体表剐去了所有国仇家恨，只余他与他年少的灵魂。

红马的骑士乘着火焰，手臂和长弓都延烧着天国绚烂的鲜花与金光，似太阳神正被召回天庭，连他射出的黑翎都非尖啸，在辟邪耳中，只是挟怒火熊熊之声，擦着他的头盔射入他身后的烟尘中——他举剑，那第三箭便找到了他甲胄最薄弱的腰腹，钉在他千转百折的柔肠中。

迎面就是阿纳最蓝最深的眼睛，周遭的武士和刀剑均已凝滞在空中，阿纳举起长弓弯刀，抵挡着辟邪抛开剧痛和过往的一剑。

青草、白雪、少年口中的断琴湖，还有宫阙重重叠叠的离都和叠叠重重的万里城池，如弓弦在如水的剑锋下铮然斩断。

“完了。”辟邪勒住马，心里忽然生出的，只有这两个字，眼前滚滚烟尘和血肉瞬间退去，茫茫只有仰面看到的沉云。那人的英魂，自己风发的少年，随手中的剑，不堪紧握，一般地去了。

他茫然下了马，腰间那支黑翎因此搅动骨髓的疼痛也不觉了，他飞奔过去，从地上捧起阿纳的头颅，擦去溅在阿纳脸上的血迹。

“啊……”七宝教他学会压抑的悲痛令他沉沉地呻吟了一声，而阿纳的眼睛在渐渐黑下来的世界里愈见黯淡地望着他，“啊！啊……”他自欺地用身周中原将士天崩地裂般的欢呼掩盖自己的惨叫，紧紧抱着那头颅，跪在烟尘中放声痛哭。

四十九

皇子重甡

这是中原天子渡河的第五日。大单于均成中军于白原河畔阻击震北军，护得两翼两王的屈射人徐徐退却，到这天，终于急急溃退，向带林及断琴湖旧地撤兵。随着白原河以南的匈奴人不住向东南退却，努西阿河凤尾滩以西已然止住战声。

陆过率炮阵自杀入战团之后，向东推进了六十余里，火药殆尽，而贺里伦人意犹未尽，更掩杀了二十里，又折了千人，才收兵下营。

陆过先占了地势高处驻守，命凉州大将把住剩下的二十门大炮，才和衣而卧了片刻，便听南方“隆隆”而来的马蹄声，压境而过，不免跳起身来。小校已来报，是震北军骑兵，向草原深处逐匈奴左骨都侯一部而去。

陆过忙上马驰至震北军前。一时有前锋领兵的游击将军上前道：“大将军就在南边五里外，正要赶上来督阵。”

陆过得知姜放无恙，自然大喜，又问及皇帝，那游击道：“皇上亦平安。只是……”

“只是什么？”

那游击道：“皇上中军为阿纳冲阵，内廷将军这会儿只怕已……”

陆过大惊：“辟邪战死？”他只觉眼前煞白一片，脑中“嗡嗡”作响，吐出的语声自然也是虚弱的。

“万不要这么说。”那游击自悔失言，咋舌道，“京营人听你我这般议论，定要上前拼命了。只盼他吉人天相，能渡得难关。”

游击见人马大部已过了凹地，向陆过拱手告辞。

陆过回转，向白大说了辟邪生死不详之事，这巧舌如簧、匪气冲天的汉子竟茫然怔了半晌。

“白兄。”

白大回过神来，望着陆过，目光如炬，坚定道：“不会的。那人就在皇帝身边随侍，若他有失，皇帝亦不会毫发无伤。定是谣传了。在下身负要务，不敢走开，但若是将军的话，回中军报捷请功仍是必要。不妨看御驾何处，径直面圣请安，万事自有分晓。”

——白大深谙军务，闻得噩耗又是这般模样，当与辟邪渊源颇深。他世家子弟出身，

竟猜不出半分白大的来历，心中着实纳罕。

又过了一个时辰，果有震北军小校传命于陆过，着他回中军禀明详情，他方交代军务，策马驰回。

皇帝的行銮早过河驻扎，陆过待天明，方敢请见，便由小合子前导至御前。

中军大帐正中摆开了沙盘，只见中原震北军、凉州军的旗子已插遍努西阿河以北百里。皇帝疲惫地坐在一堆宦官和文臣之间，看着他们一寸寸地将乐州步兵的旗帜向北推进。

“省之。”皇帝抬起头来，正看见他，微笑着向他招手。

“皇上大捷，皇上大喜！”陆过跪倒赞道。

“你那里可听到均成的消息？”皇帝问。

——渡河三日，便在白原河与均成王帐激战，震北军在均成东西两翼不住溃退时才大破了匈奴，虽已占了屈射王帐所在的地域，震北军骑兵却已十损五六，赢得惨烈。而今更不能确切得知大单于生死，令皇帝如鲠在喉，难以安枕。

“臣无能，不曾探得消息。”陆过瞥到了皇帝血红的双目，不忍地直言。

“也罢了。”皇帝叹了口气，“乱军之中，能确定生死的又有几人？”他出了一会儿神，见陆过仍跪在地上，一迭声地道，“起来，起来。”

“是。”陆过起身，又道，“听闻确切斩得阿纳首级。均成老朽，此番后继无人，就算龟缩回草原深处，也是难以东山再起，皇上大可放心了。”

皇帝的神色瞬间就变了，不知回想到什么，眉间阴霾密布，与其说是忧虑，倒不如是莫名的愤怒，竟撇下陆过，暴躁地站起身来，怒道：“吉祥呢？”

“奴婢在。”吉祥趋至皇帝身边，“还未有确切消息。”

皇帝厌烦地挥了挥手。吉祥忙一把拉住陆过，从诸多噤若寒蝉的内臣中穿过，退出帐外。

“状元爷。”吉祥哀求道，“现在就两个人莫提，一个叫阿纳，一个叫辟邪。皇上两三日未得一个好觉，请状元爷体谅。”

陆过诺诺称是：“为臣的哪里有半分怨意。皇上心下忧虑，臣不知体谅，都是臣鲁莽了。”

“何止忧虑呢。”吉祥的眼神有些空灵，“就在京营大帐里。”他遥指，“状元爷若也担心，不妨那边等消息。一旦有信，也快回报。”

京营大帐处已聚集了太多的人。陆过不得靠近，只得下马从人群中挤了过去。两边都是卸甲不当值的京营大将和世家子弟，陆过同年的武举也有不少。最前面是贺天庆等年长衔高的老人，惶然望着帐帘，无一人有心情与他招呼。

连帐门前把守的只有两个小校，无一张熟悉的面孔，更不用说小顺子。那小校见陆过来了，转身入内通报，不刻便出来请进。

迎面上前的，却是霍炎。

“探花爷。”

“陆将军。”霍炎脸上已非忧色，似乎泪痕这两日都未曾断过，“在下奉旨于此。”

帐中扯起一道屏风，之后影影绰绰都是人影。

“如何？”陆过急问。

“在下一直在皇上中军随侍，当日迎击阿纳，并非同往。只是听得欢呼，奉旨向交战处寻去，只见公公腹下中矢贯体而出，肋下另中一箭，却犹自怀抱着阿纳头颅不放。”

“原来是他斩了阿纳首级。”陆过觉得在情理之中，倒未有多么讶异。

“回来时人已昏死过去，却依旧不肯撒手，是大将军唤醒了他，才将阿纳的头颅取走。后来皇上亲自去看，闭门密议了许久，更是费神令伤势更重，之后便再没醒来。”

“因此才举营耸动。”陆过叹道，“陈太医可来了？”

“岂止是来了。”霍炎道，“这两天就在这里。前日以生丝缕系了肠腹，绝其血脉，今日看过，才可截之。适才又从肋下剜了断镞出来……”

忽听屏风之后陈襄急呼：“快按住了他，不然截得不妥，要大出血的。”

“这是痛得要醒了。”小顺子已慌了。

陈襄大声叫道：“外面是谁，快来帮手。”

陆过忙疾步入内，见辟邪浑身披血，被四人强按在桌上，正手足欲动，沉沉呻吟。陆过连忙施手按住。

跟着进来的霍炎望着桌上惨白犹如尸首的这具躯体，实不知如何回奏皇帝。此之这个，辟邪再无往日锋利气度，清澈深思早随伤涣散，令霍炎不免生出凶多吉少的惊悚，一时竟哽咽问道：“先生，我当如何回奏皇上？”

陈襄头都未抬，喝道：“你看我此时有空和你废话吗？”

辟邪此时沉声透了口气，睁开浑浊的眼睛看了看霍炎，竟勉力笑道：“探花爷回禀皇上，奴婢并无性命之忧。已睡了，不得搬动探视。”

“是。”霍炎本还要多说两句话，而辟邪却因这番话已经脱了力，虽未再次昏厥过去，却只得忍住腹部剧痛，微微张着双唇拼力喘气罢了。

霍炎得到的旨意是不分大事小情，一例通报，因此一边呜咽垂泪，一边走出帐去。帐外齐聚的数百京营将士，先听得帐中疾呼，正惶然等着消息，见霍炎泣不成声地走出来，不免大惊失色。贺天庆等人未听到确切死讯，便不禁放声痛哭起来。

如此惊动远处的士卒，只道京营主将不治战死，一瞬间举营恸哭。

霍炎慌了手脚，不知如何应对。小顺子却奔出帐外，大喝道："号什么！师傅就算有气，却也被你们吵死了。"

他对着霍炎顿足道："还不快回御前，这里大声哭起来，惊动了圣上如何是好。"

霍炎见他自有手段慑吓众人，如梦方醒般夺了匹马，驱散众人，赶回行銮。

不料这边大帐恸哭，又见有人飞马向行銮报信，更是叫人确信主帅功成捐躯。京营幸存，实为辟邪一人之功，满营将士都得他恩惠，愈发是哭号震天。

霍炎心中暗叫闯了大祸，未至行銮，便见皇帝已从帐中出来，循着哭声眺望京营。

"怎么？"看到霍炎飞驰而来，皇帝的声音不自觉地发抖，只说了两个字，便口干舌燥，问不出半句话来。

"陈太医正在截去断肠。"霍炎跳下马来，叩头道："京营总督还对臣说了两句话，还不碍事。"

"这是在哭什么？"皇帝仍在疑惑不解，因此还未动怒。

霍炎在地上又叩了个头，不知从何说起。

然后，就在这刻，欢呼声却如巨石坠入那叫作惶恐的可笑的小小水潭，炸裂般从京营中军传了过来。

霍炎直起身子，同皇帝一起向京营望去，见到的却是风尘仆仆驰来的陆过。

"他竟站起身，走到了帐外。"陆过一脸不可思议地看着霍炎。

夕阳落在京营总督猩红的旗纛之上。翻卷的旗帜之下，双唇浴满太阳神鲜血的少年，因为霞光普照，在此时微有了些颜色，而不似地狱里驰来索命的惨白杀神。

他捧着尚不能闭合的创口，抚着他的一腔柔肠，向满营单膝触地、满面虔诚欢笑的将士微笑。

远方，天子凝注，祥风轻翔。

这日，中原才算胜了。

洪定国亦是在第五日上回到洪州大营中。因西方震北军与凉州军节节告捷，匈奴人开始向东边洪州军驻扎方向持续涌入。

此处层峦叠嶂，努西阿河转入两纵雪山之间，本身难得的天险，再向东去，便是白原河以东卢芳的地界。

洪州骑兵此次屯兵努西阿河畔，本是为了冷眼旁观战况，并截断匈奴人南下凉、洪两州的通道，但此刻望着滚滚而来的匈奴人，洪定国亦不知自己能不能守住原来尽量少耗洪州子弟的初衷。两难之下，原本已渡河五十里的洪州军竟被匈奴败兵冲击得不住向后退却，已有数拨前锋打发人回来问如何布置兵马。

更令洪定国烦躁的，却是皇帝派了人来问洪州军是否要增援一事。

那宦官甚是神气活现，大有睥睨之态。他所说的话，洪定国便不怎么愿意听下去了。如此洪州军撑得两日，前锋便屡屡告急。

洪定国自洪州中军驰向前锋督军。他亦不愧是当世少有的才俊，更受洪王言传身教，自到前锋那刻，洪州兵马果然大有起色，止住退势，将匈奴人逼向卢芳境内。

“世子爷，皇帝已然谕示，卢芳乃是盟国。”

“我省得。”洪定国道，“既是盟国，皇帝必不会袖手旁观，待大局定了，再派人马协助卢芳肃清，岂不两全其美？现今要紧的是身后这条河。”

他当夜下营，身心俱疲，酣睡至黎明之际，被杀声惊醒，竟是屈射右骨都侯人马自卢芳境内出其不意杀出。

毕竟向东绝无退路，屈射人无论如何都会向西会合，指望能转回断琴湖地界，再做周旋。生生有洪州军拦住去路，此处不决一死战，只怕之后再无生机。

洪定国仓促起身迎战，失了连营，正无奈向后退却时，却有一支人马仗火直入战团，将屈射人大部冲散。

领头的一队人马彩衣明刀，貂尾珊瑚，火光之下更是夺目。

行至洪定国身前，有一妇人从队中驰出，明丽可亲，执弓在洪定国面前道：“我是卢芳王后阿兰扎，对面可是洪州小王子？”

“陛下。”洪定国衣衫不整，甚是狼狈，上前行礼。

“殿下可知卢芳两度大战，都是中原盟国吗？”她中原官话说得并不流利，但语声漫然，大有贵胄之风，“现今洪州军将屈射人赶至卢芳境内，可有盟国之义？”

“小王亦是无能为力。再向前推进兵马至白原河，已非洪州军力所能。”洪定国见她貌美体贵，料她定不擅军务，随便敷衍于她。

阿兰扎冷笑道：“洪州军自上元年间便威名远震草原，何时有过半分示弱？小王子，你洪州军力不派驱逐屈射人的用场，是准备留做何用？”

洪定国被她问得语塞，心下大怒，奈何大敌在侧不敢发难，热血一瞬都涌上脸颊来，瞪着充血的眼睛，勉强笑道：“王后陛下对洪州事务所知甚详呢。”

阿兰扎笑道：“小王子，看你说话，并不清楚我阿兰扎是什么人。你驻守的疆界就毗

邻我国，却未曾有心好好弄清楚我国人情世故。我不知你有何大志，但眼前的事情不能专注做好，遑论鸿鹄远志呢？真是可惜。”她拨转马首，呼啸一声，“走！”

卢芳彪悍的贵妇们策马向敌阵而去，远远听得阿兰扎长叹：“无盟国之义，无君臣之义，无天下之义——中原谁是皇帝的对手啊！”

洪定国勃然大怒，将马鞭摔在地上：“恨不能杀了这泼妇。”

他这边懊恼之际，只听身边军校呼道：“在这里，世子在这里。”

原来是李呈满头大汗寻了他许久，见了他大喜，道：“世子爷无恙就好，奴婢奉幕先生钧命，请世子快回大营。”

幕先生虽不在战场之上，却同样殚精竭虑。看到洪定国时，疲倦神色中终有一抹欣慰，将洪定国叫至身前，在他跪倒行礼之际，伸手轻抚他的发髻，叹道：“虽之前命你驻守多峰，经年不见，仍不如这几日的提心吊胆。”

洪定国浑身一颤，伏身道：“令先生如此惦念，当真是不孝。”

幕先生抽回手来，道：“傍晚传来消息，恐怕京营总督辟邪不治身亡了。”

洪定国不禁冷笑：“他算什么总督了？”

幕先生叹道：“你就这个改不了的毛病。这世上英杰众多，无端藐视，必定要吃大亏的。我走之后，此处只留你一人身涉险地，叫我如何放心得下？”

洪定国抬起头来正要辩驳，幕先生已用目光喝止了他：“比之要和我辩个青红皂白，你可听明白，我这就要启程回洪州去？”

洪定国怔了怔：“竟是这么快？”

“匈奴人此战之后不成气候，你只需身处大营调度，将洪州兵马驻于白原河畔为止，不必再亲身追那些穷寇。京营已失主将，拱卫皇帝回去的路上，少了强人统领，不啻俎上鱼肉，届时要下手的人实在太多，一路南下，难免波折。”

“先生的意思是景仪吗？”

“那孩子聪明有余，决断不足，指望他亲自动手，是万万不能的。他就喜欢这种借刀杀人、坐收渔利的伎俩，不足为虑。但京中就不一样了……”幕先生叹了口气。

“宫中皇后产期当近，若平安诞生皇子，自此景仪所有，就只是非分之想了。就算是铤而走险，他也要一试。你知道太后自来不喜皇帝，为争景仪继位，当年触怒先帝，险招废黜。若皇帝有失，景仪继位，她是绝不会让任何人染指清和宫一星半点的。当真被景仪得手……”幕先生脸上忽现少见的嫌憎的表情，“因此，”他正色又道，“无论是京营，还是宫中，都须我回洪州筹划。记得，无论如何，都口称坚守白原河，不要另领新务。”

"是。"洪定国领命，"此时已是深夜，先生是要待明日再出发吗。"

"不。"幕先生笑道，"凉王该等急了。"

九月初六日夜，凉王必隆从浊节滩悄然启程，向出云隘口潜行。

出云以南，便是凉州地界，因此隘口的守卫中，有大半凉州将士协管戍备。必隆至此，早有守军头领前来请安，先贺大破匈奴之功，又问及乌维等大将平安。必隆虽心不在焉，仍含笑答了，命随侍赏了金钱百枚给守卫的将士。

"王爷。"伴当靠近，轻声道，"俱已安排妥当。两千人马就在隘口之后。"

"甚好。"必隆点头。

守军无甚好茶，端来的这一碗很是苦涩，必隆轻轻吹去碗上虚无缥缈的水汽，在这一刻仍是拼尽全力盘算。皇帝说破洪王亲自北伐这件事时，必隆尚未在意，虽然背后一样冷汗涔涔，但料那夜既是辟邪亲探洪州大营，皇帝知道洪王未奉诏谕北上也是迟早的事。只是之后皇帝紧握着他的手所说的话，才令必隆肝胆俱裂。"倘若舅舅不能与朕齐心，中原大乱，必在数年间，其时再有胡人南下，凉州已失中原后盾，何以为继？万请凉王安排，请舅舅在凉州暂住，待朕回銮时，共商剿倭大计才是朝廷之福。"

倘若挟持洪王真能成事，此生与洪州再无回旋之地，仿若双肋亮给了明晃晃的利刃，身后的洪州军岂会对凉州罢休？

"来了。"伴当奔进帐来。

这夜月明，照得旷野如水波般清明。那路人马当先者手持松明，向隘口飞驰，一时看不清人数。

"弩。"壕营守军统领低声喝道。

几百强弩静夜里对着不速之客，只待来者稍有异动，便全力阻杀。

那队轻骑却在一箭之地外驻马，那支火在半空摇了摇，又被遮去，如此一明一暗三次，便静静等着。

"那是自己人。"必隆道。

守军这才招呼了来人入营。这支人马不过一百多人，对于亲王出行的排场来讲，有些寒碜。

必隆蹙眉——就算是要掩人耳目，这百人之力，岂能护得老人在这兵马乱流中平安——洪定国是决计不会答应如此安排的。

他心生疑惑，没有着急上前。凉王府的伴当便将这百多人曲折带入凉州壕营深处。

这块地界早已围栏深藏，地势最低。那百人竟也不疑，直闯而入，在空地上勒马。

必隆恭恭敬敬地在远处呼道："先生奔波一日辛苦，晚辈在此等候，请先生稍事休息。"

他知道向前一步便入彀中，只是远远躬身长揖。

却见这行人正中的马上，跳下一人，向必隆奔来。"王爷，王爷。这可折煞奴婢了。"李呈边奔边叫，"幕先生却不在此。"

必隆用尽全力，才没有在倒抽一口冷气的时候发出心虚的呻吟。他慢慢走到灯光下，迎着李呈而去，眼中余光环顾四周——并无利器之光，亦无伏兵可见，唯一可疑的，只是这低洼之地。说到凉王谋刺洪王，并无确凿的明证。只是李呈坦然驰入的情状，当是有备而来。以洪王数十载沙场之功，岂会不多加叮嘱？

必隆背脊上冷汗密布，上前笑道："原来是公公骑着先生的战马。"

李呈笑道："先生说这马儿最近太过安逸，叫奴婢带它奔波一趟，早回洪州，交给司马监再做管教。"

"先生怎么未按商议的时辰同行？"

"老爷子近些年很少征战，上了岁数更加疏懒。这番渡河决战，何其壮烈，定是让老爷子热血如沸，对奴婢说，要去从前驻守的地方故地重游呢！"

"这当真是老爷子的脾气。"必隆依旧向李呈身后望去，仔细看完，并无如洪王身形体貌者，于是"哈哈"大笑："不知去了哪里，小王若清荡匈奴人时，倒能拜晤。"

"应是涉凤尾滩过了河。早年与均成激战，负伤逐均成于凤尾滩以北，之后便再未进一步，此番想是再往北看看。"

——李呈说得愈是详尽愈是合情合理，必隆便愈是确定洪王已取道他处，正向洪州城飞驰。他微作不豫，笑道："若先生有此豪情，且告知晚辈，这刻当在凤尾滩恭候，何必奔回壕营里来呢？"

"是。是。"李呈亦故作诺诺，忙躬身一揖到地。

"前锋军务仍待小王处置，如此，公公请自便。"凉王向他点了点头，唤了伴当等人毫不迟疑，直向前锋驰回。

京营来的消息都甚不明朗。幕先生临行前明言京营总督已死，而不久，便有不同的谣言纷至沓来。有说陈襄妙手回春，开膛取肠的；有说总督回光返照出来见过人又昏死过去，生死不明的；更有人说，确实不治而亡，皇帝哭得和什么似的——众说纷纭，无一可信。

洪定国十分在意，却亦无计可施。京营因拱卫皇帝行銮，戒备森严，更因主帅伤重，戍防更是加倍，原先可用的眼线这几日无一个可以走得出来。

然则京营有将无将，事关日后布置，虽有幕先生钧命令他前往白原河驻扎，但这件事不明，恐生大乱，他命前锋前往探视，出来见客的，却是贺天庆。这位虽未有什么闻达于世的功劳，亦无什么出类拔萃的智谋，但比之洪州军中效命的藩地武夫，有的是大内浸淫的察言观色、待人接物，大可称作老奸巨猾了。

“他便一直不置可否，没透一个字。”副将禀道，“末将要请见总督，这位贺爷话虽客气周到，意思却说得再清楚不过。”

“什么意思？”

“他说总督大人现领着正一品京营总戎政的差事，必要位极人臣的，不是臣这等小小副将想见就见的。”

“他只讲了这个意思吗？”

副将苦笑道：“实则……他的意思是这次决战，硬仗都是震北军、凉州军和京营打下来的，洪州在侧翼，无甚作为，世子爷与其惦记京营的事，不妨想着怎么守住白原河。”

“好毒的嘴。”洪定国怒极反笑，他在意的却另有其事，“贺天庆？他不是贺冶年的兄弟吗？”

“正是的。”

“贺冶年好歹是洪州出身，多年来深得太后宠信，算是自己人，怎么才死半年，贺天庆就成了辟邪的人？这种收买人心的手段，也太过耸人听闻了。”他想了想又问，“若是我赏赐他，嘉奖他的功劳呢？”

“这臣也问过了，皇帝还未曾赏过，现所有嘉奖一概未出，这是天大的功劳，皇帝想必也很是犯难。”

洪定国便以朝贺皇帝大捷，另待皇帝垂询东线战事为由，进表请见。

皇帝自然是允的。

次日清晨，洪定国即抵达了皇帝行銮。皇帝仍同京中一般，早起听近臣奏事，尚未有暇。吉祥疾步出来，对洪定国嘘寒问暖，最后道：“世子爷请稍候，此刻得了宫中的书信，皇上正同王大将军一起看呢。”

原来是内务府、敬事房、太医等咸奏皇后遇喜之事。

信是八月底自宫中奏出，讲内务府已严选了稳妇、太医进宫当值，另加派了总管太监一人，御药房听差数名至坤宁宫日夜轮值。原本皇后之母应入宫陪同，只是因王举、王骄全两人先后过世，王夫人已伤心过度，重病卧床，其姑媳又因热孝在身，皆不便进宫，皇后一人，甚是寂寞，近期更是双足浮肿，肝肺不平，太后及太医都十分忧虑。

皇帝与王骄十听到此处，都分外伤感。王氏一门多人死于国事，贵为皇后，产期将近，身边却连个亲人都无。

“若最后无人入宫陪同，卿的嫡妻大可入宫陪护。”皇帝对王骄十道。

“万万不可。”王骄十脱口而出，“重孝下，还是不入宫得好。这种特例开不得。”

皇帝不置可否，转过来问吉祥道：“那两个太医院的人朕都不喜欢。速令陈襄荐两个人。而陈襄自己，现今能腾出手来了吗？”

吉祥接过奏章，看了看那两位太医的名字：都是谊妃遇喜时赵家举荐的太医，皇帝似不在意这些小事，但当真到了时候却明白周全得很。

“陈襄昨夜里说，之后如何，是辟邪自己的造化，若创口崩裂，多半是没救的了。只是静养这件事于辟邪来说太难。因此上，留下一位军医专职看守，倒远比他留在这里强些。”

“看守？”皇帝和王骄十都笑了。

本以为陈襄还须多看护辟邪数日，现在看来，陈襄竟能即日还朝，对他二人来说绝对是意外之喜。

吉祥望着王骄十悲喜交加地告退，心下不忍，对皇帝道：“现今内务府都是听坐纛亲王的，太医派差，也是成亲王过目，定是妥当的。只是皇后身边人得用的不多，奴婢、如意和辟邪都差遣在外，想分忧使不上劲，倒是小师弟康健，乖巧听话，求万岁爷开恩赏他个露脸的机会，这节骨眼上，能在坤宁宫当差，可是他大大的造化。”

皇帝笑了笑：“若他是慈宁宫的人，只怕早被差过去了。”

“皇上言之有理。”吉祥笑道，“奴婢还想出个人来，也是最妥当的。”

“谁？”皇帝不禁好奇。

“这位公主若能协理坤宁宫，必不会有失。”

“明珠吗？”

皇帝笑：“与其朕求太后的懿旨，不如辟邪亲笔写封信回去吧？”

“是。”吉祥神色尴尬，只得赔笑。

帐中静了一瞬。皇帝察觉到了自己心中万般的不舒坦，对吉祥道：“这将是嫡出的皇子公主，太后岂会怠慢？你们担心太过了。”

“奴婢们不似万岁爷这般沉得住气。”吉祥叹了口气。

皇帝笑道：“倒不是沉得住气……”——远离清和宫数月间，眼前只有铁戈杀伐，叫他有些遗忘了一座离都，一座清和宫中，比之北方有过之而无不及的凶险。

"皇上忘了，如今的储君还是成亲王啊。"——皇帝还记得辟邪此言道出的时候，自己是如何冷汗涔涔。

东宫空置，任何时候都是皇帝的心腹大患，如能诞生嫡长子，不啻去了皇帝的一块心病。然而，总沉浸在坤宁宫微寒的阴暗中的皇后，却不得不又恼人地出现在眼前，嫡出皇子再加王家在此役中的不世之勋，也许再也无法摆脱她黑暗冰冷的纠缠了。

他瞬间失了笑容，将手中的折子扔在案上，顾而言他。

"你看王骄十，朕竟不知道如何说他才好了。事关社稷之重，又是王家的骨血之亲，他依旧如此拘泥礼数规矩，今后如何能倚重他于危难时力挽狂澜呢？"

吉祥忙笑道："奴婢要斗胆说句，皇上可想得多了。这是王大将军言传身教，无不光明之故。此刻北方平定，天下就将太平，力挽狂澜的要紧关头，只怕今后可遇不着了呢。"

"光明嘛……"皇帝沉吟着。

大婚之夜，骄容王皇后的面庞在烛光下熠熠生辉。不及母后的艳色夺人，亦无巧笑美目的娇倩，只是那光明无尘的双眸，便令他沉醉不能自拔。

"皇上。"吉祥见他忽然出了神，轻声道，"宫中的事还有要嘱咐的，奴婢现在就着人去办。而现今洪州亲王世子洪定国正在外请见呢。"

"呵……"皇帝仰面抽了口气，"干系人等都知道了吗？"

"俱已妥当。"

"那便快请进来。"皇帝在座位上欠了欠身。

——"匈奴一破，洪王必返洪州。"那时辟邪满身披血，用尽最后的精神对皇帝道，"凉州，是他返回藩地的必经之路。请皇上对凉王晓之以理，命他挟持洪王……"他说到此处，已为伤处疼痛折磨得冷汗透湿，鲜血自腹上断箭处淋漓在皇帝的袍上，连呻吟的气力也无，透了一口气，接着道，"更加幽禁了洪定国……便能在此一举钳制了洪州，则天下大定。"

这种诱惑，就算是顶着右翼崩溃的风险，也须一试——皇帝望着洪定国一无所知地自帐外的晨曦里走进来，不自觉地舔了舔嘴唇。

自小骄傲无忧的王子举止端方，跪于帐中，漂亮地行了礼。

"快平身。"皇帝走下来亲自挽起了洪定国。

"皇上大喜。"洪定国贺道。

"举国之喜。"皇帝道，"世子可向亲王报捷了？"

"臣提笔汗颜。"洪定国道，"洪州军渡河后久战不下，这一两日才算有所建树，先锋回报，已与卢芳联合，一同追到了白原河。再渡河去，都是震北军了，大将军标下悍勇，无须臣越俎代庖，故已在白原河畔下营了。”

“甚好、甚好。”皇帝一迭声地说，“如此震北军与洪州军会师白原河，则大局已定，可向带林推进了。”

洪定国道：“皇上也莫操之过急，这眼看将入十月，草原上的严冬将至，人马冬季北上，是极凶险的事。”

皇帝自然称是。

洪定国又问：“听说寒州一带倭寇亦闹得凶起来，京中大局亦待皇上主持，不知皇上回銮之期可定了？”

“倒尚未定。”皇帝回答得十分小心，“皇后遇喜，十分盼着朕回去，太后必也在这时想乐享天伦，故亦不会久留此地。”皇帝看着吉祥指挥着小太监奉上早膳，邀洪定国同席坐了。稍用了些，便叹了口气，道：“世子倒是说到了一件叫人发愁的事。黑、寒两州的倭寇与往年不同，领头的自称将军，竟是正经藩镇之主出身，几番交手，东王亦拿他无可奈何。朕想，多半是先东王新丧，杜闵毕竟不及姨父老成善战，南边也正是缺兵少将的时候。”

洪定国当真不喜欢皇帝这番话背后的意思，若借口要自己领兵去黑州荡寇，诚邀自己一同回京，只有硬着头皮强行抗旨了——回銮路上，洪、乐两州边界是必经之地，竟敢藐视洪州之主，无视回程凶险——洪定国在心中冷笑。

“皇上为社稷殚精竭虑，臣恨不得即刻南下为皇上分忧。”他即答，“臣资质愚钝，自小从父亲学的都是平原野战，骑兵奔突。南方水网密集，骑兵竟没有半分优势，臣的那些战法遭人嗤笑事小，却唯恐误了皇上的大事。皇上想平定南方，倒是善步兵阵法的将军为上。臣闻当日阿纳与苟丽忽偷袭圣驾，多亏京营总督经年演练的枪阵抗住匈奴人层层冲击，想来辟邪研习步兵枪阵多年，极有见地，这南去一事，以他为最佳。”他恐皇帝就此直接邀约，再无回旋余地，立时将话一口气讲完，最后不得不喘了口气，才望着皇帝。

皇帝听到“研习多年、极有见地”之语，便知洪定国非但决心抗命，还要见机挑拨，当真未将自己天子圣意放在眼里。皇帝一时觉得身上微微发热，饮了口茶，先按下自己的怒气。

洪定国却不失时机地续道：“倒是京营总督伤重，近日里都不知如何。洪州军久闻其威，此刻都甚是惦念。”

“辟邪一名内臣，就算有些功劳，也不当常年领兵在外。”皇帝面色悲戚，“更何况他的伤势……他侍驾多年，也算是朕看着长大的，不忍他再受兵戈之苦。”

依旧不知辟邪的死活——洪定国有些无可奈何。

“朕这几日想，当亲自手书舅父，告知大捷消息。白原河并非拒匈奴的前锋险要，若能另遣一员大将驻守，世子能南下……”

行銮帐前忽然一阵嘈杂，又突然沉静，似乎连晨风都静止了下来。

这日行銮外密布重兵，正待皇帝与洪定国的决断行事，这般大哗，难道是洪州人发现了不妥？皇帝倏然转脸看着吉祥，却听有人在帐外道：“辟邪来向皇上请安。”

皇帝向吉祥点了点头：“叫进来。”

京营戎政提督太监辟邪便漫步走了进来。他青衣齐整得一丝不苟，脚步轻捷，颜色淡静，若非面颊嘴唇白得透明，全然看不出伤重体弱之态。

“奴婢请皇上万福金安。”他伏地叩首。

满屋的人都提心吊胆地看着，但碍于洪定国在场，无人方便制止他。皇帝不安地在座位上挪动身体，握着茶盏的手指兀自发抖，发出难听的噪音，令他立即松开了手，抬起手掌道：“快起来吧。不好好养伤，到处跑什么？”

“奴婢听得洪王世子在行銮，起来请教今后白原河布防。”辟邪仰面道。

他似乎更愿意跪在地上回话，对皇帝叫起身的话故作未闻。

“你懂什么布防？”皇帝悬着心，强笑道，“那处有几员大将下壕营驻守即可，这些小事何必惹世子厌烦？”

“奴婢这几日听了不少前锋的战报，再向此推进，每进一里，将士所携粮草就更多。然则出云以北多年都遭匈奴人蹂躏，中原未有机会修建要塞，因为就算一时逐匈奴人数百里，仍不可坚守已得之地。白原河虽非努西阿河这般的天险，却在春夏多有行军征战的两季时有泛滥，不失为驻守的屏障。更做中原粮草接济的中点，因此想请教世子，以洪州老王爷多年与匈奴交战的经历来看，与白原河一线筑城，是否可行？”

“不失为上上之策。”洪定国道，“臣父数出出云，仍无功而返，确实因奔袭路途遥远。当年败伊次厥之后，朝廷动起在努西阿河以北筑城的念头，但终因与均成言和，以努西阿河为界，始终守信未曾逾越。若能像开国之初一般，在雁门筑城，定能长久守住所得之地。”

皇帝俯视着辟邪一脸专注热忱，恳切得全然不像定下这个挟持洪定国计策的人，知道此事定然有变，想了想道：“如此看来，在白原河筑城一事，亦是当务之急？”

“正是的。”辟邪笑道。

皇帝叹道："可惜南边少了世子分忧，当真棘手得紧。"

洪定国笑道："正如臣所说，黑、寒两州，京营总督前往督阵是最好的。不知总督何时率京营启程呢？"

辟邪撩起袍角，轻盈地站起身来，转向洪定国道："奴婢是率京营回京，还是驻守边境，与世子一同筑城，都还未定呢。只待皇上定夺，奴婢都是欣然从命的。"

洪定国知他所指，几乎从鼻孔中哼出声来。然而见辟邪神智举动均不似重伤，心中十分疑惑。

一时这帐中，无人称心如意，都意兴阑珊，未几洪定国先退，领伴当自回，当日即启程前往白原河督战。

辟邪望着他走出帐外，长吁了一口气，伸手按住了腹上的伤处，自觉没有鲜血渗出。

"凉王今早亲行至京营——洪王并未取道出云、凉州回洪州，现不知洪王行踪。奴婢太过鲁莽了，险先反令皇上、凉王处于险境。"

皇帝抽了口冷气，手足冰冷，霍然而起。

"就容他这样来去自如，无用之至！"

辟邪等忙跪倒称罪。

就算是辟邪筹谋，仍然落于洪失昼下风，皇帝心中憋屈，刚咆哮了一句，却见辟邪的脸色就在这一瞬的工夫便愈发灰白，只得深深透了口气，拂袖而去。

"大师哥。"辟邪自知无力支持，拽住吉祥的衣襟，头晕目眩地倾倒在吉祥身上，"大事未定，不要让陈先生令我睡很久。"

他说完这句话，像是将所有的包袱甩在了吉祥身上，坦然昏死了过去。

"好在是伤重之后体弱而已，创口却没有裂。"陈襄来看过之后，对吉祥道，"既然大哥儿不听我的话，不愿锁他在床上，不如就灌了这剂安神的药，叫他昏睡着不能到处跑。"

"那岂不是连一个孩童持刃也能要了他的性命？"吉祥蹙眉道。

陈襄不以为意道："反正是在大哥儿这里，有什么打紧？"

一时闲人皆去，吉祥出指轻试辟邪的脉息——虽然因失血体弱，脉象浮大中空，然而经络中内息丰盈顺畅，果然是精进在自己之上。

不知何故，慈宁宫最近的密信中终于松动，以皇帝能平安回銮为最上，容吉祥自行决断。然而，以为奴者来说，"自行决断"四个字却最是包藏祸根，日后有任何变故，都在他此刻"决断不利"之上。更何况，他分明知道，要得手，此生也只有此时了。

吉祥为心中的恶意忽然一凛，抽回手来垂目按压下心中的烦躁，不免长叹了几声。

"大总管何须如此？"有人轻声笑道。

吉祥回首，见姜放悄声走了进来。

"大将军。"

"大爷再担忧也是无用。"姜放细细望了望辟邪的神色，道，"这般重伤，这般性子，就算是陈太医贴身跟着，小顺子和李师捆着，只怕大爷一随皇上起驾回京，他便自己瞎折腾，不用入冬，就会搭进自己的性命去。"

吉祥倏然抬起头来，看着姜放，细想了想道："若皇上要他率京营侍驾入京呢？"

"那是绝无可能的。"姜放道，"他稍加搬动，就是疮口崩裂，更不用说皇上是如何亟须疾驰回京。更要命的是筑城这件事。若无他与洪州的世子爷互有商量，这城怎么建得起来啊。"

"若无那城池，匈奴人可要四处乱走，遍地横行，怕是防不胜防。"吉祥跟着姜放一起叹起气来，"大将军是最知道北方实情的人。就只怕辟邪在此休养，京中朝廷怪罪，说起我兄弟二人在皇上身边受宠恣意，不把人放在眼里呢！"

"都是为了皇上的安危，怎能怪到大爷头上？"姜放见吉祥神思飞转，忙又道，"洪州尚不清楚六爷的伤势，只怕还在疑虑他究竟向南向北，但也瞒不过他们几日。皇上是行是留只怕就当在这两日决断了。大爷在北方还有什么事，这两日里也未必来得及办完啊。"

吉祥望着辟邪肆无忌惮昏睡的面庞，自认识辟邪第一天起，便从未见过他无忧无患、无思无虑的一瞬，师傅临行时满是不忍而轻抚师弟黑发的手指，和沙尘中攒入辟邪心窝的箭镞——吉祥的叹息从心中最柔软处冲破出来。

"唉……谁说不是呢。奴婢一介内臣，着实没有什么见识。这等瞬息万变，不是奴婢这样的人可以应付的。"他如释重负地起身道，"都是皇上和大将军要议的大事，这事不同万岁爷商量，怎么上这里来了？"

"替六爷找了些名贵药材，看是不是用得上。"姜放坦然胡说着。

吉祥笑道："奴婢去请陈先生来看看。"

姜放目送吉祥远去，转身伸手轻轻推动辟邪肩膀。

"主子爷、主子爷。"他在辟邪身边唤了几声，见辟邪依旧昏沉沉不能清醒，只得默然凝视了半晌，摸出一缕发辫掩在辟邪怀中，方不忍而去。

京中是九月十九日得到皇帝渡河决战，并大捷于白原河的战报的。

这日以成亲王、刘远为首，谒太庙报捷，京城百姓均出门结彩放花，爆竹声接连三

日，此起彼伏，未曾中断。

自太后始，各宫放赏极丰，都是放下忧心后的解脱，招入伶人数百，在慈宁宫与御花园连唱多日戏文。这是近几年来难得的高兴，甚至言官御史都无一个扫兴，满朝都是歌功颂德的贺表。连刘远也上了表，赞皇帝是不世出的英明果决，亲征一策果然大挫匈奴人的锐气。

更有高明者，知皇后产期将近，王氏一门为此役惨死父子二人，力主王骄十封侯。在朝在野，都是少见的一团和气。

其中唯成亲王忧心忡忡，理事间忽然神游物外，群臣多有疑虑，不免问安解忧。

“穷寇残兵，却最是凶险。”成亲王道，“皇上一日不曾还朝，臣子心中一日不得安宁。京营残营拱卫行銮南下，沿途不谈多少匈奴游勇，只说中原各府省交界，只要官府鞭长莫及，便是强人草寇。为盼皇上平安返京，臣日日焚香祈愿，不知诸卿如何？”

一问之下，原来京中诸臣家家俱有佛堂，人人素日礼拜——成亲王不禁欣慰微笑起来。

“王爷坐纛辛苦，皇上回銮，见王爷理事万全，必更委以重任。”

“我是个爱声色消遣的。”成亲王笑道，“还是歇上个一年半载好。我这四个月来何止蜕了一层皮去！可要想这些事务都是皇上平日做惯的，就知为君何其辛苦，哪是你我臣下胆敢度量？现今最要紧的，是确保京营平安护驾回京。各地接驾布防都要领了军令状去。”

正说到这个正题上，便有侍卫递进来皇帝加急手谕。

“皇上十五日的手谕，就由京营护驾回銮了？”成亲王接过看了，不禁讶然，“这么早。”

这是京营一路精兵，疾行出发，朝野并无人被事先知会。翁直道：“若是如手谕所说，由京营骑兵轻骑侍驾回程，此刻应当行至了重关、雁门之间，三日后必入骄阳关，之后就是京畿地界了。”

“好快，好快的决断。”成亲王蹙眉沉思，“这手谕如何传来的？”

“若八日间就到达离都，应是从最快的驿站走的。”

“驿站？”成亲王不禁脱口而出。

“太后叫成亲王。”慈宁宫太监康健进来道。

群臣都站起身来。成亲王想了想又道：“就遵上谕，令上江水军火速接应。各部各为皇上回銮京师早做准备。”

康健一边领引，一边道：“太后适才还说，成亲王这么来回折腾，很是心疼，只是军前的侍卫回宫，想王爷也惦着皇上，一同听前锋的人回话。”

成亲王连连称是，道：“是哪个侍卫回转？”

“说是胡动月回来了。”

“哦？”成亲王侧了侧头，“不是游云谣吗？”

“确实不是。想来是皇上眼前最得力的人，必留在皇上身边护驾呢。”

他到慈宁宫的时候，太后已然问了大半，说及皇帝在三里湾身负箭伤，都是大惊。

“那一役京营折了四千余人，好在圣驾平安。”胡动月道，“就是臣驰回之前的几日，皇上创口有些红肿，稍有些热症。”

“这个阿纳着实可恶。”太后切齿，“听说最终还是斩得他的首级？”

“是。自阿纳被斩，匈奴人才算大势已去。皇上圣明仁德，仍命以亲王之礼安葬了。”

“皇上身边的人都还好？”成亲王问。

胡动月道：“侍卫营也是多有死伤，紫南门侍卫中游云谣落马，被匈奴人践踏得双腿稀烂，蒙太医陈襄截去了他的两腿，才保住了性命。内臣里，京营监军辟邪重伤，箭镞入肠，臣返回时仍是不知生死。”

成亲王已霍然站起了身。

“好好坐着。”太后漫然看了他一眼。

胡动月又禀了皇帝如何驻扎在努西阿河以北，此次北伐五军如何拱卫之事。成亲王与太后心不在焉地听完，放了丰厚的赏赐，命其退下。

“为一个内臣，如此失态？”太后望着成亲王。

“母后是知道的，辟邪总是服侍在皇上身边的，儿子想他重伤，皇上深陷战团，必是险象环生。”

太后点头道：“你现在也知道为君的不易，若能想着分忧，更是好了。”

“是。”

“皇后这几日已坐卧不宁，比算定的日子还早了几日。若是皇子在这一两日里诞生，宫中的戍备又当更加用心。”太后用明朗的声音道，“北方匈奴既定，宫中又有太子诞生，岂不是最好的时候？”

“正是的。”

若是太子降生，就算是皇帝回銮的一路上尽是虎视眈眈的藩王，这天下也和自己没有半分关系了——成亲王用尽全身的力气微笑着。

太后悯然望着他的笑容，道：“有些事，总有个前因后果。有的没的，不在这刻。”

成亲王笑着：“母亲圣明，儿子也不糊涂。”

太后的目光深沉如海，令成亲王归途中依旧战栗不止。

门上赵师爷也已得了信，无人处忙迎上前问：“王爷不觉得蹊跷吗？”

“怎么说？”

“手谕是从驿道上来的。那么洪州、黑州人这两日也当知道了。”赵师爷道，“倘以速制胜，要的是在所有人措手不及时回銮京师，何必又故意下此手谕？直接悄悄回来就是。要是如手谕上说，开放上江界水域，以禁军水师护卫，那入京的时日又要晚上两日，又何必十五日便抛下瞬息万变的战场，不待大局安定就返京？”

成亲王抬手止住他，先头回了花园尽头的书房，坐定了问：“最近两日可有消息说寻到了均成的尸首？”

赵师爷摇头：“只知道阿纳的尸首在皇帝手上。”

成亲王道：“京营骑兵不过万人，此次折损五成以上，皇帝能带回的，大概数千。孤军要过凉、洪两州，谈何容易？洪州重兵仍在北边，就罢了。只是黑州人在一路早有对策，太后、皇帝无不了然，岂会轻易孤军而行？必是由京营的大部人马护着回来。要万无一失，定须带同步兵炮阵，如此便是一个月以上的行程。”

“那么……”

“皇上有辟邪在侧谋划，又有吉祥护卫，多半是平安了。且看黑州人如何不死心地折腾吧。”成亲王冷然道，“回京这路已无碍大局。只是宫里……”

赵师爷心领神会，道：“那稳妇入宫之后便不得消息。不过今日跟着王妃入宫的女子已回来报过，皇后可不妙啊。”

这只怕是成亲王最近听到最顺耳的一句话。

赵师爷又道：“皇后也只是撑到今日罢了。想要平安诞下皇子，那个身子，是不行的。”

成亲王道：“皇后身怀六甲数月才肯叫人得知，中宫对王府的猜忌不谓不深，连太后也是护得紧实。我可不愿心存这般侥幸，这两日里无论如何要有个确切消息。”

“吱呀——”廊下铺着的木板被人踩得响起来。

两人收住语声，便听得内臣在外轻轻叩门，道：“王爷，有封书信送到门上。”

赵师爷走出来接过，奉与成亲王。

信由火漆印信封着，成亲王拆开，自书案下的抽屉里取出一张都是方孔的纸来，覆于书信之上。

成亲王通读完方孔中露出的字句，茫然仰起面来，不置一词地出神。

赵师爷望着他面上悲戚的神色，骇道：“王爷，这是怎么了？”忙从成亲王手中接过书信细看。

“陆”这个字便是用来称呼辟邪的暗语。原文中说的是“陆过武勇死战”，但去了被纸遮盖的行文，从方孔中露出的却是“陆战死”这句短促冰冷的结局。

赵师爷大惊：“辟邪死了？”

成亲王的悲伤和嫉恨纠结成眼角的冷泪：“他竟为了皇帝身死北地。我有什么不如皇帝，得不到他一点的心意？”

“王爷……”赵师爷相劝道，“北伐决战凶险，万军之中，武功高绝如他，也未必能全身而退。他毕竟是死于国事，若此刻王爷在位，他也必能为王爷粉身碎骨。”

“你道他是个没有心的人？”成亲王抹去泪痕，冷然睨着赵师爷。

赵师爷微微打了个寒噤，道：“学生不敢。”

成亲王已然站起身来，勃然掀翻了书案。

赵师爷噤若寒蝉，肃立于一边。

成亲王背着手，走到窗前，一掌推开窗户，让凉风拂在燥热的面庞上，冷然道：“他那样的人，本当懂得只有我才懂得他。他竟不是我的。可惜。”

赵师爷握着书信，在成亲王身后战抖着，良久才用干涩的声音道：“王爷，且看这书信后面的文字，才叫耸人听闻呢。”

密信中道：十五出发的，是京营两千精锐，然而皇帝却不在其中。虽然震北军在白原河大捷，而皇帝营中的瘟疫仍然盛行，皇帝深染重症，陈襄束手无策，这几日颇有沉疴状，只得先遣京营回京安定局面。若皇后诞下皇子，务必确保皇子安全。

“这个人的消息从来无错。这便说得通上谕奇怪的地方。”赵师爷道，“这么大张旗鼓地说回就回，几日里就到京城，比之安稳护驾回銮，倒不如说更像是平乱的模样。”

成亲王转回身来，夺过书信又细看了一遍，按着额头道：“这一日太多变化，若不深思熟虑，便是杀身之祸。能用上的人，此刻都用上吧。”

成亲王府次日备下盛宴，贺努西阿河与白原河大捷。各部亲贵重臣云集一堂，一直喧哗至入夜。上了年纪稳重的老臣都尽兴而归，剩下的，都是成亲王素日里爱往来的青年英俊。

喝酒行令到夜半都有些恍惚时，成亲王悄悄拽了拽郁知秋的袖子，在他耳边笑道：“你知道我今日由这些人在这里折腾，可是为了谁？”

郁知秋勉强赔了个笑，躲闪道：“王爷的盛情，臣愧不敢当。”

“你来。”成亲王当先向后而去。郁知秋沉着脸跟着，刚进了书房，便被成亲王从身后一把抱住。

“王爷！”郁知秋轻轻一个寒战。

成亲王笑道：“这里没人，你怕什么？”

“我……”郁知秋按捺下心中愠怒，最后无奈道，“王爷不必错爱，有什么差事，只管吩咐。”

“你是越来越聪明了。”成亲王一笑，将脸庞埋在他坚实的肩膀上，轻轻说了几句话。

“这万万不可。”郁知秋变色道。

“真要到那个时候，只有直入慈宁宫请太后做主才是最安静的法子，不然天下大乱，届时受苦受难的，真是你我这些京中王公吗？你要心里慈悲，可要替这个天下打算呢。”

“不会的。听胡动月说了，皇上安然无恙。”

“真是迂了。”成亲王道，“胡动月是十一日出发的，后面几天有什么变故，难说得紧。况皇上安然无恙，是臣子日夜祈求的，那是最好了。”成亲王在郁知秋身后冷笑，“四海平定，一切如常，社稷之福啊。”

“有违规制，被人知晓，不管是什么理由，都是大逆的罪。”

“你自己开宫门来去自如，也不是一天两天的事了。我看这规制也没怎么在你眼里。”

郁知秋在成亲王的臂膀中微微战抖。

成亲王不禁轻笑出声，潮湿的呼气喷在郁知秋的脖颈里。

“臣明白了。”郁知秋咬破了嘴唇，垂下眼睛低声道。

九月二十五日天还未亮，内务府并坤宁宫内臣都来回太后，皇后已有转胎之象，守喜的稳妇及当值的太医俱在坤宁宫。

直至成亲王下值回到府内，坤宁宫仍没有确切的消息。

王府内臣一拨拨地去向宫内询问，都是石沉大海。到酉时掌灯许久，忽听门外惊惶的脚步声。成亲王霍然站起身来，亲开了门走到廊下。

昏黄的灯下是内臣瞠目结舌的面容。有人在后笑道：“小王爷还没歇着？那奴婢可不算打扰小王爷休息。”

“姑姑。”成亲王迸出这句话的时候，能听到自己咽喉中的呻吟之声。

洪司言恍若未闻：“有几句太后娘娘的话，要单独问小王爷。”

“是。”

话虽如此，康健却拉着一个妇人一同跟进了书房。

洪司言并没有解开身上的斗篷，看来并不想久坐。

“这是坤宁宫的稳妇。”她道，“太后娘娘嫌内务府荐的人不好，说小王爷这个时节是坐纛的亲王，这个差事办得出了纰漏，甚是不喜。”

成亲王怔了怔，原来派入宫中的稳妇已然被太后察觉了。他知道这种事情都没有真凭实据，从震惊中振作了精神，正要争辩，洪司言已向康健点了点头。

康健将那稳妇向前推了一把，从腰中拽出匕首，自其后背无声无息地刺入，将那稳妇一击毙命。

成亲王惊得面色煞白，脱力地倒在椅子上。康健舍了匕首，将稳妇的尸身弃在地上，径直退了出去。

“太后着奴婢来和小王爷说：小王爷坐纛辛苦了，皇上这就回京，小王爷要知保重，好好地在家休养一阵子才好。今后太后膝下，还指望两代人承欢，颐享天年呢。”

上至母亲，下至奴婢，竟没有一个向着自己——成亲王被倾盆箭雨般的愤恨攒透了心脏，不忿道：“我究竟做错了什么？自小读书上进，诸皇子中没有一个能迈得过我去，为朝廷做的差事无不妥帖称心。我心中的抱负见识，母后知道得最是清楚，我也因此最敬爱孝顺，从来没有忤逆过母后半分。朝中行事，天下青年英俊亦无有不倾慕的。母后厚此薄彼，究竟是为了什么？”

洪司言叹了口气，道：“小王爷，皇帝就是皇帝。”

成亲王冷笑道：“姑姑回去请教母后，若皇上在北边不回来了呢？”

洪司言蹙眉，目光流转在成亲王脸上：“这是从何说起？今日吉祥已回京密宣了五城兵马司袁迅，这时辰，皇上就该入城了。”

“不会的。”成亲王狞声道。

洪司言望着他的面容，想了想忽问：“小王爷的消息又从何而来？”

她见成亲王缄口不语，不禁叹道：“小王爷，皇上北伐时处处险境不错，然而，他身边的人确实都没死绝呢。那些奴婢坏了心，撺掇小王爷，小王爷可不要轻易上了当了。”

成亲王望着洪司言翩然而去，茫然没有头绪地胡思乱想：就算是有人设计要他起了不臣之心，那暗语、印信如此机密，那人是从何得知？如此洞察狡慧，天下又有几人？

——青衣雪容，犹若晴日冰峰——成亲王想起那少年来，突然冷汗浸透衣衫。

已过下钥时刻，紫南门侍卫多在宫城内驻守。郁知秋却仍在宫外徘徊。

自成亲王密约相求，他便夜夜悄悄开了宫门守候，若当真生变，成亲王便可从紫南门潜入皇城宫城，进而直入慈宁宫。

只是北方并不似成亲王所言，没有半点明确的消息，朝廷中依旧在欢天喜地等待着大驾回銮，他口干舌燥，在清秋的夜里焦躁地跺着脚。

只是今夜重重宫阙内外，都是隐隐的嘈杂。不久便听正南方向雷鸣奔涌，如聚雨压境，显然是数百人的骑兵列阵而来。

郁知秋按住了刀。身边的侍卫也聚拢过来。“上枪、上弦。”郁知秋道。

前方大道之上，一骑飞驰而来，手持明黄色信骑。

“皇上回銮了，开门！”

北征的侍卫营黑压压一拥而出。仪仗分列，之后是瘦削的皇帝策马趋近，静静俯视。

“这是郁知秋吧？”皇帝道。

“皇上大喜。”郁知秋领着众人叩首。

不同于现在疲惫精瘦的北伐侍卫营，皇帝已然很久没有见过如此强壮干净的近侍，心中莫名地不豫起来。

“太后在慈宁宫？”

“今日慈驾都在坤宁宫。”

——必是临盆的情状艰难，已然惊动太后主持大局——皇帝出了会儿神。

“皇上回乾清宫？”吉祥上前问。

“既然母后在坤宁宫，朕必要先去慈驾前请安。”皇帝的声音有些犹疑，却因为找到了堂皇的理由，顿时下定了决心。

这般数百骑随皇帝大驾直入宫门，至乾清门尚止。夤夜军声撼城，太后已然被惊动，自坤宁宫内领着众人亲自走了出来，见内臣簇拥着箭袖戎服的皇帝健步上前，才将凛凛的目光垂下，望着皇帝抢上几步，跪倒在脚下。

这刻安宁疲惫，皇帝连话也说不出来，只觉双肩一暖，已被太后揽在怀里。

深宫之中，无人敢于啜泣，母子二人沉默许久，太后终于松开了双臂，双手捧着皇帝的脸颊，细细端详，用手指抹去了皇帝脸上的泪痕。

“儿子不孝，疏离母后膝下数月，虽有北方大捷，却致母后时时牵挂担忧，儿子心中不忍不安。”

“匈奴大患自孝宗皇帝始，至今日溃散，社稷之福。一点牵挂算什么？”太后扶起皇帝，依旧握着皇帝的手掌，“瘦得多了。”

“是。”皇帝的目光便投向坤宁宫昏暗的大殿，“里面……”

太后只是摇了摇头。

“皇后叫进宝。”里面的稳妇慌慌张张地跑出来，望着跪了一地的人，吓得伏倒在地。

“这是要做什么？”皇帝诘问。

产房之内呼唤内臣，是从所未有的事。

太后立即按住皇帝的手臂：“皇帝管这些事做什么？”旋即向进宝点了点头。

进宝忙向太后与皇帝叩了头，随稳妇入内。

“都出去。”皇后的气息微弱，目光却狠戾地自周遭的人脸上掠过。

稳妇等岂敢弃了皇后出去，都吓得滚倒在地叩首。

皇后又道：“若不出去，进宝只管都杀了。”

“出去。”进宝喝道。

闷热的产房中瞬间便只剩下进宝一人在飘摇的灯光下独立。

“我不行了。”皇后从苍白的嘴唇透出的，却是决绝的声音，“就是现在，可指望得上你？”

进宝趋近产床边，叩首道：“是。奴婢已试过多次了，绝不会伤及皇子。”

“好。”皇后点了点头。

进宝从旁取过手巾，擦去皇后惨白脸上的冷汗：“只是，产妇是活不下来的。奴婢一旦动手，娘娘亦不能幸免。现皇上就在门外，娘娘可有话要传给皇上知晓？可要见一面？”

皇后死尸般的面庞突然绽出一抹笑容。

“不，我和他无话可说。我就此死了，他再不寻思废后的事，称他心意，于他于这个孩子，都是太平和气。他心里咒我，又不甘自己的恶毒愧疚，不会见我的。你记得，这里做了些什么，绝不要叫他看见，也绝不要叫他知道。若他因此对这孩子有了芥蒂，此子在宫中必无生机，倒是你，”她将进宝招得近了些，用尽最后的力气，叹息道，“我们主仆一场，这孩子若能活下来，也是你救的性命，今后，你替我照顾好他。”

“是。”进宝取过匕首，抹去眼里的泪水，“娘娘放心。”

“皇子重珄降生坤宁宫，朝中清平安详。”

——皇帝亲笔的书信中如是说。

“王大将军要封侯了？”小顺子问。

早先密报中言及：以裂腹之痛，后竟无一呼一语，坤宁宫内外无人惊动。因而破腹取子之事，皇上一无所知——如此志坚性烈的皇后，就此殒没，可谓惨烈，实是可惜。

辟邪叹道：“那是自然的，无论如何，北方大捷，皇子降生，两件天大的喜事，是搭了王大将军至亲的三条人命进去，比之这震北军中任何一个，都值得这‘永平侯’三个字。”

小顺子撇了撇嘴：“大将军呢？”

辟邪拿手指敲了敲他的脑门，道：“大将军封侯是迟早的事，哪要你操什么心。更何况，要说祈愿永世太平的心，大将军亦比不上太子舅父吧？”

“师傅说的是。”小顺子笑，“这旨意师傅竟要自己去颁吗？”

“皇子诞生，皇后崩逝，泰极否极。王大将军一定是百感交集，须有皇上亲近的人在侧宽慰。”辟邪慢慢合上皇帝的书信，放入怀中。

“朝中可要安静一阵了呢。”小顺子笑道。

“就是太过安静了。”辟邪冷笑——可惜皇帝为了皇子诞生一事，已等不及地要回宫，不然，只消再过上三四日，再有第二封密信火上浇油，野心勃勃却优柔不决的景仪只怕便会露出马脚。

成亲王的心胸中已被无穷的智谋诡计塞得满满的，皇帝这般孤军长途奔袭的“勇气”二字，他天生就不会理解吧。

只怕这智而不决的成亲王还会在朝中纠葛日久——辟邪叹了口气。

“大军在外，称意的缟素不好找，师傅将就。”小顺子将素白的袍子裘衣放在辟邪身边，过来为他梳头，“我看也未必是要师傅颁这个旨意，定是师傅在帐中局促得久了，铁了心地要出门！”

辟邪的精神却全在于手指间缠绕的一股发辫上，对小顺子呼痛呼冷的劝谏全然未闻。

漆黑的发丝，明亮如太阳神的光芒——愿这一丝最后的纯情怀念，能随着自己去离都、去寒州、去见东方无尽的碧海。

“将这个结在髻里。”辟邪将发辫交给小顺子。

“是。”小顺子竟不似平日般多嘴爱问，将这缕发丝结在辟邪柔软的长发中，服侍他穿了衣衫，道，“外面可冷。”

厚厚的帐帘掀起，寒意刀锋般撞入怀中。茫茫天地，每一片白雪都似永驻在半空，安静缓慢地飘落。

庆熹十三年十月初五，小雪节气。

京营提督太监手奉御旨，向白原河行去。

他白衣拂地的那瞬，幅员千里的白原雪地上并无大单于，并无左屠耆王，甚至再无天子、亲王。新雪垛出的纯白少年，仰面令细雪轻沾脸颊。

“真的好冷。”草原新主微笑着抱怨。

五十

阿兰扎

自十月始，震北大将军姜放、骠骑将军王骄十便自白原河始，一路清荡匈奴残部，渐渐向天水推进。凉王必隆亦未退守凉州城，而是于出云调度粮草马匹支援，源源不断到京的，都是捷报。

至十月下旬，姜放、王骄十每疏战况，都可见其中一支奇兵，纵横捭阖，神出鬼没，于白原河以北，带林至翰陆间驰骋无阻，非但协同调度了姜放、王骄十两部人马，更妙的是不断将匈奴人向东线压迫，逼得洪州军不得不全线极力戍防。因此洪州军虽为守军，战绩却也极彪赫，竟还生擒了屈射的右骨都侯。

草原各国流民皆渐渐回乡安置，立坛奉祖，终归故土。原先各国贵胄多有在屈射蹄下覆灭的，现今都各族各部割据混居，除卢芳与贺里伦两盟国国王、女王俱在外，都不成气候。这支人马亦在各族中不住安抚调停，故所经地界都安静平和，各族族长纷纷入白原河壕营朝拜，称中原天子为“天可汗”，朝觐礼物亦是源源不断地送往朝廷。裂而不争，和而不聚，正是中原想要的局面。

皇帝看了两人欲盖弥彰的战报，命霍炎批复问道:“究竟是什么奇兵？辟邪又在做什么？”

三里湾一役，皇帝身边的近侍多有折损。这时候中书舍人的缺尚未补完，最辛苦的便是霍炎了。他自随皇帝回銮离都之后甚少笑容，这时听了皇帝这么问，终于展颜笑道：“皇上这两句话当真问得绝妙。”

“你是见过他的惨状的。”皇帝道，“他是现在可以六日间奔袭千余里的人吗？听说他十月初就捧着诏书自去了白原河大营。因他伤重才将他留在北方，现倒生龙活虎起来了。”

霍炎词穷，不知如何作答，于是继续俯首疾书。

这日皇后的丧期已满一月，兵部、吏部及刘远等来议此役军功犒赏。

除已封赏永平侯的王骄十外，姜放封长平侯，刘思亥、赤胡等均有追赠，必隆、洪定国两王追加封地，加封子嗣，陆过等大将各有升迁，荫及后人。

现仍在皇后百日丧期之内，年内封赠皆暂缓不行，但赏赐银两物品俱已开具清单妥当，由吏部、内务府各自操办，并发咨文于大将军府、京营戎政、震北军及洪、乐、凉三军。

“五军将士当欢欣鼓舞，皇上圣明。”刘远道。

皇帝微笑道："留守离都的诸卿亦为粮饷操劳，自成亲王始，各部亦有嘉奖，待年后发诏。"

翁直将封赏名单看了一遍，笑道："皇上，京营提督太监不在嘉奖名单之中，其功冠于全军，皇上是要另行封赏吗？"

皇帝笑道："他是个年轻的内臣，不当同将士并赏。我朝内臣之功，都由内务府、司礼监拟了，交内宫之主核准恩赏，并不应在此处。"

而辟邪之功迄今未叙，应是当今执掌内宫的太后执意不允了？

翁直踌躇半晌，壮着胆子道："故内臣之功，多是护驾、长年随侍、侍读劝谏等，战功未有先例。若此时不予嘉奖，京营诸将士难免会想朝廷偏心，多生不平啊。为京营士气计，当是要重赏的。"

"京营已实际由陆过统领，升迁陆过亦是同理。"刘远道，"宦官监军早已属格外殊荣，京营总戎政的缺，总是应由兵部核准的上将担任，岂能由他一直兼着？"

皇帝本已满面的笑容顿时消散。翁直道："此次嘉奖只讲北方一役，有功当述，与补缺调动并无干系，太傅若有远虑，他时再议。"

皇帝已然扫了兴，道："今日就到此为止吧。小合口今日有人在宫中吗？"

一时李及跑出去问明，陆过回兵部述职，此刻仍在值房。

"为什么总是你在眼前？"皇帝对李及这个蠢奴甚是厌烦，"吉祥呢？"

"吉祥告假休养去了。"李及答，"自回来总像躲着宫里的人，当值也少，要不就成日告假出宫去。太后娘娘和各宫娘娘要问他皇上在北伐时的起居，好几次都没找到他的人呢！"

"滚出去。"皇帝见他竟要挑拨是非，先喝了一声。

"是。"李及几乎是连滚带爬地跑出殿外。

原先身边常在的成亲王、吉祥、如意、辟邪等一概不见踪影。皇帝北伐回銮的疲惫里更添了些孤独。因此见到陆过时，甚是喜悦，闲聊了几句后，将京营嘉奖的名册交于他。

陆过果然问了："臣斗胆请教皇上，总督辟邪不在此中是另有封赏么？"

皇帝叹了口气："现太后、太傅及御史等俱力谏朕不可封赏内臣领兵，只怕开了这个先例后，内臣势力渐大，重蹈前朝覆辙。今翁直劝朕，若不明奖，京营将士恐生不平。朕亦是左右为难。幸现仍在皇后服丧中，诸赏不封，且看如何与他们周旋，过了年吧。"

陆过回想着那白衣沾血，只剩灵魂支持在病榻上的少年，一时清明无惧，禀道："臣以为总督实则并不在意封赏的。其时潜入匈奴王帐，得了盟约信物，明知被俘便是引颈就戮一条路，仍是护得盟约回到中原大营。臣自各方听说，总督身陷匈奴王帐时，几被当作人牲献祭，左臂就是行刑时被生生砸断，能为皇上豁出性命去的，普天之下大有人在，而知残虐，抵死不屈的，臣扪心自问，自知并不能做到。死士固然可贵，而甘受非人折磨而竟功成的，是不会拿爵禄来衡量忠勇和与天子的同袍之义的。”

皇帝望着他默然半晌：“省之，你一语中的，他现今依旧纵横塞外，心中定视这禁宫如同囹圄，爵禄更胜枷锁。朕心中所想的封赏，比之他所做的都是微尘。只是朕为求自己心中安慰，将能给的，都给了他罢了。”

“总督若听见皇上肺腑之言，一定是感激的。”

“然而省之……”皇帝望着他问，“辟邪他要的是什么呢？”

陆过抽了口冷气，细细想了想，道：“臣着实不知。”

“也罢。”皇帝长叹一声，“他那个人精灵古怪的，也许只是觊觎太后的公主明珠，也未可知。”

陆过哪似吉祥老成，只是张着嘴目瞪口呆，不知如何回话。

皇帝笑道：“你与霍炎甚好，自回銮后，无一日见他打起精神的，可知什么缘故？若不喜欢在朝廷做事，朕大可发他去塞外充军。”

“断无此事！”陆过大惊失色，忙道，“皇上恕罪，断无此事。臣想，霍炎颇有苦衷，他本是寒州世族，孤身上京，母亲妻弟仍留在寒州。先寒州被焚，霍炎正在军中，自始至终，都未曾有暇打听母亲下落。现回了京城，才托臣询问臣兄陆巡，这些天怕是忧心忡忡。”

“啊。”皇帝恍然大悟，惭道，“朕失察。他是忠孝之人，一直在御前效命，不能尽孝，必是难过的。”

“正是。霍炎近日一直在值房住着，日夜候皇上差遣。要说他不愿为朝廷做事，是绝不能够的。”

辟邪看到的皇帝批复，毕竟还是姜放抄出来连夜快马送来的，到他军中时，已是清晨。看到血指印沾在了雪白的纸上，辟邪才发现手上都是未干的血迹。

小顺子忙接过折子，替他净了手。

游云谣道：“有什么要紧的事，需要连夜送过来？”

辟邪苦笑道：“皇上在责问奴婢在白原河以北做什么。”

游云谣笑道：“皇上对总督大人固来怜惜，望大人多在大营休养，此时听说还在战地奔波，一定是忧虑的。”

“将军说的不错，不管是什么战绩，令皇上远在京中仍在为奴婢忧虑，都是罪过。”辟邪道，“正腹拟请罪折子呢。”

小顺子忙问："师傅这就要下营了吗？"

辟邪抬起眼睛，看着一地尸骸，道："这里都是死尸，如何下营？往西二十里，是羌胡人的营地，我们那边扎个堆吧。"

游云谣便命令官号角集结，正在绵延数里遍地尸骸中收拣兵器、处置伤敌的震北军都闻号上马。

"伤者还有不少，问大人如何处置？"副将冯嘉赶来问。

辟邪摇了摇头。

冯嘉会意，立时飞马密传将伤俘悉数斩毙的钧命。

不刻四处遍传屈射人临死的呼号，绯色晨光普照，雪寒之地污浊嫣红一片，只有震北军铁骑停驻，无声如同高远的乌云，反倒静谧。

辟邪正要说到"启程"二字，却见一骑飞马电掣般驰来，其上青年杀气滚滚策马直扑辟邪坐骑。

辟邪见他出手要来抓住自己衣襟，右手中的马鞭迎着他的手臂抽了下去，卷住他的手腕，鞭子一抖，将这健壮青年拽至马下。

"李师，你冲撞主将，知道是什么罪过吗？"辟邪曼声问道。

李师抓着鞭子仰面大怒道："何必斩尽杀绝呢？所剩也不过一两百人，能成什么气候？就容他们自己安身立命去，不就行了？"

辟邪道："有的伤重，留在这里就是狼噬鹰啄，比之一刀毙命，亦不知道哪个更慈悲些。"

"也不是这样。"李师争辩道，"这种事，就听天由命了。然而你又不是什么天神菩萨……"他说到此处，周围的震北军都"哄"的一声嚷了起来。

"现在草原上都说总督大人是菩萨降世，你说他不是天神菩萨，草原上可有人会找你拼命呢！"

李师瞪了众人一眼，道："他是不是菩萨降世，他自己不知道吗？他凭什么说他们就必死于禽兽爪牙下？"

辟邪无可奈何地叹了口气："李师，你虽未在震北军挂号，但再做咆哮，我就以军规处置了。你且去看这些屈射人所经之地，各部各族，哪有安身立命的机会？若不尽除了，草原上又有多少人因你我一时之仁，受尽屠戮呢？"

李师仍然大声劝道："你不是见个屈射人就必杀尽的。只消是右屠耆王、右渐将王两部，你却要杀绝最后一人。说你没有私怨，我是不信的。"

"私怨？"辟邪瞬间只觉血脉勃勃乱跳——中原一战而胜，大因这两部人马在决战之际远遁，才陷阿纳于重围，才令他与那金子般的英主狭路相逢，才令他每夜为阿纳最后一瞬的目光惊醒，才令他心中尚存一息的颜久魂飞魄散——他一掠而下，扼住李师的咽喉，将他摔在地上。身法之快，几如雷霆。

李师面露骇色扑倒在地，辟邪已扬起鞭子，一鞭下去，李师的软甲、棉袍顿时绽裂，背上血肉粘在鞭上，在半空划出一道血线。

“大人，饶命！”游云谣知道辟邪这一鞭的厉害，高声大叫。

他因双腿被废，坐着特制的马鞍，根本下不来马，只得催马前去，挡在辟邪与李师之间。

小顺子忙跳下马来，抱住辟邪的右臂道：“师傅饶命。一鞭就够了。”

辟邪将马鞭扔在地上，抓住李师的衣领，将他痛得浑身发抖的身子提到小顺子马前。

“你看。”他指着小顺子搭救下来的屈射小奴，“他的舌头自小就被他们割了去，你想辩私怨，不如和他辩去。”

他飞身上了马，环顾四周，都是震北军骑士悚然的面庞。

“启程。”他催马向前，身后乌云翻滚，在湛蓝的天空下紧随而行。

他们缓缓向西跋涉，遥望羌胡人的营地时，便打出震北军旗号。羌胡营地的前哨望见，策马在辟邪军前横越，看清了素缟的京营总督，远远摘了帽子，当空不住挥舞，旋即掉头向营地奔去报信。

辟邪命全军就地下营，并派遣冯嘉为使节，前往羌胡人营中知会。不过片刻，羌胡首领便领了族中贵胄来拜，将雪白的狐皮铺满了辟邪的营帐。

羌胡首领乍见辟邪的容色，竟一时说不出话来，半晌才道：“总督大人骁勇，名贯草原。今日初见，才知道上国人物，犹如神使。”言罢俯身拜倒。

年轻的总督雍容谦和，见羌胡人要俯身吻他的靴子，忙抬手拦住，均抱腰为礼，以示交好，并回赠中原丝绸。

小顺子将从屈射人手中解救的数名孩童领来，交给羌胡首领。

辟邪道：“都是草原同宗，万请大首领将这些孩子好好安顿，抚养成人。”

羌胡首领忙道：“谨遵总督大人钧命。现这里的屈射残部肃清，终有这些孩童安居乐业的一日。”

此时附近驻扎的多个部族均已得了消息，纷纷来拜。有不少已与辟邪熟识的部族首领，携美酒肥肉，奉于营中。辟邪小小一座营帐中挤满了人，各族首领一同抽烟喝酒，论西方屈射人的动向，不刻帐中便热气滚滚，青烟笼罩，直到对座的都看不清对方的面目，这才算饶了咳嗽不住的总督，笑着熄了火，撩开帘子，放入外面的冷风来。

辟邪将众人一一送出帐外，却见各族受这支人马解救恩惠者数百人，早聚在门外，见辟邪出来，都是俯身拜倒。

“使不得，万万使不得。”辟邪命部将等逐一扶起，拉住认识的部落首领叹气道，“若每次都这般客气，奴婢不忍打扰，下次必远远宿营不叫各位知晓了。”

那些首领道：“大人荡寇，受恩泽者何止数万？我们都当总督大人为战神下界，此刻是知道大人不爱他们俯拜，因此礼数已简慢太多了。倒是大人托我们打听的事，却没有音讯。大人问的那处泉水，草原上都无人知道。有负所托，我们都愧疚得很。”

辟邪笑道：“那也是以讹传讹的奇闻，各位权当一笑，不必再放在心上。”

如此已然热闹了一日，辟邪终得空坐下写他的请罪折子，却见小顺子一个劲儿地冲旁边端坐的游云谣使眼色，不禁笑道：“这是怎么了？你还有话不敢对我说的吗？”

“那我可就说了，师傅不要骂我。”小顺子觍着脸笑，“李师可伤得重，师傅不看一眼吗？”

辟邪冷笑道：“我自有分寸，不过皮肉伤，他能伤重到哪里去？”话是这么说，仍是起身走向李师的营帐，掀开帘子便见李师赤着上身，露出皮开肉绽的后背趴在褥子上。

“你的功力确实又高了许多。”李师本已昏昏欲睡，见了他，忽咧开嘴笑了。

辟邪叹了口气，坐在他身边，取过旁边的药膏，抹在他的伤处。

李师被他冰凉的手指冻得一激灵，道：“你心中有大慈悲，人又聪明，总有办法能少杀些人。”

“我也和你说过多次了，莫把我当成是什么好人。他们道我是救苦救难，你却是知道的，若你今天再忤逆我，必被鞭毙。”

李师道：“我懂了，游云谣告诉我说，军中不可和主将争执，今后便再不会了。”

辟邪却笑了。

“你笑什么？”

辟邪道：“若你能耐得住性子，不与我争执，那真是太阳从西边出来了。”

李师正要怒目来争，突在辟邪的笑容下恍然，讪讪道：“不争就不争吧。只是，”他又道，“你见了那两部屈射人就发狠，却又不知道你憋着的是哪口气……辟邪，你可是恨自己杀了阿纳吗？”

辟邪想喝骂一句胡说，但自己倒吸一口冷气时的声音太过清晰，容不得他否认。他匆匆撇下李师，几如逃窜般急急躲回了自己帐中。这请罪的折子忽然愈发难写了——他纵横万里，驱逐的只是对自己无尽的憎恶之意，这草原，太过无辜。

他掷了笔，出神之际，小顺子已捧过一个折子，原来是游云谣的代笔。

“师傅抄吧。”小顺子笑。

这个折子十一月十五日到京时，姜放和王骄十的折子也一并到了，一同回皇帝的质问。

那支“奇兵”不出所料，自然是辟邪所领。辟邪请罪折子中大大自责了一时好胜心起，不逐匈奴于带林只觉有大事未竟，寝食难安。因此全然没有体谅皇帝的忧心，正是该死。恳求皇帝能罢黜他京营总督一职，还于兵部裁夺另派。自己便可踏实与洪定国商议筑城一事。

而姜放所述更是详尽，讲到这支人马都是辟邪亲选的轻骑三千，其中两员大将，皇帝都是认得，其一，是敢抗旨不遵，必要紧跟着辟邪的李师；其二，却是被践烂了双腿，同样不能随銮驾回师离都的游云谣。

“游云谣嘛！”皇帝诧异，“他还骑得马？”

侍驾的翁直道：“这实有先例。”

“啊。”皇帝恍然，“翁卿指的是洪州亲王。”

“正是的。老亲王自壮年摔断脊骨不能行走之后，便自创了特制的马鞍，往来征战都是风驰电掣，没有半分不便。”

“朕受苍天眷顾，首开武举，便得这些才俊。若非状元、榜眼，哪有朕的平安凯旋？”

殿中都是附和的声音。

“这三千人转战了四千余里，竟只损了几十骑，还斩敌两万余。天子之威远达草原，有这几员大将肃清匈奴人残部，应有二三十年太平吧。”

姜放又云：在皇帝看到折子时，草原上入冬日久，大雪已有两场，当将兵马回撤至白原河大营休养，而屈射人在更北方，这时节也藏身起来，只能等开春再战。

皇帝最在意的，却是王骄十的折子。

王骄十对辟邪之功不吝赞美之词，除辟邪亲率的人马常胜不败之外，更多次深入敌后，解震北军各部之困。因此震北军上下均十分感服，唯他马首是瞻者，集结数万众，常能完胜。现北地寒苦，有他不畏艰辛转战千里，更令震北军士气大振。望皇帝可恕他擅入战地之罪，并能令他久驻北境。

刘远闻言，在旁道：“永平侯之语，感人肺腑，军旅大将生平都最钦佩智勇无畏者，士卒更尊良将。听说辟邪于北方转战时，非但常出生入死为万军解困，更对士卒体恤有加。现震北军中大有人称他为菩萨降世的。”

皇帝微仰起头，乌衣少年只身飞马而来时，确是踏着佛光临世的，少年问“安好”之际，人们便知此刻开始，都在他的身光下，定当平安无事的。

因此皇帝竟有些茫然地看着在座者争作不屑和大哗状，道："怎么了？"他扭头看着吉祥，吉祥想了想，道："辟邪宫内的人，微尘般的奴婢，当不得这'菩萨'之称，只想想，都是对菩萨的亵渎。"

皇帝笑道："这也不是他叫人这么想的。"

刘远道："皇上对内臣恩宠太过了。这辟邪其人在草原部族中平定争端，收买人心，现在各族亦将他奉作神明，所到之处，草原上人无不礼拜，实在过于僭越。"

"非朕要纵容他胡乱作为。"皇帝沉下脸来道，"朝廷正是用人之际。凡心怀君臣之义，当得一用的，尽可用之。竟得一事的，尽可褒之。太傅要替朕着急，当问将领千万，为何仍需朕身边的内臣往来奔突战场？为何无人持节钺辖制诸国？人才积弱至此，早些年朝廷都做了哪些实务？为何反来问朕多宠了什么人？"

皇帝历经大战，比之前平心静气，却不怒自威得多，原先碍着脸面不便咆哮的话，现今平静讲出来，令刘远等朝廷重臣战栗难安，都垂首不语。

皇帝笑道："只看今后吧，能有人将辟邪替回来是正经。游云谣着实了不起。虽双腿残疾，却更应重用。拟旨褒奖。"

这道旨意出去，宫中侍卫人众都甚欣慰。游云谣为人谦和沉稳，侍卫中人缘极佳。郑璧德战时怯弱，遭皇帝贬黜，原本自当由游云谣顺序晋升。然而因他残疾，今后不能行侍卫职责，眼前这些侍卫中，最有可能接管紫南门暨大内侍卫统领的，反倒成了郁知秋。

留守帝都的侍卫固为游云谣扼腕叹息，随皇帝出生入死一趟回来的二十人，却心下大为不平。

胡动月等人经此一战，仿若浑身贴金，在大内走动时只能用神气活现形容，得闻这道谕旨更是免不了当着郁知秋的面大声议论，将当日圣驾遭阿纳偷袭，如何凶险的情状说得活灵活现。

"本来心疼游兄日后只有还乡一条路，现在才知道强人自强，他日封侯，亦不是不能的。只可惜游家剑就此失传了。"胡动月说到这里不禁滴下泪来。

有人叹道："匈奴大败，二三十年里四海清平，哪里再用得着侍卫随驾亲征？有爱留在宫中享清福的心下倒是如意了。"

郁知秋在旁听着，羞愤欲死，早早下值，在金匮大道上茫然走着，只想寻一处地方买醉。却有一驾宽敞华车慢慢走到他身边，车窗里伸出一只秀丽的手来，轻轻敲着窗框。

郁知秋认得那手上戴着的戒指，握拳立在阳光中发抖。

那车却翩然驰去，郁知秋怔了许久，才挪动沉重的脚步继续向前行去，果然又走了两个街口，便见那车停在僻静处。

郁知秋攀上车辕，便被成亲王一把拽了进去。

“皇上可问过你为何深夜开宫门？”成亲王的呼吸喷在郁知秋的颈间，一边将郁知秋的手攥得紧紧的，一边摩挲着问。

“不曾。”

“那就好。”

“王爷。”郁知秋抽回了手，“前次说到王爷会举荐微臣为紫南门侍卫统领一事，臣以为太过着急，还是暂缓吧。”

“皇上回銮前，你可不是这么说的。”成亲王望着他，仔细打量他的神情，最后笑道，“是谁给你气受了？”

“都是公务，按章程办理，能有什么气受？”

“那么随大驾亲征回来的那些呢？可曾多嘴多舌？”

郁知秋道：“他们出征多月，个个身心疲乏，有些简慢，也是情有可原。”

成亲王大笑：“你就是支使不动他们罢了。”

郁知秋紧紧闭上了嘴。

成亲王道：“你自称善于用兵、激励士气，拍着胸脯说的那些豪言壮语，这会儿不管用了？”

郁知秋涨红了脸，半晌方道：“臣无能，又不知自省，这职位，还请王爷另觅良才。”

成亲王冷笑道：“你以为我是为你才荐你补这个缺吗？那是为了我自己要的。你欠我一条性命，岂是你说不干就不干的？”他见郁知秋目中怒意一盛，又捞住他的手放在唇边，道，“以你我的恩义，这点事你何以忍心拒绝呢？”

郁知秋甩脱了他的手，在他的笑声中跳下车，大步而去。

次日便是皇后的七七日，梓宫仍停于坤宁宫，僧尼众三百余人于殿内外法事。

皇子重珄襁褓中，由司礼监太监怀抱行大礼，其后才是各宫内妃嫔上香祝祷，太后处洪司言也来上香，之后白花花一地人簇拥着皇子回慈宁宫，聚在暖阁里说话。皇子重珄吃了奶，神采奕奕地转动着漆黑的眼珠，盯着太后的面庞，不住面露微笑。

想到这幼子才刚刚向母后梓宫行礼，这生未见过母亲一面，从此也不知母后是个什么长相性格的人，都是唏嘘不已，众妃嫔又是跟着哭了一场。

一时司礼监与内务府来禀皇后年前出殡、停柩殡宫、落葬的诸项事宜。太后俱予核准，道：

“现今是大丧中，就是北方大捷献俘、凯乐、封赏、大祭也是拖到年后了。你们别因眼前的清净都怠慢起来。要知道一到年底，万事扑面而来，不能应付的话，我自要拿你们是问。”

待禀事的人退去，太后已是神亏气虚，扶榻而坐。

洪司言命人奉上参汤来，道：“皇后既然不在了，这宫中的事务也需指个人来管。太后主子这般费神劳心的，不是长久的办法。”

“谁说不是呢。”太后道，“难为皇后生前理内宫事，一切井井有条。那孩子一年比一年消瘦，这次没熬过去，怎么不是累死的。”

两人长叹了一声。

太后又道：“所以这个人，聪慧平和固是最要紧，一样也是要年轻体强的，不然日日里七灾八病的，有和没有一个样。”

“聪慧平和的，实属谐妃了。那孩子寡言少语的，实则行事舒徐有致。”

“就是太平和了。”太后道，“我在世一日也就罢了，过些年你看她还怎么摆弄谊妃？况她还年轻得宠，诞生皇子也是看得见的事，一旦真在宫中有了权柄，又有子嗣……你我都是过来人，何必信她那时还有什么平和温顺。”

忽听有人轻轻挠动帘子，洪司言起身，从小太监手里接过折子，奉与太后。

“你和我一起读。”太后将洪司言招到身边。

“这小子的胡言乱语太后主子也喜欢看了吗？”洪司言笑道。

太后叹了一声：“说起草原上的风情，总让我想起幼时去凉州呢。那时年少，何其恣意。藩地郡主，还有机会到处走走。可怜你，”太后望着洪司言道，“自小进了王府，跟我的时候就嫁在另一个王府里。我们整日里说天下、国家，你却从不曾见过。”

“侍奉太后主子，不说恣意，却是安静体面的，也是大幸。”

太后笑道：“你嘴上这么说。你看这些小奴才们，出去一趟，就算是北境苦寒，也是意得志满，哪里想回来呢！”

他们展开折子，却是小顺子写给明珠书信的誊本，里面不谈军机大事，只说塞外两场大雪，天地混沌，隔两步之外，几乎看不清人脸，得知震北军一部迷路被困，辟邪救到时，那队人马挤在一处取暖，寸步难行。然而天色转暖晴朗之际，日出的晨光普照白原，身在神佛所驾的祥云之上般，俯仰开阔，气象万千。军中众人皆高声欢呼，令人心驰。

而辟邪身体却不如初冬，天气一旦阴寒伤处十分疼痛。又见军中众人都已转战一月有余，想必更是疲累，因此决定撤回白原河壕营。

“虽斩敌上万，但毕竟全歼匈奴之计未竟，师傅亦甚憾然。小子看他，对塞外依然恋恋不舍。壕营在望时，对小子道：‘白原河以北，有处甘泉，终年水温不冻，凡胡人貌美的少女成年之际，必要去那里沐浴，春季来临，飞花扑水，故人称流花泉的，这次竟未找到。’不知来年开春是否还在塞外，念之憾然。”

“啪！”太后将折子猛地合上，一瞬间天旋地转。

“太后主子！”洪司言只见血液从她脸上骤然退去，转眼间连嘴唇都变作青紫。

太后慢慢将折子打开，又读了一遍这几句话。

“我们被七宝骗了。”太后切齿道。

“没听说过。”阿纳笑着摇头，“哪里有什么流花泉，若是甘泉，每处都详知的，更别说是温泉了。”

“我父王特意告诉我的。”颜久道，“他说过这次若渡了白原河，必要带我去找找的。”

“这名字我们匈奴人念起来何其拗口，一听就知道是你们汉人的杜撰，若不是你父王做梦梦见，就是有人编了来骗他的。”

“谁敢骗我父王？”颜久笑道，“这军中不会有人骗他。”

阿纳神神秘秘地笑：“女人，一定是女人。女人最爱骗人的。”

“胡说什么！”铁兰在旁啐了一口，“你才多大一点子人，知道什么是女人了？”

——虽未必有人存心欺骗颜王，但辟邪回想着父亲说及这流花泉时，仿若仍在梦境中的神情，实在怀疑那美极的甘泉是否真的存在于世上。

只是颜王带着他奔波一场，却未打听到这处甘泉时，面上的歉然更多于怅然。

“若能找到，你必记得那美景，日后讲与她听。”

经年水温不冻——辟邪叹了口气。此刻左臂、肋间还隐隐作痛，甚是难耐。严寒下若当真有处温泉，自然是神仙般的享受。

“不要再多穿了。”辟邪止住小顺子，笑道，“再往我身上堆裘衣，未至壕营，这马先被压死了。”

“那么揣着手炉。”小顺子不等辟邪说个“不”字，将手炉放入辟邪的袖内。

“这要是遭遇敌骑，可如何是好？”辟邪大笑，“拿手炉砸在敌首脸上不成？”

“到时候冻得狠了，只怕师傅盼着敌首砸个手炉过来也未可知。”

两人说笑间全军起营开拔，自姜放中军向洪定国壕营行去。

这支人马自十一月上旬回到姜放的震北军中军，亦已休了十日。这三千常胜将士一回到大营，便颇受纵容，饮酒作乐、打架斗殴者不可胜数。姜放怒斥了数次，直至辟邪抱病

出来杖责了数人，才有所收敛。

辟邪因此对姜放说道：“如此下去，真到了开春，只怕这三千人都被我杖死了，还是带他们各处漫游才是上策。”

“苦寒之际，又无敌手，空耗人马粮饷也罢了；只是主子爷的身体，这么虚耗法，绝非我愿。”

“前阵折子上去，提请皇帝早早安排洪定国筑城之事，要钱要人要粮，都需现在核算清楚，明年自可早日开工，也好困洪定国在此。皇帝批复，要我自同你、王骄十、洪定国三人商议，我正拟各处走走呢，却正好收到洪定国来信相邀，问的是同一件事，想来他那里也有旨意到了。”

“主子爷打算去洪定国壕营？”

“正是的。现下白原河冰封，他那里戍防应当更是艰难，我亦去看看，若逼得他太过分，不妨将匈奴人往西稍纵。”

两人议定这两件事，姜放又见有三千精兵随行，也放了心，终放他东边去。

既然不是为索敌而去，这三千人便徜徉前往。前几日天气晴好，雪也化了大半，一路慢慢跋涉尚不觉得过于辛苦。然而，这点路程快马只需一日间，要他们耐着性子走两日，更加无敌可杀，令一众人颇觉寂寞，“叽叽咕咕”大有笑着抱怨的。

到第二日清晨刚拔营上路，便有斥候来报，有一股匈奴人，约三百多人，左近呼啸，甚是嚣张，问辟邪要不要将他们包了圆儿。

辟邪见众人如见了狐兔的狼群般双目发光，跃跃欲试，笑道：“权作行猎。”

众将大喜，点起两千骑当先追了下去。

李师望着他们扬起烟尘滚滚而去，扭头对辟邪道：“行猎？你又是什么时候开始以杀人为乐的？”

小顺子闻言大怒：“你小子又在胡说八道什么？”

“呵……”辟邪因为透进来一口冰冷的空气，胸臆微痛，不禁轻轻呻吟出声，“不许争吵。”他沉下脸来，“士卒面前，主将等争论不休，不成体统。”他行军时举止威重，凛然一语令小顺子立时住了嘴。李师还待分辩，被他漆黑的眸子盯着，想起之前诺他再不在人前损他威严之事，只得悻然。

杀人为乐？辟邪垂首细想了想，举目望着李师道：“却非杀人为乐。行军日久，竟觉人命如同草芥。若非你提点，我岂能自省呢？”

李师大喜，道：“你能听得进我的话，我就高兴得很。现在战乱，但终有能令你放下屠刀的一天。”

小顺子见他得势，不禁在旁重重哼了一声，自去生闷气了。

前锋这时又来回报，那些匈奴人马也甚快，现过了白原河，向东北方向逃了下去。

“再过去，就到卢芳国了。”辟邪蹙眉，“万不可造次。”

辟邪命传信兵骑最快的马抢先拦住前锋两千人，自己当即率后军一千人赶着追去。到正午时，才拦住了疯了似的狂奔的前锋。

人马驻足平原之上，面面相觑。辟邪行至前锋，举目向东北眺望，只这一瞬间的迟疑，那伙匈奴人便四散奔逃，突然不见。

“总督大人，还追吗？”

“你们莫欺卢芳国小，国王、王后治下，戒备森严。擅入他国境，可要想得清楚明白。”

果然不刻，便见一队人马疾驰而来。

震北军众立刻有副将大呼：“弩。”即刻便有持弩重甲者抢身在辟邪之前，掩住主将。

身后三千精锐各自持枪执盾在手，结作枪阵，待来敌冲阵。

“且慢。”辟邪道。

那支人马旗号分明，数百支白旗雪莲，正是卢芳的轻骑，当先两员大将貂裘骏马，身姿劲健。一望而知，是身经百战的大将，其中一人，中原人面貌，髭髯齐整，甚是秀雅。

辟邪止住冯嘉，独自一人催马出阵，向卢芳轻骑驰去。那中原人见到辟邪行来，亦抽了马身一鞭，当先飞奔过来。两骑相距几步之遥，辟邪已飘身下了马，那中原人也跳下马来，两人奔到一处，喜不自抑。

“兄长。”

“六爷！”谢还大笑，转念还在细想礼数，已被辟邪上前一把抱住。

两人抱腰致意，执手相顾，千言万语，不知从何说起。姊妹兄长，生离死别，看重看淡，这刻万般惆怅哀思，万般志得意满，都在他二人相视大笑中。

“找得兄长太过辛苦。”辟邪抓住谢还的手，“和我回中原去。李师！小顺子！快来拜见我兄长！”

小顺子一边下马向谢还叩首，一边泣不成声。

“这孩子，是怎么了？”谢还笑道。

小顺子号啕大哭，道：“原来师傅竟可以这样欣喜若狂，我竟从未见过，我替师傅既是高兴又是难过，我小顺子这辈子在师傅身边算是白活了。”

李师闻言放声大笑起来。

小顺子抹泪道："你笑个屁！你除了让师傅烦恼何曾做过什么好事！"

兆吉此时也过来行礼，不再做他千户排场，执礼甚恭。辟邪对他一路照拂更是万般称谢。盟国两军会师一处，说起那股匈奴人。

谢还道："这伙人在两国边界盘桓数日了。也不知是哪个部族，见人就跑。奈何人少马快，亦未做坏事，卢芳人也未曾多加理会。倒是六爷千军万马地来了，吓了我们一跳。"因见辟邪阵中多着白衣，问道，"怎么都是缟素？"

"京中皇后九月里崩逝，中原正在服丧。"

谢还与辟邪走在一处，点点头道："六爷一身素衣，我道是为赫逯国王而来。"

辟邪微微一惊："国王驾崩？"

"就是后面一两天的事情。"

那夜王帐中窥视，遭遇赫逯，依旧伟岸雄健，这才三个月，竟然就要撒手人寰，辟邪叹了一声。

"兄长是先返回王帐的，之后是否见过先生，或大单于？"

"不曾。"谢还黯然神伤，"那日偷袭不曾得手，便随阿纳回到王帐，匆匆与父亲见了一面，只说中原渡河在即，要我见机行事，若能脱身便早日归南，可惜战后大军封锁了白原河，我一直南下不得，只得先投身在此。"

"先生还有什么交代？"辟邪此番见了谢伦零，心中更生万种疑惑，苦于无解，只盼有只言片语曾告知谢还，自己也能揣度几分。

谢还望着他道："父亲那日再无他语。"

"湛没有白疼你。"

——辟邪惘然。

当时的欣然欢喜，让谢伦零看起来大彻大悟，如仙似圣。只是辟邪的心绪却非他一般的透彻，细想起来，更添迷茫。

"既来了卢芳，王后一定是欢喜的，这两日卢芳国中必不太平，诚邀六爷做客之余，也万请六爷的三千人马协助守护王帐。"兆吉上前道。

辟邪谦道："大军擅入他国王帐，实是不妥，为上峰知晓，必下惩处。若千户大人不介意，我自可带同五百人马前往王帐拜见国王、王后，剩下的人马就留在此处驻守，若生变化，只消号令，就可驰至战场。"

兆吉大喜，命人前往告知王后，一面前导带路。辟邪等人徐徐行去，互诉别后遭遇，至傍晚，才见着了王帐灯火。

一行人在王帐边下营，王后阿兰扎亲自立于营门外迎接，笑盈盈看着辟邪跪倒行礼，伸出手来，轻轻将他挽起。“阁下远来，敝国蓬荜生辉。”上上下下看了半晌，最后笑道，“记得之前在屈射王帐中，赛汗惊得跑丢了鞋，奔来回我道，有个仙子来了。看总督的相貌，果然超逸无群，今生能亲眼得见，也算得天神眷顾呢！”

辟邪自有些尴尬，却拿这笑容烂漫的王后无计可施，只得忙称谬赞，谢还与兆吉也跟着阿兰扎笑起来。

阿兰扎命人备下肥肉奶酪，送至辟邪留守的大队人马，是辟邪连呼“酒使不得、酒使不得”，才没有送去奶酒，其色憾然。

当夜阿兰扎设盛宴，自查多亲王以下，国中贵族、贵妇俱盛妆到场。正殿穹庐之下，贵胄团团围坐，大火盆内瑞炭烧得火热，烤羊、奶酒一色色端上来，滴滴答答的油脂倾得地上的毡毯亦是膻香。

如此安逸也是少有，众人吃了几遍酒，查多亲王便问起辟邪白原河洪州壕营戍备之计。

辟邪正要答话，却听阿兰扎笑道：“说什么扫兴的话。”

见帐帘一掀，竟是王后陪着国王来而来。赫逯身披一件厚重裘衣，在阿兰扎搀扶之下坐于正位。

“哈哈，好热闹，好热。”他口中叫着，敞开裘衣，见他里面只穿了个单衫，胸膛上密密缠着绷带。

辟邪忙上前行礼，赫逯见了他笑道：“果然是无双的美貌。难怪阿兰扎要将你碎尸万段。”他夫妻二人相视大笑，将那残忍的计谋说得情深意笃。

查多亲王埋怨道：“兄长不知将养，跑出来做什么？”

“有什么打紧？”赫逯笑道，“胸口上中了十七八箭，哪有不死的道理？今日、明日都是一样的。”

阿兰扎嗔道：“什么十七八箭，不过七八箭罢了。来来来，你们平日里貌美躲着不肯见人的，都出来歌舞给他看，让这个老色鬼死得瞑目。”

众人哭笑不得，无论美丑，都将卢芳国中的淫词艳曲唱遍了，歌舞在御前。赫逯握着阿兰扎的手，击股大声和唱，一时帐中热气蒸腾，人声鼎沸，欢声笑语，至夜不休。更将那贵胄家中的妙龄少女，都唤出来，不拘会不会歌舞都一并坐在帐中。那些少女正睡到一半，忽被召至御前，都甚困倦，见长辈们兴高采烈、胡言乱语都甚觉无聊，没多久就个个睡得东倒西歪。

赫逯仍不尽兴，将目光转到中原大将的脸上，问道：“中原人，你们可会跳舞？”

辟邪身边的游击将军卫芸亦是世家出身，作揖道："臣少时习过剑器，愿为国王舞。"

阿兰扎笑道："不要那种舞枪弄剑的。外面打打杀杀还不够吗？"

"那么奴婢舞上一曲，陛下不要见笑。"辟邪站起身来，将身上厚厚的袍子脱去，只穿单薄的衣衫，重束了腰带，命小顺子击瓮为节。

南人绿腰，袅娜婉转，慢态之中，柔情无尽，繁姿足下，荣华有终。本是娇柔女子之舞，由他纤细的身姿舞来，倒似胸藏利剑，尽显凛凛云拂冰峰之姿，一时雌雄莫辨，亦真亦幻，如梵天舞云，犹入仙境。

赫逯握住阿兰扎的手，慢慢亲吻她的手心，微笑道："你我夫妻，生来忧患，杀业无穷。无子无女，没过上一日清闲日子。今日繁华热闹之后，见此美景，本当叹他不永即逝，却不若我心中欢喜平静，好生自在。"

这夜热闹过去，赫逯伤势更重，他与阿兰扎都知难免，心中并无忧愤怨怼，一两日里，安排查多亲王继位等务。到十一月二十三日，赫逯已呼吸艰难，出气多，进气少，双颊凹陷，是大限光景。

阿兰扎一直陪伴左右。族中人等概不再传唤。只是到了下午，忽叫去了辟邪。

"中原、卢芳两国两战志宏，皆为盟国。"阿兰扎道，"今日国王若死，新君继位，万请总督阁下上达国书，两国应长久交好，共御强敌。"

"是。奴婢必不辱使命。"

阿拉扎欣慰微笑，说罢国事，又问："小公公武功极高，草原上已然传遍，有你在塞外督战，中原天子必放心得很。"

辟邪笑道："千军万马之中，匹夫再勇亦是无用，还须三军用命，君臣一心。"

"公公莫自谦。"阿兰扎道，"若当真无用，中原皇帝岂会花重金请了江湖高手入内教习？"

"奴婢武功并非江湖人教的。"辟邪目光灼灼望着阿兰扎如花笑靥，微笑道，"奴婢师从大内总管太监七宝多年。"

"七宝太监？"阿兰扎微微举目想了想，"哦，是不是前一阵子来找谢伦零的那个七宝太监？"

辟邪心中翻江倒海，一个是多年身傍的恩师，一个于远方谆谆教诲，犹如亲父。这两人背着自己相聚草原，全然不肯透露一点风声，是什么缘故？面前是阿兰扎美目灼灼，他便坦然微笑道："正是的。"

赫逯此时呻吟起来，阿兰扎忙着顾及国王，辟邪便先退出帐去。

小顺子将手炉递与他，他只是木然接过。

谢伦零提及七宝的时候那声冷笑犹在耳畔。若这二人见过，七宝又去了哪里？

辟邪越做深究，越是不寒而栗，连小顺子对他说话，亦是未闻。

忽听身后号角悠扬吹起，人群聚于王帐之前，共吟悲歌。

“国王崩了？”辟邪问。

小顺子泣道：“非但国王崩了，王后以匕首自戮心口，同时殉去了。”

“是吗……”

无论是阿兰扎自己，还是赫逯，都明明白白地知道两人必是同生共死。阿兰扎在最后那瞬，亦不忘将七宝太监的消息特意告知，定是有天大的干系。

卢芳嘛……

辟邪想，草原上一王独尊再无卢芳。现下这时候，阿兰扎又要防什么？

赫逯崩逝，卢芳举丧这几日，最是凶险。恐左近匈奴人借机对卢芳王帐不利，辟邪信守前约，将去洪定国壕营一事暂缓，只待新君查多继位之后，方再启程。

一时人来人往，都是各国前来吊唁的使节，辟邪就此询问各地屈射人的情状，东方各国都道自右骨都侯战败被俘，屈射人立时龟缩至东北方，但寒冬一来，中原大军回撤壕营，屈射人缓过这口气来，明春做困兽之争，未免让人心忧。况日逐王、渐将王等屈射贵胄未战先逃，此刻在断琴湖更西，来日与东边残军两面夹攻，对中原亦是不利。

辟邪命薛旭、卫芸等将屈射人的方位一一标明，一日间见了百十人，身困神乏，遣散了众人出帐，正想休息，却见帘子一掀，走入一人。一身亮白漂亮的裘衣，一脸的满不在乎。大概是因为等了许久，不住吃喝消磨时间，此刻叼着根牙签进来，望了小顺子一眼。

“小顺子去吧。”辟邪道，披上袍子，坐在火盆边。

两人见小顺子气鼓鼓地走出门外，相视一笑。

那汉子上前伏倒在地上，行礼道：“六爷安好？”

辟邪忙托住他的手肘，道：“白家哥哥快起来。”

“六爷伤势愈合得如何？”白大看了看他的脸色，道，“看来甚是劳累。”

辟邪道：“都差不多了，只剩下左臂还带着夹板，哥哥怎么还在这里？何时南下呢？”

“南下无望啦！”白大幽怨地长叹一声。

“这话从何说起？”辟邪笑道。

白大咋舌道：“六爷尚不自知，这话当真要说，还不是从六爷这里说起？”

“我？”辟邪讶然笑问。

白大道：“六爷巴巴地救了黎灿出来，往河对岸一送，如今战后，他就去了贺里伦那里呢！”

辟邪想了想道：“这也算是合情合理。”

“他若不拦着我杀人，就更加好。现在我依计行事，要收拾掉所有会摆弄火炮的贺里伦人，偏他看得紧，实难下手。这么一拖，已经两个月了，再不杀干净这些人，我可要在北边冻成棍儿了。”

“剩下的火炮还余多少？”辟邪问。

“还有四五十。”

“尽够的，你对他们说，新炮已得二十门，但这时节再将新炮运出塞外，远发贺里伦，着实不可能。这种严寒下，也开不得炮，倒是维护整备更是要紧。你再以工匠名义送两个得力的人去，尽快把事办了。”辟邪又取过纸笔，再纸上写了一个“徐”字，晾干了墨，折好放入筒里，交于白大，道，“哥哥见了黎灿，务必先将这筒内信给他。跟他说，看在故人的分上，求他多照应你，只盼你平安归南呢。”

白大知他素有办法，因此也不多问，兴高采烈地告辞而去。

转眼两日过去，卢芳新君查多顺利继位，卢芳各部俱祥和平静，辟邪与谢还放下心来，拔营回程向洪定国壕营行去。另派传信轻骑至中军，令大部分人马渐向南方行去，中途即可会合。

查多等远远送出王帐，辟邪与谢还劝他留心王帐动向，勿以他们为念，叙别一场，分手而去。

这五百人便缓缓向南开拔，天气只稍暖了几日，便见远方天际云层层叠叠地要过来。

谢还道：“只怕一两日间又要起风下雪了，这时候去洪州营中，六爷是要住上几日吗？”

辟邪笑道：“若当真风雪锁关，只怕要叨扰世子做东过年了呢！”

“那三百匈奴人又来了。”参将薛旭道。

眼下辟邪阵中只得五百人，却也是弩、弓、枪、盾各阵齐全，倒不甚担忧他们冲阵。只是此次出来，未存杀心，被多次骚扰，很是厌烦。

“快打发了他们。”辟邪道。

另有令官轰然发了数支令炮，命大部人马提前会合。

已如此严阵以待，那伙匈奴人仍毫无退意，更是快马加鞭直冲而来，前面放过一阵箭，中原盾阵俱阻挡住。这边见他们存心寻死，便唤了弩手出阵，蝗箭如雨地放了一轮去，匈奴人前锋已被杀伤几十人。

“还不逃走？”薛旭与卫芸未料这群匈奴人个个泯不畏死，只得再唤放弩箭。

匈奴人最前面数骑转瞬已到了眼前，震北军前锋骑兵奔去，长枪刺出，当先数骑立时被掀翻。

然而其后敌骑全无惧色，前仆后继地蜂拥而至。

“这是冲六爷来的。”谢还掣刀在手，道。

辟邪有些木然地看着。来者都是平平武士，这般赴死如同飞蛾扑火，实不知和自己有什么深仇大恨。

只见又一波冲阵接踵而来，当先者执长盾顶住弩击，再以长枪踏阵。

对方只剩二百人不到，这般冲阵并不需硬抗，只消放入一个马身来，自有震北军短枪鱼肠阵层层刺杀。

为此锋线开了罅口，放入四五骑敌骑，立时又掩住缺口，阵中骑兵伸出长钩，轻松钩倒对手马匹，短枪刺出，敌人立毙。

只有一匹马冲得距中军最近，马匹刚被放倒，其上骑手突然飘身跃起，短刀出鞘，凌空向辟邪劈来。

谢还在侧，阻之不及，见那人来势如同电掣，不禁大惊。

“叮！”辟邪已持剑在手，马上架住这来势汹汹的一刀，正欲反击，却突觉肺经中麻木之感层层涌了出来，向经络中散发，一时身周全力被悉数抽空，被来人跟上一脚，从马上直踹了下去。

他背心着地，摔得眼前一黑，手脚无力，竟不能动弹。只见那刺客踊身执刀便刺，小顺子大叫一声，向辟邪身上扑去。

辟邪大惊失色，只道小顺子绝无幸免之理，却有一震北军士从马上直扑向那刺客，想要抱住，却被那刺客闪身躲过一脚踢开。待刺客再举刀时，辟邪身侧的卫芸已催马过来拦在中间，那刺客毫不犹豫，腾身而起，将他劈于马下。一时失主的战马狂奔，震北军阵中大乱。

辟邪勉力握住长剑，单膝跪地，蓄力一搏，那刺客满眼笑意，见他半晌仍不能起身，竟叹了口气似的，亮出刀尖再刺。却又有士卒以胸膛挡住刀锋，连小顺子也一并拦在身后。

那人的刀却太过犀利，竟力透那士卒胸膛而出，直刺入小顺子前胸。

小顺子惨呼一声之际，谢还已拼力赶来，在他身后直劈一刀，竟被那人轻易闪开。眼前刀锋倏然明亮，谢还向后直仰，额头仍被刀锋割出一道深可见骨的口子，一时血流满面不能视物，着急无法，竟滚了一滚，抢身扑向那人双腿，死死抱住，那人冷笑一声，举刀

将谢还的左臂砍下。

“兄长！”辟邪心痛如绞。

谢还见能将那刺客阻得一阻，不禁大喜，右手兀自抓住那人衣衫不放，昏死过去。

周遭震北军见其状惨烈，拥来支援，被那人腾身飞奔，瞬间杀了五人。

这般杀神，满身戾气，令人望之胆裂，震北军方知匈奴人见了辟邪，是何等绝望的滋味。

然则身经百战的精英悍将，无人心生怯意，执钩的士卒远处伸出长钩，想要困住他四肢，虽又被杀二人，却有机会划破他的双腿。

辟邪见军中混乱，外面匈奴人还在冲阵，心中忧急，以剑拄地，慢慢站起身来，呼道：“雷奇峰，来与我战。”

雷奇峰笑着摇了摇头：“你现在不是我的对手。”

“我来试试。”只见阵外放入一人，乌衣乌马，正是李师持剑矫健地扑来，剑势威如怒虎，斩向雷奇峰头颅。

众人只听得一声龙吟，雷奇峰举刀接下，面上微露诧异，道：“你倒有不少长进。”

周遭号角乱鸣，千骑惊雷般自冻土上席卷而来。

眼看援军已到，这边三百匈奴人所剩无几，雷奇峰无心恋战。他的刀法远胜李师，数招之后逼得李师稍退，便从容抽身而走。

“不要拦他！不要追他！”辟邪唯恐被雷奇峰杀伤更多，拼尽全力大声命道。

李师望着雷奇峰翩然远去，恨恨跺脚。

此役折损人马竟比他们奔袭千里数百战更多。小顺子胸口的刀伤并无大碍，而谢还失血太多，亟须救治。众人主张退回卢芳王帐，谢还急道：“不可！”

辟邪勉力劝道：“卢芳王帐是此刻最近的营寨。”

谢还道：“六爷的毒性现定是每时每刻都在蔓延发作。应速回中军医治，若与我回了卢芳王帐，明日大雪下来，行不得路，在卢芳无药可救。”

众人闻言都是大惊。

辟邪勉强笑道：“我分兵一路送兄长过去，亦无不可。”

谢还靠在鞍上，惨白脸上面露笑容：“我若不随六爷走，哪年哪月才能回到中原，说起来丢人，我却愿意死缠着六爷。”

“好。”辟邪气息微弱地笑了，“我定不负兄长，只是令兄长毁损一臂，我不知以何谢罪才好。”

“你那胳膊只是接得好，若接不好坏死了，也是要截了去的，难兄难弟，有什么好多说的。”

“正是。”薛旭道，“这一路过去每几十里就有壕营城寨，怕什么？只是洪州那边……”

“洪王世子是定会体谅的。”辟邪冷笑道。

如此这三千人花了两日，缓缓护送辟邪回到姜放中军。此时姜放已派最快的驿马，向离都而去，上奏皇帝知晓，并求陈襄速速赐药。眼见辟邪嘴唇青紫，喘息辛苦，一日不如一日，极是担忧。

凉王必隆十二月里为预备正月大祭，启程回凉州城，特来知会。姜放心中一动，恳求道：“王爷知道辟邪病重，白原河严寒，实不是养病的地方，若王爷首肯，带他回凉州城疗养，就算是京城的药来了，也比到这里快上数日。”

凉王道：“若总督能上凉州小住，是小王意外之喜。定理出别苑，供总督休养。”

姜放大喜，仍担心辟邪执意留守前线，特命小顺子在辟邪的饮食中放入安神的药物，待他沉睡之际，卷了厚厚的裘衾，塞在车中，运向凉州城去。

辟邪醒来之际，已距白原河二百里，顶上车篷摇曳，身边是谢还凝视，犹如噩梦再现，他呻吟了一声：“是向凉州去吗？”

“正是的。”谢还道，“大雪就在身后，不知是我们还是雪先到呢！”

“何必如此呢？”辟邪苦笑道，“只说去凉州养病，我立时就爬上车来了。”

“不像是六爷的脾气。”谢还笑道，“六爷是个宁死也要把事办实的人。”

辟邪知他所指，道：“那是知道自己为国为家，而今为什么有人要我的命，还是一头雾水，岂能就此不明不白地死了？”

他这一路喘得多吃得少，到达凉州王府别苑的时候，已瘦弱不堪。他们为避开雷奇峰纠缠追杀，住得机密，并无太多人知晓；李师与谢还二人都非正经来历，更不与凉州官场打交道，这群人犹如消失在凉州城中，声息皆无。只有姜放的战报、谍报依旧如常。

凉王不时召小顺子询问病情，都道一日差得一日，这两日间大雪下来，天气阴冷，更是喘得厉害。小顺子一边说一边流泪，又忽然道：“不知是哪个人，闲极无聊，说这次皇上大封五军将官，其中并无奴婢师傅在内，特地写了个陈情折，后头还有数千个名字署在那里，请皇上破格地赏赐奴婢师傅。奴婢师傅得知，咳得大呕了数次，顿时病情又重了很多。”

必隆道：“可有咯血之象吗？”

小顺子道：“那倒没有，毕竟不是痨症。内伤也愈了，只是药物毒性在经络中舒排不去，都是中毒的症状。”

“小公公也是懂医知药的。不知正跟谁学医？”

"太医院御医陈襄陈先生。"

"那是你的造化。"必隆笑道，"现在为克制毒性，用什么药，尽管王府库房里随便拿。"

"是。"小顺子告退，从王府角门里出来。眼前这条大街戒备森严，白日内没有一个人行走。别苑就在对门，虽是一样由王府中的侍卫守卫，但对辟邪等人十分客气周到，万事也都是唯他们称心如意为上。辟邪病中不能言谢，小顺子却未体会过如此舒坦称心的日子，心中十分感谢。

到得门前，已有侍卫道："小公公，今日不巧，已有文书来过，虽然小公公说万不可打扰总督大人，本想压下先交与小公公，却架不住总督大人催了多次，只得递进去了。"

小顺子顿足道："怪我怪我。"他奔进暖阁里，正见辟邪将折子摔在地上，扶着榻拼死地喘气，指望多透些气进来。

"师傅息怒，息怒。"小顺子跪倒在他榻前，忙着揉胸捶背。

这边动静惊动谢还，他亦赶来看视。

辟邪良久才缓上一口气来，精疲力竭靠在枕上。

谢还亦劝他道："何必动气呢？依旧是联名上表的事？"

辟邪叹道："正是的。竟弹压不住。除了震北军，连京营亦开始闹，这是谁在撺掇？姜放、陆过等之前已被严命要管束下属，不可胡乱造次。这些人都是哪个营中的，速给我查清楚。"

李师走进来道："我看你这么爱动气，不用等他们查完，你也差不多玩完了。"

谢还竟笑道："李师偶尔也说些有道理的话。"

辟邪见他肩上落雪未消，叹了口气道："好，听你的。"

李师不料轻易受到众人夸赞有理，"嘿嘿"一笑，转身出去，又在院中守卫。

"他这么下去，也是挨不住的。"谢还道。

"奈何现在能挡下雷奇峰一二招的，也只有他了。"辟邪又问小顺子，"凉王怎么说？"

"顾左右而言他。"小顺子道："我道行浅，全然套不出他的话来。"

"竟没有问上半句？"辟邪沉吟道，"说凉王指使，我却不是很信。但他置若罔闻，只怕凉州军亦要牵扯其中。"

小顺子笑道："所以师傅就当这震、乐、洪、凉、京，五军都有人替师傅向皇上讨个说法，不就结了？没来由日日看了这些折子生气。"

"那岂不是要造反了？"辟邪苦笑，"为君的，怎么会轻易容忍？刺客是雷奇峰的话，毋庸置疑，是洪州人指使。然而早先太后、洪王、皇帝各自默许如今的布置，各有牵制，为何突然想到要动手，实是不解。我只是担忧，有什么我不知道的变故。"

“这么劳心费神的，枉在王府里养病了。”谢还道，“眼下最要紧的是什么，六爷还不明白吗？”

“是。兄长说的是。”辟邪被二人催得躺下，只是原先被药物克制的那部分内力又在蠢蠢欲动地反噬肺经，吐息艰难，哪里能舒坦睡去。一旦梦中稍有放松精神，便觉毒性慢慢自肺经渗向其他经络，立时就会惊醒，他尝试稍稍调动真气化解，那毒性却发作得更快，四肢顿时麻木，犹如是总在梦魇之中，苦不堪言。

夜半听到窗户“咯”的一声，明知有不速之客，却只能束手待毙，不禁苦笑。

外面那人飘身进来，将裘衣脱在一边，自去火盆处，一边伸出双手取暖，一边低声道：“还以为这里会比贺里伦好些，竟也是这般冷。”

他身上有了些暖气，才将捂住口鼻的围脖儿摘下，向辟邪微笑。

辟邪慢慢坐起身来，伏于枕上，叹了口气：“黎灿，你可知阴魂不散是个什么德行？”

“如我于你，如你于我。”黎灿摊着手。

辟邪忍不住笑出了声。

黎灿走得近了些，俯视床上更加消瘦的辟邪，黑暗的眼神落在辟邪放在衾外的雪白的手指上。

过了三个多月，被拔去的指甲业已长得齐整，却看来柔弱无力，毫无防备地搭在青色的枕边，并无仍能一击制敌的迹象。

黎灿便从腰间掣出匕首，一把按住辟邪的肩头，将匕首架在他的颈上。辟邪本无力挣扎，只一瞬间，便放弃了抵抗，坦然等着。

黎灿目光闪烁，盯着辟邪的眸子，道：“你若想死，就闭上眼睛，让我好下手。”

“我却不想死的。”辟邪笑道。

“不想死还不呼救？”

“这里没有一个人是你对手，叫来也没什么用。”

黎灿将匕首又刺得深了些，鲜血从辟邪的颈间滴在枕上，两人却都不为所动。

“杀了你，我便自由了。”黎灿切齿狞笑。

“莫要自欺欺人。”辟邪嗤笑，“她那样的人，见者无法自拔，永世不得超生。”

“哼。”黎灿望了他良久，松开手，又施施然走回去烤火，“李师实不堪重用，若雷奇峰再来，这一院子的人岂不都要死绝了？给你。”他从怀中掏出一只鹿角盒子，扔在辟邪枕边，“慈姜托我带给你的。其中药丸三粒，每月一粒，辅以真气疏导，以毒攻毒，也能续命的。”

“以毒攻毒，一旦发作不就如现在这样？”

“正是的。”黎灿笑容冷酷，“这本就是她为了均成炼制，要的就是这般饮鸩止渴，不能自拔，今日服用，转瞬就好的。只是下次发作，情形自比现在更加艰难。她说得清楚，两国本是同盟一心，你吃完了再要，尽有的。”

辟邪打开鹿角盒，那药丸依旧是膻腥逼人，令人作呕。但是胸中那麻木痛楚却令他双手颤抖。只消一粒，苦痛俱消，又何惧雷奇峰呢？

而慈姜断指时的果决淡定令他着实在意。那本是雪林深处的巫女，却突然被拽到了大千世界里，草原、铁骑、王帐、火炮，但凡见过，她都在一点点用她的狂热追逐着。

受这样的女人胁迫？

辟邪“啪”地合上了盖子。

“多承女王陛下费心了。”辟邪笑道，“太过珍贵，不知道用什么才能偿还女王陛下的恩德。实在不敢收。”他将鹿角盒又抛给黎灿。

黎灿亦笑道：“我话已带到，就此告辞。”他披上裘衣，想了想，又道，“你保重。”上前俯下身来，紧握住辟邪的手，只觉他手指间依然真气微动，蓄力未散，诧异了一瞬，旋即大笑。

“黎灿。”

“怎么？”

“你我二人，可不可以不要再见了。”辟邪有气无力地道。

“正是呢，太过费神。”黎灿粲然一笑，飘摇自去。

屋内暖得让辟邪透不过气来，叫了一声小顺子，却无人答应。他望了一眼窗外——凉王公务素勤，黎明之前漆黑的府邸正慢慢燃起灯火，待王爷开始一天的操劳。别苑内一样遵从王府作息，仆人开始悄然劳作。

只想敞开了大门深深透几口气——辟邪不知什么神使鬼差，令他自己下了床，向门前走去。

适才为了应付黎灿勉强聚集的真气，带着极北的烈毒奔流在百骸间。他立于门前，只觉天旋地转，只想用指甲扒开胸前血肉，让空气透进体内。

门却“吱呀”一声开了，寒冷的空气带着夏季清荷的芬芳扑在他的身上。门外是黎明的第一道曙光，从高墙外透来，飘洒在少女翠色的乌发上，黛眉如山，眼波似水，长久的思念这样突如其来地涌在面前。

“明珠。”

他倾倒在她怀中，只觉这刻山崩地裂，自己也安然了。

五十一

季芸

震北军联名求封赏辟邪的折子是十一月二十三日到京的。

皇帝开始并未十分在意。京营本是辟邪的亲兵，上次召见陆过之后，虽然京营封赏名单中并无辟邪名字，想必是陆过将圣意传达得清楚明了，京营之中并无不平之声，着实安静，皇帝十分欣慰。

而看到这个折子的时候，皇帝是稍有些意外的。一则是因银钱赏赐在十月已毕，其时并无异议，有姜放等的谢恩折子上来，俱称万众鼓舞称圣，并无异状；二是这所谓的联名折子，芸芸数千人，皇帝看得眼都花了，并无一人认得，却是下级军官越级呈上来的。

同日里御史的劾本便一并到了，都在弹劾姜放治军不力，任下属结党胁迫朝政。最后笔锋一转，力透纸背地道：只因皇帝专宠这些宦官，才有人揣摩天子爱憎，投其所好地替那些宦官邀赏。

皇帝大怒："吴再予那老儿，还没死吗？"

吉祥忙赔笑道："皇上息怒，他是个老糊涂的，皇上何必因他着急。"

皇帝半晌气平，对吉祥道："叫霍炎。姜放、王骄十驭下不利的事却是属实，叫他拟旨申饬。"

十二月四日，皇帝却意外等来了姜放的请罪折子和密折。算日子，再快的马也不够一来一往于离都和白原河间，皇帝知道其中大有变故，展开密折的时候，心怦怦跳得厉害。

"遭雷奇峰行刺，内息紊乱之际，剧毒发作，现全身麻痹，手足无力，苦寒军营之中，无药医治，臣恐不测，求京中御医速速赐药。"

皇帝霍然站起身来。

"叫陈襄，将这折子给他看。"皇帝命吉祥道。他自己疾步从乾清宫出来，身后一堆内臣措手不及，未备仪仗，东倒西歪跑得吃力，跟着他向慈宁宫而去。

隆冬时节，那遥远北方冷素颜色的寒风席卷离都，宫中夹道一般地寒气逼人，小合子抱着皇帝的裘衣，直追了三道宫门，才赶上皇帝。

"万岁爷、万岁爷。"小合子抢到皇帝前面，跪在路侧，将裘衣举过头顶，"时寒添衣。"

皇帝被他阻了阻，才觉体寒，由他将裘衣披在身上，想了想道："悄悄地去看看母

后，都不要声张。”

“是。”内臣们这才喘上了口气，能摆开銮驾，慢慢前往。

慈宁宫的小太监见皇帝大驾到来，都跪倒行礼，皇帝见一总管服色的颇为眼熟，道：“你不是訸妃宫里的吗？”

“回皇上的话，正是的。訸妃正在慈宁宫定省。”

一时太后宫中的人俱迎了出来，皇帝笑嘻嘻道：“来得不巧，扰到母后和他们家常。”

“就是呢。”太后在暖阁里笑道，“什么事心急火燎的，快进来，天冷不冷？”

外屋里慕徐姿跪倒请安，皇帝亲手把她扶起来。回銮后总是太忙，总共也没见上几面，每次都觉得她的美貌更是婉丽浓郁，手上紧了紧。慕徐姿垂首微笑，告退而出。

“儿子有个难事，想请教母后的意思。”皇帝请安后，在椅子上坐了。

洪司言奉上茶点，识趣地带着人屏退于外。

皇帝才接着道：“震北军中有数千人联名，要儿子重重赏辟邪。上次回京母后知道，都说他毕竟是个内臣，重赏褒奖，加封品级头衔，都于礼法不合。而今看来，若不封赏他，军中将士心中不平，很是难办。现母后主理后宫事，他还挂着个六品乾清宫奉御的虚衔，升迁办事都须母后首肯，儿子请教母后，当怎么办才好？”

太后一边剥开松仁与皇帝吃，一边道：“他是乾清宫的人，按理不算内宫要管的事，没有我点头，皇帝一样可以赏他。既说他出使匈奴、救驾有功，升他做司礼监的提督太监，也不算过分。”

“以他的才干品性，实则统领京营并无不妥，儿子要以正一品总戎政的头衔叙他的军功，正经命他统领京营。”

“京营？”太后失笑，“这里数千人为他请命，就算里面不乏阿谀者，也可知他现今在震北军中威势颇重，既有人胆敢为他胁迫圣旨，再交兵权给他，妥当吗？”

“那也是有人起哄罢了。”皇帝笑道，“那些署名的人，没有一个认得，都是些没有主心骨，为人稍一挑唆就没脑子行事的人。”

太后啧道：“皇帝不知道，史上偏是这些人最是可憎，那些山呼万岁满面涕泪歌功颂德的，那些自称有忠心抱负口口声声要做死士的，不都是这些人？最怕的，就是这些人跟着逆臣拿精忠报国的幌子作乱。眼前看得见的，就是从前京营跟着逆王颜湛闹。咱们何必要去重蹈覆辙？”

“颜湛毕竟是皇室血脉，贵胄中的贵胄，在朝中根基深厚，岂是辟邪这样的奴婢可比？”皇帝不以为意，“他现在的本事却是七宝太监教授，人也是七宝留下的，他们那一门里的人，几百年了，服侍历代先皇，从未出过乱子，母后有什么不放心的？”

太后轻轻抽了口冷气，默想了想，推开眼前的茶盏香果，抬起眼望着皇帝。皇帝被其中的哀怜之色弄得非常不自在，试探问道：“母后？”

太后叹了口气，笑道：“傻孩子。你必已知道，辟邪在行军途中遇刺一事。”

皇帝未料到话这么快就谈到了这件事上，有些措手不及，道：“是，姜放已上折子禀过的。”

太后道：“皇帝可知他如何逃出的？那是震北军中二三十人，不要命地用自己的血肉挡在刀前，那些人，眼见同伴替他死了，反像疯了似的涌来。他才几岁的人，带了几天震北军，便养得这么多死士，便有数千人吵着闹着要皇帝封他，就算他现在没有什么根基，再过几年，皇帝准备如何收拾那局面？”

皇帝想了想，道：“母后是否知道，其时阿纳踏阵，又是谁用自己血肉替儿子挡在刀箭前？”

“当年以颜湛之权高威重，一样也甘愿替先帝粉身碎骨。就是这样忠诚无畏，才令先帝爱他犹如手足。但之后呢？靖德太子、擅割疆界，直到最后京营逼宫，不都是他做的好事？哪件论起来不都在为先帝着想？皇帝觉得能对颜湛批个万世良臣出来吗？”太后叹道，“皇帝此刻心里念着他一万多个好处，是听不进去的。然而人是在变的，就算人不在变，这天下亦是纷繁无穷的变数，人生在其中随波逐流，哪里能自己管得住自己？”

皇帝蹙眉，细细咀嚼太后的话。正如太后所说，辟邪会祸乱朝纲，在他看来依旧是匪夷所思，只是太后话语中隐隐的不安却让皇帝十分在意。

“皇帝宠信他，”太后最后道，“便须约束着他，令他在礼仪法理中好好活着，才有你们主奴长久的相处。”

“是。”皇帝道，“儿子受教了。只是他遇刺之后重病突发，姜放亦说他病势一日比一日沉重，饶是得了七宝真传，这会儿手无缚鸡之力，全然不能自保。若那刺客再前往加害，他必是不能幸免的。因此儿子在想，他手上原本有件筑城的差事，应与洪州世子好好商议办理，如今不中用了，要不要对筑城一事另指派人接手？不然门户大开，东北尚有卢芳、贺里伦等国，现在还是盟国，保不齐日后生出什么变化。”

“那么接手这个差事的，谁最妥当？”

皇帝笑道：“若还需往来奔袭，与匈奴人血战，必是位大将。但若仅是筑城，当与洪州世子品级相当的一位善筹划的才好，不然连话也说不上。”

太后问：“那是谁呀？”

“景仪。”

太后亦笑了，道："胡说，他好逸恶劳的，去塞外筑城，当真是要了他的命了。"

皇帝笑道："那也是没法子的时候的计较。总不见得由洪州世子一个人顶在前面吧？"

"且看过了年吧。"太后道，"这时候是大家太平安静为上。"

皇帝点头道："母后圣明。"他要到了自己想要的东西，便不再久留。

从东暖阁里出来，总要去看看皇子重珄。

"吃了奶睡着了。"太后微笑，"轻声点。"

"是。"皇帝奉太后向西暖阁去。

乳母等都不在，只有訸妃在阴暗的室内，如同阳光般伫立着，柔荑中紧握着湖蓝色的帕子，好像已忘了适才为什么要默默哭泣，怔怔看着摇篮中酣睡的重珄。

那不再是皱巴巴丑陋的初生儿，皇家的子女，白皙圆润的面颊上飘飞着欢喜的红晕，不知忧愁地享受着天下人的奉养。

"訸妃。"皇帝轻轻唤了一声。

慕徐姿转过脸来，木然的脸上绽开微笑。

"朕去你那里。"皇帝道。

"是。"慕徐姿又俯首，同皇帝一同望了望重珄，"小皇子愈发得好看了呢。"

帝、妃二人又向太后行了礼，告退而去。

"天天都是让人这么费神。"太后叹了口气。

洪司言上前来，搀扶太后榻上歪着。

"皇上去了一趟北边，同从前大不一样了呢。"洪司言道，"少了好多急躁。"

"他赢下了这么大的阵仗，现在身边都是得用臣服的人，还急躁什么？"太后又是欣慰，又是伤感地叹气，"只是那件事，不知该怎么和皇帝说明。我说那小子怎么胆敢暗地里挑唆景仪的不臣之心，原来是心里藏着报仇的念头，不整得我母子相残，是不会罢休的。而皇帝还一个心眼地认定了那孩子的忠心，不知其中底蕴，将来可要被蛇咬的。我姑息他太久了，深恨只是等着他伤毙，没有早令吉祥取了他的性命。"

"那么还派人去姜放营中吗？"

"不了。"太后惨然笑道，"皇帝竟拿那孩子的性命放在景仪的前头，这会儿真要强行除去，皇帝是要翻脸的。我也就不明白了，他们颜家父子，都是给皇帝灌的什么迷魂药，让人这么死心塌地的。"

这时忽听女官来禀："明珠回来了。"

"快叫进来。"太后喜道。

大丧期间，明珠亦是缟素，头上只有银簪子绾发，月白的缎袄，白缎素裙，白生生犹如空谷兰花似的飘进来。

“起来、起来。”太后将她拉在身边坐了，“段太妃身体还好？”

明珠笑道：“初一上了香，又将太后、皇后诸位娘娘抄的佛经供奉上，两日法事做下来，并未有空求见太妃，后请住持问安，太妃懿旨，说太乏不见了，问了身边服侍的人，说太妃清修辛苦，夜不能安眠，日渐消瘦，其他却没有不适，请太后知道。女儿虽未见到太妃，却也得了消息，赶着回来回禀母亲，也不便久住，因此今日便回宫中了。”

“也罢。”太后叹了口气，“常去走走，总能见到的。”

明珠道：“女儿知道母亲的苦心，然而有些人，已无牵挂，早就不在身边，见与不见，未必有多大的差别，女儿自小跟随生父长大，也惯了。”

太后见那神情平静似水，犹如段时妃年轻时平静安详的模样，不由心生怜惜，抚着她的发髻道：“你小小的年纪，莫说这样的话。经年见不着，却牵肠挂肚的也有的是。”

明珠点头，慢慢道：“女儿有牵挂的人，这便想去见他。望太后恩准。”

她入宫以来，诸事得体，进退有度，风范礼仪，无可挑剔。而此刻用最平淡闲话的语气，将最不可思议的请求道出，眼中竟没有半点波澜。

“你知道了？”太后问。

“是。”明珠道，“适才回宫路上，得了消息。女儿已直问了陈太医，说这回与往常不同，中毒颇深，若无解药，性命有虞。因现在想要他的命的人太多，药丸方子交给谁带去，都不放心。因此女儿要自己去一趟。”

“你疯了！”洪司言在旁轻呼了一声，“千山万水的，一个女孩子家。”

“景佳公主也是女孩子，一个人到了凉州，又去了雁门。女儿至少还有武艺傍身。”

“公主是什么排场去的，进的也是凉州城，你这可是前往前锋壕营，军中携带女眷，他又是什么身份，他就算治好了病，也是个死罪呢。”

“好了。”太后打断了洪司言，“她要去就去吧，你看我们可是拦得住她吗？”

明珠眼眸中是清澈的平静，无人能误读她的决心。

“太后主子就这么轻易放她去了？”洪司言却是心有不甘，望着明珠远去。

“当时我就一直想不通，公侯家的千金小姐，为什么没来由地和一个宫中的贱役扯在一起。现今算是明白了，她家肃海公爷和颜王的交情可不浅呢。”

“那是不是更不该放她去呢？”

“皇帝已说了，若再动辟邪，他连景仪都敢毁掉，更何况洪王父子呢？这就撕破脸，大家都不愿意。唯那孩子必须尽早除掉。他中毒日深，要是吃了明珠带过去的药，还不好，可怪不到别人头上了。”

眼看就是元旦节，按朝廷的知会，努西阿一役的封赏就在正月里，除必隆自己的加禄、荫子之外，皇帝亦指名凉王，命他代替皇帝，奉旨奉召，前往白原河各壕营城寨颁赏犒劳前线将士，算启程日子，必须是十五元宵过后，就要出发。

其间还有凉王府自己的各类祭祖祭祀，更当忙得足不沾尘。就算如此，必隆依旧请来府里的上医，询问西边别苑里辟邪的病症。

上医道：“今日已好得太多，气息通彻，夜能安睡。那位京中来的公主殿下，针灸之法高绝，学生从所未见。吃的药丸方子，也是功效显著。”

“公主殿下？什么公主殿下？”必隆讶异。

“呃……”那上医也甚为难，道，“学生听总督及他们全府上下，都是笑嘻嘻地如此称呼，以为是位有封号的公主。”

“是那日来下旨的女宫，叫作明珠的吗？”

“正是。”

“辟邪现下也能笑嘻嘻地说话了吗？”必隆问，“能会客吗？”

“若没有那么些礼数，定是可以的。”

必隆大喜，当日便下了帖子，愿与京营总督一叙。小顺子未有一个时辰便过来磕头，道：“奴婢师傅刚能在病榻上靠坐，叫奴婢来回禀王爷，得王爷纡尊降贵地垂问，实在惶恐，实没有精神说话，一旦有好转了，必在王府里拜见王爷的。”

必隆又叫王府长史前往探视，一样被婉拒。

眼见元月将至，凉州城内本当是大捷后的大节日，朝野却有些隐隐的忧患。

王府长史这日忧心忡忡，对必隆道：“臣昨日里在市集上，便听百姓议论，说既匈奴已破，朝廷大可想着撤藩，命王爷迁去京城居住。”

“胡说，哪有此事。”必隆肃色道。

“臣也是这么想，怎么会王府里一点消息也不知道，街面上反倒传开了？但是府中亦不宁静，下人奴婢也有在嚼舌头的，还说西边别苑里住的这位，就是朝廷里派来监管王府的。”

必隆蹙眉道：“这便是有人故意散布谣言了。他住在此处，甚是机密，少有人知道，调过去的侍卫都是出身名门的族中人，岂会和仆役奴婢混说？这两件事都非空穴来风，尤其是府里的，一概查清楚都是哪里来的消息。”

——已然扯到撤藩这件事上了吗？

必隆扶额，一个人沉思，只觉心痛如裂，身上新伤旧伤一并跟着苦痛起来。

“王爷还好？”王妃景佳立在门前，见必隆在书桌前蹙眉冥想，有点犹豫是否要走进来。

“快来、快来。”必隆向景佳招手，看见她身后季嬷嬷怀中的多兴，更是微笑。

季嬷嬷将多兴交到必隆张开的双臂间，必隆将他放在膝上，见多兴双目不离地看着自己腰间的匕首，便拽出来交与他玩耍。

“这孩子越来越沉重了。”必隆笑道，“多亏季嬷嬷还能抱得动他。来来来，叫声父王听听。”

多兴却专注于想将匕首从鞘中拔出，对一藩之王的钧命置若罔闻。

“哪有九个月的孩子就要开口叫人的。”季氏笑道，“王爷的儿子，只怕是先学会了使刀弄枪的。”

“那更好。”必隆道，刚要将多兴交与嬷嬷，却听绷簧锵然一声，那匕首竟被多兴拔出半寸。寒光照在必隆惊讶万分的脸上，他忙一手抢过匕首，大笑起来：“果然是我的宝贝儿子。”

“哎呀！哎呀！阿弥陀佛。”季氏道，“这可今后不能给他玩儿。”

景佳笑嗔道：“这么多人看着呢，哪有那么大惊小怪的。”

必隆离了书房，一家人暖阁里说话。景佳因问道：“王爷是什么事如此忧心？看王爷手臂亦是不自在，是伤处疼痛吗？”

“那都是小事。”必隆道。

景佳公主道：“王爷心中的大事无非两件，现匈奴已破，难道当真就有撤藩的消息了吗？”

“竟都是庶民口中的传闻。”必隆道，“倒反而弄得满城风雨，人心惶惶。唯今最要紧的，是找到皇上身边亲信的人，能将朝廷、藩地的心意传达通透。”

“那就是西苑里住的那位了。”景佳点头，“他可大好了？能会客了吗？”

“他有一万个不肯见我的缘由。”必隆苦笑，“现在就是托病重，连长史伴当去问病，一概都回绝了。”

景佳“呵”了一声，也是一筹莫展。

“既见不到他，见他身边的人，传个话，也是个计较。”季嬷嬷突然在旁道。

“身边的人？”必隆问。

“他可以托病不见，可他身边的女官明珠，可是奉太后懿旨来凉州赏赐王妃的，有正经公务，王府里的人回拜，她可没有推脱不见的道理。只要能进了西苑，顺便见一下总督，亦是合情合理。”

必隆大喜，望着景佳道：“这却使得，只是王妃是正经的公主身份，岂能去回拜女官？”

季嬷嬷道：“老奴却是宫中女官出身，王爷若放心，使老奴去一趟便了。”

必隆拊掌道：“甚好、甚好。如此备下礼物，这就过去。”

季嬷嬷当即换了王府女官装束，四位宫人侍奉，携带礼物至西苑门前通报。

明珠果然一般地领着同来的女官们宫衣盛装来迎，上房中交谈甚欢，互问太后、王妃起居。热闹说了小半时辰，两边宫人屏退，剩下二人独坐。

季嬷嬷道：“公主亦想起其时于宫中，得辟邪公公照顾甚多，听闻公公病重未愈，命老奴探视，好回禀公主知道。”

明珠道：“实是因为病体不堪，不敢让嬷嬷见，公主知道，反生伤感。”

季嬷嬷微笑道：“老奴多年未见九爷了，十分挂念，不为别人，老奴自己求个安心，也当请姑娘传达一声，容老奴于病榻前向九爷磕头请安。”

明珠水波般的目光在季氏身上流连半晌，无可奈何地叹了口气。“嬷嬷稍候。”她起身自去，不刻便有小顺子前来请内进。

曲折穿过花廊，辟邪的病室在花苑的东花厅，想必是防备刺杀，特选了这个只有一道门进去，连窗户也未有一扇的角落。

屋内阴暗却温暖，辟邪披着袍子，端坐在正中榻上。明珠坐于侧面的椅子上，淡静摆弄着一匣银针，在她走入时亦是无动于衷。

小顺子在外掩上了门，之后便听他脚步声远去。

季嬷嬷走至辟邪脚下，伏地道：“奴婢季芸，给主子爷请安。”

辟邪伸手虚扶：“姐姐辛苦了，姐姐起来说话。”

季芸仰面，端详着辟邪消瘦的面容，叹道：“主子爷受苦了。”

辟邪笑道：“也只是一时辛苦，哪比得上姐姐十几年在宫中煎熬，又远赴藩地？我犹记得我刚入宫时，姐姐诸多照顾惦念。甚是感激。”

“奴婢衣食无忧，公主也诸多宠信，近年来处境甚是优渥，请主子爷放心。”

“凉州安定，公主地位尊崇，世子亦平安诞生，若姐姐想回中原去，我定是准的。无论是离都还是原籍，定置地置房，请姐姐安住。”

“奴婢却不是因此来的。”季芸叹道，“奴婢与公主相处多年，颇割舍不下，若主子爷容奴婢于此安生，便是极好。奴婢这回来，请主子爷开恩，见上凉王一见。现今整个凉州城都是撤藩的风言风语，又有人居心叵测，直说不日就是主子爷接管凉州，现今流言眼见就到府门外去了，主子爷在凉州的处境亦甚危急。”

辟邪笑容消散，冷然望着匍匐于地的中年妇人：“姐姐，此为朝政大事，岂是你来议来说的？你可知今日为凉王谋划，欺瞒我见你，是什么罪过？”

“奴婢不敢。”季芸再度叩首告罪，“奴婢草莽出身，少时蒙老王爷垂青收留府中，先后服侍郑王妃、太后、公主，万件事中，从未有过半点异心，主子爷明鉴，若非忧急主子爷此刻安危亦不会贸然求见。”

“罢了。”辟邪有些气喘，“你也当知道我见了凉王是什么后果，孰轻孰重，不必我告诉你。回去吧。”

“是。”季芸道，“轻重缓急，奴婢微贱之人，不甚懂。但主子爷与凉王必定都是明白。”

她不等辟邪再说，叩首先退。

明珠起身扶着辟邪躺下，嗔道：“什么大不了的事，不至于动气的。又喘上了怎么好？”

辟邪摇了摇头，待气息稍平，方道：“她是多年的旧部，现也来诓我。”

明珠“噗”地笑出了声：“这天下谁敢来诓你？就六爷刚才那总督大人的威风样，不把人吓死就是她的造化了。”

辟邪笑，又踌躇道：“必隆，真是逼得紧。见还是不见呢？”

“躲得了初一躲不过十五，都在朝中，总有见面的一天，更何况是住在他家的宅子里？六爷日日吃的野鸭子粥，暖房里摘来的瓜果，南边送来的冬笋可都是人家府里的东西……”

“好、好、好。”辟邪大笑，“若我不答应他，只怕你难为无米之炊，生生饿死了小顺子。”

自辟邪被刺毒发，移往凉州养病，京中便久不闻他的消息。连京营侍卫营中与他一贯走得近的将领，也听不到他一句近况。时值年末，京营诸将纷纷往兵部述职，见了一同出生入死过的紫南门侍卫，当然亲热。他们经此大战凯旋，自知道及时行乐的道理，趁这几日进城，各处少不了吃酒闲聊，便自紫南门侍卫口中得知：皇帝的意思，是将京营正经交给辟邪管，爽性提拔做京营总戎政。

京营将领都是大喜，道：“实至名归。陆大将军我们固然是膺服的，今后必是上将军的前程。只是总督大人，却在满朝文武中自成一格，无人比得。”

贺天庆道：“如何不是呢？那日匹马只身奔到御驾前，不可以用威风凛凛形容，只叫战神驾临，我那时见了，瑟瑟发抖的双腿立时就不抖了。”

众人都是大笑，便又想起一件事来，相互印证道：“他赶来救驾之前，也有一月不见踪影，若说在营中养病，何以遍体鳞伤地回来？”

"那是伤得极重的。"胡动月在游云谣伤重之后是御驾前最近的侍卫，曾奉皇帝旨意前去问过伤势，因此回想道，"那可不是战场上的伤，我亲问过陈太医，种种来看，倒似被人折磨殴打， 连指甲都被人拔去，可不是惨遭折磨？"

"中原又有谁敢！"诸将心中不忍，都是诅咒不止，最后得出计较，"难道是失陷在匈奴营中？"

"省之在阿纳偷袭之后，来拜总督，之后便领了钧命远走。渡河决战之际，他带了一支贺里伦人马，天将神兵似的拿火炮轰击屈射人右翼。今日回想来看，当是得了总督大人的锦囊。"

"那便是出使贺里伦，得了盟约了？"

众人虽竭力织补各自知道的传闻，一时也未理清头绪，因此道："即便如今仍是真相不明，但能与贺里伦结盟，实是这次大捷的大关节。如此看来，京营总戎政这个头衔，亦是轻微了。"

"不，你们可不要挑唆生事。"京营将领中有人道，"京营总戎政就是上佳，万不可让皇上改了主意，将总督大人封侯封将，长留塞外，不叫他统领京营。那我可以要找你们紫南门侍卫算账的。"

胡动月笑道："我还没说到斩杀左屠耆王的功劳呢，那要论起来，岂止封侯呢？"

众将便上来要堵胡动月的嘴，一年的跋涉厮杀，尽在年末雪夜这一笑中。

"哦？"这些传闻由郁知秋转述，成亲王不禁抽了口冷气。

皇帝亲征大捷，其中诸多详情，都是成亲王在京中不曾知道的。他不谙军务，实拼凑不出这次渡河决战的原委，此刻听了，睁大了眼睛，道："都当真？"

郁知秋道："要说清楚明白是不能够的，但这两件大事，确定是辟邪一人所为。"

成亲王心思如电，细思片刻，更面露惊骇之色。"可惜这样的人，我却……"他说到这里，收了口，又垂首默想，最后不禁冷笑。

不过一两日间，辟邪有两件大功未议之事，便在京营中盛传。陆过驭军通彻，强命营中缄口，然而营中好多世家子弟，与在京的官宦都有千丝万缕的关系，因此早就惊动了离都朝野。辗转到了刘远耳中，自不会瞒着皇帝。

刘远在密奏时不免要问："皇上觉得，会不会是辟邪为了邀功，特在京营中散播这些议论？"

皇帝还在茫然之中，摇了摇头："不会。要想论功，大捷那刻，他在京营之中便可清清楚楚地说明给下属听，不必等到今日。他真要弄权，朕已打算将京营交给他，离都、朕的安危，都算交到了他手上，没有比这个更要紧厉害的了。”

“皇上说的是，平生这些枝节，对他有百害而无一益。”刘远亦十分困惑。

“什么叫作百害？”皇帝突然惊觉起来。

刘远道：“老臣年纪也大了，皇上也曾怪罪过臣爱倚老卖老。此刻这句话不说，如鲠在喉，万请皇上恕罪——这两件大事，是努西阿决战的最要紧的大节，缘何自皇上始，再至五军上下，凡知晓底细的人，都缄默不语？”

皇帝望着刘远，紧闭着嘴。

刘远道：“联盟贺里伦造炮，朝廷及五军中竟无他人知晓，这笔银钱从吏部支派给震北军的军饷中无声无迹地消失，再由在野的势力悉数按时地变作火炮，更加要对贺里伦人风俗、礼节、军力无一不晓方能部署，这可不是心血来潮、灵机一动的主意，只怕早就谋划经年。而万军之中，斩得左屠耆王的头颅，一战而定胜局。两件大事都叫一个人做了，所谓文治武功，深谋远虑，细究下去，岂不令人骇然？”

“太傅若以为朕心中没有惊异，那也是将朕看得太过单纯了。”皇帝缓缓道，“辟邪所行的每一件事，都叫朕由衷感佩之余，心生余悸。然而，在他忘死以肉身遮挡在朕之前时，朕便知道，这几年，不住地容他用他，才有今日朕与中原平安的结果。先前有莽夫在御前说，朕的心比辟邪平静，是他的主心骨；朕自省内心，有这份平静，多也因辟邪在。为君为臣，能有这样的缘分，实属不易。他所为越是惊人，朕便知道朕的气度越须博大。要说朕容了他，亦不如说他也成全了朕。”

刘远瞠目结舌，望了皇帝半晌，老泪纵横于面上尚不自知，半晌才道：“皇上，今日老臣着实羞惭。自来以臣的心腹度量，总觉得皇上是宠信一两人太过。适才听皇上教诲，才知道，臣的眼界心胸，已不堪称作皇上万一，全然是不能相提并论。”

皇帝叹道：“既然如此，此事就此揭过，不用再提了。”

刘远起身，匍匐于皇帝足下，道：“正因如此，恕臣不能从命。”

皇帝道：“太傅，朕知道这两件事公之于众，朝野自会议论几日朕亲征犹如虚行，他们知道底细的也是恐各种议论，才都心照不宣地不提及。但这种言论，过一阵子也就平复了，无需太过虑。”

“臣想的不是这件事。”刘远道，“皇上心胸开阔能容得辟邪，他自己却不一定这么想。大捷之后，他执意要留在北方，远离朝廷。历朝历代，最忌功高震主，辟邪自己岂能不知？现今京营对他膺服，他又在震北军中累功赚得军心。皇上全心全意地对他，他若非全心全意地敞开心胸对皇上呢？在京在北，他若存心给自己留下后路，岂不是太过可怕？

皇上哪怕稍做试探，亦比全无防备得好。”

皇帝蹙眉嗔道：“现满朝文武都不疑辟邪的忠心，只有太傅始终对他戒备深重，究竟是什么朕不知道的原委？”

刘远忽仰起头来，倒抽了一口冷气。“不，没有什么。”他几如哀鸣地道。

凉王府除夕一日祭祀已毕，阖府上下再向公主殿下朝拜。之后散完赏钱，才是家宴。今年大捷，震北军固守白原河，倒是去了凉州的一块心病。此时年末团聚，想起这大半年时光飞逝，变化万千，都只觉恍若隔世，人越想越恬淡。到晚间再不唱戏吃酒，只和王妃、世子于暖阁里叙话，至二更时分，伺候的仆役都命散去，凉王吃了碗果粥，暖过身子，便披上裘衣由亲信的伴当侍卫，自西角门里出，向西苑里去。

凉州城里正锣鼓喧天，爆竹轰鸣，将天际照得忽明忽亮，是最热闹的一夜。而西苑大门洞开，两边只点着寻常火烛，稍有些昏暗，一直照入正堂。

远远便见青衣单薄的少年，装束得整齐妥帖，垂手肃立于正堂阶下，侧身等候，必隆加快了脚步疾行过去。少年撩起袍角，跪倒恭迎。

“奴婢致王爷佳节下降，万死。”辟邪叩首，行宫中礼节。

必隆单膝着地，抱拳回礼：“令贤弟抱病理事，是小王的罪过。”

辟邪长叹了口气——当年不过在凉王府盘桓一月，自己依旧是个孩童，而长兄颜铠才是和必隆同出同入形影不离的那个，何以被必隆一望而认定了就是故人——他无可奈何地苦笑。

“今年大祭，终可告慰叔父在[illegible]之灵，奴婢已是残破之身，羞于登入王家祠堂，亦求王爷替奴婢点上清香，祝祷凉王妃[illegible]界安宁，能佑凉州盛平一世。”

上元九年，父亲与伊次厥接战[illegible]伤重不治，才有颜湛领震北军屯兵努西阿河，最终大破伊次厥。必隆其时年少，于父亲病榻前侍奉，未历其役，之后都是颜铠将战况转述告知。他犹记得颜铠吹嘘其弟颜久是何等机智无畏，令他这个远离战场的凉州未来之主自惭形秽。

那夜凉州亦如今宵一般欢庆，《定凉州》曲罢，王妃殉死。天明之际，母亲便追随父王而去，大捷对必隆来说不啻一场梦魇。

原已传了王位，准备颐养天年的祖父怜惜必隆年少，又担了凉州戍防重任，转瞬又是十数载，忧劳而死。

凉州之主，历代都耗干心血，至死方休。他亦不知此番大捷之后，自己是什么下场，自己的命运又在谁的主宰之中，难不成真如颜铠预言的，“概中原匈奴两国，欲定天下的，不过就久儿与阿纳罢了”。

他搀扶起已轻若寒烟的辟邪。那少年在病中虚弱地颤抖，但依旧颜色雍容，气度万千，颜家小王爷像是在此年末，还魂在他掏尽血肉的躯壳之上。

“贤弟当知，我此番执意要见，非要叙旧的。”他挽着辟邪走上正堂一同落座，道，“要知匈奴既去，凉州人的心病就剩下最后这块‘藩务’。”

“是。”辟邪道，“先设凉州藩镇，是祖宗们急出来的‘以胡制胡’的计效，譬若当下贺里伦和卢芳。以长远来看，震北军筑城白原河，疆域再往北扩，先前凉州防线被包裹其中，已无‘以胡制胡’的地位，这个道理上，凉州撤藩，顺理成章。再看整个藩务，因匈奴人觊觎边陲，不得不令洪州拥兵自重，东王、西王处亦是如此，自上元年间，朝廷就已存撤藩之心，凉州亦在彀中，不能自保。”

“凉州本非汉地汉人，子民九成都是胡人。我母我妻虽皆汉人，只要有一分胡人的血淌着，就一样是胡地的凉王。祖宗家训，凉王最大责任，就是为了确保我们凉人在凉州这祖传的栖息之地上，有家可回，有冤可申，不受匈奴人亦不受中原人欺凌。”

辟邪在寒夜里展唇微笑：“凉王家训奴婢亦知道几分。有一件不可参与中原人内务的，凉王觉得凉州可恪守着老祖宗的教诲？”

必隆自然知道他所指的是哪一件大事，现今与辟邪对坐，不得不论，心中苦涩，叹道：“当年洪、东、西三王结党进京镇压颜王，凉州参与其事，并非私怨，况颜王两平匈奴，对凉州子民是极大的恩惠，只因颜王志向远大，如他扶持新君摄政，不消几年，定将撤藩一事提上台面来议。小王知道，贤弟这句‘长远来看’，其意何其之深，但若以凉州人的长远来看，不能自己管自己的事，为异族异种管来，迟早是个流离失所、受人凌辱的下场。凉州人数百年间在中原与匈奴人之间摇摆多次，藩务立了撤、撤了立，各种欺凌背叛都见过，直到最近百年，才算是一时的安静。唯今之计，只是对朝廷一味委曲求全，多保得几年太平，但若撤藩事确凿了，小王亦只有与我族人共同进退，一争到底了。”

“这其中是个解不开的死结。”辟邪道，“有藩镇之设，才有凉州，则去了藩镇，必去了凉州。然而藩镇势大，无异瓜分中原，朝廷若不能挟制藩王，便无国力抗击外敌，凉州虽无撤藩之忧，却奈何北有匈奴窥视，弹丸之地，怎与其争锋？这便是凉州的死症，凉州诸代贤王，都是被这死症拖累吧。”

必隆细思，赞叹道：“贤弟所言极是，若这般想去，凉州藩地自立，不在朝廷的意思上，却在另三家的意思上。”

辟邪笑道：“正是呢。若凉州还在藩务这个议论里，永远都是解不开的死结。现在最要紧的一件，便是将凉州从藩王之地的这个名头下摘出去，才有生路。若王爷想要凉州三十年的自立，必要给朝廷三十年的太平，若王爷想要凉州百年的自立，一样要给皇帝百年基业不动的大功劳，才能相安无事。”

“受教了，受教了。”凉王揖手致谢。

辟邪说得几句话，有点气喘，扶住椅子慢慢调理清楚呼吸，方道：“王爷莫自谦，王爷一直深知中原一统，方是凉州的出路，在这个大节上，王爷从未含糊过。若非如此，当年礼部侍郎窦兢就不会在雁门外被杀。”

凉王怔了怔：“原来贤弟还记得这件事。”

辟邪笑道：“怎么会忘呢？奴婢命人查了窦兢的底细，却不见他与任何一个藩王相干，想来想去，只怕来历更加亲贵。”

凉王道：“朝中之乱，于凉州有百害而无一利，凡蓄意利用凉州结党的，我都不会让他们心存妄念。”

辟邪点头。“这便是了，成亲王那么早就开始四处结盟藩王，可怜皇帝还当他是个自己人。”他又望着凉王冷峻的面容，道，“王爷心中有大是非，奴婢若有异心，也一样逃不过王爷的眼睛。奴婢当下隐姓埋名，才能得皇帝信任，做以前父王未竟之事，若为皇帝知晓了身份，恐于他于我，都是不幸吧。”

正月初一日，明珠率子蓿等女官，又往王府内向公主请安，奉上礼物。公主听闻辟邪一夜里被爆竹惊醒多次，几乎夜不能寐，今日病状又有反复，也十分歉然，非但明珠等五人俱有赏赐，连辟邪、小顺子等也有重赏。

寒暄客套了许久，明珠便告辞要回，公主便留饭看戏，明珠自然固辞，季嬷嬷笑道：“那便是子蓿等留在这里逍遥半日，姑娘有花要绣，赶着十五日送回京里孝敬太后娘娘呢。”

如此众人才肯放行。不刻公主便又送了五台席面来，指名地给辟邪和小顺子吃。

这边西苑里小顺子正在嘲笑李师压岁钱放得少了，笑道：“师叔的辈分，只给了我一百钱，看师傅、谢先生，都是百两白银。你可莫到处宣扬是我师公门下弟子，京中被人笑死。”

辟邪叹气道：“说得犹如你师公一辈子贪赃敛财似的，这孩子只长了双富贵眼，越发没出息了。”

众人都在笑时，李师却道：“一百两？那么辟邪给了我一千两呢！”

小顺子惊得双脚直跳，眼见李师怀中滚出两三个大元宝，不禁赖在辟邪身边，说他偏心。

辟邪笑道：“原是怕他进京，囊中羞涩，被人耻笑去，坏了师傅的名声，才给这许多。”

一时凉王府仆役来回酒席设下，谢还见这酒席正好由他们自己人共庆，不禁道：“这位景佳公主，确是细心贤惠的人，得妻如此，也是凉王的造化。”

一时明珠换了衣裳也出来贺谢还新年，众人落座，小顺子斟酒，其乐融融，正是佳节最好的时光。

“天寒地冻的，你带来的那只野猫儿，不打算喂了吗？”辟邪忽问。

“不理他。大过年问这个做什么？”明珠白了辟邪一眼，又对小顺子道，“你去嚷嚷一句，就说元旦这日，无论哪里去讨杯酒吃，也好让姑娘我清净一日。”

小顺子得令，刚要出去，便听外面沈飞飞的声音道：“好好好，今日初一，就依姑娘的。”

众人不禁莞尔。正要开筵之际，自凉王府奔来一个仆妇，交给明珠一张条子，明珠看了后，对辟邪道：“六爷这些都不吃了吧，虽是为六爷单设的菜肴，却没有一样合病人的胃口。”

辟邪笑道：“还是吃吧，若他们见我真中毒，反而不会加派刺客，谋大家一个好年。”

众人都笑，因此此宴之后，辟邪的病情便陡然加重起来。

正月初三里，辟邪收到了朝廷封赏自己的旨意誊本，叙夕桑雪山大战、返京营救驾、最后渡河决战时骁勇三件功劳，擢升正一品京营总戎政。各类赏赐俱按正一品计。

“若是这样，开春也快回京了吧。”辟邪合上折子，对谢还道，“兄长祖籍哪里，也不必待我一同走，若天稍暖，即可先行南下。”

“也不急，”谢还笑道：“我还甚想去离都看看，若得个便宜与六爷同行，更是方便。父亲亦说过，若能一直追随六爷，本是最好的去处，不在乎是哪里，心回来了，便是中原。”

他二人感慨间，明珠进来道：“两日里门上都不清净，一是六爷病势重了，汤药必多起来，二则是探头探脑往这里打量的人却也多了，看形状都是凉州有头有脸的胡人。”

“撤藩的事若无一个认真的计较，凉州确难安宁。”谢还劝辟邪，“不如早有个交代。”他怕坐久了屋外的人生疑，便起身，又是一副愁眉苦脸的模样，走了出去。

明珠笑道：“爷这个病，要装到哪个地步？”

辟邪笑道：“总要过了元宵。你们再慌慌张张地去请几次陈先生的药来。”

明珠啐了一口，道：“骗外人也就罢了，何苦吓到陈先生，爷的心眼愈发地坏了。”

辟邪见她眉目依旧清柔如昔，这些日子分别，以他自己的牵挂心痛来计，明珠又不知忧愁了几颗心去。此时两人心中都各淡泊，仿若是认识了她一辈子，相处了一辈子，纠缠了一辈子才有这一刻的恬淡静适，上一刻是如此，下一刻亦如此。

“明珠，你我又老去一岁了。”他忽然道，“这可有个尽头吗？”

“我不要尽头。”明珠微笑。

二人默然无语，只是静静对看。

良久，才听外面喧哗一阵，小顺子脚步"嗒嗒"地响，奔入屋中，掩上了门道："门前那条路上，说是元月里给王爷磕头的人多起来，不料都渐渐堵在咱们门前。传信的几乎不能靠近，我是拼了命地才夺了进来。"

"京中谁的信？"

"状元爷的信。"小顺子奉到辟邪眼前。

陆过谨贺京营总督新年，又问他病势，最后忧心忡忡地说了一件事：京营中不知何故，突然议论起辟邪的功劳来，说除了明面上的三件事，还有两件最要紧的未叙：其一是说贺里伦女王结盟，造炮轰散了匈奴人右翼，吓走了两位匈奴大王，才致大捷；另一就是亲手斩杀了阿纳。比之另三件来说更是盖世奇功，为何皇帝和朝廷只字未提。这些议论只怕不久便扰圣听了。

辟邪合上折子，忽觉得自己距离都实在太远了些，一旦远离皇帝身侧，这些事就防不胜防。他请了谢还一同来看。

明珠问："这才是实在的功劳，说上一两句，有何不妥吗？"

谢还道："这两件事功高震主。原本只叙在军功上，为将的就当如是，名正言顺。而这两件，其一是了不得的韬略，其二是斩获敌首，致敌溃败，封王封藩，又有何不可？妙的是加上原来三件事，一个人都做了，皇帝岂不是白去了一趟努西阿河？当真变成了请过去的泥菩萨。"

"这个传言大大损伤皇帝体面，他岂会无动于衷？"

"难道是洪州人？"

"非也，洪定国此役风评已是不好，没道理再拽出我来更让他没脸；损伤圣威，太后也不会答应。多半是京中和东边一起鼓捣出来的。"辟邪叹气，"景仪是怎么了，都已经是庆熹十四年了，他就是不死心。圣旨已经封了出京了吧？"他忽问。

"年前皇后发丧，梓宫出宫，次日嘉赏的旨意俱都出了，算日子初八、初九日就到了的。"

"但愿不要有变化。"辟邪无力地道。

皇帝诏书正是在元宵佳节这日进了凉州城，原本当热闹非凡的正心大道上，却是鸦雀无声。大道上被踩得泥泞的积雪一扫而净，又垫上黄土，长史官在城外跪迎大使，凉王自在府门前候旨。正午时清和宫司礼监太监自城外率太监三十二人奉御旨直入凉州，于凉州府正殿宣读。

因庆熹十三年九月大破匈奴于努西阿河，凉王必隆加俸、加禄，凉州免赋一年，世子多兴即封郡王，划乐州四县为封地，接壤凉州。现凉州兵马总督乌维，故大将军刘思亥、赤胡，各有加封或追赠。

朝廷赏赐的绸缎、珠宝、如意等不计其数。

之后又宣乾清宫奉御辟邪。观礼者闻言无不动容，这威震塞外的大太监究竟是什么模样，有传闻道青面獠牙，有传闻身高八尺以上，待那久不见阳光、喘息苦重的少年，着普通宫人青衣服色，由小监搀扶缓缓而出时，都是大为诧异。

“奴婢辟邪，接旨。”

“乾清宫奉御辟邪，庆熹十三年五月侍奉御驾北伐，于夕桑、三里湾、希攸滩三役中功勋彪赫，歼敌万余，并合纵贺里伦、卢芳诸国，调度炮阵溃匈奴右翼，亲斩左屠耆王阿纳首级乃至有大捷……”

从这里开始，圣旨已和誊本中全然不一样了。五件天大的功劳叙完，正殿上的人们按捺不住喉间急着透入的惊叹，虽无人言，却充斥着微微的嘈杂。

——竟然是出京之后，派人拦下的谕旨，重新换了这一份吗？

“功高盖世，倾朕之所有不能报也。”皇帝如是说，“朕念同袍之义犹若手足，辟邪之义何不以手足之礼报之。因特许辟邪宫内佩剑行走，食亲王禄，京中置府，属地千户。群臣俱以亲王尊之。并即日领震北军监军职。钦此。”

“谢恩。”辟邪木然拜了下去。

司礼监大太监将黄绫圣旨交在辟邪手里，笑着作揖道：“殿下，大喜啊！”

“前辈远来辛苦了。”辟邪倚在小顺子身上，上气不接下气地道。

“开筵。”长史宣道。

人们在这声之后哄然一阵沸腾。本朝从所未有的恩典，竟给了一个青衣小太监，惊世骇俗、耸人听闻之举以此为甚。

“这可是宠上了天了。”凉州人赞叹。

这骇人听闻的封赏中，并无一实权；而这亲王的虚名，无论是黑暗的背景，还是凶险的前景，都没有一个让辟邪省心。

必隆在一片哗然中走向辟邪，挽起他的手道：“殿下，大喜。”

辟邪与他相视而笑，果然是喜气盈腮，脸上突然有了些红晕，顿时光彩照人了起来。

必隆挽着他慢慢入席，亦是喜不自抑。

“他知道了？”

只是在人不留意时，他不免在辟邪的耳边，用最黑暗的声音问。

五十二

景佳公主

凉王府元宵盛宴出了个大事件，亘古未有的所谓内亲王，在酒还未斟上一遍的时候，就面色煞白有昏厥之象，是手下小太监抢了回去，才没有闹大笑话。

人说他低贱之人，本当不起皇帝的这份宠爱，因此才会病重如斯无福消受。

而凉州城内又论起之前一个传闻，说这位大太监实则是来接管凉州的，原本多数人见他人甚低微，都不甚信，如今见他竟领了亲王俸禄，坐实了他居心不良。

到正月十七日，凉州城内又出了件惊天动地的大事。凉州月氏族二十余人，夜里悄悄率众围了王府西苑，要揪出那意图不轨的小太监，待冲入正房上，便见通明的宫灯辉煌四溢地亮着，正中的宫衣女子清丽绝伦，端坐正位。

“这是怎么说的？”明珠轻轻抚着案几上的木匣，含笑望着气势汹汹的一群人，像是等待着访客家的仆役们跪倒行礼。

“把那个小太监交出来。”

“想欺负凉王，小太监也是不想活了？”

胡人叫嚣不迭。

明珠摇头：“这里是太后亲遣到贺的女官下榻之所，并无什么小太监。前来颁旨的大太监却都还在府里住，不妨那边去问。”

那些月氏人破口大骂，前面的几个只觉眼前银光一闪，咽喉肿胀，呼吸困苦，都说不出话来，捧着脖子满地滚。

“你们先别骂，不妨先问她。”明珠笑着抬起眼睛。

门外中年妇人执一柄细小如新月的弯刀笑嘻嘻地走进门来，叹道：“王爷说弄脏了姑娘的屋子可不好，但老奴一辈子只会杀人杀个死透，如何是好？”

她旋风般地杀入人群，一进一出已毙五六人。

月氏人慌忙间才想起掣出刀来，屋中凶光四现，照得明珠美目闪动，却不知她心中是惧是忧。

才见她眉头微动，忽有人在外道：“姑娘别脏了手。”

只见一个黑衣青年飘然入内，一手持刀与季芸一般护在明珠面前。

——“所以，这二十几人定是要死透了的。”辟邪看完谍报，合上折子对姜放道。

“沈飞飞吗？”

“正是的。难为他千里迢迢跟着明珠北上来了。这会儿明珠住进王府里，他要见就更难些了。”

“出了这么大的事，朝廷岂不怪罪？”

“皇帝震怒。本要责凉王的，后说是明珠带来的宫女，名子萮者夜间误开了大门，才让肇事者进来，所以也没有太过深究。那子萮自然是拘了，待明珠回京的时候再交给太后处置。”

“在主子爷饮食中下毒的不就是她？拘着也是后患，先处置了吧。”

“她是听从太后做事的，身不由己。明珠话语里甚是不忍，所以就未伤她性命。况在王府中死了宫里的女官，朝廷怪罪，凉王也很难办。”

“好在主子爷元宵之后就立即赶回白原河，不然身陷那种风波里，一屋子人，杀是不杀，都是烦恼。”

辟邪苦笑道：“还杀什么？这个病动不得真气，现在就是寻常人一样，甚至不如的。”

姜放道：“权宜之计，待毒拔干净自然就好。”

二月中白原河解冻，天气甚至可以开始称为煦然，一年征战，又始于阳春。辟邪抱病已久，只在大营中与姜放筹谋，三座城池选址已定，钱粮石材也筹算清楚，只待朝廷抵复，便可动工。这日来报游云谣与李师俘虏千余匈奴人，缓缓回程了。

辟邪与姜放都是大喜，亲自在营外迎接。但见游云谣与李师二人率亲随当先驰回，马上抱拳道：“大将军、监军大人。”

姜放很是欣慰他二人没有提那内亲王的头衔，不然又要招惹辟邪的烦恼。

原是自正月十五日起，辟邪每日一奏，顿首固辞皇帝封赏。皇帝都严厉驳回，待上奏到第十五个折子的时候，按霍炎的描述：皇帝着实是气得笑了，将折子扔在地上对礼部的人说：不要理会他。便拿辟邪每日的折子扔在一边。

礼部、户部便像是皇帝派来存心报复似的，天天来问府邸的选址。礼部侍郎问了句回京是什么仪注，便被辟邪拿住道：“先不说奴婢不敢承受皇上的赏赐，就是真有这么件恩赏，也是说俸禄，哪里扯得上仪注，拿奴婢这样微贱的人去作践满朝公卿，是什么居心？”

倒是成亲王来了一封信，说皇上念的是同袍之义，我却知你救过我兄长的性命，因此是比兄弟还亲的人，回京之后，当好生叙旧。其意甚诚。

如此天天折腾，直到二月中，辟邪已为此精疲力竭。好在震北军中，众人知他不喜，都只称监军大人，只在背后提及，才会心悦诚服地叫声“殿下”。

李师却是不吝这些的。大庭广众下一般地直呼其名，此时咧开嘴大笑：“辟邪，你竟骑得马出来了吗？”众人闻之，无不胆裂。

姜放道得一声“辛苦”，便见之后浩浩荡荡的大队人马押着牛羊人口，男女老幼上千人缓缓行来。辟邪奇道：“怎么整个端回来了？东边还有一部一族的整个都在的吗？”

“岂止有！”李师道，“还不少，都在深山里窝着。”

辟邪见这些匈奴人身衫褴褛，面色如死，孩童妇女混杂其中，哀哀啼哭，其状甚惨。

李师道：“流落在东边的部族依旧不少，这样困于林中，已死了不少人。若能网开一面放他们西去，于他们于我们不是都很好？朝廷中亦没有说过要斩绝了匈奴人。”

“你说的未尝没有道理。”辟邪后来见人散了，方对他道，“但大计未定，不要当着那么多人说。况匈奴人，远不是你让他西去，就肯西去的。两国死斗这么多年，他们哪里肯抛个干净，转向西行？”

“明白了。是要有人去说。”李师道，“那就是谢大哥了。这些天都不在，定是去往日逐王那里了。”

辟邪被他说得一怔：“竟能想到这一层，你算是长进太多了。”

李师大笑起来。“你呢？”他忽然问道，“怎么升官了之后日日里都是愁眉苦脸的。”

辟邪笑道：“我并不想升官却升了，故而烦恼。”

李师道：“那你定是没有明明白白掏心掏肺地和皇帝说。若说了，他也都肯的。我看他也是个坦荡荡的汉子。”

辟邪笑起来：“好。我掏心掏肺地说。”

这折子里自然不能以固辞厚禄开始，辟邪便禀明放匈奴人西去的这件事。白原河西北，按历代先皇之法，远不能及的，均以胡制胡。屈射人浩大了三世君主，百足之虫，死而不僵，要贺里伦、卢芳等弹丸小国治他残部极是吃力，故才有筑城之大计。而要扶植小国与之争锋，就像贺里伦一般，不免要与他弓矢火炮，利其军备。有点野心的，得了中原这么多好处，翻脸不认人事小，最怕是也动了那制霸草原的念头，岂不是养虎为患？

若能说动屈射人向西而去，两面放下刀戈，放他们自断琴湖向西，经戎翟故土远遁，中原面对的，就是草原上零星小国，便是四五十年的太平。

奏折最后才是那掏心掏肺的话。

“奴婢究竟是做了什么不堪的事，令皇上如此动怒地惩罚奴婢。现在想到这个恩赏，每时每刻都如身处炭火之上，焦心如焚，惶恐之至，夜不能寐，昼不能食，日渐消瘦虚弱，眼看不能骑马，更加忧虑不能报效皇上的恩德。奴婢正不知如何做才好，请皇上明示。”辟邪解说给李师听。

“这才不算掏心掏肺的真话。”李师嫌弃地道，“你怕过什么？”

辟邪笑了笑将折子封了。

皇帝对让匈奴西去的主意也十分赞赏。

“若能将乐州的兵力抽调些回来，倒是可解黑、寒两州的燃眉之急。”

“确实兵力瞬时充裕。”翁直道，“不过乐州军是否能擅南方征战，也有待时日，方能知晓。”

“现今杜闵将水军撤回通水关以东，将倭寇渐渐往寒州里逼迫，少湖及以西，乡镇日日不堪其扰，不管是哪里的兵，是否擅水战，都请朝廷尽快部署。陆巡一人，已被寒州戍务缠身，更请派大将，将寒、巢、梧三州之兵，制辖诸将，方能驱逐倭寇。”

蔡思齐已在一边不堪这等患得患失的议论，忍不住道。他是今月上京述职请罪的。寒州一炬，他上表自述其罪，自贬其职。皇帝将他寒州失火、下官去向不明两件事并罚，罚俸一年，品级也直降到了从三品大夫。但他为官勤政通达，皇帝很喜欢，依旧叫他主理寒州政务。

“领三州之兵，左侧还有杜闵？”皇帝笑道，“这个差事，兵部看谁合适？”

“踞州的兵马是动不得的。一动则门户大开，镇朔将军郑钧海便不能指望了，朝中大将都在白原河，权宜之计是带着乐州兵马调一个回来。”翁直道。

皇帝看了看屋子里禀事的人，道：“朕会想想，你们都退了吧。”

翁直一样先退出来，却在值房里静候，不敢回家，果未许久，便有内臣出来召见。

皇帝叹道：“朕确实没人可用了。翁卿看哪一个好？”

翁直道：“也只有姜放可以调出来用。”

皇帝“唔”了一声，未置可否。

翁直只得接着道：“留在北方的人当中，能当重任的，不过三个。姜放、王骄十、辟邪三个人也都算统领过重兵，将三州之兵，都不算大事。只是寒州一战，明里战倭寇，实则……”他想了想，接着道，“险象环生，东、西、巢、大理四王俱在，牵一发而动全身。毕竟是要个识时务懂大局的。论这一点，倒是辟邪稍胜一筹，次者就是姜放。若姜放将兵，辟邪监军周旋，那是最好的。但一口气去了两位大将，北方只剩王骄十，臣细思之下，也觉不寒而栗了。”

“那么辟邪南下呢？”

“那却有两个不妥。”翁直道，“其一是他体弱年轻，行军的话，怕是会加重病势，精神倦怠，怎么服人？二来，毕竟是内臣，我朝正式有头衔领兵的内臣，从未有过。皇上也无必要非要开这个先河，让人忧虑朝中无人。”

“王骄十……”皇帝想了想道，“王骄十同他父亲王举一般，是个刻板守礼的人。实觉得他没有太多机变之能，留他一个人在那里，盟国、匈奴、洪州，朕都替他头痛。”

“有辟邪在，机变之能是尽够了的。反倒是王骄十这样刻板遵礼的人，能制衡太多变数。”

皇帝大喜，道：“照此拟旨吧。”他又唤来吉祥道，“今日不见大臣了。”

“是。”

春日的阳光照进暖阁里，亮堂堂的一片，那里日暖，訸妃宫中进来的午膳就设在那处。春笋清炖的鸭子，清香四溢。

“上回说赏辟邪的笋韭鱼鲜，也是不了了之了吧？”皇帝问吉祥。

“运过去，便也吃不得了。”吉祥道，“奴婢私信里告诉他，他甚是感激皇上惦念。说南方春早，也很思念。”

皇帝想起王骄十前几日的折子，“一日瘦得一日，已现嶙峋之状”——辟邪依旧是煎熬着，没有片刻安逸。

皇帝从怀中又将辟邪的折子拿出来看。

“他居然说朕变着法地在消遣他。”皇帝指着折子，对吉祥道，“你说说有这样的混账吗？他就算是要朕在沙砾上造座琉璃宫给他，朕也愿意造给他，不识好歹、满嘴胡言的东西。”皇帝说到极怒处，竟笑了。

“皇上斥责他。”吉祥忙奉上笔墨来。

“混账！你怕过什么！”皇帝批道。

姜放奉调率乐州军万人南下寒州的旨意很快就到了白原河。与此同时，皇帝得辟邪固辞，只得收回封地府邸赏赐的谕旨。

辟邪自然不会善罢甘休，继续叩请皇帝收回其他成命。主奴二人做作不休。

姜放对南下清寇这件事极其不安。他接连上表两次，对皇帝及兵部陈情道：自己年少便自震北军出身，平原开阔地界步兵马战都是极擅，唯于南方山岭沟壑水网密布出，自己确是没有任何把握。国家用人之际，自己定是听从朝廷召唤，但若能有更贤者，也望朝廷能指派南下，协助荡平倭寇。

皇帝的回复也是不出所料：就是因为良将稀缺，才有这下下之策。望姜放不必妄自菲薄。皇帝自也会倾朝廷所有，助姜放功成。

“这都是老说辞了。”姜放苦笑，“北来的这些都是听了这句话来的。”

辟邪道：“北方算作极凶，黑、寒两州却叫作险恶了。你此去极要小心。能倚靠的除十六哥他们，陆巡等寒州诸将也都堪大用，望大将军善用。”

姜放道：“主子爷自要小心，这招毕竟不仅仅是冲着东王去的。”

辟邪道：“你我一般的。万望你一战功成。”

姜放四月初启程，五月中寒州地界的倭寇就平息许多，皇帝大喜，下旨嘉奖姜放。

姜放上表道：“并非是平息了，只是陆地城池中能清扫的，都已清荡，但倭寇弃了城池，向黑、寒两州交界处逃匿，现藏身在方圆数百里芦苇荡中，沼泽遍地，难行大军难布严阵，况北军不擅水战，损失惨重，臣估算，若无东王水师协同，臣四万兵马并无余力出城再战。如此将黑、寒两州富庶之地放在倭寇无尽的骚扰中，并非长久之计。”

辟邪亦书信皇帝道：这岂不是东王最想要的？朝廷大军与倭寇胶着城外，东王固守藩地城郭，寒江、别水汇聚之后，东王所占地界才是大军得以横行的擅守之地。若现在掉以轻心，只怕杜闵腾出手来，先对付巢州，搬掉横亘东西两王间的钉子，而姜放身陷泥沼，恐鞭长莫及。

唯一值得欣慰的却是杜澜依旧屯兵在黑州外海三岛之上，扼守险要，只待杜闵稍有异状，便可直入黑州腹地，令杜闵腹背受敌。从秋至春都是这个钳制法。

这大半年中令杜闵如此虚耗兵力在沿海戍防和倭患两件事上，朝廷当得以庆幸。

直至六月初八，却突然传来了杜闵在黑州称王的急报。

“称王是什么意思？”皇帝惑然望着刘远，“他已是亲王，称什么王？”

“杜闵于六月初三日昭告，称黑、寒、巢州地界，被中原人贬称夷人，所敬神鬼不同、所赖生业不同，本非同种。现今倭寇登陆，东海渔农俱废，民不聊生。而天子却倾举国之力，与匈奴交战，大破匈奴之后，又屯兵守卫凉、洪二州，为的只是这些皇亲国戚。更敛了东南诸州的钱财，要于北方筑城，而罔顾东南百姓的生死。姜放南下，也只是固守城池，为皇帝聚敛白银，真正的百姓仍在倭寇蹂躏之下，却没有人管。故此杜闵愿冒天下之大不韪，率三州百姓自己立国，奉东海之神母为尊，荡平倭寇，固守家园。为此南下巢州……”

“巢州？”皇帝本只是平静地听着，此刻倏然抬起头来，“他们准备动巢州吗？”

“只怕在这个当口上，已经围了巢州城了。”

“啪！”皇帝猛击长案，站起身来，“杜斓呢？”

“并无半点消息。”

去年十月里皇帝北伐大捷的消息传至黑州，杜闵仍在为倭患焦头烂额。

南北两地都是与外族厮杀，偏是皇帝大破了匈奴，而黑州这里与椎名寿康的交锋并没有讨到什么便宜。

为此呈上的贺表，杜闵一字未看，挥了挥手，打发人直接封了送上京去。

转瞬过了年，黑、寒两州更是闹得不堪，朝廷中时时有诏来问责。

杜闵的谋臣都道："现北方逐渐平定，朝廷兵力渐充实，只怕以倭患为口实，增派大将兵马南下，冲着王爷来了。"

果然在四月中，姜放便奉命将兵清荡寒州地界。

杜闵叹道："就算是姜放，也无甚可惧之处。只是这般兵患匪患，时日一长，黑州的基业岂非虚耗殆尽？我怎么有脸面向祖宗交代？更深恨的是，杜斓不奉藩王钧命，孤悬东海之上，兄弟内耗，让人耻笑了去。"

此刻屋中只有最亲近机密的谋臣二人，面面相觑之后，忽低声道："王爷想要摆脱窘境，却也有个釜底抽薪的办法。"

杜闵道："有杜斓在海上重兵窥视，稍有不慎，为朝廷猜忌，被他们海上、陆上两处夹攻，绝无生机。"

"王爷可想过，这是迟早的事。只不过现今有倭寇作乱，北方的匈奴还未全部平定，朝廷没有富余的兵力。若震北军当真腾出手来，皇帝岂会让他们空吃粮饷？若不趁现时背水一战，王爷可算是坐以待毙了。"

杜闵点头道："你们说的，我何尝不忧虑？但说来说去，杜斓依旧是大关节。"

"学生等见王爷近日的水军操演更是密得多了……"

杜闵摇了摇头，抬手止住两人的语声。

"杜斓的手段你们也是知道的，天下能令他的水军一战覆灭的，只怕还未生呢。他哪怕有半支残兵，也足够杀进黑州了。"

"王爷，学生说的这个釜底抽薪，就是要令斓公永不回陆上来。"

杜闵失笑道："他的心已经让朝廷收去了，你们哪有办法禁得了他？"

"恕学生们斗胆，杜家想要自立于东南是几代的夙愿，朝廷想要撤藩，亦非一代两代之愿。现在未曾揭破，只是因为朝廷在北方总有匈奴人如鲠在喉，无暇顾及东南倭患。然而北方匈奴，并非王爷之患；椎名也渐被逐出黑州，反倒牵制着姜放。因此南方倭寇亦非王爷之患，王爷却非如朝廷一般，有僵持在此的必要。而这刻朝廷在巢州空虚，只消夺了巢州，则西眺夸、桐数州，别水以南的富庶之地，都在王爷手中了。"

“这都是知道的事。”杜闵道。

“学生们的意思，与其坐以待毙，不如趁这个当口就称王自立。”

“什么？”

以杜闵的勃勃野心，听到这里也变了颜色。

“所谓破釜沉舟，讲的就是这个。王爷称王自立，杜家一门之中，与朝廷再无回旋的余地。斓公善战不错，若王爷称王之际，他的兵马没有半点应对，朝廷岂会容得他？只消王爷诏书檄文一发，将斓公一并恩封，这个中原，斓公便再也回不来了。”

“原来如此。”杜闵握拳。

“初夏将至，王爷海上征战多年，必已想到，这个时机王爷已等了一年了吧。”

五月二十九，杜闵意欲大逆称王的消息飞传至杜斓军中。杜斓大惊之下，依之前的计议，兴全部水师欲登陆黑州除逆。只是这日，东南来的飓风如期而至，港口外浪高数丈，根本不得启程。他强命半数战舰顶风而行，出发之后便杳无音信。

这场飓风肆虐黑州沿海及外岛三日不绝，待海阔天空、风轻云淡之际，杜闵自立的诏书檄文已遍传中原。诏书中更有一段大赞杜斓孝义，为黑州驻守外海，特封了“靖海公”的头衔。全家亲睦，必成就大业。

——非但将谋逆的帽子戴在了自己头上，连这个公爵的称号，都犯了皇帝的名讳。

杜斓将这大逆不道的诏书摔在地上，却有黑州奉诏来的使者道：“靖海公爷，王上却还有个贺礼。靖海公的家眷原先从黑州早早搬了出去，仍一直留在中原。王上道，一家人不得团聚，心中不忍。这次特命臣请了公爷的家眷同来。想海外诸岛，黑州也经营多年，不算荒芜之地。公爷在海上乐享天伦，无论离都、黑州，都不能企及，何必再蹚这中原的浑水呢？”

杜闵得知杜斓的水师因此向深海中远遁，更是肆无忌惮，先以重兵于别水、寒江两处水域，大举清剿寒江承运局船只，焚船千只，凡相抗者更是死逾三千人。寒江承运局不得已弃了黑州分舵，向寒州、巢州两地溃退。六月八日，便挥师南下，径直侵入巢州，不过两日间，围了巢州城。

巢州王景亿的先父良涌于京中被刺身亡，他是个忠孝的人，对黑州一向恨之入骨，情愿死战守城，僵持数日，仍然城破。他悲愤之际，欲自刎殉城，被属下解救下，才弃了城向巢州西方退却。

巢州既失了一半，姜放侧翼空虚，数日内被杜闵的兵马围于峭州。杜闵这刻当真是诸事顺心，又分兵一路入侵寒州，渐渐接近踞州地界。

自六月八日至六月二十日，每日里传来的都是杜闵攻城略地、直指京畿的战报。皇帝这十几日几乎夜不能寐，自夸、桐两州征发的士卒都被拒寒江、别水和少湖流域，无水师可与东王争锋。而姜放被困峭州一带，无兵可救，粮草亦是有虞。

皇帝放下折子，慢慢踱到乾清宫外。夏日里烈阳炙烤白玉阶，清象宫中工匠"砰砰"造物的声音挟着无休止的蝉鸣乘热风滚滚而来。

就算是努西阿河畔京营几乎崩溃，也不似现在这等遍地疮痍、烽火无尽的窘状。

"辟邪有消息了吗？"他脱口而出。

吉祥道："上回折子说押运火炮，并见贺里伦女王去了，比之白原河，又远了五日路程。这刻未必得了皇上的谕旨呢。"

"知道了。"皇帝摆了摆手，在阶前深思。

"皇上。"吉祥却未就走，仍道。

"什么事？"皇帝厌烦地扭过头来，拿着凶恶的眼神看着他。

"镇朔将军郑钧海到京了。现正往慈宁宫去。"

亲王府邸有权蓄奴，类洪司言、贺冶年等，都是洪府家奴出身，入宫进仕都有，并无什么奇怪。唯这郑钧海，却是太后一个人的奴婢。早在太后仍是少女时，游历凉州雁门，见郑钧海年幼可怜，于匈奴人手中，舍了自己身上所有的首饰，连同洪州老王妃的遗物，才买下郑钧海入府。

要说舍命回报，恐郑钧海都觉得不堪太后厚恩。因此把踞州戍防、遥拒东西两王的铁军，交在他的手上，无人有疑他的忠心。

而他凡到京面圣之前，也一贯于太后处行家奴之礼，皇帝也从不计较。只是事关天下存亡，京畿安危就在他的手上，皇帝甚想知道他的见解，因此起身道："朕也去慈宁宫。"

郑钧海一副威风凛凛的胡须，体格健壮，正匍匐于太后足下，道："奴婢看太后的神色，似乎又比前一两年差了些。那个旧疾，看来也不算不妨事啊。"

见皇帝进来，忙重新行礼，叩首道："圣躬万福。"之后跪于太后面前，任皇帝叫请起赐座，也只是执着地卑微着。

"唉。"太后道，"你也是快五十的人了，不必再拘礼了。皇上要问你，这样怎么说得上话？"

"是。"郑钧海这才站起身来，垂首肃立，直截了当地道，"奴婢这次返京，确为了寒、黑两州的事。眼看黑州人就到眼前了，不免也是着急的。"

皇帝道："依卿看，踞州兵马南下阻击可使得？"

“那是万不得已的时候的事。臣看寒州的陆巡是个将才，甚好。寒州虽有混战，却为他部署得当，并没有失太多城池。可抗上一阵。烦恼的却是巢州及其以西，自姜放被困，能与黑州一战的人马将才都急缺。黑州、巢州的战乱，本来是西王当出兵勤王的时候。而那个白东楼……”郑钧海肃穆的面庞上难得的表情却是不屑，“狡诈阴险，在黑州背后也想自己霸占藩地。要平巢州，倒不如先平了龙门。”

藩地藩政确已动摇朝廷的根本了——皇帝切齿，不仅杜闵，白东楼也是狼子野心。而洪州、凉州，自来就是沆瀣一气，谁知杜闵一反，那两处藩王又在打什么算盘。他出神了一会儿，忽觉殿中太过安静，举目之际，太后与郑钧海静候他的主张。

“依旧是兵马的事。”皇帝道，“要夺龙门，兵力都在北边，远水解不了近渴。”

郑钧海道：“只有大理了。毕竟公主下嫁，是皇上的姻亲。”

“你先下去。”太后对郑钧海道。

正殿里便剩下太后与皇帝各自沉默着盘算。

皇帝喝了口茶，想了想，方道：“这么看需要有个人劝动大理王出兵了。”见太后未置可否，接着道，“这个人倒是麻烦的。须得以探视公主的名义去是其一，另如意在大理有不少眼线势力，也还得见得着如意为其二，更加要能在那处即时领兵攻下龙门，带着兵马解峭州之围……”

太后已笑了起来：“皇帝真的是无人可用了。”

“既然有面面俱到的，也不妨先搁下他的出身。”皇帝笑了笑，哀求道，“当真是合适的，母后等他立下这次的功劳，再看是不是还嫌弃他居功自傲，乱生是非。”

“他哪里有什么居功自傲，乱生是非。”太后叹了口气，“就是没有一个说他不好的，才是皇帝应该在意的。”

“是。”

“皇帝刚说的，都是在理的。这些年皇帝十分长进，我也很欣慰。”

这就是准了。

皇帝大喜，一边立即着霍炎下谕召辟邪回京领差事，一边算计这旨意何时能到得辟邪的手里。

“就算现在送去，往返起码二十日。”皇帝不免焦躁。

霍炎道：“以臣之见，杜闵谋反的消息定是早到了震北军中，内亲王心中必也忧急，他并没有正式领兵的差事，知道现在黑州更急迫，只怕这个时候已经往京中赶回来了。”

皇帝深以为然，长吁了口气，一瞬欣慰安宁。

“他也是的，好端端去什么贺里伦？早应该回来了。”

远在凉州的必隆，也是一样的叹息：“竟在这个时节去了贺里伦……”

季芸回道：“是。明珠拿了内亲王亲笔与奴婢看，去了有一阵子了。”

杜闵称王的消息，在必隆听来，又是另一番滋味。于朝廷而言，藩王之祸哪里有黑州、凉州的差别？黑州谋逆，其他三王在皇帝的眼中也是一样的不臣。

未及凉州寻得脱身之法，便出了如此大逆的祸事——必隆蹙着眉，叹了口气。

景佳见状，道：“王爷莫烦恼。真急着要见内亲王，数日间也是见得到的。”

“啊。”季芸拍了拍掌，“公主说的是。内亲王的病症虽见好，却一样要每月针灸祛除余毒。现都是明珠赶去雁门，她住雁门的日子，可比在凉州长得多呢。”

景佳道：“我算了算日子，又是明珠要启程的时候。她昨日把替多兴绣的衣裳呈进来，要出门的话，就是这一两日。内亲王必也是这个时候赶回雁门的。”

必隆吃了一惊，道：“雁门？一个来回就是半月之久。她一个女子，孤身往来？”

景佳向季芸点了点头，道：“请明珠来。”见季芸退出，才转而向必隆笑嗔道，“雁门也非天涯海角，并非女子去不得的地方。”

必隆见她眉目温柔似水，不禁将她手指握在掌中轻轻抚摸，道：“倒是忘了，也是一个中原姑娘，不计生死，只身从凉州到雁门。凉州女子都要被你们比下去了。”

景佳笑道：“哪里是只身？那姑娘车驾如云，随侍千众，可是大排场去的。更何况……”她在必隆的目光下微笑，“她已是凉州女子，跋涉千里，也不是什么了不得的大事。”

这忠贞的气度，与母亲何其相似。必隆心中不知是感慨还是恐慌，掌心又紧了紧，道：“王妃说的不错。”

“王爷心中烦恼，便是见了内亲王，也是不能排解。”景佳见他依旧忡忡，怜惜地道，“东南谋逆，皇上怎么看另外三家亲王，不言而喻。你我相处日久，若王爷心有异志，夫妻间又岂能如此坦荡光明？王爷烦恼的，是朝中并不知道王爷的心意。若因此生了芥蒂，长久于凉州便是大患。”

必隆道：“王妃说的极是。因此才望内亲王能在皇上面前为凉州直言几句。出了这个乱子，皇上是不会留他在北方的。”

景佳点头道：“话虽如此，毕竟是内臣，皇上宠信他不错，但母后在朝，只怕他想的先是如何自保吧。”

必隆凛然一惊——辟邪沉沉的秘密，哪怕是被人管窥一斑，都是大祸。与之亲近，难保不是玩火自焚。

景佳又道："而王爷毕竟是皇上姻亲，假微贱人之口，不如直陈心志。"

"藩王擅出藩地，本是大罪。我苦于不得机会。"

"若王爷不弃，我大可上京，为王爷陈情。"

"这是个两全其美的办法。"必隆稍露喜色。他站起身来回踱步，仍在细细思忖。

"呵……"他忽然停住脚步，似被自己突如其来的念头惊吓到一般，深深抽了口冷气。

"王爷？"景佳少见他如此动摇，不禁问。

必隆脸色沉郁，缓缓道："我请王妃携多兴一同上京。"

"多兴？"景佳怔了怔，她不愧是皇家子女，转瞬便明白了必隆的用意，失声道："嫡长子入质？王爷是想以此明志？"

必隆走到她身边，轻触到她腰间的离别钩，沉吟半晌，方艰难地道："要委屈王妃在京中久住了。"

当初"永不离别"的誓言太过沉重，令景佳无力言语。她投身在必隆的怀抱中，战抖着。

"咯"的一声，外面有人轻叩门扉。

"明珠到了。"

必隆松开双臂，仔细拭去景佳面颊上的泪痕，转身往内室去。

"请姑娘进来。"景佳的声音仍有些颤抖，捏着帕子立于室内，见季芸陪着明珠走入，忙上前一把拉住不叫行礼，绽开笑颜道："辛苦姑娘走这一趟。"

明珠突蒙召见，自有些狐疑，清亮的目光在景佳脸上流连，忽笑道："公主殿下召见，必是有王爷的要务相商。想见的，只怕不是奴婢呢。"

景佳一时语塞，想了想道："姑娘聪慧，不敢相瞒。王爷为的是东边的事，求内亲王一个计较。"

明珠道："奴婢也正犹豫。出了这么大的事，他自然是要赶回离都去的。奴婢在雁门相候，待他一同回京，反拖累了他疾驰。这么想的话，只怕他连凉州都不入，径直走重关、乐州一路，王爷更是见不上了。"

景佳怅然若失，咬着嘴唇。

明珠无声地叹了口气，道："王爷与他素好，知他为人，便信他必鼎力为王爷周旋。"

季芸问道："姑娘的意思是，此时不必寻内亲王入城？"

明珠笑道："怕是寻见了，他也不便赶来。与其凉州相会，倒不如让人在他入京驿道上截着他。我打算就此返京，倒更是便宜。"

景佳瞬间心意已决，揽住明珠的手，笑道："这倒好。不如我们路上相伴。"

季芸倏然转过脸来，望着景佳，怔了怔：“公主也回京？”

“正是的。”景佳道，“遇此大变，母后必也忧愁。我打算带着多兴回京，承欢母后膝下，望稍解母后烦恼。”

“这等大事……”季芸失色。

景佳已淡淡道：“这也是王爷的心意。”

明珠见他二人更有体己话要说，先福了福，道：“如此，便候公主殿下差遣。”

她告退出来，回西苑命同来的女官收拾行李。

听闻返京，少女们喜气盈腮，“叽叽喳喳”喧哗不住。

明珠坐在廊下，让凉风轻拂发髻，漠然望着。

“姑娘就要启程？” 身后有人轻轻地问。

明珠站起身来，向傍晚荫凉的幽暗里静静退了几步，便可看见沈飞飞热忱的面庞。她向沈飞飞盈盈施礼，道：“沈大公子，你护着我北上，凉州、雁门两地奔波，我实是承你的情。”

沈飞飞大喜，道：“哪里哪里，都是我愿意。”

“现有件要紧事，仍烦沈大公子帮个忙。”

“姑娘尽管说。”沈飞飞双目放光，搓着手掌，等着明珠发话。

“要烦沈大公子往白原河壕营一趟，为我传个话儿给六爷。”

“难道姑娘是将他扔在此处，自己要走？”沈飞飞更是笑得咧开了嘴。

明珠微笑道：“烦告知六爷，我这便随凉王妃回京，在宫里等他。”

“姑娘要回京？”沈飞飞脸色一沉，喜色顿失。

“总要回去的。”明珠像是说服着自己，漫然道。

“这句话也不尽然。姑娘家并不在离都，怎么称得上回去？姑娘生性洒脱，既能从寒州到雁门，天下之大，只要姑娘愿意，哪里去不得？”

明珠笑了笑，道：“沈大公子岂非一样？天下之大，何处去不得，为何一定要困守凉州？”

“我的心在姑娘身上，姑娘在哪里，我就去哪里。”

明珠听他胡言乱语多了，也不着恼，垂目想了想，喃喃道：“心嘛……”

沈飞飞见状，急红了眼，忙道：“姑娘切莫着了那小子的道。好端端地，为什么与他为奴？”

明珠道：“平静喜乐，不过就是一茶一饭。与他这般相处，我安心得很。”

“平静喜乐？”沈飞飞冷笑道，“所谓平静喜乐，难道不是白头到老，子孙绕膝？他哪是能给姑娘平静喜乐的人？”

“你说的是。但你说的那些，却不是我要的。”明珠微出了会儿神，“也许不是他，却更不是其他人。”

凉州夏日的风也甚飙急。明珠在火热的晚霞里绾了绾被拂乱的发丝。

沈飞飞一时瞠目结舌，无言以对。

明珠望着他虔诚的眼睛，轻叹了口气：“你岂不比我更傻呢？”

沈飞飞抹了抹眼角沁出的泪珠，道：“我固然是傻透了，明知道姑娘的心已不在了，仍还心存妄念侥幸。如今姑娘对我再不声色俱厉，我便知道，姑娘眼里再没有我这个人，是时候知难而退。但我却知，若念着一个人，便会时时刻刻都望纠缠在她身边。日日相伴，才是平安喜乐。他若想着你，便会时时在你身侧，又何必要去什么贺里伦？”

以辟邪现在的体弱，本不当去贺里伦的。但慈姜的动静，着实令辟邪在意。贺里伦女王依旧举止冷漠，对携去的丝绸珠玉并没有特别的喜悦，这看似寡欲的面庞，却在听到火炮数量的时候，因为忍耐着攫取的欲望，微微绽出了些红晕。

真正是头疼。

辟邪归途中忽然叹了口气，对谢还道：“兄长，真怕我们回京的时候又要晚些了。”

“那怕什么？”小顺子插口笑道，“白原河虽然辛苦，不过每月里仍回雁门，有明珠姐姐在，师傅的病症也一日好得一日。倘若回京，宫禁森严，哪里那么容易得明珠姐姐诊治？”

谢还亦笑道：“北方已定，中原亦跑不了。不差这几日的。”

“是吗？”辟邪笑道。

那般绵长悠远的安静，让人过得一刻，便沉溺一分。一场北伐，耗了太多精神血肉，他在犹豫自己是不是值得片刻的懒散。

要是能长远——辟邪嘴角的微笑凝住，为一时的慵懒，也许要搭进去明珠一生的人伦之乐，他被内疚和自己的软弱搅得烦厌。

“师傅看，那是不是讨人嫌的‘哼哈二将’？”小顺子忽道。

李师在草原上纵横无疆，这里遇到本也不出奇，只是沈飞飞自来黏在明珠身边，此刻孤身而来，难道是什么变故？

辟邪的心顿时“怦怦”跳得难受，催马直驰过去。

“寒州的消息。”李师将怀中的信掏出来，急急交给辟邪。

“什么事？”小顺子见辟邪神色凝重，蹙眉不止，忙问李师。

李师只是摇了摇头：“我送信。”

“我们即刻回京。杜闵反了。”辟邪合上书信，望着小顺子道，“而沈兄为何在此？

明珠呢？”

沈飞飞道：“我来说的是一件事。杜闵谋反自立，凉王早得了消息，十分不安，和王妃商量。王妃便带着小王子六月十二日回京省视太后，准备探探皇帝的口风。哎呀哎呀。”他掸着光亮的发髻上的灰尘，抱怨道，“我哪里知道这些皇帝太后的事，说的可对？明珠姑娘道，六爷若是知道杜闵的事，必定也要回京，因此她也不便孤身留在凉州，并同凉王妃的车驾一同回去了。”

“好，她想得周全。”辟邪怅然若失，怔了怔。

如此连白原河大营也不回了。辟邪命李师去壕营知会王骄十，转过头去，对谢还道：“兄长，虽事出紧急，却也是个南归的好时机。可愿与我同行？”

告别草原的这刻来得太过突然。

谢还转过身去，举目眺望。碧草如青天，青天似原野，苍茫一色，天地似仍在混沌。倘若鸿蒙时就是这般景象，又何必在意渺渺独行，非要身历繁华纷争呢？

“南方？好啊。”谢还的笑容忧愁。

辟邪是走到第五日的时候才遇见传旨太监的，官道上明黄的旗帜乱飞，见者避之不及。被辟邪拦住，立时眉开眼笑。

“殿下来得正好。奉皇上的口谕，免礼命。你直行上江行宫面圣。”

路程便直缩短了一日——辟邪亦喜亦忧。这一路已奔得骨骸俱裂，能少走一日的路程只怕都是救命了；然而皇帝特意自离都赶往上江行宫，只为了早两日相见，只怕巢州战事极不妙。

“若错过，岂不直接去了京城？”辟邪道。

“这一路的驿馆驿站都有自己人等候殿下。马匹都是随时备好的。皇上口谕，不拘什么时辰，只要到了，即刻入内。”

辟邪无论如何都不愿夜闯行宫。因此紧赶慢赶，然而到达的时候也是第九日的傍晚宫门下匙之后了。

胡动月等人候了多时，忙层层开门，容他长驱直入倚海阁。吉祥得了消息，奔到宫门外挽住他的马，急道：“剑、剑。”辟邪跳下马来，解了佩剑交给侍卫，一路听着吉祥抱怨他佩剑入内，一面抹去脸上仆仆风尘，一面正了正领口衣冠，奔入正殿中。

皇帝高挑的身影已离了座，几乎走到了门前。辟邪收住脚步，撩起袍角，跪伏于地，一时竟说不出话来。

“快起来。”竟是皇帝先开口道。

“奴婢……奴婢辟邪叩首，皇上万福金安。”辟邪从气喘中勉强挤出这句话来，行了大礼，被皇帝一把从地上拽了起来。

皇帝握着他的双手，望着他的面庞，见一片片的，还是路上的灰尘，只当中露出的，还是晶莹雪白的皮肤，不禁笑了。

辟邪忙又去抹脸，皇帝已笑道：“罢了！”

外面的小太监慌忙送入手巾来，皇帝亲自接过，擦去他发上、面上的尘土，叹息道：“竟瘦成这样，但还算看得过去，不似王骄十说的那么不堪。”

“是。这三四个月暖得很，皇上赏的滋补药食都好，补益上来了不少。”辟邪道。

这几乎是经年未见了。虽日日都有书信、折子往来，似就在身边，但乍见之下，遥远异常。忽然便是无语的静默，两人耐心等着对方丢在努西阿河边的影子飞奔回来。

“这可是连奔了九日的灰尘。”吉祥笑道，“万岁爷这么擦下去，就把白原河的泥巴擦出来了不是？”

皇帝笑了笑，将手巾交在小太监手里，握了握辟邪兀自颤抖的双肩。“坐吧。”

吉祥放了个柔软厚实的褥子，辟邪感激地点了点头，坐在其中竟觉瘫软了片刻。

“震北军中安静？”皇帝问。

“是。眼看到带林了。因之前定计令屈射人向西方移动，所以大军收束在带林，不再前进。贺里伦人正在猛攻屈射人左翼，将他们从林中赶出来。奴婢觉得现震北军三镇，只余王骄十一人，有些单薄，若非凉王督阵，便须朝中再派遣一位善谋擅策的大臣军前监军。”

“翁直也走不开。东南方闹成这个样子。”皇帝却不再理会凉王督阵的建言，直问，“几方都举荐你出使大理。你知道缘由的，打算怎么办这个差？”

“要说动大理结盟并非太难的事：一则段秉得了川、遒等州，但与西王在杜门、幽琴两地不断争夺，尚未完全从西王手里要回去，这回有朝廷许他兵马入境，他自不会客气；二则大理兵马深入中原腹地这个机会实在太过诱人，段秉就算此时尚不敢触中原逆鳞，但行军讲的就是地势、人情、城池戍防，他亦会不惜余力地要人勘探，这样的机会他更不会放过。”

“这都是他想要的。于我们来讲，日后的隐患太大。”

“皇上圣明。”辟邪道，“大理用到适度，才是最关节的事。若指望大理人进巢州解围，不啻引狼入室。而能解巢州之围的还是西王之兵吧。”

“西王地面上还有能用的人吗？”

“白东楼冥顽不灵，是不行的，其子白望疆，皇上是见过的，体质虚弱，并无子嗣，倒是可以一用。巢州王景亿为人刚古，虽失了巢州城，兵力不过数千，正面迎击东王之兵是以卵击石，但进兵西王龙门，倒是可以一搏。”

“甚好。”——郑钧海未虑得之事，在辟邪这里都豁然开朗。皇帝点头，道，“如此，便可引西王之兵发黑州，速战速决了。”

辟邪摇头道：“杜闵所占黑州及寒州大半，都是他从前势力最根深蒂固的地盘，先不必去算计远处的得失。麻烦的，却是巢州。若姜放重围不脱，杜闵得了巢州全境，并沿别水直下梧州、瞿州；就算踞州固若金汤，皇上失了南方富庶之地，想与杜闵纠缠亦很是吃力，则杜闵和朝廷拒别水而分庭抗礼的局面就定了。”

“若以踞州之兵南下呢？”皇帝问。

“踞州之兵善守不擅攻，若一战不成，踞州空虚，则离都、京畿俱危了。不到万不得已，踞州兵马还是以静制动为上。”

“现在就只能任杜闵逍遥称王吗？”

辟邪望着皇帝沉郁的神色，道：“杜闵这类野心有余、雄志不足的逆臣，不足为皇上长远虑。他现今铤而走险，就是虚耗不起这一两年的工夫，若将他困于黑州，不消皇上大军征讨，便如困蛇，自噬其尾，内耗而败。万请皇上制怒，容大将们于巢州等地部署妥当，再一举摧之。”

“一两年？”皇帝冷笑了一声。

辟邪忙紧闭了嘴，垂首待他盛怒过去。

“凉王如何？”皇帝忽问。

“凉州很安静。”辟邪有些隐隐的不祥之感，想了想，斟字酌句地道。

“你正月里去了白原河，不知道凉州人围了你的住处吗？”

“奴婢是知道的。”辟邪道。

“哪里算安静？”——这便是质问了。

辟邪忙站起身来，垂手肃立，本当无言听训的，细想了下，还是觉得要替必隆辩解几句。

“皇上明鉴。”他跪倒在地，“凉州地界多族混杂而居，凉王世代处政戍防都公允勤奋，各胡都深爱之。唯月氏一族势大，多年望取而代之。即便如此，月氏人也不曾想过要藩地自立。以必隆之才，尽弹压得住的。就算是正月那件事，也是受人挑唆，以为奴婢是为撤蕃设府的事去的……”

“啪！”皇帝一掌拍在桌上，“怎么？撤藩设府就使不得吗？”

辟邪顿首：“奴婢以为凉州藩地与其他三王有大不同。不能一概论之。”

“你还在替藩王说话？”皇帝压抑住咆哮，狞笑着问，“杜闵就是这般姑息出来的。这几年里若不撤了必隆，令他休养生息，还了得了？”

“皇上……”

“砰！”

皇帝已将案上砚台操起来掷在辟邪面前。上好的台州美砚粉碎，碎片扎得辟邪额上一道血痕，他却不敢稍动一下。

一屋子内臣跪了一地。刹那间屋里只有皇帝一人怒气冲冲的喘息声。

连平日最善暄排尴尬的吉祥都缄口不语了，皇帝在寂静中冷然望着一屋子脊背。辟邪淹没其中，若不见他淡静晶莹的面容，他的身影竟是最瘦弱不堪的那个。皇帝叹了口气。

“滚起来。”

辟邪只是再次叩首，仍不敢稍动。

“朕只是被杜闵气得狠了。”皇帝亲将辟邪搀起来，“这些日子都没有冲谁怒过，见了你，才会使点真性子。”

洪州于北方漠视京营被围无动于衷，伺机窃国；黑州的杜闵不但狼子野心，更与太后有私。皇帝的耻辱与狂怒都是可以体谅的——辟邪知道这会儿不能论个是非出来，只得道：“奴婢妄议藩务，奴婢该死。”

“你明日就要启程，不当争执这个。”皇帝道，“去向太后请安吧。”

“遵旨。”

辟邪退出倚海阁，康健已然在外等候。辟邪慢吞吞挪动着脚步，有些不太情愿地跟着。

“夜就下来了。”辟邪道，“只怕扰到太后安寝，不如明日去请安？”

“师哥说什么话，指了名儿要我在这里等着你。况现在景佳公主正在问安，吃了点心，要晚些时候才就寝呢！”康健还是一般地不会看脸色，拽住辟邪走得甚快。

辟邪刚刚虽被皇帝训斥，但此刻却觉得不如多听皇帝咆哮一阵的好。

望野别墅这夜十分辉煌，不似太后往年在这里的肃静排场，道路两边都是通臂的大烛燃着，喜气洋洋的确有阖家团聚的气氛在。

辟邪在外静候，却听里面欢声笑语，是景佳公主带着世子多兴承欢太后膝下，与皇子重珄一起玩儿。

直过了半个时辰，才听见景佳公主告退，执事太监出来叫人备辇。“公主向皇上请安去。”

一时只见女官、嬷嬷前呼后拥地捧着景佳公主和世子多兴出来。

景佳公主见是他，微笑着向他点头致意。辟邪想上前说一句话，却见洪司言送至门前，正静静望着他。

“哎呀，是内亲王。”洪司言脸上半晌后才慢慢展开微笑。

辟邪忙作揖道：“姑姑取笑了。”

“怎么敢。”洪司言笑了笑，“那便进来吧。”

景佳公主似一瞬间带走了所有的灯光火烛一般，屋里瞬间阴暗了下来。

太后倚在榻上，旁边是肃然无语、焦虑地攥着手帕的明珠。

“奴婢辟邪，叩请太后万福金安。”辟邪在太后脚边匍匐，尽量低垂着头。

太后望着，慢慢伸手拿起旁边的团扇，轻轻扇动，像是等自己凉快下来了，才道：“你知道内臣领兵在外，是什么忌讳吗？”

“祖宗家法难容。”辟邪道，“前朝宦官拥兵自重，欺凌公卿，扰乱朝纲，因此灭国。”

“你现在算什么？”太后依旧是不疾不徐地问。

“奴婢罪该万死。”辟邪叩首。

“那些求赏你京营总戎政正一品头衔的人呢？”太后又曼声问。

“那都是受奴婢蛊惑。”辟邪道，“都是奴婢辜负了皇上的错爱，年轻气盛，学了些花拳绣腿便以为能冲锋陷阵。京营自当选能臣良将领之，奴婢不成体统，不堪重任。”

“你看看。”太后对洪司言道，“他知道今日不会拿他做法子，他就都揽在身上。”

“这完完全全都是奴婢不懂事。”辟邪再度叩首，“请太后娘娘责罚奴婢一个人。”

“一个人？”太后冷笑道，“你一个人倒能在宫里混这么久？”

——这个话锋不对，辟邪怔住了。

“你抬起头来。”洪司言道。

辟邪心念飞转，犹豫间却听太后亦道：“你抬起头来。”

辟邪直起身子，仰面。

太后的目光落在他的脸上，像是要拆解掉他每根眉毛、每个眼神、每寸肌肤寻找别人的影子。

辟邪此生从未直面过如此专注直白的目光，他用尽十三载小心翼翼垒起的壁垒，在这如炬的目光下正瑟瑟乱颤，再不用片刻，就将如缟纸，不堪一触。他咽喉竟开始发紧，第一次心生恐惧，开始握紧了正在颤抖的双手。

烛光下，太后双目之下被照出浓重的阴影，看起来似乎老了许多，她轻轻启唇，用奇妙的平静声音，问：“你，可找到了流花泉？”

灯光、太后的明眸、明珠微蹙的眉头和洪司言冷冷的微笑倏然扭曲成旋涡，在眼前飞旋，太后手中仍在轻扑的扇子，像刮出一阵阵飓风，要将他的皮肉从魂魄上层层剥下。

——“记得那美景，日后讲与他听。”颜湛多年前便如此命道。

“是。”辟邪如同呻吟般地遵命答道。

“如何？”

“那日大雪之后，天色放晴，晴空万里，如草原倒悬于头顶，令人无分东西。茫然之际，却见远处一缕白烟袅袅直上，直冲天际。大军只道有异，飞奔而去。行至近处，却见碧草渐见，暖意袭人，一丛梨花，一丛海棠，一丛桃夭错落而生，其间雾气蒸腾，温池如璧，永不冻结，落英缤纷，萧萧而下，卷在水雾里，扑入泉中。清泉内有一少女，黑发如翠，正在梳洗，对奴婢笑言：‘这便是流花泉了，万要记得这美景，回去说与她听。’”

太后的轻扇如倦怠的蝶儿停在她膝上，她举目，面上是辟邪曾经在父王脸庞上见过的如梦似幻的神情。

“他是这么说的？”太后喃喃问。

“是。”

“他死时，你在身边吗？”

“在。”

“他说了什么没有？”

“心里再无可惧之物，再无不忍做的决断。”辟邪一字字地道。

瞬间的惘然便从太后面上消散。

“奴婢不敢欺瞒太后。”

那句话如同箴言，将辟邪的灵魂唤回，让他在太后怨毒冷酷的目光中平静地道。

衣衫瑟瑟之声，明珠亦跪在辟邪身边：“母亲饶了他。”

“你也是知道的？”太后垂下眼睛问明珠。

明珠叩首：“女儿是知道的。”

“好、很好。”太后冷笑，又看着辟邪，“你毒蛇似的蛰伏在宫中，费尽心机挑拨皇帝和成亲王，好毒辣的手段。杀你，你觉得冤吗？你没死在凉州也算是苍天蒙蔽了眼睛。现在朝廷要用你，权当赦你几个月的死罪，你心中的得意，叫人看着恶心。你去想，皇帝对你毫无嫌隙防备，真当是君君臣臣投契有缘，你忍心欺他到何时？”

“奴婢现在为皇上做的，都是真心真意的。”辟邪心静如水，坦然道，“只要能继续服侍在皇上身边，奴婢打算瞒着皇上一辈子。”

太后抽了冷气，不可置信地盯着他的眼睛：“你说什么？”

“奴婢已一无所有。”辟邪道，“奴婢只有皇上了。”

太后怔了怔，突然扬手甩了一掌在辟邪的脸上：“贱奴！不许胡说。”

“是。”辟邪垂首道。

“明珠你呢？”太后却问出了辟邪一身冷汗，“这贱奴正如其所言，什么都不是了，你这是何苦，要跟他扯不清？”

“女儿却是无法。”明珠道，“女儿一岁时随父亲寄居颜府，其时就将女儿婚配给了颜府的第九子。婚约聘礼皆在，女儿是报颜府收留救济之恩，必不离不弃。”

“你父亲是个糊涂的。”太后怒笑，“一岁的毛孩子定什么亲？还偏偏是这个？”

“原是女儿与他同年同月同日的生辰，郑王妃便力主定下的。”

“郑王妃？那工部小吏的女儿？”太后冷笑，“这种妇人见识，你父亲堂堂公爵，竟也听她？定是她为了笼络，故意乱说的，怎么能一日不差？”

“非但是一日不差，连时辰都是一样的，我同他，一同生在上元三年五月十五日戌时。所以……”

太后和洪司言毫无掩饰地，同时抽了口冷气，像是地狱中的女鬼们突然迸出的一声惨呼。明珠住了口，见太后已用扇子掩着面。

“都出去。”太后用虚弱的语声道。

“女儿……”

“出去！”太后扶榻，几乎是在尖叫。

“快出去！”洪司言拽起他二人，在他们退出殿去的那一瞬间关上了殿门。

辟邪与明珠二人只得在殿外再次跪倒叩首，殿内死寂无声，二人面面相觑，缓缓走出来，在夏夜飒然的风中如听涛声。

“太过凶险了。”明珠最后松了口气道。

辟邪却在千头万绪的折磨中仍微微地颤抖。

“明珠，”他忽然道，“你记错了生辰了吧？我的生日，明明是在八月十五日的。”

“怎么会？”明珠道，“郑王妃亲笔抄的八字仍在我处，明明白白的是五月十五日。”

“嗒、嗒、嗒……”由倚海阁的来路上，是小合子一通狂奔，惊惶失措地要从辟邪面前跑过去。

“站住！”辟邪叫住他道，“慌慌张张做什么？”

“出大事了。”小合子道，“凉王妃携世子觐见皇上，忽起争执，凉王妃触柱而死。”

五十三

靖仁

辟邪六月二十九日自上江行宫启程，奉国书秘密南下大理。

往大理的路途最方便的，必定是沿离水、寒江溯流而下，经越海、入大理北门关，直至大理城。

然今寒江、少湖流域交战不休，水路不畅，只得纵越桐、巢两州，经龙门入遒江而至大理。这一路在桐州境内需经山路不断，因此至七月八日，辟邪一行才至巢州边界，再往前，便至交战地域了。

当夜入住驿馆，小顺子不免劝道："师傅无论如何都须在此住上一日。不然未至大理，师傅先病了，于事无补。而且师傅瞧……"他努了一努嘴，让辟邪看同行的内监们，"他们再不歇上一日，便死了。师傅如何做京中特使的排场？"

辟邪从鼻子里叹出气来。

"哈哈哈，这小子说的不错。"

从驿站里走出一个身宽体胖的中年男子，身着一件麻灰的绸缎单衫，手里摇着大蒲扇，打着哈哈迎着辟邪走来。

"吴大老板。"辟邪笑着作揖。

"殿下。"吴十六深深一揖。他这句称呼自另有所指，发乎自然，转眼看见辟邪身边高挑的少年，又笑，"哎呀，这可是当年的小顺子公公吗？这可长高了两头了吧？不行，可不能再叫小顺子了，当称作'顺公公'。"

小顺子大喜，"吴大老板"地叫个不住。一会儿李师也安排马匹妥当，过来以兄长待之，向吴十六行过礼。

"吴大老板怎么在这里？"小顺子问。

吴十六叹道："寒江兵锁，寒州被焚，我们寒州承运局亏大发了。我只在此躲债的。"

众人都笑他胡说。吴十六左右望望，问道："之前听说殿下在塞外得了一员大将，以为能有幸相识，竟不在此处吗？"

辟邪道："我兄长在塞外日久，这次得以重返中原，望在京畿多盘桓些时日，故现在仍在上江吧。我亦望他能在中原多做游历，清享太平一阵。"

吴十六笑道："这会儿眼看中原两分，哪里还有太平可享？"

"吴大老板忧国忧民，殊是可敬。"辟邪道，"不妨我屋内说话，听听吴大老板怎么看这寒江形势。"

小顺子忙叫人备下酒菜。辟邪与吴十六屋内掩了门，吴十六跪倒于地，道："殿下主子爷，吴十六大罪，焚了寒州，失了杜灦，弃了黑州，令黑、寒两州如此局面，是大大的失职。奴婢极罪当诛，求主子爷开恩处罚。"他叩首，屋内却是极度地寂静，他惴惴微仰起身子，能看见辟邪透明一般的手指正无动于衷地放在膝上。

"求主子爷骂几声。"吴十六的声音如同窒息垂死的人嗓子里透出的哀鸣。

"十六哥。"辟邪终于道，"起来说话。"他伸手虚扶，吴十六方敢起身，垂手立于他正座之前。

"寒州失火也是罢了。"辟邪叹道，"现在城池修葺得如何了？"

"朝廷拨的款项和当地商贾捐银都到得早，加之杜家的那百万白银是现成的，故十有八九都修缮完毕，百姓都住回城中了。只是作坊、店市、商会等却元气大伤，要恢复从前繁华，尚需时日。"

"杜灦现在何处？"

"东海深处。三岛之外，有座金山大岛，现全军遁于岛上。他恐朝廷问他的死罪，故不肯回来的。"

辟邪道："他亦是庸才，被杜闵诓进飓风里。"

"若无这场风，黑州还能再僵持一阵。真真是老天……"

"这是苍天要灭杜闵。"辟邪冷笑道，"我们顺应天意，岂能容他再活？"

"是。"

"杜灦的水军，我是必定要的。十六哥先把这支水军赚到手。杜灦不敢回来，他手下总有大将的家室产业在黑州，不见得要追随他漂泊海外，铲奸除逆，是上上的功劳。"

"奴婢省得了。"吴十六道，"主子爷亦容禀，承运局已南下遒江，与遒江诸派聚义，已人马集结清楚，红苗那里，都准备妥当了。只要主子爷一声令下，便能成事的。"

"妙极，朝廷也罢，姜放也好，都要仰仗十六哥了。"辟邪这方粲然笑道，"十六哥奔波至此，也着实辛苦了。坐吧。"

吴十六抹了抹额头上的冷汗，告座入席。

二人许久未见，谈罢公事便亲热说起去年北方大战，第一杯酒先敬祭了谢伦零，又问辟邪身上伤势。

"都已无碍的。"辟邪道，"只是冷雨天气才会觉得左臂、肋骨疼痛，腹上的伤痕也已淡了许多，小顺子也笑我终于又像个人样了。"

吴十六闻言默默无语。辟邪安慰他道："与匈奴人征战，从来就是这般惨烈，十六哥当年为我挡下两箭，一样浑身披血，我至今记忆犹新。"

"如今匈奴人算是大势已去，北方的人都当回来了吧？"

"别人办完了差事都打算回来的。只有季家姐姐，因景佳公主惨死，放心不下世子多兴，一定要扶柩回凉州的，她对我说：就想留在凉州，伴着多兴终老。我也应了。"

"怎么闹成这样？"

"皇帝就是急了，放声说要撤凉州的藩，公主死谏。"辟邪叹道，"倘若其时皇帝细想，实以必隆长子入质为最上策。而今公主惨死，皇帝也后悔莫及，放了多兴北归。我想公主回京，只怕早抱着赴死之志。"

"那是位女中豪杰。"吴十六道，"季家姑娘辗转多年，最后遇上位好人。"

辟邪问道："那日季姐姐向我告别，只来得及匆匆说上了几句话。说起开始时，她本是随侍我母亲的，之后由父王荐进宫去，就在太后身边。她说父王只是命她保护太后母子，并无其他侦查耳目之命。十六哥随我父王久远，可知道什么缘故？"

吴十六道："其时正是上元九年对付伊次厥的时候，故宫里的事，我却不是很清楚。那时姜放在宫中，倒不妨问他。"

"也好。"辟邪蹙眉。

忽听小顺子在外，兴高采烈地道："探花爷来了。"

院子里"嗒嗒"的脚步声，霍炎奔至门前，终于想起了礼数，在外报名。

辟邪起身亲来开门，笑道："探花爷何必捉弄奴婢，这般客气，快请进。"

三个团团作揖，霍炎和吴十六亦是老相识了，心照不宣地见面亲热，小顺子命人添了酒菜。吴十六道："这位殿下是不肯吃酒的，我正觉得嘴馋好没意思。探花爷来得正好，快同我狠狠吃几杯。"

霍炎大笑，宽了外面的衣裳，摇着扇子同吴十六痛饮。

辟邪问道："探花爷监管着内务府备下的礼物至此，不知存在何处？"

霍炎又吃了一杯，方道："已搬至这边来了，我们比六爷早走了六日，不想在这里就被六爷追上了。"

吴十六道："这里就甚好，再往前入了巢州，就是倭、匪、兵三鲜混炖，宫里这些宝贝招了他们的耳目，可了不得呢！"

辟邪忽然伸出手来，将霍炎手中的酒杯盖住，笑道：“探花爷吃得太快了。小顺子，打手巾来给探花爷。”

吴十六见霍炎情状有异，说了几句体面话，告辞而去。

辟邪微笑道：“探花爷从前也爱饮吗？奴婢竟不知道呢。早知如此，定要从北方搬些烈酒过来给探花爷尝。”

霍炎面上通红，惭道：“非是我好酒，只是心中苦闷，想吃上几杯忘忧罢了。”

辟邪道：“早前就闻探花爷回京后加俸。年后嘉赏军功，也叙到探花在三里湾的功劳，封了老夫人诰命，再加上三月头上探花家中侍妾添了人口，当真是仕途得意，人丁兴旺，何以有忧？”

“啪！”霍炎将茶杯拍在桌上，半醉地道，“六爷不知道的。”

辟邪一怔：“什么事我不知道？”

“男女之事！”霍炎大声道，“那女孩儿不是我的。我母亲日日书信催促我接她上京，若被我母亲知晓这等丑事，哪里还有一日太平。我要了这个差事出来，就是为了躲她躲我母亲远些。”

辟邪知这不成体统，使了个眼色给小顺子。小顺子会意，忙柔声劝他息怒，一会儿便哄他去睡了。

“有趣。”辟邪冷笑，将吴十六招到面前，“十六哥且去问问栖霞，那会儿是谁在京中敢碰霍炎家的人。”

这一路传来的，都是姜放苦战峭州不脱的消息。姜放信中道：“粮草仍够一月之周旋，数次激战城西，未夺突围之途，又恐城中空虚，失了粮草，故今以固守峭州之上，不便轻动。”

辟邪因此行得甚急，弃了车不用，命小监将最贵重的礼物负于身上，飞马直下，七月十一日终于赶到遒江岸边，登船顺江而下，两日间轻舟千里，方至大理城。

这只座船行到大理城中，远远已可以望见王宫白云般的宫墙之上，漆黑的屋顶层层叠叠如同深空的黑夜。掌船的汉子取出一面白象旗号，挂于船头，水道一分，便蜿蜒至王宫水门。两边宫墙高耸，上有精兵持弓戒备。

那船在宫门前停靠，立时有侍卫来验船家文书。见他递上玉牌，“唔”了一声，即刻放行。那船慢慢撑入宫中水道，行不过片刻，便在小码头靠岸。

此处原是宫中装卸货物之用，石头围栏修得粗糙简陋，但这日遍地铺了猩红的地毯，无一闲杂使役的下人，岸边总管大太监王桂、王后瑞馨宫总管太监如意带着内臣数十人垂手肃立静候。

船舷一碰岸边的石阶，小太监们忙将跳板搭上船去。座船轻轻晃了晃，见两对杏色宫衣的内臣微微垂首，捧拂尘缓缓而出。之后便是清泰殿大学士霍炎，少年英俊，仪表堂堂，着朝服奉国书登岸。

船上岸上，此刻鸦雀无声，大理人屏息以待，见一颀长的小监走在船舱外，侧身相待，然后搀出的青纱麒麟服色者，才是中原的内亲王。

此刻正午，头顶的阳光照得雪色姿容一片辉光，几乎看不清容貌，仿佛天骤然暗下来，他身周仪仗景物，如疾行的乌云向深空飞卷而去，只有他清月甫现，湛然无波，漫行而来。

忽温铿锵玉带环佩之声，岸边数十内臣俱跪倒迎候，那体量高挑的小监将拜垫置前，内亲王辟邪亦跪倒还礼。

“天子使节降临大理，奴婢等不胜惶恐。”王桂道。

“拜谒王后，不敢扰大王诸公卿清净，此番来得唐突，请大王恕罪。”

距得近了，能望见他口角含笑，犹若春雪，众人方敢平视。

只道这位功勋显赫的内亲王于极北领兵年余，定是染尽风尘，形容坚毅，不料却是单薄消瘦，加之体肤晶莹剔透，仿佛琉璃。王桂已面露惊异，不禁向不远处廊后的阴影里望了一眼，半晌才道：“殿下请内进。”

辟邪望他神色，知道大理王只怕就在附近窥视，又见如意上前，不便过于亲近，只是依国礼问候。

如意嘴唇微微颤着，目中震惊之色难掩，口中却笑道：“王后久候了，殿下请先瑞馨宫去。”

“是。”辟邪躬身领命，抬首之际见如意恶狠狠盯了小顺子一眼，不知何故，于是挽起如意的手来，并肩而行。

如意的手掌冰凉，兀自随他心中波澜激荡颤抖。

“太不像话了，太不像话了。”如意低沉的声音中却有咆哮之音，“这还像个人吗？没的自己作践成这样。”

“师哥过虑了。”辟邪低声道。

“我不和你说。”如意已气急了，“我撕了小顺子那无用的东西去。”

说话间穿了两层宫墙，一行人停在瑞馨宫外，如意进去回禀通报，良久，才传出王后的旨意，召见辟邪。霍炎外臣，在阶下叩首之后，留在宫门之外，由王桂做伴。如意又亲自出来，领着辟邪入宫。

瑞馨宫是历代大理王后正殿，建时雕花描金，极尽妩媚秀丽之相。然而段希王后早逝，宫中无主多年。而今景优公主入主中宫，却未有一点恢复昔日繁华景象的打算。

直入宫门便是一座白玉玲珑桥，往昔之下清泉潺潺，广种睡莲，而景优公主只说得一句怕吵，便排干了水渠，桥下光秃秃铺的圆白石子。

进了正殿，更无幔帐、刺绣、陈设等物，白日里竹帘低垂，正殿中清冷冰凉，比之外面的潮热明亮，像是突然踏入了墓室一般。

漆黑大理石铺地的大殿中，正座亦是冷冰冰一张黑木大榻。景优公主端坐于上，两边不见一个宫娥，只有四个内臣木然肃立。

"奴婢辟邪，叩请王后玉体安康。"辟邪抢先跪倒，身后四名总管太监并小顺子均跟着一同叩首。

"哼。"景优公主冷笑了一声。

"娘娘？"如意隐隐觉得不妥，凑近了道。

"你抬起头来。"景优公主道。

"是。"辟邪仰起身，垂目，容景优公主看清面容。

"就是你了。"景优公主点了点头道，"上大理来抖你内亲王的威风来了？"

"奴婢不敢。"辟邪忙道。

"就是你这种妖媚惑主的奴才，迷惑皇帝，纵容你欺辱公卿贵胄。"

如意忙跪倒在景优公主身边，道："娘娘，这话从何说起？好好的奉旨来问娘娘的安……"

"你住口。"景优公主怒目而视。

如意忙闭紧了嘴，又望了望公主身边的内臣。众人都是茫然无声，并不知道这一会儿的工夫里什么变故，令王后如此盛怒。

"公主教训得极是。奴婢无德无能，妄专殊宠，心中无一日不曾惶恐。只盼能分忧皇上，苦劳贱躯，极北苦寒、极南苗地都能日日为皇上朝廷驱使，才觉心中有半分稍安。"

"极北极南？极北之地一阵子便逼死了景佳公主，现来极南，是打算如何恣威福为难我小国？"

辟邪心中一寒——原来景佳公主暴毙之事已传至大理了吗？自己是次日便从上江启程，一路不曾有丝毫耽误。宫中现在的口径只怕是凉王妃长途辛苦，染病不幸薨逝。而景优公主竟知道景佳公主是被逼迫而死。而这消息竟来得这么快，而且还极准确。非但是宫中直接递出的消息，而且走的也是东边的水路，才能到得比自己更早。

“给我廷杖！在这里替姐姐打他。”景优公主不待他分辩，已大声喝道。

如意攀住坐榻，急道：“娘娘说的这些罪过，都是闻所未闻的，不是先问清楚再说的好？”

景优冷笑一声：“你急着问？你看他自己都不问，知道得比谁都清楚。你且问他，我打他可冤？”

如意蹙眉，当真一筹莫展，这情形下说得上话的不过段秉一人，可这是中原宫廷的家事，即便段秉到了，又有何用？

“打！廷杖！”景优拍案厉声催促。

王后宫中太监劝道：“娘娘息怒，这是中原天子差来的使者，大理王后怎能打得？”

景优公主抬起头来，声色俱厉道：“那是我宫中的，就随我打得吗？”

这是要命的一句话，那些太监立时缄口不语，望着如意，见他也是无法，只得从命上前施刑。小顺子见他们胆敢上前，倏然站起身来。

辟邪已回首道：“跪下。”

小顺子切齿握拳，浑身战抖，只听辟邪又厉声道“跪下”，只得跪在原地。眼睁睁看着两名太监按住辟邪的胳膊，将他上身衣物撕去。

但见白得雪一般的肌肤上，尽是鲜红的伤痕，自喉下，至胸膛、肋下、腰腹，累累七八处伤痕，有旧伤，有新愈，任谁看了，都不免倒抽一口冷气。

如意心痛如绞，跪在景优面前滴下泪来：“娘娘，看在他出生入死的分上……”

景优公主望着那些伤痕怔了半晌，忽黯然叹了口气，她掩着面，良久挥了挥手。殿中大理、中原的太监瞬间走得干净，只剩下如意与辟邪，陪着她默默垂泪。

“公主受委屈了。”辟邪低声道，“凉王妃亦是一般的委屈，皇上现在后悔莫及，已哭了多日了。”

景优公主哭得更凶了，习惯了在宫中压抑着抽泣，只是肩膀轻轻颤抖着，诉说着她满腔的怨怼。

“公主……”如意低声劝解。

景优公主终于点点头，用手帕拭干脸颊，仍哽咽说不出话来。

如意将袍子披回辟邪身上，见他瘦骨嶙峋，心中一痛，嗔道：“这若不是天天饱受折磨消耗，怎能瘦成这样？”不免也哭出声来，引得景优公主又哭起来。

“你辛苦了，我比不得你。”景优公主泣道，“也比不得皇上。想着自己确实委屈，待见了皇上身边的人却是这样出生入死法，可见皇上是如何辛苦了。”

辟邪难得真诚地道：“公主这么说，奴婢想皇上一定是极安慰的了。”

“这是怎么了？”忽听有人走进大殿，大惑问道。

——段秉孤身走入，正撞见这王后、奴婢一同恸哭，中原使者几被廷杖的场面。实因太过狼狈，内亲王对大理王赶来救命的举止完全不领情，一边掩去一身伤痕，一边不免着恼地望着段秉。

“奴婢辟邪，奉天子命，叩请大王陛下金安。远来惊扰陛下繁务，陛下恕罪。”

他叩首，声音清澈如同流水，仿若瑞馨宫中长久不闻的潺潺清泉之声盈耳，段秉在他眼中冰冷沉静的厉色中呆了一呆。

如意却在此时笑道：“王上？”

段秉如梦方醒：“快请起。这是天子亲使的内亲王，小王久仰大名，今日一见，当真曾几相逢，神交已久。”

“蒙王上谬赞，惶恐之至。”辟邪起身笑道，“天子使奴婢出京前，特嘱奴婢道，大理国王智勇有略，推诚任人，是大理不世出的英主。要奴婢于王上陛下多仰威德，回京禀之，天子多加亲近，学王上的表里洞达呢。”

就在他含笑婉转叙话之时，段秉又上上下下不住地打量他的身量容貌，最后竟有些肆无忌惮地盯着辟邪眸子看，情状甚是无礼。

“我累了。”景优公主起身向大理王行礼，冷然自去。

段秉按仪注并不当在后宫与使节议事，说了句“王后稍等”便也跟了内去。

如意望了辟邪一眼。“这一王一后，”他微微摇着头道，“除了爱为难人，其他都挺好。”

辟邪笑道：“二师哥辛苦了。”

如意叹道：“这还算辛苦。那你这样当真叫赴汤蹈火了。”

两人走出大殿，王桂等忙上前引至迦远宫——辟邪一行下榻之处。

其内陈设褥衾俱奢华无两，众人由王桂、如意等作陪更衣吃茶，未几，便听小监来报，大理王的礼物赐下了。

珠玉彩缎自不必说，其中却有一柄精弓。短梢宽面，饰以象牙鲨皮，掂在手中，白生生一如弯月。

王桂上前道：“这柄弓是先王钟爱的大将所用，后一直藏在宫中，王上吩咐道：原是不及殿下惯用的长弓，但大理雾雨瘴烟，长弓潮湿易歪斜。若殿下不嫌，他日与王上同猎，尽可用之。”

辟邪笑道："王上费心了。"他轻轻弹动丝弦，一时技痒，空拉强弓，开到一半便已力竭，将弓放回原处，道，"奴婢于北伤重，身体已大不如前，这等神器只能当作摆设，当真是暴殄天物了。"

如意忙慰道："你却不必这时就灰心，终有痊愈的时候。"

"王上厚礼，愧不敢当，即刻便想去静远宫谢恩。"

"王上因目物思人，时时念及先王，伤心欲绝，现不在静远宫居住。殿下稍事休息，明日必见得到的。"王桂打了个哈哈，便领着内臣风卷残云般地去了。

这时才只剩下自己人。如意与辟邪在侧殿中共坐，虽两年未见，彼此通信来往，近况都知悉的，都不再啰唆互询。先讲起段秉此人，辟邪道："以他为人，在大理国内，必受爱戴。"

"兄弟是明眼人。"如意道，"他对自己人，都是真心诚意地好，用而不疑，满腔赤诚。若要用你，一样让你日日如沐春风，死心塌地。故大理朝中群臣膺服者众多。"

辟邪轻抚弓背，轻声叹道："这样的人物，屈居一隅，心中定是波澜横生，日夜煎熬吧。"

"你倒替他想得明白。"如意苦笑。

"公主在此，可寂寞吗？她在宫中原本是如何飞扬跋扈，而今把日子过得死气沉沉，真是罪过。"

"怎么劝都不行，对子嗣之事也不上心。"如意更压低了声音，在辟邪耳边道，"一月内总有一两次书信从京中来，又不是宫内的。你可别蒙你师哥……"他举起身上挂着的玉佩示意，道，"此人不除，可是麻烦哪。"

"师哥说的是。"辟邪目光寒光敛聚，"若不除他，真要闹出笑话来了。"

"另有一件蹊跷的事。"如意的声音更如雪入寒潭，道，"一年前，我在太子府邸旁的宅子里，遇过一个人，嚣张得紧。"

辟邪笑道："那是师哥觉得天下岂可有人比自己还张扬自在，必是瞧不惯的。"

如意操起扇子在他额上敲了一记："说正经的，你又挤对我。我几日后再访，那人竟不见了。他通身的气派，无疑是个大贵胄，但若是大理境内的人，何以巴巴地因我藏了去。我又让苗贺龄查过，那里确是太子府地产，也有过人长年居住，但大理上上下下，重臣之中，也无人知道底细。我是这么想的，其一，若是大理人，大理王室必十分忌惮，日后总有我们用着的一天，何不现在结识？其二，若当真是大理留着对付中原朝廷的，倒是早些收拾了的好。"

辟邪道："只是不知他现在何处，如何下手？"

如意笑道："你猜怎么着，正西方向，是澜月园，先王驾崩之后，有刺客逃入，其后就一直锁闭。"

辟邪笑道："二师哥定是觉得这般好园子，如此锁了甚是可惜，定要去看看的。"

"正是如此。"如意拊掌，"可巧去了几次，便当真见到了那个人，虽一人独居，却饮食起居，无不用最好的伺候他，连房中也是时时有女色送入，对他甚是不薄啊。"

"我原说我是个极懒的，世上比我更懒的，只有二师哥一个，不料二师哥出使大理之后，甚是勤奋呢。"

"游山玩水而已。"如意笑了笑，望着辟邪，叹了口气，"只是那墙高得很，你现在只怕……"

辟邪嗔道："二师哥说到底还是懒，早知那人所在，从前都问了，现在告诉我原委岂不省去好些麻烦，偏要拽上我跟着二师哥探案。"

"问了也是无用啊。"如意笑道，"早早打草惊蛇，又不知下步如何，还不如等朝廷来人定夺后事。你心里自骂我懒去，我也是自小被你们骂惯的，也不多你一句两句。"

两人都笑了。

如意问道："如何？可愿和哥哥我去探他一探？"

这件事只怕困扰如意许久，辟邪少见他如此热心，道："游山玩水而已，自然要同去的。"

两人约定了时辰，夜半里如意黑衣，轻身飘落迦远宫，见辟邪一样短短的黑衣，笑道："干这种为非作歹的事，总是你我师兄弟同去。"

如意当先领路，在宫殿处谨慎而行，知道如今静远宫久废，竟大胆领着辟邪从其中穿过，此处行得甚急，见辟邪渐渐有些不支，慢下脚步来道："伤得这么重？"

"倒不是伤。"辟邪苦笑，"只是经络中存毒日久，稍提真气就有发散之虞，轻身功夫还算是看得过的，其他更是不堪了。"

"师傅算是白操了心。"如意狠狠盯了他一眼。

"待毒物驱尽就好的。"辟邪上气不接下气，又被如意低声骂了几句。

不久便至正西宫墙，若在战前，辟邪自然视若无物，而今见了，却是变了颜色地犯难。

如意不由分说，纵身而上。以他超绝武功，必能一跃而入，只是照应辟邪，先以右手攀住墙头，左手捞住辟邪手掌，助他荡过宫墙，自己才飘身入内。

澜月园自逃了刺客之后，已砍伐了许多树木，因此楼阁渐现，路径分明，远不是昔日浓荫蔽日月，树影乱迷径的样子，远处一座小小精舍，浮在水面之上，这时候还有灯明。辟邪与如意互望了一眼，点头分散开来，精舍两边速速探视一圈，见确实无人，方聚于正门之前。

如意轻推大门，那门看来是长年不锁，畅快敞开。门里是条大狼狗，倏然站了起来，见是如意走近，竟对着如意摇起尾巴来。如意从怀中掏出一块牛肉，掷与它吃，招呼辟邪再向里去。燃着灯的却是书房，一个青年夜读困倦，正伏案酣睡。如意上前，轻轻拍拍他的肩膀。

“唔？”那书生揉了揉眼睛，看见两个黑衣蒙面的人立于面前，吃了一惊，转瞬便坦然道，“我身无分文，只有书，值钱的东西都在眼前，尽管拿去。”

如意拽出腰间的短剑，将桌上的事物用剑尖翻了翻，语声之中甚是鄙夷：“哪里有什么值钱的东西？今日我们兄弟替王上来问你的罪。”

那青年哼了一声：“我会有什么罪？”

“你在此闲居不错，何以逼淫宫女？”

“宫女？”那青年想站起身来，却被如意的短剑指在眉心，只得端坐不动，冷笑道，“那些是宫女吗？那可是你们王上送上门来的，敢不笑纳？”

“住口。”如意佯作大怒，“那都是王上后宫的官女子，岂可随便送到你这里来？你算什么东西？”

那青年倒也不着急，懒洋洋又靠回椅上，道：“你们不必大声吆喝。那些女子都为我宠幸不假，算什么了不得的大事，你们国王尽知道的，不妨去问他，再来找我麻烦。”

“我们兄弟是敬事房太监差来办事的，惊动不到王上。宫里的规矩，逼淫宫女者如何？”他问辟邪。

辟邪见他唱念做打皆娴熟流畅，只道轮不上自己说上一句话，不料如意这时扭过头来问，只得匆忙苦笑道：“回总管的话，必是宫刑。”

“他既已供认不讳，当如何？”

“也无须押他回去，敬事房说了，宫刑在前，免生枝节。”

“甚好。”

那青年冷笑道：“你们也不用唬我，想讹我银子，必是没有，我偏不信你们敢动我。”他抬起头来，就想呼救，被如意眼疾手快一把捂住嘴。“敢叫现在就杀了你。兄弟，动手。”

“是。”辟邪硬着头皮跟着如意胡闹，只得上前来拖那青年的身子。那青年脸已吓得白了，双腿乱踢。辟邪颇不想被他胡乱蹬到，做束手无策状，望着如意道：“总管大人，小的使不上力啊！”

如意气得笑了，忍住道：“混账，你个爱偷懒的混账，要你何用？”只得自己上去一把将那青年拽到地上，横剑在他咽喉，顶住他的胸膛就要动手剥他衣物。

“住手！”那青年厉色喝道，“你们敢？我是中原天子，伤了我，大理王必要了你们的命。”

如意与辟邪闻言却是一怔，如意冷笑道：“你是中原天子？你哪根头发长得像中原天子？”

辟邪忙道：“总管大人，听说中原这两日来了人，莫非他真是……”

“呸，我才不是。”那青年手脚乱蹬，又被如意按住。

辟邪道：“那你叫什么名字。”

“靖仁。”

“那倒是不错的。”辟邪又笑问，“不过我看你身量容貌更似大理人，定是混在宫中的杂役。”

“是与不是我又何须与你们多费口舌？”那青年冷笑。

如意举剑在青年腹上轻轻划动，剑尖在他腹上划出一道血痕，那青年悚然色变，听如意道：“我问一句，你答一句，不然我便把这道口子划得稍深些，每次只稍深那么一点儿，你不妨试试。”

那青年忙点了点头。

“你若是中原天子，为何住在大理？”

“我是避难于此。”

“避什么难？”

“当然是因为皇位被篡。”那青年虽在剑下，却依旧忍不住白了如意一眼。

辟邪道：“若是如此，你岂非庆熹元年前就到了大理？你几岁？是中原先帝的第几子？”

那青年却猛然闭上了嘴，死活再也不肯说一句话。任如意在他腹上划了几刀，吓得浑身发抖，也不搭腔了。

辟邪向如意使了一个眼色，如意反手一挥，用剑柄将那青年一击致昏。

“啧。”如意看了看地上的青年，“只怕他到处乱说，容我试试那个老招数。搭把手。”

辟邪磨磨蹭蹭地走近，帮如意将那青年放回椅子上，让他如之前一般伏案而卧，将桌上事物如之前一般放好，两人相视一笑，这才出来。按来路回到静远宫时，正可远眺迦远宫的灯光，比走时可多了许多，两人在宫墙之上逼近，如意拉住辟邪道：“你且住。那是大理王贴身的几个侍卫，正站在你宫门前了。怕是段秉夜访你来了。”

兄弟二人只得在此分手，辟邪孤身绕至迦远宫后，悄悄敲了敲侧殿的窗户。小顺子在内脸色煞白地支起窗，容他进来，轻声道："我依之前说好的，只讲师傅每夜疗伤需静修两个时辰，他也不硬闯，就说要等师傅回来。若师傅再不回，只怕要穿帮了。"

"甚好。"辟邪换了衣裳，喘得口气，方缓步踱出侧殿。正殿上段秉由霍炎陪了多时，讲些经史，倒也不算冷场，见辟邪穿得整齐出来行礼，忙上前一把挽住，望着辟邪的眼睛道："小王回去，只觉得和殿下相见恨晚，夤夜冒昧前来深谈，惊扰殿下清修，实在无礼了。"

辟邪向霍炎点了点头，霍炎识趣先退。这回殿中只有他二人对坐。辟邪道："倒没有打断我调息，只是让王上久等，实是该死。奴婢亦盼能与大王早日深谈，请教大王龙门、大理两地的苗人如何治理。"

段秉道："大理国内，本是汉室同宗，亲如手足的，如今都忧于苗患，自当同气连枝，必是知无不言。"

"王上果然是圣明。"

"苗地本来就分白苗、红苗，他们两处立国，各部之间几百年夺井夺地，血海深仇，不知死了多少人。若他们如此内耗，中原和大理本倒无忧。只是二三十年前白苗灭红，他们自立了大王，现传到第三代都罗汉，为人残暴，最爱怂恿族人掠夺奴隶，肆为抄掠，所过荡然无遗，私刑肉刑，都残酷已极。是以才令苗人日渐犷悍，日事杀掠，无有能治之法，渐成大患。那红苗国王之子古斯琦，正力图复国，却不成气候，尚不知多少年后，才能凑得齐人手与都罗汉一战。"

"如此说来，苗患也只能靠大理、中原两地屯兵围之限之？"

"正是。因此上，若大理取了川道，再向东入杜门、幽秦，便太难了。后防空虚，苗人一乱，连大理城都是不保的。殿下莫怪我直言，殿下此来，要我的兵马挟制西王，出兵巢州，解姜放之围，时不我待，晚得一日就是险上一分，可对不对呢？"

辟邪微笑道："王上当真是政务通彻。奴婢是佩服的。"

"杜门、幽秦两地，承天子之情，予以赠还，大理却还没有进驻，不但是因为西王抗命不从，更因为苗患在后，而大理小国寡民，顾此失彼，难以分兵。而此次要解巢州之围，也是一样难以首尾兼顾。"

——此言是不虚的，正是此行最难的关节。

辟邪叹道："王上，都罗汉东侵大理，每次都能全身而退，有个要紧的关节，就在麻巴、闹河两座大寨扼守险要。这两座寨子在都罗汉手里，令他进可攻退可守。而大理兵马要拔寨，先要越过大片苗地，若拔寨不成，几乎就是深陷重围，大理五次剿苗无功而返，就是因为如此。"

段秉面上的微笑有些勉强："殿下深谙苗务，见解高明，果然是天子肱股，小王见识了。"

辟邪道："只因中原、大理已成秦晋之好，若能携手平定苗患惠及两国边陲，是功在千秋的事，皇上亦十分上心。因此，请了红苗大寨主古斯琦之兵，十一日上已经发兵麻巴、闹河两寨，这时候，已经夺寨多日了。"

"古斯琦？"段秉不可置信地瞪大了眼睛。

辟邪道："古斯琦故国红苗本在都罗汉之东，麻巴大寨原本就是红苗地界，现联合的十数寨人马虽非都是红苗旧部，但都罗汉为王暴戾，苗人不能信服者太多，要瞒他成事，也是不难的。"

"事关重大，殿下可确信了消息？"——这两寨大理亦觊觎已久，古斯琦甚至是大理弃之如敝履的奴婢，竟然在大理的眼皮底下让中原人成了事，这个埋伏不知是何时设下，自己的细作、谍报、耳目俱废，段秉细思之下，手足冰凉，背上冷汗涔涔，望着辟邪如在叙述别人的家常，语声清淡，如风拂青山，只得慢慢透得一口气，微微切齿。

辟邪道："只怕明日，王上的坐探便有消息能入大理城了。"

如此大理出兵龙门的死结已去，自己要的杜门、幽秦就在唾手可得之处——段秉是人中少有的枭雄，一瞬间亦十分释然，道："那岂不是中原、大理亲亲睦睦，可共图大计了？然而今夜，小王却非为苗人之事来扰殿下静修的。"

辟邪转眸望着段秉，微作诧异："什么事令大理王深夜来询，奴婢愿候垂问。"

段秉站起身来，欺近了辟邪的座位，道："殿下的手臂，可容我一看吗？"

——这恐是两国君臣间说过的最不可思议的一句话了。

辟邪哑然失笑，竟未找到合适的话来搪塞他，只得挽起袖子来，将右臂伸与他。

段秉将他皓白的手腕抓在手中，眼中一抹迷蒙的思绪飘过，其后是豁然开朗，又道："大理兵出龙门，若遭遇西王兵马，耗的都是大理子弟的血肉，我心不忍。但有件东西，殿下若拿得出来，便不用商议了，定愿以大理全军奉与殿下驱使，以报恩德。"

"奈何这等要紧的信物，皇上并未授予啊。"辟邪竟是一脸无辜，摊手道。

段秉见他想瞒混，肃色道："其时小王一人孤愤，举目寰宇，未有人相助以畅大志。直至那夜离都，有人从剑下救得我性命，其凌凌云上之姿，小王一直感佩，愿以举国之力报他。"

"大理王，"辟邪将指尖竖在唇边，作势止住他的话音，道，"再说下去，奴婢便不堪其重了。王上雄志，行事雷厉风行，但心中却万般仁义，奴婢尽知道的。"他从怀中取出一只铜面具来，交到段秉手中，"王上一直找寻的，可是这件东西？"

正是那夜流出清澈声音的铜像，段秉还清晰记得铜面的狰狞与少年飘雪般身姿奇异的融合，如梦似幻，不似人间应有。此刻将面具亲授的青衣亲王，如此雍容具象，倒像是那少年另一个面具，其身其目之下，重重叠叠，又不知多少佛面人面杀神之貌。段秉接过面具，在辟邪的目光下微微一个寒噤。

“小王自当珍重如宝。”段秉将面具放回怀中，“明日待国书宣下，凡小王有，皆奉与殿下驱使。”

辟邪起身，往段秉拜了下去：“奴婢何德何能，蒙王上如此厚爱，粉身无以回报。”

段秉亦跪倒还礼：“殿下之恩非惠小王一人，更惠及大理一国。岂能不报？”他挽起辟邪，握了握辟邪瘦削的手掌，方先辞而去。

霍炎随辟邪恭送至宫门外，见段秉远去，忽问道：“原来六爷与大理王有何渊源不成？”

“颇有些渊源。”辟邪夜探澜月园，此刻疲惫已极，胸中微微发痛，是真气不畅的征兆。这伤溯起源头，正是那夜为雷奇峰伤及肺经，拖拖拉拉了四年，竟成了沉疴。

——受这些罪，当然是要他倾尽国力来好好补偿的——辟邪冷笑。

七月十四日，中原清泰殿大学士霍炎上殿宣读国书，请大理之兵，解龙门苗患。段秉自是应承，两国君臣俱皆大欢喜。

次日，大理兵部便点发大将，扈从三千人，会同川、遒之兵，向杜门、幽秦一带进发。大理王于长亭践行。

辟邪、霍炎偕侍从同行，与大理王惜别。两人堪称中原内廷外朝的一时瑜亮，在大理群臣注目之下，翩然而去。未行片刻，便见一骑飞马从大理宫中来，使者连滚带爬，奔至王桂身边，不住耳语。

王桂闻言大惊失色，急忙奔至段秉身边，密语道：“王上，澜月园出了事。”

段秉蹙眉道：“出事为什么巴巴地上这里来说？”

“前两日夜里，有两个太监自称敬事房的人，入园将那人恐吓了一顿，那人也是个迷糊的，起来分不清是梦是真，今日才想得清楚，和管事的太监说了。日子太巧，辟邪脱不了干系。”

“确定是如意师兄弟二人吗？”段秉问。

王桂道：“都是蒙面去的，确定不了。”

段秉又问：“他可吐露什么详情了吗？”

“他确定说的，就是他是中原天子这句话。”王桂擦了擦冷汗，问，“王上，要追辟邪回来灭了他的口？”

段秉摇头："不。那人一句话，就无妨，只说是王室宗族中的疯子就可以搪塞。何必大动干戈？内亲王嘛……"他微笑道，"四年前就敢背着皇帝操纵朝野，令老臣听命，岂是皇帝宫中能圈养之物？若有一天腾飞出去，我与他的渊源是极大的筹码，断不可毁了他。"

"如意呢？"

"那人知道得太多了，断不可再留了。"

八月初，皇帝便收到捷报，一如辟邪所定之计，当西王穷于应付杜门、幽秦两地的大理兵马时，巢州王景亿会同辟邪，直下龙门，以西王白东楼伙同杜闵谋逆，置朝廷兵马被困峭州，坐视杜闵强占巢州之罪，于正殿命自尽。世子白望疆袭王爵，族人既往不咎，又以白望疆之命，替换西王两员心腹大将，扶植龙门与朝廷渊源更深的世家将领领兵，将两万兵马北上，血战四日占据要道，终令姜放一部自峭州得脱。

姜放、景亿、白望疆三部人马占得巢州西南，一面为杜闵精兵，一面为倭寇散勇，三方纠结在一处，在巢州成了僵局。

皇帝不免又起了动用踞州兵马的念头，一连数日，朝中议的都是这件事。

翁直道："擅动踞州，必不免京畿空虚。况朝中，抑或是踞州，多是擅平原纵横的北伐大将，现姜放已僵持在巢州，当真无将可用。"

皇帝冷笑道："凡讲到京畿之危，各位就十分上心。所谓天下，并非离都宫阙。再这般拖拖拉拉下去，朕在这宫里也没有片刻安枕，京畿空虚，就比得巢、寒、龙门三州日日水火不成？"

翁直立时缄口不语。

自东王谋逆始，皇帝便日渐暴躁，凡与东边相关的事，无不急于求成。朝堂上咆哮已是家常便饭。近日顺心的，不过是收复龙门一件。

"大将也不必另寻了。"皇帝道，"既然辟邪就在龙门，便命他直接调用踞州人马南下。朕已诏谕他了。"

也许现时节能让皇帝称心如意的，也只有内亲王了吧。

"内臣于国内将兵，不合礼法。"刘远自然是第一个唱反调的。

皇帝沉下脸来道："就算是太傅这样的老臣，朕也不免要说上一句，朝中太多文臣未经一战，便妄论将兵的大事。说起来都是祖宗家法，现杜闵处和你讲什么祖宗家法吗？"他站起身来，拂袖而去。

苗贺龄安抚刘远道："皇上正震怒，恩师自来耿直，但就此触怒皇上，适得其反。"

“你却不着急吗？”刘远又是愠怒又是无奈，“群臣劝谏，便寻了内臣直接领兵，长此以往，难免阉患。”

苗贺龄道：“学生听说上次内亲王上江内进，便直言不可擅动踞州兵马。他是个明白人，不见得就愿意听命。恩师如此着恼，倒不如看他如何复命呢？”

刘远怔了怔，道：“什么内亲王，连你也要自轻自贱地拿他当个贵胄看待吗？”

“学生不敢。”苗贺龄有些尴尬。

次日，内亲王的折子便千里迢迢地来了。

皇帝大喜，廷议之际，传了辟邪的折子进来。皇帝展开细看，渐渐沉下了脸，只是忽然双手微微发抖，过了许久，方按下折子，叹道：“辟邪也劝朕少安毋躁，只消将杜闵困于黑州，便不战而胜。”

群臣都是大松了口气，不住点头称是，纷纷附和。

翁直与苗贺龄都道：“辟邪虑的是。他自来见事明白，更加人便在巢州，自比朝中的大臣看得通透。皇上不妨看他细说的四州兵力，可是对呢。”

“确是比朝中知道得更是清楚。”皇帝笑了笑，耳中却是盛怒的轰鸣，连群臣“嗡嗡”的议论之声也听不见了。

——“因怨怒挟踞州守兵冒进，胜机甚微。”

只消想到杜闵还在逍遥为王，皇帝便觉奇耻大辱，只盼能早一日将杜闵千刀万剐。他的焦躁和暴怒的缘由，均被折子上这个“怨”字，将这点私心戳得千疮百孔。

“那么辟邪可还朝了？”有人突然问了一句。

众臣只觉最近殿上燥热，若有个冰雪的人物在，是何等的惬意。

皇帝和刘远望着群臣面露雀跃，都一时无言。“散了。”皇帝最后沉着脸道。

群臣鱼贯而出之际，刘远刻意放慢脚步落在最后。

中书省当值的是霍炎，一边上前来收辟邪的折子，一边道：“内亲王多智而勇，善谋擅战，在皇上身侧，朝中更是安定。”

“倒是要晚些时候。”皇帝拿起折子来，看了看道，“他折子上说，段秉也不是什么省油的灯，现给了他川、道两州，日后必生是非。与其急于平定黑州，不如现在便扶植红苗古斯琦上位，埋伏于大理之后，为今后挟制大理做好准备。”

“难道辟邪不曾禀告，便擅自去了苗地？”刘远忽问。

皇帝道：“机不可失，他这个时候，大概已到了麻巴大寨了。”

“臣有一言要禀。”刘远握紧了拳头，拼力吼出决心。

皇帝见他失态，不禁错愕，挥了挥手，命侍卫、内臣尽数退去。

“太傅，可是要议辟邪自作主张往苗地去吗？”

“回皇上，并非如此。”刘远心一横，跪倒在皇帝脚下，叩首道，“臣有件事，一直拿不定，所以瞒着皇上，臣罪该万死。现在看，一定要皇上知晓。”

“什么事？”皇帝知道必是事关辟邪，然而以刘远的身份，要伏地谢罪方敢上表，他已隐隐觉得不祥，心中悸动，嗓子里也是干涩得难受。

“臣以为，辟邪，实是逆王颜湛的第九子。”

“什么？”并非是辟邪拥兵自重意图不轨的罪过，皇帝被这个消息弄得一头雾水，不禁追问了一遍，“颜湛？颜王湛？”

“是。”刘远道，“庆熹元年，颜湛伏罪，其时太后懿旨，颜湛之子十五岁以下俱罚入宫为奴，当时颜湛十一子，无论长幼，都在宗人府自裁，其中只有一个，叫作颜久的甘愿净身入宫。颜久与颜湛诸子不同，七岁上为颜湛携至努西阿河，身逢大战，心智过人。颜湛还朝之后，还吹嘘日久。若此子忍辱偷生蛰伏于宫中，必心怀不轨。”

“朕只知道颜王伏罪，而其后人这些干系，朕为什么一点都不曾听闻？”

“当年处置颜湛，都是太后与四亲王力主，新君尚未亲政，太后不以大不祥惊动圣听，必有太后的思量。况颜久入宫之后便寂寂无闻，外臣稍知缘故的，都当颜久早死宫中。只是，这个辟邪横空出世，臣虽有些疑惑，都念在他是七宝太监的弟子，行事机敏理所应当。”刘远一念间已飘忽回桃花夜雨中，铜面少年宛如妖邪，一语道破刘远的心结——“比之逆王之子，现今朝廷最大的症结，难道不在四亲王乱国之上吗？”

刘远将头垂得更低了：“而且他在内辅佐皇上，整顿藩务，并无不妥之处。直到北伐，一个内臣兵法娴熟，御军有度，臣的疑虑，变作时刻惊悚，每当思量，无不冷汗透衣，夜不能寐。皇上不疑他的险恶用心，事事倚重，加授军权，朝中之臣日见膺服，长此以往，俨然就是颜湛专政再现。现更不奉诏谕，内臣擅出苗地……”

“够了。”皇帝的声音出人意料地平静。

刘远倏然抬起头来，望见的是皇帝木然的神色。

“皇上。”

“够了。”皇帝冰冷的声音落在他的头顶，“宗室子弟没入宫中为奴，传了出去，有伤太后圣德。况且太傅自己也未曾确定辟邪就是颜久，此事不得再议了。”

皇帝说的都在正理上，刘远不知如何辩驳相劝，只得又伏地叩首。

皇帝已经站起身来，撇下刘远，步出乾清宫。当值的内臣无人知道底蕴，只得跟着有些恍惚的皇帝亦步亦趋。

一墙之隔的清象宫，修葺已近尾声，皇帝跨入宫门，忙碌的工匠立时走避得一个不见。

“你们不要跟着。”

皇帝只身向宁波池中的凉亭迤逦而去。

这是为了功勋赫赫的内亲王专修的宫殿，一园清丽的葱郁，围着正中一池水晶，颇似辟邪的人品。此刻尚未有亲王入跸的繁华，寂肃无声之中，皇帝孑然于池水之上，有些错愕地发现心中的伤感远大于愤怒。

四年间倚重投契，都是虚妄，就在自己打开胸襟容下辟邪这柄夺目光彩的除魔利剑时，谁又知道是不是在吞剑自裂其腹？

为君者，果然只有孤家寡人一语道尽。

皇帝摇了摇头。自初见时的亲近如故的神情，到战场上遮挡于前的身躯，若按刘远之词究之，其中全部包藏祸心，皇帝是无论如何都不能相信的。

三里湾被围，辟邪直入阵心时的满腔喜悦，如佛谕、如神光，令人朗朗光明之下心生仰望。

皇帝还清晰地记得自己一瞬间于一介贱役目下的自惭形秽，而今想来，有此凛凛之威灼灼之势，也只有颜王之子了。

“颜王嘛……”皇帝喃喃自语。

他甚至不是很确定是否见过颜王。作为皇子，他连单独陛见先帝的时候都极少。靖德太子殉国之后，因母妃地位尊崇，原当是重要的储君之选，却自那时起，再没有得先帝青睐。至于外臣，便更是少见了。

不可一世、把持朝纲的宗室，身经百战、凛凛威风的亲王——皇帝忽想，也许是见过的。

应当就在这先帝停柩的清象宫，男子的声音带着贵胄惯有的漫然。

“迄今未成一事，未经一役，十几岁依旧出入帷幄，只弄些花拳绣腿，有什么才德服众？诗书经纶未曾闻达于朝臣，比之靖仪更是相去太远，又如何指望他日后精进？难道只因是你的儿子，便能觊觎大位？先帝圣明，留下的社稷大宝，他可配吗？”

“口下留德，你又何必这样说他？”洪昭妃黯然低语，“你也知道……”

殿中的中年男子忽抬起头来，望向殿门前年少的昭妃长子。

皇帝至今仍能清晰记得那人眉目里怜悯的神色，将自己直看入泥尘中去。

“颜王嘛……”皇帝“呵呵”狞笑起来。

麻巴大寨建于绝壁之上，下方是苗人进入大理最畅的通道麻巴隘口。绝壁对面另一座叠叠青寨，名唤闹河大寨，两寨协同，把守住隘口，易守难攻，绝无逾越的可能。这兵家必争之地，就在七月十一日上，被古斯琦一部突袭，轻易得手，只怕是都罗汉做梦也想不到的。

古斯琦密谋复国已久不错，但时光荏苒十数载，投奔过各部各族甚至大理王，都未有一个能扶植他成势的人。就在年头上，坐探报他属下为寇者，不过八九百人，在大理边境打家劫舍，自知不成气候，还将族中美女送至都罗汉寨中，任其蹂躏，看来年纪一大，就把复国的心放下了。不料此次连拔两寨，麾下人马竟达五千之众，除此之外，还有数千遒江的江湖人马助阵，俱精弓快刀，将两寨毫无防备的守军杀得人仰马翻。更蹊跷的是，这两寨大门竟是从内打开的，看来早有古斯琦的奸细混入。都罗汉自然大怒，但当知道数日后段秉兵出川、遒之后，就是暴怒了，大骂古斯琦做了大理人的走狗，赌咒发誓要兴兵麻巴、闹河两寨等等，更在寨中杀了多名红苗族人，其怒之残虐不能细述。

此言传至古斯琦耳中，他却为之一哂，对如意道：“大理王的走狗？他段秉可配有人为他出生入死？”

如意打了个哈哈：“口下留德、口下留德。奴婢可是受中原、大理两位圣上差遣过来的。虽说是个贱命，却养尊处优惯了，到你这寨子里来，不啻出生入死啊。”

“二爷说笑了。”古斯琦与如意相识已久，知道他是个不拘俗礼俗务的人，被他抢白上一句，也无甚尴尬，接着道，“我在大理数年，只被当作奴婢一般驱使，自结识了二爷，才有今日。一年间自麻巴、闹河二寨以东，十寨皆结盟共抗都罗汉，加之遒江各大帮派助力，都是从前不敢想、想不到的大谋略。待六爷前来，我必要好好谢他。”

一时坐探来报，自东有一行十人之众，正步行上山来。

古斯琦忙起身，正了衣冠，偕如意迎出寨去。

上山之路蜿蜒狭窄，这十多人如长蛇行来，走得极快，比之爬惯山道的苗人都更轻捷。

为首一个青年身材健硕也就罢了，其后却是一个圆滚滚的大胖子，手里不住摇着大折扇，一边抹汗一边抱怨。遒江上的帮主堂主们见了，都拍手道：“那不是寒江承运局的吴大老板吗？”这边鼓噪间，这十数人已转瞬到了寨门口。

芦笙顿时大作，寨中德高望重的长老们已捧出三只牛角杯来立于门前。

古斯琦领着大小寨主先于门外迎客，见当先来的青年体格劲健，一望而知是内外兼修的高手，而其后吴十六等寒江承运局大将都被遒江的江湖人物一拥而去，剩下的便只有两个青衣少年。其一身材颀长，面貌清秀，望其狂奔之下呼吸匀净，当有十年以上内力修为，虽未成大器，却已令人叹为观止。而后的少年甫一露面，周遭人等竟都倒抽了口冷气，顿时肃立无声，望着他水晶琉璃般反射着阳光，炫人双目地含笑行来。

如意忙笑道："这便是我六师弟辟邪。"

"殿下。"古斯琦几乎是自惭形秽地低下头来，长揖不起。

辟邪忙上前还礼，道："寨主多礼了，微贱之人，受不起。"

天朝大内亲王，雍容揖逊之姿令人神驰，苗寨之人从未见过如此人物，瞠目结舌之际，见他由古斯琦侧身作陪入寨，竟有股栗之寒。如意与苗人厮混几日，已熟了，挽着辟邪的手，对众人笑道："莫要觉得他长得好，不过是多打了几次仗，有点军功爱炫耀，从前并不如我的。"

众人亦只敢赔笑。到得寨门之前，设酒拦门的长老们也算见多识广，一样连祝酒歌都唱不出，端着牛角杯惴惴不知所措。

小顺子抢上前，想说句病体饮不得酒，辟邪已笑道："当真是寨主厚爱，如此高贵之礼迎我，奴婢敢不从命？"他端起正中老者手中的牛角杯，作了个揖便一饮而尽。

如意笑道："这酒可烈得很的。"

身旁李师、小顺子并吴十六等人无不忧虑地望着。

但见绯红酒色立时浮上辟邪双颊，令他看来稍有人间之色，他再饮了第二杯，笑道："好烈的酒，当真是年轻不经事地逞强了，现在想混赖过去不知还来得及吗？"

苗家少女们已在远处"叽叽喳喳"地唱起歌来，羞他赖酒丢了人，吴十六等人都是大笑。

苗家人这才安心笑起来。拉住他劝了最后一杯，辟邪不胜酒力，头晕目眩地扶在小顺子肩上，趺趺撞撞地由众人簇拥着往寨子里走。到寨主的吊脚楼里，忙调了蜂蜜与他醒酒，都笑他酒量太差，也算一乐。一时屋中人渐少。吴十六等与遒江帮派自去密议，留得如意、古斯琦两人在，辟邪入乡随俗席地而坐，伏在靠垫上，对古斯琦道："大寨主。此番出兵拒都罗汉于大理国门之外，实仰仗寨主威德，中原、大理都感激得紧。大寨主不啻救了中原万万众生呢！"

古斯琦忙道："殿下的夸赞，小人愧不敢当。若无遒江各位大侠相助，是极难成事的。但望各位大侠能鼎力相助，一同驻守险要。"

辟邪在半醉中叹了口气："大寨主，此事只怕难以从命了。此次来，就是请大寨主见谅，寒、遒两江人马，这两日须悉数撤出苗寨了。"

古斯琦一怔："这些人马撤出两寨，守备空虚，几乎便是将麻巴、闹河拱手奉还与都罗汉了。"

辟邪道："大寨主，奴婢不妨直言，两寨中屯苗兵五千人，已倾尽了东方十寨所有青壮。而都罗汉此去向西，茫茫青山中卅寨百洞，兵力人口，是大寨主的数倍。且不说强取这两寨险要，只消围之，再有个两个月，两寨中屯粮一尽，人心涣散，必生兵败，祸及十寨妇孺，这两寨这么个守法，还不如拱手让与都罗汉。"

古斯琦倒抽一口冷气，怫然道："六爷，如此说来，六爷此来就是来给我们撤梯子的吗？"

辟邪轻声一笑："大寨主，寒、道两江人马，呼之即来，挥之即去，只消在离都号令即可。若是罔顾两寨失守而无作为，何须我亲来？"

古斯琦在他奥妙的笑容中摸不着头脑，想了一想，问："六爷的意思是？"

李师见古斯琦患得患失，不敢多语，深恨辟邪捉弄人，不住干咳。

如意已道："小六，你怪他们灌醉了你，因此就爱吓人不是？"

辟邪大笑，道："大寨主，这是我二师哥混说的。若问我真意，先请教一句，大寨主可愿在苗地称王吗？"

他平日淡静自持，此刻微醺，形容恣意洒脱，古斯琦望着他光芒万丈的笑容，一时思绪混乱，张口结舌，未说出话来。

辟邪已倾过身子挽起古斯琦的手来，道："大寨主知道的，两苗对峙，永世不休。若无英主一统，苗人各部之间杀伐不断，枉死多少人？都罗汉若是有道之君，苗人共仰之，绝无可能任大寨主纵横联合各部而蒙在鼓中。大寨主人品高贵，自东向西各寨，有口皆碑，只消自两寨起事，应者万众，一统苗地并非妄想。若局促在此，遭都罗汉疯狂反扑过来，反倒是下下之策。"

古斯琦道："六爷真是说到我心眼中去了。其时二爷劝我联合东边各寨，我尚犹疑，只道都罗汉暴虐之下，无人敢抗。各处游说之后，方知各寨上至寨主，下至庶民都深恨之，他早失民心，定不能长久。六爷今日一说，更是茅塞顿开。我甚愿为之。只是这寒、道两江人马一走，又如何起事呢？"

辟邪道："大寨主，那两江人马更擅水战，于山峦之中不得施展，与其在此空耗，不如做别的用场。而奴婢此次前来，是带着白家军与巢州兵马五千人来的。若大寨主不嫌弃我们越俎代庖，敬请用之。"

古斯琦大喜，跳起身来望辟邪拜了拜，竟一时说不出话来。

辟邪道："这支人马现在苗境之外，须大寨主准了，方敢入境，还需大寨主安排向导，引大军到隘口，准备西进。"

古斯琦道："我这便去安排人手。"

待他一去，楼中便只剩了自己人，辟邪招李师近前，对如意道："这便是师傅的关门弟子，李师。"

李师跪拜，口称"二师兄"行了礼，望了望笑嘻嘻的如意道："我看二师哥就比你好得多，不似你整日诸多算计和规矩，定是和善的人。"

如意与辟邪都大笑起来。如意对辟邪道："这孩子老实，你带在身边莫要欺负他。"

一时寨中青年男女来邀吃酒作乐，辟邪笑道："已醉了，还是小孩子去的好。"眼见他们将李师和小顺子几乎是扛在肩上抬出去的，与如意二人都是拊掌而笑。

师兄弟二人坐得更近些，如意在辟邪耳边低语道："正如兄弟你所料，段秉并没有将那人挪走。"

"这回是在宫苑之中，他们抵赖不得，若真的挪走了，岂不欲盖弥彰？那人看形貌，顶多也就二十四五岁，到不了皇上的年纪，硬着头皮顶着皇上的名讳、冒充皇上的身份，确实奇怪。况先帝的诸位皇子中，确实没有年纪仿佛的。想去查玉牒，又是无缘无故的，岂不被宗人府申饬参上一本？"

"此事好生犯难。"如意咋舌道，"没有确凿的证据，真不知道是不是当密奏给皇上知晓。最近皇上都在气头上，说什么都会炸了。哎呀哎呀……"他仰面倒在辟邪身边，打着滚道，"早知如此就不管了。"

辟邪用酒后透着绯红的手指托着下颌，望着他笑："此事就在玉牒上可以看出端倪，皇子诞生就满周岁了，必要登入玉牒的，顺便看看，不就知道了？"

五十四

古斯琦

次日寒、道两江的帮会就将启程，吴十六前来辞行。辟邪道：“十六哥切记，莫要与杜闵在寒江上针锋相对。只待时机成熟，自有要务。”

“是。”吴十六低声道，“主子爷，这山中的勾当不比匈奴人，各种阴毒的招数都有，千万小心。我这便海上去了，一旦入海，音信不通，诸事亦只有二十郎操持，主子爷若不够用，还有承运局总舵，难事尽可招呼的。”

“我省得的。”辟邪知他所指是他女儿吴采鳞所辖一部，更是握住吴十六的手，道，“那是承运局根基所在，万不得已，不轻易动用。”

吴十六又奉上刚到的谍报，与辟邪惜别，领人呼啸而去。

辟邪打开栖霞发自离都辗转千里的书信，第一件事，便是霍炎侍妾紫眸。

“成亲王？”辟邪不免也震惊了，继想了想，哑然失笑。传言先帝也是荒淫，无论女色男色，尽皆纳之。从这点上说，成亲王可算肖甚。

栖霞又禀道：宗人府的官员真是难弄，那个衙门里都是皇室宗亲，要结识颇难。好在真正掌管玉牒序录的正三品理事官良汨，都是个好交际的。歌女好不容易在宴会上结识巴结，花了一个月的工夫才将他哄得神魂颠倒，问什么答什么。也就是下月头上，玉牒必又重修的，届时会哄他去好好看看上元三年间皇家、颜府两处宗室子女的生辰人口。

这两件事都办得顺风顺水，栖霞依旧是得力得很。

“然而……”栖霞的笔触也有些犹疑，“日前谢大官人于京中游历，尤在吉祥私宅外逡巡，被京中看着吉祥房子的坐探看见，特来禀报。因主子爷吩咐务必令谢大官人方便称心，所以不敢打扰。何况不知主子爷是否有差使令谢大官人做，更不敢阻挠坏了他的事。日前谢大官人竟候到了吉祥，于吉祥私邸中见了面，至于内容为何，却探听不到。请主子爷留意示下。”

辟邪怔了怔。原来谢还留于上江，再东去离都，却非游历中原，而是追着吉祥去的。谢还与吉祥两人素未谋面，也从未听得谢还提及，他二人能有什么可以私相授受的东西？

苗寨清晨，“呜呜”吹起了号角送客，李师与如意勾肩搭背地走了回来，笑嘻嘻不知在讲谁的坏话，一门师兄弟初见就甚亲热。

“原来如此。”辟邪喃喃道——师傅七宝北上寻找谢伦零，谢还南下寻找吉祥，里面太多自己看不透彻玄机。然则，栖霞禀明，谢还问明了辟邪的去向，已孤身独臂地南下了。

辟邪还记得雷奇峰刀下，断臂的谢还是如何紧抓住雷奇峰的衣摆不放——若这世上还有人真心实意地保全自己，谢还定是屈指可数的一个。

李师和如意两人越说越热闹，辟邪折好书信，有些厌烦地转身凭栏而望。青山之间青烟升腾，远方层峦叠嶂，本当一眺千峰，此刻却只能隐隐在水雾中望见苗兵在峭壁上驻守的只身孤影，麻巴大寨倒像是让大雾围了，杀机四现，让人透不过气来。

古斯琦八月中与巢州、龙门兵马会合出兵都罗汉属地，至八月末已克二十余寨。这些大寨本就是红苗一脉，稍加围之，使举寨献降。而中原内亲王散金银、蓄耕牛、派遣工匠兴复水利。降者无不称颂，视古斯琦为明君，而内亲王凛凛神仙之姿，称天女下凡者，不计其数。凡内亲王所到之处，皆鲜花、灵芝、沉香，倾其所有，奉与足下。内亲王自来谦逊恭谨，以中原茶、珠、丝绸回赠，一月以内，所散珍宝亦不计其数。

小顺子因道：“这仗打下去，宫里娘娘都没有他们寨主洞主的大小老婆收拾得光鲜了。”

辟邪微笑。这时节酷热，他却几乎不见有不耐之相，肌肤寒意袭人，宛若冰雪。小顺子小心收了针，再为他号过脉，不禁喜道：“灵芝也是好的，这样下去，不出数月，师傅的毒也算渐渐祓尽了。看现在师傅的模样，就知真气能运转通畅了。”

李师瞪大了眼睛：“小顺子，你的医术是愈发地出神入化了。”

“哈哈。”小顺子大笑，“要你知道我的厉害。”他服侍辟邪着了衣，又道，“我这人也是有一说一，若不是你的真气隔三岔五渡与我师傅，也不会好得这么快。你一无智谋，二不愿杀敌，也就这一件事能做得让人欢喜。”

辟邪有些疲倦，只是笑着看他二人斗嘴，待他二人都觉没了意思，问李师道：“怎么里面来了？”

“二师哥来信。”李师上前道，“要我告诉你，他已交代了宫中所有的杂事，终于赎得身出来，不日就要往这里来呢。”

“就只怕他又要多跋涉百里了。”辟邪想象着如意唉声叹气的模样，不禁笑了，“我们这便要继续西进。前面是玉锦、盘溪两座大寨，那两位寨主，一直骑墙，那会儿红、白两苗大战，因那二人最后倒戈门户大开，放了白苗人东去，红苗才措手不及，被数日内攻下总寨。”

“那岂不是血海深仇了？”小顺子道。

“也不见得。”辟邪道，“隔了这么多年，寨主也好，寨内的人口也好，都换了又换，若此次干戈放下，重修旧好，苗地就定了大半。但愿古斯琦有这个度量。”

这日古斯琦及辟邪两部人马冒暑驰军绕过数座山峰及其中尚未归顺的寨子，一昼夜直抵盘溪，黎明前夺了吊桥，杀入盘溪寨中，将大部分还在睡梦中的青壮年俘虏，不到一个时辰，连同寨主便全部看管起来。此刻玉锦大寨的捷报也已到了，那边古斯琦虽遇着抵抗，但兵力是玉锦的数倍，没过多久，寨中长老便出来议和，古斯琦依之前大计，欣然同意，留了兵马大将在那里，自己带着人来问内亲王安。

辟邪便迎至寨门前，见古斯琦欢欣奔来，亦是甚喜。

古斯琦上来长长一揖，道：“玉锦确实不同，寨主往日戒备森严，偷袭不曾得手，仍是靠兵力相差悬殊赢的他。”

盘溪大寨中的俘虏俱在寨中的空地上收押，古斯琦前去，亲将盘溪寨主扶起，絮絮地劝他归降。盘溪寨主已然身在囹圄，他为人昏聩，自然是满口应承。

古斯琦乃携了他的手，高声道：“各位同胞，我今日虽然不请自来，却未想占你们的寨子水井。人都道我与都罗汉有仇，然这里哪个人与他无仇？哪家不曾被他杀过亲人，占过姐妹，夺过金银？苗家百年，不曾有比他更嗜杀残虐者，不曾有比他更贪婪无耻者，然他虽暴戾，毕竟是个肉体凡胎，如此暴君，大家何不联手逐他？为何一定要任其蹂躏？今后各寨清平度日，再无人掠我妻儿为奴，无人夺我活命口粮，自给自足，与中原人互通有无，岂不是大乐？”

满寨“嗡嗡”议论之声，都仰面看寨主意下。

盘溪寨主道：“我寨与大寨主上一代诸多恩怨，若降大寨主，盘溪人都得活命吗？”

古斯琦大笑：“怎么不得活命？我此来就为与各位同仇敌忾，共同讨贼。若要清算恩怨，你们大寨与我有怨，亦有恩，一族同种，只有藕断丝连，岂能恩断义绝？因此上，凡我族人，都不能对盘溪人动根指头。”

盘溪寨主虽仍将信将疑，但奈何全族人都在古斯琦手上，只得随声附和。

之前二十余寨何尝不是如此？辟邪与古斯琦相视一笑，也不见怪。其后便请寨主引他们面见长老。

盘溪长老二十余人都聚于宗祠，见寨主陪他二人入内，有怒目而视者，有忧心忡忡者，有与都罗汉宿仇而喜形于色者。古斯琦谦恭温和地一一问候，至一身材魁梧的老者面前，突怔了怔，震惊之色溢于言表，竟不住倒退了几步。

盘溪寨主和那老者均知生变，尚未开口询问，古斯琦已短刀出鞘，向那老者径直刺去。

“叮。”辟邪似暴雪般卷袭而来，双指疾出，挟古斯琦腰刀于两指之间，稍运真力，将长刀震断。

但断刃依旧长驱直入，古斯琦眼见刀锋刺向辟邪前胸，忙撤回劲力，也已来不及，眼看断刃直刺入辟邪胸口的肌肉中，才终于收得去势，惊得弃刀伏于地上。“亲王殿下。”他拽着辟邪的袍角，脸色竟比辟邪抚住伤处的手指更白些。

“不妨不妨。”辟邪笑道。

小顺子已跃过来扶住，见创口不深，只是鲜血淋漓，触目惊心。

“这是皮外伤。”辟邪将古斯琦搀起，又将那老者的手挽住，道，“若奴婢溅血，能换得两寨干戈化帛，岂不是太值得？”

古斯琦望着辟邪白衫之上瞬间一片艳红，怔了半晌，才滴泪道：“此人杀我生母胞妹，本无可恕之理。但亲王在此，血肉阻了两寨新生仇怨，我何以不从命？”

他这里说“杀”了生母胞妹，闻者皆知其状必是惨不忍睹。那老者见古斯琦竟忍让如此，不禁大声道：“大寨主，你我之仇不共戴天，但今日你如此仁义，老朽必不负你，定会给你个交代。”

辟邪忙用好语宽慰。待诸事调停，他招李师过来道：“这种凌辱幼女的贱人，必不能放过，但有一日我们在这寨中，他便死不得。你慈悲心肠，替我们看严了这个人。”

李师嗤之以鼻，冷笑道：“这种人，你倒反放着不杀，我看着他，倒不如戳了自己的眼去。”

辟邪叹道：“你心里想的，我都明白得很。只是苗疆未定，总有权宜之计。就算我欠你的情。”

这时小顺子捧过水盆来，辟邪仔仔细细将手洗了，掷了手巾在盆中，又转眸对古斯琦道：“大寨主不必将那腌臜放在心上，自有人杀他为大寨主雪恨。”

古斯琦却对刺伤辟邪一事耿耿于怀，道：“我已无心理会他，只是在想殿下的伤势。”

小顺子笑道：“这算什么伤？宫里淘气挨打也比这个厉害，更比不得北边战场上。师傅自己说的不算，大寨主看我这模样就知道并不算什么了。”

古斯琦终被小顺子说服，放下了大半的心。辟邪忧虑的，却另有其事。

“今日这场意外，盘溪寨中人只怕对大寨主诚意心生犹疑。自玉锦、盘溪出兵，眼前就是都罗汉白苗正宗，他不会束手待毙，必要自见云峰迂回过来，联合这两寨人马抄断大寨主原路。为今之计，是有人马埋伏在见云峰，阻断都罗汉与玉锦、盘溪之间的这条旁道。”

古斯琦道：“殿下远虑，小人佩服。”

辟邪道："如此，奴婢领一千人马前往占据，若我师哥前来寻，大寨主亦可送他往见云峰与我会合。"

见云峰背倚峭壁，面向盘溪深涧，此处一座锁桥，可并行过两人而已，是山中先民所建，因苗人渐向寨中迁徙群居，故此桥逐渐荒废。待两苗相争，都罗汉曾重修此桥，也因桥面窄狭，难以行军，才弃了这个险要，转而降了玉锦、盘溪两寨。

辟邪领一千人马匿于山阴处扎营，留坐探数人昼夜不歇轮流监视山南的吊桥，若有都罗汉部自此行军向东截古斯琦身后，则全军在一刻间，必能绕至山阳以逸待劳自高处狙击。然而等了近半个月，那边古斯琦大部人马正渐将都罗汉白苗正宗围困，也不见都罗汉遣人偷袭此处。等不来敌军，百无聊赖之际，却等来了如意。师兄弟又是月许未见，如意早得知辟邪被古斯琦所伤，不免啐道："丢死了人！一个寻常武夫竟能持械近得了你身，回去说给老大听，又是一场笑话。"

辟邪笑道："大师哥必不似你取笑我，他定是絮絮叨叨说我不珍重，又是一上午。"

如意不禁拊掌笑起来。

"既能震断他的佩刀，看来功力恢复了许多。"

"可惜之后已无余力躲闪，情状狼狈，确是惹人笑的。"辟邪道。这已是一年来身体最好的时候，虽然不堪，毕竟大有好转，面上不禁也有雀跃之色。只是见云峰极潮湿阴冷，此时又觉染了些风寒，不适地在毡上辗转。

"现一千人中，水土不服得病的，不下二百人，都罗汉再不来，不是病坏了全营的人，就是累死了小顺子。这十来天我日日都在想是不是都罗汉另有诡计，放任我在此半死不活地悬着。"

"只怕不是。"如意道，"都罗汉这些年来，一是掳掠了太多女子在寨子里享用，二是敛聚了苗人大多金钱财富，日子过得极奢靡烂，早非十数年前那般骁勇。他自来不擅谋，就凭一个狠戾，若这点也没有了，哪里还有心思围古斯琦？"

"那就是我自扰了。"辟邪仰起身来，心有不甘地呻吟了一声。

如意笑道："如何不是呢？况古斯琦从东向西，未毁一寨，连盘溪中杀虐古斯琦家人的，至今仍活得好好的，都罗汉必也有些侥幸在其中吧。"

"李师总嫌弃我杀人太多，这会儿要他保住盘溪那人的性命，又死活不肯了。"

帐前正在慢慢擦拭斜月剑的李师抬起头来，道："莫说那人就是禽兽，我才不要保他；若我当真答应留在盘溪大寨，你定会要我严加注意他们是不是会和白苗的人勾结，若有，必要我杀了举寨的人。当我不知道呢。"

如意抽了口冷气："前一阵还在说他老实，却原来学得这么快。"

李师闻言恍然："原来老实就是不懂你们那些心狠手辣的勾当。"

如意忙道："小六才心狠手辣，二师哥我是极好极老实的人。"

李师仔细看着如意，想了想道："许是的。"便又用心擦起他的斜月剑来。

如意才一脸劫后余生般地望着辟邪吁了口气。

辟邪笑道："是、是、是。"

"不对的。"李师突然站起身来。

如意道："什么不对？"

辟邪却知李师正在视野最宽阔处眺望，必是比营中他人更早察觉异状，因此一掠而至帐门前，往山下望去。只见坡下密林中草木震动，处处都有人潜行之状，一望而去竟有三千人之多。

李师已呼啸一声，营中千人，立时得了消息，抄起弓箭刀剑，此处地势已是让他们看得熟了，分别至自己当藏身的深沟浅涧之中，寻得树木挡住身形，准备接战。

辟邪见这些人却非如原先所期，要夺吊桥东进，却是径直自北坡偷袭上来，隐隐呈包围之势，道："这是知道我们在这里，以重兵要围我们呢！"

如意此时也走出帐外："这难道是都罗汉的人吗？刚才竟说他并无决一死战的斗志，这会儿居然反来围我们？"

辟邪细看来敌的行动和队列，道："这只怕不全是苗人。你看有些固然是茫然乱走，却间或有几队井然有序，行止有度，像是军中出身。况都罗汉的人马正在与古斯琦交战，并无这么多兵力来袭我们。"他蹙眉想了想，忽问如意道，"师哥，你从大理城来，可是有大理人陪着？"

如意道："确是有的。还不少。我还在盘溪住了两日，难道是这些人漏了我的行程？"

"何止是漏了。"辟邪冷笑，"他们还要助都罗汉取盘溪、玉锦呢。但要取我们性命，只怕他们也太妄想了些。"

军中司矢的将军本就是辟邪用惯的乐州悍将，待来敌落入彀中，以鼓为金，弓、弩、长弓三层扑杀，立时击倒二百多人。

那些苗人未见过如此快利的弓箭，被打得抬不起头，哭号向山下翻滚而去。而大理兵马显然比之要有序严整得多，拼死沿陡坡冲上来，又被弓箭阻击一轮。他们尚在中原弓箭下挣扎之际，又有中原刀枪混阵自坡上掠下，掩杀一阵。不过小半时辰，便已折损五百人。

山下苗兵便止了攻势。辟邪已着软甲，仗剑执弓于前锋督战，见苗人于地上掘沟，向内不住倾倒草药，当即道：“这是要以毒草熏毙我们。中原士卒绝不耐的，谁去将这伙人拔了？”

如意上前拱手道：“愿为殿下差遣。”

辟邪厉目而视“二师哥既领了这个差事，不要再开玩笑了，若不能阻之，一样拿你是问。”

如意一凛，忙正色道：“是。”

“李师。”

“是。”

“与二师哥同去。”

这二人武功高绝，持剑掠下山峰，似巨鸟俯冲至山脚，所向披靡，无可御一招之人。瞬间两人便将放毒的苗人杀尽，又呼啸回至中军。这般凌厉攻法，看得人目瞪口呆。

李师转回辟邪身边，瞠目结舌，望着如意一脸淡然地甩去剑上血珠，半晌才道：“二师兄的武功，难道不是比辟邪更高些？”

如意得意大笑：“好孩子，你有眼光。现在我可比他强多了。只是从前不如他勤快，倒被他超了去。”

小顺子冲他二人直比手势，要他二人噤声。

只见辟邪蹙眉沉思，对两人置若罔闻，忽转身向山后奔去，腾身直上，跃于树巅，向吊桥方向望去。

“举火。”辟邪道，“他们一时攻不下山头，现分兵要从吊桥进兵。”

若这边燃起火炬，吊桥边埋伏的士卒便要断去吊桥绳索，彻底截断去路。

“若这样，这一千人便要背水一战，没有退路了。”如意道，“小六，你可知道这里兵败事小，若你有什么闪失，我可要掉脑袋的。”

“举火。”辟邪森然望了如意一眼，依旧道。

李师跺了跺脚，奔去点燃信火。一丛黑烟伴着熊熊烈火在见云峰上升腾而起。立时便见吊桥附近的伏兵现身，跃向吊桥在西岸固定整座吊桥的绳环。而白苗人前锋已然涌上前来，双方短兵相接，在吊桥前接战在一处。

李师道：“这要坏事，他们哪里敌得过这么多人。”他抽出斜月剑，便想踊身下去援救，却“嗯”的一声，指着吊桥上面道，“桥上可是有人飞奔过河？”

只见那人行得甚快，至桥心便已掣出腰刀。弯刀似月，跟着他腾空而起，几个闪挪，已至绳环前，也不顾双方交战正酣，专心找准了绳环，一刀刀耐性直劈了下去。

“那是谢大哥。”李师执剑，掠下坡去，杀出一条血路，站于谢还身后，替他阻挡攻来的苗人。

辟邪见谢还一时无虞，稍舒了口气，又听士卒在喊："殿下，他们又要燃烧毒草。"

"我再去一趟。"如意轻抚辟邪后背，扭身疾去。

那吊桥的绳索甚是坚实，谢还最后弃了刀，换了伏兵早就备下的木锯，方将四根碗口粗的绳索截断，那吊桥"吱呀"一声哀鸣，从西岸脱落，轰然砸在对面的峭壁之上。木板击得粉碎，随山涧的激流滚滚向下游漂去。

辟邪见李师与谢还二人并无被困之虞，正带着中原士卒攀上坡来，点了点头，对小顺子道："若他们有所阻碍，便带人下去接应。"自己便追着如意，向北坡而去。

北坡山下却已黑烟滚滚而上，士兵呼号隐隐直透上来。

辟邪抓住传令官道："快将士卒召回，避于背风处。"又着人问，"大总管哪里去了？"

"杀了两个来回，之后便再未见。"

辟邪扯来一副手巾，围于口鼻之上，掣剑在手，向坡下飙行。一路上见己方败兵拖着中毒的同袍疾走，见形状都是恶心呕吐昏迷的多，尚未有抽搐或皮肤腐烂者，心中稍安。只是清荡一周，仍不见如意，渐渐有些着急起来，忽然头晕目眩，知道饶是自己屏息，依旧不敌这黑烟的毒性。他忙抽身向上坡回撤了数丈，透了口气，调息片刻才觉烦厌稍去。他恐如意不敌此毒，将帕子沾上水，再度下坡找寻，这次弃了之前已查看过的地方，径直杀向苗兵所在。眼前就是黑烟，厚达数丈，他涌力而进，一掠而过。之后便是苗兵四伏，为他杀了数人，都惶恐呼救。辟邪见他们呼救方向都一统向北，知道那处必有中军在，孤身一人杀去，如入无人之境。未几便见如意身着的杏色衣裳，甚是显眼，正横卧于地，周遭围着重兵。

"这是中原内亲王，必要活的。"四处伏兵大呼。

"你们也配有这个念想？"如意气息奄奄，却笑出了声。

辟邪已闪至人群之中，长剑随他身影披风而行，血线绕身，瞬间将如意身边的苗兵杀得干净。他俯身一把捞起如意的身子，转身向山上退去。

只听身后有人高喊："放箭！"一时箭矢如蝗，漫天乱飞。辟邪去势甚快，这拨箭几乎擦着他的身子落空。听得第二拨箭又呼啸而来，辟邪将如意拽到身后，扭身持剑绞落数支长箭再行，忽觉背上肩胛微痛，知道是箭矢透甲而入，因不觉太过疼痛，伤口定是不深，便未曾在意。又向上行了数丈，如意却突地失了气力，整个人挂在辟邪身上，好在李师赶来接应，一把夺过如意而去。

辟邪不及看如意状况，便调度未被毒伤的弓箭手布于前线，命司矢的军官准备截杀苗

人冲阵，自己立于前锋督战。

黑烟稍散，苗人与大理人马便可行军，鼓声一作，皆执械攀坡。

辟邪这部人马却是专为伏击而来的，带足了弓手箭矢，虽失了些好手阵地，却依旧行止听命，可谓铁壁。而天公作美，此刻飘下细雨，才转瞬间山风变了方向，大雨如注，暂无苗人放毒之忧。辟邪见前锋无碍，刚喘得一口气来，忽觉肩胛伤处麻痒难耐，而神志也渐昏沉，心中凛然一惊。只是这边查看伤势未免动摇士气。他强自支持，慢慢退回中军帐中，已觉足下绵软，以剑拄地，单膝跪倒，拼力解开软甲，之后便倾倒于地。迷蒙间，见小顺子奔到身边唤了一声“师傅”，便意识渐去，眼前漆黑。

至夜间，辟邪才在伤口火辣辣的疼痛中苏醒过来，面前是小顺子正端着水碗，用纱布蘸了水润湿了他的嘴唇，见他醒来，喜形于色地道：“师傅可觉得恶心吗？”

“不。”辟邪想仰起身，但仍觉无力，只好作罢，问道，“二师哥呢？”

“二爷却不如师傅这般醒得快。”小顺子面有忧色地道，“师傅后肩伤处的箭毒，一是由谢先生帮着吸出来，二则毒性尚不如师傅所服慈姜的毒药，所以未曾害得师傅太过受苦。而二爷却不是中的箭上的毒液，身上并无一处伤痕，怕是被黑烟熏倒了，吸入更多毒气，正在经络中慢慢扩散呢！”

“我须去看看。”辟邪稍行内息，觉得尚能支持，命小顺子扶起身子，向如意帐中去。

谢还、李师二人均在此处。李师以内息摩挲如意经络，蹙眉不止，看来一筹莫展。谢还见辟邪入内，忙站起身来，道：“六爷觉得如何？”

“暂时并无大碍。”辟邪摇了摇头，“兄长竟能找到这里，实在不容易。”

他并没有太多精神客套，俯身来看如意。见他嘴唇发紫，口唇干裂，手足正在微微抽搐，问李师道：“如何？”

李师摇了摇头：“不好。正从肺经中向三焦走，脾经之中亦有存毒，若不发散出来，今夜就有性命之虞。我的功力不够，只得阻一阻。”

辟邪点了点头，请李师挪在一边，自己出指以内力灌入如意经络，闭目细查，却觉毒性汹涌，自己内息所到之处，全然不能阻止。他拼力调动真气，竟不如李师的功力管用，而自己真力消耗得甚快，不刻便觉虚弱无力，不得不收回手来，变色道：“古斯琦留给军中的解药呢？”

小顺子道：“原是两家苗人的制毒手段不同，用不得。士卒中中毒的，轻症者都渐渐自愈；重症的，催吐多次也是无效，已死了十多人。”

“好厉害的毒物。”谢还抽了口冷气。

辟邪双手微微颤抖，握拳沉思了片刻，道：“今夜若不趁雨势杀出一条血路，明日再被冲阵，只怕退到更局促处，便是全军覆没的结果了。”

谢还道：“既是断去他们东行的去路，现在已经成了事，若是十几个人，总能冲得出去。”

“我托大在这里少算了大理人的兵力，已是我最大的失策，这一千人不能叫他们在此因我送死。”辟邪道，“能带出去多少，必要带出去多少。更何况我二师哥……”他心中自责，语声沉重，渐有些喘息不定。

小顺子道：“师傅先别想别人。就是自己，这个伤弄得身体不支又如何杀出去？”

辟邪此生杀伐无数，如这般山穷水尽的时候也是从所未有。他坐于如意面前，握住如意的手，心中并无把握能将他带出重围，因此连一句安慰的话也说不出。

如意却吃力地睁开眼睛，对他道：“小六，胜败兵家常事，这里所有人都值不得你的性命，你要有个闪失，就算这些人都苟活了，皇上、太后也必要了他们的脑袋。”

辟邪道：“我本当死了一万次。若说不值，这里就是我的性命最是不值的。”

“六爷莫要这样说。”谢还在微弱火光下面色如铁，“万不可这么说。从前、现在、将来，有太多的事只有六爷能做，也只有六爷做得。”

“将来？”辟邪缓缓绽开笑容，却是刀锋般的锋利。他决断甚快，回首道：“小顺子，把慈姜的药给我。”

“师傅。”小顺子跪于辟邪身边，道，“这是何苦？近一年了，这才有起色，难道师傅还想受日后煎熬之苦？”

辟邪抚摸他的肩膀，道：“今日不能恢复功力，只怕没有日后与将来了。那毒，既然今日能有起色，大不了再遭一年罪。比之这里千条人命，孰轻孰重，你不会不知。”

“是。”小顺子哽咽，从怀中取出鹿角盒，奉与辟邪。

辟邪伸手欲接，却被谢还抓住了手腕，道：“六爷。”他有万语相劝，却被辟邪目中狠戾的决绝震慑，慢慢松开了手。

慈姜的药丸仅剩下最后一粒，辟邪拈在手中，望着它微微狞笑，吞入腹中。这般炸开自己百骸的剧痛犹如噩梦再现，辟邪呻吟一声扑倒在地，浑身战抖着敛聚精神，将内息的洪流向经络发散，凝滞许久的肺经、真力不堪聚集的麻痹被这洪流摧枯拉朽般转瞬冲散。只是真力多月不曾运动顺畅，药力带入的内息四处奔走，不能凝练。忽觉一股暖洋洋的真气涌入，透入经络之中，将这汹涌却紊乱的真力缓缓疏导，令其各就其位。一时非但内力运行顺畅，随心所欲四处奔流，更觉体内所有比之从前愈加绵厚。

辟邪睁目，果见李师正以掌抵在自己膻中，仍不疾不徐渡得真气来。“够了。”辟邪止住李师，道，“你先自己调息恢复，待一会儿破围，仍需你当先而行。”

李师以自己真气裨益他，便不得暇顾及如意，就这一刻时辰，如意已手足如废，垂首死命喘息。辟邪不敢怠慢，出指疾点如意胸前诸穴，以三指抵于如意玉堂、膻中、中庭三穴，将充沛真力驱入如意体内，循他自身内力调息的去向，缓缓将自己的内力渗入，往返将毒性驱出如意经络。小半个时辰过去，便见如意与辟邪二人体肤、毛发都为白霜覆盖，水汽凝结，火光下熠熠生辉。众人知道这是他功力催到十分的征兆，比之李师，全然不是在一个境界之上。

不刻如意手足已不再抽搐，透了几口气之后，忽蹙眉，举手捂住口唇，不一会儿便再也不能忍耐，作呕连连，喷出毒液，倒于地上。辟邪知道他余毒祓尽，自己亦是心力交瘁，便不再勉强。只是这番消耗之下，并无气力起身，小顺子忙俯身将他搀起。

“如此，兄长请帮我调动全军，准备破阵。我……”他对着谢还道，却不待这句话说完，已脱力倒在小顺子怀中。

“不妨事的。”他见众人大惊失色，忙勉力道，“并非如你们所见的这般不堪。稍给我一两刻调息，便能比往日还强些。”

众人固然忧心忡忡，但更怕他费神，皆顺他的意思，按他安排各自准备突围事宜。辟邪端坐于帐中，尽力调息，不久便觉药物中补益上来的内力充盈在各经络之中，会合一处与自身真气呼应，虽为如意疗毒损了大半，依旧比之前强得多，他睁目虚指，能觉冰冷的内息破风而出，凛冽如刃，对破围更增把握。

此刻距黎明还有个把时辰，风向自南向北，对中原伏兵来说正是良机。

谢还已将兵马阵列完毕，以刀枪在外，弓箭在内，十人为一阵，千人变作百队，只待他钧命便杀下山去。

小顺子为辟邪包扎好伤处，又防他伤口崩裂，特地缠得甚紧。辟邪笑道：“我快喘不上气了。”

小顺子嗔道：“上回肋上的伤是如何好了裂，裂了好，师傅是好了伤疤忘了疼，这次还不小心！”

辟邪叹道：“小顺子，若这次能平安脱险，想不想就去太医院跟着陈先生呢？这么混赖在我这里，长进哪能快呢？”

小顺子敷衍道：“好好好，回去再说。”

辟邪知他敷衍，伸指在他额头上弹了一记，仗剑出来。谢还上前行礼道：“六爷，全军待命。”微光之下，仍能见谢还面色坚毅果敢，一派大将之风，虽然形容与谢伦零并无相似之处，但凌厉清洁的风貌甚似谢伦零青年之时。辟邪心中诸多疑问，却没有半点疑虑，向谢还点了点头。

“先锋。”辟邪道。

“在。”李师、谢还上前听命。

“带着我的同袍手足直向白苗正宗去。”

“是。”

——既然决意断了东回的唯一通道，便只有奋勇突围，杀入敌阵中心，直取敌首一策了。

辟邪持弓在手，又问：“谁与我杀入敌方中军斩旗？”

“必是我了。”如意已身负软甲，嘴角是冷酷的微笑，“这个颜面我可是要找回来的。”

“如此。”辟邪点了点头，将弓箭负于身后。

士卒见内亲王等皆负甲身先士卒，都是大为振奋。有乐州步兵在北方征战过的，均知他武功高绝、功勋赫然，此刻稍忘围困之险，竟面有雀跃之色。

“杀！”辟邪轻喝。

李师与谢还领先锋百人，如利锥趁雨声掩盖无声杀下坡去。辟邪与如意带领小顺子等腿脚轻捷的士卒三十人紧随其后，待前锋与苗人接仗，绕行侧翼，直透中军。都罗汉本不决心死战，这些白苗人久疏战阵，平日作威作福，此刻见中原人居高临下杀来，竟好些未放一箭，便扭身就奔的。战线一疏，即被中原先锋冲出罅隙。棘手的反倒是大理兵马，得中军督促，结阵放箭，中原先锋虽被射倒十数人，其阵中箭手亦施射还击。两边箭矢交错之际，李师与谢还已带着刀手跃入大理箭阵劈杀无数，又将第二道防线冲出缺口来，中原大部人马紧随其后，向缺口中涌。谢还不时关注两翼，深恐大理与苗人侧翼合围，则己军必寡不敌众深陷重围不能得脱。他远眺重重敌兵之后，远方有人影立于高处，正是大理遣来偷袭的大将，他命身边弓手施射，却无一能将弓矢近其身的。忧患之际，见侧翼一队人马杀出，几人掩住正中的箭手，那人手持一张雪白的强弓，在雨中开满，其上白翎映着雨色，向那大理将军飘摇而去，立时将其射倒。大理中军顿时大乱，未及号令合围。而这里苗人、大理两方素无援护的恩义在，不得号令便各自崩逃。中原虽不足千人，竟杀透五千重围。

辟邪带着如意更是掠至大理中军的坡上，将号令者逐一杀尽，低头看时，只见地上一具男尸，为辟邪的白翎洞穿咽喉。

“这又是谁？用兵也算妥当。”辟邪细看了看，问如意道。

如意道："这是大理京师戎政马坚，你不曾见过的。他是最能干的一个，难怪段秉派他前来。好是很好，可惜一家子都为段秉断送了性命。"

"竟连京城大将都遣出来行险。段秉也算是枭雄。"此时小顺子上前，想要将辟邪的箭矢拔出。辟邪冷笑道："且慢。留在那里，我妥妥地连人带箭物归原主。"

如意道："这么说来，这里的大理人都应是大理城戍备官兵？那此时大理城岂不是空虚？恨不得杀回去直接取了大理城。"

"师哥说的不无道理。"辟邪道，"可惜路途遥远，我实在懒得奔波回去，见了他现在仍杀不得，颇无意趣。不过……"他微笑，"都罗汉的白苗正宗岂不是一般的空虚？不取有些对不起他竟借出这些兵马给马坚了。"

这千人中原兵马设伏被袭，折了二百多人，仍有七八百人精锐，自重围中破阵，疾向东行军。至天光渐明，已将苗人与大理兵马抛于身后。想要扎营是不可能的了，待雨势稍住，辟邪命全军择干燥地界休整造饭，疗伤治疾。既然自虎口中脱险，全军虽然疲惫不堪，仍有欢欣雀跃之色。辟邪侧靠在山石之上，由小顺子验看后肩伤势，自己却浑然不在意，只是有些脱力地望着眼前的一片黛色山峦。

"师傅可觉得体热？"小顺子忽问。

辟邪如梦方醒："倒尚未觉得，只是肿胀得难受罢了。"

谢还此刻走近，蹲下身子凑在辟邪面前，道："六爷在犯难吗？"

"还是难的。"辟邪道，"六百人，冲入白苗最大的寨子，进深数里，如此孤军，上上之策怕只有放火这条路可以走了。"

一举烧了白苗正宗，于收服苗人人心来说，有百害而无一利，辟邪最忌讳的只怕是这个。

辟邪将软甲重新穿在透湿的身上，齐整几如刚从京城出发护驾前往上江的世家子弟。"兄长。"他起身道，"何不与我一同巡视前锋？"他挂上弓与箭壶，在细雨中侧首等着谢还。

"是。"谢还微微一个寒噤，站起身来随他缓缓向营外行去。

直至周遭人迹绝尽，可望的，只有一眼烟雨，辟邪驻足。

"六爷。"谢还迎着他的目光，"六爷有事垂询？"

"垂询说不上。"辟邪微摇了摇头，"兄长自上江往离都，可是为了见我大师哥？若有要务相见，何不与我早说，我定会早日安排。"

谢还叹了口气，走到辟邪跟前，低声垂首道："我知道这是极唐突的事。然而我受家父嘱托，必定要见到大爷交代清楚。这里面有不得已要瞒着六爷的缘故。我虽不知详细，但相信我父亲，绝非有任何恶意，他对六爷……”

辟邪忙止住谢还的话语，道：“兄长若是觉得我在疑兄长的赤诚，也是枉你我父辈至今两代人相知相敬一场。”他微笑，“我若有此意，天诛地灭。”

谢还撩起袍子，跪于辟邪脚下，道：“殿下，是谢还行事欠妥，亦不应疑殿下的真心。逼得殿下赌咒发誓，岂不是我万死的罪过？”

“我见先生，犹见我父，先生将兄长托我，我亦从未将兄长视作臣下奴仆。我举族殉难，若论亲人，就只剩兄长一人了。兄长对我看顾，亦同我长兄一般。若这世上能择一人将性命托付，我必求兄长时时刻刻能在我身边。我只是怕先生也好，兄长也好，为了我，担上无谓的重担，添上诸多忧愁。那些先生守口如瓶的事，若能让我知晓，容我自己承担，才是我为人无愧于心，应当做的。”

谢还仰面望着辟邪冰色气度，青山其后，他似从中结出的晶玉魂魄，无论何处，即便是这水雾萦绕的烟瘴之地，他依旧是万物的主宰。

谢还敬畏地垂下眼睛，毕恭毕敬地叩首。

“兄长何以行此大礼？”

辟邪伸手要扶，谢还却执着地跪于他足下，道：“殿下的错爱，谢还未积功德消受。谢还心胸促鄙，难以掂量殿下心中是怎么想的，却以父亲的英灵发誓，从未将殿下小看轻贱视作家人。殿下为人清洁，智勇绝伦，见者无不爱慕，谢还却与世上任何一个人都不同，是将殿下当成世上唯一的君主来侍奉尊崇，这非但是父亲的遗愿，更因见识了殿下的仁德雄志，愿匍匐于殿下足下，效命终生。因此上，无谓重担忧愁，若能为殿下分半点忧，都是大幸；更何况这件事，谢还亦不知底蕴，只是受父亲差遣，前去投书。若父亲觉得应瞒着殿下，必有要瞒着殿下的缘故。”

在这烟云萦绕的山间，无殿无阙，膝下便是青苔泥泞。只身孤影，于最荒芜处如此虔心跪拜，言及庙堂之上的君主仁德，却又是万般合情合理。

辟邪望着他的目光静谧无澜：“仁德？”他的语声没有半分困惑，“我要那东西做什么？”

谢还道：“有些东西与生俱来，殿下无时无刻不身体力行发乎自然。按父亲所言，若殿下如皇帝般实掌中原大权这些年，哪里会让白家与杜闵成气候呢？现在想来是不虚的。”

“兄长，”辟邪道，“这件事上，我已对先生说过，再做此想，有辱我父亲英名。”

谢还嘴角浮起一抹辟邪熟悉的微笑，似这刻因为心意相通，忽招来了谢伦零的孤魂。

“是。再不敢了。”谢还却顺着他道，“只是殿下所问相见大爷一事，谢还确实没有半点头绪，实不能为殿下分忧。”

辟邪伸手将谢还挽起，苦笑着叹了口气：“兄长这么说，我此时竟无可奈何。但待你我攻克白苗本寨回京，我岂能放过兄长耍赖，定要拉上大师哥一同对质的。”

“好。我亦好奇得紧，也正想找大爷问问书信里到底说的是什么，连我这个送信的也不让知道。”谢还笑道。

此时已能看见李师自营中寻了过来，辟邪点点头，道：“怕是不能再追问兄长了，只是兄长记得，我此生最信赖的人，不过就是先生与兄长罢了。兄长不要因我出身，竟生分了去。”

谢还道：“容谢还说句真话，以殿下出身的缘故誓死效命的，是我父亲；而我，因父亲杀了谢初，从一开始就有些记恨他口中情愿以亲子性命效力的小王爷。现在，我只是庆幸自己无子，不然亦会同父亲一般，竟会觉得妻子死得其所。如此想来，不免也嫌弃自己冷血，还不及禽兽。”

两人言及此处，都怆然无语。

“这是在商量怎么夺寨吗？”李师上前来问。

“也未必。”辟邪笑了笑。

李师道：“前面的探子回来报，白苗本寨确实坚深，前面一座吊桥下，万丈深渊，不知怎么攻克呢。现在白苗人渐渐聚拢了来，再在此耽搁，恐又被围了。”

此处距都罗汉白苗正宗已然不远。辟邪举目向西，微笑道：“且看他们如何开了寨门容我们直入吧。”

当下定计与谢还分兵两路，谢还领一百兵马作势溃退，将此地的白苗兵马引开，辟邪领人着白苗人尸上的衣着兵刃，乔装赚开城门，另有脚程最好的传令，疾奔至古斯琦阵中，约定时辰，向白苗大寨突袭。

谢还笑道：“六爷的兵马穿上苗人衣着也算是个奇景，可惜这回瞧不见了。”

辟邪上前，与他抱腰惜别，互道珍重，各自依计行事。

至次日傍晚，辟邪一部百人，故作迷途，闯入白苗大寨辖地，大声喧哗，引得寨门上的苗兵放下箭来。中原弓矢却厉害得多，有擅射者，接连射倒多个寨门上的苗兵，并不住辱骂，在林中又逡巡不休，终惹得白苗怒极，杀出五百人，循中原诱敌之兵，直追了下去。过了十数里，便入中原重围，被射杀者众多。辟邪俘虏了数人，押至白苗大寨之下，趁夜色叫开了寨门吊桥，便杀入白苗正宗的数百年未落的大本寨中。

这群中原的煞星也不占地杀人，只顾各处举火，自寨门至祠堂，不过顷刻，便处处延烧。白苗本寨中精兵为大理借走，而守军又被诓出寨去，寨中剩下的，多为都罗汉欺凌已久的妇孺，神情麻木，四处惶然奔走，无一抗者。不久古斯琦援军亦突袭而至，不消两个时辰，便占了白苗大寨，将火势一一熄灭。

两军会师一处，搜遍了整个寨子，仍不见都罗汉踪迹，乃是此役的大憾。古斯琦将白苗寨中守军的头目传来审讯，方知都罗汉毕竟不肯坐以待毙，听了大理马坚的计策，将重兵都用于偷袭见云峰一役，致本寨空虚，待辟邪杀入，自知不敌，已携亲信、家眷、仆从数千人，退守西面的盘蛇岭去了。

辟邪这日高热不止，有些歉然地对古斯琦道："大寨主，奴婢这时诸多不便，不能追随大寨主鞍前了。再向前去，身体不支，只会拖累全军。"

"殿下太见外了。若非殿下，我军还被拒山外，哪里这么顺利就夺下白苗正宗？只是……"古斯琦蹙眉道，"殿下的伤处，我有些担心，可否容我一看？"

辟邪示意小顺子，宽下衣物，将肩上的绷带解开，只见不过寸许宽的伤口，却红肿得厉害，眼看要化脓的样子。

小顺子道："我已用盐水不断冲洗，若按之前的伤口，这两天间就当好的。怕是我处置得不得法，反令师傅伤势加重了。"

"这不是小公公医术不精。"古斯琦道，"白苗的箭镞是终年泡在蛇蝎毒液之中的。殿下当时能将体中毒液清除，实属不易，但创口毕竟被毒液污染，即便是小伤，也要反反复复多日才有痊愈的指望了，一定要多多修养，不要动气，万不能小觑它。我这里有些药，虽不如他们白苗自己的解药管事，但可化在盐水之中，促其沸热，用以熏蒸伤处，总能解些毒性。而白苗寨中奉上的任何所谓解药，殿下万不可用。有些耐心，总能痊愈，而错信了他们的奸诈，用错了他们的毒药，岂不雪上加霜？"

"多谢大寨主费心了。"辟邪点头微笑。

待古斯琦退去，小顺子忙拧了井水里泡过的手巾，冰凉凉敷于辟邪额头。

"李师和二师哥都回来了吗？"辟邪慢慢躺下，高烧固然让他烦恼，却比不过这件事的忧虑，"可有谢大哥的消息？"

"尚未。"小顺子道，"有了消息，必是让师傅先知道的。"

谢还这一百来人却始终没有半点消息，如意与李师二人领人将谢还可能退兵诱敌的地方都走遍了，虽寻得数十具中原士卒的尸体，却没有见到谢还的残部。

傍晚时辟邪热症又渐渐上了来，他体虚不耐，适才看着谍报中说古斯琦虽久围盘蛇岭不下，都罗汉处却有不少人陆续逃出，应是众叛亲离，不久必克，他的脸色却也一直沉着，无动于衷。此刻听到李师的禀报，忽举目望着他，冷笑道："你可知道，若谢大哥有个闪失，我必杀了白苗全境的人泄愤，你想救什么天下苍生，倒不如快找到谢大哥……"

李师一跃而起，喝道："你就是喜欢将世上的人都当作蝼蚁，我虽顾不得什么天下苍生，好歹还像个人呢！"

"小六。"如意亦正色道，"都是自己人，何须如此？你心是最良善的，不必拿这种话赌咒发誓的。"

"良善？"辟邪口干舌燥，极寒极热，犹如身处地狱，心中烦厌，抢白道，"二师哥还拿我当不经事的孩子看。北方一场大战，死在我手里的，何止上万？只算是我亲手杀死的，也成百上千，这里的人命哪里又比匈奴人尊贵呢？"

"好。"如意见他这么热的天气，依旧裹着毡毯，浑身微微发抖，不禁叹了口气，道，"你说的都在理，现下就是好好歇着。"

辟邪笑道："二师哥就是敷衍我来的。就是烧糊涂了，也是一万个听得明白。"他实在无力与他二人多做纠缠，挥手告饶道，"求你们先放下指摘我的口舌，想着再去找找我谢大哥可好？"

众人见他厌烦，都只得退出门外。辟邪继续拿起一边的谍报和书信批阅。这种体热不适的时候，字也看得慢起来，半晌才从中拣出了寒江承运局呈来的厚厚一封书信，展开看到栖霞的笔迹，心中怦怦跳得更是难受。

"日前玉牒修撰已近尾声，皇帝多命吉祥往宗人府催促，太后亦命洪司言亲至宗人府查验，非但将此次的玉牒细看过，亦命宗人府宗令请出上元五年与上元十年两部玉牒，多加校对，方安心回宫向太后禀报。"栖霞道，"故良汩得了便宜，将上元五年、上元十年、庆熹四年三部玉牒的帝系、颜王宗室均抄录出来，这里呈于六爷钧鉴。"

书信在手里抖得厉害，几乎看不清后面的字——辟邪默然合上了书信放在一边，用冰凉的手巾按住眼睛，默然却吃力地往炙热的身体中透入潮热的空气。

——他果然不是唯一一个对玉牒在意的人。

"掌灯吧。"辟邪将书信掩在袖下，用干涩的声音唤小顺子。

屋中倏然明亮了起来，又在夜色倾泻之下昏黄了下去。等了数月的答案就在眼前，他却被惶惑淹没，几乎透不过气来。小顺子识趣地退出，他身周死寂，能听到的，只有自己瑟瑟战栗的声音。

他将灯挪在面前，从密函中取出三个抄本，并置于面前——上元五年，靖德太子于出云殉国，其名原朱，待玉牒修撰完毕时，以墨覆之。凡如今已经成年健在的皇子，俱已出生序齿：

第二子靖化，皇后刘氏所出，幼殇。

第三子靖佑，现为贺州郡王。

第四子靖仁，全圣二十一年十月二十五日，昭妃洪氏所出。

第五子靖僔，幼殇。

第六子靖仪，上元二年元月十八日，昭妃洪氏所出。

第七子靖保，现为汝州郡王。

第八子靖值，其时健在，却是薨于上元八年。

第九子靖倪，现为宿州郡王。

第十子靖倧，其时初诞，后薨于上元十一年。

皇帝与成亲王固然出身血统都是明明白白，其他三位成年的郡王亦是清清楚楚。至于靖值与靖倧薨逝，先帝辍朝的情形，辟邪甚至都还有印象。

澜月园中的青年二十四五上下，玉牒中并无年纪相符、身世高贵的皇子序录。那青年自称天子，名“靖仁”，却又明显与皇帝差着年纪。要论大理有阴谋，辟邪绝对是不疑的，只是这李代桃僵的人安排得着实拙劣，令他更是惑然。

再看颜王谱系上，上元二年九月初二日，颜王湛郑王妃诞颜镶，上元三年八月十五日，郑王妃诞第九子颜久。一切如辟邪所知，并无出奇之处。想来是当年郑王妃怜爱明珠，随口说生辰同一日，也算个缘由。

他因安心轻轻透了口气，指尖流连在同母长兄颜铠的名字上，一瞬烟尘滚滚，顾盼生辉的少年驱骏马驰前，安静宠爱地垂目望来，阿纳拉住自己的手，欢呼雀跃：“大哥哥带我们骑马！”——这刻若能永驻，便是天下、苍生——他倏然抽回手指，冷汗涔涔密布脊背，令他摇了摇头，目光挪在上元十年的抄本上。

先帝在这一年共有十二子，六女。

辟邪又取过手巾，捂在眼睛上，让被炙烤的眼帘稍稍凉下些，方能视物。

皇长子靖德太子、第二子靖化、第三子靖佑、第四子靖仁、第五子靖僔、第六子靖仪、第七子靖保、第八子靖值、第九子靖仞、第十子靖倪、第十一子靖倧……

“呵……”辟邪忽觉心中勃勃乱跳，一时天旋地转地闭上眼睛，扶住卧榻，捏着胸前的衣襟，呻吟了一声。耳中的轰鸣在良久之后才慢慢退去，他睁开双目，冰冷的手指再次触及那两个令他的世界天翻地覆的赤色的字：靖仞。

“第九子靖仞。上元三年五月十五日戌时，昭贵妃洪氏所出。”

他再细细地逐字读了一遍，明珠、太后、大理、靖仁、靖仞、自己手中镜里映出的几乎可以想象成太后年少的容貌……千头万绪如同翻江倒海向他当头袭来，他脑中反而一片空白，连眼前也是白茫茫的一片。

他抓起上元十年颜王族谱，颜铠、颜钰、颜钤、颜铰、颜锐、颜锷、颜钟、颜镶，其下便是颜锻、颜锲，而那个格格不入的颜久的名字和生辰，却全然不见了。

颜铠、颜钰、颜钤、颜铰、颜锐、颜锷、颜钟、颜镶、颜锻、颜锲，每个名字都触目惊心，他们胸前怒放的红花，从来都是他决绝的勇气，此刻却突然变作了他的恐惧，莫大的惊恐正在扼杀他的神志——那个叫颜久的孩子，从宗人府一地尸骸中消失了，从草原的战场消失了，从颜祯清亮的眼中消失了，从父兄慈爱的注视下消失了，然而那上元十年依旧健在的，皇帝与成亲王的同母兄弟又在哪里活了过来呢？

辟邪耳中充斥着的，是自己粗重的喘息，他狂乱地翻到庆熹四年的玉牒："睿宗文皇帝，十二子，八女。第九子靖仞，上元三年五月十五日辰时，昭贵妃洪氏所出，同日薨，幼殇。"

"咣当！"这是他撞在书案角上的声音，他不自觉地已来到窗前，松开衣襟，将潮湿的山风吸入自己的胸膛，愈发觉得即将窒息，足下峭壁千仞，暗夜无穷，清月星辰普照之下，天地无尽，却从无自己立身之地。

颜王湛雄志描述的天下，不存在的兄弟的鲜血铸成的坚不可摧的意志，七宝太监谆谆教导的忍隐处事……所共同构筑的世界原来只是谎言，现在正支离破碎，片片凋零，像漫天流星向他当头扑来，在他面前灰飞烟灭。

他的血肉精神因此被掏得干净，却不知道应该再用什么填补，心中苍凉一片。

"师傅？"小顺子在外关切地问，却因未得到他的首肯，不敢进来。

"怎么？"辟邪随口答着。

"师傅还好？"

辟邪转过身："还好。稍等。"他扶墙走回案边，将栖霞的书信和三个玉牒抄本凑到烛火上点着，再掷回灰皿中，望着它们缓缓燃烧去，犹若望着自己整个世界被燃成了灰烬。

"师傅、师傅。"不知什么时候，小顺子已经走进屋来，轻轻摇着他的肩膀。

他木然转过脸去，依旧无言。小顺子这瞬迎着他惘然空白的目光，突然惶恐涌上心头，抱住辟邪的手臂低声呼道："师傅，师傅倒是说句话啊，可别吓我了。"

"没事、没事。"辟邪微笑着摇摇头，"只是在想，又不在想……"

寨门前一阵喧哗，渐渐透了进来。辟邪恍若未闻，直到李师"砰"的一声撞开了门。

辟邪抬起头来，只见李师面色惨白，泪流满面，便已明白了大半。

“我兄长？”他问。

“辟邪……”李师跪在辟邪的足前，低声呜咽着。

虽然早有预感，这刻却来得太快。只是他此时的百感交集与心灰意冷，令谢还的死讯不啻暴雪扑入滔天巨浪的冬夜深海，竟没有半分震惊之色。

他的手掌轻轻落在李师的肩上，叹道：“你这是在劝我不要杀人吗？”

李师沉默了半晌，道：“我……我竟不知怎么劝你才好。”

辟邪闻言终于蹙起了眉：“怎么？”

“今日古斯琦终于克下盘蛇岭，俘虏五千人，俱已押送回来。搜查后山的时候，发现了……”

“李师！”如意已抢身进来，“人已不在了，便早处理丧事，你在这里做什么？”

辟邪站起身来：“是找到了兄长的遗骸了？”他有些蹒跚地向外走去，小顺子急忙上前扶住。

“小六、小六。”如意紧追了出来。辟邪却置若罔闻，将他甩在身后。

寨子正中的大晒场上黑压压一地的人，非但有战败被俘的壮丁，还有都罗汉近族的老幼妇孺，哭天抢地的；四处围着的红苗武士亦有三千人之多，高举火把，不住喝止，喧闹震天。

“肃静！肃静！”武士们见内亲王扶着侍者的胳膊，疾步赶来，更是举起鞭子，“啪啪”抽在众俘头上，这里的人倒是静了一静。围在最前的武士都默然闪开了路，驱着白苗的大小头目跪得齐整，让辟邪可以径直走向前方地上被鲜血浸透的麻布包裹的尸首。

辟邪踉跄跌倒在尸首之前，慢慢揭开麻布，却没有看到谢还的面容——这具尸首，竟没有一寸皮肤留在身上，触目的都是血红、血红、血红……

“谢还却与世上任何一个人都不同，是将殿下当成世上唯一的君主来侍奉尊崇。”

谢还说这话的时候目光透彻，仿佛望着辟邪身后的真相微笑。而如今这双眼睛依旧不能瞑目，匆匆一瞥故土中原之后，便如身为奴隶的母亲一般惨死。辟邪知道，自己所做的，只是辜负。

他俯身抱起这具没有皮肤血肉模糊的独臂尸体，木然无声地张开嘴唇，没有发出半点声音，却仿佛有尖厉的惨呼咆哮着，淹没举寨恸哭，令人瑟瑟战抖。

“殿下节哀。”身周的人跪了一地。

辟邪耳中却只是“嗡嗡”的噪声，天地风卷残云般退去，眼前已无沉沉暗夜，只有这片血色桎梏着自己滚烫火热的身体，如处阿鼻。

“小六。”如意上前轻抚辟邪颤抖的脊背，“你这般伤心坏了身体，绝非你谢大哥所愿。且容我们操持后事如何？”

“后事？”辟邪似被这句话唤回了灵魂，他放下谢还的尸体，倏然转身，“抬起头来。”满身满脸血污的内亲王，如沉静的死神，血红的目光缓缓落在面前白苗俘虏的脸上。

一众麻木不仁的面孔中倒有一个面熟的人，正是盘溪寨中虐杀了古斯琦母、妹的长老。

“呵呵。将我们去向告知都罗汉的，就是你了？”辟邪冷笑，走近他身前，右手双指一闪间，已生生剜出了那长老的一只眼睛。

李师在那长老的惨呼中身子挣了一挣，立时被如意按住。

辟邪将那长老佝偻在地上的身子一把抓了起来，那长老兀自挣扎，双手握住辟邪的左臂，被辟邪一掌斩下，双臂顿时瘫在身侧。

辟邪这才慢慢地伸出手指，耐心地插入他另一只眼眶，在他惊恐惨烈的叫声中，掏出他另外一只眼珠，捏碎在手掌中。

他将长老痛晕瘫软的身子扔在一边，静静望向晒场中被他滚滚煞气惮吓得鸦雀无声的五千白苗。

“杀。”辟邪尖厉地狞笑起来，“都扔到悬崖下面去。”

红苗人这些年为都罗汉虐杀的岂止万人，这里每个武士都与白苗人血海深仇，灭了白苗举族，绝非他们不愿，然而这瞬却无不被辟邪的狠戾惊得目瞪口呆，无人敢应。

一片寂静中，却有一声长剑出鞘的铮然之音。

辟邪却在剑风乍露之际，闪到李师面前，右手五指一展，“锵”地将斜月剑抓在手中，内力疾透，将此利器一震而断。

李师耐不住如此狂暴的内力，倒退数步，被一掠而至的辟邪一掌扇倒在地，呛出一口鲜血，立时昏厥。

辟邪将斜月残刃轻掷于地，空阔无尘的眸子自每个人的面上缓缓掠过。

“杀。”他展开沾着谢还浑浊血液的双唇，道。

五十五

清象亲王

中秋刚过没有多久，太后便重病一场。虽没有感染风寒之兆，却时常心口绞痛，食欲不振，时时倦怠。皇帝日常两省，都为洪司言劝退。而洪司言，也一样没有往日神采，恹恹的，似乎许多烦恼，只怕是为太后病情操心所致。

直到九月中，多亏陈襄殚精竭虑医治，太后眼看是大好了，却连皇长子的周岁生辰也不甚提得起精神应付，便自离都起驾，径自前往上江独住。

皇帝自然放心不下，便打算皇长子生辰一过，立即带同幼子，前往上江请安。

而出京之前，皇帝先收到了如意与辟邪联名的贺表，恭贺皇长子殿下寿辰，一并进的，都是苗地最好的灵芝、沉香。贺表中更述苗地战事在九月中旬大定，都罗汉白苗被剿灭，苗人尊古斯琦为王，大理西南的苗人如今安定，与中原遥相呼应挟制大理段秉，西南连同西王属地，当有一阵的太平。因此辟邪终能抽身回京，得以在御驾前侍奉，心中无比安宁喜乐。而如意因与古斯琦久识，要贺他封王，尚要晚些时日才能回京。

皇帝合上贺表，忽听到了自己冷笑的声音。他微微一惊，竟向左右看了看。

吉祥这些时日比从前寡言许多，有些无趣地远远恭立，似乎没有听见皇帝烦躁的叹息。

“如意就要回来了。”皇帝对吉祥笑了笑，“倒是很久没有他在身边，十分寂寞呢。”

“皇上还惦记那个惹祸的。”吉祥赔笑道，“如意要是知道，一定是神气活现得了不得。”

皇帝垂下眼睛，案上厚厚的一摞，都是巢州战事的军报，那除魔利剑般的少年正在这最要紧的时候，向京城奔驰回来。原当一样是安宁喜乐的心境中，却是有些畏怯和烦厌——皇帝心中隐隐的杀意变作血色，忽涌在了脸上。

“皇上，这折子发下，礼部一定要来问内亲王进京仪注的。”霍炎在一边道。

皇帝怔了怔，才恍然大悟：“自和屈射人一战之后，辟邪就南北奔走，竟还未回过离都。”

“正是的。”霍炎道。

皇帝抿着嘴唇，他由衷地想赞叹辟邪的辛苦卓绝和绝世之功，却又不甘心道出口来。乾清宫中一片尴尬的沉默。霍炎显然没有体贴皇帝心境的余力，这些日子一般跟着皇帝忧心忡忡，已到了夜不能寐的地步，清瘦羸弱得不堪。

“若皇上并无特别的谕示，臣这就叫礼部拟了来。”

“不。”皇帝道，“他自己虽不愿意张扬，但确是北方一战中最大的功臣，着兵部、礼部按执节钺的亲王凯旋之礼迎入。”

“遵旨。”霍炎欣然道。

因此迎接内亲王的仪仗自九月末便在京郊守候相迎，算日子辟邪在皇长子生辰过后一两日内到京的，皇帝却一直等到十月头上仍没有辟邪的消息。好在正在为难是不是先往上江去向太后请安的时候，太后却先返京了。

“还是放心不下这孩子。”太后搂着重玹，微笑着道，“原想多住些时日的，但夜里念着他，就睡不好了，絮絮叨叨到天亮，精神反而困顿，倒不如早些回来。就是这么来回折腾，辛苦的都是内务府的人。”

“这是内务府分内的事，这两年因为战事不休，宫中已减了许多排场开销，若母后巡幸上江都要遭他们抱怨，他们岂不是日子太好过了些？况母后气色比之出京之前已好了很多，京城毕竟人多脏乱，不是静心休养的地方。”

太后一边命洪司言拿果子给重玹吃，一边对皇帝道：“听说巢州的战况不见进展？”

“甚是胶着。”皇帝道，“姜放施展不开，朝廷里也无其他良策。他们都说毕竟是拿举国之力与杜闵缠斗，时日长了，不怕他自寻死路。”

“这话也是对的。”太后道，“辟邪平了苗地这就要回来了？皇帝身边又多个得力的人商量，我更放心了些。”

皇帝有些不自在地笑了笑：“他年轻，军功是有的，但朝廷上多嘴不合祖宗之法，一定会惹母后生气。”

太后清澈的眼睛望着皇帝，不置可否，连往日的微笑也吝惜了起来。

皇帝只觉心中每个角落都被母亲的目光洞穿，跟着太后一起沉默着。

“也没别的事。”太后最后笑了笑，“訸妃忙宫里的事，谐妃又有了身孕，后宫也当充实，临幸过的人，不要扔在上江，那算怎么回事呢？”

“是。”皇帝不禁也笑了，“以为母后不喜欢，就没带回来。还是母后心疼儿子，又体恤她们。”

“那也是个爽利的姑娘，虽然是民间来的，但看明珠就知道，哪点比官宦世家的差呢？”

闲话到这里，太后也有些乏了，皇帝告退出来，时辰还早，便缓缓踱回乾清宫。只是刚过乾清门，便觉身周微微的异样。

虽然是比平日更甚地死寂，却有股不寻常的暗流在每个人身上骚动着。巢州战事带来的无尽焦躁充斥的乾清宫，似被一股飓风清洗了一遍，天色透亮了一层，每个人面色身姿都有好些日子不见的勃勃生气。

白玉长阶之下，青衣小监们已在銮驾前齐刷刷跪倒，只是其中一个最清瘦的身姿，让皇帝禁不住快步走了过去。

“奴婢辟邪叩首，皇上万岁……”

未及他的礼行完，皇帝已一把搀住他的胳膊，将他拉了起来。

——甚至比四个月前更加骨立形销。上次见的时候已堪称憔悴，而这次，双目中却没有多思清明的神采，只是清荡无垠的一片空阔，仿佛站在面前的，只是他的躯壳。

“皇上……”他像是多日没有说过话了，有些艰难地启唇，目光缓慢而迟滞地停驻在皇帝面庞上，不知道在寻找什么。

皇帝与他相识至今，从未见他有过一瞬的迷茫，而这样痛楚恍惚的形状，让皇帝竟心生怜惜不忍的念头——想到辟邪回京，他曾心生畏怯，胸怀杀机；而此刻，他却觉得辟邪回来得太晚了——“辟邪。”皇帝心中的忧惧和喜乐均变作伤感，几乎是哽咽地道，“不要再走了。”

“是。”辟邪的微笑似大喜又似大悲，一瞬间被无尽的思绪冲击得天旋地转，却突然迸出了些光彩，“奴婢若能在皇上身边多侍奉一日，便是一世的造化。难怪奴婢二师哥如意一直在抱怨皇上召他回京太晚。”

“和他比没甚意思，他指望像条藤蔓缠在朕身上才好。”

原当是调侃取笑的话，两人却都没有那么高涨的兴致，更愿静静对望，忘却诸多纷繁的前因后果，享受片刻安宁平静。

皇帝握起他冰凉的手指，在手心里紧了紧，拽着他往大殿走。“来吧。怎么没听到你路上的音讯呢？”

辟邪落后半步紧跟着皇帝长长的步子，有些吃力地道：“奴婢想着朝廷里必有人出来接，皇上那时说得一句礼如亲王，朝中人都少不得当真要纡尊降贵地另眼青看奴婢，礼节上必要繁重的。一则是不敢折辱大臣；二则奴婢也是疲累，省些事反倒便宜。”

说话间殿上的内臣都跪候圣驾，吉祥行了礼，笑道：“这般内书房得用的人可多了，只看皇上什么时候才舍得派差给辟邪。”

李及见皇帝既是高兴又是心疼，不免做作地擦着眼睛。

皇帝见了忍不住呵斥道：“你这是在哭什么？起什么哄？”

李及道：“总算是回来了，皇上惦念得很，若过几日如意再回来，那就是师兄弟大团圆，想想就是喜极而泣。”

皇帝冷笑道：“他们哪里和你是师兄弟了？如意回来哪里还有你在内书房的差事？他回来你就快快滚，见了心烦。”

众人都陪着皇帝笑，皇帝见辟邪笑容虚弱，不忍道：“还是病着吗？”

“奴婢只是路上赶得急了。”辟邪道。

皇帝便问苗地征战，辟邪说得波澜不惊：“毕竟是中原援兵三千入境，都罗汉早失民心，兵败如山倒，助得古斯琦在三个月内一举攻下苗地全境。”

“如意还来问过，要不要朝廷封藩古斯琦。若使得，趁他国内新定，这个时候甚好。”

“皇上圣明。若有朝廷的旨意贺他称王，已是古斯琦求之不得。古斯琦虽愿求与中原有宗藩的名分，但实在奈何他国内各部初定，若他现在迫不及待地向中原称臣，苗人多要诟病他没有骨气，也是两难的。况封藩之后，大理身后凭空多了个中原属国，以段秉的为人，岂不更加猜忌？”

“有道理。”皇帝点头，“这就差霍炎拟旨。那么巢州……算了。你今天先歇着吧。”他本要说到眼前的急务上，却怜惜辟邪一脸的疲惫之色，叹了口气。

辟邪跪倒再次行礼告退，小合子却在殿外迎上来道：“太后娘娘知道辟邪回来了，问辟邪的差事。”

皇帝在内听见了，怔了怔：“差事？”

吉祥望了辟邪一眼，旋即笑道：“辟邪此次是奉懿旨问公主的安，领的是司礼监的差事，正是太后娘娘要问的。”

“不去不合规矩，还是去给太后请安吧。”皇帝在内对辟邪道，“太后今日还提起你来着。”

“是。”辟邪茫然答应了一声，脚步虚浮地向乾清宫外走。

小顺子忙从旁边转出来扶住，低声道：“师傅这时当真去吗？”

“还能如何？”辟邪苍白地笑了笑。

小顺子默叹了口气，辟邪便回首看着他。小顺子只是抿着嘴，没有说话。

辟邪拍拍他的手，点头道：“小顺子确是长大了些。”

此时已在宫里，纵说一万句沙场上反倒自在纵意，又有何益？

出了乾清宫，都是熟识的侍卫，都上前问安，辟邪极为耐心地一一回礼寒暄了几句。这般走得极慢，一座花园之隔的慈宁宫却几乎要远到夜色里。

至拖拖拉拉地走进慈宁花园，辟邪已经轻轻打着战，蹙眉忍着后肩伤口的疼痛，透了口气笑道：“竟有些晕眩了。”

小顺子从来少见他自己示弱，慌忙扶着他坐在路边的凳子上，摸了摸他的额头，道：“怎么体热又上来了？”

后肩的伤口，是照着古斯琦的法子日日以沸腾的汤药熏蒸，辛苦了多日，才将辟邪的高烧退了下去。一路奔波，未曾痊愈的伤口又如此反复，令小顺子不禁气馁。

“这也不是办法。就算见了太后娘娘，只怕也没有精神行礼答话了。”小顺子忽拍了拍手，笑道，“不如我背着师傅去？”

辟邪闭目靠在柱子上，懒洋洋地道：“成何体统？慈宁宫里见我这么僭越，不是要命了吗？”

小顺子笑道：“就是师傅自己死要面子活受罪罢了，宫里的大太监谁不这样？”

辟邪便连微笑也懒得回应。

小顺子倒急出一个计较来，道：“不如我跑去跟明珠姐姐说，让她在太后面前支应一回，容我们明天过去。”

“这是个正经主意。”辟邪知道交给明珠去说大可放心，点了点头。

“那我这就跑着去。”小顺子道，“师傅这里歇着只怕还无妨，我片刻工夫就回了，然后背着师傅回居养院去。”便一溜烟地跑了。

傍晚的秋风正无情摧动慈宁花园的森森树影，枝丫“哗啦啦”摇动，便是落叶萧萧而下，落在辟邪的膝上，除此之外，就是大内的静肃，正向着孤影的他放声咆哮。

他拼力透了几口气，脑中“嗡嗡”作响的声音才缓缓退去，却突听有人惊呼了一声：“哎呀，吓了我一跳，这黑漆漆的，躲在这里要做什么鬼祟的事？”

辟邪抬起头来，正望见一个十一二岁的小宫女对着自己大呼小叫。

“娘娘正从这里过，还不快起来。”

“是。”辟邪忙道。他异常不喜欢在嫔妃前走动，自然是想速速回避了事，只是想要起身，却浑身倦懒，挣了一挣，竟没有动。

簇拥着正中宫装丽人的一干宫女都大惊小怪地呼喝起来。辟邪在“这小奴才，快滚起来”的一通嘈杂里，终于勉力站了起来，然而体热令全身疲惫异常，一时没有半分力气行礼，只能挪到路边，扶着树干整理真气。

“宫里都是这么无礼的小子吗，怎么比上江的人都放肆？”美人蹙眉大怒。

那些宫女更是嚣张，吵嚷道：“怎么不给娘娘行礼！你是哪里的小太监？”

——跪下说不定还省些力气——辟邪容自己的双膝软在地上，道：“奴婢辟邪，给娘娘请安。”

“你在哪里当差？”那美人问。

纵使在外带兵两年，“辟邪”这个名字在宫中还是如雷贯耳，眼前的美人竟一点反应也无——辟邪忽觉啼笑皆非，听说皇帝在上江私访时选了一位杨姓小吏的女儿，虽很宠爱，却怕她礼仪有失，不敢带回宫来；太后却不甚计较，亲自上江将其带回，说的恐怕就是眼前的美人不错了。这杨美人虽然不懂宫中世故，但这一问，辟邪倒也一时不知怎么答复，想了想，才禀道：“奴婢于御前当差。”

“胡说。”那美人面带得色地道，“御前的人都跟到上江去过，哪个我没见过？这么个病恹恹的小子，皇上要留你在御前做什么？必是你说谎。”

辟邪已有些厌烦与他们纠缠，道：“奴婢不敢说谎，若娘娘不信，可以问御书房吉祥。”

“竟敢唬我？”杨美人自幼家富貌美，眼高于顶惯了，为皇帝新宠之后不免更是骄纵，被皇帝留在上江时尚有些落寞收敛，不料见了太后，却很招太后喜欢，一路回来就想着怎么在大内艳压群芳，如此心高气傲，怎容得辟邪抢白一句，伸掌上来对准辟邪就是一记耳光。

“姑娘的手疼才是要紧。”她身边的都是自己家中带来的侍女，急着为主人出头，忙一边有人哄着杨美人，一边另有两个宫女扬手劈头盖脸就来掌嘴。

面颊上是火辣辣的疼痛，辟邪只是觉得匪夷所思——宫里少有这般说打就打、随意责罚的事，况且不过是个美人，并未有其他封号，竟擅动私刑，真是从未见过这样的人，经过这样的事，身处这样的局面——他全然没有想到要躲避，直到有重重的一掌打得他耳中“嗡嗡”作响，令他一阵晕眩，才抬臂挡开那些宫女的手掌，径直站了起来。

他恪守的七宝太监教导的礼节尊卑，在这通无理取闹的责打中突然意义全无。他长身站在冷秋的落叶中，目光越过面前张狂的妇人们，向已渐渐燃起灯火的慈宁宫远眺了一眼。

“哼。”他冷笑了一声，拂袖而去。

耳边不知何时开始涌入“殿下息怒、六爷息怒”的喧嚣声，也不知道身边究竟围了多少人，只是在有些陌生了的宫中道路上不停地向前茫然地疾步而行。

“师傅，咱们回不回居养院呢？”

小顺子的声音在耳边低沉地问。

辟邪摇了摇头：“不。”他从迷茫中清醒过来，眼前就是居养院的月亮门，而自己似乎已在此伫立了许久，脚下跪了一地的内臣，都吓得面如死灰地望着自己。

这是他从前唯一得以庇护的地方，至今仍充斥着七宝太监严酷的溺爱，和驱恶不明不白地为自己替死的仁义，那些谎言般的回忆一涌而来，让他精疲力竭。

“小顺子。”辟邪笑了笑，“我累了，想睡，可是又无处可去啊。”

“这是什么时候的事？”

“已有大半个月了。”

左近两人声音压得极低，细不可闻，依旧因为说话的人语声惊惶，令辟邪警觉地惊醒了。

吉祥的怒声在外道：“怎么不早说？你们跟在身边的都是死人吗？”

“严命不让宫里知道，说是每次都是闹得皇上和宫里不消停……”

“这样就让人消停了吗？如意为什么没有话说？他也发了浑了吗？”

这句话小顺子没有敢接口，又是一片死寂。

辟邪终于有余力敛了精神打量屋内。卧床对面明亮的窗棂之下，长榻上铺设的都是杏黄的坐垫靠枕，屋中雪白的墙壁、案上天青色凝脂般的瓷瓶、白玉如意、珊瑚盆景，皆是宫中主位才敢用的器物，有些甚至看着眼熟，还是自己经过手的御用之物。只是屋子的方位格局都不曾见过，必是新修的宫殿。

辟邪一时灵台清明，浑身挣了挣，就要起来，旁边伸过一只手来，按住了他。

明珠俯身看着他微笑，极低的声音道：“别出声。招了大爷进来，又是一通臭骂。”

辟邪握住明珠的手，慢慢摩挲着她纤细手指的每一个关节，确定了她真真正正地存在，才放心地长舒了口气。

外面“嗒嗒”的脚步声远去，是吉祥盛怒之下走了。小顺子半晌才起身悄悄走了进来。

“师傅已醒了？”他见辟邪睁目，不禁大喜。

“这是哪里？”辟邪仰起身来，问。

明珠道：“这里是清象宫。皇帝回来大兴土木，连通了从前的寿宁花园。特赐六爷住呢。”

“我？”

“就是六爷千岁殿下。”明珠不禁笑了，“都是因为爷不要外面的赐府，皇帝便特地在宫里修了院子，本来打算风光颁旨赏给爷住的，谁知回来第一天就派上用场了。”

小顺子大奇：“朝廷里就没有人多嘴？竟让这事成了？”

“你想呢。”明珠笑，“今儿言官的折子上来，皇帝便说，难不成以为将整座宫殿赏给了辟邪吗？原是皇帝一则是想自己住得离太后近些；二则是因为皇长子现由太后教养，自己住得近了，好多教导嫡长子懂事；三则就权当这后面的房子都是辟邪的值房，要时时商量政务的时候，免得传来传去的，省却好多麻烦。”她笑容消散，接着道，“大臣们听了，都说那也算是个正经的理由，都立时不闹了。皇帝嘛……”她想了想，“失了对手，还有些怏怏的没有意趣，不是很高兴呢。”

辟邪知她所指，点了点头。

“六爷打算这里长住呢，还是挪回居养院去？”明珠问。

辟邪漠然：“我暂不多想这些个。”

明珠的目光再次流转在辟邪脸上，似从熟悉的躯壳中，辨识出一个从所未见的幽灵来。“六爷还是累了，先歇过这阵，体热退了再说。”她站起身来，望着辟邪的神色，似乎有话还未说尽，却不知道是不是当惹辟邪的烦恼。

“太后在召我？”辟邪便笑着替她把话说了出来。

明珠笑道：“这会儿先称病？”

“确实病着。”辟邪认真地答道。

明珠向小顺子招了招手：“你来，我有话问你。”便福了福一笑自去。

身边突然一个人都没有了，身无俗务琐事，无穷无尽梦魇般的疑惑便如滔天巨浪杀来，死死将他按在黑沉沉的水底，让他瞬间俨然遇溺——辟邪忙仰起身来，趿了鞋，在陌生的宫殿里缓缓走动，指尖轻触着珠玉宝器、古籍孤本，想让这些凡俗真实的东西尽快驱赶掉无尽飞旋的思绪，混沌黑暗中有三头巨兽不甘桎梏，不住凄厉咆哮，他不禁呻吟了一声，扶住榻上被阳光晒得温暖的几案，轻轻摇头，仍然挥之不去。他沮丧地掩住额头，转过身来。

暖阁门前肃立着的妇人，正戚然望着他的挣扎，在外福了一福。

“内亲王殿下。”洪司言道。

“姑姑。”辟邪几乎是倒退了一步，用干涩的声音道，“安好？”

“奉太后的懿旨，来问殿下的安。”洪司言迈步走了进来。

辟邪让她在上首，跪倒道：“奴婢不争气，病重不能给太后磕头请安，罪该万死。”

洪司言见他礼毕，忙伸手搀他起来，握在手中的臂膀正隔着单薄的衣衫透出微微的体热，洪司言举目打量辟邪的气色。

“能起来就是大好了？”

“现下身子软弱，还出不得门。”辟邪胡乱地搪塞。

“那还不先坐着。”洪司言将他按在榻上，取过长袍披在他肩头，之后只是细看他围在漆黑长发里、正在阳光中消融的容色，半晌并无一语。

小合子此刻疾步到了门前，望见洪司言在内，忙收住脚步。“皇上口谕告诉辟邪。”

辟邪站起身来，垂首听着。

“此刻贺里伦女王的使节到京朝贺，要进来在病榻前给内亲王磕头。”

"回皇上的话，奴婢体热难耐，有失礼仪，见不得人。"辟邪道。

小合子道："皇上也是这么说，贺里伦使者却说有件事一定要当面问内亲王示下。皇上叫辟邪务必接见。"他正事说完，才四处张望，道，"小顺子不在吗？六叔这怎么更衣？"

"跟的人太少了。"洪司言叹气，"什么亲王的排场，都是骗人的。我来梳头，你快去找了小顺子回来。"

小合子犹豫地望了辟邪一眼，见辟邪点了点头，才道了声"姑姑辛苦了"跑了出去。

洪司言在辟邪面前支上镜子，正打散他的头发，从中拣出一条漆黑卷曲的发辫来："这个是？"

"烦姑姑梳在发髻里。"辟邪说着，目光落在镜中，正能看见洪司言越过他的肩膀，怔怔看着他镜中的容貌。在镜中的虚幻里四目相对，洪司言没有来得及掩去目中的惊骇之色。

辟邪已"啪"地合上了镜子。

"小……殿下。"洪司言颤声道。

"姑姑，"辟邪扶案拼力挤出声音，哀求道，"不要再来了。"

皇帝望着贺里伦使节退出乾清宫，面色已沉得如同冬夜。

"这件事，中原里没有人懂得，只有内亲王明白。皇帝陛下也不能做主。"

——适才此言一出，乾清宫中的人都悚然变色。

使节的中原官话说得甚是勉强，要苛责他无礼并非皇帝所愿，因此只是笑了笑："如此，就去问内亲王。"

吉祥却能看见皇帝陡然握紧了手中的沉香数珠。

"草原上的人倒是直来直去的。"吉祥待使节出殿，笑着道，"皇上真是待他们犹胜中原子民，宽厚已极。"

皇帝笑道："难不成在这里和他们掰扯礼仪吗？"

待又批完数件折子，内务府和总管太监都来报，御用的器物、书籍等均已迁至清象宫正殿。

"今日就宿清象宫。"皇帝道，"晚膳摆在正殿，分一份给辟邪。"

他起驾往清象宫去，特地叫内臣不许拍掌。"别吵到他。"皇帝对吉祥道，"见过贺里伦人，这时候一定是累了。"

"皇上这么体恤，难怪满朝里都是愿为皇上粉身碎骨的忠臣良将。"吉祥叹了口气，"也难怪辟邪情愿极北极南地跑。"

“他只怕觉得外面更自在呢。”皇帝苦笑，正至清象宫正殿，忽又道，“左右无事，朕看看他去。”

人自然不当跟得太多，只有吉祥奉皇帝从穿堂过去，影影绰绰却见青纱帘后，辟邪端坐正位，贺里伦使节匍匐于地。原来尚未说完正事。

“无论如何，请殿下拿个主意。”贺里伦使节低声哀求着。

就算是隔着纱帘，依旧能见辟邪冰雪般的雍容之色，他垂着眼睛，冷澈的声音缓缓道：“这是草原各族的家事，容不得我来管。”

“臣出来之前，女王已对臣说过，殿下驭草原诸部，没有一件不公允的事，最讲道理的。况殿下才是斩了阿纳的人，草原上各部，哪个心中不已奉殿下为尊？说是塞外之主，有什么不妥？”

皇帝听到此处，全身挣了一挣，却听辟邪冷然呵斥道：“放肆。”

“臣不敢。”使节将头颅伏得更低了，在少年足下战栗不止。

半晌扼人心神的沉寂之后，只听辟邪终于曼声道：“请回禀女王陛下，王子出生之际，名分已定。女王爱他，便不应夺他天生的贵胄之本。屈射人前来请回王子，是屈射人天赋之权，无有半点不妥。若王子率屈射人西进，更创一片天地，作为生母，难道不应欣慰吗？屈射人若因王子之故滞留东方，各部为此交战折损英雄的性命，都当算在女王妇人之仁的不是上，又是女王所愿吗？”

“只是屈射人要夺回王子，未必是什么好心。几大天王之间钩心斗角，各自逐利，王子回去，不啻落入虎口。”

“他生而为屈射的亲王，身负国体，已无从容生死，无论如何，比之于贺里伦浑噩一生，要强许多。”辟邪冷笑，“这其中的体会，你国大将中有一人只怕最是清楚。他的才干人品相貌，贺里伦国中有能一较高下的人吗？然则他要名正言顺地做你们的国王，却又有多少人心中不忿的？”

“将军为人谦和，不甚在意这些，国中都是有口皆碑，心中赞服的。”

“谦和？”辟邪不禁轻笑起来。

使节有些尴尬地赔笑了几声，道：“殿下既然如此训示，臣浅薄无言，必据实回禀女王知道。殿下之意，草原上各族无不遵从的。如此……”使节从袖笼里取出一只鹿角盒子来，“女王念及殿下上次内伤发作，距今已是一年之期，恐殿下仍觉不适，心中不安得很。因此命臣将女王新炼制的药丸，进献于殿下。”

皇帝屏住越发粗重的呼吸，悄悄向正殿回转而去。一向稳重精细的吉祥却依旧在原地出神。

辟邪笑了笑，道："承女王陛下惦念了。请回禀女王知晓，这一阵子奴婢身子好得很，况已经回京，宫中太医的医术均高明，虽不及女王陛下久研此续命之术，只是调养，还是够的。此药贵重，奴婢无福享用。请使节代奴婢万谢陛下厚爱。"

那使节又道："女王亦命臣来询火炮一事……"

辟邪抬起手掌，止住他的语声，抬起眼睛，向吉祥望去，微微笑着："这却不是现时可以商量出结果的事。今日就罢了。"

使节亦扭身看到了吉祥的身影，道："是。臣，告退。"

小顺子将使节从侧门引出后殿。辟邪费神太久，很懒得起身，斜靠在正座的扶手上，凝望着吉祥，直到吉祥无声地退入穿堂的阴暗中。

"呵……"辟邪轻轻叹了口气。

也许这世上最清楚所有事的人，却是最微贱的奴婢们。只是深沉稳重如吉祥者，抑或透彻多思如辟邪者，都没有确定明白了所有的事，是幸还是大不幸。

"皇上已将寝宫挪到前面正殿了。"小顺子道，"想到皇上的御驾就在穿堂前，我心里还真有些发毛。"

辟邪由他扶起身来，转回东暖阁里，一边换衣裳一边道："这么想的，又岂止你一个呢？"

往时在京或回御前，自内务府、兵部、户部，直至京营，都络绎不绝有人来见，尤其是霍炎、陆过等年轻交好的，必是促膝长谈。现今却因皇帝在前殿起居，要探视后殿的内亲王却成了一件了不得的麻烦事。陆过更从小合口大营来信问霍炎，霍炎虽是最胆大不怕麻烦的一个，亦也只敢悄悄抓住最喜欢多嘴多舌的李及问。

李及笑道："探花爷要和内亲王说上话，也还早呢。别说内亲王特地说了，毕竟是一年里几乎没见过皇上，这时候好些话要禀，先不见外臣；探花爷可瞧见没有，皇上这两日见的大臣也少了，从早到晚，和内亲王两个人絮絮叨叨，絮絮叨叨，没有一刻安静的时候。"

"都说些什么呢？"

"都是琐事。"李及笑道，"先讲草原上各族各部的人情，后讲苗人各族各部的世故，从战场一直问到内务府的差事。不是皇上困了乏了，便是内亲王眼皮打架了，才罢休呢。"

"这么说公公他身子还好？"

"回来的时候倒不是身子什么不好，就是眼见的没有什么精神，像个木偶似的。"李及微微一个寒噤，转而又笑道，"这两日倒是大好了些，看来有些活气儿了。"

"小顺子公公呢？烦李公公传个信，就说霍炎大理一别，甚是想念，找时候说说话。"

“小顺子可忙着呢，日日里被洪姑姑叫去问话。”

“问什么？”

“那就不知道了。”李及笑道。

唯一仍能堂而皇之对皇帝直说要见的，也只有成亲王，这日陛见，便直说道：“臣今早已在母后前磕了头，母后说上回姑姑回去抱怨，辟邪身边就一个小子，一时找不到，眼前全然连个人都没有，两个人这里白占了五进的殿堂，太过了，成何体统？臣就禀说原先和他一起玩过的，来问问他缺什么，一定会直说给臣听。”

皇帝笑道：“姑姑还管这种闲事？”

“岂能不管呢？”成亲王道，“臣还养在宫里的时候都是母后与姑姑商量掌管后宫，现今儿还不是姑姑帮衬。”

“你不过就是找他玩罢了。他这两天虽然看得过去，离到处乱跑还早呢，你不要勉强他费神。”皇帝摆摆手，“回头议完巢州的军务，你便去后面瞧他。”

成亲王便坐立不宁地等着翁直等众臣入内。皇帝将姜放的折子给众人看，道：“姜放在巢州西北遭遇倭寇，此战虽没有吃亏，但亦有二百人以上死伤，这般拖下去，不是办法。”

翁直道：“臣等以为，只要倭寇与杜闵仍在相互消耗，便不足以动踞州兵马。秋收时节，未令倭寇抢得粮草，现将其迫向东南，与杜闵争粮，至冬倭寇缺粮之际，便能不战而胜，正是原先定下的大计。皇上圣明，此刻还需耐性观望。”

“众卿想过没有，倭寇缺粮的时候，也正是当地百姓缺粮的时候。若置百姓于不顾，朝廷不就如杜闵胡说的一般不堪了吗？”

“皇上的忧急臣下都是知道的。”成亲王道，“但是臣记得，抢收绝倭寇粮草这个主意，不是辟邪出的吗？他既然就在后殿里随时待召，这个时候不如直接叫他出来问他那时可想着后招吗？”

尽管都在竭力掩饰，群臣的欣然大喜依旧被皇帝看在眼里。

“真是糊涂了。”皇帝笑道，“他一直不在宫里，这节骨眼上竟没想起他来。着他来回话。”

吉祥对小合子使了个眼色，小合子忙去后殿传口谕。

不刻穿堂影壁的帘子一动，辟邪依旧是齐整的青色宫衣，雪白的容色，飘然而至。

“奴婢辟邪，奉谕伺候。”他在众人瞠目结舌的寂静中撩起袍子跪倒行礼。

这里的臣子，除霍炎外，最后见他都是去年随皇帝亲征匈奴时了，此刻一眼瞥到的，几乎是形若枯槁的面容，原先少年丰神如玉的肉身几乎消融干净，只剩一片空灵的精神，目中甚少波澜。

待他安然御前侍立，群臣悚然之色依旧挥之未去，人人都想仔细打量功勋超绝的战将，但目光留在他身上久了，能想见的都是他这一年来所受的折磨煎熬，不免心生不忍，在这贱役面前，自惭形秽地垂下目光。

皇帝微笑着将目光从众人脸上收回，转而对辟邪道："在说巢州抢收之后，倭寇所占地界，百姓亦无粮一事。"

"是。"辟邪躬身道，"倭寇四散作乱，朝廷的大队兵马阻击不得，从来都是以乡勇民团应对为上。巢、寒两州富庶，民众惜命，王命征召，多无效用。而今秋粮已为朝廷抢收，百姓固然有绝粮之虞，却一样多了征召乡勇的筹码。不妨请吏部、兵部一同议之。"

殿中是附和的赞叹，皇帝便点头道："那便着姜放于巢州办理。"

今天最大的一件事议完，众臣散出。远处传来他们"嗡嗡"的议论之声，虽听不清楚详细，却比之平日昂扬了许多。

成亲王拉住辟邪，仔仔细细地打量，热泪盈眶，却说不出一句话来。

"不如随景仪去，陪他下两日棋也好。"皇帝道。

"是奴婢不识抬举了。实在是奔波日久，心神俱疲，现在绝不是成亲王的对手。"辟邪叹了口气，又笑着对成亲王道，"王爷现在赢奴婢，胜之不武。"

"那我去瞧瞧你的值房。"成亲王道，"缺什么，我找母后要。"

辟邪却少见地蹙了蹙眉，还未答话，皇帝已经点了点头。

"陪景仪去吧。"

成亲王利索漂亮地行礼告退，欢天喜地地拽着不情不愿的辟邪往后殿去了。

皇帝对吉祥道："他们去乐呵了，我们也别枯坐在案牍前面。去谊妃那里吧。"

吉祥喜道："奴婢这就告诉庆祥宫去。"

自杜闵起兵谋反，皇帝忙于战事政务，已许久没有心情夜宿后宫。回銮一年来，有喜信的不过是谐妃一人罢了。太后体谅皇帝政务繁忙，亦不便当面催促，却找了吉祥训示过多次，要他得机劝皇帝多幸后宫。吉祥深知皇帝心中不畅快，也是作难，不敢多劝。

今日皇帝竟有兴致自己要往庆祥宫去，吉祥自是如释重负。秋日阳光正好，皇帝也不用辇，徜徉而往。

毕竟皇帝月余未入内宫，想到的第一个便是庆祥宫，谊妃身边的人都是勃勃的喜气。谊妃亦神采奕奕地侍奉，美艳照人，惹得皇帝十分高兴。帝妃说了些公主们起居的闲话，皇帝笑道："这些天都是重珄在眼前闹，朕见得也多，倒是两个公主，长久没见了。"

"那便叫过来，皇上看看。"谊妃自然不能放过这等让亲生的公主见驾的机会，用明

朗恭顺的声音敦促着。

皇帝不喜长女生母邓氏出身微贱，连名字都没有为公主起，宫中只得以大公主称呼。现今四岁的重瑢公主毕竟是身世高贵的谊妃所出，不但命了名，在这年重修玉牒时，一并录入了，倒俨然是长公主的身份。

十一岁的大公主惊恐万状地被人一把推入了屋内，她瘦弱的身子甚至还挣扎了片刻，似乎想要从皇帝的视野中仓皇逃离。

“大公主，快行礼。”谊妃忙提点她道。

而随后如雪球一般滚进来的重瑢与大公主并排跪倒，虽然年幼，口齿却很清楚。

“父皇吉祥如意。”

皇帝叹了口气，问大公主道：“你教养的女官是谁？都已经长这么高了，竟还不如你小妹妹。”

谊妃称心如意，忙劝道：“他们是难得才见圣驾一次。重瑢只是年纪小，无知无畏。大公主懂事了，知道御容威严，难免惶恐。”

“好了。下去吧。”皇帝对大公主挥挥手，将重瑢抱到膝上，问道，“爱吃什么点心？”

“绿豆酥、枣糕、奶酥……”重瑢眼中放出光来，这就要喋喋不休。

谊妃忙拦住笑道：“不能给她多吃，凡是甜的，吃上就打不住。”

皇帝没有理会，从盘子里拣了一块枣泥儿糕来，亲掰开了喂在重瑢口中。

“你管得严了。”皇帝道，“她现在就学这些惜福节制的道理还太早了些。”

“皇上是不知道她多有自己的主意，多顽皮。”谊妃叹道，“疯跑起来，谁也追不上。清知宫的教养女官成天来告状呢。”

“也不知道现在的女孩儿都玩些什么？”皇帝道。他自幼只有景仪一个玩伴，姐妹都极少见，能想象的不过是秋千、斗草之类。

谊妃道：“还说呢，女孩儿爱玩的一概不喜，若是投壶、木射，臣妾也作罢了，她就喜欢射箭弹弓这些玩意儿。”

皇帝大笑道：“你抱怨什么，说来还不是赵家英武的家学渊源。就是你自己，在上江哪次行猎少得了你？”他又低头对重瑢道，“不如玩一玩。”

重瑢拍着圆鼓鼓的小手，又忍不住钩住皇帝的脖子，贴着他的脸欢呼起来。

庆祥宫人忙不迭取了小公主常用的弓箭来，立了靶子，围在周围笑嘻嘻拍掌。重瑢也不怯场，挣脱了谊妃的手，就去取弓箭。为就合小孩子做戏，箭上无矢，前面是布儿裹了白粉。重瑢稳熟地搭箭开弓，一箭射中十步外的红心。

皇帝大喜，笑道："这孩子甚是勇武。若是位皇子，十数年后将兵出塞靖边，都由得他。"

谊妃神色不豫，拿着手帕子掩着嘴，笑道："皇子聪慧健壮，深肖万岁，今后必英武过人，为皇上分忧。皇上日日见，定是欢喜的。只是宫里的皇子、公主还是太少了。除了谐妃的好日子在五月里，其他的后宫嫔妃还未有喜信的。皇上……"

皇帝讶然笑道："这不是上你这里来了？"

"臣妾自然是高兴的。"谊妃道，"皇上月余未入后宫，姐妹们都深感皇上政务辛劳，不过……"

"不过什么？"

谊妃道："皇上也该体谅太后的慈心。后宫这些佳丽，无一不是母后用心选的，前些天还问，哪个不称皇上的心，便再选，还是指望皇上多幸后宫，子嗣繁盛。"

皇帝睁大了眼睛望着她，似乎从未认识她一般，笑道："你是让朕充实后宫？"

"皇上圣明。"谊妃还未来得及领会皇帝语中的不悦，接着道，"后宫祥和，都在均沐恩泽一件事上，还求皇上各宫多加临幸。"

皇帝打断她道："怎么想起说这些来了？从前那个最爱争风吃醋的，不就是你吗？"

"那是从前。"谊妃赔笑道，"现如今后宫中失了主心骨儿。更加自辟邪回来，皇上就搬去外朝住，小子们说，圣驾最近都未曾出得清象宫一步。内宫听闻，更是不安。她们老实的，说不上话；小的，才十几岁。臣妾想，内宫中侍奉皇上时日最久的，就是臣妾了，不免要壮起胆子在皇上面前提上一嘴。"

"你就是想得太多了。"皇帝冷笑，"不妨直说给你听，辟邪是居功至伟，清象宫实是朕赏赐给他的，容不得后宫的妇人妄议。而你，对皇后之位也不要心生妄想。王氏一门，北伐中被刺、战死，或苦守寒地，父子两代无不碎骨尽忠。皇后，又不惜身死诞下嫡长子。朕为了她，定再不立后。"

他恶意地等待着谊妃倒抽一口冷气的声音，站起身来："你好歹有些自知之明吧。"

吉祥忍不住心生恻隐，望了一眼谊妃灰白的脸色，匆匆跟着皇帝走出庆祥宫。

"万岁爷，既出来了，是回清象宫吗？"

皇帝呼出胸臆中烦厌的气息，对李吉道："也懒得让景仪在耳边聒噪，你去看看他们的棋下得如何了。朕去椒吉宫。"

吉祥不禁额手称庆。若皇帝一怒下拂袖而去，不曾留宿后宫，为太后知晓，又要申饬皇帝身边人的罪过。

他因此也不先行知会椒吉宫，只管催着銮驾往前走。椒吉宫与庆祥宫不过数步之遥。

皇帝到此的时候，谐妃还来不及走避，也只得随慕徐姿上前行礼。

“既然皇上来了，訸妃心中宽慰，便不用臣妾在此念叨，臣妾告退。”卫氏识趣地微笑道。

皇帝忙道：“急什么？你还好吗？怎么瘦成这样了？”

卫氏道：“蒙皇上垂问，是前阵子害喜得厉害，水米不进。也就这几日好了些，能走动。要不是訸妃这些天唉声叹气的，臣妾也不必勉强过来看她。”

“是耍什么性子？嫌朕来得少了？”皇帝握住慕徐姿的下颌，瞪了她一眼。

卫氏道：“虽然都想念皇上，但岂敢怨怼？原是母后要她学着协理后宫事务，她正发愁呢。”

“臣妾资质愚钝，远不如谐妃姐姐通透，她现在就是一面捧着肚子躲懒，一面又笑臣妾发愁。”慕徐姿笑道。

“朕知道你们好得和一个人一样，别在朕面前告状。”

“皇上好些日子也不见谐妃姐姐了，不如一起侍奉皇上用膳了再走？”慕徐姿瞟了卫氏的小腹一眼，黠笑道。

谐妃脸上飞红，啐了她一口，道：“椒吉宫筵无好筵，可不敢在此叨扰。”

她少有这般绮丽的艳色，稍纵即逝间已令皇帝目眩神迷，不禁将她的手指攥在掌中，俯首吻了一吻。

卫氏眼中淡静无波，望了慕徐姿一眼，最后仍是固辞。

皇帝自然不会强留她。吉祥见时辰正好，便于外请膳。今日一味松蕈炖山鸡鲜美无比，皇帝大快朵颐，道：“这口御膳房就不敢摆。”

“怎么不是呢！”慕徐姿道，“这两件东西难得，他们怕皇上喜欢了，赶明儿想起来，十万八千里，他们去哪里张罗？”

“哦？哪儿来的，这么难得？”

“前几日辟邪回京，他是快马回来的，那些苗地的珍奇昨日才跟着到京，都敬奉在母后慈宁宫里。母后今日赏赐给各宫，皇上才有口没飞过的山鸡、密林中的松蕈吃。”

皇帝笑道：“你是在抱怨他没想着后宫的主儿吗？”

“才不是呢。”慕徐姿叹道，“谊妃姐姐听得辟邪回来，就想叫他问大理王后的起居，想到北伐里他还去过匈奴王帐，更想听听那边的宫廷风俗。母后便说她，辟邪刚回来，和皇上的正经话都说不完，后宫不懂事，去滋扰他做什么？”她小心地打量皇帝的神色，接着道，“臣妾小时长在北边，倒甚想听听北方的风物，不免有些憾然。”

“就算是母后让你协理后宫，你还是小孩子气，哪里及得母后万一？”

慕徐姿噘着嘴，道：“好。他不喜欢巴结内宫，原是他劳苦功高，臣妾等不去理会他就好了。”

皇帝捏住她的嘴，笑道，“你可比从前爱撒娇了。”

“现在见皇上一面不容易，就想要皇上多宠些。”慕徐姿又想了想道，“协理后宫这件事，臣妾倒不是怕费神。只是有时候就说：因为协理后宫，这个时候不能见，那个时候没有闲。臣妾最好就是随着皇上起居，一刻不要分开才好。”

“耍小性儿是没有用的。”皇帝道，“母后这一年里大病数场，若你们人人都躲了懒去，重担都是母后一人肩负，做儿子的于心何忍？”

“是。”慕徐姿点头，“只要是皇上喜欢的，让皇上安心的，臣妾都尽心做。”

皇帝抚摸着她漆黑的秀发，道：“只能是勉强你了。”

“回皇上的话。”正在皇帝动情处，李及却在外回道，“皇上问成亲王的棋下得如何。奴婢回清象宫问明：成亲王一盘棋未及下完，辟邪便乏了，头晕目眩没有精神，便早早散了。”

皇帝蹙眉道：“叫太医来看过没有？”

“辟邪只是说乏了，不让叫。”

“哦。”皇帝又问，“成亲王是说了会儿话才走的？”

“没说上几句。就问辟邪伤势如何，是不是痊愈了。就没什么了。”

皇帝沉吟不语，而周遭的人都不明圣意，殿中是不合时宜的静肃无声，有些尴尬。慕徐姿一直静静听着，这时笑道：“皇上又在想着和辟邪聊正经事，臣妾可不依，这会儿来了，皇上必要让臣妾多陪皇上一会儿。”

皇帝握着她的手，笑道：“你别担心，今天朕就在这里不走。”

慕徐姿扭头对帘外的李及道：“小厨房里还有几味菜肴，替辟邪备下的。拿回去赏他。”

李及叩首道：“奴婢替辟邪谢娘娘恩典。”

他兴高采烈带着人挑着食盒回清象宫，辟邪正歪在榻上看书，听闻赏赐，勉强起身谢恩。李及忙搀起来道：“内亲王快坐着，这般拘礼，娘娘怕过意不去。”他又殷勤地挽了袖子就要亲自来布席，被小顺子拦住。

“岂敢有劳李师叔。我师傅最近子还在吃药，有忌口的，我先瞧瞧。奉在外面，也备上筷子给李师叔，一起用些。”

“折煞了，折煞了。”李及笑道，“宫里要说大方的主儿有得是。就是訸妃娘娘最是用心体贴人。”他不住啰唆着这日两宫中的见闻。辟邪安详听着，神色超然。直到小顺子进来，将一张纸条悄悄递与他，辟邪才转目望了一望。

“兄。”纸条上字迹纤秀，恐是慕徐姿亲笔。

辟邪收了来团成一团，掖在袖子里。

“李师叔外面请。”小顺子将李及让了出去，自盛了辟邪喜欢的清淡菜肴进来，奉在案上。

“你过虑了。”辟邪低声叹道，“訸妃还不至于要害我吧。”

“师傅是没在宫中中过毒吗？”小顺子白了辟邪一眼，“回来的饭食都是跟着皇上用膳也就罢了，这几样从后宫千里迢迢挑来，不知道假了多少人手，还是小心为上。”他凑近了辟邪身边，又道，“我看啊，现在宫里的娘娘们没有一个是省油的灯。刚才他唠唠叨叨地说了那些，我也听见几句，这位訸妃娘娘还是不如谊妃娘娘的心眼儿多。”

辟邪不禁“噗”地笑出了声。

“怎么不是呢？”小顺子挠着脑袋，惑然道，“我就怕訸妃娘娘的赏赐在中途让人动了手脚，害了师傅嫁祸在訸妃娘娘处。”

“小小年纪动什么下作脑筋。”辟邪道，“宫中能不计后果杀伐的，只有太后。谁不知道后宫无主，先是太平为上，从长计议？打这儿来讲，无一能和訸妃比肩的。若訸、谐两位共谋大计，后宫里更无别人的生路。”

“那么訸妃娘娘厉害得很？”

“厉害得很。”辟邪微笑道。

小顺子又问：“訸妃娘娘的这个‘兄’字怎么解？难不成也要问师傅的话吗？”

辟邪将纸团从袖中取出来，投入香炉内，摇了摇头。

“我和她，从何说起呢？”

十月十五日，如意陪同苗王古斯琦使节到京，苗使白呼儿携玉石、翡翠、灵芝、沉香、鲜花等进贡之物不计其数，奉国书来拜。皇帝欣然应允陛见，更命于南薰殿赐宴。

如意在宫中已无差事，只得先去内务府与慈宁宫销差，述公主和亲、婚礼、起居等事。一年多里大理先王驾崩，太子继位，接着又是索要川、滇二州，当真无一日清净日子。杨太妃与太后坐在一处听如意讲来，不时垂泪，时喜时忧。

因如意事事妥当，杨太妃不禁忧心道：“她眼前就这么个得力的人，如今如意也回来了，那边岂不是孤苦伶仃一个人？”言罢又是默默流泪，命人又赏了金银绸缎给如意，道，“你在那里还有旧识，大理宫中还有几个人都是你调教的，望你时时去信，关照众人好好看顾公主。”

如意叩首谢恩道：“奴婢临行前都已和下属、知交安排妥当，必不时有公主的好消息来往的。”

杨太妃对太后道：“还没有子嗣，真是担心她将来受欺负。”

正说间忽听清平殿方向哗然如沸。太后道：“什么事？这个动静不像话。”

如意站起身来，骇然色变：“这个时候，正是皇上在清平殿召见苗王使节的时候。”

已有内臣奔入来报：“苗使御前行刺，没有得手，已让侍卫拿下了。”

如意眼前一黑——这几个人都是自己日日夜夜陪着上京的，如今出了行刺天子的大案子，自己不知道要担多少干系，必是死罪了。

“伤到皇上了没有？”太后忙问。

那内臣道：“奴婢再三问清楚了吉祥，皇上吉人天相，毫发无伤，御驾回清象宫去了。”

“周围的人呢？”太后又问。

“这便不清楚了。奴婢这就再去问。”

如意跪倒“咚咚”叩首，道：“太后娘娘、太妃娘娘，这些人都是奴婢眼看着一同进京的，奴婢不曾料到他们竟敢行刺皇上，奴婢这是千刀万剐的罪，现就往御前领罪受罚。”

他慌忙奔往清象宫，小合子却已走出来道：“可巧，皇上正叫如意呢。”

如意见小合子神色如常，知道皇帝并没有太多震怒，松了口气，也不理衣冠，一派丢盔弃甲的模样，到了殿内扑倒在地，手足并用爬到皇帝足下，匍匐于地，呜咽不已，只顾叩首连话也说不出。

皇帝俯首看着他做作，最后忍不住笑道：“滚起来吧。”

“皇上无恙？”如意抬起头抹泪，见了皇帝的笑容，却突然百感交集，当真心中一酸，无声地泪流满面。

皇帝不由得也叹了口气：“朕很好。现见了面，才觉得很是想你在身边胡闹的日子。”

“奴婢也虚长一岁，这次回来，再不敢胡闹了。”如意道，“这回苗使行刺，都是奴婢失察的罪过，还须皇上降罪。”

他真心诚意地跪地请罪，皇帝望着，最后道：“少不得罚你的时候。白呼儿最后号叫，朕还记得，说‘这是都罗汉的人来报仇的，与苗王无干，内亲王都知道的’，是什么意思？”

如意心中一寒，忙道：“必是因为都罗汉覆灭，有诈降的部族舍命前来行刺皇上，若

皇上责罚古斯琦，苗地这时节定要四分五裂。”

“辟邪都已然说了，那不是古斯琦的人，同你一般，古斯琦都有失察之罪，没有主使的大逆，现只是怎么计较的事，由朝廷里去议。可笑的是，朕都没看见究竟是谁行刺的。”皇帝苦笑，“辟邪领命下去一个个将苗使扶起，突然问了句，‘你不是红苗人’，然后挡在朕前面，之后就乱了。”他感慨道，“殿上这些侍卫，最终能以身躯替朕挡住的，还是他。”

霍炎道：“臣就在左侧，那苗王副使扬了扬手臂，就是一道白烟，辟邪转身挡在身前，右手向那道白烟指了指，那白烟竟疾射了回去，那使者躲闪不及，被白烟罩在脸上，他之后就捂住双目，满地打滚，不刻脸上都是脓水血水直流。”

如意心有余悸，道：“苗人的毒可厉害。奴婢在山里被困，也曾中了一招。辟邪身中一箭，高热了十数日……”

皇帝沉下脸来；“这都是什么时候的事？辟邪又说伤了，又说没伤的，也是语焉不详，怎么没见你有一封军报来回？还有什么不让朕知道的事吗？”

如意打了个寒噤，先耍赖道：“都是皇上说，辟邪再少了根头发，都要奴婢的命，奴婢着实不敢。”

“朕这么说过？”皇帝有些恍惚地回忆着，“他现在就在后殿值房住，你去看看，回来就不见他的人了。古斯琦与你的失察之罪，都是要议的，不在这一时。”

“是。”如意不敢再在御前勾起皇帝诸多质问，忙又一通悔罪不迭，方退向后殿去了。

过了穿堂，正想嘻嘻哈哈笑两句这后殿的体面奢华，却见小顺子迎上来，冲着如意摇头，手指掩在嘴唇上，悄悄掀开东暖阁的帘子。

辟邪扶案而坐，冷汗已然透湿衣裳，发丝黏在汗湿的额头上，精神涣散地望了如意一眼。

“怎么不叫太医？”如意大惊，低声道。

辟邪摇头道：“他还不知这毒的厉害，懵懂时不会多怪罪。若被他知道原来是这等致命，一定震怒。何必惹他。”

小顺子将他额上汗水擦净，对如意道：“刚已调息过一遍，应无大碍的。”

“你也要多防着些了。我在大理听说段秉见了马坚的尸首，极是震怒，宫内传出来消息，说他立誓要取你性命呢。”

辟邪一笑：“哪一日不是如此，不多他一个。”

如意在辟邪耳边轻声道：“兄弟，有道是功成身退，惜福安命；居于一隅，养生自足。咱们一介奴婢，掺和大事，也不过如此了。你没有半点私心，却架不住有人动你的脑筋，必和他多生嫌隙，没来由地伤心费神。要我说，此处不啻囹圄，就算你身子再好，熬不过一冬就干了。你要早做打算哪。”

辟邪笑了笑：“师哥不知道，在这里熬着，反而少想好多事，心里平静得很。”

如意叹道：“你也是个傻子。若他知道都罗汉的刺客是为什么来的，可还有什么平静喜乐吗？”

都罗汉的刺客虽有死勇亦有狡诈之谋，却过于不自量力，行刺天子不成，为内亲王当场击毙。皇帝对此啼笑皆非，没有对古斯琦发难的意思。群臣知道苗地平静干系重大，亦无人坚持讨罪。便释了白呼儿出来，声色俱厉地责他失察，若当真有害于天子，是如何辜负苗王重托云云。

皇帝又命司礼监申饬如意之不察，罚俸一年，降为无品级的青衣内监，依旧于内书房奉笔。而辟邪危急时救驾有功，就算他现时极宠，也当嘉奖。

皇帝身边积聚的阴沉反倒一扫而空，皇帝想通了什么似的，连日兴致极高，折子也看得甚快，稍歇上一口气，便叫来如意问大理的风土人情，正说笑间，见霍炎手执一本折子，神色极难看地走了进来。

“什么事？”皇帝奇道。

霍炎奉折子在皇帝案上，道：“越海知府杜豫的折子。”

“杜豫？”皇帝几乎已想不起这个人来。一边听霍炎道：“杜豫原在工部当差，十三年皇上亲谕调龙门越海。”一边展开折子，看了一半，霍然跳起身来，拍案厉声喝道：“辟邪！叫辟邪！”

“皇上息怒。”

如意隐约觉得不妙，却不料此言一出，皇帝立即怒目而视。

“你们做的好事！”

如意“扑通”跪倒在地。连日告病的辟邪宫衣齐整地从后殿疾步出来，速望了殿中众人一眼，并肩跪在如意身边。

皇帝已惊得眼前发黑，扶着几案，半晌才抓起杜豫的折子，继续往下看。殿中鸦雀无声，只有皇帝的呼吸越来越粗重。“啪！”皇帝将折子摔在辟邪面前。

“上万人，无分男女老幼，让你都逼得跳崖了？”皇帝的暴怒令额上的青筋迸出，“其中多都是老幼妇孺，婴儿也是不计其数？”

如意已抢着答道：“回皇上的话，这着实夸大。”

“闭嘴，朕在问他！”皇帝咆哮道，“难怪会有白苗人赴死行刺，竟是如此的深仇大恨。朕还道你在救驾，原来源头是出在你这里。”

“皇上问的，确有此事。”辟邪道。

竟直言不讳地认了——皇帝依旧是不可置信，浑身发抖又再问了一遍：“朕问你一遍，是不是古斯琦为了他的私怨蛊惑了你，还是有人胁迫相逼？”

“并没有。”辟邪平静地道。

“是他们曲解了你的军令，背着你胡乱杀的人？”

“亦不是。”辟邪回道，“是奴婢亲站在悬崖边上，见他们一个一个将白苗人推下崖去。见杀尽了最后一人，才罢休。”

他口吻清淡，如诉宫中寻常起居之事。皇帝倒抽了口冷气，瞠目结舌。

“辟邪。”皇帝颤着声音，道，“你抬起头。”

冬海般沉寂的目中没有丝毫波澜，如杀神隔着地狱静看芸芸人世。

“你还有心吗？是什么掏了你的心去了？”皇帝问，“你这样，算什么人？”

辟邪脸上终于有了些迷茫与困惑，回道：“皇上这么问，奴婢亦不明白了，奴婢算什么人……”

“不明白？”皇帝因他的反诘不住冷笑，“你既口称奴婢，就当知道自己原是这世上最最微贱的人，何以竟妄想自己有权柄能处置这些人的生死？他们没有一个生而为奴，哪条性命不比你的尊贵？”

也许连生而为奴者亦是不如的——辟邪清净了几日的脑中又在“嗡嗡”作响——他这刻，连自己是否曾经活过，都不知道。他望着皇帝冷酷的怒色，一时有些怔住了。

皇帝见他没有半点认错的意思，只想到他在外如此横行，以刘远所奏，若他心怀不轨存心复仇的话，欺瞒的事情更是不堪了，自己一腔信任怜惜换来的只是他的骄横欺诈，不禁愈说愈怒。“杀尽最后一人才罢休？你这是在向朕炫耀你有生杀的权柄吗？怎么会有你这等恃功专恣、横暴嗜杀的奴才！”

原来如此。

辟邪一瞬间心静如水。

他是那个窃取了颜久躯壳的魑魅魍魉，被剥去了浸透兄弟鲜血的画皮之后，剩下的冷酷无情的灵魂，在最想依存的人眼中，竟是一派的丑陋不堪。

他木然长跪，之后究竟发生了什么，已没有一点印象。直到后背伤口火烧火燎地再次疼痛起来，才发现正坐在清象宫水榭冰凉的地上。

“敕命幽禁清象宫水榭。”李及在面前宣旨。

内臣们如逃离瘟疫一般，潮水般退去，速速掩了水榭的门。

屋中幽暗下来，房顶上是池塘反射的阳光在微微荡漾。身上有些寒冷，低头看时，只是披着件单衣，衣上都是廷杖留下的红漆，而后肩的伤口迸裂，正从中淋漓地渗出鲜血来。

“呵呵。”他听见了自己如释重负的笑声，像是从不堪的肉身中逃离出来的，最终自由的恶鬼。

因巢州战事胶着，整个清和宫都如这秋日一般，笼罩着层层乌云。清象宫花园里树木似乎繁华未现，一夜间便已落尽。春夏里被扭曲造作的枝丫，这个时候更如被酷刑的怪物。越过这片林子，就是令冷风横亘而来的宁波池。

数日里每当巳时，便有司礼监的太监经木桥，行至水榭门前，拿腔作调地大声申饬。辟邪依礼跪叩，静默听训。

“内亲王可知罪了吗？”张太监呵斥小半时辰之后，便低声叹着气，劝道，“大爷叫我来求求殿下，赶紧服个软，殿下这一年里出生入死，皇上心中明白得很，一准儿放殿下出去的。”

辟邪摇了摇头。

颜久、辟邪、靖仞，正相互厮杀，相互淹没，不惜余力地争夺着他的神智，他只想将他们连同自己的躯体囚禁在此处，任何一个走脱出尘世，他都不知道囹圄之外的人如何招架。

“唉，唉。”张太监又在唉声叹气，“内亲王听训。”

辟邪有些混乱迷茫，张太监似乎离开过，又似乎一直在面前。他没有费力去盘算时日是如何度过的，只是顺从地跪在水榭门前。

辟邪的神思支离破碎地自张太监的尖厉的喝骂声中飘忽而去，每个碎片愈见沉重，直到迟钝地落回地上，才发现那怒斥声已戛然而止。

“殿下、殿下。”

他被低沉的呼唤惊醒，原来自己倾倒在地，只有气力望着水榭外人们惶恐的袍角不住晃动。

熟悉的剧痛正一阵阵攒入肺腑，撕碎他挣扎的思绪。

“太医呢？”

他听见吉祥压抑的咆哮。

“皇上不让叫。”小顺子呜咽着。

经年之期的旧伤发作，来得正是时候——辟邪欣然体会着散布在经络中的裂骨之痛，

让其驱赶掉不住尖啸的三头恶魔。

秋雨终于自沉云中倾泻于地，宁波池此刻喧哗如沸，他却觉是今生少有的平静无虑的时刻，只消不再苦苦挣扎，死亡便来得祥和得多。

不知此去能遇上谁呢？辟邪不禁遐想。是蜜桃般水灵灵的颜祯，还是大咧咧笑着的驱恶，抑或是捧着头颅走来的阿纳？

“你究竟是为了什么与我死斗？”阿纳高举着的头颅突然睁目大喝，“你究竟是为了什么斩去了我的头颅！”

胸襟中的热血陡然沸腾，将辟邪濒死的欣悦炸得粉碎。

“啊！”他听见了自己的惨呼。

抑郁的真气奔流，伤楚远走，苦痛再临。

他蜷缩起身子，将面庞埋入双臂之中，勉力从窒息中挣扎出来，良久方问：“你从哪里弄来的药丸？”

小顺子忙低声道：“我找到了贺里伦的使者，从他处拿来了三丸。”

“你知道这是贺里伦用来要挟于我的吗？”

“可是师傅，不吃这药，今夜是熬不过去的。”

辟邪已仰起身，一掌将小顺子打翻在地。

“滚！”

“是。这就走。”吉祥却没有平日的说教，拉起小顺子，径直退了出去。

连最后一点矜持也毁了——辟邪在雨声中苦笑。

五十六

姜放

内亲王被褫衣廷杖，幽禁清象宫一事，亦传到了巢州姜放大营。

倭寇在西，杜闵在东，这般焦头烂额的时候，却有这种不祥的消息，姜放与景亿都是大惊。

景亿虽与辟邪相处不过半月，却知道他果决英勇，实是朝廷中难得一见的人才，行事亦是万般妥帖，如何回京不过几日，就失势幽禁，真是百思不得其解。因此常在姜放面前长吁短叹，不住揣测，令姜放更是忧惧。

姜放所虑，却远比景亿的要深刻得多。想到辟邪的身份一旦被揭穿，若只是幽禁，已是大幸。这几日李双实就在巢州行走，营门上求见，携带的是栖霞京中谍报。

姜放急忙屏退众人，与李双实同看。

栖霞道：多方打探，更亲自问了霍炎，才知道是为了擅杀白苗五千妇孺，致白苗刺客御前行刺，几致大祸一事。褫衣廷杖，确有其事，其时是慈宁宫洪司言碰到，劝了几句。不然就不是创口迸裂那么轻巧了。

“太后的人？”李双实奇道。

姜放合上了谍报，沉思不语。

“只要不是真的漏了身份，都是好说的。”李双实不住宽慰姜放，“在敌地残杀，古来将领所传的故事，不计其数，到功勋高绝的武将里，都是小恶。只是致白苗人报复到皇帝身上，才是大罪。廷杖幽禁，或并不太难堪。”

姜放道：“只是主子爷处消息不通，竟不知道之后如何部署承运局在巢州的兵力。二十哥处可得过主子爷的钧命吗？”

“十六哥临行之前，只说万般事情，都听小主子爷的。无论如何都要有苗地的安静，才能没有后顾之忧，一举铲除倭患。我这里并没有小主子爷的消息，现在看局面，已有些收不住，再不腾出手去截杀椎名，看他到处抢粮，祸害的都是百姓。”李双实长叹，“若依着我，承运局兵马已经四处江河湖海里杀个痛快了。我看这样不是办法，兄弟你毕竟是长平侯，不如京中去一趟，问个清楚。”

姜放摇头：“不奉诏擅自回京，必是死罪。我这里万动不得。”

李双实道："我二人在此，为的就是挟制杜闵，以逸待劳，将他困上个经年。而今朝廷人马眼看守不住，承运局的人马又不让动。一旦杜闵突破巢州险要，怕是一年里，扛不住的先是朝廷了。届时踞州兵马不得不出，岂不是正中杜闵下怀？"

"二十哥说的不错。"姜放道，"杜闵来攻巢州的不过其十之四五。另有屯兵眈眈虎视的，就是踞州了。他兵马的厉害，在水军这节上。若踞州重镇稍有空虚，他便可以海上径直杀入踞州腹地，当真是凶险。依我看来，主子爷的心思是一旦巢州守不住，不如门户大开，将杜闵倾巢诱入，在巢州混战数年，也比被他一举直捣京师好。"

——这却也是杜闵最担忧的情形。

杜闵原先的算计：最下据别水而治，中则离水国土两分，上上则为取中原全境。要竟中策，必取寒州。而寒州陆巡却恼人地楔于黑州与夸、桐两州之间，时日更久，颇有将杜家困顿于黑、巢两地的形状。如此比之杜闵最下策亦是不如，他又岂能气平？

"诱踞州兵马南下？"

杜闵的谋臣听到他的决断却是大吃一惊。

"王上，之前定计，取夸、桐、巢三州以立于不败之地，若能夺寒州，更可称霸业。然则踞州兵马一动，向南冲击黑州，王上西、北两线交战，可谓凶险。"

杜闵大笑道："踞州的兵马，可怖之处只是他固守京畿的铁城。但凡出了城，以郑钧海的手段却不足以与我抗衡。只消乘虚而入夺他踞州南方重镇，诱中原朝廷重兵来救，便可趁寒州空虚，自东、南、北三面奇袭寒州地界，进而西进夸、桐，远比胶着在巢州要强得多。"

谋臣忧虑道："此举更是破釜沉舟。以臣之见，何不以大军悉数发往巢州，拓开黑州向桐州进军之路，一举夺得别水以南疆土？黑、巢边境的兵马，只待王上钧命，便可发动，实是最稳妥之策。"

杜闵道："除守军之外，悉数举兵巢州，进而战下夸、桐两州，虽非难事，却亦非一年之功。待中原朝廷从北方腾出手来，向别水流域增兵，杜家岂非就困顿于一地了？"

谋臣面面相觑，道："王上舍霸业之道，取天下鼎力之业，确为雄心壮志。只是当下南方根基未固，望一蹴而就，是否当从长计议？皇帝虽年轻，毕竟新挫匈奴，也不算是个好对付的角色……"

杜闵摆了摆手，道："皇帝敢于亲征，有英武之气，不得不赞他。只是朝廷兵马积弱多年，这次能侥幸赢下这个阵仗，只因他身边有敢用奇险谋略的人。我们大理、龙门吃亏，也是因那个人。而最近京中消息，那人已为皇帝幽禁，必是因他功高震主，为皇帝猜忌。皇帝如此心胸，以震北军看来，又是如何？多少人再愿为皇帝死命出力？'智''勇'二字，如今朝廷兵马都不占，不趁此时奠下与中原朝廷离水两分的局面，还等他们缓过神来重兵阻我去路吗？"

他见谋臣均沉吟不语，又接着道："先王在世之时，总道天下能一较长短的，只有洪州。洪失昙觊觎中原更原在黑州前。待我们破了寒州北上离水之际，洪家人岂会坐视？东、西两地举兵，震北军其时首尾不能兼顾，能奈我何？所以就是这般速战速决方有开疆拓土的机会。"

当初怂恿杜闵起事，实因坐以待毙的局面之后，必是覆巢之下无有完卵，主人能于黑州安居为王，入幕之宾亦有多年的太平。而杜闵这般野心却是他们始料未及。惶恐间忽有人道："王上所虑极是。然则中原朝廷恐亦是如此思量，断不会轻动踞州之兵。王上奇谋大善，奈何踞州之兵不出啊。"

"那并非难事。"杜闵嘴角的笑容甚是奇妙，"只消我一封信，便会如愿令踞州兵马南下。"

成亲王二十九日按例，一早便在慈宁宫为定省请见。首领太监出来笑道："到底是小王爷，太后娘娘高兴得很，这便叫了。"

这话里有话，成亲王道："是。母后这些天还是身上不爽快吗？"

"宫中的事情渐交给訸妃娘娘管，圣体安详得多了。就是最近天也冷了，昨晚还上了冰，娘娘懒得见人，皇上和嫔妃的定省都叫回了。"

"那还是母后偏心。"成亲王笑，"就想看看小儿子。"

洪司言已出来，迎入侧殿。太后道："天气已冷了，反要叫孩子们多在外走动。才几岁的人儿，就关在屋里念书，等严冬一来，都闷出病来。"

"是。"成亲王道，"儿子挂念母后，也是一样的心。说母后近一阵大好了，更加好不容易宫中的事务交给晚辈们管，也当多往福海清澜宫散心。若母后觉得寂寞，儿子一定陪着。"

"巢州闹得厉害，你们还有闲陪着我？"太后笑了，"还不忙你们的去？"

"这都是皇上的不是了，没来由地在母后面前多嘴添乱。"成亲王抱怨道，"也就是僵持着。"

"僵持就很好。"太后点了点头。

"这是谁在喧哗？"成亲王忽抬起头来。

粗糙尖厉的咒骂声从远处的宫禁中穿刺过来。太后冷笑了一声。

洪司言叹了口气道："这是皇上申饬宫内人呢。"

"这么喧闹？"成亲王脸色微变，"宫内人是什么人？"

"前阵子还捧在天上，这会儿天天申饬，吵得慈宁宫也是不得安宁。"

"辟邪吗？"成亲王吃了一惊，"儿子以为皇上在气头上，廷杖之后只是等他反省，过些天就放出来的。群臣虽不敢急着劝，但日常还平静，皇上也不提起。不想都半个月了，还在天天申饬他？"

"小王爷平日进来得晚，都碰不上。"洪司言道，"宫里人谁不是日日陪着挨骂。那张太监的嗓子倒也耐得住天天这么使。"

成亲王道："如此惊扰母后，实是不妥。"

"我就算了。只怕外臣也渐渐有所耳闻。现巢州还水深火热的，就如此不堪地开罚功臣，叫大臣们知道，岂不寒心呢。"

"母后说的极是。"成亲王道，"皇上日日定省，母后大可劝谏几句。"

太后不置可否，道："说起来还是因为苗地的战事而起，怎么都算是外朝的事。我也懒得管呢。"

"那儿子去劝。"成亲王识趣地道，"想来皇上现在也有些松动了呢。"

然而皇帝却没有半点想寻个台阶下的意思，道："朕知道你们觉得苗地都是野人，一万五千的，他们自相残杀也不止这个数，大将在外，不能权宜受降的，自然有杀伐大权，都不算是事情。只是这滥杀老小妇女，有损阴德，大不祥。祖上都有严命，必重行断遣。那日口谕里也说了，念在他功勋卓著，才只处幽禁。你却看他每日里听得训斥，倒有一点思过之意吗？你要是真的为他好，不如去问问他是不是知错了。"

"臣不去。"成亲王笑道，"这是皇上问他的罪，臣见了他，没有这么声色俱厉的。怕反被他一句话噎回来。"

"你道朕是在和他怄气不成？"皇帝沉下脸来。

成亲王讪讪地道："这么看皇上确是恼了。"一时尴尬无语。

却听皇帝冷然喝了一声："鬼祟什么？"顺着挤眉弄眼的李及的目光，正看见吉祥、如意两人在殿外候旨，正碰上皇帝盛怒，不知道是不是当进。

"皇上万安，奴婢等前来请罪的。"

两人见逃不脱，只得进来跪在御前。如意的杖伤依旧未愈，叩首时万分吃力，痛得蹙眉扁嘴，依旧强作端肃，伏地求恕。

“你是个陪绑的不错。”皇帝对如意道，“朕只恨你虚长几岁，却在外不能对他约束，枉朕对你的器重。”

“奴婢是不中用。”如意道，“确应当铁了心不让他胡来。况那时他重伤体热，本就神志不清，奴婢平日功夫虽不如他，那时定能一招放倒他，却顾忌身在苗营，身边都是杀红眼的红苗人，一旦内讧，反被苗人乘乱占了先机。”

皇帝气得笑起来：“你好啊！几句话不但是你，连他都帮着撇干净了吗？”

“奴婢不敢。”如意道，“奴婢这次得了教训，这打挨得结实甘愿，只是恨自己背上怎么就没有个小伤裂了去，看着吓人便少挨二十板子，便宜了辟邪。”

成亲王忙笑道：“说的不错，臣觉着，这半个月过去，他想来也好了，不如皇上将他捞出来御前再打。”

皇帝冷笑道：“要打还须御前吗？你也不用在这里使激将法。”

一直默然的吉祥却忽然干巴巴地道：“奴婢斗胆，回皇上、成亲王。前几日辟邪内伤外伤一并发作，情状甚是危急，犹胜年前。这时再打，定毙命阶下。望皇上念在他御前伺候尚妥帖的分上，容他安静了断。”

“什么叫作危急？”成亲王不及皇帝问话，不禁抢着先问了一句。

吉祥抬眼望了望皇帝，不敢作答。

皇帝已然涨红了脸，良久才问道：“如今又是什么情形了？”

“因禁人探视，奴婢不甚清楚。”

皇帝在椅子上不安地欠了欠身。

成亲王已道：“那正好。今早上母后还垂问。臣替皇上申饬辟邪，若他还不知悔过，不管什么伤，都等皇上发落。”

他见皇帝微点了点头，忙从殿上下来，向水榭走去。虽拢着手，仍挡不住冷风灌入衣襟里，到得桥上，更觉透体冰凉。他微微打着寒战推开水榭的门，里面却更是冰窟窿似的。

临水的窗户却还开着，辟邪懒散地披着青色的宫衣，席地扶窗而坐，望着水面在风下漾起的黑色波澜，听到有人进来，转过身。

“王爷。”他长发落在肩头，气息虚弱，却用成亲王从未见过的慵懒自在的神情微笑着。

成亲王倒抽了口冷气，撞在了屋子正中的椅子上。

“辟邪……”

一直以来的沉静内敛掩盖了他真正的万丈光芒，这刻无声的肆意，是成亲王第一次见他如此熠熠生辉，令成亲王几乎不敢走近。

“好久没见过一个正经的人。”辟邪却没有要起身行礼的意思，似乎厌烦成亲王令他费神，更是将面庞枕在臂弯里，闭了会儿眼睛，敛足了些精神，才道，“王爷是带着旨意来的，还是带着心意来的？”

“心意。”成亲王喉咙里有些发紧，只能短促地迸出这个词来，又想了想，道，“旨意。”

“先回皇上的话。”辟邪随随便便地道，“奴婢大罪，皇上法外开恩，才容奴婢在此思过，奴婢别无所求，只盼皇上开恩赐死。”

“好。”成亲王不自觉地应着，突然回过神来，大声道，“不可。”

辟邪便挪开了眼睛，又望着水面。

成亲王终于觉得有余力说出顺畅的话来，走得近了些，问道：“皇上可没有那个意思。你这里缺什么？”

他并不自觉自己讨好的谦卑语声，辟邪却被他魂不守舍的样子逗得笑起来。“奴婢这里并不缺什么。”他见成亲王一脸黯然，只得道，“若王爷不怪罪奴婢放肆，奴婢倒知道，王爷身边常带玉箫，王爷可愿赏了我吗？”

成亲王忙解下腰上所悬短箫，交在辟邪手中，碰到的手指是冰冷如雪，方想起来四处看，惊道：“你这里连个火盆也没有？御寒的衣裳呢？”

“这是幽禁的地方，比不得寻常。”辟邪懒洋洋答他，将玉箫举在唇边，轻轻呼出气息，倾听其中细细的呜咽声。

“这不像话，快冻死人了。”成亲王道，“皇上不给，我找母后要去。”

他被辟邪的光芒炙烤得口干舌燥，犹如逃窜般疾步就走。

忽听身后细雨潇潇入江，沉云挟凛风欺城，水天混沌，举目无垠。

辟邪并无对宫中禁忌有半分忌惮，安然倚在窗前，向冷冬吹送他的风云。

恼怒和嫉恨一并涌在成亲王的脸上——求之不得的东西竟被人如此践为瓦砾——他握紧了战抖的手指，遥望清象殿，却见皇帝已循着箫声走在廊下，一样向水榭远眺。

铮铮如刃，不知是什么在撕裂辟邪的神思，箫声渐透杀伐金风，却愈发紊乱，最终气息奄奄，戛然而止。

一瞬间如同剜去了血肉，仿佛阿纳的黑翎再次刺穿身前的少年。皇帝有些惊恐地扭过头盯着李及。

李及却有些摸不着头脑，赔笑道：“皇上，这会儿霍炎已经请见了……”

“去看看。”皇帝用干涩的声音吩咐。

“叫霍炎？”

皇帝终于气馁，叹了口气：“叫霍炎。”

霍炎的神情并不比这冰冷的冬日稍有和色，严峻地抿着嘴唇，疾步走到御前，跪倒奉上一封书信。

“这是逆贼杜闵的手书。今晨到京。”

皇帝有些疑惑地接了过来。

火漆尚在，看来无人有胆量先阅杜闵致皇帝的亲笔书信。

皇帝沉着脸拆开，缓缓通篇读完，将信件攥在手里，转身回了清象殿中。

“都滚出去。”他压低了声音，仍然是狂怒地咆哮，趋近火盆，将书信掼了进去。

暴怒屈辱的火焰已经烧得他看不见任何东西，只是大步走至墙边，一把抽出了悬挂的长剑。

“砰！砰！”

在清象宫后殿居住的谊、訸二妃都被惊动得悄悄走出来窥视。只见皇帝正挥着利刃，狰狞如魔，杀红眼了般，将案桌劈得粉碎。

“皇上急召诸部大臣。清象宫陛见。”

大内出来宣旨的内臣神色惶恐，绝非好兆头。群臣屏息禁气地鱼贯入内，硬着头皮任皇帝黑沉沉的目光落在头顶上。

“朕决意要出踞州之兵，南下与杜闵决战。绝不能容那贼再猖獗下去了，必要速战速决。”

不知皇帝被激怒的原委，群臣都噤若寒蝉，不敢作答，殿中顿时死寂。皇帝在臣子的沉默中死命握着拳。

“拟召。”他扭头对霍炎命道。

霍炎身为皇帝的近臣，岂能不知迄今为止的计议，必是固守踞州不出。虽不知杜闵适才的信中是什么言语，定已不堪到令皇帝断然决然地摒弃了上策，震怒之下行此险棋。皇帝显然已失了理智，霍炎却寻不出言语劝谏。而平日最能说得上话的辟邪与成亲王偏偏都不在眼前。他犹豫间望着翁直等重臣晦暗的脸色，却未见一个打算此时触皇帝逆鳞的。

霍炎无法，只得去自己案上取笔。

“且慢。”翁直终于顶着皇帝狂暴的眼神，开口道。

“皇上，踞州兵马要调动，有皇上手谕、兵部勘合，实则还差一件东西。”他又清了清嗓子，道，“郑钧海毕竟是太后家奴出身，踞州风吹草动，均须由太后首肯。”

皇帝霍然站起身来：“怎么？没有太后点头，踞州的兵，朕还动不得了？”

苗贺龄即刻领会了翁直的意思，忙道："自然是以皇上的手谕是瞻。不过慈驾就在慈宁宫，遇此朝廷攸急的时刻，不会不允。若能请慈驾知悉，郑钧海断不会上疏再次询问懿旨，其间少生波折，起兵更是快了。"

这是指望太后出面劝谏的用意，皇帝觉得当头一盆凉水泼下来，让他已稍有点冷静。

"你们下去。"他挥了挥手。

太后半月前便托病命定省自退，却又不是命人提前来传懿旨，每每都是到了慈宁宫，才由洪司言出来命免。皇帝原未觉奇怪，直到今日太后见了成亲王，才品出些太后的别扭来，更不如说是刻意的惩戒。

"去慈宁宫。"皇帝对内臣道。

李及咋舌道："不如奴婢先跑一趟，太后娘娘今日是不是……"

"见了景仪不见朕吗？"皇帝恶意地瞪了他一眼。

去慈宁宫的一路上却热闹非凡。慈宁宫的总管太监领着人正往清象宫搬动床褥、火盆等陈设之物。见皇帝銮驾，都是纷纷避让。

"这是做什么？"

"回皇上的话，这是太后娘娘往清象宫水榭里的赏赐。"

这实非寻常，皇帝不免要特地问了。并不是定省的时辰，太后命人给皇帝看座，便依旧听洪司言立于一边，一色色在讲往清象宫水榭准备的东西。

"天气太冷，裘袄要多备上几件。平日看的书，奴婢也问了，都叫人去居养院取。"

太后道："刚问过话的，不就是他的徒弟小顺子吗？叫他回去，水榭里好生服侍。"

皇帝赔笑道："母后也管这些琐事？这般铺张，还叫幽禁吗？"

太后道："皇帝也知道那是幽禁？昨天上了冰，水榭里四处透风，连件夹袄都没有，不如说是要那小子冻毙吧。"

"冻毙不至于。"皇帝轻轻打了寒战，"就是要他知道些教训。"

"教训嘛，这宫里还有人不跟着一起被教训的吗？清早就有人扯着嗓子喊，慈宁宫都听得见。那个时辰，已多有朝臣于清象宫外候着禀事，只怕对这等喧哗只能充耳不闻，颇有尴尬吧。"太后笑。

洪司言道："皇上的阵仗也太大了些，已然惊动慈驾。要说辟邪确实有错，但毕竟刚刚回京不久，如此羞辱功臣，朝廷里不议论吗？"

皇帝见是洪司言发话，方冷笑道："其一，他若是朝臣，便是外朝的事，洪姑姑便当信得过朕管；其二，他毕竟是宫中的奴才，宠惯了忘了自己的身份，教训他，大臣也不必自轻自贱，拿他来和自己相提并论。”

洪司言不禁语塞，只得望了太后一眼。

“他也算是出生入死回来的。皇帝想想从前，就给他点体面。”太后道。

皇帝倏然抬起头来，半晌才赔笑道：“母后从前可不是这么说的，他是什么差事办得好，让母后另眼相看了？”

“当是打我这里说起吗？”太后叹了口气道，“那时就劝过皇帝，要长久相处，必要相互留有余地。而今就算是恼怒至极，也是一样的。万事最难从头再来，有些事做下了，是容不得后悔的。”太后眸中是皇帝极少见到的哀伤飘忽的神情，许久才重新凝视皇帝，道，“我听他们说，辟邪病得沉重。皇帝也不让叫太医，只让他自生自灭。我先没当一回事，想着病两天皇帝心疼，也就作罢不闹了，慈宁宫也好得个清静。今天才知道那天若没挺过来，也就没了。”

皇帝抽了口冷气：“这个儿子倒不知道。没人回过。”

“皇帝在气头上，谁敢呢？究竟是什么罪过，皇帝什么情分功劳都不念了？”太后望着皇帝的眼睛，“皇帝的心从来都是开阔无垠。就是因此，我实在也是没有想明白。”

皇帝沉吟了半晌，方道：“儿子是有些小题大做了。只是怒他居然敢连句知罪的话都没有。”

“那好。想来也不是皇帝真心想要折磨他。真有个风寒，病得重了，皇帝再去想他平日的那些好处，有些微的难受，皇帝身边的人看着不揪心吗？事情做得，连自己都难过，又当真值得去做吗？”

这句话当真醍醐灌顶。皇帝怔了许久，才听太后对洪司言道：“好了好了。为个小奴说了这么久。你说的那些，我都准了。”

“遵旨了。”洪司言笑道。

殿中终于有了点活气。

皇帝笑道：“母后的话都圣明。但这也待他过了。真像宫里的书房了，他又哪里担得起？正责他忘了自己贱役的身份在外兴风作浪，这里又待他优渥，儿子也难处置。”

太后叹了口气，道：“皇帝说的对。是有些过了。但我架不住一子一女在眼前不住地磨。真都是些冤孽。”

“明珠就罢了，那是母后眼前一等一的人。景仪也跟着起哄，母后也就听了。想来我们做儿子的，母后总是疼小儿子多些。”皇帝调侃着笑道。

太后倏然抬起眼睛来，盯着皇帝的面庞仔细望了一眼，最后道：“都是疼的。别胡说。”

“是。”

“幽禁之事，打算到几时呢？现在巢州如此胶着，皇帝不打算早点放辟邪出来，身边也好有个帮手？”

皇帝的脸色有些难看：“朝中这么多大臣良将，也不缺他一个内臣出来主张。依儿子来看，踞州稍进百里，杜闵便两面受敌，必溃散的。”

“我记得踞州的事在七八月就有了定论，万万动不得的。此刻又有变化吗？”

“战事瞬息万变，没有什么绝对动不得的兵力。”

“踞州事关京畿，自有他超然之处。”太后道，“虽非决然动不得，却发愁皇帝身边有没有人好好谋划。”

“兵部、大将都经过北伐大战的，均靠得住。”

“郑钧海上回来，倒只推崇了辟邪一个人呢。”

“是。儿子也想，这支兵马交给辟邪监军也是很好的。”

“他七病八灾的，不堪放在外面用了。廷杖时洪司言正在那里，看到满身是伤……”太后说到这里，握紧了手中的帕子，压抑下颤抖的声音，“在宫里帮着谋划踞州的事，还妥当些。”

“是。今日就撤了他门前的看守，他愿意出来，随时都可以的。”

皇帝出了慈宁宫，心中的震惊还是挥之不去。就为了将辟邪自幽禁中释出，太后连握在手中多年的踞州兵马，竟也不惜交了出来。他裹着裘衣漫步向宁波池走去，望着小小的水榭。

久违的阳光从阴霾中透出，正笼罩着水榭的琉璃顶儿，此刻清和宫唯一熠熠生辉的，却是贱役的囹圄，天下之主在这清象宫中反倒没有容身之地般。

“去内宫走走。”

“皇上想去看看谐妃？”

“不。”这时只想去个完全没有辟邪影子的地方，“上江叫作杨梅的，由太后带回来了，现在安置在哪里？”

“来时就在慈宁宫侍奉太后娘娘，应当是这一两天内与各位娘娘商量了，就安置到后宫去的。”

“来时在慈宁宫侍奉太后娘娘，这时应当安置在后宫了吧。”

“现在去叫，朕问她话。”

这是讨赏的好机会，李及应了一声，飞跑着去了，过了许久，才一脸惊骇地在御花园追上了皇帝。

“这是怎么了？”皇帝见他跪在地上不住哆嗦，奇道。

李及此时深恨自己没来由地要抢这个差事，抬起手来先抽了自己一个嘴巴。

“回皇上的话，奴婢前去慈宁宫询问。太后娘娘宫里人都说，没有这个人了。”

皇帝蹙眉：“胡说，太后亲口说已经带回来的。”

李及扁着嘴道：“奴婢也是这么问，最后洪姑姑出来说，杨氏一月前冲撞了皇子，皇子彻夜惊吓啼哭。太后很是着恼，便打了杨氏几下，命杨氏迁去咸仪宫。没几日宫中人回说，杨氏晚上想不开，早上开门的时候，她已用白绫悬梁自尽，没救了。”

“死了？”皇帝睁大了眼睛。

“因此洪姑姑跟奴婢说，请皇上别在太后娘娘面前提起，怕太后娘娘又想起来心里难受。”

皇帝挥了挥手：“滚。”

李及忙连滚带爬地躲到远处。

吉祥忙上前低声道：“皇上这时若有介意，情形让人禀了太后，太后娘娘更是难过的。”

皇帝摇头，道：“宫里这些年了，从没有这样的事。朕不是介意，只是没有想明白罢了。”

“是。”

“如此，重珙可好吗？”皇帝对吉祥道，“既是吓到了，朕倒是很在意，叫他们把重珙抱来，朕看看。”

三进敞亮的亭子里摆上了茶点，皇帝屏退了众人，独坐在其中。待跟皇子的内臣抱着重珙到来，皇帝一边将孩子抱在手中，让他摆弄荷包玩儿，一边问那内臣道：“看你很是眼熟。从前是皇后宫里的吗？”

“皇上明察秋毫，奴婢进宝，从前坤宁宫当差，现奉太后娘娘的懿旨，伺候皇长子，须寸步不离。”

“寸步不离？”皇帝笑道，“说皇子让宫人杨氏冲撞到了，岂不都是你寸步不离的罪过？”

进宝跪倒，叩首道：“奴婢看顾皇子是十万个小心，皇子并未被惊吓到。”

“那么是说太后小题大做了？”皇帝沉下脸来。

进宝便突然噤口不语，想了半晌，垂首道：“都是奴婢的罪过，求皇上责罚。”

这种情形，必是有隐情了——皇帝盯着他的脸，竟一时气结。

“你也是七宝太监的弟子？”

“是。”

“你们师兄弟从来一个鼻孔出气，若是你的罪过，你们几个便一概被罚；若你有所隐瞒，也是你们几个一起挨打。你自己想。”

进宝面上阴晴不定，最后只得道：“皇上容禀，其实皇子都没有和杨氏照过面，奴婢听了这个消息，是最觉得奇怪的。后来才知道……”他又开始支吾，“皇上开恩，一样事关奴婢师兄弟，奴婢不知如何说起。”

皇帝已不耐烦地道：“现在就打死，你就什么都知道了。”

进宝无奈道：“慈宁宫的人大半都知道的，杨氏冲撞的并非皇子，而是辟邪。”

“辟邪？”

“奴婢说错了。并非冲撞，实是辟邪冤枉。辟邪回京那日至慈宁宫复命，忽感不适，便在花园稍歇，见杨氏出来行走，身子挨不住，不及回避，行礼也慢了，便被杨氏和宫女不由分说掌嘴，一时口中都是鲜血。太后娘娘后来知道了，怒杨氏随意殴打功臣，没有半分贤淑谦忍，直接命自尽了。”

“砰”的一声，是重珄将桌上的茶盏碰在了地上。

皇帝眼前却是一股恼人的洪流，卷成汹涌的旋涡，正向那神色空灵的少年飞旋而去。外使、朝臣、兄弟乃至自己的母后，自辟邪回来之后，整个朝廷的中心便如皇帝作茧自缚一般地，从乾清宫偏向清象宫的水榭去了。

“都是朕不知道的事。”皇帝喃喃自语。

进宝又在叩首：“求皇上开恩，毕竟辟邪并未有一声怨怼……”

“知道了。”皇帝按住重珄想要再次抓起茶盏的手，将皇子交到进宝的手中，“好好看顾皇子。”

“是。”

重珄此刻已有些会走路了，进宝小心翼翼地牵着，沿花园的小路慢慢退去。

辟邪回朝之后的一派恍惚与孤绝已让人在意，而更令人惊悚的却是太后目下，嫔妃之命、踞州之兵，都抵不上一个内臣的委屈。

“李及。”皇帝唤，“请宗人府良汩。”

十一月中，踞州兵马终于出城，南下寒州应对杜闵。皇帝特又谕旨兵部调动陆过前往郑钧海麾下听命。陆过不免要自小合口京营赶往兵部交割，并递了折子求请陛见。

皇帝对他道：“郑钧海固然是身经百战的老将了。但讲究机动野战，毕竟还是你们经过匈奴一战大阵仗的将领更强些。愿你能助郑钧海一战功成。”

“臣必不辜负皇上器重。”陆过叩首，之后又问，“臣斗胆，内亲王辟邪仍在幽禁中，臣等知道他大罪，却不免念他与屈射交战以来，重创体弱，仍十分惦念。望皇上能恕臣莽撞，开恩容臣见内亲王一面。”

皇帝笑道：“朝中最迂腐的只怕有你一号。朕虽未降旨免他幽禁，但实则早不禁他出入，也不禁人见他。成亲王就日日去那里，你这会儿去，能碰上一堆儿人呢。”

陆过大喜，谢恩后由内臣领着，向水榭去。只见白雪覆盖着水榭屋顶，下面的屋子却是暖洋洋的热气四溢。陆过报了名，里面成亲王站了起来，上前挽住，道：“长久不见省之了。”

辟邪这时弃了窗边的鱼竿，笑吟吟转身而来：“状元爷安好？”

一样还是青色宫衣，只是雍容之色更甚从前。屋中都是精致器物，桌上铺满精美肴馔，辟邪立于其中，仿佛此生一直这般养尊处优，而战场上乍现的锋利恣意，此刻毫不掩饰地迎面刺来，反倒有些与这有些狭小的奢靡宫阙格格不入，令陆过觉得自己几乎没有立足之地。

“甚好。见殿下身安，末将才放心了。”陆过走上前去。

成亲王知道陆过有要事来说，便先要走，笑道：“钓上鱼来，可记得叫我。我就说这池塘里没有半条鱼。”

陆过见他远去，方与辟邪共坐，道：“踞州的兵马，说好了是不能擅动的。殿下回来不久，这么快就有了变化，可是殿下心中有大计了呢？”

辟邪摇头：“这并不是我的主意。”

陆过大惊：“难道是兵部议出来的吗？还是长平侯要的兵马？”

“只是皇上为了速战速决，大军驰援罢了。”辟邪道，“这个主意盘桓在皇上心中太久，若不一试，他是不肯罢休的。”

陆过道：“殿下可曾劝过皇上？”

“状元爷，”辟邪笑道，“奴婢可是正在幽禁之中，劝不得。”

陆过脸色一沉，道：“事关四万将士、朝廷的气数，殿下莫出戏言。”

辟邪道：“状元爷说的是。只是皇上有他速速收拾掉杜闵的缘由。而我，只是太累了，想歇一歇。”

他虽说得平静，陆过却不禁怆然。他见辟邪已经意兴阑珊，便告辞而去，百般细想都是不解，又特地修书给姜放。姜放也是甚为忧虑，命陆过须同郑钧海一同克制行军，万一大军过于深入，恐为杜闵所乘。

然而一语成谶，至十一月末，踞州兵马便在寒州腹地被围，折损兵力上万。幸有寒州总兵陆巡领兵来救，突围而出。然而踞州最南的两座城池，因此被杜闵乘虚而入。不但巢州，连踞州亦是遍地烽火。

姜放便请了谕旨，自巢州连日驰回，陛见皇帝。

朝廷上众臣诸将争得面红耳赤，也无计较。姜放却并非为此而来，皇帝最终疲乏，命散了廷议，他便向吉祥使了个眼色。

“哪里才能找见六爷？”姜放问。

吉祥喟道：“陆过既然已去踞州，小合口主将空缺。皇上不限他的出入。他有时便去一趟小合口看兵马操演。”

“操演？”姜放道，“这里正经事他不议，去管什么操演？”

“若是正经操演也罢了。”吉祥低声道，“他现在去，呼啸就是上百人入山，踏雪行猎。他在京营旧部甚多，只要他开口，无有不从者。”

“那么就是身子好透了？从前慈姜的药丸的毒物都祛净了？”

吉祥摇了摇头。

姜放大惊失色道：“难道还在吃那药吗？”

吉祥将他一把拉到更僻静处，道：“他回来时并不想接着吃的。他心中比谁都清楚其中的利害。就算是廷杖之后，毒性并发，他亦不肯就范。实是奴婢自作主张，眼见他性命有虞，不得不硬喂了下去。现今他见了我，也很是不爱搭理。”他苦笑着，又道，“然而问了小顺子，前几日又有内伤发作之象，他却没有半分犹豫，爽快地吃了药。以奴婢看，这个药虽说是一月之期，总觉得这个月吃得又比上个月早了。”

姜放涨红了脸，抓住吉祥的臂膀道：“大爷，你是七宝公公交代过的人，你若不能看顾好他，怎么对得起七宝公公的托付？”

吉祥黯然垂目：“侯爷说的是。”

姜放愤然甩开了手，一头怒汗地出了宫去。他亦无心回府，径直去了栖霞院。回眸楼中才坐了片刻，便见栖霞翩然入内。

“长平侯。”栖霞收住脚步，笑着福了福。她仅用一支翠簪绾着发髻，在酒客尚疏的早晨还未及精心梳妆，慵懒得如朝夕亲昵，时光长驻。

“太久了。”姜放上前将她一把搂在怀中，额头枕在她的颈间，摩挲着她单薄的后背，叹息道。

栖霞像是被他扼得窒息，半晌才挣扎着从他的怀抱中仰起脸来，眼角淡淡的皱纹似被姜放的气息拂出的涟漪。

“你辛苦了。”

“岂敢啊。侯爷面前哪能说得上半分辛苦。”栖霞笑道，“怎么能得了谕旨回来？”

栖霞的语声有些故作的明朗，令姜放忽觉陌生的隔阂，忙攥住她的手指，道：“虽是为了巢州、踞州的事回来，但终有见你一面的时候，不枉我战场飞驰千里。”

栖霞本想谑笑于他，却因看清了姜放眼中浓烈的思念，不觉滴下泪来。

“我比不得你。”她道，“我愿意离了京城，追随你在巢州，却没有这个出生入死的胆量。”

姜放已按住她的嘴唇道：“那不当是你要做的。京中没有你，我、主子爷，岂会有一日安枕？”

栖霞的目光有些闪躲，一瞬欲言又止之后，缓缓拔去了簪子，将黑发倾在肩上，向姜放微笑：“你要的安枕，现在就给你如何？”

一刻缠绵，不解相思，更增眷恋。

栖霞枕着姜放的胸膛问：“今晚可宿这里吗？”

姜放叹道：“我回京不过两三日工夫，若见不到主子爷，可误了大事。”

栖霞柔软的臂膀忽然有些僵硬。

姜放抄住她的身子，按在身下，望着她的眼睛。

“怎么了？”

栖霞勉强笑道：“若是寻主子爷，倒是有个去处。今日就是他从小合口回来的日子，到得晚，宫门下钥进不去，总在成亲王处夜宴。你要找他，先要去凑个热闹。”

“不是的。”姜放道，“你心里想的，却不是这件事。”

栖霞啐了一口，道：“你什么时候能猜得透我了？”

“你究竟是什么心事，回来之后见你好多不安。栖霞，事关重大，巢州、踞州两地的人马都等着主子爷的号令驰援。我原以为他音信不通，现在才知道早就可以到处走动，我们都问了多次，何以没有钧命？”

栖霞目光闪烁，沉默了半晌，才道：“这件事我早已知道，却没有敢对任何一个人讲。我奉九爷的命，查了帝系、颜王谱系两本玉牒。九爷的名字，自上元十年，便再不录于颜王谱系中。而先帝的子嗣里却多了一人。”

姜放惘然坐起身来，神色阴晴不定。

栖霞忙抱住他的胳膊道：“若非我是自九爷小时看着他长大的，定要疑他的出身。但自玉牒递到之后，九爷就再不曾理会过我。我心中岂止疑惑，更是惊恐。若九爷自己心中有一点犹疑，他将如何自处？又将如何处置颜家的产业势力？”

姜放挣脱她的手臂，道：“我必要去成亲王府了。”

“姜放，”栖霞又拉住他的手，“九爷其人，不能逼得他太紧，惹恼了他，必叫我们在这天下没有立锥之地。”

“天下将亡，哪里会有平安容身之处？”姜放苦笑。

天色黑得早，姜放到成亲王府的时候，王府门前已是灯火通明。他在门前报名，王府门役吓得奔向里面通报。不刻竟是成亲王亲自迎了出来，硬是拉住不叫行礼，挽着手内进。

姜放笑道：“臣是来打秋风的。听说王爷这边宴请贵客，蹭一杯酒吃。”

成亲王道：“哪里的话。我已经去府上请过你，都说你还没到家，可不是我不想着你。”

他们堂上吃茶，这日客人都是朝中年轻的文臣，多有未见过长平侯的，一一过来叙礼。成亲王显然是在等什么人，一直没有叫入席。直到门前一阵喧哗，都是王府人役做作之声，叫道：“来了、来了。”

成亲王望着姜放笑：“敢说这不是你要找的人？”

只见辟邪体态轻盈，漫步而来，将手中的弓箭交于王府的伴当，空出手来向着成亲王抱拳：“致王爷久候了。”他一眼瞥见姜放，绽开笑容，道，“侯爷回京了？”

“六爷的气色，果然是大好了。”姜放先放下一点心，他有急务在身，也不客套，直截了当地道，“不瞒六爷说，今天就是上这里堵着六爷来的，一肚子话要说呢。”

辟邪笑道：“真正的扫兴的人来了。”

成亲王再浪荡，也知道这是大事，忙让出后厅容他们说话。

姜放见四处无人，径直问：“主子爷，二十哥叫我问，承运局什么时候出兵巢州？”

辟邪微微摇头：“前阵子朝廷命你征召乡勇，若能成事，便以乡勇战之，不必伤了承运局的元气。”

“承运局的人都是本地勇士，邻里乡亲，都是一样的人，现在能投入战地，何必扼腕眼见战机消逝？”

“那是颜王一脉里最宝贵的一支势力了，如若滥用，父王必会责备我糊涂。”

“主子爷。”姜放劝道，“此刻再不遏制倭寇，只怕就没机会用了。现在踞州已失两城，若再有闪失，杜闵就直指京畿了。”

“还不是时候。”辟邪道，“杜闵的黑州人颇不耐寒。这个季节，不可能与郑钧海对峙。”

姜放见他左右推托，不禁急道：“主子爷，这都是为了什么？这些是皇家的天下，亦是颜王的天下，先王要的是去除藩镇清荡四境，才有了承运局。那些倭寇亦是承运局放进来的，难道为了保全承运局，放着百姓就不管了，放着这天下就不管了？”

“什么叫作皇家的天下亦是颜王的天下？”辟邪望着他，“你见过栖霞了？”

辟邪依旧是冰雪一般的剔透——姜放不禁语塞。

辟邪微笑道：“若真是见过栖霞了，你当知道，我有什么资格动用承运局的人？去藩一统，清荡四境，都是父王想要的。我已不知道我是谁，既不在那里，又早死在这里，没有活过一天，怎么能知道我要的是不是他苦求一生的天下？他到最后那刻都在骗我逼我相信作为他最宠爱的小久，为了他要的天下，可以杀了驱恶，可以杀了阿纳，可以杀了明珠，可以杀了我自己。我杀了太多太多的人，现在我亦不知道我为什么要杀他们。姜放、姜放，你还在叫我主子爷，你的挚友刘思亥，亦是我使人杀的。如今你却告诉我为什么呢？”

他拍拍姜放的肩头，让他转眸去看厅上的成亲王，在他耳边低声道：“你看，那许是我的同母兄长，手中拿的，是用我这几日猎到的雉鸡翎做的金冠。那些雉鸡翎，我猎到之后，就献于太后，她亲手绣了金冠上的那颗珠子给我。那许是我母亲的人，天天派人来水榭看我，把她以为我爱吃爱穿的东西都堆在我的脚下，可她自己，却羞于亲自来看我一眼，只是因为是她自己下令对我宫刑，变作她长子最瞧不上的贱役。”他展开手臂，随着乐声缓缓旋转，惨然大笑，“你说我做得太少，我却已做得太多；我觉得做得太多，却又做得太少。”

他撇下姜放，向前厅舞去，满室宾客，都在拊掌欢笑。成亲王将金冠戴在他的发髻上，雉鸡翎笔直地抖在半空，颤悠悠跟着他的舞姿晃动。

潜鲸暗嗡笪海波，回风乱舞当空霰。

他应着鼓声不住飞旋，沾了猎物残血的袖口袍脚飞散，仿若困在自己命运里的陀螺，被谎言抽打得无尽徘徊。

他耐不住头晕目眩，大笑着跌倒在成亲王怀里的时候，姜放抹净了脸上的泪痕，往漆黑的夜色里走去。

五十七

吉祥

离都的大雪，这些天就没有停过。吉祥懒得出宫住，让小合子收拾了居养院的厢房，将就了一夜。天色未明时就是寻常日子吉祥起身的时候，就算不当值，也一样醒了，披着袍子，在冰冷的正屋里寻了个黑暗的角落静静坐着。

门“吱呀”一声响了，一条颀长人影走了进来，就向供桌底下翻。

“如意。”吉祥道。

如意蓦然跳起身子来，望着吉祥说话的方向。

“大哥。”

“‘安隅六篇’，你习了多久了？”

如意“呵呵”一笑，道：“瞒不过大哥。回来就找到了，已修习了两个月吧。”

吉祥道：“你的内力还差得远，怎么现在就着急练起来。师傅其时是怎么说的，练太早，岂不是自己折寿？”

如意走近了道：“我倒不是为了别的。这回小六在苗地中了毒，顺理真气的时候，是李师帮着调息。现在李师是不见啦。我想他那药吃得多了，必遭毒害，若下个月毒发时，能用他同路的真气助他祛毒，岂不是好呢？”

吉祥叹道：“何必搭上自己的寿数？”

“反正我的命也是小六救回来的。若非是我大意中毒，他原不必要吃那药来强行补足真气。说起来都是我害了他，不是我贴给他寿数，又是谁呢？”

“去吧去吧。”吉祥叹气，“都是自己随心所欲的。”

他摸了摸自己的胸口，那封书信还在——他心中庆幸，当时还动过念头将书信同“安隅六篇”一般也放在供桌的下面，好在千思万想，还是随身带着了。

“啊，我说。”如意走到门前突然回过头来，“小六最近和成亲王走得太近，成亲王的癖好，哥哥你是知道的，别叫小六着了成亲王的道儿。更要命的，是成亲王心里的那些盘算。小六被打是皇上绝情不错。再怎么的，那是咱们正经主子，三心二意的，于大伙儿都是祸害。大哥可要劝他：再这么下去，可不行。”

“再这么下去可不行。”吉祥点了点头，像是一并给自己做了决断。

他慢吞吞梳洗，照平日御前的穿着，仔仔细细收拾干净。小合子年纪还小，难得不当值的时候，依旧在酣睡。他便撇下徒弟，一个人在晨曦里往清象宫去。

皇帝已然叫了第一拨廷议。北方大雪，杜闵北进踞州的势头，大可以缓一缓。但是翁直等人确实是不高兴的，毕竟力谏了那么久，皇帝还是和谁赌着气似的，一定要把踞州的兵马往虎口里填。

吉祥没有惊动殿门前的小监，径直往宁波池走。水榭大门是一推就开的。就是巴掌大的地方，小顺子揉着眼睛，在旁读书，辟邪仍披散着头发，背着手一同在看。

“大师哥，少见。”辟邪抬头笑道，“小顺子，倒茶吧。大师哥请坐。”

“既不喝茶，也不坐。”吉祥道，“小顺子。”

“是。”小顺子站起身来，裹上裘衣一言不发地向外走去，一直过了木桥，哆哆嗦嗦站在雪地里。

辟邪笑着，懒散地倚在窗边：“大师哥一早上就来消遣我的人。”

吉祥站在屋中，仍在缓缓地四处打量。他虽然性格沉稳，但决断雷厉，这般踌躇实在少见。辟邪渐渐敛了笑容，望着吉祥插了门，走近了些。

如同落雪般无声，吉祥撩起袍子跪在了辟邪脚下，从怀中取出一封书信，双手举过头顶，呈于辟邪面前。

屋内只有两人绵长舒缓的呼吸，似乎都早知道这个局面，没有太多的诧异。辟邪从吉祥手中接过书信，封皮中的折子面已经老旧发黄，并且被人不断触摸，有些磨损了。

远仙吾弟。

——开首如是，字迹俊丽犹如清水腾龙，带着醉意的潦草，看得出执笔人那刻无拘无束、清明自在。

此时朕与湛儿共饮，清秋落叶，温酒如故，念年少时暑楼秋饮，夜行离都做尽荒唐之事，老时想来仍不禁莞尔。想我三人不能聚首，已十三载矣。

辟邪倏然抬起头来，望了吉祥一眼。吉祥已匍匐得更深了，像是要蜷缩进尘埃里。他的目光只得又落回这漫然直述的笔迹上。

更至靖德战死，朕与湛儿多生嫌隙，你每次函至，俱能见你忧心呕血之状。

五年间三人未得心扉一敞，想人生不过如此，虚度十之其一，岂不憾哉？

贤弟九年时力陈靖仞可用，聪明贵重，气宇不凡。十年便重录玉牒，贤弟尚笑湛儿失一爱儿。而今却要赞其得一明君矣。朕近两三年间，多临湛儿府邸，时有召见，比之聪颖高贵，更难得果决善断，坚毅沉静，胸中自有大是非，故为人自在随和，如鞘中利刃，实为朕诸子中最堪大统者。适才已亲拟诏书，待择吉日，即立靖仞为太子，召回宫中抚养。若昭妃见此子失而复得，亦不知如何感慨耶。

想我三人，不计贵贱，少时盟誓，去藩靖边，四海清平。朕已中年，未必见得，唯两贤弟正值风华盛年，有日佐我靖仞，强盛中原，朕不啻美梦得偿。

湛儿于靖仞，悉心抚育，朕心甚慰，然其子靖仁养于宫中，朕有失照拂，心中念之，不禁愧疚。必以亲王待之。

人至中年，不免絮聒。贤弟姿容是否犹胜昨日？待远逐匈奴凯旋，朕与贤弟枕臂共寝，不知为湛儿笑你我垂垂老矣否？

辟邪呜咽着透了口气，将折子合拢，想了想，又打开读了一遍，才用手指摩挲着其后紧随的、颜王熟悉的笔迹。

小谢，帝系与颜家，十数代恩怨，若能于我终结，岂非大美？我拟靖仞进宫之后，便辞了这个世袭罔替的亲王爵位，认真当个臣子。我也劝皇上省了封靖仁亲王这麻烦事。你想靖仁十一岁，一人独拒多个刺客，这等人品，战功彪炳是免不了的，岂会稀罕这赏来的亲王爵位呢？你务必也劝皇上收回成命。

颜王附在先帝信后充满醉意和骄傲的笔锋刺痛了辟邪的手指，他忍受着刀割般的痛楚，紧紧切齿。

吉祥仰头望着他木然的面庞，在他失神的一瞬，轻轻将折子从他手中抽回来，为他掖在胸前。

辟邪雪白的手指抓住窗棂，俯首问道：“这是我谢大哥带来离都的书信？”

“正是。”

“必是见过了师傅，谢先生才能嘱托他带给你。那么师傅呢？”

“谢还对我道：颜王自戮前，将殿下的身份嘱托师傅，师傅将殿下接进宫来，一直在寻找这份遗诏。只是多月不得，才疑颜王的话，加之殿下与驱恶也大了，实在瞒不住，才不得已为殿下净身。师傅苦苦在宫中找了多年不得，书信中又绝不敢冒险问谢先生，才离了宫廷之后北上，亲见了谢先生印证，才见到了这封信。那时悔之晚矣。”

“之后呢？”

“师傅固请死罪，谢先生也怒师傅废了殿下的身子，已亲手将师傅刺死。”吉祥道。

如吉祥波澜不惊的口吻，七宝太监就如此微尘般地消逝在不知名的草原深处了，也许自己横越草原的时候，马蹄还踏过七宝太监的遗骸。

“他们，为什么都不告诉我？却将书信交给你？”辟邪吐出的声音和气息紊乱而黑暗。

吉祥举目，竟觉得辟邪是在冷酷地微笑着的，他寒意透骨，俯首道：“殿下知道的，奴婢这一系几百年，只侍奉真正的天子，师傅令谢还特地嘱咐奴婢自己看清楚，究竟谁才是真正的天子，择而事之。”他想了一想，续道，“谢还传谢先生的话与奴婢：殿下如此一心一意的，就很好。知道太多，横生烦恼犹疑。若有碍社稷，必令先帝与颜王不喜。奴婢年少即随侍先帝，今生从未见过更高贵睿智的人，殿下为人肖极了先帝，奴婢若能侍奉，死而无憾。奈何当今却亦是英武有大气度。奴婢也是苦苦煎熬，知道一旦说破，哪里还有回头的余地？”

“一心一意？”辟邪冷笑着俯下眼睛，“师哥，我是什么？他们在当我是什么？”

“鞘中之剑。先帝、颜王、谢先生，他们当殿下是荡平天下的利剑。”吉祥一字字地道。

辟邪将手指放入窗下的雪光里，指尖中已无血色，清寒稀薄的光芒透体而过。“我还以为我是有血有肉的……”

“殿下。”吉祥匍匐上前，不敢触及辟邪身躯，只轻轻拽住辟邪袍角，低声哀求道，“殿下既知道自己有血有肉，就当爱惜自己。”

“住口。”辟邪冷峻地呵斥道。

吉祥顿首：“奴婢不能从命。殿下的心思，奴婢看得明白，就想用尽最后的毒药，便舍身去了。殿下的血肉，是先帝所赐，社稷所托，不是殿下能枉然弃之的。”

他仰面，辟邪冰冷眼睛正贯彻他的心肺。

“你以为你懂得我？”

“是，奴婢懂得的。只要是先帝之子，颜王之子，岂甘受异族要挟？然而，颜王就戮之前，对殿下说过：立时就死了，反倒是件好事，如果一旦选择活下去，就当努力挣扎。”

“师哥，这毒药只是微尘般的小事。倒是你口中所言的‘挣扎’二字，已耗去了我所有。他们密密织补，已将我束缚作茧，我如何挣脱？”辟邪的笑容悲怆，“师哥，去吧。”

吉祥小心端详辟邪的面色，终欲言又止，起身退了出去。他为辟邪掩上门，同小顺子

一起站在雪地里。

“我还没读完书。”小顺子抱怨着，“师傅要责怪的。”

吉祥悯恤地看着他冻得发红的脸庞：“没事，别处也一样可以念。”

天色阴霾，终日仿佛晨昏不分。吉祥已在水榭边逡巡三日，见小顺子将饭食又原封不动地端出来，终于忍不住上前道：“他这是做什么？一点也不肯沾吗？”

“不是不肯沾。是顾不上。”小顺子道，“这几日天天在读书，一屋子都是，我劝他吃喝，他答应一声，便不再理会。连觉也没睡过。慈宁宫洪姑姑也惊动了，打发人来问。皇上那儿知道这里有异，必要着人来看，更是麻烦。”

“那里我支应着。”吉祥只觉心神俱疲，不停地揉着眉心。

这日夜色一样落得早，两人在黑暗里悄悄商议，却见屋内的灯光照亮对方脸上忧虑的神色，都是微惊。

门静悄悄地开了，辟邪发髻衣冠整齐，披着斗篷，立于门前。

“我去慈宁宫。”辟邪道，“小顺子前去通报。”

“啊……是。”小顺子将手中的东西一股脑塞在吉祥的手里，跺了跺冻僵的脚，一溜烟跑在前面，眼看着在雪地里摔了个跟头。

辟邪在其后笑了起来。

——平静安详得可怕。

水榭内案上地上，到处都是一色黄皮儿装帧的册子。吉祥细看了一眼，顿时大惊失色，忙用榻上的裘衾盖住，扭身紧跟了辟邪几步，在后唤道：“小六。”

“师哥也去？”辟邪明月般冷肃的面庞转来，静静地问，见吉祥驻足，才点了点头，接着迤逦而行。

大雪依旧是纷纷扬扬，慈宁宫迟迟不见传召。辟邪在殿外肃立不动，片刻间斗篷上落满了干燥的雪片。明珠已经几次走出来站在廊下，眼见他变成个雪人仿佛，不明所以，亦不敢擅问。

终有洪司言闪身出来，疾步走下台阶，凑近了辟邪身边，扶住他劝道：“内亲王，水米不沾几天了，这么冷的天气站了一个时辰，坐下病来怎么好？”她见辟邪无动于衷，只得又道，“娘娘已歇了，内亲王这么等下去，有逾规制。”

辟邪抬眼向她摇了摇头，却因此有些晕眩，在洪司言的手心里微微打着寒战。

“奴婢去求她。”洪司言咬着嘴唇。

慈宁宫在她回殿掩上门之后，便又是一派死寂。只有明珠静静站在廊下，陪他在无垠大雪中肃立。

辟邪抬起眼来——世界和时间，正被大雪充盈，几步之遥的明珠，却如一世之隔，他向明珠微笑，明珠也翘起嘴角，正如镜中的自己，触摸不得。

“叫辟邪。”已不知什么时辰，似乎是太后终于失了耐心，洪司言走在廊下道。

“是。”

辟邪有些艰难地走上阶去，被洪司言一把扶住。

“这孩子，两个时辰站下来……” 洪司言拿出帕子掸去辟邪眉上凝结的雪珠，一边叹着气。

辟邪在廊下脱了斗篷交给了小顺子，跟着洪司言内进。

洪司言命他在东暖阁外稍驻，轻声道：“辟邪来了。”方打起帘子。

太后一如既往，在暖榻上垂目端坐。辟邪却微微有些踌躇，洪司言便耐心地等着。

“奴婢辟邪，给太后请安。”辟邪在帘外道。他预想的声音，并不是这样颤抖和无力的。

太后因此抬起了眼睛，向他望来。

“进去吧。”

辟邪甚至感觉是洪司言在身后轻轻推了自己一把，然后便沉浸至淡淡芬芳的温暖中。

帘子“唰”地在身后放了下来。他挪动脚步，走进更深的芳香的旋涡里。

“上前。”太后放下了手中的暖炉。

他撩起被积雪浸湿的袍角，尽量近地跪在太后面前，仰起头来，迎着太后深冬夜色般的眸子。

“外面冷吗？”太后微微俯身，握住他的肩膀。

“冷。”

太后便握住他冰冷的双手，捂在自己的手掌中，慢慢替他搓热指尖。

“说你几日未进一餐，大冷天的，瞎跑什么？”

“奴……”辟邪说出这个字的时候，太后的目光瞬间黯淡了下去，他有些不忍再看，垂下眼睛，“奴婢赶来，想问太后，先帝是个什么样的人。”

太后想了一想，咽喉中翻滚着无声的呜咽，道：“先帝啊……他高高的个子，比景仪还高些个，面貌里最像先帝的，是景佑。他永远都有自己的主张，也一眼能看透别人在想些什么，见过的人，从来都不忘记。琴棋书画，每一样都精通，凡乐器，拨弄几下就都会了，善舞善歌，弓箭骑术就普通得很。”

辟邪微笑。

“先帝无论何时，都是洒脱自在，恣意而行，但他心中良善，从来对人都随和，每一个见过先帝的人，无论男女都会爱他。而他见到的美人，无论男女也都爱。”

面前的美人，依旧是在极盛的年华，眉目如飞，眸深似海。辟邪第一次发现，她转眸遥想时的微笑，粲然如春日下的清风，一瞬间宫阙、深夜与大雪之上不见的冷月都忽然鲜活了起来。而因她目中深刻的忧色，令人不忍联想她正在窈窕年华时，又是何等惊世绝艳。

“我从没有见过先帝这般聪慧潇洒的人。”太后说到这里，忽望了辟邪一眼，“也许能和先帝比较一下的也只有七宝太监了吧。”她伸出手来，轻轻抚摸辟邪的面庞，接着道，“那时先帝对我说，若再有个皇子，聪慧如他，美貌如我，便是上上佳。”

太后的手指柔若无骨，稍带着些清冷。辟邪用尽全力挣扎，抗拒着就此疲惫不堪地倒在太后掌中的冲动。

“先帝后来可修道吗？”

“这是先帝的坏毛病，不但宫中修道，还跑去大臣家念经炼丹。之前颜王府中也是常去的。”

“就是那个经常穿着五彩道服，束着金冠，五绺长须到胸口的道人了？手上经常拿着一串漆黑的数珠。”

太后怔了怔：“正是先帝。”

“那时还有个叫仰天道人的，一直随驾。”

“倒是有的，后来不知何故，便不见了。”

——“哎呀呀！贵不可言，贵不可言。”仰天道人的大呼小叫，辟邪还记得清楚。他嫌弃这种故弄玄虚的人，不管说的什么，立时狠狠地瞪了仰天道人一眼。

“哦？”坐在正中的中年道人将自己拉到身边，“让我看看。像他母亲。”

颜久笑道：“先生不用见我母亲，也知道我长得像吗？”

那中年道人倒是愣住了。

颜久道：“我父王就在这里，若不像我父王自然就像我母亲了。若是这么看相貌，倒是方便得紧。”

那中年道人大笑：“你是觉得我们都来骗人的？”

颜久笑道：“不一定存心骗人，生事定是有的。”

“怎么说？”

“贵不可言这句话就包藏大祸心，我出身亲王家，已然为贵，贵极不过迈过兄长袭了亲王爵位，有什么不可言的，但要说声不可言，就是要人心生无妄揣测，度量颜府的用心。若道长是亲友，这句话就不当出口，若道长心藏祸心，又显拙劣。”

“哈哈哈，哈哈哈。”那中年道人更是大笑起来，“这个给你。”他从腕上褪下一串漆黑的数珠，递给颜久。

辟邪有些觉得闻善和尚死得太冤，应是当初知道先帝的用意，故意讨先帝喜欢的一句贵不可言，便偏偏让颜久记得清楚，十年之后依旧招来杀身之祸，也是他祸从口出的报应了。

太后抚摸自己脸颊发髻的手指太过温暖，让自己的思绪有些缥缈起来，全然想不起之后那串数珠去了哪里。

“还要问先帝什么呢？”太后柔软的声音继续问着。

他的意识已经有些飘忽，只是摇了摇头。

——没来由的当年带着仰天道人来，让自己多年之后的佳节里，舍了明珠夜半去除闻善。“先帝欠我一个元宵节。”他苦笑道。

这夜的大雪，直落到黎明。正值日出，清冷的阳光喷薄于清和宫琉璃天边，转瞬便是湛湛天上，皑皑人间。

虽依旧是千头万绪的一天，皇帝却觉难得的神清气爽，忍不住走到清象殿外，打量一园琼花玉树。水榭玉桥尽头，却是一团青色人影，分外醒目。

“禀皇上，辟邪要来请罪。”吉祥上前道，“一早就跪候于幽禁之处，乞皇上开恩召见。”

皇帝却突然抽了口冷气，脱口出道：“不。”他自觉声音中的畏缩，定了定神，又道，“这是哪一出呢？他到处吃酒打猎这么多日子，现在才想起来认罪？”

“是，奴婢申饬他。”

“算了。等廷议之后。”

就算是朝臣入内个个目不斜视，也不免多往水榭方向瞄上一眼。今日的阵仗从所未见，人人都不得不按捺着惊喜，眼见皇帝一样是心不在焉，将近日祭天授节钺的事情一并速速议毕，便草草退下。

殿门外辟邪已跪候多时。放浪不羁一个多月的内亲王终于想明白，来低头认罪了。朝臣从他面前鱼贯而出，都刻意放慢了脚步。

听见里面吉祥道：“叫辟邪。”更是有人驻足在廊下，被司礼监的内臣纷纷驱赶。

辟邪在外叩首道：“奴婢辟邪，请罪。”他进了门，便用最微贱的身姿，匍匐爬到了皇帝的足下。

皇帝不自在地挪开了身子，目光落在他背上许久，也未唤他起来。辟邪更是将头颅垂得低了，也没有着急。

“你起来说话。”皇帝叹了口气。

“奴婢不敢。”

“你起来！”皇帝的语声中有些暴躁。

辟邪怔了怔，才又叩首，站起身来。

皇帝微微垂目，便能俯视他的面庞，细细端详了许久，叹息。

“皇上。”辟邪哀求道，“这回都是奴婢的错，求皇上饶过奴婢，容奴婢回皇上身边效命。”

“辟邪，你通透聪明，应知道幽禁的缘故，并不在苗疆那件事上，便是幽禁，也不当折辱你，因此没有前来说过一句软话，朕不怪你。更何况，朕心里明白，你从来都没有错过，亦没有辜负过。这般辱你，全然是因朕的心胸狭窄，有邪魔作祟。朕每思之，都是羞愧难当。”皇帝压低了声音，“而你的罪，却罪无可恕。朕钦佩仰慕你的才干，这个时节，岂是不想用呢？可是，朕，不敢啊。”

犹如冰凌透体，辟邪的血色一瞬间从脸上褪去。

他不清楚皇帝究竟知道了内情，但若因此失了周旋的余地，绝非他所望。他静静平复这瞬的杀意，仰面直视皇帝的眼睛。

“如此，便求皇上赐死。”

“朕不舍，不愿，也不能啊。”皇帝坦然地苦笑，“朕当拿你怎么办呢？”

这纠结无奈的口吻，听来谙熟，令辟邪眼前一黑。

“皇上最后的那句话，便已令奴婢死了。”他惨然失色。

他这等动摇的神情从所未见，支撑身体的精神分崩离析，双膝不能支撑，颓然跪在皇帝面前。

皇帝见状大惊，喝道：“辟邪！你莫要妄度上意。你为朝廷为朕效命，不惜身裂赴死，身子也早已千疮百孔。朕只盼你能逍遥自在，尽享安宁，并非要你的性命。”

“皇上在北伐时曾问奴婢：游侠有神兵，能自己脱鞘，取人首级于千里之外，最后都是‘白光一道闪回剑匣里，竟不沾一滴鲜血’。有一天这剑飞出去了，再也不回来，会是什么光景？

“奴婢这些天思量皇上的话，才知道奴婢愚蠢，之前总觉得以杀止杀，何以有罪？实则是错得离谱。皇上责奴婢罪无可恕，竟分毫不差的。

“奴婢在外日久，不知从哪个节骨眼上，已然忘了，奴婢是皇上匣中的宝器，飞出夺人首级于千里之外，终究要回来的。现今这柄剑飞出去之后，斩的却不是主人所要的首级，飞回来又有何用？因此上，这柄剑就算是再锋利又如何？奴婢那时想的，都是这柄剑是不是锋利，没有想过的却是这柄剑究竟是不是柄好剑。如此必要求皇上宽恕，再多惩罚，都是奴婢应得的。”

皇帝“呵”了一声。

辟邪却接着道：“只是，皇上的疑惑，却在这柄剑究竟是否为皇上所有。奴婢百口莫辩。只知道，为主人所弃，就算是神兵利器，只有腐锈朽烂一条路了。奴婢正如皇上所说，这两年早已千疮百孔，却也如那时一样，无论去到哪旦，遇到什么事，赶回皇上身边才觉着安宁。若皇上弃若敝屣，奴婢与死何异？”

应与不应，都是万劫不复——皇帝犹疑的手掌终落在辟邪战抖的肩膀上。

“好吧。”皇帝道。

辟邪倏然抬起头来，明朗的面颊上竟沾着泪痕：“皇上？”

这是利箭透体都未曾吭过一声的人——皇帝心中悯然不忍。“回来吧。”他摒弃了诸多疑虑，心一横，笑道，“朕去祭天的时候，你就搬回后殿。”

“奴婢不敢再僭越了。只愿依旧是那个青衣无品级的小监，日日在皇上身边就好。”

“那就是日日在朕身边。”皇帝道，“就只当那柄飞剑，又回到鞘中吧。”

皇帝擅发踞州兵马，致当前困境，朝野多有微词。皇帝并非执拗，这天启程往郊外再授姜放节钺，并大祭罪己斋戒，以昭朝廷决战之志。

姜放便于大驾之前启程。这个时节的清晨寒冷萧条，长平侯的仪仗孤零零缓缓出城。过抚民门不久，便见一骑伫立驿道边，其人拢着斗篷，见姜放仪仗经过，方露出脸来。

姜放止住随从，孤身跟着他向驿道外徜徉。

“这是你要的钧命。”辟邪将按着颜王蔷薇印章封印的信件交给姜放。

姜放大喜之下，有些迷惑：“主子爷，这是想通了吗？”

“通透得很。”辟邪道，“我是不如你的。你心中有武将长平侯的纯真在，凡事看来都是直击要害。而我，从前要的东西太多。”

“这从何说起啊。”

“平藩、荡匈奴、家族之仇、宫刑之恨，我还要皇帝的宠爱，宫中的平安，你们的忠诚。”他嗤笑，“有一样不满足，便心生忧虑愤恨。难道不是自寻烦恼吗？”

“主子爷……”姜放蹙眉道，“主子爷说的都是安身立命的根本，哪样能少吗？”

辟邪笑道：“错啦，有了安身立命的根本，才有那些我想要的。”

姜放不明所以，只是隐约觉得不安，道：“主子爷无论如何，都是平安为最上。”

“我省的。”辟邪握住他的手，道，“长平侯，但愿你为杀而杀，为战而战，心中没有一点犹豫懊悔。”他不等姜放说话，便放开手，策马回城。

皇帝的銮驾已然出宫，大内静肃，水榭中是小顺子指使着小监收拾陈设用具。

“前几日师傅看的那堆书上哪里去了？”他已经学会审时度势，只是悄悄地问辟邪。

“已还去了。”辟邪端起茶来，啜了一口。

“陈太医来见。”打杂的小监从木桥上奔过来。

陈襄微笑着，慢吞吞跟在其后。

“都不收拾了。”小顺子唤，“歇会儿吃果子去。”

辟邪起身行礼，道：“陈先生，久违了。”。

陈襄大笑道：“六哥儿这回可是真的脱身了？”

“脱身？”辟邪亲自奉了茶与陈襄，坐得甚近，低声笑道，“无论身在何处，都是这些事纠缠。但真的要紧的却是那剂药吧。去年拜托先生配制，若不能得到炼制之法，我可是脱身不得的。”

陈襄蹙起眉来，汗颜道：“这便是我老朽无能了。这个药已制了一年多，却没有一个能接近慈姜的丸子的。近日得的十几丸，只怕稍好些。原来六哥儿还在吃那个药不成？”

“苦挣不脱。”

辟邪的语声却无焦躁和无奈，如诉家常。陈襄却在他平静的目光下微微一个寒噤。

“六哥儿，万不能……”

木桥那边突然一阵喧哗，细碎杂乱的脚步走得甚急，应是内宫嫔妃的仪仗。

辟邪一边忙起身迎出门，一边对陈襄道：“算发作的日子，就在月中，请先生届时务必将药丸递进来。”

“辟邪人呢？”水榭门前一个彩衣宫女质问。

这是谊妃宫中有品级的女官。辟邪只得回道：“奴婢在。”

“娘娘问你的话。”

“奴婢有圣命，不奉内宫召唤。”

“谁说召你了。”宫女道，“在此等着。”

陈襄见的大阵仗多了，不以为意，在众多宫娥的睽睽众目下，迤迤然远去。

辟邪看着他的背影叹了口气，只见清象宫华衣如云，侍奉两宫皇妃而来。

竟被堵在了这个上天无路入地无门的地方，辟邪苦笑，在门前跪候。

“你也太僭越了。”谊妃道，“什么身份，敢央求皇上容得你越过嫔妃主子，居住于后殿？”

辟邪无言以对，垂着头，道：“奴婢知罪。”

听得头顶上少女的声音道：“姐姐莫着恼。皇上定是念他劳苦功高，才有这个赏赐。凡皇上喜欢，也就容他伺候着。”

“皇上圣明，政务勤勉，私务节制。却就是有这种恃宠而骄的奴才，在皇上身边撺掇乞怜，多生是非。皇上舍不得管教，这却是后宫的人，自有人来管教他。”

“外廷用的人，皇上既然已经用过廷杖，也命人日日申饬过，就罢了。他也算社稷紧要，姐姐与他还较真起来不成？”

“就是说呢。”洪司言不知何时，已笑嘻嘻带着慈宁宫的人到了。

向两位妃子行过礼，便上前扶住谊妃的手，道：“都是皇上的意思，他们爷们儿做事粗枝大叶的，叫娘娘们受委屈，难道还真的和皇上怄气起来？太后先前还说，谊妃娘娘放着庆祥宫不住，委屈在这后殿里，尽心服侍皇上，果然是后宫里想得最周全的人了。现皇上叫辟邪搬，特叫奴婢过来，请谊妃娘娘慈宁宫去，说说话，可不要心里记着皇上不识好歹。”

“这怎么敢。”谊妃有些惶恐，但心中依旧得意，“正当和小妹妹向母后请安的时候。”

“宫里器物搬动，最后还是要呈单子给訸妃娘娘看……”

慕徐姿识趣地道：“正是的，我这里先打发了杂事。母后却是更喜欢。”

本来是一发不可收拾的场面，被洪司言轻描淡写地消弭，一瞬间风卷残云地走了大半的人。

“内亲王快请起。”慕徐姿抬手虚扶，“我也当要看看内亲王的用度，天冷了可要多添些。”

她没有等辟邪回应，已向身边的人摆了摆手命人止步，径直步入门去，慢慢在水榭中环视。

辟邪不得不跟着进来随侍在其身后。身后的门，便被人轻轻掩上了。

“这些都是太后赏的，不准备带走吗？”慕徐姿打量着屋中未有丝毫挪动的陈设，曼声问道。

“宝物放在此处已是奴婢的僭越之罪了，岂敢据为己有，擅作处置？”

“内亲王既因功高而食亲王俸禄，这些并不算什么。”

“皆因将士捐躯，奴婢苟延残喘，反倒捡到的恩宠。”

“说到将士，京营这次护驾北上，死伤甚多。”慕徐姿用手帕掩住了嘴，尽量掩饰着

声音中的颤抖，“内亲王出征之前，我曾拜托内亲王帮忙看顾一个人，内亲王军务政务繁忙，我还不得问询。此人并未随大驾回京，不知道他生死下落如何？”

“他嘛……”

辟邪的声音有些踌躇，应在掂量要说的话。

慕徐姿心中怦怦直跳，忍不住抢先问道：“我兄长，他还活着吗？”

“娘娘还是当他不在世的好。”

这句话说得着实含糊，但慕徐姿仍旧松了口气，忙拭去了脸上的泪水，却转念想到另一个不祥的念头，转过身来急问：“他是重伤不能回京吗？”

水光映着雪光，将水榭照得满眼生辉，而其中的少女，却是如宝石如美玉，流光溢彩，玲珑万象，美艳无方。

辟邪似乎被这宝器光华刺痛了眼睛，向后退了一步。

“非也。”

慕徐姿却紧跟着上前，问道：“那究竟下落如何？”

“娘娘切勿再问了。”辟邪低声道，“这里并非内宫地界，娘娘请回。”

慕徐姿情急之下，怒声道：“我将兄长性命托付于你，岂能不给我交代？”

臂上忽然一痛，纤细的手臂已被辟邪一把握住，她轻盈的身子被拽得飞起，被辟邪拖近到身边。

“他的性命？”少年的脸颊、嘴唇都被水光照得无甚颜色，仿若幽灵用黑夜的眸子盯着丽人的眼睛，启唇冷笑，“若朝中有一个人知道他的下落，你、我，连同慕家全族，都是死无葬身之地。”

死神般静谧的语声，令惊恐如雪山覆顶，侵透慕徐姿骨髓。辟邪却没有松开手指，微微俯首，缓缓审视着慕徐姿如画眉目，如玉肌肤。慕徐姿在他攫取而绝望的目光下，浑身战栗，脱力绵软在辟邪的掌中。

冰凌般的指尖触到面颊之上，犹如锥刺，慕徐姿咽下尖叫，听天由命地闭上了眼睛，滚出一行热泪。

手臂上的桎梏却松了开来。辟邪轻轻推开慕徐姿的身子，笑道：“娘娘请回。”

慕徐姿迅速抹干了眼泪，再不敢看辟邪一眼，猛地推开屋门，裹紧了身上的狐裘，向木桥的尽头奔逃。

十二月望日，太后的懿旨，在东、西弘愿寺大做法事，祈福放灯。两座大寺门口，辉辉然搭了两座大鳌山。燃春桥梅林里依元宵节例张灯结彩。

这件盛事虽来得突然，离都百姓却毕竟是天子脚下见过世面的臣民，一夜间将自家彩灯都张起来，小贩买卖也渐渐涌入城中，往年跑船的生意人过年时都在家里，哪里见过这等场面，将船停满了江面，共襄盛事。热闹竟不逊元宵。

辟邪带着明珠与小顺子，傍晚便请得慈宁宫旨意出宫而去。今日大雪却无甚强风，才出皇城，便见灯光染亮天上飘絮，人间颠倒，直映天庭。

小顺子入宫多年，竟从没有见过此等繁华，拿着一串铜钱奔来往去，不住问辟邪道："师傅，糖葫芦吃不吃？茶汤喝不喝？那里做的兔爷儿绿豆糕可以要一个不？"

辟邪笑道："你去玩你的。吃这些东西，晚上可睡不着。"

"明珠姐姐呢？"

明珠笑道："兔爷儿绿豆糕听上去有趣，我可要一个来尝尝。"

"那师傅帮我拿着糖葫芦。"小顺子将手中的糖葫芦串儿塞在辟邪手里。

辟邪替他举着，横着也不是竖着也不是，只能苦笑。

明珠见他狼狈，道："六爷，我拿着吧。"

"不必了。我拿着就好。"辟邪笑道。

"六爷是好性子，小顺子愈发淘上天了。"

"我算什么好性子呢。"辟邪大笑，"从前我教训他，都是你拦着。现今又说他淘气。"

才说到此处，便见小顺子又奔回来对明珠道："姐姐不知道，除了兔爷儿，还有小猫小狗，各色都有。"

"那是吃糕，还是吃肉呢？"明珠道。

"可好看了，去瞧瞧。"

明珠点头，望着辟邪笑了笑，跟着小顺子往路边走。

辟邪转过身来，径直掠向小巷拐角。

"沈兄还真是阴魂不散。"

沈飞飞望着明珠去的方向，叹道："我留在京城，就指望再见她一面。想着这个热闹，你说不定也要凑，从你们出宫时，就侍从左右，等着效命了。"

"沈兄追随明珠北上，不但保得明珠平安，更不啻救了我的性命，我心下感激得紧。"

沈飞飞冷笑道："谁要你的感激。只要明珠姑娘向我点个头，救你全家也是愿意的。"

"我没有全家。"辟邪笑道，"只求沈兄，今夜，只是今夜，容我陪她高兴一会儿。"

沈飞飞抓住辟邪的衣襟，逼近辟邪的面庞，道："你要知道你是什么身份，就打算将她囚禁宫中一辈子吗？”

“不会。”辟邪摇了摇头，“只是今夜。今夜过去……今夜过去之后……”

他说着，不知想到什么，有些走神。

沈飞飞松开了手，一脸嫌弃地将辟邪手中几乎碰到他衣衫的糖葫芦推开，向他背后努了努嘴：“她可要回来了。”

“多谢。”辟邪点头。

沈飞飞走了两步，忽回头问：“李师为什么没有上京？我听道上的朋友传来消息，他回了白羊。”

“那不是很好？”辟邪道，“京城是非之地，留着随你一同闯祸吗？”

“他是木头，自来随你摆布。若他也死了心回白羊去了，多半就是你的不是。”沈飞飞冷笑了一声，见明珠走近，也不等辟邪辩驳，转身往小巷深处隐去。

辟邪转身会同明珠，见小顺子手中的兔爷儿糕果然晶莹剔透，白生生的好看，也凑趣吃了一个。

明珠看着不禁“噗”地笑出了声。

“怎么？”

明珠笑道：“临出慈宁宫，姑姑特地把我叫过去了。”

“哦？”

“嘱咐了好些话。说宫外面的小商小贩的东西都不干净，叫我看着你少吃。现正下雪，要看清了穿得是不是合适。还让小顺子多带个手炉。”

“你怎么说？”

“我说去北边天寒地冻的，也没见怎么着，打起仗来只怕生肉也吃呢。我怎么管得住？”

“你就顺着她说句‘是’，不就结了？”辟邪笑起来。

明珠道：“可不是吗？之后可悔死了我。被她絮叨多时。”

辟邪将明珠的手指握在掌中，静静听她说家常。

“又说起这一阵，六爷天天往慈宁宫去，不是正遇上后宫定省，就是太后歇午觉，让六爷独自在我屋里等候多时，也都一直没见着，她心里过意不去，说让六爷换个时辰去。”

“也不必换了。”辟邪道，“只是让她们知道我心里还是惦记的，每日里有走得近些的时候也罢了。见了面，本也不知道说什么。明儿皇帝便回宫了，能过去的日子就更少了。”

“是。”明珠道。

夜深雪重，似有玉龙困于天庭刑台，败鳞残甲随它挣扎，漫天沉重地掉落。离都街道之上的商贩游客，都渐渐失了兴致。不久，空荡荡的街上，便只有他们三个徜徉在一城寂静的琼台玉阁之中。

“六爷不舒服？”

明珠望着辟邪微蹙的眉头。

辟邪轻轻揉了揉胸口：“经络里有些疼痛，却没什么要紧。”

“那就早些回去。”

辟邪的手掌却紧了一紧。“看。”他指着东弘愿寺门前映亮漫天大雪的鳌山。

“真是壮观。”明珠支起帽檐来，仰面看着这座孤独的灯山在黑夜中愤怒燃烧，雪片落在她的脸上，让她不住闪着纤长的眼睫。

辟邪怔怔地望着，忽见明珠展颜微笑，倒似被刺中心窝，透出了一声苦痛的呻吟。

“瞧那小子。”明珠笑道。只见小顺子提着灯笼，手里拿着糖葫芦沿着鳌山整整跑了两圈。

“好远。”她突然道。

“走累了？”辟邪忙问。

明珠叹息：“走到这里，竟整整花了两年。”

这刻没有李师，没有沈飞飞，没有黎灿，辟邪挽着明珠的手，竭力地微笑着。

皇帝斋戒十日返京，头等要务依旧是黑州之乱。内亲王既已免除幽禁，便陈踞州兵马虽然困顿，却因寒冬大雪，黑州人马的攻势必已减缓，此刻不应再从踞州向南方增兵，依旧竭力守城为上。而巢州倭寇无粮，姜放虽兵力紧缺，却不乏本地乡勇愿助一臂之力。倒是因此可全力克复巢州。

皇帝点头：“好。着兵部与长平侯详议。”

详议便是不置可否的意思。辟邪幽禁初释，也只能不以为意，并未力谏。更要命的是此刻胸臆渐痛，经络中的内力勃勃乱涌，心跳得连之后皇帝说的话都没有听见。

及转回后殿休息时，已是强自支撑得精疲力竭，不得不卧床容陈襄诊脉。

“我自觉是内力收放不住。”他对蹙眉不止的陈襄道，“先这等反噬，吃了药必有一年之期，这回不过两月，还未及毒性发作，却先痛了起来。是什么道理？”

陈襄道：“六哥儿的症状还真是棘手。你前两个月虽未和人交过手，可骑马、行猎、开弓都是有的，可觉得异样？”

“只觉大病过后身子甚是轻捷。”辟邪道，“行猎之际，一直都不觉劳累。”

“慈姜的药对内力大有补益，内力过于充盈，便更早反噬肺经，也在情理之中。若为了压制反噬，再多加服用，只怕下回的反噬就更早些。”

辟邪叹了口气，道：“果然是饮鸩止渴。之前先生言道有药十丸，这个时候可以一试吗？”

陈襄道：“六哥儿的症状又有变化，老朽也没有把握。”他从药箱中翻出一个小小瓷瓶，从中倒出十粒大小不一的药丸。“先从这最小的开始服用，若觉得没有异状，便再继续服用大的，方能估算疗效。”

“是。”小顺子忙收了去，取来温水，帮着辟邪吞服。

陈襄坐了一顿饭的工夫，眼见辟邪形状无异，细细嘱了小顺子如何服药，如何诊脉，见什么样的症状务必急报等，方转回太医院。

等了两日，清象宫打听出来的消息，只说内亲王身体不适，两日里都告假。皇帝与太后分别着人来问太医院，他只得以肺经旧伤发作搪塞。正在庆幸自始至终小顺子都没有遣人出来禀报症状有异，却有小合子急奔而来，道：“早上内亲王呕血不止。趁着皇上定省太后，奴婢师傅让奴婢悄悄地请陈太医清象宫后殿去。”

陈襄大惊，顾不得上了年纪，疾步随他前往。过了穿堂甩开东厢帘子，却见辟邪已披着袍子端坐在床边，内里的中衣汗得透湿。而小顺子跪在辟邪面前，垂泪不止。

“这是怎么了？”

辟邪摇了摇头：“药不管用。只得先吃了慈姜的药。”

小顺子泣道：“我说等陈先生来，先不忙吃那药的。”

辟邪已一掌扇在小顺子脸上：“你有脸说这句话？那时我抵死不用，是你取来灌下。”

小顺子扑倒在地，刚直起身子，辟邪已跟着第二掌将他打倒。

“何不那时就叫我死了？现在受这药丸的胁迫？”

“徒弟知错了。”小顺子惶恐不已，不知辟邪为何如此大怒，睁大了眼睛想在辟邪脸上找到些迹象。

“无用混账的东西。”

小顺子还道他只是迁怒，仍劝道：“师傅莫急，既然上回是李师渡了真气给师傅，不如书信他过离都来，和陈先生一处，必有法子根治的。”

辟邪已然跳起身来，一脚将小顺子踹飞。小顺子猝不及防，被一脚蹬到墙边，嗓子一甜，竟喷出口鲜血来。

辟邪自己亦是有些晕眩，脱力地扶床喘息，道：“滚。”

“是。”小顺子一骨碌爬起来，“师傅别生气，我这就下去。”

“不。滚！”辟邪道，“我这里容不得你这等自作主张的孩子。你喜欢到处给人吃药，便滚去太医院。”

“师傅？”

辟邪抬眼对小合子道：“将他打发出去。不许再近我身一步。”

小顺子却是呆住了，直等到小合子来拖，突然放声大哭起来，被小合子忙用袖子捂住了嘴，急匆匆拽了出去。

陈襄安静地看着，最后哼了一声，拱手向辟邪告辞。

“先生。”辟邪唤。他站起身来，走到陈襄面前，撩起衣角，长跪施礼。

“唉……唉……”陈襄摇头叹着气，“知道啦，知道啦。”

五十八

景仪

庆熹十五年正月初一。

虽然黑州作乱，殃及三州百姓，但毕竟是别水以南的阵仗。离都京畿，并北方重镇，这一年甚是太平。

元日里北方草原诸国朝觐，大典之后赐宴，颇有人问及内亲王的。

皇帝因而回头问吉祥道："辟邪在草原一年，各部膺服，各部使节必是想念。正逢盛事，他怎么忍心躲懒，不出来相见？"

吉祥躬身道："正值天寒，他的旧伤不免发作，身上酸痛，不能出门。"

众使节都是憾然。

宴罢出宫之时，一个青衣小监上前，悄悄拽了拽贺里伦使节的袍子。那使节心领神会，默默退出人群，跟着那小监沿着东外路不住向北行去。

一路两边宫墙高耸，不知经过了多少重宫苑，直到最北边迎面一溜平房，那小监领着他过了月亮门，指着东厢道："使节请进。"

他打起帘子，便见内亲王背手独立屋中，仿佛如他一般第一次到这屋里来似的，正环视打量着屋中的薄尘。

"内亲王新年吉祥如意。"使节跪倒在辟邪身后，叩首。

"快请起。"辟邪转身虚扶，笑道。

使节起身道："女王近日大婚，两位陛下与内亲王深交已久，特命外臣禀明喜讯。"

辟邪笑道："当真可喜可贺。请回禀国王陛下，原有高僧言道，陛下业祚在极北，如今印证了高僧所言，奴婢感慨万千呢。"

"是。外臣此来，女王命道，倾贺里伦所有，呈于内亲王足下，虽是小国寒碜之物，也是中原难得，望内亲王笑纳。"

他呈上礼单。辟邪已摆了摆手，命他置于案上。

使节又道："更要紧的事物，臣亦携来。"他从怀中取出鹿角盒子，躬身垂首奉上，未觉辟邪有何动静，他便继续恭敬地低着头耐心等待。良久，辟邪终于伸手取过。使节透了口气，忍不住微笑着直起身来，见辟邪正若有所思地把弄着鹿角盒子，忙道："女王还命臣问，内亲王上次服用觉得疗效如何，有何不适，万请告知，女王必尽心调制。”

“已很好了。”辟邪道，“女王陛下费心了。”

“内亲王药服对症，女王得知，必心中宽慰。”使节走近一步，道，“而女王最近却在发愁两件事，茶饭不思。想来内亲王与女王曾携手破敌，必也担心的吧。”

“两件事？”辟邪轻笑，“女王陛下心中只有草原的大业。怎生又多出一件事来了？”

“内亲王说的不错。女王最盼望的，还是内亲王能兑现承诺，开春便将火炮一百门及火药悉数发送。”

“战后的火炮已悉数留给贺里伦。更加夏天奴婢亲自送火炮三十门去往贺里伦。北方自屈射人渐往西去，已无太多战事，女王何需火炮？”

“女王的意思，草原自屈射溃败，已失其主，各部落争夺水草牧场，混战在即，贺里伦备炮，多为自保。再来，国王与中原渊源颇深，自然甘为中原镇守东北。”

“东北已有洪州亲王世子镇守。”

“洪家小王子却不如内亲王般体恤草原民情，只知固守白原河诸城，眼见草原渐生屠戮，从不施以援手。更阻碍草原人在白原河以南放牧。草原上水草丰足之地已被他占了大半，各族各部不免要争剩下的地盘，不免怨声载道。若内亲王肯出京北上主持大局，女王便不会妄自索取中原利器。”

“呵呵。”辟邪笑道，“那么就是说，女王陛下要替中原主持草原大局了？”

使节怔了一怔，立时笑道：“凭国王的亲贵身份，与女王一同操持，也是情理之中啊。”

辟邪不禁放声大笑。

“内亲王这是笑什么？”

辟邪道：“你们国王的性子，岂是愿意为这些俗务束缚的人？”

“国王骁勇善战……”

辟邪抬手止住他的话道：“他是什么样的人，奴婢当是最清楚的了。”

“是。”使节道，“那内亲王应当知道，国王与訸妃娘娘一母同胞，很是惦念，命臣前来请内亲王于宫中照拂，不致有失。”

“奴婢是外廷御书房的小监，如何管得上内宫的事？况何谓不致有失？”

“自然是封后了。”使节道，“若訸妃娘娘能尊为皇后，两国结秦晋之好，贺里伦为中原朝廷固守草原，效法凉州，中原可称得上再无后顾之忧。”

辟邪叹道：“自王皇后驾崩，皇上一直怀念，忧伤难抑，早生再不立后的意思。现在逼迫皇上立訸妃为后，岂非让訸妃往刀尖上送？国王陛下可太过着急了。”

“国王言道，内亲王是最有办法的，内宫之事，也是游刃有余。就算现在不成事，至少助訸妃娘娘在宫中地位愈发尊崇，必是做得到的。”

“两位陛下是世间少有的人物，万里相见喜结连理，还真是缘分。”辟邪不住苦笑，“又是盼奴婢北上督阵，又是托奴婢看顾訸妃。多谢两位陛下垂青。”

使节道：“内亲王能者多劳。女王、国王知道内亲王日理万机，这方备下灵药，望内亲王益寿延年呢。”

院子外有人在缓缓地拍掌，两人都止住语声，向外望了一眼。

“奴婢多谢女王陛下的厚爱。”

“殿下，此药千金难求，不是说得就得，殿下可要好好珍惜。”使节听得院外的击掌声又在催促，躬身施礼告退。

辟邪打开鹿角盒子，其中依旧是三粒药丸，他拈在手中，细细看了看，只觉颜色比之从前更是深了些。他将盒子与礼单都掖在怀里，推门走入居养院的院子，寒风打着旋在头顶上掠过，树上的积雪扑簌簌掉在他的肩上。

元日宫中的热闹远在重重宫阙之外，而此处却像是被逝去的亡灵抽走了活气，死一般的寂静。他在正房门前伫立良久，出了会儿神。

“我就知道你在这里。”如意在月亮门前道。

辟邪扭头望着他无声无息地走近，道：“二师哥最近精进不少，步伐轻捷了许多。”

“我还比得上你吗？”如意笑道，与他并肩站在正房前，“从前正月初一，服侍完自己主子，都回来向师傅磕头的。一年能聚上的，不过一日。自师傅走了，大伙儿都散了。”

“是呢。”辟邪笑道，“说起来一年里没有人挨打的时候，也就是那一日吧。”

“若师傅还安在，被他打两下也是无妨的。”如意叹了口气，又拍了拍脑袋，“看，这就忘了，皇上叫你。”

“怎么？正月里放赏吗？”辟邪笑道。

如意道：“还放赏？赐宴之后，皇上召见几个大国使节，之后便留了成亲王和太傅刘远议事呢。不知道那些使节说了些什么，大正月的不给人好日子过。”

颇多微词。

皇帝不禁头痛，道：“东南开战，若北方愈加不安静起来，如何是好？”

成亲王不谙草原军务，道：“屈射已亡，小国之间为水草纷争，分而不合，也是朝廷想看见的。现有变化吗？”

皇帝道：“分而不合，还是望他们割据土地草场，相互制衡。若诸国地域太过狭窄，国穷人困，即便现还没有强国崛起，但凡有一国势力过大，吞并邻国之后，迟早还是要向南走。以洪定国的强势，草原人不得休养生息，与中原交恶，是眼前的事。无论如何，这一年间必要北方绝对的安静。”

辟邪道：“当初留洪定国在白原河筑城，还是望分散洪州兵力，即便洪定国有所异动，当中还隔着永平侯的大军和凉州。但要是洪定国与草原诸国先剑拔弩张起来，永平侯一部倒甚难抉择。”

成亲王问：“那你什么见解？”

辟邪道：“当前还不到草原诸国作乱的地步。只是洪定国刚愎自用，不得草原人心。以奴婢看来，开放白原河以南草场五百里给卢芳，再由一位亲王前往草原安抚各国国王，也尽够了。”

皇帝盯着辟邪的眼睛道：“哪位亲王？”

辟邪忙道：“奴婢看凉王必隆在草原上素有美誉，人品稳重，更与洪定国世交。他在其中斡旋，必有裨益。”

刘远道：“正在藩王作乱的口上，仍重用凉王往白原河去，若与洪定国有所密议勾结，岂不坏了大事？”

“凉王固守北疆，最清楚因藩王祸害，朝廷兵粮匮乏，至北伐大业多年不成。此番险胜匈奴，皆因倾举国之兵，用尽机巧，方能大败屈射。他就算与洪州结盟自立，二三十年内再出一个屈射，那两州一隅之兵，腹背皆敌，只怕是覆巢之祸，于他并没有什么好处。”

“只是凉王……”皇帝眼前却是景优公主决绝的身影，遇此大变的凉王世子多兴却没有大哭，只是执着地想要将母亲的身躯从血泊里拽起来。皇帝闭上眼睛，揉着眉头——他着实庆幸凉王没有目睹当时的惨状。

“凉王动不得。”皇帝对辟邪道，“朕知道凉王骁勇，你素来敬服的。你也不是第一次为他说话。但不可以同袍之义罔顾朝廷大局，这你要懂得。”

“奴婢……”辟邪瞥了一眼在座的刘远，便垂目道，“奴婢知罪。”

成亲王道：“臣原本也以为这是稳妥的法子。既然皇上说凉王动不得，则北方安抚一事，又当如何处置呢？”

辟邪咬着嘴唇，便不再说话。

刘远道：“就下旨命洪定国放还牧场。”

成亲王笑道：“洪定国所为都是依旨行事。放还牧场不错，但其中的尺度拿捏甚是微妙。何谓五百里？为何只给卢芳放牧？其他部族可要安抚？以洪定国的性子，能好好地抚

慰清楚吗？”

“先走得这第一步吧。”皇帝道。

成亲王退出，拉住引导出来的辟邪，道：“自皇上解你幽禁之后，反倒见不着了。昨儿立春，更要紧的是祖宗祭祀，因此京中子弟都没工夫出来跑春马。先求了皇上，便定了初三赛马，皇上这两年见得马太多，自不会再凑这个热闹，想你也是觉得京中的赛马最是无趣。不过春马之后，我可是要摆宴的。你可得告假出来。好些话要说。”

“是。”辟邪笑道，“只要能告得假出来，必上王府磕头去。”

“你也该歇歇了。”成亲王一眼瞥见退出的刘远，道，“可说定了，初三。”说罢便随着慈宁宫的太监去谒太后。

“太傅，新年吉祥如意。”辟邪迎着刘远，躬身行礼，微笑看着刘远打了寒战挪开目光，从旁擦身而过。

太后自腊八以来就疲惫得很，加上整年里一直心悸气短，到初二也不愿喧闹看戏，只与洪司言在屋中闲话。偏是皇子重琏正是爱笑爱跑的年纪，在慈宁宫喧闹不住，更是吵得太后静不下心来。

“进宝。”洪司言唤了进宝来，叹气道，“带皇子别的屋子里玩。”

进宝赔笑道：“小皇子见了外面的雪甚是喜欢，吵了许久，实在是怕冷不敢带出去。屋子里，除了太后娘娘的正殿，厢房里一去，就以为是要他安歇，立时就哭了。怎么也劝不住。”

“那就雪地里打滚儿去吧。”太后道，“男孩子家的，这点冷就怕了？想北边的凉王世子多兴怎么办？像你们这样看着，岂不是一年里七八个月都要躲在屋里了？”

“是。”进宝得了令，兴高采烈地拉着重琏出门。

“瞧瞧。这多好。”太后也跟着走到廊下，揣着手炉望着重琏在雪地里跌跌撞撞地跑。

宫门外一条青色消瘦的身影迤逦而来，斗篷里裹严的人，在明晃晃的阳光下，倒似白雪堆成，风姿无双，令人望而心驰。

“啊，是内亲王。”洪司言喜道。

太后宫中皇帝、嫔妃的晨昏定省不断，辟邪年前常来，总遇洪司言、明珠侍奉太后应付日常的礼数，今日才算找到了合适的时辰，一人独自悄悄前来向太后问安。

太后问洪司言道：“怎么没有人跟着？刚才明珠在这里，怎么也是见了他转身就走？”

洪司言忙道："主子可千万别当着他们面问。前些日子，小顺子弄错了方子，就撵出清象宫去了。明珠可生了好大的气，同内亲王大吵了几场，两人现在互不理会呢。"

"这些孩子。"太后苦笑，"这是明珠的不是。方子是随便可以弄错的吗？撵出去断不够的，岂不应该径直开发了的好？"

"那时内亲王盛怒之下，一脚踹得小顺子吐血，现在还在陈襄处养伤呢，也算惩戒过了。"

"你就喜欢大事化小，小事化了。他们得你的好处，却未必领你的情呢。"

"奴婢可不用他们领情，奴婢看着喜欢，怎样都好。"洪司言道，"太后主子可备下了荷包赏？"她见太后摇了摇头，又笑道，"那可别把人气跑了。"

而辟邪显然没有料到年里慈宁宫的热闹，撞见雪地里追着皇子跑的一众内臣，有些手足无措，正犹豫是不是当回避的时候，重珄已张开双臂，"咯咯"笑着抱住了他的双腿。

幼子的面庞白皙圆润，正从粉嫩的嘴唇里透出"咿咿呀呀"的快语，不知在高兴些什么。

"内亲王。"进宝飞快地行了个礼，伸手想从辟邪的身上拉开重珄。

辟邪摆了摆手，蹲在重珄面前。

"奴婢辟邪，初谒小皇子，小皇子万福。"他笑吟吟地道。

语声明朗，却让太后微微一个寒噤。

重珄被他雪色的肌肤吸引着，伸出冰冷的双手，按在了他只怕是更冷的面颊上。

"呵……"辟邪的喉中透出一声呻吟，在重珄漆黑的眸子里微微战抖。

洪司言已走了过来，虚扶起辟邪道："内亲王快起来，雪里冻到了膝盖怎么好。"

"是。"他恭顺地道，舍了重珄，上前向太后行礼请安。

太后静静等他礼毕。辟邪起身想了想，寻了个话儿道："奴婢原不知道太后娘娘宫里是这么热闹。"

"有孩子在固然是热闹，只嫌费神呢。"太后疲惫地叹气，由洪司言扶着往殿内去。

洪司言替她脱去斗篷，道："从前皇子都放在明知宫里养大。要不挪去那边？"

太后冷笑道："那我怎么放得下心！后宫里的几个，没有省油的灯，一眼看不见，必要出岔子的。皇帝也是心宽，见他还小，喜欢时玩一阵子，其他都没管过。我要是身子不济了，更不知道重珄该怎么办呢。"

辟邪道："太后娘娘恕奴婢插句嘴。其实倒是有个两全其美的法子。"

太后道："倒是说来听听。"

"只管将皇子交给訸妃养育就是了。"辟邪道，"她仍貌美年轻，更难得聪慧，长宠不衰是一定的了。她唯一怕的，是不能生育这件事，有皇上的嫡长子在身边，心中自然平静安慰，少生波澜。”

洪司言道：“没有訸妃小产的那件事，倒也使得。”

“正有了这件事，才最好。”辟邪道，“人都猜忌她记着小产那件事的仇，皇子交她养育，稍有闪失，都不免疑她。她若想长久蒙皇上青睐，绝不会令皇子有失。”

太后笑道：“未尝不可。”

洪司言道：“谢天谢地，果然是内亲王，想得最周全。”

太后已问洪司言道：“这是立了一功，该赏点什么好呢？”

“凉州的裘衣送来了，看内亲王的斗篷单薄，应赏一件穿。”

洪司言出去叫人开库房，屋中立时一片死寂。辟邪站起身来，告退。

“要走了？”太后问。

“奴婢不敢久留。”辟邪道，“时长了，惹太后不悦。只是不来，奴婢心中十分挂念。因此想每日给太后请安，望上一眼，但愿不使太后厌烦。”

“不是厌烦。”太后道，“只是看得你久了，便觉得心就要扯碎了。这样下去，都是煎熬。”

“煎熬”二字何其贴切——辟邪无言，叩首告退出来。

这个新年当真冷清。年中妃子与皇子的贺岁、家宴、年节仪注繁复，皇帝爽性挪回了乾清宫住。辟邪独守清象宫，只得将各地官员年前的请安贺岁折子一件件拿出来看过，做好节略。初三下午，听李及来道，成亲王府在宫外催促，方穿衣从后殿角门出去。

清象宫后的夹道里未走几步，却忽见宫娥侍奉妃子走近，忙与李及退避在侧，一眼瞥见正中的妃子如初雪消融，阳光下纤然宛然，不可方物。

“这是谁？”辟邪望着一行人走远，问道。

李及笑道：“那是桂合宫的谐妃娘娘。内亲王第一次见。说起来谐妃娘娘……”他转脸看着辟邪，突然见了鬼似的，瞠目结舌，将嘴边的话咽了下去。

“怎么？”

“没什么，没什么。”李及摇着手，“成亲王那边可要等着急了。”

他跟着辟邪走到小西门，见了成亲王府的内臣，嘱咐道：“可小心伺候好了。今晚必是留宿在亲王府上，明早务必将起居回给大爷、二爷知晓，说好什么时候回程，可要拦着成亲王爷留人。我这儿送了人出来，过了时辰没回来，又是我挨骂。”

那内臣连连称是，一路上却对辟邪笑道：“这可难办，哪回不是叫王爷拽住了不让走？”

成亲王果然是见了面便一把抱住，笑道：“这便不许走了。”

“奴婢才获开释，清象宫还有公务，也就今日敢偷个闲。”

“大正月里还不让人消停吗？”

辟邪笑道：“这倒有个罪魁祸首。王爷夜宴里，可有燎原吗？”

成亲王道：“我可是叫了他的。现还没见着人。”

辟邪道：“奴婢这两日里都在替他做节略。看堆着的折子，年前他可就当上甩手掌柜了。”

有中书省的官员忙过来赔笑道：“年前燎原接了寒州的老母和嫡妻到京。一家子忙家务事，必是有些疏忽了。今日已托臣向王爷告罪，他辜负王爷美意，今日不能到席。”

成亲王便拉着辟邪进屋，见他身上穿的白毛金钱猞猁裘，道：“难得的东西，贵在这一身金钱均匀错落。像是凉王所进，必是母后赏的。”

“正是。”辟邪有些后悔出来得匆忙，将昨日太后赏赐的斗篷径直穿在了成亲王面前。

“我可要过了一回，母后说只怕我要过来就是拿去转手赏了别人，因此没有赐予。原来竟是殊途同归。也只有你配得上。”成亲王的微笑里有些暧昧。

一时开席，京中青年英俊觥筹交错，行令作乐。

酒至半酣，成亲王侧首问辟邪道：“你还是不吃杯酒吗？”

“奴婢实因有伤有疾，大夫交代，酒是不能的。自去年就是病症缠身，如今皇上开释奴婢出来，总要有个好身板儿报效。”

成亲王嗤笑了一声，凑近了辟邪的耳边道：“你心里想着报效，皇上倒未必领情。”

“奴婢不敢妄语。王爷也莫妄自揣测圣意。”

“那你和皇上是怎么回事呢？”

成亲王见他语塞，笑了笑，扭头又和其他人凑趣吃了几杯酒，便拉了拉辟邪的袖子。两人悄悄离席，往成亲王的书房去。

内臣奉上清茶，便掩了门出去。

“从前皇上对你可是言听计从。”成亲王道，“怎么最近的大事，反倒对你的计议都不痛快地答应。你天天在皇上身边，心里必是比我清楚，这是什么缘故？”

辟邪笑道：“是奴婢一时糊涂，在外擅作杀伐，皇上怒奴婢自作主张，遇事不免都要想想是不是奴婢又在混账。”

“苗地那件，算什么大事。”成亲王不以为然，“至于心存芥蒂至今？你迄今为止，都当得起‘智谋超群，万事妥帖’八个字。”

辟邪道：“朝中宫内，最后作乱的，哪个不是极妥帖的人？皇上有所顾忌，也是顾着社稷在先，奴婢心中最是清楚，绝无怨言的。”

成亲王道：“看你如此谨小慎微，我实在不忍，这是其一；更要紧的是，皇上凡遇你

的谋略都犹疑不决，耽误的还是朝廷的大事。”

辟邪微微沉吟。他确实不得不介意皇帝的怀疑，更甚于此的，是接近重珄时，太后眼中的惊恐与戒备。两宫皆失，便再无周旋的余地。

成亲王却已接着问道：“就以洪定国一事来说，你必有后招，却实在碍着皇上，才没有作声吧？”

“后招确是有的。”辟邪道，“王爷可要恕奴婢的罪。以奴婢的处境，实不方便在清象宫直言。”

“你说来听听。为朝廷社稷，最不济我去对皇上说，看他用不用呢。”

辟邪道：“若弃凉王不用，当中没有调停的人，只得封卢芳国王为中原公爵，允他名正言顺在白原河以南祖地放牧。如此，一来，草原上有了主心骨儿，而卢芳一国从未求过独大，各部平静；二来，洪定国也无借口拒他过境，若洪定国有异心，永平侯又多了一个盟军，回旋便宜。”

“妙。”成亲王拊掌，“我从前不谙军务，更不消说北方诸国的时务。你有空时，一定一一细说给我听。”

“奴婢必知无不言。”辟邪微笑。

果然初五，便有翁直向皇帝谏言，授卢芳国王查多为安平公，于白原河以南祖地，自由放牧。皇帝大喜，当时便允了，趁卢芳使节仍在京，授金印牙笏，连同各国，俱赏赐各类丝茶珍宝无数。

年中最大的一件事尘埃落定，辟邪得闲出宫，往海琳的宅子去。

海琳早一日得了信，身着红裙狐裘，在院子等了多时，见家人开了门迎了辟邪进来，忙疾步上前，跪倒叩首。

“六爷。”她不禁哽咽，正月里不敢造次，忍着泪道，“六爷把贱妾忘得一干二净。”

辟邪伸手抬起她的下颌，望着她温柔似水的眉目，诧异地发现几乎已忘了她的面貌——若真是被自己忘了，倒是她的大幸——辟邪向她微笑着。

“这是有一年多没见了，你还好吗？”

“锦衣玉食，安静得很。”海琳用帕子拭去眼角的泪珠，道。

“这处深宅，你也没有亲戚在京，栖霞院的人更不能来往，想必是寂寞的。”

“正要求爷常回家来。”

辟邪将她搀起来，笑道：“不当是替你找个正经人家？”

海琳道:“贱妾的出身,去哪里都是被人作践的命,也只有在六爷这里能过个太平日子。”

她打起帘子让辟邪进屋，忙着替辟邪解了斗篷，接过辟邪的手炉，又道：“爷看今日的席面可还过得去吗？”

辟邪道：“这可要听客人怎么说。”

不刻便听院外打门的声音，辟邪要了斗篷，亲自迎出门外，躬身候在门前。车帘一挑，便见成亲王口角含笑在内向辟邪点头。

辟邪忙上前伸手，将成亲王扶下车来。迎入正房，海琳已惶恐伏地请安。

成亲王摆了摆手，立时有王府内臣捧入绸缎头面。

“海琳可是相思成疾了。”成亲王笑道，“这些赏你，慰你相思之苦。”

“王爷说笑了。”辟邪又对海琳道：“却之不恭，快谢恩。”

海琳受宠若惊，磕头之后便掩了门，容他二人叙话。

辟邪筛过一遍酒，成亲王道：“翁直上折子的事，你可别介意。”

“奴婢不敢。”

成亲王叹了口气，道：“自小就是皇上和我两个人长大，皇上对我的恩宠，还是因为亲兄弟罢了。实则……”他望着辟邪笑，“你替皇上防着我也有多年了，最清楚不过。”

辟邪“噗”的一声笑出声来。

成亲王道：“因此上，我想若是我出这个主意，皇上还不定纳不纳的，不如找其他人说。你没去我王府，却在这里摆酒，就知道你明白的。”

“原是为社稷着想，只要皇上首肯，奴婢都感激不尽。”

“我又如何不是呢。天下，岂不就是皇家的天下？”成亲王忽然神游物外，把弄着手中的银盏，不知想到了什么微微一个寒噤，“倒有件东西还给你。”他放下酒盏，从身侧摘下佩剑，交在辟邪手中。

辟邪怔了怔，从鞘中掣出一截剑来，剑脊上“驱恶”二字赫然入目。

——走到今日这个地步，已不知为此断送了多少人的性命去，岂有余地容得半分容情和犹豫。

辟邪怅然抚过金色的錾字，向成亲王道：“王爷竟留着此剑。奴婢承情得很。”

成亲王拽过他的手，按在自己胸前，低声道：“你从未真正明白我的心。我的心，无时无刻不是向着社稷天下。你的心若也以社稷为重，必知我心赤诚。”

掌心下的心脏怦怦跳得厉害。辟邪目光流转在成亲王脸上。

“王爷在害怕吗？”

成亲王咽了口唾沫，道：“我怕你错会了我。”

“王爷的心意，奴婢从来都没有错会过。”辟邪轻轻按了按成亲王的胸口，微笑着抽回手来。

成亲王望着烛火下辟邪散发着柔和光晕的面容，已然痴了。

“王爷。”辟邪嗔道，“就是因为王爷这样，奴婢才不敢亲近。奴婢猜不透王爷究竟看重奴婢什么好处，心中惴惴不安。凡奴婢尊长，都告诫奴婢，万不可……”

“啪。”成亲王击案怒道，“他们都拿什么鼠肚鸡肠度我？你这等容色，若我不爱，岂非盲眼无珠。但我敬重你的才智，当你是朝中第一的才俊英杰，断不敢亵渎。不然便如朝中权贵，使那些巧取豪夺的伎俩，你又能奈我何？”

辟邪按捺住冷笑，道：“王爷说的极是。”

成亲王又柔声道：“我真愿每日见你，听你讲说朝政高见，促膝议论世间英雄，是何等的乐趣。”

“奴婢心中也是一样的。王爷对内政最是谙熟周全，奴婢仰慕许久，竟未得机会与王爷深谈。”

两人相视而笑。辟邪拍掌叫海琳入内温酒布菜，又和成亲王闲话朝廷户部财政的琐事，成亲王亦问大理的情形，不觉间海琳已换了三遍新菜，又听见门外家人轻敲房门。

海琳出去应了，回来对成亲王道：“王爷的伴当来说，眼看黎明，一早被王府长史知道王爷未归，必要问去处。”

辟邪惶恐道：“这可如何是好，王府里只怕着急了。”

成亲王也是一惊：“竟说到这个时辰。”他起身要来衣裳，辟邪上前服侍他穿衣，执了灯笼在前引导，送他出了门。

成亲王握着他的手，道：“如此秉烛夜谈，我增益良多，但愿能时常相聚。”

“奴婢更是受教了。”

两人这才依依惜别。

海琳揉着眼睛道：“六爷可快歇息吧。”

辟邪拿热手巾擦了脸，又漱了口，叹道：“宫内还要当值。”他捏了捏海琳的面颊，又是神采奕奕地一笑自去。

离都还在年节的慵懒里，辟邪顶着晨曦孤身而行，赶在宫门初开之际，回到青龙门。当值的郁知秋向他抱拳行礼，目送他徜徉而入。迎面就是吉祥背着手，正仰头望着东方青白的天色。

"师哥。"辟邪赶上前行礼。

吉祥笑道："你我哥们儿过年间都未曾聚得，不如回去一起吃一杯。"

"我却没有师哥那么忙，候着师哥的便宜，师哥说哪天就是哪天。"

"好啊。"吉祥一笑，"就是今儿下值。"

他领头往小西门去，辟邪紧随其后。待周遭无人，吉祥便放慢了脚步。

辟邪知道他将是一通数落，也只得硬着头皮赶上一步，与他并肩而行。

果听吉祥低声道："与成亲王走得太近，被皇上知晓，又是天大的麻烦。何必这个时候招惹他？"

辟邪道："师哥也说了，现今皇上对我没有半分信任。我有那么多的事情要做，却处处受制于皇帝，时日长了，有碍我的大计。况且，从血统上论，难道成亲王不才是先帝之子？大统被颜家子嗣所篡，我父王……"他说到这里惨然一笑，"颜王，从皇帝即位之际便竭力反对，最终这个局面，他必是不能瞑目。"

吉祥停住脚步，望着辟邪的目光大有骇色，怔了一会儿，才道："你竟想……"

辟邪已止住他的语声，笑了笑："我的东西，我爱给谁就给谁。"

眼前就是小西门，笔直能看到隆宗门缓缓出来的銮驾。两人急忙转向清象宫花园，从中疾掠至后殿角门。

辟邪开了门，忙着换宫衣，被吉祥一把拉住胳膊道："小六，你可不要鲁莽行事。"

辟邪甩脱了他的手，冷笑道："师哥，我哪有余地鲁莽行事？从来都是不得已而为之。师哥不也一样吗？"

吉祥只来得及朝他深深看了一眼，不得不赶去前殿迎着圣驾。

还未曾过得元宵，皇帝却已然从乾清宫回来处理政务，暖阁案上厚厚十几摞折子，看得皇帝叹了口气。拿起来却见折子面上已夹上了节略，笔迹端正圆润，竟不记得自己见过。难得更将各地贺岁、述职、待批复等分门别类按日子分了，最后两摞分别是踞、寒、巢几处的军报。

皇帝取了来看，头一本上的节略就写得清楚——"捷报"。

原是姜放述巢、寒两州乡勇义勇无匹，自除夕至元日，出其不意，攻入白旗、入屏两县县城，官军随之应合，初三便将两县克复，如此便打通了前往椎名盘踞的运州城与南下巢州城的通道。终有对两地围而攻之的可能。

皇帝大喜过望，握着折子长吁了口气，这方有一年新气象的舒畅。他唤来了如意问："这两地的折子怎么没有送去乾清宫？"

如意笑道：“回皇上的话。这大过年的，昨儿才到的吧，想必是没有什么急事，所以没有夜里送过去。”

“是吗？”皇帝又接着看完踞州的军报，仍是僵持，并无大事，这才去看各地的折子。节略做得甚是精准简洁，这许多折子看完也不过两个时辰。

皇帝神清气爽，站起身来舒坦身子骨，问如意道：“中书省在御书房的舍人换新人了吗？”

如意道：“奴婢年间一直在皇上身边，却未听说。只是霍炎告假，中书省派了新人的差，也是有的。”

“很得用。”皇帝点头，“待过了年，让中书省把人领来看看。朕很久没有见过霍炎了，他是在躲什么懒？”

如意道：“奴婢只知他母亲从寒州来，皇上可是准了假的，赶巧又遇正月，合着有一个多月没上值了。”

“难怪。只是他素来勤勉，去年年里，他可是日日都在的。”

如意苦笑道：“霍炎老娘可是才到京没几日，万岁爷可体恤他的孝心吧。”

李及却在后面哼笑了一声。皇帝立时扭过头去瞪了他一眼道：“你笑什么？”

李及道：“奴婢可听说自他老娘与嫡妻来京，家中就没有一日安宁。霍母看不上霍炎的侍妾，天天打骂，过年这么冷的天，硬是连同那侍妾生的女儿，一同赶出门去了，霍炎正疯了似的满京城找呢。”

皇帝猛然想起，霍炎的侍妾正是自己做主销了贱籍的歌姬，霍母不会不知底蕴。竟敢如此不顾圣意眷顾，这老妪着实不识时务——一瞬间怒火攻心，皇帝立起了眉毛。

却听吉祥呵斥李及道：“朝堂之上，私议臣子帷幄之事，斯文扫地。”

皇帝顿时一惊，回过了神来，一笑释然。

然而京中对此事私议颇多，年轻臣子们对此风月之事大为雀跃，本以为在成亲王的夜宴上能大肆议论一番，不料爱热闹的成亲王却突然变得深居简出，转瞬过完年，再没有召这些朋酒高会。

“歌舞升平、觥筹交错，我固然是喜欢的，但何须那么费心思操办？还不是指望你不嫌弃那些俗物，能时时来玩儿？而今能在此与你雪夜对床，是此生最大的乐趣，还要那些虚荣作甚？”成亲王倚在火炕的靠枕上，对着辟邪笑道。

“是。”

辟邪从茶炉上端下酽茶来，为成亲王添上。今夜又是通宵达旦，成亲王将自己所知各州府官员的任命政绩与辟邪详议，最后摇了摇手道：“我已困倦得不行。喝酽茶也无用了。”他往炕上一倒，“就须在此睡了。”

辟邪将衾衾盖在成亲王的身上，道：“王爷打算如何应付王府长史？”

“要缠住他可不算难事。”成亲王笑道，“不过就是酒色。只要提前替他备上就好。”他见辟邪已忙着穿宫衣，吃了一惊，“你这就要回宫里去？”

“奴婢一早当值。”

“当值？你两昼夜未眠，如何使得？”

辟邪笑道：“两昼夜不算什么。行军时几天几夜，哪有合眼的时候？王爷且在这里安歇，奴婢得了空，必禀告王爷的。”

成亲王这才和衣而卧，一直睡到日上三竿，忽听海琳在外轻轻叩门。

“什么事？”他迷糊着问。

海琳在外低声道：“王爷，有个人在门前，执意要见王爷一面。贱妾不懂王府规矩，不知是否为王爷约定的人，故斗胆一问。”

成亲王坐起身来，奇道：“是谁？怎么知道我在这里？”

“这人……”海琳吞吞吐吐，“小名儿叫作紫眸的，不知王爷是否见过？”

成亲王蹙起了眉，道：“那不是霍炎的侍妾吗？怎么找上我这里来了？不见。”

“是。”海琳道，“她说王爷不见，便交给王爷一封信就行。”

“拿进来。”

海琳轻轻推开门，将手中的信函放在炕桌上，垂首退出。成亲王厌恶地望着书信，挣扎了片刻，才拿起来。信中不过寥寥几句，成亲王一眼看完，便将信件撕得粉碎。他一把掀开身上的被衾，跳在地上，让身上火热的暴躁退去。

“海琳。”他拍了拍掌，“请那位霍家的娘子进来。”

海琳在外犹豫道：“王爷，贱妾冒失请了那人进来，若六爷知晓，必要责骂贱妾，王爷若不对六爷提及，贱妾感激不尽。”

成亲王道：“那是自然的。”他按捺住浑身上下的不舒坦，等着房门被轻轻推开。

走进来的女子裙摆春风拂柳般摇曳着，更衬得她纤腰一握、袅袅婷婷，紫色的眸子顾盼生辉，令简朴陈设的屋内顿时充满了迷醉的光芒。

“王爷。”紫眸并不拘于正经的礼数，只是盈盈福了福。窸窸窣窣衣裙拂地的声音，靡靡不可名状。

成亲王道：“燎原正在到处找你，怎么不回家，却上这里来？”

紫眸道：“他归他找，民女并不想回去啊。”

“你不如说是皇上赏给燎原的，胆敢私自跑出来，这算欺君大罪。”

紫眸悲戚戚地道：“冤枉。民女却非是私逃出来的，是被霍家老太太驱赶出来的。其中缘故，王爷必是清楚。”

成亲王道：“燎原不是薄情的人，我给他银两让他养你在外室，又不是什么难事。”

紫眸叹道：“王爷还是没有明白民女的意思。民女并不想回霍老爷身边去。”

“胡说什么！”成亲王怒道，转念想了一想，微抽了口冷气，“那你想去哪里？”

紫眸望着他脸上转瞬而逝的惧色，不禁冷笑道：“王爷过虑了。王府，民女高攀不上。只是想在京郊有个宅子，自己过活。”

“有霍炎在，总是依靠。”

“太寂寞了。”紫眸幽然叹了口气，抬起眼睛往屋里四处打量，“就像这个宅子里的人，也算是有个依靠，却不寂寞吗？”

“自己过活，难道就不寂寞了吗？”成亲王哑然失笑。

紫眸却抿嘴笑了起来。

——太不安分了。

成亲王像是望着一个无尽的深渊般，竟生出一丝惊恐。

他坐回炕上，紫眸已欺身跪坐在他的腿边，仰头望着他，目中含泪道：“王爷，民女能哀求的，此时只有王爷了。”

“你说的不错。”成亲王望着她的眼睛，展唇笑道。

次日一早，五城兵马司袁迅入宫，禀京城走水。火势延烧数家，因夜中起火，颇有伤亡者。那几处宅子在暮冬桥以北，邻近兵部驿馆和数家大臣府邸，数这两年间京城较大的火事了。

“这倒也是奇了。”皇帝道，“年间那么多爆竹，也没有这么大的火事。”

袁迅道：“回皇上，事后勘察，是卧房中的火盆夜里烧到了被衾帐幔之物。”

“那房中的人必也不能幸免了？”

“正是。”

皇帝点了点头，命袁迅退下。李及便来请皇帝慈宁宫定省。大臣依次而退，只有成亲王落在后面，拉住引导出来的如意，悄声问：“辟邪呢？”

如意道：“他身子不爽快。王爷有话要问他？奴婢一会儿叫他出来。”

“不用不用。”成亲王笑道，“我和他还拘这种礼数吗？”

“就知道王爷是心疼人的。”如意静静地笑起来，待皇帝起驾，便领着成亲王往辟邪的东厢去。

辟邪却是神色如常，披着袄子坐在炕上看书，只是手扶胸襟，气息有些短促。见成亲王进来，笑道：“王爷有急事？”他挣扎着下来行礼，又被成亲王按回炕上。

“你不要拘礼。我有话和你说。”成亲王与他并肩坐了。

如意深深望了辟邪一眼，识趣退出。

成亲王转头伏在辟邪耳边接着道：“昨夜，海琳的宅子走水。”

辟邪倏然抬起头来。

成亲王道：“我的伴当天没亮就禀进府来。五城兵马司昨夜去救，却听说海琳的宅子里无人幸免。我还在叫府里人去各处打探，刚前面袁迅说，火是从卧房里着起来的。”他一脸悔色，道，“我就想是不是我临出门没有小心，落了什么被衾衣物，后面点着了？”

辟邪垂目静静想了想，道：“王爷是什么时候回府的？”

成亲王道：“回到王府已是未时。”

辟邪道：“王爷万不要自责，从午至夜都无事，怎么会与王爷相干？况那里仆妇仆从也有几个，房里一天里不知要收拾多少遍。必是海琳与仆妇晚上睡时不小心，点着了屋子。”

成亲王叹道：“可怜那样一个人，就没了。”

辟邪摩挲着书皮儿，沉吟了片刻，方道：“毕竟只是区区一个侍妾，王爷总放在心上，奴婢竟不知如何相劝才好。”

成亲王一惊，恍然道：“是我太过优柔。”

辟邪道：“王爷与其心疼海琳，不如想想这火来得突然。奴婢一年多不在京城，只不过承王爷不时降临半月，那宅子便被人一炬，当夜若是王驾下临，岂不是危及王爷？”

成亲王抽了口冷气：“难道是冲着你我来的？”

辟邪蹙眉道：“也未可知。奴婢这两日亦是旧伤甚痛，不能出门，所以暂不能拜会王爷。如此几日里先看看情形方能知道。王爷出入府邸，也万不能疏忽。”

“领教了。”成亲王点头。

辟邪见他起身，忙执礼恭送，待成亲王去得远了，才坐回炕桌边上，展开书来，继续读其中夹着的栖霞的谍报。

“人去得晚，眼见海琳既死，只抢出了紫眸幼女，现收留于院中，求主子爷示下如何处置。紫眸为成亲王交予王府赵师爷，此时只怕已沉江溺死。”

辟邪将谍报掷入火盆，看着纸上黑色的“海琳”二字焚毁在炭火上。

“咳。”他被青烟呛得咳了一声，心口一瞬间又痛了些。

紫眸的奸情若有败露，就算不能坐实，对成亲王的清誉也一样是极大的毁损，再拿成亲王的野心权衡，更不啻过涉灭顶。因此早些处置了紫眸也是情理之中。只是这般肆无忌惮地将手伸在了辟邪的眼皮底下，狂妄地相信自己的小聪明，就当真是没有自知之明了。

辟邪闭目蹙眉，默然叹了口气，胸臆的疼痛愈发翻江倒海起来。

“怎么转瞬脸色就差成这样？”如意走进来，吃了一惊道，“可吃了药了吗？”

辟邪摇了摇头：“我算了算，这回渐渐发作，间隔又短了些。那药不到万不得已，不能随便乱吃，能挨得一日就是一日吧。”

如意扶他躺回床上，道：“遭这么大罪，都是我欠你的。必要找个法子，能根治了才好。”

辟邪笑道：“师哥心里想的那个主意，不说我也猜得到。何必为了一个，再垫一个人进去？不是我笑话师哥，以师哥的懒惰，还远不到修习‘安隅六篇’的时候呢。”

“小瞧我就不好了。”如意道，“你好好歇着，别忙着替别人操心。那位小王爷，”如意向着外面瞥了一眼，道，“惦记兄弟日久，你还当真和他厮混，等着闯大祸吗？认真给正主儿办事就好了，还不避着他些？”

“二师哥越发地像大师哥的啰唆了。”

“哎呀，我可别像老大那般招人嫌。”如意笑道，“我确实杞人忧天了。就你这样不知保养，自己先熬坏了自己，别人惦记得着？”

辟邪深以为然，此刻内息如沸，不敢逞强，一直卧床强忍了两日，才服药调息。犹若得脱地狱，他倾听自己绵长的呼吸，感受内息强劲而平顺地奔流，反倒心生劫后余生的惊悸。算下来距上次服药依旧是二十九日，方心中稍安。

他唤来小监助他细细梳洗，换了新衣，自有脱胎换骨的清爽。时值下午阳光正好的时辰，静悄悄的清象宫里却突然“啪啪啪”有人疾奔。

“快。”小监一打帘子，却是如意捧着一堆折子疾步进来，堆在辟邪炕桌上，“趁皇上幸桂合宫，快把这些节略做了。”

辟邪苦笑道：“难道霍炎还在歇假吗？”

“歇什么假？”如意顿足，“他前两日回来，就因私携奏章回家，遗失数本战报，已下狱了。中书省那些蠢材，只能应付一半差事，今日让皇上摔了折子，还问上回做节略的是谁，怎么不当值。”

辟邪大吃一惊：“霍炎下狱？”

“你先别问那些细的。快应付了眼前的差事要紧。”如意道，“我去前面看着。”

辟邪翻了翻这堆折子，大抵军报都早已摘了出去，一早当已议过。剩下的都是各地及京畿政务，虽无急务，却甚烦琐。

最要紧的，是奏离都年前船运繁忙，航道拥堵不堪，商家、船家械斗倾轧之事屡见不鲜，故开春之后当每日限船只入京数量。

辟邪不禁失笑。连古人治水尚知疏导为上，今治船运，竟只知禁航。他料皇帝心思现不在这等内务上，便在节略上注明：离都立都五百年，航道日趋狭窄，当务之急应在京城东西水域多设码头，兴修驿道便于马车等大牲畜起运货物直达京城，不过境的船只便能在城外停泊，于陆上交卸人货。五城兵马司原只应城门治安、巡捕、火禁事，河道为商贾行会把持，当将离水上疏导一事交由五城兵马司监管。而长远来讲，还是以挖掘运河，绕城而过，直通别水为上。

他下笔既速，不久便看完数十折子，叫如意忙忙先取了去。之后的都是无聊的琐事，夕阳落在眼前的折子上，他忽有久不见天日的惆怅。他执笔支着下颌，凝望窗棂。

霍炎这个时节莫名下狱，与紫眸一事自然不会是巧合。霍炎并无大罪，迟早是可以开释的，但只怕成亲王已做好手脚，必要在牢中要他性命。

侍妾歌姬也就罢了，连朝廷未来的肱股也要一并灭口，这实在超乎辟邪的设想，可谓不堪了。

他出着神，忽觉眼角一个人影，一把将他手中的笔抽了去。

辟邪勃然扭过头去，却见皇帝正俯首看着他笔下圆润陌生的字迹。

“皇上。”他错愕道，又看了看指间的墨迹。

“为什么搞这些鬼祟的玩意儿？”

皇帝垂着头，并不能令他看清此时的神情，辟邪忙跳下来请安，道：“原是看折子攒得太多，中书省的人又比不上皇上的勤勉，眼前没有得力的人，故此越俎代庖，将那些都看了。”

“好端端的，装作他人的笔迹做什么？”皇帝看见他面颊上蹭到的一撇黑墨，笑起来，“以你的遣词造句，还指望瞒着朕到多久？可惜、可惜。朕开始还以为中书省有得力的新人，结果还是你这坛子陈酒。”

“皇上饶命。”辟邪也笑着叩首，“都是奴婢二师哥发来的差事。”

“你起来。”

辟邪盯了皇帝身后的如意一眼，如意已适时地递来了帕子，他只得一边抹去脸上的墨，一边跟着皇帝往前殿去。

“就在这里，不用躲躲藏藏的。”皇帝指着自己书案边中书省舍人常用的几案。

“是。”辟邪便立于案边，接过小监奉来的奏折。

皇帝已经道：“坐吧。听说你前几日一直病着。朕不是那等时刻嘘寒问暖的人。但要赏你个凳子坐，总有的。”

辟邪口称僭越，谢了恩。

清象宫不刻便上了灯，御书房内只有皇帝夜读与辟邪翻动奏折纸张的瑟瑟微响。若非通臂大烛缓缓消融，竟没有半分时光流逝的迹象。书香中沉静的青年——与长兄共读的日子重现，奏折上无聊的政务如夫子三令五申须要背得滚瓜烂熟的经、史、子、集，已不再叫人烦躁，反倒像是个习惯，让自己的心跳都慢了点。

“年里用你做的节略批注，是最省心的时候。”皇帝忽然道。

辟邪搁下笔，站起身来。

“朕才想起来的：北伐之前，北方的军报、各地征粮使、户部兵部的折子岂不比现在多出一倍去，也是井井有条的。自你留在北边，也是朕看得折子多了，早忘了原先是如何省心。”

辟邪垂手肃立，道：“是奴婢懒惰，回来之后也未想过替皇上做些实在的事分忧。”

“你说的不错。”皇帝道，“闹过这一回，也尽够了。上回翁直劝朕加封卢芳国王，实在是好谋略。”他见辟邪倏然抬起眼睛，不由得叹了口气，“果然是你的主意。”

“是。”

“朕的心魔还在作祟。”皇帝道，“不知道哪天才能彻底放下。但有一样，必是能做的。不如从这些实在细小的事情开始，只当你仍是那针工局的小监，第一回见驾，重新相处？”

辟邪怔了怔——世间哪有什么能重新开始的相处？他对费尽心力想要破局的皇帝不禁心生怜悯。

“奴婢万死，也当不起‘相处’二字。若皇上能当真将奴婢当个青衣小监看，奴婢感恩不尽。”

“就是这个意思。”皇帝道，“打今儿，就办节略的差。”

“奴婢辟邪谢主隆恩，皇上万福金安。”辟邪轻盈地伏地叩首。

恍若隔世——少年抬起的面庞一如初见，依然晶莹。这瞬，多年里皇帝所知的坚毅、忍隐和苦痛，并没有在他的身上留下任何痕迹。

上元年间，御驾每年早春多临燃春桥赏梅，是后宫嫔妃少有的、能走出宫墙作乐的时节。自当今登基之后，一则因大丧之后便是内忧外患，二则皇帝对这种风花雪月之事远不如成亲王上心，这个惯例也就无人提及了。今年太后自元旦以来，一直圣体欠安，年间宫中都没有什么兴致。皇帝十分孝顺，也体恤宫里自匈奴开始南下之后，一直过得紧巴巴的，待太后病愈，身子大有起色时，不免要提起奉太后多叙天伦的意思。母子间提了一句，便定了二月十五御燃春桥，奉太后稍作行乐。

宫车浩浩荡荡地过受命桥出了皇城，于离水南岸的梅林停驻，与离都繁华不相称的一片寂静中，以太后为首的宫中丽人，自燃春桥步行过江，正如仙娥轻踏彩虹飘落绯色云海，梅林中早候多时的皇帝不禁因自己错过多年美景，甚是憾然。

不刻有宫人来回，普圣庵段太妃亦至，车驾已到了燃春桥。

太后大喜，道："她不是说十五总有法事不便出门吗？果然还是要诚心诚意地去请。"

段太妃依旧是光头缁衣，手握数珠，素丽风华不逊华妆；步入梅林来，举目望着这片火海，必是遥想起昔年繁华，从唇中透出一声叹息，用空灵无思的眸子向太后身边的众人望来。

"大师。"太后笑道。

段太妃双手合十向太后行礼，目光终于落在了明珠脸上。

太后向洪司言点头，洪司言忙笑道："传懿旨，入席。"

林中依梅树方位，错落置席十二，奉太后、太妃、皇帝、四位皇妃、皇长子、重琤公主、成亲王夫妇落座。箫声轻吹，暖风挟落英扑打在胸襟之上，太后环顾左右，只觉此生一眼已然望尽，不禁感慨。

内臣、宫娥斟上第一杯酒，太后笑道："既然是出来玩儿的，就不拘那些过分的礼仪，尽兴就好。"

众人称是，饮尽了第一杯，明珠、洪司言并吉祥、如意、辟邪、慈宁宫总管太监等便执壶斟酒。林外细乐又起，舞伎便低头而入，立在正中起舞。没一会儿重珄便坐不住了，绕着无尽的梅树转圈儿跑，内臣怕他摔着，一样狼狈地跟着。逗得众人笑个不住。

太后对洪司言道："你也在我这里吃一杯。"

洪司言忙接过酒来饮尽。

"看这般的热闹，想那时先帝还在，就喜欢美貌的宫娥来舞，接着就是美貌的小子来舞，不知道让我们看来何用。"

杨太妃闻言也是笑了。

这时辟邪斟酒到成亲王席上，被成亲王拉住道："你不如也在我这里喝一杯。"

辟邪笑道："王爷看奴婢平日里可饮酒吗，这酒就怕啦，可不敢再喝第二杯。"

成亲王笑道："你是跟我玩惯的，才敢赖，看这里太后、皇上都在，你敢不喝？"

辟邪无法，只得在成亲王手中饮了一杯，成亲王再要叫他喝，辟邪只是摇头，笑道："上回去苗地，进寨之前有三杯酒拦住门，喝了第一杯，也就罢了，再喝第二杯，便是头晕目眩，第三杯再不想喝时，寨门内便有女孩子唱歌，羞来客逃酒。"

"什么来客。"皇帝笑道，"不就是你吗？"

"是，就是来羞奴婢的。奴婢便只能喝个干净，原当先办正事的，竟只得先找人讨了醒酒汤来。"辟邪笑道，"若王爷也能唱得那么好，奴婢定是喝的。"

他知成亲王善歌，便要他凑趣。成亲王果然拊掌大笑，忙叫人调了一支调来，放声高歌一曲，自太后以下，都是大赞，辟邪自然又饮了一杯。

成亲王知道内宫众人都好奇远疆故事，便追问辟邪还有什么趣事。辟邪想了想，便讲了阿兰扎为国王设宴，叫了举族少女给国王看的故事，众人又是笑又是感慨。

乐呵了许久，太后笑道："若先帝有知，知道我们在此行乐，一定驾风而来，在此奏上一曲了。"

说话间飒然风起，吹得梅林瑟瑟轻鸣，落英卷在头顶，火雨般簌簌而下。

太后道："那时七宝太监尚在，素衣在此做舞，先帝亦是相和，那才是美景。"

"又有何难？"成亲王一把拽着辟邪走到太后席前，"素衣作舞的来了。"

"你就喜欢胡闹。"太后嗔道。

成亲王道："这是七宝太监的弟子，有什么舞不得的？臣年轻，七宝太监的风采没有见过，但若是辟邪，定不逊的。"

如意笑道："奴婢不才，亦是同门，不如奴婢舞来。"

"要不得。"成亲王忙摆手，"你和吉祥自回了宫，心宽体胖，慈驾在此看你们腆着肚子做舞，还有什么意趣？"

众人哄笑之下，太后问辟邪道："你行吗？可别替你师傅丢脸，也别替皇上丢脸。"

这句话问得温柔犹如梦境，太后此刻身前的落英顿失颜色，霞光里只有她的身影熠熠生辉。

"是。"辟邪一瞬的迷醉，不自觉地道，"奴婢愿为太后舞。"

辟邪取了挂在腰间的玉箫，婉转轻吹定了音调，便听席外遥遥笛子横吹，清风萧萧而来。他展袖舞入林中，酒色轻透面颊，飞目中神光流动，艳色逼人，见者无不瞠目结舌，如醉如痴。随他舞姿渐急，身周落英飞卷，暴雪般洋洋洒洒，天地间均是清丽无俦的绯红春色。

——仰面即是漫天火云，飞花似箭，当空无尽，叫人无处可逃。为生母做舞，倒似一场杀伐。沉沉酒意涌来，辟邪更是恣意展开双臂，由得落英直刺胸臆。

皇帝从未见他如此飒爽做舞，那恭谨的青衣少年、雄伟的乌袍杀神，此刻却突然抖出另外一个谜团般，变化无端，叫他揣摩不透。

“你看。”

他忽听到太后轻声对洪司言道。

“多么像先帝。”

明珠亦立于席旁，见辟邪少有如此自在的时候，不禁微笑相望。却见辟邪面上，渐渐红晕退去，转瞬间便惨白了一层，立时心生惊惧。

皇帝亦觉不妥，已倏然站起，却见辟邪微微蹙眉，忽然手捧胸口，摔倒在地。

五十九

范树安

秀梅延烧离都，滂沱花雨化箭——只怕是辟邪此生见过的最令人屏息的盛景。只是万矢噬心的痛与麻木亦是令他窒息。他闭目竭力喘息，想叫人助他仰起些身子，却是痛不能语，只得自己挣扎起身，却立时牵动真气，眼前落英间，又是阿纳的利箭飙急，如每个梦境，第一万次射入胸膛。

“啊。”他惨叫一声，佝偻起身子，狂急地扒开衣襟，想叫空气从那伤口直接透入。

有人握住了他的双腕，十指纤柔，比他颤抖得还要厉害，又体贴地将他上身托起，容他斜靠在枕上。这阵痛过，终于精疲力竭地喘上气来，才有暇展目，眼前就是太后端丽的面容。

“奴婢该死。”他被自己衰弱破碎的声音吓了一跳，旋即放弃了挣扎起身的念头，敛足了精神，只有力断断续续道，“太后十数年才召梅会，都因奴婢贪杯搅黄了。”

“那怕什么？”太后微笑道，“还有明年呢。现下先养好了再说。”

辟邪望着太后的眼睛，其中哀伤似海，浮天无岸。他附和着太后，一般地谎言：“是。”

太后取了手巾，轻轻拭去他额上颈间的冷汗，目光挪到他喉下胸膛上的疤痕，在齿间轻抽了口冷气。

“这般遍体鳞伤，有人心疼过吗？”她替辟邪整理好衣襟，似在平静地自问，“可值得吗？”

“值得？”毫无生气的少年却无半点犹疑，气若游丝却清晰地吐出箴言，“譬若杀肉贷鸽，如先帝股肉，如颜王臂胁。我即国体，国体即我。他们将我推上秤盘，只怕仍觉不够吧。”辟邪转眸望来，微笑道，“如有那日，太后……”

那日若临，必没有诸天降临、盛雨恸哭，也无须万佛共赞、天华落雨，他甚至未期许过太后的一滴泪水，但突然地，十四年前与颜镶一同濒死，他却没有得到的一拥，却不期而至。

原来是这样的——被侵蚀被吞没，无论什么钢心铁骨，一并熔化——辟邪眼前是母体里深沉而舒适的黑暗，只听太后在耳边切齿道：“若有那日，我也不活的。他们剜骨剔肉，却令我痛彻骨髓。我已受够了。”

庆熹十五年春，朝廷三年一度，重开武举。自三月初九第一场，至三月十五殿试，已减杀了一百多人，剩下六十人，依上次武举之例，在乾清门外比步下箭、马上箭、其他称手兵刃。这次殿试，皇帝、成亲王、兵部、京营主将俱在，而踞、寒两州大将陆巡、陆过亦回京述职，恰逢其事，亦在观战。而乾清门内，是现今宠极一时的内亲王辟邪奉太后垂帘观看。

帘后人影绰绰，能隐约看见内亲王青衣服色，侍坐于太后驾前，不住低声解说与太后听。京营诸将许久未见，知他安好，欣慰下不禁动容。而武举人早闻朝中这号人物，虽礼节繁重殿试在即，不免也要雀跃望上一眼。

喧嚣了一上午，兵部拟了三甲名单，呈于皇帝，皇帝之前就和辟邪大致拟了，核对下来都不甚差，欣然准了。

这三个月来，巢州倭患大有遏制，乡勇与地方帮派得了朝廷的粮草，颇为奋勇，原先七府的倭患，渐渐限制在三府之中，连水面上的倭寇也渐被承运局赶上岸来。

皇帝这阵子兴致因此颇高，对武举子的封赏优厚：非但头甲三名，亦从二甲中再择优十人，俱派紫南门侍卫，其余皆于京营效命。

本是皆大欢喜一团和气的盛事，不料三月十五日殿试发榜，三月十七日，便死了两名新科武进士。朝廷震怒。

五城兵马司回奏，原是紫南门侍卫闹市当街斗殴，致新科武进士死伤。皇帝大怒，命紫南门侍卫统领来陛见。

不刻郁知秋叩首请罪。皇帝道：“可是因为你年轻没有威信，统领一职不能胜任，所以朕皇城门前都是这帮混账武夫作乱？”

郁知秋道：“臣现在还是副统领，紫南门侍卫统领尚无人领正差。”

皇帝吃了一惊，震怒之后，冷笑道：“这也是今天才知道的。闻所未闻的奇事！吏部、兵部、内务府都在做什么？如此要职，迄今空缺，是要拿朕的性命开玩笑吗？”

翁直等臣俱股栗伏地请罪。

成亲王道：“臣听说紫南门侍卫统领一年里换了三个，都不甚中用，他们必不敢瞒着皇上，怕是皇上因巢州战事繁忙，未多加理会呢。说起来，倒是这个副统领，还一直在。择日不如撞日，也就是他升了得了。”

“升迁？”皇帝笑道，“这里的命案，倒是怎么理会？就算是副统领，也是约束下属不当。”

“臣知罪。”郁知秋道。

“那么究竟是为了什么打起来的？”

“是新科的进士与紫南门老人打起来的。”郁知秋道，“原是……”他说到这里瞄了一眼正背着皇帝打瞌睡的辟邪。

“原是什么？”皇帝已渐渐烦了。

“新科进士在街上吃酒，见了紫南门侍卫，就上前聒噪，问老侍卫中，多少是三年前的武举。其时胡动月等人俱在，便如实告知。新科进士们便嘲笑胡动月等人都是一个宦官点出来的武进士，想必也是花拳绣腿的不管用。胡动月等人都是随皇上北方身经百战回来的，哪里容得这种酒后醉语，自然是大打出手。新科进士不是对手，胡动月正好又携了一把寒刀。锋利异常……”

“什么寒刀？”辟邪忽然从梦中醒来似的，问了一句。

“那是寒州人战倭寇时，特制的一柄长刀，步下战极好用。”

“现在哪里？难不成被五城兵马司当作凶器拿走了？”

“臣这里还有一柄。都是陆过带来分送的。”

辟邪便走出殿外，将郁知秋存在外面的长刀取来走下阶去，一把拽出鞘来，握在手中凌空轻刺，只听飙然疾风，连殿上也是听得见。

“这成何体统？”刘远瞠目，半晌才说出话来。

皇帝笑着叹气，摇了摇头：“随他吧。”

成亲王道：“那些新科武进士，照臣看来，就是活该。”

“难道擅动凶器致人伤亡就有理了？”皇帝道。

“这就议不出了，就当刑部来判。”成亲王道，“回来不妨说任改的事。”

“先派郁知秋为紫南门侍卫统领，若游云谣有心回来的话再说。”皇帝道。

他站起身来，对门外的辟邪道：“不如跟上回一样，辟邪去唬唬他们。”

“奴婢可再不做这种没来由招人嫌的事了。”辟邪忙把刀插回鞘里，“如意岂不是更好？”

旁边的如意忙摆起手来：“不、不、不。”一连说了二十几个“不”字，引得众人都大笑起来。

最后这个差事却是皇帝自己领了去，在乾清门外谕示道：“朕第一科的头甲，状元陆过已是小合口京营总督，榜眼游云谣是震北军副将，探花是紫南门侍卫统领，你们且说说，有哪一个是花拳绣腿的？况你们口中说的宦官，是战功彪炳、得食亲王俸禄的内臣，你们竟能心生小觑，朕不知你们是被什么蒙蔽了眼睛。”

皇帝如此训示的时候，陆过亦于左近垂手听着。毕竟行凶的寒刀是他带回来的，追究的话，他也逃不掉干系。踞州一战本就焦灼，现今还出了这等不祥事，当真恼人。

陆过已不愿再看新科进士们惶惶认罪的样子，抽了个空自向清象宫去。

天气正是暖洋洋不能着力的时候，水榭上已经窗门敞开，辟邪正拿着折子和一个内臣在内核对着什么，声音压得甚低。抬头隔着水看到了陆过，笑着向他点了点头，然后又是不住交代了好些话，那内臣诺诺应命，将折子等一并收了，又挥手招来四五个小监，将地上两个硕大的箱子一并抬了出去。

辟邪方起身到桥边，请陆过入内。

“皇上将离都增设码头、开掘运河的事交给殿下办理，殿下必是政务繁忙。”

辟邪笑道：“如今回皇上身边办事，又有太后宠爱，旁人见了，不免到处向宫外说，溜须的人也就多了起来。竟是些扯不完的鸡毛蒜皮的小事和金钱，每日打发更是烦恼。”

陆过便问：“末将在外，听说太后认殿下做了义子的……”

“却绝无此事。”辟邪摇手笑了起来，“奴婢什么人，就这么听听想想，也是要折寿的。”他请陆过落座，又道，“奴婢请陆兄来问的就是寒刀这件事。昨日拿在手上试了试，非但步下十分好用，因其刃长，让我想到一个人常用的长枪，枪法中有剑意，剑法中大开大合，又印证枪法。这寒刀，倒很适合马上用。因此想问寒州锻造的工匠，若能造得一批，发震北军用，且试试是否合用呢？”

陆过知他所指的人就是黎灿，心中也是伤感，叹了口气，道：“殿下还念着北方的事？”

“怎么能不念呢？”辟邪长叹了一声，“这时候怕积雪未消吧。”

两人又说了几句震北军的近况，便转到踞州的军务上。辟邪道：“踞州兵马本不擅攻，贸然出击而痛失两城，是可以预料的事。反过来说，毕竟这两座城池，杜闵也不舍得放弃，已填了万把兵马驻守，黑州自然空虚。状元爷的兄长本是寒州总兵，倒不如自寒州攻他黑州本地。且不妨告诉令兄，有个老相识便要从海上回来了，他若能以海路夹攻黑州，就如之前我们要杜斓威慑黑州一般，杜闵自然首尾不顾，踞州之困定能解的。”

“当真受教了。”陆过道。

他以这些话转述给陆巡听，陆巡道：“那不就是寒江承运局的吴十六吗？我说杜闵起兵之后，寒江承运局就神龙见首不见尾，原来在海外、巢州都各有部署，若以一个江湖帮派来看，岂不可怖？”

“兄长是什么意思？”

陆巡踌躇一瞬，道：“内亲王的权柄在朝在野也太大了些。”

陆过不禁一怔。

陆巡道："紫南门侍卫杀人，事情可大可小。胡动月是跟随皇帝北上立过功的，遭人挑衅便杀人，固然是大罪，但这事关系到三年前同一科武进士的体面，化小处置，最是妥当。皇上却偏要刑部公议，其意自深。"

"什么叫作体面？"陆过蹙眉不解，"愿闻兄长的高见。"

陆巡叹道："你我累官至此，今后青史之上，必要落得一笔。唯你这个武状元的出身，竟是从一个小太监口中出来的，况这个小太监现在正成大气候，他日若有些异心，史书之上，岂可没有阉宦乱国的盖棺定论？你的出身却偏要和这些事拴在一处，就不说将来怎么定论，现今就有御前侍卫为他举刀杀人，几年后阉党这个帽子会不会戴到你的头上呢？"

陆过倒吸一口冷气，细想之下，却觉得匪夷所思，道："兄长且看他平日行事，且看他沙场武勇，我竟没有看出一点儿的私心来。朝廷里有这样的人在，是大幸啊。"

"私心要说没有，也难讲得很。我户部同科前几日说他候补台州的知府，出的两个缺上个月放给了他人，有称那两人重金行贿的就是内亲王呢。再加运河开挖，里面白银数十数百万，流向暧昧。"

"不会。"陆过回想起的，就是辟邪清淡无欲的气度，他与辟邪交好数年，从未见过辟邪吃穿用度中有一点点的出格，"他要这些钱无用啊。哦……"他忽想起当年自己白羊征马之际，辟邪说过的一句话："这十几万银子未必就难倒我了。"

若那些银钱是用在这等大事上的话，深思下去，岂非更是可怖？

陆巡又道："你之前对我说，疑他在草原里杀了凉王座下大将赤胡。都是同仇敌忾的良将，何以莫名在外下了毒手？所谓'九殿下'之称，每每细究下去都是股战而栗。若他有瞒着圣上朝廷的机密，不得不将赤胡灭口，那岂不是在欺君谋逆这等大罪上去了？你与他走得近，今后如何脱身？"

陆巡见陆过脸色煞白，缓下语声道："就算他不屑爱财，亦是忠心耿耿，却要不得的就是这功高震主。皇上要是爱他，要长久相处，自不会这么越格地封赏他。而今他们君臣之间，一个已然碎首糜躯地报效，一个已然倾尽全力地恩赏，今后还有什么其他的余地吗？以踞州来说，皇帝主张出兵，辟邪主张固守，两个人拿着苗地、倭寇为由，相互较劲儿，从去年闹到现在，摆明了又是辟邪更胜一筹。皇上现在的心里并不是要他臣他，而是要他服他。你觉得哪个更难些？"

"兄长今日说这些，难道是要我……"

"我总是外官，尚不碍的；你这次踞州事定，还有个京营，位置甚是微妙。皇上在武进士这件事上，已渐渐地提点着群臣，该早做打算了。你现在不先做筹谋，将来只能被迫择边，通常都不是好事。”

一番话谈得两人都是冷汗淋漓。次日兄弟二人分别上折子陛见，皇帝说了很多勉慰的话，最后道：“这两日洪州亲王奉懿旨入京，皇家且盼共叙天伦。而念你们兄弟又风尘仆仆赶回，两地领兵，心中倒有些愧疚。”

他二人连称不敢，忙赶在京城热闹拥挤之前出城。

正午时分，洪州亲王长史便先头入京上表请见，船只绵延里许，载无数礼物贡品，府臣家人，并各羌奴役，浩浩荡荡入城。

原本就狭窄的离都水面为此清空航道，商贩、旅人的船只俱靠岸停泊。自飘夏桥地界西眺，定国桥上已无人踪，只见亲王船队黑龙般静肃游弋而来，不知明日洪王的座船入城，更是什么样的场面。

——正是整治航道的时候，偏又来这一出。

辟邪轻轻叹了口气，向北往兰亭巷去。栖霞苑的小厮已等了多时，迎上来前面引路。院子里栖霞接出来，笑道：“六爷，里面请，客人已到了。”

辟邪随她入内，低声道：“出来一趟不易，只得辛苦姐姐。二先生已得了信吗？”

“已回复了，今夜必至的。”

两人至回眸楼上，推了门，便见贺里伦使节倏然立起。

栖霞笑道：“六爷，这位使臣大人可等得久了。可要请姑娘们来？”

那使节忙摆手道：“妈妈不用着忙，我就是借贵宝地与内亲王殿下小酌一杯。”

栖霞又望着辟邪。

辟邪道：“妈妈去忙，我们说会儿话。”

使节便忙着请辟邪落座，执壶斟酒。

“酒不敢用。”辟邪摆了摆手道，“请使节此处叙话，只是图个方便，使节千万莫要见笑。”

使节道：“殿下客气见外了，外臣正要寻个方便之处，与殿下商议。正月里求助殿下的两件事，殿下都已践诺，女王甚是感激。”

“两位陛下欢喜，奴婢放下了心。”辟邪一笑，“也望女王陛下体恤奴婢辛苦。”

“是、是。”使节忙道，“陛下已将灵药自贺里伦运至。外臣算了算，已是三月中，殿下存的药也当用完了。改日外臣必送进宫中。”

“极好。”辟邪点了点头。

“只是，”使节脸上的谄笑却突然消散，直视着辟邪道，“此番运至北方的火炮，只得了殿下的手令，发了三十门与我国。剩下的火炮，由白大官人藏在何处，并无人知晓。

国王前往交涉，白大官人就是不予。不知道殿下是何用意。”

“贺里伦得火炮三十还不足以对付屈射人吗？”辟邪冷笑，“就算女王陛下仁慈，不动干戈，他国见了，如何不心存畏惧？暗造炮矢私授他国，若达圣听，我是死罪，贺里伦灭国也是眼前的事。又是女王陛下所期吗？”

使节道：“殿下小看了女王的诚心。女王又岂会期望殿下有一点闪失？殿下却有一件事说的极对，贺里伦与殿下，确实是一荣俱荣，一损俱损。”

辟邪笑道：“使节言之差矣。贺里伦今后的前景不可限量，在草原，坐拥火炮利矢可称霸一方；在中原，还有皇妃、皇子在日后能助国王合纵连横。奴婢一人岂能与一国之重相提并论？更何况微贱之人，性命不过草芥，何来荣损之虑？只是訸妃娘娘与奴婢这样无人惦记的小小内臣大不一样了：今日能抚养皇子，位列后宫之首，明日储君稍有差池，也是娘娘的疏忽，那才称得上是‘荣’、‘损’二字。于国王之私，乃骨肉之痛，于女王之略，中原内少了能今后左右储君的内应，只怕更是痛得紧吧。”

使节嘴角抽搐，狞笑道：“殿下教训得是。外臣必一字不落地转告女王。”

辟邪抬起手来止住使节，道：“使节也务必转告女王陛下，奴婢这个病症来势汹汹，可等不了陛下多做犹豫。”

“外臣省得。”使节从齿缝里说出这句话来，便“砰”的一声推开门。

栖霞听见声音，从廊下走过来，盈盈福了福：“使臣大人这么快就走了？”见他怒气冲冲疾走，已赶不上，忙唤了小厮送将出去，自己急忙转身进了屋，将房门掩上，凑近了辟邪身边，低声道：“我正着急他还不走，倒出来了。这里有件急事。”

辟邪见栖霞面色有异，微吃了一惊，道：“怎么？”

“主子爷还记得两年前从我这里派去洪州的优官儿吗？”

“记得，那孩子很是得力。”

“正是。”栖霞道，“他混入了洪州王府唱戏，渐渐得到赏识之后，做了长史的小厮，虽然消息更多，却一直传不回来。直到今日跟着洪王的长史一起回京，终于悄悄逃出，禀我说洪州进进出出搬运的东西终于有了眉目，原来都是精铁，洪州也在筑炮呢。”

辟邪背脊上顿时沁出冷汗。

若计这些精铁的数量，两年来洪州所屯火炮只怕已在数百门以上，洪州军携之东进，天下社稷转瞬就是灰飞烟灭。

“这消息，二先生不应当不知。”辟邪透出一声呻吟来。

栖霞道：“说的就是这个呢。听优官儿之言，只怕这件事就是二先生在操办，竟没有一点风声给我们。”

辟邪的心怦怦狂跳不止，他透了口气，深坐椅中，支着下颌垂目沉吟，半晌抬起头来道：“忱官儿仍要委屈他，跟着洪王长史回洪州王府去。他立了大功，请姐姐记得厚赏他。他还有极大的用处，待我日后吩咐。”

“是。那么二先生？”

“当然还是如约见的。”辟邪从咽喉里迸出一声冷笑。

这个时节的离都，夜里着实冷得很。为避人耳目好说话，栖霞也只得将宴席设于后院的暖亭之中。孤零零不着边际的亭中立着灯，栖霞还置了火盆，而辟邪独坐之际，仍觉得身寒，漫不经心地拿着火筷子夹起炉子里的火炭，往手炉里装，听到脚步声，见范树安已疾步入内，口称：“主子爷大喜啊。”忙盖上了手炉，一把将他搀起：“二先生快坐。这里比洪州寒冷吗？”

“离都倒强了许多，只是晚上还是冷的。”

“那草原上更是等着雪融了。”辟邪叹了一声，见范树安身上衣物单薄，将手炉递过。

范树安体瘦也不耐寒，揣了火炉在袖子里，望着辟邪已斟上一杯酒来。

辟邪笑道：“二先生说大喜，不知道是哪件。”

范树安道：“自然是南北平定的事。”

辟邪道：“这却是大喜的。多承二先生在洪州周旋，不然皇帝能平安回京与否，也未可知呢。”他又为自己斟上一杯，“我虽不善饮，这杯却一定要敬先生。”

范树安连称不敢，与辟邪共尽一杯，相视而笑。

辟邪接着道：“此次洪王进京，也是蹊跷得很。自皇帝处，并没有任何想召洪王觐见的意思。我多方打探，才知道是太后修书，力请洪王进京面议，而想要议的是什么，却全然不知道了。因此急请二先生来，请教先生是否知道底细？”

范树安道：“太后的书信，洪王倒是授奴婢看过。”

辟邪拊掌道：“我就知道二先生必有确定的消息。”

范树安苦笑道：“只怕奴婢也要令主子爷失望。那书信中语焉不详，先叙了些旧事，再说到太后御体欠安，近几个月时时胸闷气短，不时有晕厥之症，想来已是膏肓病体。皇家、洪家，两代渊源，都是骨肉至亲，还是望近期能见上兄长一面。”

“这我却不知情。”辟邪失了会儿神。

太后素有心悸的病症，原来已到了如此地步。襁褓分离，你死我活，再到现在母慈子孝，失而复得，得而复失，因果无常，可谓地狱中轮回不尽。

“既是叙了很多旧事，必与当今这般局面有千丝万缕的干系。我年轻，做过探究却一直云里雾里的，不甚明白。二先生于颜、洪两家王府日久，可否赐教洪、颜两家到底什么过节？”

“主子爷当真不知吗？”范树安倒反吃了一惊。

“能告诉我的人都不在了。”辟邪叹息，“竟不知道问谁好。姜放、十六哥都进府晚，谢先生匆匆一见，况在敌营，哪里想得到。就是父王，也没有跟我提过一个字。”

“老王爷自不会对小主子爷提这件事的。”范树安苦笑，“涉及主人宫闱之事，奴婢也不当多言。”

“现有传闻,说当今并非先帝之子。这与我们日后关系重大,岂可不明呢？”辟邪正色道。

范树安却不是很讶异：“果然有这个传闻了？”

“还请先生明示。”

范树安着实着恼,又吃了杯酒,方道:“老王爷十九岁就带兵在外,这个主子爷是知道的。”

“是。”

“其时北边还是戎翟人，颜王与洪王也就是那时候的洪王世子，共同驻守边境，全圣十六年到十九年间，两人几乎同吃同住，十分交好。”

“我机缘巧合翻到父王早年的笔记，见洪王于其上题诗，有‘斜月振冬柳’一句。想父王上元年间出征，身上所佩就是斜月剑，还曾揣测该剑是洪王所赠。”

“一点不差。那柄斜月剑光华如月，极是锋利，老王爷甚爱。不知现今这柄剑流落何处了。”

辟邪清冷的声音道：“世上没有什么金刚不坏的东西，怕已是断剑残刃。”

“可惜。”范树安叹了一声，又道，“洪王同胞妹妹，洪昭，即是当今的太后，自小飞扬跳脱，十分受兄长洪王宠爱，她亦喜游历，因此常常出关。洪王有时行军不在，便时常将妹妹托付与颜王照料。太后的容貌，主子爷是见过的，清丽绝伦，见之无不爱慕，而颜王其时正妃位虚悬，洪王也觉得颜王是可托付之人，已命颜王下聘，将太后许之。虽然尚未成婚，但有婚约在前，又是英雄儿女，都不太计较俗礼，故太后来京，等待佳期之际，便已在颜王府居住。”

言及主人私情，范树安有些尴尬不安，抬眼却见辟邪依旧淡静如常，只是神思不知飘忽去了何处。

“那么，”辟邪忽道，“他们曾去过白原河吗？”

“奴婢其时随侍军中，却尚年幼，有些事已记不太清，大军确实是不曾到过白原河，但老王爷也曾轻骑北上，亲至敌后，也是保不齐的。”

辟邪笑了笑，道：“父王中年之后便极谨慎，谆谆教诲，说万军之首，绝不可孤身犯险，不想年轻时也是一般地鲁莽。”他回过神来，又问，“如先生所说，这就是两情相悦门当户对的姻缘，何以又生风波？”

范树安见他犹如在询别人寻常家务，暗自纳罕，忙续道：“颜王自小入质于宫中抚养，与上元帝情若父子又如手足，上元帝当时还是皇子，在颜府穿堂入室，都畅通无阻的。偏这日颜王不在府中，太后却被上元帝窥见，以上元帝之好色，岂会放过，径直掠去，便收为侧妃了。”

辟邪按住额头，想到先帝信中所言：夜行离都做尽荒唐之事，只怕此言不虚。不过以如此荒淫却能得颜王、谢伦零这样的人物终其一生追随，世间哪有如此荒谬的事？

“洪王震怒，先来向颜王问罪，颜王出迎离都望岳门外，两人马上密议，我等侍从奴婢均不知其详，到后来，两人言辞激烈，洪王竟执出刀来。洪王花幕刀法天下无双，老王爷自小养尊处优，虽是统军的大将，马上功夫上又岂是洪王的对手？是奴婢兄长范萍安见形势危急，发箭将洪王射落马下，致其一时昏厥生死不明。老王爷大怒，当即便持剑将奴婢兄长刺死。而洪王其时未曾着甲佩胄，接入城中才知摔成瘫痪。老王爷命奴婢背负兄长的头颅来到洪王病榻前，求洪王处死。而洪王不计前嫌，只是将我收入府中为奴，因此才有奴婢替颜王潜伏洪府一事。”

范树安见辟邪瞠目惘然无语，不禁长叹一声，道：“之后太后于先帝府内早早产下麟儿，却是不足月的，只怕是颜王的血脉吧。不过颜王一系与帝系自来就有相互以子入质的习俗。所以上元帝也不是很在意。只是上元帝哪个儿子入质了颜家，却不得而知了。”

辟邪瞬间忽略了这句话，道:“再加上上江那件事，也难怪洪王与先帝、颜家早结仇怨。”

“正是。洪王瘫痪于床，后嗣凋零，再加上江那件事，更只剩下洪定国这个独子，如此深辱大恨，才有颜家一系灭门的惨祸。洪王论先帝，好色无度，常误国事。而颜王嘛，洪王却觉得是个人物，可惜心里只有上元帝一个人，除此之外，皆可称得上是天性凉薄了吧。”

“父王并非凉薄之人。”辟邪摇了摇头，眼前就是颜王念及流花泉时的神情，此刻神思清明，百惑俱解，对范树安道，“甚至连先帝，在这件事上，也非世人口中的荒淫无度。”

“是吗？”范树安道，“愿闻小主子爷指教。”

辟邪道：“那个时候正是全圣十九、二十年间，二先生当时随父王北征，悉心战事，不知朝中最大的事，却是萧墙之祸。孝宗皇帝五子，为诸君之位，两年内已有两位皇子结党倾轧而死。其中一位就是先帝同胞长兄俍浓。先帝生母惠贵妃一支外戚势力几乎清荡无存，惠贵妃亦于宫中自缢。另两位皇子若有心根除先帝，易如反掌。当年父王未及追击伊次厥便匆忙回京，也因朝中猜忌过深，不得已交回虎符节钺罢了。若我为先帝谋，也是必要先帝放浪形骸，做胸无大志状，才有机会在其时苟活，待另两位亲王两败俱伤，自有大统可承。先帝于颜府浪荡，应他天性，度其形势，都不算出奇。而先帝竟能那么巧合见到了深宅内的洪州郡主，呵呵。”他冷笑，“郑王妃只怕脱不了干系。”

如此称呼生母，有些奇异，范树安不自觉地蹙了蹙眉。

辟邪又道：“那年洪州老亲王还在，对郡主被掠、世子伤重一事一点没有追究的意思，定是审时度势，认定先帝能登大宝吧。二先生当时见望岳门外两王争执，想来也是商议这件大事。只是大先生之死实在可惜，以大先生的武艺，当时定是甘受剑戮。想二先生心中不平，也是有的。而洪王的宽宏，确实令人折服。”

范树安警惕地笑了笑：“在洪府日长，看得多了，知道洪王确是当世英雄。”

辟邪笑道：“‘英雄’二字可以概之？我每次见洪王，都是股栗不止。自均成薨逝，便无望其项背者。此人不驭天下，谁又能呢？”

范树安将酒杯放在桌上，望着辟邪道：“主子爷，今天的话都甚奇怪，何出此言呢？”

“我只是在想，我与先生相识不过数年，先生又怎么看待我的呢？”

范树安笑道：“主子爷青年才俊，论这一辈里，竟无出其右者。”

“比之洪王呢？”

“怎能相比呢？主子爷不似他的野心，要的毕竟不是这个天下啊。”

辟邪笑了笑，站起身来，迤迤然走在暖亭边上，望着被灯光照亮的一院霜花，叹道，“我父王宏志忠诚，人臣之中无人比得。我实不明二先生为何会倒戈于洪王旗下，才邀先生一谈。听先生的话，才知道父王亏欠先生良多，而洪王驭下宽厚，待人接物都是有情有义，先生心生向往，本是合情合理。”

范树安的震惊一瞬而过，目中精光四射，右掌安静放在桌上，伺机而动，道：“小主子爷，奴婢是颜府家奴出身，老王爷救我于关外，这条命都是颜府的。奴婢早发毒誓，若有背叛，必万箭穿心而死。”

“不必如此。”辟邪笑道。

他苍白的嘴角涌起的这抹微笑看来邪恶而不祥，灯光飘摇中，令范树安看得心悸，一瞬间竟觉晕眩。

范树安按捺住浑身冰冷的寒战，问道：“奴婢委屈不明，小主子爷何以疑我有了异心？”

辟邪道：“洪州一路诸事太过顺利，又处处为洪王克制，我困惑很久了。以洪定国挟持洪州兵马，这虽是我想做的，二先生也替我做到了，但是占了我先机的，却是洪王亲征一事。若皇帝在震北军中稍有差池，凉、洪、乐、震北、京营五军之中，能一次统领全军的，也只有洪王一人。阿纳对皇帝的京营冲阵，更是从洪州军的罅隙中冲杀进来的。若非我知道洪王就在军中，凡调兵增援一事绝不会相从，才放弃了从洪州增援，不然贻误战机，此刻天下已经姓洪了。东南诸王作乱，洪王鞭长莫及，只等着朝廷收拾干净，再谋后动。我们只道是因洪定国被困北疆，洪州军兵力分散，实不料是螳螂捕蝉，黄雀在后。”他摇头不住赞叹，“洪王确是盖世英雄，若非他要的，是我的天下，我竟恨不得投身于他麾下，再理一遍河山。”

范树安见事败，不住冷笑：“小王爷竟已觉得这个天下已在小王爷手中了吗？”

辟邪笑道：“这么想确实不妥。”他走近了范树安耳边，低声道，“毕竟先生为洪王筹谋筑炮一事，已日久了。这件事做成，天下自在洪王股掌之间。”

范树安霍然起身，将桌上的杯盏碰在了地上尚不自觉，道：“小王爷，我这条性命是颜王所救，念旧主大恩，我虽心向洪王，却从未向他泄露过小王爷的身份；吴十六等均是我的手足，我也未曾有过半点加害之心。然而小王爷既已知道这件事，必要害洪王性命，今夜绝不能放你活路。”

他腰间软剑出鞘，铮然如电。辟邪却未出手，静静退了一步，上下打量范树安的情状，柔声劝道：“二先生少安毋躁。”

只见范树安神色古怪，手扶心口，颓然坐回了椅中。

辟邪望着他双手不住撕扯胸前衣衫，剧毒中苦不堪言，伸出足去将他袖中跌落的手炉踢远了些。

“二先生，我一趟苗疆，竟不是白去的。”

他的语声带着冷笑，泪水却和着冰冷平静的声音淌在他大悲大恸的面庞上。

忽闻身后金风破空，直袭背心，辟邪展身掠起，见一条人影手持匕首扭身杀入，明晃晃刀尖自身侧刺过。那人见辟邪退至亭栏之上，便展臂要去扶范树安起身。

范树安用尽最后的气力，指着辟邪嘶声道：“杀。”

那人呼啸一声，便自院外又跃入两人，那使匕首的刺客身法毫不迟滞，抢先向辟邪连刺数刀，见辟邪身形几乎未曾闪躲，不但自己数刀均落空，而辟邪更尚有暇饶有兴趣地打量自己，不禁大骇。他不敢太过行险，左手又从腰间掣出另一柄匕首，踊身再进之际，援军亦至。

其一老者，掌风沉重，拍向辟邪肋下，另一人身材极为高大，抢起范树安欲行。

辟邪轻笑一声："今夜也是容不得你们走的。"他左掌平出，迎着老者手掌印去。右手捞起桌上的一根筷子，对准执匕首的刺客手腕疾刺。

他服用慈姜的药丸已有数月，内力上精进无穷，更比从前快了许多，那刺客躲闪不及，筷子竟直接从右腕上对穿过去。那人哼了一声呼痛，匕首脱手之际，联手的老者亦被辟邪一掌震飞。辟邪以木筷挑着刺客手腕，"哆"的一声，竟将他的手腕钉在桌上。刺客忙左手挥匕首刺向辟邪面门，辟邪已不耐烦蹙眉，劈手就将匕首夺过，手腕轻挥，刺入刺客肩胛，更是将整条右臂钉在了桌上。那刺客痛得几欲昏厥。辟邪将他撇在一边，足尖挑起他失落于地的匕首，展臂抄住，闪身抢入那老者近身，一刀刺透心脏，又扭身两个起落抢在范树安与那大汉身前的院墙之上，一脚将那大汉踢回院中，不等他站起身来，手指微张，已将匕首钉入那大汉头颅。

他瞬间连杀两名高手，轻轻落于地上，好整以暇背着手看了看范树安灰白的面容，俯身探试鼻息，见范树安已然气绝，才往暖亭回来。

那刺客已拼力拔出钉在身上的匕首，意欲逃离，却痛楚难支，双膝颓然跪地，左臂勉力撑着身子。

辟邪漫步走回他身边，伸手将他脸上的遮面巾一把扯去。

"咳。"辟邪掩着嘴，慢慢让翻涌的气血平息，才觉出透了冷汗。

"雷二公子。"在血液里勃勃喷涌的杀意让辟邪吐出的语声都是颤抖的。

"六爷。"伏地挣扎了许久的刺客终于放弃，仰面躺倒在地，捂着伤处喘息。

辟邪慢慢坐回椅中，不住把弄那块面巾，切齿沉吟。暖亭之中只有伤者沉重的呼吸之声。应是良久未闻人声，栖霞在院门外窥探，被辟邪抬掌止住。

"呵呵。"地上的刺客突然嗤笑了起来，"六爷定是觉得被人这般骗了，是何等的奇耻大辱。我十三岁便隐了雷家的身份闯荡江湖，有正经的江湖身份，六爷不疑也是……"

辟邪却已经长身而起，扼住他的咽喉，将他提在空中，冷笑道："'辱'字于我还有什么意味？我托大不查，又轻信范树安的言语，着了你的道儿，不但认栽，还要赞你一声好手段好谋略。"他目中的杀气亦是寒光如星，黑夜中灼灼延烧不尽，"但是，你胆敢欺骗明珠，将她的性命玩弄于手，我岂能容你死得痛快？"他将手上的身躯掼在地上，招手将栖霞唤近。

"明珠，我不会害她一根头发，为她粉身碎骨也是情愿的。"

"闭嘴。"辟邪冲冠大怒，出手如电，掌风到处，将他左臂骨折断，一时仍觉口干舌燥，端起桌上的酒来。

“六爷。”栖霞望了望刺客，震惊之色难掩，仍上前按住了辟邪手中的酒杯，“莫伤了自己的身子。”

辟邪将酒杯掷得粉碎，半晌才觉怒气如战鼓渐渐远去，方切齿道：“姐姐给我好好审审，这位沈少侠究竟知道多少他不该知道的事。”

庆熹十五年三月二十二日，平羌大将军洪州亲王洪失昼自过龙门入城，船靠上江御道，岸上有礼部仪仗与大轿早已备下，迎洪王至佑国殿驻跸。

朝廷百官，皆朝服来谒。洪王稍事休息更衣，便有慈宁宫总管太监来传懿旨，请洪州亲王内进慈宁宫叙话。

“未曾陛见，便谒慈宁宫，有违规制。”洪王道。

总管太监忙道：“圣上口谕已准，太后亦十分想念。”洪王才乘舆向慈宁宫去。

早有洪司言于慈宁门跪迎，扶舆进入正殿。太后正坐等候，见洪王于椅上躬身，向着洪司言点了点头。繁花似锦的一众人等立时退出殿外。

太后这才起身，福了福行家礼。

“兄长远来，辛苦了。”

“太后可好？怎么如此急？”洪王微笑着埋怨，“先是写信一定要我亲至，现在亲至了，连一日也等不得？”他说着，目光终于挪到太后身后青衣小监身上。

姿容胜雪，眉目飘飞，纵使一袭最微贱的青衣，也不掩他雍容超群——骤然乍见，三十年前男装的清贵少女又倏然浮现，洪王一瞬恍惚。少年却似乎与洪王一般极是困惑，一样注视着洪王的举动，默然揣测着。

太后已道：“多年未见兄长，还是盼在皇帝召见前，先和兄长说几句体己话。”她转身，拉住辟邪的手，引至洪王面前，道，“请兄长见一个人。”

辟邪伏身叩首：“奴婢御书房秉笔辟邪，请洪王安。”

“啊，你就是辟邪。”

——名贯草原的内亲王，在洪王处也不过是点头致意。辟邪仰面等着洪王与太后的垂询。洪王只是再次细细打量辟邪的容貌身量，突然问道：“你姓颜？”

“奴婢本姓颜。”辟邪回道。

洪王笑道：“我们果然见过的。”

“是，还不止一次。”辟邪笑道，“一回是查抄颜王府，奴婢跟随王府长史藏身在夹道里，为亲王搜出，亲王当时斩杀了王府长史，他的血，将奴婢溅得透湿。匆匆一面，王

爷还记得清楚，奴婢受宠若惊。”

“你年幼却不见畏惧，我当时诧异，自然记得。”

“另一回是在努西阿河洪州军营地里，奴婢夜探洪州大营，亦是洪王的斩马刀将奴婢的衣摆斩裂。王爷说奴婢不见畏惧，其实奴婢每见王爷，都是吓得魂飞魄散，此刻仍是战栗不止。”

洪王笑道：“那岂不是不打不相识？”

他眉目轩朗，笑起来的时候自有一番海阔天空的气象。若在军中，是何等令属将心折。只是这等鹏鲲之王，其翼蔽日，人居其下，状若微尘；以自己的智勇，也只得居于黑沉沉的下风。

“听说昨夜间你还杀了我府中幕僚？”

太后闻言，已狠狠瞪了辟邪一眼。

辟邪道：“当年奴婢藏身的夹道何等机密，既被王爷知晓，也是那个颜府旧奴泄密所致。他有毒誓，却苟活十多年才来偿还，奴婢未觉理亏。”

“好了。”太后却适时地点了点头，“出去对清象宫的人说，舅舅一会儿去清象宫谒见皇上。”

“是。”辟邪躬身退了出去，掩上宫门，才觉身子止不住地发抖。

不久便听到太后在内低低的啜泣声，洪王一时不语。辟邪凝神细听，只能分辨出太后哀求道：“别闹了，都老了，这个孩子都被我亲手祸害了。祸不及子嗣，我们这般与那两个死人较劲下去，可有个尽头吗？”

洪王说什么他便再也不清楚了。他心中却愿洪王能衷心地说个“好”字。如此可畏可怖的对手，若非不得已，岂敢招惹。而洪王望向自己的时候，若视蝼蚁一般的神情，只怕洪失昼视这天下已在他自己囊中，若不去洪州之藩，莫说一统，只怕连社稷也失了。

良久，闻太后在内击掌，内臣等涌入内殿，肩舆洪王而出。既然是向清象宫去，辟邪少不了随侍，正要跟随前往，却听太后唤道：“辟邪过来。”

太后已由洪司言扶至榻上休憩，耗尽了所有气血般，向辟邪招手时，竟有些气息奄奄的不祥。

辟邪趋近太后榻前，跪在她身侧，垂首道：“奴婢听太后的吩咐。”

太后的手掌轻抚他的额头，曼声道：“东南就要平定了吧。”

“是。奴婢看就是今年内的事情。”

“之后，你就想着对付舅舅了吗？”

这句话虽突兀，却说得没有半分错处。

辟邪苦笑道："去藩是奴婢答应颜王的事，竟奴婢一生，总要做完的。"

"一生？"太后嗤道，"太长，又太短。"

辟邪在太后的目光中垂下头，低声道："太后这个话，奴婢年轻，不知如何作答。"

太后道："梅林花会之后，我已问过陈襄，你的病症，他已无计可施。有月余苦受煎熬的时候，也有一两日间病重濒危的时候，倘若身边没人，一时内息周行不上来，是最为凶险的。就算每次发作能化险为夷，如此耗心费力，有个一两年，也耗干了，届时只怕当真无力回天。"

"陈先生言过其实了。"

太后苦笑："陈襄是何等好强的人，既已认命，你心中更是清楚。"她见辟邪不再强自宽慰，又柔声道，"你，是先帝、颜王之子不错，却也一样是我的骨肉。你这般替他们沥血，就不能容得我认真宠你几日吗？"

辟邪心中绞痛，忍不住抽了口冷气。

"我想时时搂你在怀里，问你累不累痛不痛时，不必担心你虚与委蛇，提防盘算。我虽未老，心却快死了。而你，还只是襁褓里白玉琉璃般的婴儿，在我这儿从来都没有长大过，就被他们拿了去做什么质子兑子、肱股能臣。他们为所欲为，当我们是什么？我就是不认这个命。"太后咬牙，"就是不认这个命。"

只是，先帝枉死，颜王殒难，谢伦零、七宝太监，太多的人已为这天下断送了性命——辟邪望着太后在苦痛中无谓抗争，惘然。

"只是奴婢的命……"

"够了。"太后几乎尖叫了一声，旋即柔声道，"够了。你与我一样，与这天下为奴太久。什么纲纪规制，去藩一统？我要几年的太平，就是朝廷社稷欠我的。"

她坐起身来，喘了口气，道："适才我已与洪王说过了，尽他与我有生之年，干戈停罢，三家修好。我从小要什么，他从未拂过我心意。待东南平定之后，你们都不要再各怀鬼胎，他不要觊觎中原，你们也别想裁撤藩地。由得天下休养生息，也由得你在我身边尊荣享贵，好好地把病养得痊愈。我三子一女，和睦亲爱，由得我安安静静过上一年半……"

"母后！"

天下欠自己的，岂止是宫内一隅的尊荣？只是太后描绘的平和宁静太过诱惑，令辟邪几乎无力抗拒，若非洪州数百将军铁炮，他许就放弃了一切挣扎，投在母亲温柔的怀抱中了。

"呵……"太后一声精疲力竭的呻吟，俯下身去，将他的面庞捧在手心里，"好好的，再叫我一声。”

辟邪为自己的软弱羞红了面颊。“太后。”他挣脱太后的手掌，叩首连连，无力地哀求着，“奴婢明白了。干戈停罢，三家修好。”

他逃离深渊般地自慈宁宫退出，跌跌撞撞地向清象宫去。为他报名请见的，似乎是亦步亦趋的康健，他也没有顾得。

“辟邪。”

直到皇帝唤他的名字，他才惊醒过来。

“是。”

“舅舅说：干戈永罢，谨遵王命。朕已应了。”

“干戈永罢？”辟邪警觉地抬起眼睛，微笑道，“一个‘永’字，便是虚无缥缈，洪王应承这个，总要有些实在的举措。”

“自然是兵、钱、政三样。”皇帝道，“洪王回去，便交来洪州兵马的虎符；按各州府的规矩，岁赋悉数缴入朝廷；更等着朕指派洪州布政使去洪州开府。”

辟邪道：“若是其他藩王所说，奴婢必要贺皇上的大喜。但在洪州，皇上还是不要太过轻信。”

“朕也不会轻信他。”皇帝蹙眉道，“但只要银钱入京，养兵置马一事便多受朝廷钳制。洪州要掏出家底来，如黑州那般消耗，也是两三年间便耗尽去了的。朕估摸着也是能与他周旋的。”

辟邪苦笑起来，洪州筹谋已久，精骑数万，离江水师，更加火炮数百，摧枯拉朽，不过一两月间便能破城而入。若无极、急之策，只有束手待毙。

他不免劝皇帝道：“洪王此刻应允这三件事，必有后招。先是北方尚未平定，之后又是东南大乱，他再有异动，不免天下两分，绝非他所求。洪王重情重义，现在看在太后的面上，更加踞州之兵还在太后手中，若太后……”

“放肆。”皇帝站起身来，冷峻地望着辟邪，“你要说什么混账话？母后如此委曲求全，你以为是为了什么？”

辟邪在皇帝的目光下退了一步，他不知皇帝知情多少，不敢妄自答他。

皇帝盯着他苍白的脸色，最终叹了口气：“朕也是那么想的。朝廷折腾了两年，已累了，朕累了，你也是一样。倘还要惦记洪州……辟邪，朕不能眼见你缠绵在病榻之上，辗转呻吟。也不想看见母后失魂落魄地忧心忡忡。有些事，留给别人来做，才是最好的安排。”

今日里，似乎每个人都看透了自己的灵魂，辟邪愈发觉得皮囊单薄，已承受不住拷问，虚弱地道："皇上圣明，有些谣言信不得。"

"朕虽不爱细究枝节，但有些事却看得明白。"皇帝摇头道，"梅林花会之后，你那濒死情状，比白原河大营里还要不如。朕见了，尤觉手足冰冷，悚然不能言语。母后看到时，更是心碎吧。朕自小不如景仪乖巧，总是惹母后不悦，亲政之后也甚是执拗。现今长大，富有四海，只想做成一件令母后高兴的事。"

辟邪道："皇上既然知道奴婢的身子朝不保夕，求皇上体谅奴婢的忧急。洪州若不及早收拾，真闹到不堪的时候，只怕奴婢已不在皇上身边效命了。"

皇帝微微打了个冷战，转瞬却勃然变色，冷笑道："难道没有你，朕就不能收拾了洪州吗？你也同你父颜湛一般地看轻朕吗？"

辟邪跪倒在地，叩首道："奴婢不敢。"他极快地体会着皇帝这句话的意思，他一直苦苦猜测的皇帝的所知所思，瞬间豁然——远不到最糟糕的地步，他不由得松了口气。

"倭寇登岸，刺杀刘思亥，不管是多高的智谋，必须的权宜，朕却没有一刻心中安生过，每夜里都是寒州被焚、刘思亥浴血的惨状将朕惊醒。出踞州之兵，虽没有好的结果，但朕却没有后悔过一刻。若舅舅有一日毁约提兵来战，朕亦会正面决一雌雄。你笑朕迂也好，愚也好，朕只想堂堂正正、清朗光明地为君。"

堂堂正正、清朗光明的天子——辟邪怔了怔：他岂不想在白昼朗朗的坤宁宫中告别自寒江溯来的皇后，在祖宗神光庇佑下旌旗皮弁提兵北上，与屈射的太阳神双日争空？

只是与皇帝不同，他从未怜惜过寒州，也从未后悔杀了刘思亥与赤胡，也没有为边境赴死的战士哀叹过一声。李师是对的，他心中，视慈悲为妄念，苍生为蝼蚁，早无正大光明的期许。他所见正大光明如颜铠者，死于囚笼；如阿纳者，战场横死；如年少的自己，亦随之魂飞魄散。

他卑微地活下来时，就注定一直在卑怯渺小的阴谋之中过活，神智躯体如地狱亡灵被啃噬殆尽。天下，就算是这刻落在手里，又有什么勇气和资格据为己有？

洪王私铸火炮的事，已无须向皇帝提及。辟邪为自己的决断微笑，抬起头来，认真端详皇帝的面容，如同膜拜着正从烈火中提炼出的绝世神兵。

这瞬，过去的颜久、现在的辟邪和可能的靖仞终于都寂肃无声，一时心中丘壑俱去，十五年来，他终于心无尘埃，坦荡无垠。

六十

李双实

洪王在京的几日，与各部衙门先定了收兵、贡银的规程，至于洪州布政使一职，皇帝心属苗贺龄，亦与洪王商议。洪王也颇赞同。

“此人公道清廉，虽然是刘远的学生，要紧的却是讲道理。”洪王笑道，“皇上选的人必可堪重用。”

如此忙了半月，洪王启程登船。京中才算大致消停了下来。成亲王这日公务毕，出来问如意道：“今日怎么没瞧见辟邪？”

“忙洪州老王爷入京的事，太后娘娘体恤他累了，叫他不要当值，歇两天。皇上自然也是应允的。正躲懒呢。”

成亲王笑道：“难怪都说母后偏心，要是看谁好了，都是宠得上天去了。”

如意向水榭处努了努嘴：“王爷那边找，必能看见的。”

成亲王便兴冲冲疾步走过水榭前的木桥，不料敞着门，能看见一个从五品服色的瘦削身影跪于辟邪面前，辟邪听到动静，抬头见是成亲王，苦笑道：“王爷快来替奴婢劝劝，不成体统。”

成亲王笑道：“你食亲王俸禄，他们要跪，你也只能由得他。”

地上的人抬起头来，涕泪横流地望着成亲王，道：“臣霍炎，给王爷请安。”

成亲王倒抽了一口冷气，半晌才笑道：“原来是霍炎开释出来了。竟瘦成这个样子。”

辟邪道：“可不是开释。这才叫沉冤昭雪呢。”

“多蒙内亲王搭救。”霍炎对成亲王道，“若非内亲王彻查，知道是郭亮陷害臣，臣必死狱中的。”

“探花爷怎么也学他们这么称呼起来？”辟邪嗔道，“奴婢并没有出什么力，只是郭亮他负罪惶恐，自缢而死，搜查他的宅子，才见着那几本折子。是奴婢无能，病症缠身，没有早些查这件事，让探花爷受了两个月的委屈。说起来，探花爷可是度日如年吧，皇上身边乏得用的人，也烦恼了许久。探花爷快向皇上谢恩去。”

“是。”霍炎起身。

成亲王望着他远去的背影，转过头来向着辟邪勉强笑道：“霍炎能平安出来，大喜。

皇上必也高兴的。只是郭亮自缢而死，这么大的事，朝廷里怎么没有听说？”

辟邪道：“今晨的事。”

“到底是你督办的案子。好快。”

“郭亮嫉妒霍炎得圣上器重，偷了折子去，好解得很。”

“这就奇了。”成亲王道，“已经两个月了，郭亮既然偷了折子，却没有焚毁，还收在家里，岂不是作茧自缚到愚蠢的地步了？”

辟邪笑了笑，走到临水的栏边。成亲王亦步亦趋地跟着。

“折子当然是毁了。”辟邪轻声道。成亲王几乎听不清他的声音，不免凑得更近了些。

“奴婢既然知道丢的是哪两本，照样写了，放在郭亮家里就是了。”辟邪道，“仿一两个人的字还算是什么难事？皇上南归之前，王爷收到的郭亮的信，不也是奴婢仿来的？”他听到成亲王沉重的呼吸声，轻笑起来，“郭亮在北方和什么人打交道，细究下去，连奴婢都觉心悸。一个是朝廷将来的肱股，一个里通外国，险置奴婢死地，谁生谁死，还须多虑吗？”

成亲王迅速地琢磨了一遍辟邪的意思，最后心一横，一把握住他的手腕，颤抖的声音道：“辟邪，你是我好一阵歹一阵、变幻无常的菩萨！你叫我怎么剖心掏肺地待你，你才能不要这般翻来覆去地折磨我？”

“王爷，奴婢爱王爷的心，胜过天下人。”辟邪并未躲闪，反将成亲王的手捧在掌心里。他诉说衷情的时候，依旧是刀锋般的凛冽，就算是天经地义的真言，却又一样叫人不寒而栗，“若有人意欲加害王爷，奴婢千里之外，也必取他性命。”

“那么比之皇上呢？”成亲王脱口而出。

“皇上也是一样的。”

辟邪笑了笑，语声无奈却狎昵。成亲王闻之，心旌动摇，结舌无语，眼见他翩然而去，早忘了问他“皇上也是一样的”究竟是指他爱皇帝与自己一般，还是若皇帝要加害自己，他也必要取皇帝性命。

恍惚间辟邪已过了桥，走在春光之下，回首时面庞辉光一片，向着他笑了笑。他正想要再赶上前去，却见吉祥迎了辟邪，说了几句话，便往清象宫去了。

成亲王对这件事如何能放得下？细思了一日，最后忍不住问赵师爷道：“你觉得他究竟是什么意思？”

赵师爷道：“学生觉得，之前他与王爷过从甚密，不似替皇帝来试探王爷的，王爷也不必困扰。要说别扭的，只有霍炎这件。现在看来，霍炎家的事，他打开始便知道得清楚。他虽不见得珍爱海琳，但毕竟横死，他却不置一词。也任由霍炎下狱，整整两个月都未曾援手。”

“这却不见得。”成亲王沉吟了一会儿，道，“霍炎在狱中，我也算想尽了办法，他依旧平安无事，你觉得不是辟邪干预其中吗？”

“毕竟他坐视两月，仍以王爷为重。”赵师爷道，“而现在，却突然出面了结此事，难道是什么令他下定了决心？王爷苦不在宫中，要能清楚知道内宫里的底细，学生倒还能帮着王爷解惑。”

“虽不清楚内宫中近日的动静，但自年来，母后、皇帝对辟邪的恩宠就太不寻常。梅林花会的事，我也对你说过了。皇帝也就罢了，那一直是他的心头肉，连母后都吓得脸色大变，非但不曾怒他扫了兴，还早早散了会，之后对他的恩宠尤甚之前。想必他们三个，都知道一个我不知道的大秘密。”

“学生这才明白王爷命学生询问良汩的用意。”赵师爷赞叹道，“原来王爷早就疑心辟邪和宗族里的人大有干系。”

“你查得如何？”

“太后和皇帝分别细细查看了玉牒不错。然重修玉牒，两宫过问，都合情合理，无人觉得有异。”

成亲王叹了口气：“可惜我看不见玉牒。这里妄自揣测，好生无趣。”

赵师爷道：“皇帝处自不能提及。只有从太后那边缓缓问来。若能多与辟邪相见，探探口风，也不会有什么隐患。”

“只得如此。”

可惜后面几日，非但太后说圣体欠安，不见人，连辟邪也是在清象宫后殿深居不出，一问之下才知道旧疾又犯，这两日便有些咳喘。

“可想了根治的办法吗？”成亲王见吉祥摇了摇头，道，“什么时候才是个头？”

辟邪听了吉祥的转述，苦笑道：“我岂不是更想知道？”

“反噬又渐渐来了，再卧床不起，皇上、太后处怎么搪塞？”吉祥蹙眉。

“我一直坐卧不安等这药，”辟邪从怀中取出鹿角盒，道，“催了数日才拿进来的，从今儿起，也不想拖着了，早些服用，不耽误正事。”

吉祥按住他的手道：“算起来又早了几日，如此下去，必有天天一丸的时候，还是想想其他的法子。”

“能想的都想过了。现正是不太平的节骨眼儿，若让我如同废人缠绵病榻，眼见天下大乱无所作为，还不如让我死了的好。”

吉祥松开手，道：“李师能渡你真气缓和症状，是师傅的苦心安排，你又何必执拗？”

辟邪神色顿时肃然，道：“师哥就不要再提他了。道不同不相为谋。他光明磊落，近了我，不会有什么好下场。何必去坏他的性命？”

吉祥见他从盒中取出药丸，知道他要运功消化，不便再说，退出来在外静候护法。

盏茶工夫，忽听屋内“啪”的一声，是什么失落在地。他心中一惊，忙掀帘子入内。却见辟邪横倒在炕上，地上的砚台似被他抚落。

“怎么了？”吉祥失色，抢上去扶住他的身子。

辟邪手足无力，在吉祥怀中强自挣扎，竟动弹不得，半晌才道：“这药是假的。叫贺里伦人进来。”

辟邪经络中烈毒横行，想至外朝衙门里见人，却身躯软弱不能自持。吉祥只得央求了明珠过来，按前年凉州时的针砭之法，祛除毒性。

明珠施针良久，终于见他惨白的嘴唇多了些血色，才敢轻声问他道：“六爷觉得麻木之感稍减些了吗？”

辟邪挣了挣，微点了点头。

明珠对吉祥道：“这回的毒，大体还是原先药丸里的那些，就是凶猛异常。要祛尽，我没有这等神通，只是稍做克制而已。”

辟邪已坐起身来，向吉祥要衣服。

明珠道：“六爷，现在还动不得。毒性随时上来，岂不又躺倒了？”

“我省得。但倘若不见那人，不还是一样没救？”

明珠冷笑了一声，道：“若小顺子还在身边替你掌管着药丸，怎么会有这出？”她收了针，摔了帘子出去。

辟邪与吉祥面面相觑，知她还在为撵了小顺子的事生气，眼前的情势却更紧急，只得眼睁睁望着她走了。

吉祥为辟邪更衣已毕，扶着他悄悄走出清象殿，对小合子道：“快去，领着贺里伦使节司礼监掌管处见。”

小合子一溜烟地跑了。他二人走得甚慢，半晌才过清象宫门，忽觉身后动静不寻常，都倏然回过头去。那紧随他们身后的小监身量纤细，见他们转头来看，皎洁面庞上清冽冽的眼睛却朝他们瞪了一眼。

吉祥对辟邪低声道："明珠姑娘还是担心，要一同去呢。"

辟邪省去了说话的麻烦，只是叹了口气。

司礼监掌管处并不远，正对着清象宫花园侧门。七宝太监的弟子在宫中权豪势要，说一句内亲王要问外臣的话，司礼监大太监立时空出正房，领着人速速回避。宫内最要紧的衙门转瞬鸦雀无声。明珠当先进了门，见正座上的坐褥陈旧，不免皱了皱眉，从袖子里掏出帕子掸干净，才迎了辟邪去坐。

"可要备茶？"吉祥问。

辟邪摇了摇头，闭目调息，只盼养精蓄锐，能挨过会面的工夫。而贺里伦使节却是迟迟不见踪影，想必这回是卖足了关子，一路拖拖拉拉前来。辟邪折腾了一路，又正坐久候，渐渐不能支持。明珠见他神情困苦，忙上前号了脉，不由辟邪分说，从匣子里挟出银针，绕到辟邪身侧，施于后心肺俞、脾俞诸穴，道："六爷一会儿也不需动弹，我这里用针，能叫六爷喘得上气来说话是正经。"

她施针穴位精准，内劲透入，片刻工夫，辟邪便觉胸臆间的麻痹之感已大大缓解，顺畅地呼出一口气来。终听得门外脚步声，贺里伦使节在外道："外臣请见内亲王殿下。"

吉祥向明珠使了个眼色，催促她一同回避到了内屋。

辟邪道了声："请。"自觉声音不算虚弱到难堪的地步，望着贺里伦使节大摇大摆走进来。

"殿下急召，外臣来得晚了，殿下恕罪。"使节叩首，扬起脸来放肆地打量辟邪的气色。

辟邪笑了笑道："使节是聪明人，奴婢能勉强克制毒性不过片刻工夫，你我何必虚耗口舌？"

"是。"使节站起身来，道，"女王命外臣劝内亲王一句，此药的炼制，只由历代女王口口相传，到女王这代，炼制之法更是精进。中原神医辈出固然不错，但要破了这药的炼制之法，绝非中原所能。望内亲王审时度势，莫做无谓挣扎。"

"女王陛下所托，奴婢俱已遵命，宫内塞外都依陛下所言部署，若这等诚意都不能得陛下赐药，奴婢甚是觉得不平呢。"

"殿下此刻被荼毒得辛苦，何必虚费气力说这些话呢？药丸女王陛下早就精心备下，只消殿下能将火炮悉数赐予，外臣便双手奉上。"

"女王也说过，奴婢吃这个药就是饮鸩止渴，为一己生死任由女王索取无度，以女王和使节之见，似奴婢所为吗？"辟邪说到此处，自觉语声有些颤抖，停了停才接着道，"火炮百门俱已发送北疆，女王手中的火炮，但凡有毁损，必是继发的。这等优渥，也只是冲着女王体恤奴婢，为此就以为可以在奴婢这里予取予求，那也是太小瞧奴婢了。”

“内亲王又待如何？”使节嗤笑了一声，“非是女王小瞧内亲王，只不过黑州人闹得正凶，洪州父子，一东一西数万兵马，内亲王看在眼中，忧心如焚，岂肯这个时候弃了天下去呢？”

“天下有正主在。奴婢这样的阉人，再操心又有何益？女王青睐，觉得奴婢能操纵朝廷，其实……”辟邪说到此处，忽觉胸中麻痹之感层层涌出，浑身遏制不住地打起寒战，他抽了口冷气，语声愈发微弱，“其实奴婢能管的，就是大内的事罢了。若女王、国王能体谅，之后还能长久看顾，相互帮衬。不然，自訸妃起，凡牵扯在内的，都不免玉石俱焚。奴婢死在离都，那些炮还在北疆。要掉过头来，直接攻下贺里伦，也非难事。”

“玉石俱焚？”使节狰狞冷笑，欺近了一步，抬起足来，一脚将辟邪的椅子踢翻，见辟邪毫无防备摔倒在地，紧跟上前，踩住辟邪的胸膛。

辟邪气息一滞，胸口剧痛，呛出一口血来。

内屋的明珠闪身抢出，手中扣住银针就欲收拾了那使节。

辟邪却艰难喝道：“住手。”向着明珠摇了摇头。

使节见有人在侧，不免大吃一惊，却见辟邪奈何不了自己，顿时“呵呵”冷笑，道：“内亲王，你中毒已深，说话都艰难，我也替你算了算，旧伤发作就是眼前的事。你续命能有三日便是造化了，却不知是殿下扳倒了訸妃娘娘在先，还是殿下伤发毒发在先呢？”他抽回足去，低头惬意地望着辟邪伏地喘息，“你已病入膏肓，就算是给了你药丸，也不过苟延残喘，还当自己是纵横草原呼风唤雨的英雄吗？现在是贺里伦要你生便生，要你死便死，要你不人不鬼，也是女王说了算。还望内亲王能清楚明白自己的处境。”他又缓下语声道，“内亲王又何必硬撑？只消赐外臣交接火炮的手令，不过片刻，便能痊愈如初。”

辟邪狠狠盯着使节，最终却挺不过剧毒随着反噬的内息四处奔流，艰难地自怀中取出手令。

“内亲王果然是识时务的俊杰。”使节俯身一把夺了过去。他正得意扬扬，却瞥见一旁的小监双目中腾腾杀气，忙又笑道：“外臣又岂能辜负殿下的美意？”他从袖中取出装着药丸的鹿角盒，交与明珠。“请内亲王先服了金箔包裹的那粒，连毒一并解的。外臣告退。”

他深深一揖，便甩着袖子扬长而去。

明珠怒得微微战抖，上前扶起辟邪的身子。吉祥也从内屋出来，一同将辟邪搀回椅上。

“不用理会我。”辟邪气若游丝，却神思清明地对吉祥道，“跟上他。”

司命大道近穿和巷一带鱼龙混杂，几处萧条的驿馆，隔着两个巷子，便是市井混居之处。原先此处多住船家、买卖小贩，自两座水门之外码头修葺完毕，住宿此处的外乡人也少了许多，行人、商家脸上都是些不景气的哀怨。

就算是小国的使节，驻京的所在，也是毗邻双秋、燃春两桥权贵府邸聚处，唯有贺里伦使节，就在这个寒酸的驿馆中长住。礼部问来，也只是道小国穷敝，又无甚要务打扰中原贵胄的清净，在此安居便好。

贺里伦使节执辟邪的手令自宫中出来，按捺住狂喜，先转回驿馆换了中原人的便装，心中万分雀跃地来回踱步，等到夜色刚一降临，便兴冲冲出了门。他熟门熟路地在小巷中穿行，从穿和巷附近，一直走到了嘈杂的小酒肆聚集的勾陈大道。

巷子深处有间酒肆冷冷清清却未打烊，后院的屋子仍在热气腾腾地向夜色里冒着青烟。他径直穿过店面，走到后院，在低矮的后房前驻足，轻轻敲了敲门。

“拿到了？”里面有人低声问。

“是。”

门开了一条缝，伸出一只枯瘦的手来，指缝里都是药物浸染成的黑色淤泥。

使节诚惶诚恐地将手令奉上。那人接了过去，在内半晌，忽问：“他竟然爽快给了你？”

“岂会是爽快呢？”使节道，“他自然是不肯的，竟还说出了‘玉石俱焚’这句话来。”

“是吗？”那人思忖道，“我只料他舍不得现在就死，权衡之下必会以火炮来换药丸续命。他既然想过要拖着我们同归于尽，怎么最后还是交出了手令？”

“他的伤势再加上这回的毒性，早就痛苦不堪。现在手无缚鸡之力，任凭被一脚踹倒在地，也只有瘫软吐血的份。要说生不如死，倒更是恰当。灵药就在眼前，他必是熬不过诱惑。”

“你一脚踹倒了他？”里面的人忽笑了。

“是。”

那人踌躇的声音道：“若说他是我今生所见最硬气的人也不为过。阿纳软硬兼施，折服过多少英雄，却也未奈何他。大单于要将他粉身碎骨千刀万剐时，亦不见他皱过眉头。他竟轻易服软了？”那人说到最后，叹道，“当真成了事，却又后怕被他算计了去。”

使节抽了口冷气，回想其时情状，道：“断不会的。若中毒症状到了那种程度，哪里还有心思算计他人？”

“舍了这里的东西，现在就换个地方住，明日一早便出城。”那人却不再理会使节的说辞，吩咐道。

却听有人轻笑一声：“陛下驻跸离都多日，奴婢都未来磕头请安，未尽地主之谊，岂敢就这样眼睁睁地看着陛下起驾北归？”

使节悚然转过身去，看清了从外慢慢踱来的少年面容，惊声喝道：“来人！来人！”

院中藏身的贺里伦武士们持刀踢了门出来，尚未近身，便为辟邪震飞出去，“砰”地摔倒在院中。使节见他迤逦然前行，衣衫都未有些微拂动，大骇之际，从腰中抽出防身的匕首，拦在门前。

“好了。”门内的人道，“你们没有一个是他的对手。请内亲王进来。”

使节嘴角抽搐，犹豫道：“他必要对陛下不利，我拼死也要……”

他身后的门却“吱呀”一声大敞，辟邪向他身后的慈姜长揖，道：“女王陛下别来无恙？”

慈姜冰蓝色的眸子在夜里如同远星，缥缈而静谧，缓缓打量着眼前的雍容贵胄——苍白病痛却勇将万军的单薄少年荡然无存，这刻湛然冰玉，没有半分杂念，一派广博无垠之相。

“进来。”慈姜向辟邪点了点头，径直转身回到屋中铺设的狼皮褥子上席地而坐。

这间小屋穷徒四壁，没有任何陈设，一国女王身边没有任何随从侍女，身后的墙边是一堆瓶瓶罐罐、火炉铜管，应是炼药的器具。

辟邪未置一词，泰然择了慈姜对面的皮褥子盘膝而坐。

“内亲王。”

“女王陛下。”

“早就知道我在离都？”

“陛下高估了奴婢，只是在服下毒药的那瞬，才猜到陛下就在左近。”辟邪道，“就算女王的使臣南下之际就已经携带毒药准备见机行事，但投毒于奴婢，又要剂量合适，绝非他一人敢擅作的主张。而十二三日之内往返贺里伦与离都请得陛下的旨意，也是绝不能够的。”

“内亲王为毒物所困之际，仍是心如明镜，不得不佩服。”慈姜道，“黎灿告诫我说，你的智谋超绝，劝我不要弄巧成拙。我当信他。”

“若奴婢在世上就剩一个酒肉朋友，国王便是那个人。”辟邪笑道。

慈姜道：“如今的局面当真是个死结。我拿你没有办法，你也奈何不了我。你我枯坐在此，就算到了天明，又能如何呢？”

“陛下所言极是。”辟邪道，“若非想通了其中最大的关节，奴婢也不会夜间惊扰陛下休憩。”

慈姜没有什么动容，只是目光转来，静候着辟邪的提议。

“此番不睦，都是因为陛下将奴婢的性命看得太重了。”辟邪坦白地道。

“内亲王，中原没有你，便是另一番景象了。何必妄自菲薄？”

“天子正当盛年，群臣英勇睿智；朗朗乾坤，得天子正大光明的庇佑，众生必能安居乐业。奴婢这等阴谋之士此刻不在，也无关大局。”辟邪道。

慈姜认真地端详辟邪的神情，最后不禁笑了：“你说谎。”

辟邪便也跟着她微笑起来：“不敢欺瞒陛下。也许这时节还有些放心不下，但若陛下逼迫，奴婢的性命确实不堪北境崩坏之重。”

“你说过‘玉石俱焚’，原来也是这么想的。”

辟邪道：“正是。陛下赐毒药，而奴婢交出的手令也未必是真。交割之际，若验得手令不实，埋伏在侧的火炮先指向的，也是贺里伦的人马。陛下就算拿到手令，想必也同奴婢拿到药丸时一样为难。如此尔虞我诈，没有尽头。”

“那么你想通的大关节又是什么？”

“不妨说是陛下吝啬。”辟邪直截了当地道，“拿出的只有奴婢性命一个筹码，用来交换火炮、訸妃，实在太过渺小。而现在，奴婢的桌面上又添上了陛下的性命，若陛下仍不肯抬抬价码，这生意，奴婢是做不下去的。”

门前的使节听得这般赤裸裸的胁迫，身子挣了一挣，握紧了匕首。慈姜已抬起头来，森然望了他一眼。

“退下。”她道，又低头微作沉吟。高高的眉骨将烛火遮去，令她的双目沉浸在一片黑暗之中。虽然因此无法揣测她的思绪，辟邪仍是一边安静地等待着，一边好整以暇地打量屋内奇怪扭曲的炼药器具。

“你要什么？”慈姜终于问。

辟邪倾过身去，在她耳边低低细语。慈姜倏然抬起头来，睁大了眼睛。

辟邪便坐直了身子，盯着她火热的眸子。

“若不能成功呢？”慈姜沉吟半晌，又问。

“成，则成就贺里伦草原霸业；败，则人人死无葬身之地。”辟邪从唇间吁出冰冷的气息，“这，才算够诚意的筹码。”

慈姜母狼般露着白齿笑着。“你没有疯，才更可怖可畏。”她道，“中原皇帝身边有你，太过可怕。难怪阿兰扎处处防着你。”

“王后远见卓识，奴婢是后来才想明白的。”辟邪由衷地道，“而陛下与阿兰扎王后，要的却不是一样的东西。是防备还是结盟，陛下也请速做主张。”

“好。”慈姜的面庞因为压抑着狂热的笑容而显得有些狰狞，她点了点头，向辟邪伸出手去。

辟邪挽住她的手，以额触之。这瞬身畔烛火终有一支燃尽，令屋中更是阴暗了些。

慈姜转过身去，从狼皮褥子下取出药盒，交与辟邪道："这是新炼制的十二丸。谨奉内亲王一年之用。"

辟邪收在怀中，道："承蒙陛下赐药。陛下拿到的手令，现暂且不要示人，待良机，奴婢必请使节大人回贺里伦告知。"

使节不明所以，茫然望着他二人相视微笑，倒急出一头汗来。

"那么，就此……"慈姜向使节示意送客。

辟邪却道："陛下稍候，奴婢有个不情之请，望陛下恩准。"

慈姜瞥了他一眼，有些不耐烦地道："结盟之事已定，还要如何繁文缛节？"

"并非结盟之事。"辟邪道，"努西阿河一战间，有诸事不明，上回在贺里伦拜见陛下，奴婢未曾得机细问：有传言大单于伤重病故，中原自始至终都不明大单于下落，陛下其时身在王帐，大关节上是最清楚的，还望陛下指点迷津。"

慈姜鄙夷地瞥了辟邪一眼，道："他们父子都是天神降临，荣归天庭之际，必是碎身战场。大单于亲率精兵为屈射殿后，激战而死。近侍奉他遗骸深葬草原，幸存者俱自刎相殉。因此随侍万人，无一生还。"

"是。奴婢心胸卑微，失言了。"

"我子现正随屈射人西行，他既是阿纳一脉骨肉，必也如大单于这般的命运，绝不会甘作傀儡。我情愿，他亦是战死方休。"

天神之子，岂会郁郁终于病榻。他存在，便光照草原。他欢喜，便英雄归心。

"这些事曷给也清楚得很，你何不问曷给？"慈姜冷笑道。

辟邪沉静的神色终于有些崩动，恳请道："奴婢战后想前去迎了谢先生的遗骨返回中原，多次问谢大哥，奈何他对战时一切都缄口不语。奴婢不曾指望谢先生得以幸免，却不知他遗骸何处，可曾受了折磨。而今谢大哥身故，更是无从知道。"

"他已死了？" 慈姜吃了一惊，又道，"他自然不会告诉你了。谢伦零本就是曷给亲手杀的。"

心中绞痛令辟邪的嘴唇瞬间失了颜色，他手掌抚地，良久才能说出话来。

"谢家父子情义深重，若非绝境，我兄长绝不会对谢先生刀剑相向。"

"这怪不得曷给，当日大单于因决意起兵，第一个想到的就是谢伦零。谢伦零倒不畏死，却一定要先亲手杀了曷给为妻子报仇，曷给是被特召入王帐之中，想必是谢伦零任曷给将自己刺杀吧。"慈姜看着辟邪沉思的面容，笑道，"这你自然百思不得其解。苟丽忽的死讯是厉旭带回王帐的。他是个有决断的人，命苟丽忽一部不可举丧，不可泄露消息。其时王帐中只有大单于与阿纳知晓苟丽忽已死。大单于为了避免屈射人心崩动，才决意提前渡河。那时苟丽忽的尸首就在王帐之中，若无他人出入，苟丽忽战死的消息，如何数日间传遍屈射？”

“原来如此。”辟邪心中释然——这般睿智而决绝确是谢伦零的气度。之前背负杀母杀弟罪名的谢还，最终亲手刺杀养父，应是心中无垢，方于再见之际仍有一双坚毅清澈的眼睛吧。

“辟邪。”

辟邪猜自己应是出神了许久，不知何时，慈姜已将他的手指握在掌心之中。

他抬起眼睛，迎上慈姜波澜万丈的目光。

“何止他一个？”慈姜道，“你、我，又何尝不是倾尽所有，只为杀了那个最爱的人？”

辟邪捧住慈姜的手掌，放在唇边，用冰冷的呼吸缓缓亲吻。

慈姜的眼角口唇俱是极媚的嫣红，迷离的目光游弋在辟邪脸上：“你可为他流过泪吗？”

“只愿是每一夜。”辟邪道。

天神的儿子，长得什么模样？
在他的头顶上，闪烁着三道迷人的虹光；
从他的背后观望，放射着太阳的光芒；
从他的胸前观望，散发着月亮的光芒；
在他洒出的辉光下，妇人可以穿针引线；

慈姜的歌声在混杂的离都酒肆中轻轻响起，辟邪迷醉地倾听着仿佛从她冰蓝色眸子中欢唱出的悲歌。

天神的儿子，葬在什么地方？
在他肩膀的左方，是战士头骨叠起的宝石山峦；
在他肩膀的右方，是国王鲜血流淌的黄金长江。
他失去的左眼变作太阳，他失去的右眼变作月亮，
他的敌人恸哭的泪水，变作珍珠，覆盖在玛楚克雪山顶上。

四月中，巢州的战事又有些反复的变故。原本已大大遏制的倭患却死而不僵，各地都有倭人增兵增粮的迹象，姜放军报回禀，近日更叫椎名夺了一县，巢州的兵马因此仍是困于黑州之外，不敢擅动。

皇帝道："倭人的朝廷早就舍了椎名，这些兵粮定不是海上来的。必与黑州大有干系。"

"皇上圣明。"众臣都道。

"巢州的兵力因此不能东进，着实烦恼。"翁直道，"更恐黑州与倭人结盟，届时里应外合，夺了重镇，便不好收拾了。现在要拿出一个计较来，究竟是先灭倭寇，还是先灭黑州。两边各自纠缠，再下去怕顾此失彼。"

"不错。"皇帝道，"难在巢州的倭人四处分散，实不知能否一举根除。现辟邪已在寒、巢两州多日，他亲眼所见，必比我们在此纸上谈兵得好。"他转脸望了霍炎一眼。

霍炎忙道："辟邪的折子已到，正打算从巢州返京。"

皇帝想了想："那岂不是过了端午？"

"只怕比那还晚些，辟邪过寒州时也要盘桓数日吧。"

"走得太慢了。"皇帝苦笑道，"那时自上江去大理，十日间也到了。"

成亲王道："谁叫皇上怕他有闪失，硬是叫他带着五百京营骑兵去的呢，自然比他轻身数骑慢些。"

辟邪此番南下，确实排场盛大。除京营精骑五百，宫内更有内臣二十人随侍。旌旗伞盖地簇拥出的却是青衣无垢的少年宦官，所到地方无不纳罕，更闻他击退匈奴的战功彪赫，官吏乡绅无不雀跃登门但求一见，能有幸得见的，又大肆渲染他容止绝世，海内无有匹敌者。及至寒州，内亲王辟邪奉圣命朝拜寒州报恩寺、大正天妃宫，超度寒州大火的百姓亡灵，祈福寒州复兴，百姓簇拥街头争睹其容，青衣麒麟金冠翠翅的内亲王几乎寸步难行，亦是腾噪一时。

蔡思齐此时已返寒州，多问辟邪寒州政务。辟邪道："织造是寒州立命的根本，索性桑蚕之本都在城外，城火不曾殃及，一两年内必有起色。自宫中采办始，也是优渥寒州无疑的。只是眼前踞州、黑州战事未定，出海一路先绝，往内陆离水、别水也不太平，货物起运才是症结。若蔡大人急于求成，只怕先熬干了。"

蔡思齐叹道："内亲王说的不错，今年内指望重振织造，也是我太过心急了。"

辟邪微笑道："其实寒州除织造之外，锻炼之术亦是海内屈指。奴婢春时见省之挟往京城的寒刀，十分趁震北军马上用，当即请他回来之后安排锻造，首批五千柄已发震北军试用，军中都赞不绝口。奴婢想，第一是军用利器，起运必有官军重兵护送，第二震北军骑兵数万，有军饷直拨。奴婢出来前，皇上亦允了。如此银钱流入寒州，先扛过今年的萧条吧。”

蔡思齐大喜，道：“当真是久旱甘霖。臣立即上折子谢恩。”

辟邪又道：“待黑州平定，两江水运依旧是重中之重，这场大乱中江湖门派出力不少，船只多有毁损，元气大伤。奴婢听说寒江承运局大当家的不知所终，管事的是大小姐。望蔡大人不拘小节，能与承运局多谋战后大事，现在就可多造航船，大力扶持之下，必能再现水路繁华。”

“英雄所见略同。”蔡思齐拊掌道，“这一节已结结实实去办了。”

辟邪一笑，起身告辞。

蔡思齐道：“我今日为内亲王设宴，陆巡也到的。内亲王便在我寒第稍憩如何？”

辟邪道：“奴婢出来日久，端午佳节未曾在京侍奉，前日见万岁爷谕旨，已有不豫之意，实不敢再久留寒州。大人厚爱，奴婢只得心领了。”

蔡思齐知他受两宫恩宠犹重，既已这么说，自不敢强留。辟邪当日便领兵回京，早行晚宿，待过了桐州地界，便不堪他人拖累，尽管放马飞驰，没一会儿工夫，便将大队人马甩在身后。

贺天庆此番跟着出来，得了钱玉的严命，岂敢容他孤身有什么闪失，只得招呼了几个京营的老人，玩命跟着。辟邪扭头见他们气急败坏，不禁大笑。一路风驰电掣，终赶在宫门下钥之前赶回了白虎门。他向贺天庆道了声辛苦，也未及换衣服，身着箭袖戎装，急急奔向慈宁宫。

宫里报信的小监竟也没有他走得快，眼见他径直进了宫门。

慈宁花园里正是芍药怒放的时候，重重叠叠红云拂地。其间漫步的太后听见风风火火的脚步声，举目望着辟邪风尘仆仆疾步进来，苍白的嘴角绽开笑容。

“看，奴婢就和主子说，内亲王今日必要回来的。”洪司言笑道。

辟邪不想花园里就撞见慈驾，忙掸了掸身上的尘土，趋近了太后驾前，跪倒请安。

“快起来。”太后嗔道，“这么着急忙慌的，一看就知道赶了一路。今儿可吃过了东西？跟的人呢？”

辟邪笑着站起身来，喘了口气才道：“回太后娘娘的话，怕还在桐州呢。”

“那些蠢材，要他们何用？”太后也忍不住笑了，招手叫他靠近了些，“瞧瞧这身土。”

洪司言拊掌道：“可算回来了，不然皇上可让主子娘娘天天念叨得烦了。”

“他有什么可抱怨的？”太后道，“就知道往外差使人。”

“那是奴婢自己要去的。”辟邪忙道。

洪司言埋怨道：“主子这么说还不吓到了小殿下？”

太后笑道：“吓到他？你看他现在眼珠乱转的，哪里有一点害怕？”

太后身后的明珠闻言哼了一声，扭过头去。辟邪见她手捧花剪，上前道：“原来是要簪芍药戴。奴婢为太后摘来。”

他取了花剪，步入花丛之中，择了重重红波潋滟的一朵，转身奉与太后。洪司言接过，为太后簪在发髻之上，终于给她的病容添了些颜色。

辟邪又为明珠剪下一朵，走上前去，亲为她簪在鬓边。此刻夕阳低沉，苍白的圆月挂在中天，明珠抬起的眸子漆黑似夜。

辟邪的语声渊静无尘：“姑娘母难之日，我身无长物，只有这支芍药，愿姑娘芳辰永驻。”

“那么必要小酌一杯的。”洪司言在众人的沉默中用开朗的声音道。

“辛苦洪姑姑，姑姑今日也必要戴上一朵红的。”辟邪转过身，笑道。

“哎呀，都老成这样，不弄这些花枝招展的。”

众人都笑了，侍奉太后回殿内去。慈宁宫便早早掌起灯来，总管太监传了酒膳，一色色摆满了圆桌。洪司言催辟邪洗脸更衣毕，关了殿门，由辟邪、明珠侍坐太后身边，闲坐家宴。太后与辟邪都各有各的病症，酒也就应景沾了沾唇。太后进得甚少，见辟邪果然饿了，只管往他碗中夹菜。辟邪最后告饶道：“当真吃不下了，今晚还须留着肚子吃碗面才好。”

“怎么没有？”太后道，“既然现在想吃了，就端来。”

洪司言笑道：“好。”

一时小小三碗寿面奉上，辟邪望着，忽怔了怔。

“怎么了？”明珠问。

辟邪抬头笑了笑：“奴婢这才想起来，还从没有吃过自己的寿面。因生辰在八月十五，那日朝贺家宴赏月，人人忙得足不沾尘，也只有月饼是尽够的。稍长大些，倒是问过怎么过个生日，父亲却说，天下人一起庆贺，难道不是最大的生日？也就作罢了。”

“皇上御驾到了。”

未及太后说话，殿门外却有内臣禀道。

太后回过神来，叹了口气。辟邪忙放下筷子站起身来，都随太后向正殿去。外面跪迎了皇帝进来向太后行礼毕。皇帝对辟邪道：“就知道你在这里。巢州的差事不见你回，倒先在慈宁宫开宴了。”

辟邪忙请罪，太后已拦住道：“我叫他来的。皇帝吓唬他做什么？”

皇帝笑道：“儿子也饿了，残羹剩饭赏儿子也吃一口。”

“怎么不去椒吉宫吃？”太后不禁笑了，“那里好酒好菜的，何必过来受委屈？”

皇帝道：“她去谐妃处了。下午桂合宫的人来回，谐妃有转胎之相，就快生了。”

“怎么没来说过？”

“大概觉得还早，没有惊动母后。”

这几个人如此自然的其乐融融当真是宫中最奇异的景象。明珠听着他们闲聊家常，终不禁上前福了福，向太后道：“既然皇上说饿了，女儿去准备些皇上不常吃的小菜来可好？”

“那奴婢也去。”洪司言也道。

“有劳明珠。”皇帝望着他们躬身退去，才问辟邪道，“这次巢州去，所见所闻，可做决策吗？”

“奴婢看，应以清剿倭寇为先。”

皇帝道：“朝中都觉得倭寇散布山泽江湖，着实难以根治。你有什么主意？”

“擒贼先擒王。”辟邪道，“要想根除椎名的倭患，就要先根除椎名寿康这个人。奴婢南下巢州，听闻了一个消息。椎名搜刮了不少中原民脂民膏，不断运回国内打点权贵群臣，用以说服大王增兵中原。凡政见不同者，便贿赂各衙门干系人等构陷，倭国内因此结党内耗，其大王深以为患。奴婢自姜放所俘倭人之中，择数名与椎名有异志之人，悄悄放还，只等他们得了椎名确切的去向，便一举将其铲除。倭人惶惑无绪，自会退回海上，巢州之困必解。”

“甚好。”皇帝点头。

“奴婢滞留寒州数日，见损毁房屋俱已重建，只是织造未复昔日盛况。待黑州大局定了，还望皇上开恩，驾临寒州，多加抚恤。”

“南下吗？”皇帝道，“朕确实想去南方巡视。怕的是劳民伤财。”

辟邪笑道：“天下的银钱气运，都是跟着皇上走的，皇上南巡，对寒、巢两州自有百利。此节上，皇上大可放心。”

太后一直心不在焉地静静听他们说话，此刻笑道：“好了。当这里御书房了。”

洪司言不失时机地命宫人奉上小米粥与明珠腌制的小菜。皇帝胡乱吃了几口，道：“夜也深了，儿子不该再扰母后休息。夜间说不定还有谐妃的好信儿，只怕母后还惦记呢。”

辟邪也忙随皇帝叩头告退，洪司言欲言又止，见太后不语，只得恭送皇帝御驾出宫。

“真是最好的时节。”慈宁花园的青石路上为露水洇湿，明月倾照，光华玉带。皇帝仰面，欣然道。

“奴婢听说洪州的税银已经到京了。”辟邪紧跟在皇帝身后，“朝廷大喜。”

皇帝笑了笑：“平静喜乐，岂因这些俗务？”

“凡能让人平静喜乐的，也就是一餐一食一颦一笑的俗事。”辟邪道。

“你说的对。过来。”皇帝命辟邪靠近了些，低声道，“母后欠安，是朕没有考虑周全，还放了你外差。你这阵子便不要再离京了。”

“是。”

前面“啪啪”脚步山响，有人提着灯笼疾步迎来。

“是李及吗？”皇帝问。

“大喜。”李及领着小监们扑倒在地，“谐妃娘娘刚平安诞下皇子。”

“这么快？”皇帝喜出望外，“太后还未安歇，快去报喜。去桂合宫。”

銮驾呼啦啦往内宫去，火烛瞬间远去，只剩李及挑着一只孤零零的灯笼替辟邪照亮足边的路程。

“万岁爷见了小皇子定是极喜欢的。稳妇出来说，小皇子生得雪砌玉琢一般，看今儿又是明月当空，当真是好兆头。”

辟邪随他话语仰面，亘古不变的月光便倾泻在他脸上。

“就是訸妃娘娘别扭得很，听见诞生皇子，拔脚就走了。”李及啧啧有声，“可好，两位娘娘，两位皇子……”

“别胡乱多嘴。”辟邪道。

“是是是。”李及抽了自己一个嘴巴，“内亲王路上小心，别摔着。”他急着去慈宁宫报喜讨赏，带着人撇下辟邪去了。

辟邪似听了他的话，月色下垂目漫步，每一步都走得小心缓慢。訸妃已被磨炼成宫中的韬光宝器，轻易便露不豫之色，细究其后深意，倒令人不寒而栗。

“有趣。”他从沉吟中抬起头来，喃喃自语。

朝廷计议已定，在巢州城西南屯重兵，围而不剿，扼守黑州与巢州之间的要道重镇，不使黑州增援一卒一米供给倭寇。

五月底，姜放克复运州。此处遭椎名盘踞一年之久，市井街道却依旧井然，不似他处被荼毒祸害得不成样子。姜放不免称奇，命全军城外驻扎，不可扰民。又命人自入屏请了承运局两大当家押运口粮过来，城中放粮修井，疏通河道，令百姓安生。

李双实领着郭十三前来拜见，兄弟相见十分亲热。

李双实喜气盈腮，挽着姜放的手，问道："大将军生擒了椎名吗？"

"翻遍了整座城池也未见椎名的踪影。"姜放不免叹息，"看来早在大军破城之前，椎名便弃城而去。"

李双实失望之色溢于言表，恨声道："这也是奇了，连克三县，就是捉不到他的踪影。巢州还有两座县城未复，难道他已爽性弃了城，藏身河湖山林？"

"若如此，也有被逮住狐狸尾巴的时候。"郭十三笑道，"只要倭寇不再增兵，一个个杀去，终有杀尽的时候。"

"还是这般没心没肺的。"李双实被他气得瞪起眼睛，"我们被他拖着在巢州周旋，何时才能腾出手去杀回寒江？就算你小子不想吃船饭，承运局兄弟们也要营生的。"

"是。"郭十三打了个哈哈。

"况且，"李双实沉郁地道，"椎名就是我们放入中原的，自然要我们收拾了他。"

姜放知他对此事耿耿于怀深以为恨，不便劝他，先迎了承运局的人一同入营，再慢慢打探椎名的消息。

李双实等在此休整两日，欲再向东南。朝廷兵马在北为陆家兄弟与郑钧海，在西南为姜放，待清剿倭寇之后，施南北夹击之计，必要姜放的兵马渡过寒江才是。

运州城一直扼守朝廷兵马南去寒江的道路，现在险阻既去，承运局便承辟邪之命，先行筹划，人马东进宽川县。

姜放撒开百数名探子，协同各地乡勇，在运州附近继续搜捕椎名。直忙了数日，运州附近却一个倭人不见。姜放着实难以向朝廷与辟邪交代，夤夜间执笔，望着空白的折子，直踌躇到天光微现，忽听小校帐外低声道："大将军，有个倭人来见。"

"快叫进来。"

这倭人身量矮小，赤足裸腿穿着草鞋，腰中却插着两柄刀，见了姜放，行中原礼节作揖，用字正腔圆的中原话道："问大将军足下安。"

姜放起身走近了些，见他手指白皙干净，发髻也梳得齐整，虽衣衫有褴褛之相，却不免疑他出身贵重，也郑重行礼。

"将军如何称呼？"

那倭人道："敝人藩国家臣，姓名不足辱足下慧听。上月拜见内亲王殿下，得殿下教诲，茅塞顿开。今践诺来拜大将军足下，是来相告椎名寿康的去向的。"

"哦？"姜放轩眉道，"将军原在椎名军中？"

"苟巨逆臣身侧，本当刺之。"那倭人道，"只恐他余孽仍挑拨两国战乱，星夜赶来，望足下兴兵宽川，一举摧之。”

“他在宽川？”

“正是。黑州杜闵又拨了兵粮，就要发送寒江西。椎名为此离了运州城，亲去交接，才失了运州城。”

“他已占了宽川县城吗？”

“尚未。”那倭人道，“但以敝人看来，椎名若得了黑州的人马钱粮，必要攻下宽川县城，与黑州隔江呼应。”

“来人。”姜放唤外面的小校，又对那倭人道，“在下要谢将军相助，请致意贵藩主，中原必不辜负美意。”

那倭人并不求赏赐，躬身告辞。

姜放命小校召集中军诸将、骑兵兼程去围宽川。从将一人忽道：“末将听闻承运局二十郎就在宽川左近，不如轻骑一乘先知会承运局内应？”

“只怕是来不及了。”姜放道。他知道宽川县城内若有承运局的人，是最好的局面，只是想到李双实一旦遭遇椎名寿康的可能，不禁心寒战栗。

巢州城以西江面宽阔平缓，并无湍流，江对面的地域因此被称之宽川，太平时，也是巢州水军的要道。

自巢州城失守，姜放就一直忧虑杜闵会自此处渡河西进。实则若非陆巡死守寒江少湖，黑州的水军早沿寒江南下，与此涉江谋地了。

而中原也是一般地图谋于此处反攻巢州城。李双实领着郭十三等上下百里内刺探河道滩涂，为姜放筹谋船只渡河一事。

几日间跑过了不少地方，郭十三甚觉辛苦，道：“二十哥也看见了，正对巢州城的二十里，连条支流都没有，哪里去藏船只？依着我，就叫朝廷水军自己摆开了船，直接打过去就结了。替他们费这个劲做什么。”

李双实无奈笑道：“你啊，就是这样才不给你码头单干。”

“知道。”郭十三道，“大当家的数落我眼界狭窄，我怎么不知道呢？不过二十哥，兄弟们颠前跑后也有多日了，县城就在眼前，让兄弟们休整一晚如何？”

李双实点头：“你说的有理，攻下运州城兄弟们功劳也是不小，还未得机好好庆贺一番，今夜是当痛饮几杯。”

郭十三大喜，当即将附近承运局共三百多名弟兄一同招呼了入城。李双实由他们自去找分舵安置人马，自己登门拜会县令。县令自巢州失守之后，终日惶惶不安，闻承运局的二当家亲至，忙请入问大将军安。

李双实道："黑州人渐失锐气，多月间不曾抢渡，实是老爷之幸。然运州既复，大军南下指日可待，最怕此时黑州垂死挣扎，更加椎名失了运州，怕是要再寻个落脚的地方。老爷县城关防松懈，我等三百人徜徉而入，驻军不曾有半点阻挠，小民替老爷甚忧。"

县令脸上青一阵红一阵，汗颜道："二当家不愧是见多识广，驭下有方的大豪杰。"

李双实心中叹了一声——王师在北，逆贼在东，要塞的官吏竟是如此浑浑噩噩。他转回分舵堂上，正要修书请姜放尽快分一支兵马至宽川，却见郭十三一脸晦气地走了进来。

"什么事？"

郭十三道："我怕这城里有不少倭人。"

李双实吃了一惊："当场拿住了吗？"

"非但没有拿住，还死了一个兄弟。这事着实叫我担心。"郭十三道，"开始他们两个只是疑心。他们见市面上有人采买米粮，拿出来的却不是铜钱，都是银锞子。就是银锞子，也不是正经铸的。兄弟们觉得当是官银截的，怕是同行，便多留意。细听他们说话，虽是汉话，却有点奇怪的口音。他们想跟上看个究竟，到街口转了个弯，那些人跳将出来，弯刀砍死前头的兄弟，另一个走得慢，见势不妙，立即奔回来报信。"

"既用到银子采买，只怕数量不少，难道大股倭寇已经混入城里来了？"李双实道，"可要知会县令？"

李双实蹙眉沉吟，道："你说蹊跷就对了。再马虎的关防，一日里走进来这许多人，都不加盘问，倭寇当街肆无忌惮地杀人，也不怕城中官兵追查，这县城中总管关防的巡检，是巢州被占之后才调任过来，恐早就和他人勾结，怕更是黑州在江西的人。"

"如此不如直接夺了城？"

"不可。我们进城的兄弟不过三百人，万一是椎名寿康带着人马潜伏在此，我们在明，他们在暗，吃亏的就是我们了。你叫兄弟们城中散开，不可再住分舵里。派人出城报大将军知道。我们在内接应，以防有变。"

"三百人藏哪里好？"

李双实一边佩刀，一边道："你们进城是寻乐子的。宽川虽小，五脏俱全，往花街柳巷驿馆酒肆里散开。吹角为号，结于天妃娘娘庙。"

郭十三得令飞传，接上李双实领着百多弟兄，悄悄敲开熟知的粮铺大掌柜的门借住。询问之下，果然近两日有大宗银钱入柜，陆续有人买了十多石粮食去。

大掌柜算了算，道："如此三日内，少说也够五百多人开销呢。"

"这是因为缺了口粮不得已才出来采买的，进城的人远不止数百人。"李双实又向大掌柜笑道，"贵号竟还藏着这许多粮食。"

大掌柜道："原是觉得这仗不知哪年才打完，屯了不少。见倭寇节节败退，想巢州克复就是眼前的事，能出就出了。谁知道竟还是落在倭寇手里，不如喂了狗。"

李双实道："我们觉得城内要乱，大掌柜还是往乡下大东家宅子躲避。"

"那怎么行？弃了东家的产业不顾，这等不义之事，我是不能做的。"

"要走也晚了。"郭十三道，"今日城门已关了。"

"这么早……"李双实沉吟，"报信的人出去了吗？"

郭十三摇了摇头。

困城一座，死士三百。李双实上回遭遇这种场面，最终是从死人堆里爬出来的。他望着郭十三英气勃勃的面庞，有些踌躇。

"我们信送不出去，可如何是好？"

"倭寇进城已有数日，都不动声色，所图深远。我们此处只有三百人，要夺城守城都不能的。但已令他们不能按部就班地和黑州人一同谋了这个城去，先胜了一招。"

"二十哥的意思是既然不能阻他，便让他仓促起事？"

"正是。我们虽然没有送出信去，却叫他们提早关了城门。若再做些手脚，促他们在与黑州媾和之前便不得已夺城，就能惊动大将军发兵宽川。"

"手脚怎么做？"郭十三摩拳擦掌起来。

"放火烧了县衙。"李双实道。

这夜风静，凌晨时分宽川县衙的火却烧得轰轰烈烈。县令一家逃脱出来时，衙门正堂已轰然坍塌。街上有人高声呼喝："倭寇放火啦！倭寇烧了县衙！"

街道上到处是脚步"嗒嗒"作响，城中百姓还在睡梦之中，俱被惊醒。全城大骇，都收拾了细软向城外逃命。

守城的巡检将城门锁闭，出来道："莫听刁民造谣生事，城中太平，县衙不过是走了水，哪里有什么倭人？"

话音未落，人群后面却抛过来一团血肉模糊的东西，"啪"地落在人群里。百姓哗然来看，却是一个首级，光额梳髻，正是倭人的模样。

百姓顿时哭爹叫娘。有人远远地呼道："县老爷还不给大将军报信？"人群中不住有人应和。

巡检搪塞道："好、好。若真有倭寇入城，各位父老街上遭遇，亦有性命之忧，何不先回家中，闭门不出？我这里一面通报大将军知晓，一面禁了全城，搜他们出来。"

百姓将信将疑地散去。不到晌午，城中大乱。

郭十三回来禀道："倭寇果然夺了四面城楼。城中另有数百人，各处搜我们承运局的兄弟。"

李双实道："现在只管躲着，不可正面交锋。"

"他们这种挨家挨户的搜法，想不正面交锋也难啊。"

"宽川闭门锁关，以承运局坐探遍地，这会儿大将军必已得了信，一日间援军必至，只消挨过了这一日……"

他说到这里倏然抬起头来。郭十三也听到了动静，随他一同走进院子里。

"骑兵到了？"郭十三听着撼城的"隆隆"之声，双目圆睁，大喜问。

"姜放竟来得这么快？"有些出乎李双实的意料，转念一想，对郭十三又道，"这兵马不少，若非此处有大干系，断不至此。我们三百人虽少，却能帮上一个大忙，四门及城中尽管刺探，看是不是椎名寿康本人在城中。"

姜放先头是五千骑兵，未携攻城辎重，只得围而不攻。见叫不开城门，先以强弓施射城头。北军的弓箭着实厉害，打得城楼上的倭寇抬不起头来。后倭寇抓了城中百姓，在城楼之上杀人抛尸，姜放才命全军止箭，等着步兵携火炮、云梯、箭楼等陆续赶到。

至夜，乐州步兵赶到，连夜架起云梯，火箭等一轮放过，四门俱是杀声。

这边李双实得属下来报，占城的固然是椎名的亲随人马，却都没有椎名寿康实在的消息。一江之隔便是黑州人，宽川之变时久，必生变故。李双实佩刀而出，自带一路人马，与郭十三向西城门去，想着趁夜色里应外合，开了西城门放入官军。

虽然喧哗盈沸，四处都是杀声，但县城街上冷清清空无一人。众人疾行，顷刻便至西门。

此处是姜放大军正面攻击之处，火石翻滚天上，小县城楼被映得通亮。

守城的倭寇亦在此处布有重兵，城下戍备的倭人见城内有人袭来夺门，数百人掣刀前来接战。双方短兵相接，死战一处。

不愧是椎名亲军，刀法着实厉害。承运局先头三十多人，被当头阻击，顷刻间死伤惨重。李双实中军从混战中突出，要夺城门，被两边马道上的弓箭手射倒了十几个人。

李双实命郭十三务必攻下城门，自己带着三十人循马道而上，寻了弓箭手砍杀。

"轰！"

激战处城墙动摇，城楼椽檐分崩离析，灰石木土当头罩来。原来是城外大军欲速战速决，火炮抵达，便架于城下，对准西门城楼猛轰。

“这城要塌了。”郭十三大叫。

“撤了。”李双实不敢怠慢，自己持刀殿后。

“轰！”

这阵炮击中的，却是城墙。毕竟只是县城，岂挨得住这般炮火？城池战栗，摇摇欲坠。李双实也被震得跌倒在马道之上。他抖了抖身上头上的灰尘，仰起身来，迎面却见一众倭寇自马道疾步下城。为首者玄色的罩甲，头盔已失，火光中能看清他面容清俊，额头正中一只鲜红的眼睛，倒透着更多的戾气，如魔似鬼。

“椎名。”李双实瞋目。他呼啸一声，招呼属下集结，自己当先一刀，用尽全力，直劈过去。

椎名未料城楼之下尚有伏兵，只有暇掣出短刀，硬接了李双实雷霆般的一刀。短刀铮然断裂，却卸去了大半劲力，李双实长刀砍中他左臂，却未伤及筋骨。

椎名咧嘴笑道：“是你？”

他周遭的武士均持刀赶上前来，李双实与亲随占着马道狭窄的通道，拼死阻挡椎名下城，只是身处低势，不耐倭寇武士自上而下冲击，只得且战且退。

“轰！”这回附近城墙倒塌，无论汉人倭人，都是被震得滚在一处，自马道翻滚而下。

郭十三已领人前来接应，砍死两个倭寇，从地上扶起李双实，急道：“二十哥，此处城墙就要塌了，大军必能入城，还不快走？”

李双实推开他道：“椎名在此，绝不能走脱了他。”这一推才觉左臂剧痛，应是从马道上跌下摔得折了。

不远处椎名以刀拄地，缓缓站起身来，他身后是岌岌可危的城墙，面前是承运局百人残兵。穷途末路未让他有些许胆寒，反让他凶戾已极的三只眼睛纠缠成一团火焰，如死神般向李双实招着手。

李双实抱着长刀，对郭十三道：“兄弟，我欠这天下人的，不止一条命。你与我不同，若能现在就走，替我告知姜放，椎名就在城中。”

“告知什么，这儿弄死他就是了。”郭十三扬声道。

“好兄弟。”李双实点了点头，拧身举刀，劈向椎名面门。

“锵！”两人利刃交锋，都是切齿冷笑。

椎名刀锋翻转，顶开李双实。他身后武士刚要护着椎名，被郭十三领人一并接仗过去。

椎名夜色里呼道：“你的名字。”

“中原李双实。”

椎名颔首，长刀举过头顶，跃步向前，向李双实头顶连劈三刀。李双实左臂已折，勉强架住前两刀，第三刀却被他几乎砍中面门，急退不及，被划开胸膛，鲜血淋漓至腰。剧痛令他热血沸涌，不退反进，就地矮身扫椎名双腿，椎名负甲，腾挪不及，被刺中大腿。两人血溅不止，激战不休。

只是椎名一部倭人不断自危城上撤下，将承运局的人团团围住。郭十三喝道：“兄弟们，大将军就将破城，再挺一会儿，我们必宰了椎名这个狗娘养的。”众人结成刀阵，将李双实等人护在身后，倭人投鼠忌器，不敢施以弓矢，但奈何倭寇人多势众，郭十三等人不断死伤，顷刻折损过半。

椎名属下大将见城墙岌岌可危，亦是大声向椎名呼道：“将军莫要恋战……”

只是这声呼叫却被“隆隆”炮声掩去。城门上飞石惊走，硕石乱崩，倾泻而下。崩石无情，先击中了李双实胸膛，他吭了一声，倒于地上。

椎名被碎石击中肩头，亦是血流如注，见李双实倒地，挺刀跃来便刺。李双实却神思清明，仰身直面椎名刀刃，任其透体而过，一把抱住了椎名，反向落石中扑去。

“二十哥！”郭十三见石块击中李双实，不禁大呼。

这阵落石凶猛，倭寇见救之不得，纷纷退散。郭十三劈倒眼前的倭人，抽身跃入石砾之中，搜寻李双实的踪迹。忽见一人摇摇晃晃起身，浑身披血，却是被李双实压于身下，侥幸未死的椎名。

“狗娘养的！”郭十三怒吼和着惊天炮声，迎着漫天坠石，跃在椎名寿康面前，一刀穿透寇首胸膛。他“哈哈”大笑声中，瞬间被石块掩埋无踪。

六十一

段时妃

庆熹十五年五月二十八日，姜放围椎名寿康于宽川。火炮架于城下，对准椎名所在城楼猛轰。祸害寒、巢两州数年的倭寇，终于算作大宗平定。姜放抽出手来，挥兵渡河东进，与陆巡、陆过兄弟所将王师夹击杜闵，将其挤迫至黑州地界，围而不攻。

杜闵六月里接连上书乞怜数次，厚颜望朝廷能容他龟缩黑州，他则交还踞州两镇。皇帝怒不可遏，敦促廷议，皆望姜、陆两部人马直入黑州，刘远与兵部翁直等人俱赞成大军直取黑州，而户部罗晋等却报忧道："自十一年开始筹备北征至今，国库空虚。若大军再深陷黑州，朝廷财力上无以为继。要请教直入黑州，可有万全之策？克复黑州全境，要待多少时日？户部也好相应筹备。"

翁直顿时语塞。

刘远诘问道："将杜闵困于黑州，一样要屯兵数万于黑州外，难道就不耗军饷了吗？不如速战速决。"

罗晋蹙眉道："黑州一地，与朝廷周旋这么久，他的钱粮也当耗得差不多了，难道就没有他自乱阵脚的时候？"

"都有道理。"皇帝道。

霍炎在侧，听议论不决，退朝之后悄悄修书，请内亲王速速还朝。

正侍奉太后避暑上江的辟邪，星夜自行宫出发，次日清晨离都城门一开就入城回宫。清象宫门前正遇霍炎，见他捧着折子正准备入内，迎上前去，细问这两日廷议。

霍炎据实说了，见辟邪也是蹙眉，不禁问道："难道关节就在军饷之上吗？"

"非也。"辟邪叹道，"以罗晋之能，筹出这笔军饷并非登天的难事。"

"那么又是难在何处？"

辟邪笑了笑，未置可否，低头见他所捧的折子中，有一个不是正经的奏折，问道："这是哪里的折子？"

霍炎忙低声道："这是杜闵呈太后的密折，昨夜截了，要悄悄递进。"

辟邪伸手取过，揣在袖子里，道："交给奴婢便是了。"

霍炎是因丢失奏折吃过大亏的人，忙一把拉住道："殿下饶了我，这要是被人知晓，我又不知吃什么官司呢。”

辟邪冷笑道：“奴婢认识探花爷多少年了，何曾叫探花爷吃过亏？若奴婢有半点害探花爷的心，就叫……”

“是是是。”霍炎松开了手，道，“殿下这话，还不如一个巴掌打在我脸上。”

辟邪见他面红耳赤，不禁笑道：“朝廷正在决断之际，何必旁生枝节，令皇上为难？”

“有理。”

“今后若再收到，悄悄递给奴婢就是了。但凡问起，只说奴婢从内书房里收了，既是密折，探花爷也不便多问。”

他们低声密议，缓缓入内。皇帝正在早膳，听见辟邪回来，命如意叫进来，起身问太后安。

辟邪道：“初抵上江时，因为舟船劳顿，颇有心悸气喘的症状。好在正如陈太医所言，上江清凉安静，吃了数天药，比之京城的时候面色红润好多，心悸之状大大缓解。奴婢才放心返京。”

皇帝道：“如此做儿子的心中也很安慰。”他挥了挥手屏退内臣，叫辟邪走近，赏了粥吃。

“你自己呢？”

辟邪笑道：“奴婢只要不是讳疾忌医，按时服药，就没有大事。”

“都是什么药？可配得上来吗？”皇帝是第一次听说他在服药，不禁多问了一句。

“是偏方，不堪皇上圣听的。”辟邪后悔不迭——原来天伦之乐竟能让人如此松懈，他羞惭地脸红了红，又忙故意道，“皇上再问一句，奴婢这就撞死算了。”

皇帝见他的神色，不免想到了些不堪的东西，道：“朕不多问你，你可别闹笑话。”

“是。”辟邪松了口气，笑道。

皇帝干咳了一声，道：“你赶着回来，也是听说了吧？进不进黑州，朝中多有分歧。”

“是。”辟邪道，“奴婢听闻户部哭穷来着。”

“怎么不是呢。”皇帝叹道，“朕岂是不体谅他们的难处？但叫杜闵就此遁去海上，又如何向天下人交代？”他见辟邪不住微笑，道，“你笑什么？”

“奴婢之前一直觉得皇上在黑州这件事上太过急躁，不免要劝皇上困杜闵于黑州。现在见皇上踌躇，终放下心来。”

“都已经僵持一年了，原有的那些焦躁早磨尽了。”

“奴婢与皇上想在一处去了，杜闵乞怜也是望拖延时日，容他从海上遁逃。如此黑州空虚，不战自取，何必枉费军力？但如此大逆谋反的罪魁祸首，岂容他有半点生路呢？”

皇帝拊掌道：“想不到朕和你吵了一年，倒有这一日。”

辟邪道："原本不到时候回禀皇上，其实杜斓那支海外孤军前几月已内讧生变，现杜斓为部下所杀，这支水师必会埋伏在杜闵出海的必经道路上。以黑州之舰相克，岂不好呢？"

皇帝抽了口冷气，道："这等要紧的事，怎么之前不回？"

辟邪道："早回了皇上，难保皇上不叫这路水军登岸。杜斓的水军在遭飓风之前还算是股势力，现在只余半支水军，一登岸不过杯水车薪，朝廷大军又远在黑州之外，白白送入虎口。而今朝廷兵临黑州城下，他们方有用武之地。故现在才敢回明圣上知晓。"他见皇帝仍是神色不豫，爽性跪在皇帝脚边，哀求道，"皇上饶了奴婢。皇上不也说了，都吵了一年了，先前奴婢哪句话，是皇上心甘情愿听得进去的呢？"

"你滚起来。"皇帝被他气得笑了起来，"合着都是朕的不是。你愈发地无法无天了。"

"那是叫皇上宠坏了的。"辟邪只管混赖。

"好好好。你耍赖的本事，朕也算见识了。"皇帝捞住他的胳膊，一把拽起来道，"那么就是让姜放他们在黑州外等着？当真焦躁。"皇帝"啪啪"地打起扇子来。

"是啊，哪有那么多时间等着……" 辟邪叹了口气，"因此南北人马还是当向黑州开拔，迫杜闵仓促出海，一来不必长久胶着，二来海上胜算更大。"

"总算有个听得过的计议。"皇帝笑道。

辟邪道："收复黑州指日可待。奴婢心中还有个疑惑，皇上圣明，断断是不是那么回事呢。杜闵胆敢起事，又僵持了一年之久，今未见他粮草有虞，黑州之富可想而知。可黑州临海，耕地远比寒、巢两州少，就算他父子苦心经营多年，也不可能以一隅之地与天下抗衡。故奴婢觉得，黑州出海商船的营生必占黑州的大头。东南诸国以商船往来，多贩丝瓷；随匈奴人西迁，西域广袤，见中原器物，想必也是爱的。若天下太平，朝廷何不一样以此充盈国库？"

皇帝道："你想得深远，那当在沿海与洪、凉两州设司专管。可惜朝中都是读书人，要找到人专营这些商贾之事，也是作难。"

"用人这件事上，皇上大可放心。刘远主掌吏部，不但清正，更是知人。他的学生身处要位者众多，无不是廉洁的能臣。我朝十数代，庆熹年间的臣子可算是无出其右的了。"

皇帝望着辟邪生气勃勃的眸子，心中倒似被他的目光刺中了一般，痛了一痛。

辟邪见皇帝神色有异，收了语声，小心问道："是奴婢多嘴了？"

皇帝摇了摇头，叹道："若刘远能看见你的好处，同朝共事，不生波折，朕又当怎么省心呢。"

辟邪道："奴婢颇能体谅太傅的心。"

皇帝挣大了眼睛，道："颇能体谅？凡是你说的，他一概要唱反调。你倒是说说怎么体谅的。"

辟邪想了想，道："太傅并非要与奴婢过不去。不拘是谁，只要沾上'颜'字这个边，太傅定要针锋相对的。"

"为了颜王谋反一事？"

"应是为了靖德太子殉国一事。"辟邪道，"太傅与先帝同年，自靖德太子降生，先帝便择了刘远为嫡长子老师。待先帝即位，刘远授太子太傅，说他一生心血倾注靖德太子身上也不为过。颜王五岁时入质宫中，与先帝情同父子，义若手足，共谋大事多年，可以说凡先帝的心意，颜王从没有不遵的时候。唯在立储这件事上，颜王多次力谏，求过先帝另立其他皇子。自先帝即位，便将靖德太子交与颜王带同驻守边境，想必是那一两年中，靖德太子所作所为不堪大任，引颜王忧虑。为此先帝与颜王已有隔阂。直到上元五年，靖德太子于北方殉国，颜王救之不及。先帝悲恸欲绝，更是撤了颜王兵权，召回京中幽禁弃用。先帝固然信得过颜王为人，但朝中如刘远这样的大臣，却咬定了是颜王加害太子，欲另立储君。刘远一腔心血付之东流，其哀痛比之先帝有过之而无不及，对颜王自然不会有半分信任了。"

"辟邪。"皇帝伸手扶住他的肩膀，道，"你在打战。"

"是。"辟邪喘了口气。

皇帝道："旧事提起，要是如此难过，不说也罢。你与颜王，毕竟不是同一个人，无论他做过什么，朕还是信得过你。"

辟邪微微摇头，道："奴婢绝非是为自己开脱之意，亦非有意为颜王平反。只是皇上听到的颜王，都是诏谕中的佞臣、刘远口中的逆贼。奴婢只是盼着皇上开恩，有个人说句不一样的话，皇上许是能想想，颜王究竟是个什么样的人。"

"他早已盖棺定论，不必多提了。"

辟邪的微笑哀然："是。只要皇上想听，奴婢便候着皇上垂询。"

随即姜放、陆巡两路人马夹击黑州，到七月头上，杜闵果然弃黑州而遁，却在海上遭遇杜斓一部战舰，双方激战不止，最终两败俱伤，少有不沉之舰。杜家在黑州数代诸侯，就此消弭殆尽。

皇帝大悦，自上江回銮，召姜放与陆家兄弟入京嘉奖。皇帝便问及是否寻得杜闵尸首，陆巡道："臣等待海战结束，便细细打捞，在掣浪舰上确实寻得一具尸首，衣物相貌，俱似杜闵，只是泡得久了，若要十分地确认，臣等也是不能够的。”

皇帝显然大失所望，但又无话可说，最后只得道：“那也罢了。”

殿中一时静肃，无人再敢陈奏。

皇帝细想了想又道：“掣浪舰不啻海上坚城。自杜闵用作主舰，未尝一败。此役轻易就沉了，难道没有杜闵故意凿沉战舰匿踪而去的嫌疑？”

陆巡忙道：“臣等并不擅海战，待追击至海上之际，杜闵、杜斓两部已激战一日，并不能知掣浪舰覆没原委。但将掣浪舰出水细查，却见吃水的船舱，裂得稀烂，非人力可为。想是海战中遭火炮击中，因此沉得甚快。杜闵不及逃脱的话，当毙命舰上。”

一直静静立于皇帝身后的辟邪忽然缓缓走上前来，贴近皇帝的耳边，低语了几句，皇帝脸色一变，望了望辟邪，又转脸问陆巡道：“杜闵身上绣过一只女妖在浪中嬉戏。尸首上可有吗？”

陆巡怔了怔，道：“有，在左肩之上。”

皇帝这才心花怒放，站起身来，挽住陆巡的手臂道：“那就是没错的了。陆卿除了朝廷的心腹大患，大将军连续收复巢、黑两州，必要重重嘉奖。”

一时拟召，对姜放、陆巡、陆过及郑钧海等人恩赏无数，当日赐宴赐酒，群臣共祝至夜，才算尽兴。

长平侯姜放本就定下次日离京返回黑州清荡杜家余孽，不敢多饮，陆家兄弟亦是知礼仪分寸的人，倒是皇帝醺醺然半醉，就寝得早了。

姜放仪仗自来从简，只带了两个小厮骑马缓缓回家，今晚特地走了角门，见一条人影在门前似等了一会儿，忙跳下马来。

辟邪自黑影里迎上前来，向着姜放微笑。姜放亲在前引导，曲折进了花园。吴十六与宋别已等候多时，四人团团作揖。

距上次颜王四方首领相聚，已然两年有余。两年内失了谢伦零，死了范树安，承运局付之一炬，屈射人远遁，黑州杜家覆灭。物是人非，细想来恍若隔世。

众人并没有相见的喜悦，花园中早设香案，以辟邪为首，焚香跪祝，祈愿谢伦零、谢还父子，李双实、郭十三兄弟早登极乐。宋别长揖不起——亲友皆死国事，对他来说倒是求之不得——辟邪等英雄坦然无泪，反倒是他最为黯然。

众人起身叙座，辟邪正坐于北，姜放与吴十六这方行家奴之礼，叩首问主子爷安好。辟邪起身一一搀扶入席。

桌上酒菜微凉，仍在夏末，无人为意，吃了一杯冷酒，都问各自的近况。

承运局此次平倭最是惨烈，李双实与郭十三俱于宽川城楼战死，吴十六刚回中原不久，不知详细，依旧百思不得其解。“他两个既然知道火炮攻城，早当退回城内，怎么还会死于城下？”

姜放沉吟了半晌，方道：“十六哥，我不会瞒你。我领兵强攻宽川，实因椎名那贼在内，若让他再走了，倭患不止，有碍大局。城中的二十哥必也如此作想。承运局幸存的兄弟告诉我，二十哥西城遭遇椎名，任城楼崩塌，硬是堵着椎名不叫逃脱。我入城之后，于西城搜索二十哥与十三郎遗骸，只见与椎名一同死得惨烈，敌我血肉不分，只有凭断刃残刀能认得出其主……”他微微一个寒噤，“故不忍告十六哥详细。”

吴十六闭目，热泪滚滚而落，他伸手随便抹去，痛饮了一杯，慨然道：“也罢。死的人太多。老谢死时，垫了数十万匈奴人进去；他儿子谢还，我虽未见过，实是世间罕有的英雄，主子爷亲杀了万把苗人替他复仇；二十郎、十三郎两个，也是拖着倭寇同赴地狱。呵呵。”他沾满泪痕的笑容在夜色里狰狞似鬼，“姜放，大丈夫原当战死国事，天下渐平，不知你我可有得偿所望的那天？”

姜放不知如何作答，沉吟间亦饮尽了一杯。

辟邪却道：“十六哥，承运局此番伤筋动骨，犹若剜我骨肉。东南渐平，正是海河船运兴起的好时机。望十六哥看在承运局兄弟们热血分上，安心休养生息，抚恤遗孤。”

“主子爷是当我吴十六老废物了不成？”

辟邪道：“国事并非只有战死一件，那天下有担当者岂不俱死？令百姓安生，难道不是天下最要紧的事吗？”

吴十六蹙眉道：“主子爷这话吴十六有些疑惑，敢问主子爷，天下这就太平了吗？西边还有一个洪失昼呢。”

“洪王的事，我自有道理，现下十六哥不用管。”

吴十六心一横，道：“奴婢今日就要问个清楚：主子爷到底准备拿洪州如何？洪州最近如此乖巧，主子爷不起疑吗？还是说传闻里主子爷已认了太后为义母，与皇帝一家子和和睦睦，共享天伦起来？”

姜放虽知原委一二，实因事关重大，欲言又止，被辟邪抬手止住。

“若十六哥也听信这些以讹传讹的谣言，天下自当我是佞幸之奴了。”

这话已极重了，吴十六垂首道：“不敢。”转瞬又抬起眼睛，灼灼直视辟邪，问道，“为老王爷卧底洪州的老范却是如何死的？奴婢知道他是于京中被刺。京城虽大，但想在主子爷眼皮底下刺杀颜王的人，若非小主子爷首肯，岂能成事？”

“并非是我首肯的。”辟邪坦然道，“范树安是我亲手除去的。”

吴十六虽有怀疑，不料辟邪竟爽快认了，不禁瞠目结舌。

辟邪道：“范树安自到了洪州王府就生了异心，往远了说，当年查抄王府，他为洪王出谋划策，令密室中藏身的诸多王子、郡主失陷狱中。往近了说，洪州炼铁造炮，安插了雷老二在我身边，范树安俱都知道，不曾有一点消息透露。不啻为洪王安排在我处的奸细。十六哥竟因这种人疑我志向，是想如何羞辱于我？”

吴十六在他雪峰般的目光下，悚然不能言语，半晌才喃喃道：“老范再怎么说，从来就没有出卖过主子爷的身份，不然主子爷怎能平安至今？”

辟邪冷笑道：“十六哥，颜王、洪王两派之间从来只有非此即彼，泾渭分明。心中三心二意，终都是杀身大祸。”

吴十六道：“那么小主子爷与太后、皇帝如此热火朝天，又是什么勾当？”

辟邪道：“十六哥现今心中枉生疑惑，不能信我，与三心二意有什么分别？况今后就算洪州生变，亦在千里之外极西，与寒江承运局没有半分相干。我父深仇，我自有担当。倘有十六哥背着我行事，多半坏我大计，望十六哥好自为之，就此罢手，不要再管天下事。不然，我与十六哥的情分俱尽，亦如断我手足。”

“小主子爷说的对。”吴十六站起身来，“我吴十六一心一意地为主子爷尽忠，但现在也够了。主子爷的品性，就是从老王爷的模子里抠出来的。我答应的时候就知道当有这么一天。主子爷，可放我吴十六一条生路？”

辟邪站起身来，在吴十六面前长揖，道：“十六哥，从此以后，我不再是十六哥的主子，十六哥且记得世上有个小久儿，在此谢十六哥为他挡去匈奴的黑翎，也谢他的兄弟朋友为中原百姓抛了性命。”

他二人对拜了拜，吴十六已流泪不能言语，起身又向宋别与姜放拱手，跺了跺脚，萧然而去。

姜放急道：“失了承运局，整个黑、寒、巢三州便再无消息透来。主子爷如何处置？”

辟邪笑了笑：“不用处置。”

姜放道：“我明日便又自黑州再下龙门，来回音信都在月余，只留主子爷一人在京，心中实在放心不下。”

辟邪笑道：“打了两年的仗，好不容易有个安生日子，我在京中你倒发愁起来。这回黑州、龙门两地，还要你重新整治，把心放在肚子里，莫以京中为意。”

姜放与宋别再无别话，便告辞出来，在街上缓步。

"黑州已定，小王爷又与洪州和解。今后是什么打算呢？"宋别问道。

辟邪笑道："先生心中问的是明珠吧？"

宋别道："老朽也就这点心事了，瞒不过小王爷。"

辟邪站住脚步，将手腕伸与宋别。宋别怔了怔，出指问脉。

黑州战事平息，天子脚下亦沾满了喜气。纵是夜里，街上仍是酒醉的船夫、嬉笑的商贾，正为寒江通航雀跃高歌。

辟邪其中静静伫立，感到宋别按于自己手腕上的手指渐渐颤抖，却依旧如孤魂独立，望着一城繁华。

"陈襄知道了吗？"宋别抽回手来。

"陈先生已是无能为力，晚辈最近更未打扰他的清净。"辟邪背着手，继续漫行，"所以，明珠出宫就是眼前的事。望宋先生早做安排。"

"当真造化弄人。"宋别长叹了一声，"若明珠能得小王爷这样的人厮守，老朽死而何憾？"

辟邪微笑："若能得明珠厮守，晚辈死一万次也是值得的。"

太后自夏以来，一直避暑上江，病症大有起色。过了八月之后，上江天气渐凉，加上中秋的大节，便与洪司言商量，将回銮的日子定在八月十三日。启程前几日，康健来通报内亲王特从离都赶过来接驾。

"这是什么路数？"太后笑。

内亲王辟邪竟少见地没有穿宫衣，身着了件月白的纱袍，如冰似雪、如尊玉菩萨般地走了进来，更比往日超逸甚多。

太后看着喜欢，拉着他在身边，道："这边要启程，何必来添乱呢？"

"奴婢是出来散心的。"辟邪笑道。

"京中不忙吗？"

"黑州平定，皇上正高兴呢，要假一准儿的。"

洪司言道："如此，有五年了吧，这是第一天不用打仗的时候。"

"正是的呢。"辟邪想了想，"姑姑说的极是。难怪觉得清闲。"

众人都笑起来。

辟邪便悄悄地环视屋中。

听太后道："要是皇帝闲着没事做，后宫可要充实了。明珠……"

“不可！”辟邪已叫出了声。

屋中哄然大笑。

辟邪红了红脸，跪在太后腿边上，仰面哀求道：“奴婢来，是想趁这个时候清闲，单独带着……”他吞吞吐吐。

“带着明珠。”太后替他把话说完

“是。带着明珠，自上江往京郊走动走动。”他叹了口气，“待回了京，宫里规矩实在太多，想她也气闷得很。”

“你身子行吗？”太后有些忧虑，“那个病症最近没发过，我反倒担心。从前有个小顺子，好好地撵走了，这会儿有他在，我也放心啊。”

“主子提什么小顺子。”洪司言道，“就是因为这个，闹了有好几个月了。别提、别提。”

“奴婢已好了很久了。”辟邪笑道，“况且明珠的本事，比之小顺子那半吊子，高天上去了。”

太后看了看他的神色，点点头：“叫明珠来。”

明珠也就在旁边暖阁里，与慕徐姿一起收拾这夏给重珄绣的衣物，听外面调笑，只是无动于衷。

“依我说，就跟了皇上，跟他混什么。”慕徐姿嫣然笑着。

“你也不正经。”明珠笑道，“你才多大一点儿，还来笑话我。”听得外面叫，才出来道，“正收拾行李呢，母亲也由得他闹。”

“那就不收拾行李。”辟邪站起身来，一把攥住明珠的手。

明珠甩脱不得，望着太后道：“母亲看，这还算体统吗？”

“我管不着。”太后笑道，“带着人去。”

辟邪笑道：“奴婢从宫里带着人来的。”

“你看他真是一刻也等不得了。”太后向洪司言道。

“太后娘娘圣明。”辟邪笑容欢快的时候，真如秋日朗朗，清澈沁人心脾，他速速跪了跪，道声“奴婢告退”，便拉着明珠向宫外走。

“这孩子，要干什么？”太后望着辟邪的背影，思虑如纹，刻在她的眉心上。

辟邪牵着明珠的手，在行宫浓密的树荫下走得飞快。明珠轻身功夫与他自然相差甚远，走得气喘，道：“六爷、六爷。”

“什么？”

“六爷这是带我去玩儿吗，我是不信的。更何况还没有看到什么景致，先奔死了。”

辟邪回头看着她，笑了笑。前面就是上江的码头，停着只小船。上面只有艄公一人。

辟邪扶着明珠上船，坐定之后，敲了敲船舷。小船便向离水中心飘去。过不多久，就又有大船一只，搭了船板过来容两人过船。

明珠低头进了船舱，才发现里面是个老相识。

“沈飞飞？”明珠看清了捆得结实、塞住了口的青年，疑虑地回眸望着辟邪。

辟邪轻抚明珠的后背，将她向前推近了些，道：“他在江湖上叫‘沈飞飞’，在洪州府里却是叫作‘雷二先生’的。自小和洪定国长在一处，十分亲密。他善使匕首，一直是雷奇峰的接应。”

“难怪他滞留离都不去。六爷的机密，他知道了多少？”

“明面上的，当都回禀了洪州知道吧。”辟邪道，“你上凉州与我会合，他亦是奉了太后懿旨千里迢迢尾随，在凉州挑起撤藩事端，并趁机刺我。若非我早一日先悄悄回白原河去，许就死在凉州了。”

“那就杀了了事。”明珠冷笑道，“六爷还指望我对他容情吗？”

辟邪道：“我这就北上攻克洪州去了。太后是洪家的人，皇帝现在也不想动他们父子。我却等不及了。”

“什么叫等不及了？”明珠道，“若皇帝并无撤洪州藩地的旨意，爷的兵马从哪里来？”

“洪州造炮多年，随时随地都可发难。而我……”他笑了笑，“我的炮虽然没有洪州多，但已安排贺里伦人将之埋伏在洪定国必经之路上。另铸寒刀五千，箭矢无数，将假用虎符，带着旧部疾驰洪州，一举夺城。而待洪定国驰援洪州，那些火炮，就能叫他灰飞烟灭。”

沈飞飞目中恨色横飞，在地上挣扎着身子。

明珠望了望辟邪，又望了望沈飞飞，道：“六爷这些话不是说给我听的。”

“就是说给沈飞飞听的。”辟邪道，“我废了他的双臂，他的武功必不如你了。这只船载着你们，将直下寒州，与你父亲会合。而你，将替我看着这个人。不然，他通风报信，我便一事无成，必战死洪州的。”

“六爷是怕我跟着你，或者返回宫去，才叫我看住这个人吗？”明珠道，“只消我杀了他，六爷就管不住我了。”

“明珠。”辟邪抓起明珠的手，放在胸膛之上，柔声道，“你是我见过最温柔的人，武功虽高，却从没有杀过一个人。我若不知你为人，岂会出此计策？”

他应是知道，说完这些话，就该放开手去，因此语声如此缓慢，像山峰之后旷野里不绝的雷声。他将明珠的手攥得那么紧，连他自己都觉得疼痛，而一根根放开手指的时候却更是骨折般的痛楚。

明珠这刻才有些从震惊中回过神来，惊恐地跟着他跑到船舷边上。“六爷、六爷。”她呼着，最后收了步伐，轻泣道，“辟邪……”

辟邪被她晶莹的泪水晃得睁不开眼睛，停了一停。

“为什么就不能在你身边呢？”明珠问，“就安安宁宁地待在一起。哪怕是赴死，我同你一起去，又有何妨？你想的，只是让我平安。可是我不在你身边，并没有半分快活啊。”

“明珠。”辟邪望着她清澜般的眼眸，低声道，“有些事再瞒你，你要当我是个为你着想的人。我本觉得，日日和你相处，心中平静安逸，此生如此，夫复何求？我曾想过，就自私自利一次，不顾你的终身天伦，硬拴你在我的身边，绝不放手。无论是谁，皇帝也好，亲王也罢，或是那愿为你剖了心去的沈飞飞，谁要敢存心染指你，我必将他毁成烟灰。”

“这又如何？”明珠道，“这亦是我的心意。”

辟邪伏在她耳边，沉浸在她秀丽雪白的颈项清冽的芬芳中，一瞬天旋地转，几如晕厥。他伸手扶住船舷，才有气力狠下心来，极低的声音道：“只是，去年我使大理，在大理宫廷之内，见到一个年纪与我仿佛的少年，他自称是中原天子，告知的名字，与皇帝同名。并称当今是矫诏继位，他才是真命天子。

“我因此十分疑惑，便命人偷偷抄了玉牒出来，发现上元十年玉牒中，有位皇第九子、名靖仞者红字登录玉牒，生辰就与你的一模一样，才知道他冒名的，并非是当今皇帝靖仁，而是靖仞。而那年颜氏谱系中的第九子、我的名字却销去无踪，也就大概知道自己的身份原委。你冰雪聪明，现见太后如此待我，也必心中明白。而我那时，只觉这十三年的日子皆都浑浑噩噩过来，千头万绪，实在不堪细究，日日都似在地狱煎熬。

“而偏偏我又得了一封先帝手书谢先生的书信，其中言道，继位诏书已制，大统定在靖仞身上。因此知道有遗诏在世。想颜王当年动用京营围了福海，深入宫禁，就是为了搜寻遗诏，最终仍不得。我便想，这等中原人都不知道的传位机密，何以大理人非但知道，还养了个傀儡木偶准备冒名？先帝其时多年修道礼佛，一直住在福海清澜行宫，而行宫中同住侍奉的，就是……”

明珠喃喃道：“我母亲。”

“正是段太妃。我便知段太妃必脱不了干系。于是翻遍了先帝的起居注，在先帝驾崩前的最后几天中，与段太妃同食，却是分居两殿。于是将先帝最后几日的症状抄出，拿去苗地问了人。苗人便送来了毒药，一份须投入饮食，单吃单饮都无妨，一份却须加在香料中延烧，两种毒性合并，只要剂量合适，便形同伤寒。我亲在人身上试过，果然不错。先

帝是段太妃毒毙无疑。”

明珠茫然从唇间透出了声惨呼，紧紧抓住辟邪的衣袖，她想尖叫出辟邪的名字，嗓子却如溺水之人，被自己的泪水窒息得透不过气来。

辟邪缓慢低沉的声音却仍似尖刀不住戳刺着她的心脏，平静地道：“我猜段太妃又将遗诏藏起，如此先帝驾崩之际，为继位的事情闹了整整一年，颜王灭门，四大亲王割据，而我，被我生母亲命宫刑，都是那个时候的祸害。”

他直起身子，轻轻甩开了明珠的手指，垂下的目光怆然却有着奇妙的平静，明珠望去——无岸无边，似夜似海，却无半分星光波澜。

“我珍爱你如明珠，只是现在看着你，我便知道，”辟邪摇了摇头，“你、我，深仇大恨，活不到一处的。”

太后八月十三日自上江启程。因太后体弱易晕眩，回程的船行得缓慢，到八月十四日才靠岸。

慈驾刚入慈宁宫，皇帝便来请安。太后虽有些劳累，仍兴致颇高，问皇帝近日政务繁忙，和小皇子重珝近况。皇帝一一作答。

太后问道：“辟邪怎么没见？”

皇帝道：“他在儿子这里告了假，说要带着明珠四处游玩，难道母后在上江没有见着他吗？”

太后笑道：“他们初十就去玩儿了，我想明日就是十五，怎么也该回来了。”

皇帝道：“他怕是从来没有舒坦玩乐过一天，贪玩也有的。但以他的谨慎，今日必回的。”

一时慕徐姿带着重珄向皇帝行礼，重珄磕了头，便亲热地往皇帝怀里钻。黑州平定，慈母兄弟俱在，子嗣绕膝，皇帝此生也难得这般称心如意的日子，陪太后说了好些话，又被太后留饭，晚膳之后方回。

宫门下钥之际，太后再次催问，内务府回道，见着了内亲王借用的宫船已入京畿地界，明日当回到京城的。

太后稍放了心，却因今日劳累，又一直焦虑此事，不免心悸晕眩，勉强睡了。

洪司言埋怨道：“这两个孩子，平日多懂事的人，出这种纰漏，叫主子着急，回来必要好好责备。”

太后道：“就是因为平日懂事谨慎，难挑一点毛病，才觉得蹊跷。”

如此不过稍合了会儿眼，便是中秋。太后掐着开宫门的时辰，又问了一遍，内务府这才有些慌了，回道：“船已入城，里面却未见内亲王的人影。自十日殿下就换了船，不知去了何处，只是要他们缓缓驶回，他们也不曾多问。”

“糊涂东西。”太后拍案，“拿住了详问换的是什么船，去向何处。”

洪司言见太后双唇发紫，知道病症又起，忙传太医。佳节一早，宫中便慌乱一团。皇帝听见消息，要来问安，被洪司言拦住，道：“今日佳节良辰，太后娘娘不想皇上耽搁祭月赐宴的礼数。也不是什么新病症，稍吃一剂药就好。”

她打发了李及，转回来问太后道：“主子还要再等等吗？”

太后摇了摇头。“搜。”她对洪司言道。

明珠并没有带什么行礼出走，她带去上江的箱子里，只有衣物和女红用具，其中有一盒银针，看来是针灸之用，翻遍了也没有头绪。留在慈宁宫的体己东西更少，除四季衣物与月例银两之外，只有一个小小的包袱，存在箱底，看来许久没有动过了。打开看时，最上面两张是明珠与颜久的生辰八字，果然是同一日同一时辰的生日。两张都已经发黄，颜久的那张上是熟悉的颜王的笔迹。其下便是聘书与聘礼的清单。

太后拿在手中细看，知明珠所言不虚，只是在揣测颜王此举的用意，摩挲纸上的笔迹微微出神。

洪司言又将下面段太妃亲笔所书的绣经取出来，封皮也是段太妃一针一线绣的，一枝玉兰之上，栖了两只火尾画眉。难得的是针线平整，犹如工画。其中都是段太妃密密的笔迹，当中夹着另一个人的批注，文笔亲昵不拘，应是段太妃在大理的驸马。

“就这么几件东西。”洪司言将绣经奉与太后。

太后接过，慢慢翻看。

“这是什么？”太后指着下面的封皮边细细地开着的一个口子。

开口平整，看来是以利器割破。太后伸手进去摸，却是空空如也。

“藏着什么东西被明珠拿走了？”洪司言疑惑道。

“就算有什么，也不会是明珠拿走的。”太后道，“以她的细密，拿出去什么，也一定会把封皮边缝上。”她想了想，又问，“明珠的屋子都是谁去过？”

“那就多了。”洪司言道，“各宫的娘娘往慈宁宫来，少不了也去看看明珠绣的好东西。那处可比主子娘娘这儿热闹。”

“那都不是。明珠不在时，谁会单独进去？”

洪司言抽了口冷气，仿佛眼前是一砖一瓦一梁一栋筑成的高楼，要自己亲手放火烧个干净，她有些哽咽地道：“年前的时候，内亲王每天都来给太后主子请安，总是碰上主子

和明珠脱不开身的时候。奴婢出去请回，他总说先坐坐，便等在明珠屋里。奴婢后来还特让明珠跟他说，让他算着时辰来。”

太后道：“这是段时妃的东西，辟邪要在里面找什么？”

洪司言摇了摇头，她愈发觉得不祥，飞快地抹去了眼角的泪痕，道：“内亲王的心思自来深不见底。既然是段太妃的东西，不如直接请了段太妃来问。”

半年未见，段太妃又清瘦了一些。以她的年纪如此消瘦下去，应显枯萎，但今日的脸上，却有些年轻人的生气，令她看来迸出少有的华彩。

太后由洪司言搀扶，与段太妃互相施礼，殿上正坐。

“大师素来深居简出，今日请大师来，我自觉唐突，好在大师不见怪，竟亲至了。”

段太妃手持数珠合十，微微俯着眼睛。“贫尼正是要拜见太后的。一则是久闻太后欠安。想当年先帝还在时，太后与贫尼最是交好。如今虽在空门，不曾问太后安，心中十分过意不去。太后一整夏都在上江养病，佳节回銮，必要探望。”

“我承大师的情。”太后道，“大师自己也是七病八灾的，还有心顾着我。”

“二则，贫尼还是想来问问明珠确切的消息。”

太后闻言，灼灼目光盯着段太妃的面庞：“大师当然也是想念明珠的。”

“明珠还在慈宁宫吗？”段太妃追问，“贫尼听说明珠在上江时就随内亲王出宫游玩，至今未回，可有此事？”

太后叹道：“这是我对不起你，一时心软放了他们出门，今日已是中秋的正日子，两个都是不见踪影，不知是什么差错，我这里也是忧心如焚。”

段太妃笑了笑，这种表情出现在她脸上，竟有些不真实，仿若突然换了张面具，让人凛然一惊。

“她果然是走了。”她长吁了一口气。

洪司言忙问：“以大师的意思，她是离了宫去，回家了不成？”转念想了一想，却有些怒了，接着道，“她若要回家，宫中岂会不放她出去，只管直说就是了。”

段太妃举目环顾金碧辉煌的慈宁宫，淡淡道：“清和宫中何处不是囹圄？你我葬送年华在此，还须问她是不是愿意脱离深宫吗？”

太后对洪司言摆了摆手，道：“这是我的不是，想将她留在身边宠爱，倒是没有想过，明珠年纪渐长，是当为她多打算。只是她和辟邪好得很，我也琢磨不透她到底是怎么想的。”

段太妃道：“贫尼今生见她，不过数面，犹若陌路，她怎么想贫尼确实不知。不过太后怎么作想，贫尼倒是能猜个大概。”

太后怔了怔，问道："大师觉得我哪里做得不妥？"

"太后哪里是心疼宠爱她，根本里还是冀望她本分妥帖地给内亲王为奴罢了。"

她的话说得尖刻，却不无道理。太后抿着嘴唇，语塞不答。

段太妃自有些出神，缓缓道："当真是冤冤相报，何时是个尽头。内亲王既带了她出走，也算为她着想。先帝的儿子里，能有一个这般重情重义的，倒是出乎人意料，不免要说是颜湛教养得好。"

此语万般通透，太后脸上震惊之色难掩，握着帕子的手指青白，不自觉地先道："这话从何说起？"

"朝野传言太后怜惜内亲王功高盖世，气度超群，收了做义子。究竟如何，贫尼亲眼也见过，知道其中奥妙的人，固然屈指可数。但太后与贫尼二十多载相知，为这两个子女，也一同流过清泪，如此深交，何必相瞒？"

"看来太妃虽不在宫中，却比谁都清楚。" 太后语声冷峻，"今日这个话，你我可要说得长远了。"

段太妃安然道："贫尼看这件事，并无久远纷繁；只是踏入清和宫那刻，便是深恨不解，一直油锅铜柱煎熬不休，即便贫尼空门日久，仍是不得解脱。"

"你原来还是恨的。"太后嗟叹。

"太后毕竟还是不懂我，我也不懂太后。那两个男人，太后已不恨了吗？"段太妃在太后粗重的喘息声中垂目，默默拨动手上的念珠，良久，才又举目道，"太后既然是问明珠去向，贫尼确实不知，只愿日日诵经，祝她余生安好。而太后毕竟疼了她一场，内亲王也不曾负她，贫尼亦会焚香祈福。如此……"

她就要起身，太后道："太妃留步。若此事只是明珠不告出宫，我也无须惊动太妃亲至询问。太妃既清楚内亲王的身份，所知原委必多。我请教太妃，可知道内亲王为什么对这件事物那么好奇？"

段太妃脸上本来少有的颜色瞬间褪去，她目中恐惧与狂热交缠，盯着洪司言捧来的绣经。她紧紧握了一会儿数珠，终于有些信心不令双手战抖到全无力气，才将数珠褪下，轻轻放于身边案上。

她接过绣经，慢慢抚摸着封皮上的刀痕，伸手向其中摸了摸，一瞬间，如同桎梏在地狱的鬼魂最终得脱，她面上的从容平静土崩瓦解，从后挣脱出一个不甘而痛苦的灵魂来。

"不愧是内亲王，不愧是良淳看中的人。"她眉间灵气逼人，若非目中的狂喜令人惊怖，俨然就是明珠的模样。

太后见她仿入魔障，隐隐的不安已成恐惧的潮水，将她当头淹没。

“呵呵。”段太妃已展颜笑着望来，道，“你要说些长远的话，我终到了这个能说清楚明白的时候。先帝与颜湛两个，你能不再恨，能放下干戈，求个天伦平静。我却不能，我与你不同。国仇家恨，日日鞭挞我心。生而为一国公主，委身在此不能一雪国耻，与行尸走肉有什么区别？先帝害我国我家，辱我为奴，我又岂能容他的妻子融融享什么天伦之乐？”她逼视太后道，“你三个儿子，哪个为帝哪个为奴，你当真知道吗？”

太后冷然一个寒噤，脸色比之适才更加苍白：“什么意思？”

段时妃轻轻抚着绣经上恩爱娇语的画眉，双唇轻启，送出飓风：“颜湛找的东西，就是我藏在这里的。”

太后站起身来，踉跄走到段太妃面前。“你见过遗诏？”

段太妃“咯咯”地笑起来，一字字地道：“传位于昭贵妃洪氏第三子，靖仞。颜湛之子靖仁封为亲王。”

“原来如此。”太后喃喃道，她仰面举目，似乎看到的是无尽蓝天。多年的困惑一瞬俱消，她竟有些百骸俱轻的畅快，“你看，”她转眸向着洪司言微笑，“我说过，颜湛不会骗我，也绝不会害我。我是不是说过？”

击倒她的不知是解脱还是悔恨，她天旋地转地倾倒在洪司言怀中，抬起手指捧住面颊，却没有如预想中那般沾到泪水，双目额上俱是滚烫的热火，烤得她稀薄的血液瞬间干得透了。她睁目，怨毒地盯着段太妃的眼睛，直到看清了段太妃如释重负的神情，才摇了摇头狞笑道：“不，你不能就此轻易死了。太便宜了你。我要你的明珠，一寸一寸地死在你的眼前。”

段太妃迤迤然起身，道：“太后先不着急惦记明珠。那遗诏不啻大凶的利器，我手握利剑，忍隐十五年却始终未得机会刺下。今日却有人取了那极凶的利器去了。内亲王殿下，不，不如说天下的真命天子，当已持遗诏自这囚笼脱出。中原双日夺天，两帝争锋，是什么热闹景象？太后不妨先操心这件事吧。”她宛若少女般轻轻拊掌，“你筹谋的天伦共享，干戈休罢，不过烟云。若不能令先帝、颜王之子相残，岂能解我国破家亡之恨？”

“来人。”洪司言呼道，“来人。”

段太妃摇了摇头：“你们真正妇人之见。我决绝至斯，岂容你们近身辱我？”她从袖中取出一柄短小的尖锥，反手对准心窝，望着太后笑道，“真是好奇，颜湛之子，良淳之子，你选哪个？”

六十二

洪失昼

这日乾清宫赐宴，是近几年来朝中最欢愉的盛事。皇帝赏赐颇丰，席中要员贵胄也是进奉圣上贺礼。席间更有洪州、凉州两王长史携礼物进京，奉于御前。

庆熹十五年中秋佳节，可谓君臣投契，满朝忠勇。筵毕，皇帝于乾清宫内与乾清门外两处设供。到戌初，就当启程往月坛行祭。皇帝刚换上月白衮服，还未戴冠，便有吉祥进来道："太后懿旨：御清象宫，请皇帝。"

皇帝心中一惊，怕是今早太后欠安，这会儿有变化。

"是。"他应道，又忙问，"太后可安好？"

吉祥道："太后既移驾清象宫，应是无恙。"

"这就要去月坛，你看是有急事吗？"

吉祥脸上却是皇帝从来没有见过的神色，若离得更近些，能细听到他声音中微微的颤抖。

"太后懿旨：请成亲王摄祭。"

——必出了大事——皇帝抽了口冷气，忙脱去衮服，急转回清象宫。一路上心念飞转，仍在自问是什么政务上出了大纰漏，忽回首问："辟邪也在清象宫吧？陪着母后呢？"

却十分古怪地，没有一个人应他的话。清象宫的内臣一溜站在阶下，殿门前是慈宁宫的总管太监，迎上前来，躬身道："请皇上里面去。"

吉祥、如意等就驻足在殿门外，望着皇帝孤身入内。

清象殿中空无一人，天尚未全黑，未来得及点上火烛，正殿上犹如地宫般阴暗死寂，清秋金桂的浓香弥漫在殿内，却有些腐朽的味道。

"皇上。"殿门外的慈宁宫总管见皇帝踌躇，又道，"请皇上里面去。"

皇帝顺着他的目光，往穿堂方向走。后殿倒是点起了灯，帘子被扔在穿堂的地上，因此灯光透出，映在金砖上，屋内人影忽隐忽现，惶急地走动着。

"皇上请进。"人影停驻，里面是洪司言的声音。

皇帝茫然："儿子……"

"进来。"太后已打断了他的话。

炕上正坐的，是形如枯槁的太后。她的足边堆满了辟邪屋中的书籍，身边是从辟邪衣箱中翻出来的五六件四季青色的宫衣，架上的陈设花瓶都是底朝天地随处乱放着。而洪司言正手持剪刀，将辟邪床上的被服枕头拆个粉碎，连帐幔都解了下来，这时回过头来，向着太后摇了摇头。

“应是带走了。”太后的声音没有半分生气，才转眸看着皇帝。

“母后在生辟邪的气？”皇帝环顾四周，“辟邪还没有回宫吗？”

太后却没有理会他这句话，只是忽曼声问道：“辟邪，皇帝自觉对他如何？我又待他如何？”

皇帝道：“他功高盖世，儿子造出这个清象宫给他，给他亲王的俸禄，仍是觉得亏待了他。”

太后点了点头：“锦衣、玉食、珍宝、金冠……只要是我想到的，倾举国之力，我也愿给他，仍觉亏待他。但你看看他的屋子，书都是宫里的；这些珠玉陈设自搬来，就没有碰过一碰；赏他的金冠猞猁裘，也早早还了库房。这里翻个底朝天，只有宫里小太监们许穿的许用的，他说自己身无长物，原来不虚。如此清静无欲，皇帝可曾觉得可怖？”

“他承两宫恩宠，要什么都是唾手可得，为了避免朝野议论，如此谨慎也是有的。”

“为人在世，谁能无欲无求？”太后悯然望着皇帝，“他瞧不上眼前这些，若非他已有太多，就是所求更大。”

皇帝走近了些，俯身在太后足下，道：“母后，今日是怎么了？辟邪逾期未归，惹母后生这么大气，我先替他赔个不是。母后消消气再说。”

“我不是生气。”太后抚着皇帝的肩膀，向洪司言道，“你去吧。”

洪司言犹豫不决，想了很久，跪于地上，叩首道：“主子，无论是哪个小主子，奴婢都在这里先求个情。奴婢是没脸的人，但无论如何，三个小主子出生之际，都在主子身边，每个都是当珍宝爱的……”

“知道了。”太后柔声道，“去吧。”

洪司言起身，退到穿堂浓重的阴影里，直到穿堂的门“吱呀”一声掩上，太后才将皇帝搀起来。

成年的长子身量魁梧高挑，站在面前俯视下来，已有明君的威势，太后宽慰地吁了口气，平静地道：“辟邪是我亲生的幼子，皇帝早就知道了吧。”

“是。儿子知道的。”皇帝道，“在他幽禁之际，母后待他不同寻常，儿子各方查证，能猜个十有八九。”

“皇帝能明察秋毫到如此地步，确是长进了太多。”

皇帝低头道："儿子到现在都不敢想，每念此事就是心痛如裂，层层地出冷汗。再要想到母后是如何心疼难过，更是快疯了。"

"是啊。"太后惘然出了会儿神，"从前不知他是谁，嫌他自作主张搬弄是非，早就想除了他了事。现今就只盼着他在我怀里撒个娇，便把心都端给他。而他越是笑盈盈坐在我对面，我却越是隐隐地害怕。他就像是我的怨恨结出来的果子，剥开外面水晶似的皮儿，里面却又是柄水晶似的无色无相的匕首，竟不知道他要做什么，扎的又是什么人。"

"母后。"皇帝道，"儿子也有阵子实对他不能深信，处处提防。但心里明白，从根上说，他却从没有做错一件事，每一件，都是有益社稷。"

"傻孩子。"太后摇着头，叹道，"皇帝与景仪就差别在这里，他是爱算计，却没有魄力；皇帝胸怀抱负广博，却算计不足。而辟邪呢，偏偏是个既善决断又甘忍隐，既有气魄又擅阴谋的。他这样的，也只有皇帝敢用。皇帝去想呢，现在震北军、京营、侍卫营、草原各部、苗人，都被他降了，皇帝若没有现在这个天子的壳子，心里可有把握抢得过他？"

"母后这个意思，我们兄弟必要抢来抢去的。"皇帝皱着眉，"若他都是替朕争下来的呢？"

"这句话昨天我许是会信的。你们兄弟初见便十分投缘，现更是好得无间，我每见了，都感激上苍最终未曾亏待我。而今天，我却知道：他一边与我与皇帝虚与委蛇，一边已经找到了遗诏，若非要这个天下，他要遗诏做什么？"太后无奈地苦笑起来，自语道，"颜湛找了那么久的遗诏，不惜顶着大逆的罪名，调京营围了福海与清和宫，仍是一无所获的遗诏，他却这么快就找到了。我真是不知道应该欣喜还是诅咒自己生了个如此聪慧的儿子。我真是不知道如何是好，上一刻我还当他是失而复得的宝贝，下一刻却又要当他仇人似的提防。"

"遗诏？"皇帝打了个寒噤。

太后点头道："正是你继位的时候，满朝找翻了天的先帝遗诏。"

"遗诏上说什么？"皇帝的声音干涩难听。

太后的目光闪烁在皇帝脸上，她垂目沉吟，觉得心口又是悸动疼痛，干咳了几声，忙用帕子掩上了嘴。

"母后？"

太后将带血的手帕收回袖中，清楚的声音道："传位于昭贵妃洪氏第三子，靖仞。"

"什么？"

"传位于昭贵妃洪氏第三子，靖仞。"太后仿若念着一个不能息止的咒语，又清清楚

楚地复述了一遍。

皇帝的脸上却非预料的震惊，更多的却是迷惑。

“不会，断不是这样的。”他喃喃道，“没有道理。先帝这么多子嗣，何以传位于颜王之子？”

“啪！”太后击案，腕上的玉镯裂为两段，“叮”地落在案面上。

皇帝怔住了，望着太后脸上鄙夷的惨笑。

“你疑我侍奉先帝时与颜湛有私，混账东西！”

皇帝忙跪倒于地，匍匐于太后脚下，脑中“嗡嗡”作响，凭这瞬间的工夫，全然不能理出头绪，一时不知如何应对。

“我与颜湛，爱他时磊磊落落，倾尽所有；恨他时亦轰轰烈烈，至死不休。真不想到头来，是你来龌龊。”太后扶案猛嗽了几声，已不能再语，半晌才又压低了声音，道，“帝系、颜王两家，自来以子秘密入质，身为皇帝，这都不明吗？颜湛五岁上入质宫中，交与惠静太后抚养，才得与先帝情同手足。靖仞也是一样，由先帝秘密抱出去交与颜湛抚养。他是先帝至高至贵的血脉，岂容你来疑他？”

“遗诏上……”

“天命靖仞。”太后的语声更是冷酷。

皇帝知道：他的皇位来得不明不白，先帝未曾立太子便暴病驾崩，朝中争议月余，才勉强自权势最盛的昭贵妃洪氏的子嗣中择了长子为嗣皇帝，之后血雨腥风一载，社稷动摇，天下分崩。直到这两年亲政大捷，皇帝才坦然自觉配得上“天子”之称。

只是他的宫阙就如建于沙砾之上，再如何英武勤政，只消从芜杂黑暗的根基中，抽出遗诏这张纸片来，大厦即倾。

不甘，不甘！

皇帝摇了摇头，为了这个莫名交在自己手上的社稷，十五年来，他没有一日安眠，心中时时充满畏惧，如芒在背。他也曾不顾生死，亲征在北方的草原上，也任由利箭穿透过肌肉，军疾折磨过身心。他自省所作所为，绝没有辜负神授的君权。

而靖仞，那时不过总角，只怕先帝都不曾见过几面，何以就要托付天下？

嫉恨令他恶意横生，体内热血，一瞬变得冰冷黏稠，他被这森森阴恶缠住了心脏，透不过气来，呻吟了一声问：“辟邪是才得了遗诏？”

太后轻叹了一声：“我猜他去年就得了遗诏，只怕在那之前，以先帝之望、颜王之教，他对社稷的冀望，早就高远无垠。他病中少了戒心，曾失言道：‘譬若杀肉贷鸽，如先帝股肉，如颜王臂胁。我即国体、国体即我。’我只忧他病症，未曾多思。”

“我即国体、国体即我。”皇帝喃喃道，“难怪……”

无垢洁白的杀神隆隆降临，决绝地向敌阵潮汐逆流而去，皇帝咀嚼着刹那五体投地般的虔诚甘愿，原来竟是天择注定的。

“他自残害身体入宫忍隐，到现今千疮百孔甘为社稷捐躯，我不如他。”皇帝忽然觉得并不是很糟糕，坦然道。若那光芒万丈的少年当真继承大统，自己伏地仰望，并没有半分不平：“我想明白了，若是如此，先帝是圣明的。”

太后抚着皇帝的发髻，干涸的眼中忽涌清澜，讶然道：“皇帝真是和他像啊，胸怀既广，又无情地讲道理。”

皇帝仰面愧道：“儿子并非有如此胸襟，只是想到他已受宫刑，欲谋登基，天下必定大乱。他若有心要这清和宫，儿子情愿给他，每日对其行臣子之礼，聆听其圣谕，行其所使，又有何妨？儿子这便找他回来，拿心意向他说了。”

太后抽了口冷气，脸上阴晴不定，似乎瞬间转过了无数个念头。她沉吟了许久，无奈喟道：“你以为你退了一万步，就是海阔天空了吗？他现在养尊处优，皇帝对他也是言听计从，他仍持了遗诏去，只怕要命的是遗诏后面的那句话：颜湛之子靖仁，封为亲王。”

像面前就是火海，皇帝跳起来碰翻了桌上的茶盏，不住向后退却。

“我是颜家入质在宫中的儿子？”

——难怪先帝对自己不闻不问，母亲总是在自己身上看到仇人的影子。也难怪辟邪会不住提点着自己去深思颜王为人。虽然此刻鸠占鹊巢，自己最初竟只是为了维系颜氏血脉而养在深宫中的囚徒。什么社稷天下，从始至终都与自己没有半分关系。

“皇帝……”

“呵呵。我算什么皇帝？”皇帝狞笑起来，“从头到尾，都是那些明白人将我蒙在鼓里，天底下有谁真拿我当人看的？”

“皇帝。”太后声色俱厉，倏然站起身来，按住了他的嘴唇，“如此失态，成何体统？”

她将皇帝按回炕上坐下，低声慢慢地道：“皇帝可要清楚，若这份遗诏传了出去，靖仞已受宫刑，不能继承大统。皇帝是颜家的人，矫诏继位。在先帝还有其他儿子的时候，必生纷争，结局只怕仍是逊位。景仪，皇帝是知道的，有上江那件事，先帝在世时，就已经说过，再议景仪立为太子之事，处以极刑，就算二十多年过去，他登大宝，第一个不答应的就是舅舅；那么只有景佑等亲王，无论哪一个继位，与洪州、凉州、龙门三地亲王如何相处，亲王们如何能服，景仪如何能服？再话说回来，现在正统的继位遗诏在辟邪手上，他有五军之威，他有四海臣服，他若想，必也有血腥的手腕谋得大宝，但是以他的身子，寿数就是数年的事，他无子嗣，身后如何？确定了是天崩地裂。我朝刚灭了匈奴，死了两位亲王，烧了一座城池，毁了三州富庶，难道两三年后再闹一回不成？”

“可儿子，拿什么身份来管？”

“不要说这等混账话！”太后厉色道，“社稷十五年前就交在皇帝手里了。那时群臣簇拥扶上清和殿宝座的是谁？祭祀太庙向祖宗磕头的又是谁？如今皇帝治下匈奴退却、四海一心，十五年来没有大灾，没有饥馑，若非祖宗庇佑应承，可有今日？先帝与颜湛将天下交在我的儿子手里，不论哪个，都不许负他二人。靖仞苟且于那种身份中，尚不忘身负国体，你已是登基的天子，此刻竟想到的是急流勇退？难道应了颜湛的话，你压根就不配吗？难道就想让辟邪一介内臣将你玩弄在股掌上一辈子吗？也难怪他不惜现在的安逸，一定要夺了遗诏出宫。”

“母后，已够了。”皇帝目光森然，“颜王，朕是见过的吧，就在这清象宫。”

——十四岁的少年看来笨拙无措，在颜王的注目下迅速挪开目光——太后还记得颜湛的神情何其失望，转而投来的怒视刺痛了自己的面颊。

倘那日靖仁没有闯入清象宫，能容颜湛得机将话说完，后面的日子，许是天翻地覆。

皇帝见太后点了点头，凄然一笑，道：“真正身沐光宠富有四海的，是辟邪。朕既未得先帝、颜王青睐，也未像辟邪一般纵横南北，亲眼见识过四海十八州。他是先帝珍爱的宝剑，而朕只是陈在宫中，镶金戴玉的枯木所做的剑鞘罢了。朕实在很羡慕他。他聪慧绝伦，总觉得不在朕身边，朕就成不了事，但即便自负成这般，朕仍是不信他会拿着遗诏作乱。”

太后怆然笑道：“皇帝怎么没明白，只要有这份遗诏在世，他就必死了。”

皇帝冷然一个寒噤，失声道：“母后定要决绝至斯？那可是母后失而复得的幼子！”

“失而复得，得而复失。我杀过那孩子一次，如今就要再杀他第二次。”她轻声道，“一枝牡丹并开两花，帝系、颜家纠缠数百年，受其牵连的又何止我一人？先帝和颜王立誓，要在他们那代人中终结纠葛，看来拗不过祖上造孽。”

“朕以下，再没有秘密人质的事。”皇帝道，“只愿……”他突然失声，悚然望着太后平静而神秘的神色，不祥的念头滔天而来，“母后，朕的皇长子……”

“能有本事无声无息地抱走皇长子的，宫中也只有七宝太监了。”太后道，“皇帝也不必再寻皇长子，若他能在富贵之家平安长大，难道不是他的大幸吗？一旦他皇嫡长子的身份被人知晓，也同靖仞于遗诏之上一般，就只有死路一条了。”

皇帝捧着脸，让颤抖的呼吸平静下来，才默默站起身，从后殿步出，径直走到殿外。

“辟邪携宫女私奔，着司礼监提督缉拿。”他俯视着宫内微贱的奴役，冷峻地道。

正是清辉高悬的时辰，天地静谧，独尊一轮月神。月白轻衫的太后倚着洪司言也慢慢走至清象宫金菊盛开的花园中。她驻足仰面眺望皓洁的明月，自觉无力再行，扶着洪司言又抚胸咳了起来，鲜血喷在帕子里，在夜色下暗红一片。她捏在手心，倒喘上了口气，微笑道：“好啦。皇帝说找回来就好了。月饼，也留着一份给辟邪。”

这刻草原上的清月，却是穿行在层层银波之中，辉光映亮的积云，似乎裹着永不湮灭的闪电，明亮得刺目。

辟邪慢慢睁开眼睛，望见云中偶然透下的光芒，将其下的草原照得如同海上鳞波，翻滚无尽。

他用了一个时辰运功消化了药丸，精疲力竭地仰倒在地，远方传来嗥叫，被风吹得若有若无，不知饥肠辘辘的孤狼正在何处。

他看了看身边两乘疲惫不堪的良马，算了算路程。此处尚在重关以南，他用了五日工夫，自上江奔驰至此，再有三日，便抵努西阿河畔。他料官船缓缓回程，宫中至今日方能察觉两人已然失去踪迹，待离江上搜寻他们所换的大船，又必耽搁数日，其时明珠的船只当已入少湖。

他又细细盘算了一遍，觉得并无纰漏，才勉强仰起身来。两匹马却仍在颤抖，他不禁叹了口气，只得卸下鞍来，由得两匹马休憩吃草，合了会儿眼，见明月已从云层中漫行出来，孑然缓缓西沉，方上了马，继续北行。如此一路上又累倒了一匹马，才终于在八月十八日赶到了努西阿河边上。

他择浅滩渡河，不久便见一座连营，营门外有人见了辟邪，欢呼了一声，拨马进去报信。不刻冯嘉、薛旭等从前的属下将领，都迎了出来，见他虽然仍是清瘦，但比之分别之际，强得太多，都笑他在京中养尊处优。冯嘉与京营中人相熟，笑道：“内亲王日日闲极无聊，只得进林子猎山鸡，却一定每次都是好几百人同去，只怕林中莫说是山鸡，连雀儿都被打光了。”

辟邪笑道：“我尚有山鸡可猎，却不知道你们每天都在猎什么呢？”

众人都是愁眉苦脸地道：“无战可战，无人可杀，甚是无聊。”

“莫若洪州一猎。”辟邪笑道，从衣襟里掏出虎符与诏书送与冯嘉勘合。

冯嘉勘合无误，招呼众人拔营。

这时薛旭送来五尺寒刀一柄，道：“近身的马上搏杀，寒刀端的好用。这里操演日久，必能立功。特为内亲王留了一柄。”说话间举营拔起。五千乌衣轻骑，长枪寒刀，身负弓矢随辟邪突奔洪州。

他们早行晚宿，四日内横过凉州，一路没有半分阻挠，直抵洪州边界。

这才有洪州军层层截杀而来。五千轻骑在内横突直撞，渐透洪州城。只是在洪州城外二百里处，被洪州军诱入狭途，遭火炮轰击，立时死伤五百人。这部人马只得溃退，另择道路前往洪州城。

这没来由的突袭洪州的消息，在八月末飞驰离都。皇帝这才搞清楚已经消失了近一月的辟邪的去向。

满朝震惊，都来询是否是皇帝的兵马，缘何征讨洪王。

皇帝板着脸道：“朕并不知道这支人马的来头，也不知道为什么他们入侵洪州。甚至于据说是领兵的辟邪也是从宫中私自出去。朕同你们一般着急知道，这里可有人在管这件事吗？”

京营总督陆过便奏道：“臣虽然掌管京营，但是愿意带兵跑一趟。”

“为什么要卿来管？”皇帝奇道，“连凉王也没有一句话来吗？”

“只怕同朝廷一样，摸不着头脑吧。”

陆过道：“这不会，这支人马是横亘凉州，才抵洪州的。一路未动一花一草，然后到了洪州便是烽火遍地，其中定有缘由。臣在北方，与辟邪、洪定国都有交往，不如在其中可以做个调停。”

皇帝怒道：“拟谕去问凉王。陆过也带人去。”

“是。”

众臣退下在外议论纷纷，陆过却请吉祥再求陛见。此时已经没有其他人，陆过道：“皇上，众人都在议论交战的缘由，但其中有个要紧的事，却无人提及。”

“什么事？”

“洪州的火炮。”陆过道，“臣不敢讲洪州是不是应当有火炮，但是这个数量却有些可怖。想这支轻骑，是震北军中辟邪亲自操演的精锐，进退有度，若前锋遇袭，能立时潮水般退去，但这一次死伤数百人，万不能不虑洪州火炮数量众多，才令两翼受敌，死伤众多。”

皇帝道：“你的意思是洪王在私造铁炮？”

陆过犹豫了一瞬，又马上心一横道：“正是的。且数量众多，如此靡费国力，必已筹谋多年。”

皇帝抽了口冷气。“干戈永罢，谨遵王命”——听到这个话的时候，辟邪的微笑如此深刻，不能不令皇帝在此刻联想其后的轻视。连洪王造炮这等大事都没有半分透露，究竟还是不信自己能妥当处置。

陆过又道：“臣私以为，辟邪突袭洪州，于此不无关系。适才虽说是带人调停，臣却以为应当带重兵驰援。”

“驰援谁？”

“辟邪。”陆过觉得皇帝多此一问，仍耐心地道，“洪王若真在造炮，驰援的就是辟邪了，既然已与洪王破脸，覆水难收，为皇上长久计，就此一举攻克洪州。”

“之后呢？”皇帝却盯着陆过的眼睛问。

陆过心中叹息一声，道：“辟邪盗用虎符，私造寒刀，无皇上诏书擅动兵马入两王藩地，都是死罪。必要索拿回来的。”

皇帝却是出人意料地平静，未置可否。

陆过道：“臣与内亲王，同袍日久，心中仰慕爱戴更甚他人，想到任何对内亲王不利的事情，都是心痛如绞。但是这回，实在是太可怕了。他若有胆有识地如此肆意妄为，今后做什么都是可能的，世上没有一个人可以约束他了。”

皇帝道：“辟邪在京营、震北军中威势显赫，多有死士。你大军缉拿他，保不齐就是军中大乱的下场。”

“是。”陆过蹙眉。

皇帝道：“这一件上，朕自有主张，你只管带兵速平定洪州军务要紧。”

这五千人远比辟邪想得消耗得快。在洪州的第六日上，终遭遇洪州守军精锐。这支人马是洪王亲训，一色的长枪步兵。辟邪的轻骑冲阵，前锋遇挫，被裹入重围，幸短兵相接之际，前锋所佩寒刀在乱军中辗转劈刺，杀开血路，令主将得脱。

薛旭此役身中数枪，在辟邪面前，汗颜道：“末将原以为自己领兵，阵法娴熟，兵士骁勇，天下无可挡者。今日看来，以驭兵操阵而言，洪王的兵，确是天下无敌。末将败得心服口服。”

辟邪清点完人数，见这五千兵马已渐渐减杀至四千人，不由得摇头苦笑道：“洪州果然是难的。再如此下去，便如同装在袋子里的蛇，任我们如何扭曲挣扎，最后只能是力尽而亡。”

辟邪此生亦可称骁勇，狡诈多谋，因此少有吃亏的时候。但一入洪州，却每一仗都是艰难困苦，没有一点势如破竹的态势。他那时筹谋此战，想到必是难的，竟不料如此之难。洪王这等经千锤百炼的战将，绝非自己可比。

这等凛凛战将却因家事与朝廷龃龉，上元帝如其所言，当真是好色误国。他想至此处，不禁苦笑。

“既然如此，不知殿下如何计议？”冯嘉问。

辟邪道：“我负皇命，必要下洪州城，与其如此接战消耗，不如直取洪州城吧。”

冯嘉道：“洪州城高坚，绝非轻骑可破啊。”

辟邪点头：“确非轻骑可破。”

他命四千人马分兵两路，一路以薛旭为首，仍正面佯攻洪州城外驻军。剩下三千人，由他自领，择险路避开守军锋芒，逼近洪州城。

洪州地势险要，面向中原腹地，为洪州王数代经营，在凉州人未并入中原之前，一直是扼守西北方的要道：进，可速下中原北上凉州；退，则城高壁坚，两面环山，扼守离水。终洪州数代，从未被攻破。

自辟邪进兵洪州以来，洪王一直都在费解。

五千轻骑，与洪州重重数万驻防来说，不过杯水车薪。现接战数日，知道这五千人马沿官道正取洪州城外驻防大营。虽然处处受挫，但远非一击而破，可谓进止有度，是这些年来少见的一支精兵。

辟邪其人，狡诈多谋，却不耐战，如此碰了铁壁，以他的心智，应当知道以这五千人攻克洪州，不啻痴心妄想。然而几日下来，辟邪就是这般飞蛾扑火地，铁了心地要以这点兵力打洪州城。待这夜守城官派人来报，有三千奇兵突袭城南，正趁夜色下营，洪王亦觉好笑：“三千轻骑？”

三座驻防大营扼守洪州三面，地势俱佳，非但与洪州城，相互间也是遥相呼应，本不需擅动。而城内还有三千守城士卒，瓮城坚固，且有攻城之役，只消关闭城门，三处大营支援至此，不过半日。若半日内攻不下洪州城，就被陷于三面围困。这般自寻死路，竟不知道辟邪是如何作想的。

况京城中消息传来，辟邪这次出征竟无一人知晓，连虎符都是假造，可谓孤立无援。但正因为太过莽撞太过疯狂，洪王倒是有些在意。

其一便是这支人马在凉州过境，四五日间凉州人全无阻拦。若非皇帝授意，岂能不惊动凉王？其二便是洪定国白原河城寨，依然是没有半点消息。他早发急函，命洪定国不可擅出大营增援洪州，只怕其有失。而洪定国却无半分回音，令洪王忧心忡忡。

洪王便乘舆亲自登城门夜看，只见三千人马正结成方阵，似乎要冲阵之状。“他在胡闹什么？”洪王不禁回首问守城官。

西北的天气已十分清冷，城下的三千人马正从刀鞘中抽出细窄的长刀，扛于肩上，似乎月光特地照亮了每个人沉沉的杀意。

城内外人声静肃，像是焦躁地等待着什么不同寻常的事情发生，令这清凉的空气里忽然掺杂了一丝滚烫的气息。

“听！”守城官忽道。

“轰！”三千人马的阵前突然红光一闪，似是火炮发射的巨响。

接着有股风难以忍受束缚，猛地飙飞出来，令整个城楼都跟着尖啸，当城上的人意识到它正向自己扑来时，更是摧人心魄。

洪王先是感到城墙猛地颤抖，然后才注意到东南老城的城墙中沉闷的“叮”的一声。他放目城前，依旧是黑沉沉三千骑兵静候。垂首细往城墙下张望，却有一条乌黑的铁索垂荡，消失在夜色深处。

“轰！”又是一声巨响，同样是最薄弱的老城巨震，只是位置又靠上了些。

“咔咔啦啦”一串不祥的刺耳巨响，像是沉重的铁器摩擦的声音。那条铁索随之渐渐拉直，就在它变成笔直一条直线时，城墙好像跟着动了动。

洪王摇着头，轻声道：“他确是疯了。”旋即喝道，“城墙要倒了，速往东南派遣人手，待他们冲入城来。”

“那是何物？”守城官大骇。

“那是破城锥。”洪王道。

——竟要做到这种地步，连最禁忌的杀器也盗了出来私造。那少年已非不择手段可以形容，简直就是逆天妄为！

“王爷速下城去。”守城官道。

洪王仍有暇望了一眼城下的方阵，当先之人将手中长刀高举，向天空刺了刺。

天崩地裂。

城墙上的人都觉一脚踩空在深渊上，漫天烟尘之中，魂魄震动。

“杀——”城外的骑士高叫，举刀向裂开的城墙狂奔。

顷刻间洪州城破，东南城下不及布防，容黑压压的死神们一拥而入，非但有震北军三千骑兵，另有土匪形状的散兵游勇，或马或步，紧随其后，更是无数。震北军骑兵迅速与洪州城守兵卷入战团，那些土匪便四处举火，洪州一瞬满城巷战不止，触目所及，无处不在延烧。

辟邪率千人当先入城，不往洪州纵深而去，他揣测洪王多半临门观阵，则现在仍在城

垣附近，拨马便向南门附近搜索洪王踪迹。

此番用此奇险之计，实是破釜沉舟：以洪州兵之众，更加火炮之利，除非出其不意先将洪王父子刺杀，譬若将百翼千爪的巨兽斩首，不然无论今日还是将来，天下无人可挡其一击。所幸皇帝与朝廷内无人得知洪州铸炮一节，虽有提防，却毫不做作地相安无事，才能令洪王稍有懈怠。

而今夜的战机不过半日工夫，在三座屯营的洪州救兵赶到之前，仍不能斩杀洪王，非但这三千轻骑只有全军覆没的下场，连自此向东的万里基业也是万劫不复。

“前面已见洪王旌旗！”

“好。”辟邪点头，“三面城门派人守备，若洪王弃城，报与我知。”

前路都是从城垣上撤下的守城官兵，执矛结阵数层，此处道路并不宽敞，只容五马并行。辟邪已当先摘下弓来，抢先施射，先撂倒敌军前锋。身后精骑放过两轮箭之后，随他一同上枪，更是急催马驰，挟万钧之势冲入敌阵，之后两边侧翼持寒刀砍杀，顿时杀伤洪州军上百。他们并无心恋战，见辟邪前锋已冲破重围，旋即紧跟，踏阵而过。

前方洪王的旌旗若隐若现，向城中窄巷蜿蜒而去。

“哼。”辟邪冷笑——洪王睿智，岂不知道当前最紧要的，是这半日的坚持。将己方精锐不住引诱做无谓周旋，正是最上策。

忽闻一声尖啸升空，一条火箭在数条街外升空。“且住。”辟邪勒住马，“往那处。”

这正是忧官儿与自己商定好的信炮。他在洪王府为随从，依命想尽办法紧随洪王，此刻得机报信，正是时候。千骑散开，自数条街道围追而去。辟邪沿中路疾驰，冲过两个街口，眼前数百洪州卫士环护一乘高骏，正向坚墙高垒的洪王府退却。

“洪王在此！”

身边的震北军高叫。辟邪亮出寒刀，格去飞来的蝗箭，催马杀入战团。洪王亦在数骑之外，摘下弓箭，向辟邪蓬蓬施射。

他的箭势大力沉，来势极快。辟邪劈落两支，第三支箭眼见不能闪避，眼角却掠见一人持剑，将黑翎斩落。他眼前俱是洪王死士，一时未曾深想。洪王侍卫不敌辟邪一部人数众多，不曾多做纠缠，进止有度地缓缓退去。

前方房舍连绵间，只有一条狭巷正通向洪王府。洪王瞬间退入深巷黑暗里。辟邪紧追不舍，当先驰入。忽听头上一声号响，漫天火油之物当头罩来。他及身边三四十骑衣物马鬃俱不住延烧，顿时呼号四起，多有坠马者满地翻滚，想扑灭身上的烈火。这刻又是乱石滚滚而下，辟邪的马首被击中，连人一同滚于地上。辟邪忙从马下抽出腿来，将身上燃烧的罩甲一把扯去。

烈火焚烧的深巷尽头，洪王手持巨大的斩马刀于忽明忽暗的火色中伫立，木然的脸上，血红的目光森然望来，依旧是死神般夺人心魄。

辟邪站起身来，在洪失昼的杀意之下，依旧手足如废，不住地股战而栗，在洪王滚滚铁骑正前，双手共持寒刀，立定火中。

花幕长刀随战马狂驰奔流而来，刀风黏稠而沉重，几乎令人感到被迟钝的刀锋缓缓割裂的痛苦。辟邪涌力举起手中寒刀，迎着这摧肝裂胆的一击斩下。

“铮！”

寒刀的刀锋崩断，擦着辟邪的面颊飞入夜空。他倏然转回身去，奔雷般掠去的洪王孤骑在巷口调转马首，再举斩马刀飞驰而来。小巷几被他马蹄踏得粉碎，“隆隆”哀鸣。

“辟邪，剑！”有人大叫一声。

辟邪抛开断刃，将空中的长剑抄在手里。

这是断剑重铸的斜月，光华尤甚清辉，似乎感应到对面的旧主，正兴奋地在辟邪手中清啸。

“呵。”辟邪轻笑一声，腾身而起，举剑刺入洪王浩瀚的刀势之中。

洪王沉肃的面容就在眼前，如同亘古的神像，不曾有半分动容，迎面这一刀仿若天谴，将辟邪的铁甲摧折得粉碎。他左臂剧痛，却一样知道斜月剑刺中了洪王的胸膛。他自半空掠过，沉重地落于地上，便支持不住，单膝着地，倚剑支撑着半边麻木的身体。

周遭都是洪王卫士的惊呼，洪王俯于鞍上，半晌才仰起身来，战袍披血。

“退。”洪王沉声道。

辟邪按住深可见骨的伤处，眼睁睁看着洪王退入王府。

“给我围了。”他厉声命道。

一人趋近而立，一边将他的身子扶住，一边扯了袍子，来裹他的伤处。

“待天明就有洪州兵马入城，我们只管守住通往王府的要道。告诉他们，若他们胆敢进一步，我们就放火烧了王府。”

诸将渐渐集结，分别领命去了。

辟邪这才有暇看了看身边人烧伤的右臂，又盯着那人的浓郁的眉目，冷笑道：“你怎么也来杀人？”

李师接过他手中浸满鲜血的斜月剑，轻轻擦拭，竟缄口不语。

辟邪见他神情仍如少年般倔强，不禁叹道：“你已自由自在，何必再涉血海？”

李师终于咬牙道："我既已答应了师傅，岂会任你在这里送死？"他将剑还鞘，又朗声问，"而你，枉杀无辜，可知错了？"

辟邪怔了怔，在他明朗的眸子下不自觉地坦白道："是。知错了。"

李师的微笑却多有哀意，不再似从前的朗朗——辟邪望着，愧疚令他涔涔冷汗——李师也只是伸出手来，拍了拍他的肩膀，再无他语。

震北军此刻已牵过两乘马来，辟邪认镫上马，对李师道："你怎知我在洪州？"

李师与他并骑，道："黎灿来找我。他说既然要对付洪定国，绕不开的就是雷奇峰。他没把握一个人对付那人，特找了我去联手。他亦是我的朋友……"

"哼。"辟邪冷笑，"黎灿精明得很呢。洪定国处的战况如何？"

李师不忍地闭目，半晌才道："贺里伦的火炮多，洪定国出营往洪州赶，没多久就中埋伏，黎灿当往这里赶来了吧。"

辟邪如释重负。洪定国果然以为洪州危急，按捺不住，回洪州增援了。慈姜与黎灿依计默默筹备数月，机密妥当，总算是不负所托。然而，以慈姜之欲、黎灿之能，若百多门火炮在他们手中，终有成中原大患的一天。只是那天对他来说隔世般遥远。他笑笑透了口气，驱散心中杞人之忧。

李师却又道："只是，我们从头到尾都没有见到雷奇峰。黎灿怕他是回了洪州，我便先孤身赶来，助你早做防备。"

"雷奇峰若在此，又是大不一样了。"辟邪沉吟，"他既不在白原河城寨洪定国处，又不在洪州城中，那么人却在哪里？"

九月初七日，洪州城的戍防便变作了一个奇怪的模样。正中是洪王所在的高峻坚实的府邸，雉堞后俱是王府的强弩；不啻堡垒的王府城外围着杀入城来的震北军，再外是洪州大营的兵马，在几条街外不敢妄动。而城外是自朝廷长途奔袭而来，却意图不明的京营骑兵，层层牵制，像是个死结。

辟邪坐于冰凉的地上，望着王府大门，十多个时辰以来喝上了第一口水。清晨稍凉，他身上的衣裳已被血水浸得透湿，令他在晨风里瑟瑟发抖。

洪州城内被纵火延烧，已损八成，百姓四逃，又一处百年基业毁于一旦。而自己的三千人马，失散战死的已过四成，现在剩下的，只够勉强围住洪王府。

他自觉适才天旋地转的不适已然驱尽，以刀拄地，站起身来。

"内亲王，我们是杀还是不杀？"冯嘉上前来问。

辟邪道："不，再等等。"

洪王就在王府之内，杀入王府，身后的洪州兵马亦会蜂拥而至。乱军致洪王脱逃，便前功尽弃。他想过以自己孤身趁夜色入府，刺杀了事，但王府偌大，依旧没有一夜间能得手的把握。要想确实杀了洪王，只有请他亲自来到自己面前了。

寂静的街上“嗒嗒嗒”有人狂奔而至，却是洪州军中的人。

震北军中休憩的骑兵立时站起身来，掣刀在手。那军官便望着辟邪停住了脚步。

辟邪抬起手来，止住阵中众人。那军官向着辟邪点了点头，奔过辟邪身边，高声对雉堞上的人叫道：“急报。开门。”

听府门内铁锁声响，众人揣测王府内另有壕沟吊桥，才知府内之战更是险恶，都是面面相觑。

府门一开，那军官就急急奔入，听得他的脚步奔进洪府深处，又是一片寂静。

“来了。”辟邪道。

一乘骏马在骚动中缓缓驰来，鞍上人骄扬跋扈，漆黑的眉目望着辟邪，在晨曦中长长叹了口气。

“殿下。”他是一百个不情愿地道。

“陛下。”辟邪忍不住笑道。

黎灿跃下马来，辟邪也迎上前去，两人协力，从黎灿的马背上卸下一具以狼皮包裹的尸首，小心放于府门外。

两人退后，肃穆垂手稍等了片刻，见府门一敞，重伤的洪王端坐于车椅之上，自甬道而来，目光掠过辟邪的脸庞，便落在门前的尸首上。

府中长史等上前，将狼皮掀开，从中抱起洪定国血迹斑斑残缺不全的尸体交在洪王怀中。

洪王将洪定国面上血渍灰尘拂去，静静看了半晌。神像般停滞在威严和尊崇中的亲王转瞬间似历数十载时光，苍老至垂暮。

“你来。”洪王抬起眼睛，望着辟邪。

辟邪将寒刀交与黎灿，顺从地走上前去施礼，低声道：“舅舅。”

“怎么这么着急？”洪王问，“连破城锥这等的大不祥之物也拿出来用了，你有何面目去见列祖列宗？”

辟邪道：“舅舅教训得是。只是我现在不替靖仁杀了舅舅，将来他是战不过舅舅的。”

“为了靖仁吗？他竟值得让你做到这等无法无天等同谋反的事？”洪王不可思议地摇头，“他资质虽非平庸，但比之你自己，却依旧是天壤之别。你为了他竟要去受磔刑之罪？”

“舅舅私铸将军大炮，一样是凌迟之罪，可值得吗？”

洪王望着洪定国的面容，缓缓道：“你皇家历二十代，血脉早就腐朽不堪，我眼见帷幄妇人抚养的君主，一代比一代昏庸卑怯。我洪家取而代之，就算是凌迟之痛，也是值得的。”

“既如此，舅舅当知我意。”辟邪道，“我殒身糜骨——靖仁，不值得，但这个天下值得。”

他转过身去，接过黎灿抛来的寒刀。洪王身边的卫士一并拔刀相向。

辟邪长揖道：“舅舅待我母亲恩义深重。我今生从未尽孝，待母亲的真心不及舅舅万一。此刻咫尺之内，兵戎相向，必弑舅舅性命。然念及我母亲，我心中不忍，愧疚难当。晚辈请教舅舅，我此刻该当如何？”

六十三

进宝

丧钟在洪州城上缓缓盘旋，一早赶入城内啖尸的乌鸦被惊得冲天乱飞，围着洪州城不住逡巡。

无旌无旗的乌衣千人之众，由长刀有节奏地撞击鞍桥，甘之如饴地享受着洪州人憎恶诅咒的目光，“轰隆隆”分开洪州屯营的兵马，在仲秋的冷风里缓缓出城。

迎面就是京营万众骑兵的山呼海啸。最前的少年似死神火热的利剑冷得透了，沾血的面庞上看不出任何行此妄举的狂热，只是澄静得空阔，渊然没有波澜。

“千岁！千岁！千千岁！”京营兵众放声祝祷不止。

最前的陆过冷冷一个寒战，嘴唇在辟邪的目光下有些颤抖。“内亲王！”他催马迎上前去，行最恭谨的军礼，道，“皇上命末将率兵接应。奉诏问洪王私造火炮之罪。”

“有劳。”辟邪点了点头，侧身指着身旁的人，向陆过道，“这是贺里伦国王陛下。”

黎灿和陆过都是大笑，马上相互握住手臂，都道久别。陆过有要务在身，领京营人马入城善后。

“下营。”辟邪命道。

奔袭二十日，这些震北军中的杀神终得以安歇。人人喜笑颜开，分别置办营帐吃食等物。辟邪静静望着他们忙碌，出着神。

此来洪州，他本不打算活命，一旦斩了洪王，他便等着洪州军将自己连同五千死士碾为齑粉。京营抵洪之快，也是出乎他意料。看来京中早几日已知洪王铸炮的大逆之罪，随京营回京也是必然——他忽觉得没有即死在洪州，反倒是麻烦无穷。

“殿下请下马。”来人说着贺里伦话。

已有一个贺里伦的巫医，扶辟邪跃下马来，解开他的战甲，为他查看伤势。

“所谓腹有鳞甲，不可近也，说的就是你这般的阴险。”黎灿在侧，扫了一眼他的左臂，切齿骂道。

“陛下何出此语？奴婢惶恐得很。”

“你攻城所用的破城锥，不是依你失落在季牧峰的那柄锻造？要是我没猜错，那时跟在我们后面紧追不舍的，不是白大那王八蛋吗？”

辟邪不禁失笑。

“我被严刑逼供破城锥的下落时，却还在念着你是不是从均成王帐得脱。也是我瞎了眼。”

“若非如此，哪有陛下现在的富贵呢？”辟邪笑道，“况且你对破城锥也是觊觎已久。你若说贺里伦人没有去季牧峰打捞过破城锥，我实是不信的。”

黎灿笑道：“彼此彼此。现在这两具破城锥又将如何善后？”

辟邪道：“白大自会拆除毁去，残骸散于各地。”他扭头对黎灿笑道，“你草原之上称王，就不要想这个了，与你无用。”

“连洪州也被你强行破了。今后做什么呢？”

“今后？”辟邪道，“今后是他的事了。”

黎灿从怀中掏出鹿角盒子来，举在辟邪眼前。

“不，不必了。我这里还有五丸可用。”辟邪道，“为了这个药，我已给了贺里伦太多的火炮箭矢。再如此下去，你们草原称霸都是指日可待的事。我岂不犯难？”

黎灿收了盒子，望着辟邪的神色，道：“辟邪，做完了这些事，你应当逍遥去活，不是决绝去死。”

辟邪笑容澈澈：“陛下太过睿智，如人所说，业祚必成。”

黎灿冷笑，转头问巫医辟邪伤势，得知并无大碍，放了心，又见李师右臂被灼烧得厉害，不住笑道：“我请你援手，只盼你能挡得雷奇峰几招，不料在洪州着了守城兵的道儿。”

辟邪道：“李师是慈悲的人，望陛下今后不要再扰他清净。”

黎灿“哈哈”一笑，道：“可保不准。如此，”他起身拱了拱手，“我便回极北去了。话说在前面，你若愿和我去贺里伦常住，这药就白给你吃。”

辟邪笑道：“奴婢承情，但贺里伦实在太冷了。”

他与黎灿并骑而行，送他启程。黎灿压低了声音道：“你这回把所有的祸都闯了，都是滔天的死罪，若随京营回去，皇帝岂会放过你呢？要我说，索性现在就逃了，天下之大，还容不得你吗？”

辟邪举目望了望前程，微笑道：“一入宫门，便再没有脱身的时候，终要再回去的。”他见黎灿目中难得的恻隐之色，又道，“况雷奇峰的去向，我很是在意，需在此候着，若连他也一并除了，才算将洪州大患根除。”

“你还能有几日？却惦记这些闲事。”黎灿一笑，在马上抱拳告别，“走！”他举起臂膀，贺里伦人无不应从。

辟邪与李师都道保重，并骑驻马遥望他潇洒奔远。

须臾便见一骑脱众而归，挟着烟尘勒马在辟邪面前。黎灿扬声问：“闻善和尚说，你我北方的大劫就是一个‘水’字。你的劫数可知道了吗？”

“知道。”辟邪大笑，“那是个漫天落英，终年如春，叫作‘流花泉’的地方。”

次日震北军及乐州兵马亦分兵过来驻守洪州各地险要。各处都有交战，却因洪王父子已薨，没了主将裁夺，纵有火炮，洪州军也是各自为政，虽有几仗震北军死伤惨重，但洪州平定指日可待。辟邪清点各处缴获的火炮，命分别发运白原河各处城寨。余者交震北军与乐州军镇守洪州要塞。

他又在洪州城内寻到了忧官儿，重重赏赐，又将密书托付他呈栖霞，言自己尚有周旋余地，要她务必约束姜放于黑州安心领兵，不得入京。他在洪州六日，命京营与震北军在城内外不住搜索，仍不见雷奇峰的踪影。

陆过见大局将定，便得机单独面见辟邪问道：“末将就将率京营启程回京复命。殿下可要同行？”

辟邪沉吟许久才从容道：“状元爷，虽洪王有谋逆大罪，但奴婢假刻虎符、私造兵器，擅杀亲王，万死不能赎罪。六日来，皇上并无谕旨到洪州，想必是震怒。奴婢本想随京营回京，面圣求皇上降罪。但如今雷奇峰始终未露踪迹，奴婢十分在意。宫中高手如云，奴婢师兄弟武功俱不在雷奇峰之下，皇上定是无忧的。只是奴婢自己有些私事，必要南下寒州确定了，方才安心。”

陆过道：“殿下决意去寒州？”

辟邪道：“奴婢其实有好些话要面见皇上禀告。月内必回。盼状元爷在皇上面前多多美言，求皇上容奴婢回宫见驾。”

“皇上圣明，早知殿下之过都是权宜之计，若非连朝廷也瞒住，如何能叫洪州失了防备？末将必叩请皇上容情。”陆过道，“如此，末将兄长便在寒州任总兵，殿下有急务，自可寻他。”

辟邪目光流转在陆过的脸上，笑道：“我若离了这里就是钦犯。只怕最后牵连了状元爷。”

“末将只说乱军中走脱，没有遇上吧。”陆过笑着告退。

此时夜深，辟邪命掌起灯来。营帐简陋，寻了好久，还是震北军的人从洪王府中取了笔砚折子来。他执笔在昏黄的灯下，却无言落纸。

依旧是做得太多，又做得太少。宫中日月太短，却又太长。

他的心怦怦乱跳，浑身脱力，似跋涉万里，终于倒在草原的芬芳之中。青草拂面，游云飙飞，少年阿纳的笑声，连同他的话语都似清风，无迹掠过，去向无踪。

“啪。”墨滴落在纸上，瞬间洇了开来。

他忙抽回笔来，静静想了想，终于落笔如飞，长文一挥而就，再拿起来看时，只觉字迹与往日大有不同，无拘无束，似曾相识。

“我还须请你跑一趟京城。”他将折子密封了，交给走进来的李师，“你上京寻见大师哥，请他收了这信，若我两月内未归，便呈皇帝。”

“你要去哪里？我跟着一起去。”

“不必。”辟邪笑了笑，“我这就交代了所有差事，再不要打打杀杀。只想一人四处走走。”

“寻明珠姑娘去吗？”李师直白地问。

辟邪摇了摇头：“我……”他只觉一言难尽，笑道，“我们今夜就启程，哪儿还有工夫说这些。”

“这就走？”

辟邪道：“天亮不免惊动太多人，不如爽快走了，少做些依依惜别，岂不痛快？”

他们夜色里牵着坐骑，缓缓走出营去，算已无碍，才上马飞驰。次日天明已至离水边。两人心中大道不同，虽亲密无间，又一直格格不入，行将分别，辟邪在马上作揖，道：“我总嫌你在我身边生事，其实心中万般感激，若非你在身边絮聒，我犯下的杀业又何止这些？”

李师怔了怔，却见辟邪已然跳下马，将缰绳交在他手里。

“辟邪。”李师哽咽道。

辟邪一笑，拍了拍李师的坐骑，促他快行，自己孤身在岸边雇船，沿离水而下。

他当然不愿经过离都，在乐州便转入多湖，再经别水的话，就能沿江直入寒州了。按与宋别所议，明珠当先在寒州落脚，随后再继续南下，之后去向，辟邪却央求宋别不必告知。此时自然悔之不迭。

行了三四日，船便横渡多湖，胸臆又开始渐渐麻木，只是能挨得多一日不吃那药，便多挨一日。直到喘息不均，手足发抖时，才从身上摸出药盒。此时耳中轰鸣，直到有人按住了自己的手，才发现舱中已进了人。

“内亲王殿下万安。”进宝笑盈盈地，将他手上的药丸夺走。

庆熹十五年九月二十二日，刘远与陆过二人被皇帝密召入宫。陛见的地方，却不是皇帝平日起居的清象殿，而是旁边宁波池上的水榭。水榭的门窗都关着，有些幽暗。陆过在此见过辟邪多次，身边的东西都是辟邪曾用，十分谙熟。

凌晨时分蒙蒙亮的空中，传来内臣拍掌的声音，皇帝紧跟着大步走了进来。吉祥、如意二人在他身后掩上了门，径直走到木桥的那端。

这个时候，陆过才觉得这真是一个幽禁的好地方。

“辟邪在多湖被拿获，今日就将押解到京。”皇帝走到他们面前压低了声音道。

刘远大喜：“太好了，太好了，天下太平。皇上大喜。”

陆过却是面有忧色，全然没有说话。

皇帝漠然瞪了刘远一眼，道：“现在问你们，怎么议他的罪？”

刘远道：“假作兵符——谋逆，私造兵器火炮——谋逆，于藩地掠土、杀亲王——谋逆，仗剑夜闯行宫，大不敬……”

陆过道：“太傅且慢，强下洪州，毕竟是皇上诏谕，也动了京营兵马，围城之后，收的都是洪州俘虏。前面三条都是和皇上过不去的罪名。仗剑夜闯行宫，也是皇上召见，也赐他佩剑御前行走，这也是条说不上的罪过。”

“收受贿赂。”

“这个确实。”陆过叹道，“然而他在宫中用度，无一出格，在外也无家可抄，银两去向不明。”

“都住口。”皇帝道。他异常疲惫，找到椅子坐下。

陆过沉吟片刻，道：“皇上，以臣之见，还是秘密在外处置了即可。”

皇帝一怔：“为什么？”

“辟邪在震北军、京营中威信太高。这次洪州相见，本想就地拿下，结果京营将士不知原委，见到辟邪都是举营欢呼。若在京中宫中公然议罪，必生是非。现京营、震北军中人都知道他游历去了，皇上若不追究，时日一长就淡了。”

“不行。”皇帝道，“秘密处置可以，但必须是在宫中的，朕有话问他。”

刘远变色道：“陆过所言极是，还是在外早些了断得好。若入京入宫，岂不是将祸害放之枕边，一有变故，必动摇京师。”

皇帝执着地摇了摇头：“朕心意已定，有件要紧事，必要问明。”

刘远仍想劝说，脱口而出道：“难道事关颜湛？”

“刘远。”皇帝已经沉下脸来。“就秘密解进宫来，朕问完话再说。朝廷中必要不动声色，两位爱卿谨记。”他转身出了水榭，向吉祥道，“叫廷议。”

廷议第一要务便是收拾洪州残局，众臣不明皇帝真意，都小心翼翼地回避了辟邪。洪州府城六，县城四十余，是否由朝廷新派官员接管，便问到吏部尚书刘远处。刘远却十分心不在焉，廷议便草草了事。成亲王看在眼中，心中疑惑顿生。散朝出来，依例还是吉祥引导，成亲王走出殿外，吉祥亦步亦趋，靠近来轻轻拉了拉成亲王的衣袖。

成亲王便放缓脚步，吉祥见再无人注目，在成亲王耳边低语了几句话。

成亲王倒抽了口冷气，才发现自己是这里知道得最少的人。“怎么……”

吉祥已摇了摇头。成亲王忙收住语声。

吉祥低声道：“请王爷在府上稍候。”便躬身退去。

成亲王回府路上一路胡思乱想。花园、书房到处踱步，依旧不能静下心来。赵师爷惴惴看着，也被他厌烦，打发出去。

他站在廊下，见园中风云忽变，一时大雨倾落，不由得用雨声掩盖着自己粗重的呼吸。

“王爷。”身后有人轻轻地道，却非吉祥的声音。

成亲王骇然扭过身去，却见一个青年，眉目异常清澈，却带着迷迷蒙蒙的神情，似乎在疑惑自己走错了地方。

成亲王向后退了几步，却还没有想清楚是不是应当叫人。

那青年却走上前来，道：“我对王爷没有恶意。只是近日刚到京师，人生地不熟地，想先来给王爷请安。”

“你是？”

“小人姓雷。”那青年道，“听说王爷和紫南门侍卫统领甚是交好，今日来，请王爷务必引见呢。”

辟邪这几日心口的痛楚已经渐渐变作了绞痛，每次发作的时候，都只能佝偻着身子拼力喘息，不然就会觉得身体中所有的气息都被一瞬间赶了出去，全然窒息欲死。

每到此时，进宝便会用平静的声音在旁问：“殿下可好？”看着他身上的冷汗涔涔出来，浸透衣衫，然后便贴心用手巾替他擦去额上的汗水。待辟邪心痛欲死，神志已然不清时，又会被进宝轻轻摇醒，将慈姜的药丸掰开，一点点送入辟邪口中消化续命。

不知在船上飘了几日，这天船舱外涌入的都是离都拥挤繁华的气息。进宝又喂了辟邪豆子般大小的一点药丸，道：“皇上还须问内亲王话，路上出了岔子可不好。”

船身轻轻一震，进宝探头出去看了看，立即被大雨打得缩了回来，然后俯下身，用袍子遮住辟邪的身子脸庞，打横将辟邪抱起，出了船舱，直接塞在岸边的车里，辘辘向清和宫去。

大雨“哗哗”敲打车篷，进宝掸掸帽子上的雨珠，将辟邪的脸从袍子里露出来，笑道：“殿下再忍耐些，这就到清和宫了。”

话说到这里，脸色突然一变，身子猛地向下一倒，只见一条雪白的长刀透过车帘，擦着进宝的耳朵而过。面颊至耳郭顿时一条血线。

那长刀一侧，将车篷立时削去。大雨便一下子倾泻在辟邪脸上。他忙闭上眼睛，只觉一条手臂抄住自己的腰，一跃而起，向街深处奔。

街上人群都是大叫救命，来人也不理会，头也不回，跃至街口墙上，直跳入人家院子，然后在大雨中不住起落。

直到周边再无嘈杂之声，那人踢开两进院门，终于到了屋内，将辟邪放在屋中的床上。找了条手巾，将辟邪脸上的雨珠擦净。

辟邪这才勉强睁开眼睛。那人摘了脸上的遮面巾，蹙眉道："你的药都放在什么地方了？"

辟邪道："还有五粒，都让进宝收走了。"他举目四处打量，"这是大师哥的新宅子？"

吉祥道："不是。这是成亲王的产业。我出来太久，须赶在进宝之前进宫，你一个人好生躺着，反正也差不到哪里去了。我晚些时候再来。"

他转身就走，留下辟邪躺在潮湿的衣物中。

这个时候怕是进宝更好些。辟邪不禁苦笑。他迷迷糊糊睡去，不久有人在床边点灯，呜咽道："辟邪、辟邪。"

"王爷？"

成亲王哭得双目红肿，见他要挣扎起身，忙抹干了眼泪，按住他道："皇上要杀你呢。你却没有做错一件事。"

辟邪道："奴婢罪当凌迟，皇上要杀，都是无怨的。"

成亲王道："你无怨，我却替你不甘。不管你是什么大罪，我就是要保你。"

辟邪"嗯"了一声，又闭上眼睛。

成亲王又在他耳边轻呼："辟邪。"见他始终不应，忽然道，"靖仞。"

辟邪倏然睁目，灼灼盯着成亲王的眸子。

成亲王似被刺中眉心，不禁畏缩地仰起身子，旋即泫然悲恸，泪水遍布脸颊，伏在辟邪身边抽噎不止。

"原来是真的，原来竟是真的。"他不住拭着泪水，"母后、你，这般惨事，岂不是撕心裂肺之痛？果然你道：爱我，胜过世间所有的人，原来竟是如此深意。你是我世上最亲近的人，我对你也是一样的。必要拼死保全你。"

辟邪勉强支起身子，斜坐床上，道："奴婢毕竟与王爷投缘，相处一场情若兄弟，已感万幸。不再奢求王爷折节力保奴婢这样的罪人。王爷若有心，成全奴婢见皇上一面。"

成亲王森然道："你侍奉皇上多年，又是先帝皇子的身份，呕心沥血地都在社稷正道上，皇帝行这等鸟尽弓藏之事，我绝容不得。”

“王爷的心意，奴婢都已明白。”辟邪无力的手指握住成亲王的手掌，“但使王爷涉险，绝非我愿。这件事上，王爷与皇上难免龃龉，兄弟反目，于社稷何益？”

“我并非只为你一个人。以你才智，朝廷还有诸多倚仗之处。你在朝中有为，自然是为社稷增益。”

辟邪只觉气力不支，伏在床上喘了几口气，才有力苦笑道：“王爷也看见了，奴婢的身子已垮了。奴婢实在是累了，现在大事均毕，只盼有一瞬的清闲。”

成亲王站起身来，负手在屋内慢慢踱步，让适才义愤填膺的情绪渐渐平复。他在桌上倒了杯茶，只是攥在手里，沉吟良久，咬着嘴唇转身。

“先帝将社稷托付，你岂可有一瞬懈怠？”

他静候着辟邪脸上的震惊之色，而气息奄奄的少年却未动容，嘴角边的微笑哀悯，望着他徒劳挣扎。

“既然你手握遗诏，也知道当今并非先帝之子。我们三个，虽一母同胞，也说不得必要将帝位留在皇家正统里。你我都是先帝皇子，岂能眼见颜家人鸠占鹊巢？先帝宽仁英睿，当今不肖；颜王刚愎擅权，谋害储君，皇帝岂不深似？若非你辅佐他五年，天下早就易主，你还指望他今后能好好守着社稷？”

辟邪冷然道：“王爷，我也是颜家之子。”

成亲王怔了怔，自知失言。

“王爷也莫忘了，当年先帝驾崩，议立储君之际，也只有颜王一人站在王爷这边吧？”

“若是这样，更知颜王也望大位归于正统。”成亲王急着道，“先帝立你为嗣，是极圣明的。遗诏既在，我愿肝脑涂地，匡扶正统，拥戴你登基。”

“呵呵。”辟邪不禁摇头大笑。因牵动真气，心中如万刃攒刺，不禁伏床痛呼了一声。

成亲王忙上前扶住，跪于床下，道：“殿下，臣心意已决，望殿下以遗诏示之，臣即可遍召重臣，佐殿下复位。”

辟邪仰起的面庞上却仍是恣意的笑容，令人望之屏息。

“然后呢？”辟邪问。

成亲王愕然：“然后？”

辟邪望着屈膝在前的成亲王：“你既知我早成阉人。就算群臣中有神智俱失的，与你一般同谋，我登大宝之后，嗣位又是给谁？”

他的眼眸无色无相，正大光明又混沌无尽。成亲王悚然，一阵不祥的恶寒从脊背里冒出来，瞬间肤粟股栗，结舌无语。

辟邪轻叹一声，平静地问：“王爷可曾夜夜辗转反侧，心中万般痛苦，日日锥心？”

成亲王点了点头。

“王爷的烦恼，皆因这些虚妄的企图。王爷难放下野心，自然丘壑难平，心中不能坦然。”辟邪柔声劝道，“中原将定，王爷莫要再有这种觊觎。王爷位极人臣，是最最贵重的亲王，在朝中辅佐皇帝，必能青史留名。奴婢真心看在与王爷相处的这些时日，劝王爷收手。”

“非也。”成亲王断然道，“你道我觊觎大位，是为了私心？你错疑了我。”

辟邪的手指按在他的嘴唇之上，叹道：“王爷，匍匐贱役足下，斯文扫地；又巧言令色，诸多狡辩，是想辱我蒙昧不察吗？”

他的指尖冰冷刺骨，成亲王不由得一个寒噤。“我怎么敢呢？”

“我身为宫奴，却一样为社稷殚精竭虑，倾尽所有；也竟先帝、颜王之志，北灭匈奴，裁撤三藩。这帝位与我，从来可有可无。”

成亲王道：“可殿下做完这些大事就将深陷囹圄，身负谋逆大罪，怎能叫作可有可无？”

“我至今日这个地步，有先帝之过、母后之错，不妨说天命注定，自怨自艾什么？倒是当真在宝座上，有王爷这样的兄长在侧，不啻芒刺在背，又哪有惺惺相惜之交呢？”

“你与皇帝不同。我爱你的品格，膺服你的智慧，绝无二心的。”

辟邪一口气说了这么多话，万分疲累，不愿多做纠缠，笑道：“王爷若当我是真命天子，就当我已传了帝位与嗣皇帝靖仁吧。”

成亲王瞬间沉下脸跳了起来，额上青筋暴露，切齿道：“为什么他就可以，我却不行。”

辟邪叹道：“当今识人爱人，用之不疑。以我这般恣意妄为，他竟到了这时才想到除我，你固可以说他愚钝，但我却佩服他胸襟磊落，却又行事决绝。”

“我比他差在哪里，你又哪点看不上我？”

辟邪怜悯地望着成亲王握拳咆哮，待耳中轰鸣渐去，方泰然道：“往社稷庙堂说，王爷不甘人下，情愿以半壁江山拱手让与杜家；更使郭亮勾结外敌，假屈射手弑君。置一己私欲于祖宗基业之上，不忠不孝。私淫臣妾，杀人灭口，陷害肱股之臣，亦是置一己私欲于朝廷礼法之上，不仁不义。凡事都有因果，王爷未登大宝，难道不是因为年少时游历上江遇刺，竟将洪王次子推出来假称皇子替死？洪王次子不过九岁，尚能英勇血战沉河而死，王爷却懦弱不能自持。此事是内宫不宣之密，连前来搭救的姜放都不知底细，先帝仍震怒下诏，说了王爷诸多不是，绝不能登上帝位。若非如此，洪王岂会对王爷继承大统深恶痛绝？要说先帝好色误国也好，太后睚眦必报也好，都不致今日的地步，只因王爷自私怯懦，才得此恶果吧。”

成亲王脸上青一阵白一阵，仍强辩道：“我有年少不懂事的时候，也有好色妄为的时候，也有好些事都是以讹传讹。但你心中清楚得很，我待你，却是真心实意，只敬你重你……”

“王爷还是不死心。”辟邪叹道，“王爷对奴婢究竟如何，奴婢只说一件事就够了。十二年在上江，遇雷奇峰行刺，我激战之后落入水中，随波漂到岸边。”

成亲王脸色忽变。

辟邪脸上终浮现憎恶之色，道：“王爷和皇上都找见了我，王爷做了什么，皇帝做了什么？”

成亲王道：“我确实没有找见你，只怕你认错了人。”

辟邪道：“我从王爷腰带上拽下了王爷的金印，后又悄悄地还了回去，如今这金印还在王爷身上挂着，这里只有你我二人，何必说谎呢？”

辟邪的话将他血肉自揭开的伤疤里一点点淘净，其下的灵魂瑟瑟发抖，不愿被拖至光天化日之下，紧紧抓住成亲王的心脏尖啸：“这又如何？”

“如何？”辟邪道，“能行如此龌龊之事，若先帝在世知道了，只怕还是一句自私怯懦，不堪大统吧。”

成亲王扬手一掌掴在辟邪脸上。辟邪被打得眼前一黑，直接倒在床上。他耳中“嗡嗡”作响，半晌间犹如昏厥，竟起不得身。

成亲王已扑将上来，扼住他的咽喉。

辟邪心中却道一声“万幸”，也不挣扎，只盼他用尽力量早让自己解脱这煎熬的苦难。只是不过片刻，成亲王便松开了手。辟邪诧异睁目看时，见一柄长剑架在成亲王的咽喉。

“王爷稍候，我和他还有一架没打呢。”雷奇峰收了剑，望着辟邪，道，“你是怎么了，是要羞辱我，所以要让这种人杀了？”

辟邪不禁觉得羞耻万分，无言以对。

成亲王大口喘息，气急败坏地道：“来得正好。辟邪，你与他既然是老相识，必知他的手段，我要帝位空悬，是什么难事吗？”

辟邪望着雷奇峰，道：“这个人岂止与我是老相识，与王爷也是熟得很呢。当年王爷上江被刺，雷奇峰就是洪州小王爷的侍从。他未护得小王爷周全，自小王爷薨逝，便遭洪定国记恨在心，他自己定也是悔恨交加。我并不知道他何时何事离了白原河城寨，却知道这回他又失职，令洪定国死在北疆。他现在满腔悔怨，才会铤而走险。王爷与这样的人打交道，不啻与虎谋皮。我担心王爷固然有能耐让帝位空悬，却没命登上帝位。”

“你这般巧舌如簧，必有拔舌地狱等着你。”成亲王冷笑道，“你现在将遗诏交给我，我依旧奉你为主，绝不反悔。皇帝也能平安逊位，朝野少生波折。”

辟邪摇头道：“我并没有什么遗诏。”

成亲王扭头对雷奇峰道：“给他看看。”

雷奇峰便从衣襟中，取出两片翠绿的碎片，扔在辟邪面前的床褥上。辟邪拾起，拼在一处，却是只小小的酒杯，两片破碎的翡翠断口平整，似被剑锋一摧而裂。

辟邪猛嗽一声，胸臆中的热血溅湿衣袖手背，脸色瞬间灰白下去。

他在宫中，身无长物。与明珠相识，并未赠过明珠一针一线，连这只翡翠酒杯，也是明珠雪夜里自己寻来，竟一直贴身携带至今。

“原来你南下搜寻沈飞飞下落去了。”他喃喃道。

成亲王又柔声道：“辟邪，你若示我遗诏，我就放明珠安然回寒州去。”

辟邪仰起脸来，盯着雷奇峰，问道：“宋先生呢？”

“杀了。”雷奇峰笑了笑。

“那么沈飞飞呢？他若知我在此，岂会按捺得住？”

雷奇峰没有答应，似乎在竭力思考着什么难题，神色惘然困惑。

辟邪垂目静静望着手中小心翼翼捧着的剔透的碎片，如视明珠剔透的魂魄；青翠的绿，正似每次见到明珠就会望见的寒江蓝波。

他的语声清澈无瑕，似乎在咏诵静谧恬静的诗句：“你们不知明珠。她绝不会苟全，令你们用她的性命要挟于我。”

屋中寂静无声，只剩大雨之声，似乎天罚怒火倾泻于顶。成亲王在辟邪的目光里骇然退了几步。

雷奇峰轻轻扶住成亲王踉跄的身子：“王爷，是时候了。”

成亲王深深望了辟邪一样，拂袖而出，一头撞进了大雨之中。冷雨打得他抬不起头来，火热的面颊顿时凉透，他低着头疾步走出院子，钻进久候在外的车中，这时才觉衣衫透湿，胸膛不住起伏，身子瑟瑟不禁。

夜雨中的离都几无行人，车过离水，远处暑楼上都是避雨的酒客，暖洋洋的灯火在雨雾中朦胧遥远。成亲王打起帘子来，支着下颌漠然望着。这辆不起眼的马车安静地拐进天德大路太傅府邸旁的小巷子里，赵师爷在檐下避雨等候，见成亲王的车驾，支了伞，披着蓑衣一路跟着小跑，在角门旁将伞挡住车帘，搀着成亲王走出来。

“啪啪啪。”赵师爷叩动门环。角门即开了一条缝，刘府的管家望了望赵师爷，又转脸看到了便衣的成亲王，忙开了门。

他见成亲王脸色铁青，肃然抿着嘴唇，不敢多问，只是默默在前引路。沿着回廊转了两个弯，便见刘远已在书房外等候，迎上前来，伏在成亲王湿漉漉的足下，称臣行礼。

成亲王点了点头，径直先走入了书房中。刘远请其上座，正要奉茶，成亲王先摆了摆手。赵师爷便与刘府管家一同退出书房，掩上了门。

“王爷下降寒第，不知有何要务？”

成亲王把弄着手中的数珠，垂目不语，屋中良久没有人声，静得令人窒息。

窗外突然一道闪电，照亮了成亲王阴郁的面容，旋即一声惊雷在头顶炸开，房椽跟着瓮然颤抖。

成亲王打了个寒噤，终于将数珠重新笼回袖中。

“已是仲秋，离都却惊雷滚滚。太傅以为是什么兆头？”他森然问。

刘远怔了怔：“王爷问得突兀，臣不知如何作答。”

成亲王冷笑道：“今日兵部发文，急命京营中与辟邪亲厚的军官五十多人一并上京，未见罪诏，先全部收押在大理寺。如此自废手足，是什么道理？”

刘远忙躬身道：“臣主管吏部，军中事皇上并未谕臣知晓，也是从王爷口中听闻才知。”

“太傅一直是个实在人，何必与我说谎？今晨辟邪被秘密押解回京，中途脱逃。朝廷秘而不宣，未曾在京中搜捕，却由五城兵马司严管了城门。我说的，太傅竟毫不知情吗？”

刘远便坦然道：“王爷明察秋毫，说的不错。辟邪谋逆大罪，自当索拿归案，原本只是秘密解入宫去，如今被人劫走，是防京营被他煽动哗变，才将京营将领先行看管，正是皇上爱惜这些人才的仁义。臣倒是纳罕，王爷所知甚详，是怎生得知？”

“宫中不妨说有一万只眼睛，十万张嘴。”成亲王嗤笑一声，道，“所谓机密事，不过一日半日罢了。既担心处罪辟邪激起京营哗变，就当悄悄地在外处决。”他见刘远缄口不语，又道，“我猜必有人早进言皇上如此处置。太傅可知皇上执意要解辟邪回宫问话，究竟是为了什么？”

刘远无疑是被说中了心事，眼角抽搐，挣扎了一会儿，才问：“王爷难道知晓内情？”

“能令皇上冒着京营哗变的风险，也要问的话，自然是天大的事。匈奴、黑州、洪州俱灭，后世论起来，都要尊当今一代圣主，皇上现在还有什么心腹大患？”成亲王说到此处，不禁冷笑了一声，“能令皇上坐立不安的，怕也只有根本上的那件事。”

刘远不禁变色道：“王爷不要妄议。”

“妄议？”成亲王沉下脸来，厌恶地看着刘远老朽的面容，“刘远，当今的皇帝不就是你们这些所谓肱股之臣妄议出来的吗？”

刘远瞠目怒道：“成亲王，老臣知道你当年失了大统，一直耿耿于怀。当今皇上雄志英武，胸襟开阔，气象万千。老臣读史教人，百年来未见如此明君。王爷又有何不甘？况先帝早有谕旨，绝不立你为嗣，更为此事险废了太后。难道还要老臣再提点王爷一次吗？”

“哦？你既然口口声声都尊先帝谕旨，那么颜王提及先帝遗诏时，你又何以不做查证，陷他矫诏？连先帝最近的中书舍人高厚都一开始密告太后有遗诏封存，难道不是你劝他翻供？你道我那时年少，就会懵懂不知吗？”

刘远站起身来，走至成亲王面前，握拳道：“若当真有遗诏在世，臣必顶礼膜拜，伏地遵从。但凭颜湛一句话？那佞幸之臣擅权，谋害储君，若依了他立嗣，天下现不就是颜家的了吗？”

成亲王望着刘远，突然迸出一阵大笑。他在刘远茫然的目光中笑得佝偻着腰，扶案擦着眼角笑出来的眼泪，几乎气绝，半晌才收住笑声，断断续续地道：“太傅可知道，天下姓颜已经十五载了？”

刘远愕然。“什么意思？”

“我笑太傅为他人做嫁衣，天天对着颜湛的儿子顿首，尚不自觉呢。”成亲王笑道，“当今皇帝根本就不是先帝亲生，只是母后怀着带入先帝府中的颜家质子。你道颜王其时为何竭力反对当今登基，连登基大典都未谒贺？他心中自有正统，岂不比太傅这等看似愚忠实则欺君弄权之臣强上百万倍？”

他倏然站起身来，一把搀住就将跌倒的刘远，按回椅上，俯身道：“而你又知遗诏上真正的嗣皇帝是哪个？”他望着刘远死灰般的面容，笑道，“啊，太傅也有些猜到了。不就是颜王灭门之际，没入宫中为奴的颜久吗？”

刘远仰起头来，眼神涣散，嘴唇颤抖不停，一句话未说，径直昏死过去。

“老匹夫。”成亲王扫了兴，拍了拍掌。刘府管家与赵师爷听见清脆的掌声，忙一同入内，见刘远昏厥，七手八脚上前按住刘远人中，不住呼叫。

刘府管家见主人悠悠苏醒，便想去叫家人帮忙看顾，被成亲王喝住。

“站住。我与你家大人还有话没有说完。”

赵师爷撇下刘远，拉着管家又退出书房。

成亲王缓步上前，道：“我见太傅悲恸至斯，知道太傅心中定是悔恨不迭。然而就在这个当口，仍是有机会拨乱反正。辟邪已寻得遗诏，携之出逃。皇帝执意要拿他入宫，还不就是要酷刑逼问他遗诏下落？若太傅不负先帝器重，愿匡扶正统，我是辟邪同胞兄长，愿与太傅一同助他复位。”

“不、不可能的。”刘远道。

“怎么不可能。”成亲王劝道，“他有遗诏、京营，我有皇室贵胄，太傅有朝廷重臣，在加母后对他无比珍爱，万事俱备，只差太傅点一点头。”

“并非是这些。”刘远老泪纵横，道，“王爷，立阉人为帝，无人可以向祖宗天下交代。”

“阉人？”成亲王一笑，“我们说他是，他就是；我们说他不是，他就不是。”

“就算他得以复位，储君之位……”

成亲王厌烦地道：“我是他同母兄弟，当然在我的身上。你们总说先帝视我如何如何，可知道我未登大宝，不过是洪王作梗。现洪王父子已大逆伏罪，还有什么不可？”

刘远望着他被权欲浸染得通红的眼睛，默然无语。

成亲王仰起身来，道：“太傅，京营诸将已被收押，陆过也赶回小合口大营去了。若待陆过提兵围了离都，便成不了事了。太傅愧对先帝，失此良机，又当如何面对先帝英灵？望太傅早做抉择。”

刘远目光不住闪烁，叹道：“容臣想一想。”

成亲王哼了一声，道：“也好。此刻深夜，行不了什么事。我等太傅天明回我。”他抛下死气沉沉的刘远，走到廊下，轻嗽了一声。

雷奇峰飘然落在他的身前。

成亲王道：“你在此看着他，若他敢向皇帝通风报信，泄露机密，便即刻杀了。”

雷奇峰点了点头，忽然蹙眉，望着书房方向。

只听书房中“锵”的剑锋击地之声，旋即是人的躯体重重砸在地上的声音。

成亲王大惊，扭身与雷奇峰抢入室内。只见刘远散了发髻，披发于面，自刎而死，鲜血喷溅得满室血红。

成亲王怒极，大口喘着气，切齿道：“蠢极、蠢极！”

赵师爷与刘府管家也闻声而来。那管家见状大惊失色，转身欲奔，被雷奇峰一步赶到，一剑刺入心脏，倒地立毙。

“王爷快快回避。”赵师爷拉着仍是怒不可遏的成亲王，疾疾沿原路出了刘府，将成亲王扶上车，自己也跟了进去，道：“未料刘远自尽了。如今朝中并没有百官信服、能拿大主意的大臣了。而辟邪也不肯交出遗诏。王爷当怎么办？”

成亲王按捺住怒火，垂目沉吟半晌，道：“如此只有破釜沉舟。将生米煮成熟饭，我看他倒是要不要这个帝位来收拾残局。”

六十四

辟邪

庆熹十五年九月二十六日。离都汪洋。

连续五六日暴雨不住，城中离水暴涨，渐漫过堤岸。城南地势较低，大有内涝之患，连日都不得已暂开了望龙门向下游泄洪。

离都秋季这等大雨惊雷，百年罕见。京中百姓巷议，言及不久之前洪州撤藩，突生兵戎之灾，如此天生异相，只怕并非吉兆。洪州亲王毕竟是皇帝亲舅，弑亲一事恐遭天罚——私议沸然不止。前一日里，又惊闻太傅刘远暴毙家中，非但市井，连朝廷中也是哗然震动。

这日一早，清和宫禁军自皇城而出，大雨之中铁甲黝黝，百姓见者无不躲避。常年拱卫皇城的禁军分散于离都四门，与五城兵马司共守城垣。而紫南门侍卫统领郁知秋，则率侍卫营，驻守皇城诸门。其亲领侍卫营重兵布于有奉天、承运、受命三桥相通的朱雀门。

当日因太傅病故，皇帝辍朝，皇城内外一片肃杀，再没有人出入。郁知秋立于朱雀门外，按刀向南眺望。等了片刻，雨势稍弱，果然见成亲王的仪仗浩浩荡荡而来。侍卫上前问道："成亲王进宫，要不要拦着？"

郁知秋道："当然要拦着。今日与平时不同。出半点差池，就是找死。你们都站着。"他亲自迎上前去，止住成亲王舆驾，报名上前，径直走到成亲王的轿边。"王爷，今日辍朝，皇城戒严，纵是王爷，也进不得。"

成亲王在内道："我听闻太傅病故，想皇上一定是伤心的，特过来问皇上安。再者皇城不许出入，必有大事，我担心母后忧虑，故一样要去问安。"

"王爷。可要体谅臣等。"

成亲王便打起边上的窗帘儿来，深深望了郁知秋一眼。

郁知秋便凑得更近了，几乎将头探入轿中，似乎在恳切地劝回。

"适才清象宫喧哗。只是这两日间内宫禁闭，究竟是什么祸事，故侍卫里却无一人知道。王爷可知情吗？"

"皇上身边自来不安静，有人淘气，也是有的。"成亲王笑了笑，"倒是你这边，可妥了？"

"俱安排妥当。"郁知秋道。

"钱玉怎么说？"成亲王双目放光，用与他身份不相称的急切的声音问。

郁知秋道："他慨然应了。他莫名拘在大理寺，已是忧愤；听到辟邪被索拿宫中，必要出头的。他便要我去寻贺天庆。"

"呵，那是侍卫营的老人。"成亲王道。

"正是。相熟得很。他对辟邪膺服已久，却因为无甚出众的本事，一直未身居要职，是这回的漏网之鱼。但他却资格最老，人缘最好，钱玉一直拿他当左右手在用。他能使的，不过一两千人。但只要能占了大理寺，放了钱玉出来，京营便是王爷的了。"

"甚好。"成亲王点了点头，"你是照原话说的？"

"是。他并不知王爷……"

成亲王似被窥破了心事，立时沉下了脸。

郁知秋打住话头，想了想又道："王爷，这回算是孤注一掷，关键就在辟邪身上，他若跑了……"

"放心，有人看着呢。"成亲王见他顿时变作忧容，伸出手来，用帕子将他面颊上的雨珠拭去，笑道，"那是绝世的高手，和辟邪比，也是旗鼓相当。"他低低说完了这些话，便提高了声音，故作不悦，道，"不能为皇上分忧，就是你们这些人作梗。回了。"

郁知秋退后数步，雨中长揖。

忽闻沉云中惊雷一声，在朱雀门前炸开。侍卫们都是"呵"地的一声惊呼。成亲王的轿夫更是惊吓中失了手，将轿子角磕在地上。成亲王惊惧之后不禁大怒，自己掀起轿帘，刚想蹙眉申饬，却见外面突然大雨狂注，眼前苍茫一片，几乎不见前程。

这场暴雨潇潇不尽，如铁蹄翻滚，一时不见丝毫稍减。"轰隆隆"上天入地，无缝不入，吵得人心神俱摇。

辟邪两日来一直昏昏沉沉，只觉时不时有人喂来米汤等物，却是在幽暗屋中，日月不分。而此刻屋门一开，竟也被这雨声惊醒。他微微睁眼，见吉祥疾步走近，俯身在床前，按住他的脉搏，微微皱着眉头。

"大师哥回来得太晚了。"他不禁埋怨。

吉祥笑道："雨太大。"

"可不是？都漏进屋来了。"才清明了一瞬，辟邪便又迷糊起来，抬手抹去缓慢滴落在自己脸上的吉祥的血液，呓语着。

“没有见到尾随的人，这院子里也不见半个人影。”李师挟着秋雨的冰冷潮湿，跃身进来。

“竟将他一人丢在此处。呵呵。”吉祥脸上是极少见的残酷笑意。

李师上前，见辟邪毫无知觉，体肤冰冷惨白，竟忍不住出手探他的鼻息，手指上触到的微弱呼吸也如烈日下残冰稀薄的寒意，失色道：“不过十数日，我与他分别之际还好得很。”

他见吉祥揭开黏在肩上的衣衫，其下伤口颇深，仍是渗血，道：“难道被二师兄刺中了？”

“先不要管我。”吉祥道，“你先渡他些许真气。不然未等到小顺子，他许就撑不住了。”

李师掸去身上雨水，湿漉漉盘膝坐于辟邪身前，自他膻中缓缓输入真气，内力周行一轮，便觉辟邪体内真气汹涌紊乱，自己内力输入如泥牛入海，没有一点可以疏导的头绪，骇然抬起头来，问吉祥道：“这一年中究竟怎么了？”

吉祥道：“尽你所能，能续命一刻就是一刻。”

李师咬牙闭目，先往辟邪丹田试探，果然真气瘀滞，正往各处横冲直撞。他拼力引导一路缓缓向肺经行去，辟邪却猛地大嗽一声，喷出一大口鲜血。

“不妨。”李师忙向吉祥道。

吉祥方松了口气，将辟邪靠于被衾之上，自己走到一旁褪下衣袖，一边处置伤处，一边在窗前戒备。

良久，李师才觉辟邪的内力稍有呼应，当是能稍缓上一口气来。果听辟邪沉沉的声音道：“李师？”

李师行功在关键时节，无暇开口。吉祥已答道：“正是李师。”

辟邪无力睁目，嗔道：“他为何还在离都？”

吉祥忙慰道：“他助你疏导真气之后，就会回白羊。你再动气，只怕他要前功尽弃。”

李师却抽回手掌，嘴唇青紫，道：“我先缓一缓。”

“如何？”吉祥急问。

李师摇了摇头，忙作调息，觉得自己内力稍复，便再渡辟邪真气，如此往复数次，仍不见辟邪好转，不禁急道：“从前却非如此的。”

他忧急之际，院外忽有惶急的脚步拍打泥泞而来。小顺子翻过院墙，跳入院中，对迎出来的吉祥放声大哭道：“大师伯，我虽拿到了药，却被盯上了，死活也是甩不脱，我急着送药，只得过来。我是不是坏了大事？”

吉祥拍拍他的肩膀：“不妨。躲是躲不过的。你师傅就在里面，快去。”

小顺子奔入屋中，见辟邪俨然濒死，急红了眼。上前捧住辟邪身子，试他脉象，又惊又怒，对李师道：“他被进宝零零碎碎喂了一点子药，哪里够聚敛真气，反而将真气搅和

得稀烂。你再渡他也是无用。”

“你盗来了药？”

小顺子从怀中拿出药盒来，寻了水碗，将一枚药丸化开。“皇上宫中的药不知藏在何处，大师伯既盗不出，我也是白给。这粒药丸是陈先生早先偷偷存下的，我苦苦哀求才得。”他将药水端在辟邪嘴边，一点点灌入。

辟邪在他怀中蹙眉，忽然佝偻起身躯，强忍充沛的内力在胸中炸裂的疼痛。

小顺子喜道：“应症了。”扶他坐起。李师忙出指再探，果然散沙一摊的真力正渐渐凝结，只不过辟邪神志未清，只任其四处奔流，如同鼓击身体百骸，心跳怦怦作响，不刻肌肤之上渐渐冰冷，大有真气走岔的征兆。

李师不敢怠慢，再依前法佐辟邪疏导。小顺子却在此事上是个外行，围着他二人不住心神不宁地踱步，却插不上手，虽有万句“师傅”想呼，又不敢惊扰，只得不住抹泪。

“他们来了。”吉祥忽然道。

饶是在大雨中，这般沉重的杀气依旧直透窗棂。吉祥慢慢掣出剑来，蜷身蓄势，内息奔流，灼灼如焚，他以左手食指触地凝神细细分辨，待来者一踏入院子，便自窗中直射了出去。

却见长剑挟一片雨色倏然在眼前一闪，竟比他的去势还要快，剑锋冷澈，如冰屑激面，吉祥忙以长剑相格，锵然之声在院中回荡不已，两人都震得倒飞出去。吉祥一掠回到屋中，又直接踢开后窗，将后窗的来者一脚踢开。

“师哥。”

如意的声音压过咆哮的雨声传入屋内。

小顺子素知如意的厉害，闻声大惊失色，吉祥忙按住他的肩头：“我来战他们，你拼死守着那两个。”

“是。”小顺子一把拽出李师的斜月剑，将辟邪与李师挡在身后。

如意已在门前道：“师哥，我不是你的对手，但老四、老七也在此，你如何能带着小六逃脱？”

吉祥道：“如意，你也知道带他回去，就是引颈待戮。你自己也说过，你中毒时，是小六舍身为你祛毒，你这么早就学‘安隅六篇’，折寿也要助小六恢复功力，如今倒是用这新学的武功来对付他吗？这可是天理吗？”

如意黯然道：“师哥说的是。我欠小六一条性命，我也心疼他凡事都没有为自己着想过。咱们头上这位主子爷，也是太过恩怨分明，真惹急了他，又觉他太过狠心。但是我们这门，自来就只侍奉真正的天子，小六现今这般无法无天，可称谋逆。若皇上愿意惯着他，我便惯着他；若皇上要除他，我便必除了他。我奉圣命带他回去，不辱我忠心。我情愿在皇上面前，以我一条性命抵他，还小六的兄弟之义。”

吉祥叹道：“真正的天子，我竟不知道真正的天子究竟是谁了。”

如意沉声道：“师哥，这些话可不能乱说。”

吉祥道：“师傅已传我信，先帝遗诏上的人，并非当今。而我，护着小六，自然是有我的道理。”

如意在外倒抽一口冷气的声音在雨中也清晰可辨：“师哥混说一气，不会的。一君一奴，天壤之别。皇帝就是皇帝，登基受拜，你我都在旁。我知道师哥你最疼小六，我也愿时时护着他，但是若论相处，我们只认识小六十五个年头，可打皇帝四岁时，我就在他身边，他伶仃一人不受待见时，你们都在何处？”

“拿你的亲厚来度天子？”吉祥失笑道。

如意举目望来，嘴角无奈的笑容冷酷而忧伤，像摘去了一贯随和洒脱的面具，其下从来便是如此残忍而忧愁一般。“哥哥不也是用私心来度天子吗？哥哥心中只有先帝一位正主，你见当今不肖先帝，从心眼里就从未看得上他。”

“唉。”吉祥长叹一声，“你我各认其主，无可厚非。若师傅师傅在世，也不会强求。”

忽听进宝道：“大师哥，你长吁短叹，就是为了多挣点工夫给小六敛聚真气。我们也不敢等到小六恢复功力。这么拖下去不是办法，请师哥出来多多赐教。”

他话是这么说，却手持长剑从后窗直取吉祥后心。吉祥扭身横剑，架住锋芒，道：“你还早呢。”

进宝唯恐被吉祥沉重如山的内息卷入，一击即退，身后如意掠至，剑尖刺吉祥面门。如意习“安隅六篇”虽然不久，身法却精进良多，吉祥在他闪电之势下，只堪举剑挡住眼前一击。而进宝却剑锋一沉，刺向吉祥身后护着的辟邪等人。

小顺子挺剑，“叮”地架住进宝的剑锋，被震得退了多步，他恐撞上李师，扰了他们用功，硬是扎住步伐，生生吃下进宝一击，胸中热血倒流，几乎立时昏厥。

进宝冷笑道：“小子，你要学你哥哥送死不成？”

小顺子恨声道：“我怕了你一辈子，可你要杀尽我亲近的人，我一口气在，也要拖着你一起死。”

进宝道：“你哥哥不妨说是大师哥害死的。竟使他盗药，又丢在清象宫等死。你以为世上就我一个恶人不成？”

“胡说！”小顺子拼力推开进宝。

进宝一笑，举剑又进。小顺子功力尚浅，如何是他的对手，再不能拒，被他一剑劈倒在地。进宝眼前再无阻碍，绕至辟邪身侧，向辟邪胸膛一剑刺下。

如意一眼瞥见，呼道：“不可杀他。先杀了李师。”

“好。”进宝一笑，剑锋反转，便向李师刺去。

“叮。”却是辟邪闪电般出指，夹住剑锋。进宝大惊，向后抽剑，却纹丝未动。辟邪却仍在调息之际，此刻勉强夹住剑锋，却没有余力再战，胸臆中冰川般的真气隆隆碾过，若非李师的内息拼死游弋在侧，只怕已将他脆弱的经络摧毁殆尽，他睁目用尽力气，对李师道：“你快走。”便被肺中喷出的鲜血窒息，再无力说话。

李师摇了摇头，仍是双目紧闭，不为所动，渡来的真气依旧均净浑厚。

吉祥趁如意这一瞬分神之际，已转守为攻，他剑势浩然，如青山压顶，数招内将如意逼退数步，有暇抬起腿来，将进宝一脚踢出门外。

进宝当时肋骨折断，剧痛之下，一时不能起身。

屋中便只有如意一人缠斗吉祥，围绕吉祥已连出九剑。吉祥身体微旋闪避过去，右手剑隔开如意长剑，左手一掌，印向他下腹。

如意自觉百骸震动，收剑退了三步，呕出一口鲜血。吉祥已一步跟上双手将长剑平举，对准如意胸膛刺来。如意大骇之下亦不再格挡，爽性将胸膛露给吉祥，吉祥一瞬间犹豫，剑锋偏转，洞穿如意肋下，而如意的长剑也去势未止，刺入吉祥腹中。两人一合一分间两败俱伤，都倒于地上。

“住手！住手！”自始至终都未曾出手的康健泣不成声跪于两人之间，捧面哽咽道，“我们兄弟七个，已死了三哥、五哥。外面都没有打打杀杀进来，却是我们自己在这里你死我活。”

“招福与驱恶，哪个不是因辟邪而死？”进宝强忍裂骨之痛，扶门缓缓站起，道，“我们今日在这里，又哪个不是因他而死？”

他举目向李师身后的辟邪望去，见他身周白霜凝结，只怕顷刻间便能将真气催到运转通畅，当即持剑蹒跚向床边走去。

康健跳起身来，铮然长剑出鞘，拦在他面前。

“我不管四哥怎么想，我就在太后身边，知大师哥所言不虚，也懂得二师哥的道理。我们一门师兄弟一荣俱荣，一损俱损。事已至此，何不一同商量对策，反而要兵戎相向？不如现在都罢手如何？”

他说的不无道理，屋中人都屏息无语。然而院里潇潇雨声中，却渐渐透来城中喧嚣，顷刻间便满城如沸，战马蹄声杀伐之声连同百姓呼号重重叠叠如涛如浪摧折京师。

“京营进京了？”康健悚然失色。

进宝清秀面庞之上只余狰狞之色，道：“小七，我现在若不杀了这魔王，待他功力一复，连离都一样都毁了。”

吉祥按住伤处，以剑拄地，艰难试着起身：“京营就为他而来，你道这里谁能阻挡京营那些煞星？”他举起长剑，一时杀气蒸腾尤甚适才，真气随着主人忍痛的颤抖微微激荡，剑身清鸣，室内“嗡嗡”作响。

进宝环顾四处，点头道：“好、好。我看你们是反了。同门师兄弟，我也没有什么好下场。”他放下剑尖，向后退了几步，突然劈手将长剑掷向李师后心。电光火石之间，无人能阻。

长剑顿时洞穿李师，李师吭了一声扑倒在辟邪身上。不知那一剑是否亦戮杀辟邪，吉祥瞠目欲裂，大吼了一声，举剑雷霆般向进宝斩下。铮然一声，是如意拦在吉祥剑下，被吉祥震得颓然单膝跪地。他撤剑一跃而起，拼死再进。

“够了。”

屋中暴风般的内力俱都消散。

辟邪闪至两人之间，已然抓住两人剑锋，鲜血从指缝里滴滴答答地洒落。

“殿下功力既复，便快走。”吉祥急呼。

辟邪摇了摇头，将二人长剑一把夺过。

“李师！李师！李师！”小顺子此时挣扎起来，爬在李师身边撕心裂肺地痛哭不止。

“够了。”辟邪冰冷无澜的眼睛环顾屋内的惨状，轻声道，“死的人已太多。我只想离你们都远远的，不要祸及你们的性命，能赶走的，都赶走了；能不相见的，都不见了。你们却一个个飞蛾扑火般地逼近。连他这样的人，也糊涂断送在此。你们、你们……”他怒气勃发，仿若瞬间雪峰兀起，狠戾目光在每个人脸上游弋。

众人惊怖于他喷薄杀意，都不禁战栗后退。连小顺子也惊恐地止住悲声，紧紧抱着李师的身体，瑟瑟战抖。

辟邪望着李师的面庞，只觉内息翻腾，但仍有李师的余力，温厚守住他丹田。他慢慢吁出最后抑郁的呼吸。

“十五年兄弟，无论恩仇，他若还有一口气在，必要我罢手吧。”他苦笑，“我该做些什么，还是不做些什么，才能令这天下放过我？”

他手臂微震，两柄长剑铿锵乱鸣，不住碰撞，瞬间俱断为数段。他将断刃掷于地上，大雨中闪身而去。

暴雨侵袭离都不过一个时辰，城南积水已达数尺。水门上依例开了望龙门。不少滞留京中的船只见今日离都情形不对，趁此水门大敞，纷纷出城避祸。航道忙乱之际，却有二十来只乌篷大船逆流入京，缓缓停靠上江御道附近。船舷一碰码头，便见每只船中跳出覆甲持枪者数十人，蜂拥上岸，一路往大理寺，一路径直自上了奉天桥，铁枪如乌云压地，向朱雀门冲来。

守门侍卫急问郁知秋道："统领大人，可要关门？可要放箭？"

郁知秋大声道："退入门中，待他们靠近了，再听我号令放箭。"

侍卫风卷残云般退入皇城甬道之内，郁知秋殿后，故意放慢脚步。他身前的侍卫回首呼道："统领快行。"

郁知秋赶上一步，寒刀出鞘，将那侍卫一刀搠死。他跳在一旁，身边铁枪阵疾风般掠过，破朱雀门冲入皇城。

紫南门外朝房、六部、上驷院等处，仍驻诸多宦官、侍卫，望到铁枪森森入内，惊惶奔逃。有往僻静处躲避的，还有更多便向紫南门掖门蜂拥而去。

紫南门上今日当值的是胡动月，见门中混乱不堪，竟不得关闭掖城门，眼见京营铁枪阵自朱雀门沿着大道奔来，当即抽出佩刀，砍死两个仍在争着要进宫门的内臣，大喝一声关门，方将掖门紧闭。他知皇城遇袭，离都四门的禁军必会驰援，而以宫城坚固高峻、紫南门两侧雁翅楼强弓，能据守多时，这才放了心，内进急报皇帝。

"确实是京营？"皇帝蹙眉。

"因见了铁枪阵，才知道的。"

皇帝微微一个寒噤："陆过在小合口，若京营的铁枪阵大张旗鼓进京来，他如何不知？看来有多少人？"

胡动月知皇帝所指，只怕小合口生变，陆过已然身死。他摇了摇头，把这个不祥的念头甩在脑后，只得先回道："臣看不清楚，自紫南门向朱雀门，一眼望去，都是长枪。"

"那就是千人以上了？"

"正是的。"

"宫内还有侍卫吗？"皇帝站起身来，又对李及道，"你去看看司礼监提督是不是整备了人马？若到现在还懵懂没有动静，就先拿他问罪。"

"紫南门内还有数百人。"胡动月道。

"郁知秋呢？"

"今日在朱雀门，既然朱雀门失守，大概是失陷在战团里了。"

"佩甲。"皇帝命身边的小监，对胡动月道，"朱雀门一失，青龙、白虎两门也别守了，你安排人务必守住华东、锦西两座宫门，等禁军来援。京营知难，便会闯东西两座小门。那里道路狭窄，朕带着提督太监以弓箭伏击。"

胡动月顿首道："以臣之见，趁京营叛军尚未围困各门，还是请皇上奉太后自震北门出宫暂避。"

"胡说什么！"皇帝怒道，"弃阵而逃？朕在草原上没有做过，现也一样堂堂正正提兵对战。"

"遵旨。"胡动月热血沸腾，跳将起来，领命而出。

几个小监捧轻甲过来，服侍皇帝戎装，都是双手止不住战抖，将皇帝鞓带也掉落在地。

皇帝却没有深责——以今日吉祥铤而走险盗药来看，辟邪当仍在病危之中。而皇帝自省内心，知道心中的恐惧，让他不住往辟邪已夺京营这个最坏的情形上想去。他焦躁地推开小监，自己将弓袋箭囊等物挂在腰带上。

司礼监提督太监已在外面请见，道："司礼监使内臣带刀者三百人，多有随御驾亲征者，人人奋勇，等着皇上号令。"

"好。"皇帝亲摘下靖仁剑，紧握在手里，透了口气。站在清象宫廊下，便能看见前朝大殿恢宏的琉璃顶，浸在怒涛之中，似隔着四海般遥远。皇帝突然有些盼着与辟邪狭路相逢，只消抛了所谓天子的尊号、六宫妃子，他也能做个一较高下的气盛青年。

"走。"他喝道。

眼前却是一条人影从殿檐翻身而下，缓慢得如同一团乌云静静飘落，其中白如闪电的消瘦手掌，将皇帝的身子轻轻推入殿内，另伸出右手，锵然将皇帝手中的靖仁剑拔出。

"铮！"

金石相交之声，比雷声更夺人心魄。殿内外，人人掩耳变色。

"哼。"雷奇峰的笑容映着剑光，"你功力已复？"

辟邪笑道："在此等雷先生许久，先生在宫内迷路了不成？"他展臂一振，雷奇峰撤剑飘出数丈。

皇帝跃至殿门前，并不知此刻是怒是忧，还是喜悦平安，只是大叫道："辟邪！"之后却无语相对。

辟邪转来的目光亦有些笑意。"在内等着。"他却用最清淡的语声道，旋即目光扫过周遭大惊失色的内臣，“慌什么？在内护着皇上。”

他执剑缓步走下阶去，背剑立于雷奇峰面前，道：“承蒙你这两日照拂。”

“倒不用客气。”雷奇峰侧首，看了看手中的剑锋，似在为辟邪的拖延迷惑着，“那么？”

辟邪道：“不忙。你我交手数次，总觉有一日能与你共论武艺，当是一件幸事。今日京营破城，我没有那么多闲情，真是憾然。只有一句话要请教。”

“啊。”雷奇峰恍然，“你要问那姑娘？”

“明珠。”辟邪执拗地念出她的名字，因刹那间刀攒般的心痛微蹙着眉。

雷奇峰脸上又是迷蒙困惑的神情，道：“我本该一剑刺死了她，只是我兄弟闯入剑下，被洞穿胸膛。”——眼前是濒死的沈飞飞脸上奇异的笑容，雷奇峰这样的人，也微微一个寒噤，清秀的面颊因为痛苦扭曲着。

“若非是那只小小的翡翠杯，她也应该同死一处才是。她重伤之下跃入水中，现在也当浮尸在寒江中了吧。”

“那是天下最好的女子。”

辟邪举目，似能看见明珠立于船头，衣袂在寒江的秋风中猎猎飞舞。那时中秋刚过，寒州尚暖，秋日和煦照着寒江的微澜。他还记得自己许是多望了一眼，被明珠正巧转来的清冽冽的目光吓了一跳。

“沈飞飞愿为她死一次，我却愿为她死一万次。”他轻声道，“只是可惜，沈飞飞做到，我却做不到。若我死后在地狱里，我愿因她被不停地磔尽骨肉，一日十万次，历十万年。”他紧握靖仁剑，像是握着用来戮害自己的刑具，转眸望着雷奇峰。

“如此，今日也当请教。”

雷奇峰展眉一笑，剑锋似在他的眉间突然炸开，一瞬便至辟邪面前。辟邪揉身侧避，依旧能觉剑气摧折心胸，他翻剑便挑雷奇峰手臂，雷奇峰却不曾闪避，径直向前飙去，空中鹞子般轻巧翻了个身，竟顿住去势，扭身杀了回来。

辟邪横剑斩去，剑锋上极寒的内力白霜凝结，犹如白昼升空的弯月，剑势飘忽空灵，笼罩雷奇峰的去势。

雷奇峰从未见此剑招变化，面露惊喜，在辟邪一轮剑招下，如秋波浮萍，飘摇不止，渐向宁波池方向退却，被辟邪剑锋划破数次，却未曾重伤，鲜血扑簌簌自半空洒落，又被大雨冲刷而去。他退至木桥之上，不再恋战，抽身退出圈外，投身宁波池中。

宁波池雨中万万涟漪相互碰撞，池面如沸。辟邪持剑戒备，不住搜寻池中乱象。池底黑影一条，正向清象殿方向游弋。

“宁波池中无鱼。”辟邪莞尔间，飞掠而去。

水面哗然，雷奇峰一跃而出，辟邪迎着他饱满的剑势，挺身向前，径直欺入雷奇峰身侧，在自己的胸膛被撕裂之际，反手所藏剑锋一击割裂雷奇峰咽喉。

雷奇峰按住喷血的颈项，倒于雨地，面庞上尚有一抹满足的微笑。

辟邪惋惜：每每面对雷奇峰，都似被他剑气剥去自己卑贱的血肉，畅快难言。那时当生之际，他不自觉地想死在雷奇峰的凛冽剑下；而今当死之际，他又不得不行此仓促的险招，只为多赚得一刻时光——京营已破皇城，非如此两败俱伤的杀招，只怕要与雷奇峰纠缠时久。

只是雷奇峰的剑，却太快太决绝，伤口比他预料中深得太多。他解开衣襟，看着自己裂开的胸膛，怕失血不住，撕下袍角，死死裹住伤处，才拾起靖仁剑，缓缓走回。眼前掠过的侍卫、内臣都纷纷避让。皇帝俯首望着他拾级而上，行到面前之际，却觉多日不见，这孤影令人不禁仰视，在辟邪恭顺跪于足下时，竟心生僭越的惊惶，一时怔了怔。

辟邪将靖仁剑举过头顶，奉于皇帝面前。

“奴婢有罪。”他冷冽的声音穿透雨声，鞭子似的抽在皇帝的身上。

“奴婢有罪。”辟邪未得皇帝的回音，又以相同的语声道，“奴婢擅自调兵破了洪州，私造破城锥，诸多行径都是谋逆的大罪。”

皇帝便一把从他手上夺过剑来还鞘，向周围的内臣挥了挥手。

清象殿门静静掩上，隔绝了天地间所有的怒涛。太过安静，令辟邪有些晕眩，皇帝的声音听来似在天边隆隆不尽。

“你也太肆意妄为了。竟然私造破城锥，你可知道，这样东西流到外面，是什么后果？”

“必是天下大乱。”

“你什么都知道，还是一般地做了。你回来御前认什么罪呢？”

辟邪微一怔，道：“这般大罪，自然是望皇上处置的。难道皇上索拿奴婢入京，并非为这些事？”

皇帝凛然一个寒噤，盯着辟邪沉静的眸子。

辟邪觉得自己一定是失血太多，太过昏沉，才没有想到这个关节。

皇帝见他脸上慢慢恍然的神色，仿佛是一朵不吉祥的冰色花朵缓缓开放，他有些惊恐地盘算，也许在辟邪启唇之际，又会有多少他所不知的秘密随之一同绽放。

“你找到了遗诏？”他艰涩地问。

“是。”辟邪道。

“你看过了？”

此刻再隐瞒并没有什么益处，辟邪想了想，道：“看过的。靖仁和靖仞的名字都在遗诏之上，奴婢就只记得这个。”

“现在你手上？”

辟邪摇了摇头：“不在了。”

皇帝眼前一黑：“你交给谁了？明珠？”

辟邪却扬起头来，冷酷地瞪了皇帝一眼：“这种引来杀身大祸的东西，怎么会交给她？”

“啪！”皇帝拍案，“那是藏匿何处？你到底想干什么？”

辟邪安静地道：“奴婢已烧了。”

“烧了？”皇帝蓦然站起了身，突然觉得这个世界黑白颠倒，“什么时候？为什么？”

“这是引来天下大乱的东西，留着就是祸害社稷，奴婢岂容它留存于世？找到，便当即烧了。”

皇帝脑中混沌一片，胸臆里的空气被抽得干净，一时脱力倚在案上，按住了眼睛。

“皇上。”辟邪依旧记得京营破城之危，轻轻唤他，“皇上。”

“不，我该怎么承受皇帝之称？我以为自己不负这个皇帝之名。但现在，只觉得羞愧难当，拿自己的心胸度你，我窃国安居，竟还不能容你孤身远遁，才有今日京营攻城之祸。”

辟邪道：“奴婢并无远遁之意。洪州事定之际，便打算回京请罪。”

皇帝叹道：“既如此，你知道你做的，都算不得什么罪。”

辟邪摇头：“不，奴婢的罪，在于从来没有为皇上效命过一天，今后也没有为皇上效命的时候。皇上说的宝剑神器，从来都不是皇上的。我，是先帝、颜王锻出的剑，如今正要飞回他们的匣子里去。

“奴婢回来之前，本修书禀告几件大事，想必皇上并未见到。奴婢请皇上务必留意：大理有个冒名靖仞的青年，今后必要作乱；私制破城锥的名叫白大，请皇上务必除之；奴婢为了吃的药，送了太多的火炮箭矢给贺里伦，皇上千万提防他们制霸，他们的国王，就是黎灿，是訸妃的兄长，若要以狄制狄，可用卢芳。这些都是奴婢留给皇上的烂摊子，才是真正要求皇上恕罪的地方。”

皇帝道：“你不是叫我恕罪，你这是要我变成你的剑。”

辟邪怔了怔，忽展颜笑了：“那倒真是的。”

他笑容粲然，仍如初见。皇帝忽想到：这个庆熹朝，应是那刻，才真正开始的，至今的每一日也全部是辟邪的。

“然而，景仪……”

“不可。”辟邪站起身来，一瞬天旋地转，让他几乎直接碰翻了书案，“若他当真能将社稷之重置于他私欲之上，这天下早就是他的了。奴婢回京被劫、被逼问遗诏下落，至今日京营事变，若皇上彻查，都在他的头上。先帝不愿托付社稷的人，皇帝不许再提。若问母后，也一定是这个道理。”

他看着皇帝启唇，却在那刻似乎昏迷了一瞬，又被倾倒在地的疼痛惊醒，并没有听见皇帝的话语。

“辟邪、辟邪。”皇帝的眼泪落打在他的脸颊之上，轻轻晃动着他的肩膀。

“是哪一日？”他艰难地问。

“就在中秋。”

见到康健的那刻，就当明白，以皇帝的品行，岂会擅用慈宁宫的人？他只是像所有的少年一般，就算明知太后的心悸之症已是沉疴，仍一样觉得母亲是个永恒的存在。他没有大悲大恸，甚至没有黯然神伤，只是觉得自己的一部分就此死去，而自己突然落入了那块空虚，不断下坠。

“那就是尚未发丧了。”他喃喃地道。

“母后执意，要等这阵子过去再说。” 皇帝的声音听来终于不再缥缈。

——那就是等着自己交出遗诏，秘密处死之后了吧——皇帝的面庞就在眼前，他抬手拭掉皇帝脸上的泪水，手指上的血迹如蔷薇花瓣儿般沾在皇帝面颊上。

今日过去，也许皇帝便再没有一个至亲的人；然而皇帝又似从未有过至亲的人，母后的厌恶、先帝的忽视、兄弟的憎恨，从来都是孑然一身。而今自己又将他困于这皇位之上，至死，也未必有一刻解脱。

——何其幸哉！

他为自己今生所受的所有宠爱荣耀，欢喜地叹息。

他从皇帝的怀中挣扎出来，取笔蘸上清水，在书案上落笔。

小谢，

辟邪望着这两个亲昵的字眼，忽想到，皇帝大概永远也不会知道谢伦零的真名了，在北方漂泊近三十年的灵魂，在中原，不再会有人呼唤；正如自己，很快就会被湮没，无论何处，都不会再有人提及。他笑了笑。

帝系与颜家，十数代恩怨，若能于我终结，岂非大美？我拟靖仞进宫之后，便辞了这个世袭罔替的亲王爵位，认真当个臣子。我也劝皇上省了封靖仁亲王这麻烦事。你想靖仁十一岁，一人独拒多个刺客，这等人品，战功彪炳是免不了的，岂会稀罕这赏来的亲王爵位呢？你务必也劝皇上收回成命。

这醺然骄傲的笔锋，已让辟邪看过千次万次，每个顿折，他都记得清楚。案上的水迹和着辟邪指尖流下的鲜血，停伫如刻，许久都没有消失。辟邪抬起笔来，望着皇帝煦然微笑。

陆过赶到朱雀门之下时，心勃勃乱跳，勒住战马伫立，才发现浑身扑簌簌战抖。

铁枪营自来是钱玉亲管，前几日京营五十多战将俱被召集入京，铁枪营中已有些惶惶的气氛，只是一盘散沙地困守小合口，不能擅动。以陆过看来，若辟邪这件事能几日内秘密了结，钱玉等必会无事放还，因此往铁枪营发派的，也只是数个亲信，不敢多加桎梏，以免激起军变。

直到今日一早，察觉铁枪营中已悄无声息走了两千精锐士卒，他才知道自己错得离谱。这两千人的去向不言而喻。他不知他们先行出发了多久，是否已然入京闯下大祸，稍作深究，便是脊裂骨齑之惧，唯今之计，也只有一个“追”字。

他最放得下心的，还是自己自震北军带过来的三千骑兵，随他辗转腒、寒两州，已只余两千人可用，但这个当口，却不敢召集辟邪与钱玉的嫡系旧部同往，只得亲率这有些寒碜的两千骑兵狂奔至京。

其时城门未闭，京中喧哗正起，尚未有百姓奔逃之状。他知道来得不算太晚，命人通报四门驻守的禁军，便涉城南汪洋而入。

他深信以宫中侍卫而言，驻守狭窄的皇城入口并非难事，四座大门之前，都是金水环绕，以皇城之高坚，以两千铁枪阵白日攻城，时辰一长，必腹背受敌，全军覆没。但当他率军穿过禁军重围，看到朱雀门洞开时，自然是神摧心折。

京营服色的铁枪阵已大部奔过甬道。最后两乘战马压阵，其上将领见陆过袭来，振臂为号，数百铁枪结阵对峙，一瞬如黑峰倾倒，巍然险峻，不可逾越。

陆过心中冰凉——京营铁枪阵不啻是辟邪手把手调教，每个人都历经屈射一战，异常骁勇。若在此与铁枪阵纠缠，已入皇城的京营叛军只怕瞬间便直入御驾前。

他挟人马自奉天桥逼近，高声道：“钱玉，这里对峙的，都是同在努西阿河旁流过血的兄弟。你率军闯入禁城，师出何名？你身后已是清和宫，再入一步，便万死难恕其罪。

你身旁的兄弟，俱不明不白担上谋逆的罪名，都要随你枉死。”

“住口。”钱玉瞠目冷笑道，“与我同在努西阿河旁流血的，是内亲王。”

数百铁枪阵哄然一声怒吼。回声鼓噪，震得人心旌动摇。

陆过大声道：“难道在草原之上，皇上未曾与京营同袍共战？天子溅血时，你不正在阵中？”

钱玉道：“皇上英武，臣是服的。但四海皆平之际，滥杀功臣，拘禁战将。我虽戎马出身，却也同总督大人一般，读过几本诗书经史。就在片刻之前，我还被不明不白拘在大理寺，既然已没有我的活路，便向皇上讨了内亲王出来，还他待京营的恩德。”

铁枪阵士卒皆放声高喝。

“弓箭！”陆过摘下长弓，知道已无回旋的余地，深恐钱玉就此率兵退入朱雀门中锁闭皇城门，那么禁宫之中当真就只随他为所欲为了。

钱玉怆然道：“总督大人，要知此处铁枪阵将士，在努西阿河旁，以阿纳的弓马之利，不曾奈何我等，今日必是死战了。大人虽比不得内亲王，但我一向钦佩你勇武善谋。但你构陷内亲王在先，少不得也要向你讨回公道。你我今日必有人死于皇城之内，大人好自为之。”

铲除辟邪的密谋被人光天化日之下一语道破，陆过不禁骇然。他向深宫眺望，不知其中皇帝身边还有多少凶险，已顾不得羞耻愧疚，吼道：“放箭。”

铁枪阵最前的士卒执盾为屏，死死抵住这拨乱箭，立时被杀伤数十人。

钱玉号令之下，后军徐徐退入门洞之中。

“上枪。”陆过率骑兵紧跟其后，步步紧逼，唯恐他关了朱雀门五处城门。

铁枪阵士卒拒门而守，幸得陆过强弓快利，将掩门的士卒两人分别射死，抢了一道门，由骑兵持枪顶住，甬道之内被铁枪阵层层截杀，人马尸首瞬间塞门。陆过当先以寒刀劈砍，终在内门掩闭之前，抢出一条血路，骑兵破门，一拥而入。

“守住左右阙门！”他知紫南门前两座雁翅楼上当有弓手驻守，实为难破的险要。但若被人绕至华东、锦西两门，便大有宫城失守的危急。

他战马之上振臂号令，却忽听身后金风飙急，他在沙场征战已久，知道厉害，一惊之下连忙闪避，仍是被利矢擦破臂膀，“哆”地顶入地上。

他顺着这支黑翎的来势，扭头细寻——遍地都是骑兵与长枪阵血肉相搏，并不见执这等强弓之人。他远眺朱雀门上，沉沉城楼雉堞中杀机四伏，却未见对面弓手身形。

朱雀门被轻易夺了，着实蹊跷。若非铁枪阵早有内应，断不会顷刻攻陷。此人如还在

暗处不除，难保不会再陷宫城。他目光不敢稍离朱雀门，吩咐身边小校：“带人，搜一遍朱雀门上的城楼。”

小校领命而去。但现在，他料自己已被蛇信死死缠上，而朱雀城楼高数丈，据此也超一箭之地，如此强劲的箭势，绝不可掉以轻心。

他紧握仁义弓，右手已扣住箭翎，任身边刀枪纷飞，只赖亲随守护。遥遥可见数名小校从东西两边登楼，那人定再无法藏身，果然人影一动，他立时张弓劲射。

他黑翎飘摇而去之际，对面的箭矢也闪电般打落。他闪避不及，被一击透甲而过。这箭好生强劲，陆过血肉不能阻挡其势，被径直射落马下。

他身边亲随俱骇然大哗，有人跳下马来相扶，不住大唤。他少受如此重伤，一时百骸俱裂，沉沉缓了口气，爬起身来。身上的箭杆已在他落地之际折断于地。他摸索到了箭镞——精钢特制的箭镞在手中分外沉重，从前传言可透铁甲三重，果然不虚。

陆过站起身来，向城楼高叫：“郁知秋！”

城楼之上人影纷乱，毕竟是当朝第一个武举探花，以一当十，竟杀出重围，沿皇城向东疾奔。陆过翻身上马，在地上紧追不舍。

郁知秋在城上占了地利，又是连发三矢，但因他心虚胆战，已失了方寸，三箭都与陆过擦肩而过。

陆过眼前就是一溜朝房，不能再进，再搭一支长箭，开弓施射。仁义弓执拗的强劲几乎将他自己从伤口撕裂。他未来得及看清郁知秋是否中矢，便昏厥在鞍上。

当他再睁目之时，头顶之上铁枪林立，仿佛天上所降的，俱是黑森森的枪雨。紫南门外的战声已有些平息。陆过亲信一部人马在稍远处伫立，不敢稍动。另有铁枪阵仍在争夺两边的左右阙门，那处骑兵已失统领，渐渐支持不住。

钱玉俯视着陆过惨白的面容，眉目间亦是惋惜之色，道：“总督大人在此已败，请喝令止兵。”

陆过从水中坐起身子，对钱玉道：“外面就是万人禁军，就算困住了我，一般没有生路。”

钱玉叹道：“我只身在此，手下与内亲王亲睦的，都已赶回京营。现在是我和数百兄弟，面圣讨个说法。但我等死于此处，京营进宫的，就是数万人。总督大人，百里内，还有什么救兵吗？”

陆过道：“你说的固然没错。但内亲王是否就在宫中也未可知。你们攻入朱雀门之际，是宫中侍卫统领郁知秋擅开城门。他现在生死未知，不知逃去何处。其中万般隐情，你我只怕都受蒙蔽，若不辨明是非，岂不枉死？就算今日万劫不复，也当追他下去，好让我也死个明白。”

“就算是隐情，我也会叩请皇上圣谕，教导明白。”钱玉道，“请总督大人发令止兵吧。”

陆过摇了摇头，大声道：“我情愿他们马蹄自我身上碾过，也不会容你们犯禁。”

他所属骑兵闻言都是高声喝彩，举刀不住示威。铁枪阵中士卒大怒，亦是结阵枪锋相对，咆哮威吓。两座雁翅楼间鼓噪如雷，回声激荡，轰轰城楼欲裂。

钱玉切齿上前，一把抓住陆过胸前的罩甲，狠狠望了一眼，又将他掷在地上。

陆过觉得自己可能是摔得蒙了，耳中呼噪忽去，只剩下身周的人沉重的呼吸声。他挣扎坐起，却见再无人理会他。所有人的目光都向紫南门缓缓敞开的正门望去。

他艰难爬起身来，自黝黑的正门甬道，正望见清和门金色的琉璃顶天而立。逶迤蜿蜒的金水河以南豁然开阔的前庭中，却是亲自提兵来战的戎装的皇帝，执弓按剑，与数百背身而立的麒麟侍卫，岿然于滂沱大雨之中，凤翅金盔与明黄色的罩甲在灰色的空气中熠熠生辉，英武无俦。

之前白玉御桥之上，只静静独立一个乌衣无冠的少年。黑衣被雨水打得紧贴着身体，雪白的面庞上，连嘴唇都是白得透明，金水龙神般临世，孑孑超然，无有可近者。

他缓步自云间而来，眉间尽是悲悯，眸中却自含霄堮，深远无极，目光在京营将士脸上缓缓环顾，无人敢于平视。他微启嘴唇，却不知道是否呼出了一声叹息。

对峙的数千京营中最精锐的将士，无人作语，都放低刀枪，跳下马来，鸦雀无声地挤在紫南门外拥挤的雁翅楼间，适才还翻滚不尽的铁枪阵，已安然平息，似一片休憩的黑羽。

他欣慰点了点头，困倦地闭上了眼睛，只觉身子如在云端飘摇不住，身后的皇帝已大步走上前来，扶住他的肩膀。

京营众人面面相觑，突见御驾凛凛亲临，都是惶惑不知进退，只先肃然垂首拜倒，甲胄撞击着青玉般的砖石，铮铮之声，犹若雷鸣。

皇帝已用白绫缚于眼上，朗声道：“你们或失于约束将士，或受人蒙蔽兴兵。想辟邪自监军京营始，至总督京营止，戍备京师，护驾北征，从未有过如此不成体统的时候。你们可知罪吗？”皇帝的声音铮然，并没有给人半分争辩的机会。

钱玉与陆过都趋步上前，跪倒听谕。

“昔日三里湾之役，朕与京营一同浴血，无论骑兵阵、铁枪阵，都是相互看顾，同气连声，相抱俱死。今日一营之中兵戎相向，那些抛尸在北方的同袍如何看待？今日死去的同袍，又将如何答他们所问？”皇帝道，“而你们又可曾想过，那时万人据守，同仇敌忾，无人有丝毫怯懦之色，是因同袍之情吗？那些拼死挡在朕身前的京营将士，是为何粉

身碎骨？难道不是因为朕不敢负天命，而卿等不敢负朕？

“你们寒暑不分，操演军阵，都盼自己是柄驱魔荡寇的利剑，对功勋彪赫者都会心生仰慕。但无论哪柄利剑，不是朕的天子之剑呢？”

他按剑道：“朕在三里湾已说过，每个京营中人都是朕的手足。手足自害，朕自当亲来死战。”

钱玉仰面，见皇帝坚毅唇中吐出的声音旷朗无尘，心气高远，心中知道，身后便有万万众，闻之亦会如自己一般地心折。他见辟邪无恙，脸上的微笑湛湛，不禁咬牙点了点头，掣剑出来，往颈项抹去。

辟邪一瞬掠到，溅身真气鼓荡，衣袂飞振不息，将剑锋锵然挟在他满是鲜血的指尖。他俯下冰峰般的面庞，侧过身，让钱玉望向雨中皇帝蒙住的眼睛，和依旧用脊背相对，自始至终不曾窥探过一眼紫南门的侍卫。

“看。”他耗尽了所有的力气，才如愿以偿地绽开微笑，“莫辜负他。”

钱玉便在他模糊的视野中放声恸哭。

辟邪并不是很明白他的哭声为何如此哀然，亦不解为何眼前突然人群纷乱，有人忙着解开他的衣襟，在他耳边呼号他已听不见的名字。他只有余力欣然望着京营数千人马似黑色的潮汐般缓缓退去。

大雨瞬时将一地碧血冲刷得干净，刹那地广天空。

身处紫南门正门阴暗的甬道之中，一眼望尽其外沧海般的雨色，其下坦途无尽，可至斑斓的朱雀门，可至白玉的奉天桥，再向前去，是飞架九桥的离水。

若在暑楼之上，可见震惊了均成的层层叠叠的繁华，亦可见双秋桥火一般燃烧的秋色。随波逐离水出京，更是天地俯仰不尽，无处不可逍遥，又无处可以容身。

辟邪想手舞足蹈地奔进暴雨之中，却觉得沉重的躯体桎梏着他自由自在的灵魂，他有些忧愁地发现，他想走出清和宫去，又走不出清和宫去。

大雨应当是突然晴了，青天碧水，有着清洌洌眼眸的少女回首向他微笑，旋即逐蓝波而去。天空万朵红莲飘浮，其中黑发的太阳神向他缓步而来。

“来。”太阳神向他伸出手，“你带我去寒州。”

写在《庆熹纪事》之后

公布完稿消息的下方，我想我一辈子都没见过这么多的感叹号和“有生之年”四个字。要感谢每一个在我说的每句话之下催稿的朋友，如果没有这些不懈的等待和期待，只怕完稿真的要在我退休之后了。希望大家都在全版中找到了预想中的结局和谜底。

在小说进行到三分之二的时候，对于我本人来说，所有秘密都已揭晓，故事主纲早已完成，但它仍然吸引我继续不断修改和写下去的，其实是我自己也在好奇，在每个节点上的每个角色，都是以什么心情做出的决定，而最终导致了这个大结局。

随后能够发现，真正的痛苦不在于随波逐流的无力，而是在于有所选择，并需要为其承担后果。是每一个选择令我们与众不同，才成为自己。

而真正的幸福，也不在位高权重，却在爱与信任。

虽然这部小说讲的是阴谋与灾难，但推动到这个结局的，还是主人公基于爱与信任所做的每一个选择。

何其幸哉。

我一样要为自己选择这个题材，不断书写了十六年感叹一声。

我因这部小说结识了很多读者朋友，至今仍然是好朋友。我也因此开拓了眼界，不住地自省自己的生活。在辟邪找到内心的平静时，我也人到中年，真正了解了自己是什么样的人。

十六年，从年少激情，到中年平静。何其幸哉。

即将完稿前的几周里，突然开始思考一个问题：等写完了这本书，我应该去做什么？生活会变成一个什么样子？

我的心中，是欢快的跃跃欲试。

很多经历过漫长等待的读者可能不了解的是，正如我说过很多次，我不是不写，而是写得慢而已。

在漫长的十六年的写作过程中，几乎每一天，我都会打开这篇文章，添上二三十字、二三百字。

我的码字工具，从笔记本电脑，变成了智能手机，又变成iPad，再变成PC。我在家里写过，办公室写过，火车上、飞机上、船上、餐厅里、沙滩边、酒店里、山顶上……它跟着我走过了七八个国家，换了四五份工作。第一任老板当时是中年精英，现在已经退休；第二任老板已因心脏病去世。家里的老人，走了三位。结了婚，有了孩子。

但仍然，每一天，我都会打开这篇文章，添上二三十字、二三百字。

它已经从一部小说，变作了我的一个美好又痛苦的习惯。

我是为辟邪出谋划策的朋友，倾听洪昭幽怨的闺蜜，理解靖仁无穷自卑和孤寂的心理医生；我鄙视又同情着景仪，一直思念着阿纳，无尽怀念着谢伦零。

每个人心中，都有一个永远年轻、永不湮灭的偶像。也许辟邪就是我自己堆砌起来的那个。他应该永远存在，不离不弃。

直到即将完稿的前几周，攻到最后数章的时候，我才突然意识到，原来，这些都是会终结的。会有一天，我不需要再枯坐在屏幕前面，思考着下句话是不是当讲，下个动作是不是扭曲；不需要再查证当夜是否会有明月当空，那一日是不是足够寒冷能够降雪，那时是否牡丹花开、芍药花开、红梅花开。

我欣喜地规划好了美容、健身，准备全心全意地去关心粮食和蔬菜，实在不行，我甚至可以去学打高尔夫。

我也想过，我会在哪里完成这部上百万字的小说，也许是夜深人静时的家中，也许是孤独一人的酒店房间，然后我将开一瓶香槟，一边微醺，一边将全文通读一遍。

然而，真正完稿的那个瞬间，是一个周五的办公室的晚上。写完最后一句话，既没有狂喜，也没有大悲大恸，当然没有香槟——我还要驱车二十公里才能到家。

那晚没有通读全文，也没有酒精和欢庆，早早入睡。第二天一早，我便又打开了《梵音》这篇文章。

习惯的力量，令人畏惧。

因此，我们下个坑里，不见不散。